左岸

Rive gauche

Kaori Ekuni

江國香織

集英社

左
岸

CONTENTS

装幀　新妻久典
写真　澁谷征司
（写真集『BIRTH』より）

左岸

1　うったうったらー

1

よく晴れた日だ。缶コーヒーを握りしめているので手のひらはあたたかいが、そのぶん手の甲がつめたく思えた。冬の、午後の半ばのプラットフォーム。茉莉《まり》はその場で足踏みをしてみる。

一体どうして東京なのか、ほんとうのところはよくわからない。知り合いもおるし、東京やったらいつか店持つんにもよか、隆彦《たかひこ》はそう言っていた。行き先は、でもどうでもいいことだった。隆彦がいれば、住む場所なんてどこでもいい。

それに、あたしはもうずっと昔にこの街をでるべきだったのだ。たぶん、十歳のあの日に。

茉莉は考え、青い空を仰ぐ。

一九七八年、二月。

三カ月前に、茉莉は十七歳になった。気の強そうな、くっきりした大きな目とやわらかな頬、低い鼻とぽってりした肉感的な唇を持つ十七歳の少女に。

「寒《さむ》」

声にだして言ってみる。足元には迷彩柄の、すりきれた肩かけ鞄。子供が一人入れそうに大きな鞄だ。必要と思われるものを端からつめたら持ち上がらなくなり、中身を選んで減らしたら、極端に減ってしまった。結局のところ、ほんとうに必要なものなんてそんなにはないのだ。

午後三時五十分。どきどきするあまり、随分はやく着いてしまった。茉莉は四時五十八分発の寝台特急「あさかぜ」に乗るために、博多駅のプラットフォームで隆彦を待っている。

「止めたりしないから、いつ発《た》つつもりなのかだけでも教えてちょうだい」

今年の正月に、家出の計画を話すと母親は言った。

「茉莉を止めても無駄なのはわかってるから」

茉莉は無論、貝のように口をかたくつぐんだ。

「ぽてっとしてやらかくて、もともと赤いんやけん口紅つけん方がいい」

と隆彦の言う唇を頑としてひきむすび、

「言わん」

と、言いはった。

日あたりの悪い場所を好む植物がたくさん置かれているために、昼間でもブラインドをおろしっぱなしの薄暗い居間の、古びた緑の長椅子に腰かけて。

「どうしてなの?」

「言わんて約束した」

壁に貼られた死んだ兄のかいた絵を、茉莉はじっとにらんでいた。兄が死んで七年近くになるのに、それは依然としてそこに貼られたままだ。かりかりに乾いた黄色いセロハンテープで。

「約束したのなら仕方がないな」

あきらめとも理解ともつかない口調で、でも悲しいほどやさしい目をして父親が言った。

福岡市南区高宮《たかみや》。茉莉はこの街で生れ、この街で育った。白いペンキの塗られた植木だらけの二階家が、茉莉の知っている唯一の「家」だ。夏には日にあぶられたようなちりちりの向日葵《ひまわり》が咲く。たれさがったラッパみたいなダチュラも。もともと植物だらけの庭だったが、それらの樹や花は兄が死んで以来の母親の生き甲斐《がい》となり、いまや彼女は園芸家として地元のテレビで二十分枠の番組まで持っている。

「見て、ママの爪」

茉莉はよく、心の中で兄に話しかけたものだ。

「あんなに汚れて、きったないのー」

背が高くすらりとして、茶色く染めた髪にパーマをあて、近所の子供たちに「外人」扱いされたかつての母親には、何時間も庭にかがみこんで両手を泥まみれにするなど考えられないことだった。

茉莉の母親は昔から緑色が好きだった。茉莉の家では、居間の長椅子もステレオにかけられた布も、ミシンカヴァーもくすんだ緑色だった。ミシン。窓際に置かれたあの大きな足踏みミシンで、母親はさらに緑色のものを縫った。茉莉の部屋も兄の部屋も、洋間のカーテンはすべて緑色だった。食卓にかけられたクロスはビニールコートのされた安っぽいものだったが、これも緑と白のギンガムチェックだった。おまけに母親はおなじテーブルクロスをもう一枚持っており、小学校の運動会やピクニックのときには、茣蓙《ござ》の他にそれも持参して敷いた。

「東京もん」「おっぺしゃん」そして「外人の子」。幼いころ、茉莉はまわりの子供たちによくそう言ってからかわれた。どこへいくにも鮮やかなオレンジ色の口紅をさし、胸をはって歩く派手好きな母親は、喜代《きよ》という名前だった。

喜代はまた、ガラス製品が好きだった。

台所の入口には色つきのガラス玉をつないだ暖簾《のれん》をかけていた。どっしりしたクリスタルの灰皿は、父親が煙草を一本喫い終るやいなや喜代が洗いたがるので、たまりかねた父親は紅茶の空き缶を灰皿にし、クリスタルのものは置き物と化した。

喜代は他に、すみれの花をとじこめたガラスのペーパーウェイトと、赤いガラスの砂糖容《い》れを持っていた。たまに家族でデパートにいくと、喜代は切子ガラスのコップやベネチアングラスの花びんをみて目を輝かせた。しかしそれらは喜代に言わせると、

「高価すぎる上に華奢《きやしや》すぎてとても使えない」

のであり、

「そんなに欲しいなら買えばいいじゃないか」

と父親が言っても、そのきらめく品々は、決して買われることがなかった。

それでいて喜代は、現実的とばかりも言えない女だった。

「次に引越すときは、シャンデリアのある家にしましょう」

自信に満ちた声音《こわね》で、そんなことを言うのだった。

そもそも一体なぜ茉莉がそこで生れ育つことになったのかといえば、有機化学を研究する学者だった父親が、赴任先の九州大学に惚《ほ》れ込んだからだ。父親は大学を終《つい》の研究室と思いさだめ、以来、見事に出世競争からはずれた。

まだ赤ん坊だった長男の惣一郎《そういちろう》をつれ、両親がこの街に移り住んだのは一九五九年の春だった。一年半後に茉莉が生れた。

父親の寺内新《てらうちあらた》はまさに学者肌の男で、ひずみエネルギーやら新規合成中間体やらの研究に没頭すると何日も大学に泊り込んで家に帰らないのだったが、一方ではまた、甚《はなは》だしい愛妻家でもあった。ピクニックやドライブの好きな妻にせがまれれば、クリーム色のコルトを駆って、浄水通《じようすいどお》りのつきあたりにある動物園や植物園、那《な》の津《つ》の海岸に家族を連れていった。

日曜日には、子供たちに朝食を食べさせてしまうと、

しばしば夫婦で寝室にこもった。そういうときは襖《ふすま》をあけてはいけないと言いきかされてはいたが、茉莉も惣一郎も無論のぞいた。

二人は稀《まれ》に布団の中で動いていたが、たいていは寝間着のままならんで本を読んでいるか、果物など食べながら話をしているか、音楽を聴いているかだった。新はグレン・ミラーを好み、喜代はフランク・シナトラを好んだ。二人とも音楽好きだったので、寺内家には寝室と居間の両方にステレオが置かれていた。

すくなくともあのころは夫婦仲はよかったのだ。茉莉は単なる事実として、でもすこしなつかしく、それを思いだす。

「変っとう」

どういうわけかしょっちゅう遊びに来ていた隣家の少年は、茉莉の家や家族や、食事の習慣やおやつや、両親の趣味や言葉づかいについて、しばしばしみじみそう言った。

隣家の少年には父親がいなかった。母親は小柄な、ものやわらかな美しいひとで、喜代はこのひとと仲がよかった。午後になるとお茶に招《よ》んだり招ばれたりし、女同士のたのしげな内緒話をしているのだった。

祖父《そふ》江九《えきゅう》、というのが隣家の少年の名前だった。ややたれ気味の二重の目と、黒いやわらかい髪をした少年で、ジュンペイという名前のカメを飼っていた。九は茉莉より一カ月早く生れた。小さな身体に似ずエネルギッシュで、やんちゃ坊主だったが茉莉を苛《いじ》めたことはなく、茉莉は、惣一郎と九がいれば安心だった。

惣一郎は、九を弟のようにかわいがっていた。

「あいつにはみどころがある。すごく賢いよ」

茉莉に、そう言った。

「茉莉は？」

いそいで訊《き》くと、惣一郎は船がもやいを解かれたときのようにふわりと表情をやわらげ、

「そりゃ、茉莉も賢いさ」

と、自信を持って断言した。

「でも九は」

惣一郎は続け、言葉を探すように目を細めたあと、

「でも九は、俺たちよりやさしい」

と言った。

「やさしい?!」

茉莉はとびあがった。おにいちゃんよりもやさし

い?! 九ちゃんが?

茉莉にはとても承服しかねる意見だった。

あのころ、茉莉の日々にはいつも惣一郎がいた。世界は惣一郎を中心に構成されていた。

茉莉は「おにいちゃん」のいない幼稚園が嫌いだったので、あまり行かなかった。そこには九がいて、おそらくはそのせいで苛められずにすんでいたのだが、毎朝迎えに来る九に、

「九ちゃん一人で行って」

と、茉莉は言った。

「茉莉は行かん」

と。そして、惣一郎が学校から戻るのをひたすら待って半日を過ごした。

そんなふうだったので、茉莉は小学校に入学すると嬉《うれ》しかった。惣一郎と一緒に、毎日胸をはってでかけた。

しかし、教室は惣一郎と別で、小学校はすこしもおもしろくないばかりか、おさげにしていた髪をひっぱられたり、机に落書きをされたりした。

苛められても茉莉は平気だった。「カンケイないもん」と思い、「ばっかみたい」と思っていた。茉莉には「おにいちゃん」がいた。惣一郎は味方だった。きれいで、やさしくて、茉莉には到底理解できない世の中の断片を、いつもきちんとつなぎ合わせてくれた。

茉莉は惣一郎と一緒でなければ登校しなかった。授業が終っても、惣一郎の授業があれば終るまで待った。校庭で地面に絵をかいて待ったり、青虫を足でつぶしながら待ったりした。最後には退屈して踊りながら待った。体育館の裏や、藤棚の下で。

「茉莉ちゃんも、お友達をつくらないかんね」

教師はたびたびそんなことを言い、そのたびに茉莉は、

「いやっ」

と言った。気が向くとわざわざ彼らの言葉で、

「いやっちゃもん」

と言ってみたりした。

茉莉はどこででも踊る子供だった。両手を上にあげ、目をつぶって、でたらめな歌にあわせて身体を左右に揺らす。だんだん気持ちがよくなって、足踏みを始め、誰もいなければ奇声を発し、しまいにはぴょんぴょん跳ねまわっている。

「茉莉の身体には音楽がつまってるのね」

母親は言い、

「猿みたいだな」

と、父親は言った。

「うったうったうー、うったうったうー、うったうったうー」

踊るときの茉莉の歌はたいていそれで、その単調なリズムに合わせてくねくねと身体をよじりつづけるのだった。

「踊るとき、茉莉はどうして目えつぶるの？」

惣一郎に、一度そう訊かれた。

「わかんない。なんとなくつぶっちゃうの」

惣一郎は茉莉にいつもやさしかったが、「わかんない」にだけはひどく厳しかった。

「考えたの？　考えればわかるよ。考えてごらん」

叱るというより頼むみたいに、膝をかがめて茉莉を下からじっと見て、いっしょうけんめいな口調でそう言うのだった。

「……気持ちがいいから」

なんとかこたえをみつけて口にしても、惣一郎は理解できない顔をしている。

「目をつぶればなんにもみえなくなるから」

茉莉は考え、考えたことを口にする。

「なんにもみえないと、なんにも心配がないから」

惣一郎がにっこり笑い、茉莉はほっとする。自分がなぜ目をつぶるのか、茉莉には依然としてさっぱり「わかんない」のだが、妹がなぜ目をつぶるのか、惣一郎にはこれで「わかった」のだ。大事なのはそれだった。


「ばかやないとか、お前」

おととい、隆彦の部屋で慌《あわただ》しく身体を重ねたあと、随分と怒った口調で隆彦は言った。

「それやったら駆け落ちにならんやろうが」

五枚重ねた札びらで茉莉の頭をたたき、まるで汚らわしいものみたいにその札を畳に放った。

「何で餞別《せんべつ》やらもらったとや」

「でも出発の日はばらしてないよ。行き先も」

「あたりまえやろうが」

頭から湯気をだしそうな勢いだ、と、茉莉は思った。隆彦は怒りっぽい。

「でもお金はあった方がいいじゃん」

お守りに、と言って母親がくれた指輪のことは黙っていた。

「ばかやないとか、お前」

隆彦はくり返し、足音も荒くトイレにいった。

「茉莉、無理についてこんでもよかよ」

トイレから戻ると、隆彦は一転してやさしい口調になって言った。

「学校のこともあるし。俺はもう親に見捨てられとっちゃけんよかけど、お前んちはちがうっちゃろ」

茉莉は首をふり、

「行く」

と言って、隆彦をみつめた。すいこまれそうな目だ、と他人にたびたび言われる大きな目。

「はなればなれとか好《す》かん。何考えとうと？　それにあたしはもうとっくにここを離れてるべきやったんちゃん、話しとっちゃろ」

牛乳もらうけんね、と言って、茉莉は台所にいく。

「他の女のことやったら心配せんでいいったい。俺には茉莉だけやけん」

言いにくそうに、うしろからぼそりと、隆彦が言った。

「なにそれ。うぬぼれとう」

茉莉はこの街をでると決めていた。チョウゼンとでていく、と。

チョウゼンとしていればいい。

小学校に入学した直後、他の子にからかわれるから学校にいきたくない、と打ちあけた茉莉に、惣一郎は言った。二人とも、母親の手製の、奇妙な帽子つきのパジャマを着せられていた。

「これを着るとばかみたいにみえるよ」

茉莉は言ったものだ。第一、寝るときに帽子はじゃまっけだった。惣一郎は何も言わなかった。でも、茉莉の言うとおりだ、と思っていてくれるのが茉莉にはわかった。おにいちゃんはいつも茉莉だけにわかる特別なやり方で、そのことを伝える。

「ばかにつける薬はないんだから、茉莉は超然としていればいいんだ」

チョウゼンとする、は、そのときに聞いた片仮名の響きのまま、それ以来ずっと茉莉の指針になっている。その言葉は、とても超然とした響きを持っていた。意味はわからなくても、響きはわかった。それは光に似ていた。出口みたいに思えた。

惣一郎は、茉莉が靴をかくされれば一緒に捜してくれた。昼休みに茉莉が頭から牛乳をかけられたときには自分の体操着でふいてくれたし、ふいても匂いが残って気持ちが悪く、吐きそうだと言うと、水道で髪をゆすいでくれたあと、吐いちゃえ、と言って口に指を入れてくれた。げえっという音と共に茉莉は咳込《せきこ》んだが吐くことはできず、かわりに涙と洟《はなみず》がでた。授業はもうとっくに始まっていた。誰もいないしずかな校庭と、下駄箱のすぐ外側の水道の、蛇口の一つずつに反射していた日ざしをよく憶えている。

惣一郎自身もはじめは苛められたらしかった。しかしそれは茉莉に対するそれほど明白なものではなく、すくなくとも茉莉が二年後に学校に入学したときには、兄は周囲からやや孤立した、特別な場所をすでに獲得しているようにみえた。

たとえば惣一郎と茉莉が一緒にいるときに、調子にのった子供が茉莉をこづいたりすれば、惣一郎は、

「さわるなっ」

と怒鳴った。それは茉莉でさえびくっとするほど乱暴な声だったので、彼らを怖《お》じ気《け》づかせるには十分だった。

しかし言葉でどんなにからかわれても、惣一郎は怒ってくれなかった。茉莉は、自分のことなら平気だったが、父親を「変人」と言われたり、母親を「外人」と言われたりすると腹が立った。そんなつもりはないのに悔しくて泣きそうになった。それで、

「黙れっ」

と自分で怒鳴ってみるのだが、それは彼らをますます調子づかせる結果になった。

「ほっとくんだ」

惣一郎は茉莉をたしなめた。

「超然としていればいいんだ」

そういうとき、怒ってくれるのは九だった。

「なんや、お前らなんの用ね」

九はたいてい石だの棒きれだのを持ち歩いていて、必要とあらばそれを使った。

「茉莉にかまうんはやめんな」

苛めっ子たちを追い払ったあと、不満を込めて、

「なんで？　なんで惣ちゃんなんも言わんと？」

と言った。茉莉は兄をかばいたくて、

「九ちゃんにはわからんちゃん」

と口をとがらせた。おにいちゃんみたいに、チョウ

ゼンとしたかった。

九の家は静かな家だった。

玄関はひんやりとしていた。骨董らしい壺《つぼ》や油絵が置かれ、大人っぽい気配がした。いつもまるボーロと牛乳のおやつをだされる台所には、どういうわけか、かまきりの標本が飾ってあった。

九の家も、茉莉の家に劣らず植物だらけだった。でも似ているのはそれだけだった。家の中の空気や匂いはまるで違っていた。

九はどこにでもついて来た。そして、茉莉が思うには、九は惣一郎が気をゆるした、家族以外で唯一の人間だった。

街中が遊び場だった。

坂の上の住宅地は道幅が広く、公園も空き地も植物も多く、いつもおなじ、のんびりした空気だった。

惣一郎と茉莉と九。

風のやわらかい街だった、と茉莉は思う。たとえば丘の上の浄水場の敷地にしのびこむと、そこからは街全体が見渡せた。視界をさえぎるものが何もないので、空の分量に圧倒された。

「飛行機来んかいなあ」

茉莉はよくそこで飛行機を待った。

「そりゃあ来るくさ」

九は言い、惣一郎も微笑《ほほえ》んで同意していたが、茉莉にはそうは思えなかった。たとえば土手すべりに夢中になっているときや、公園でブランコを一回転させようと全力でこいでいるときに、飛行機はたしかに来た。空港が近いので、日に何機か飛んでいくのだ。でもそれは、いま見たい、と思うときには現れなかった。首が疲れるほど上を見上げて——そうすると自然に口が半びらきになってしまうのだったが——じっと待っても、空はただ青く、しずかだった。

低い、でも耳から全身に伝わるみたいなゴウ音と共に、おどろくほど近い場所をまっすぐに進んでいく飛行機の白いおなかを真下から見上げるのが、茉莉は好きだった。

乗り物だと理屈では知っていても、あの中にほんとうに人が入っているとは思えなかった。それは独特の「物体」だった。茉莉の生活とは関係のない、ときどきふいに現れる、白い、親しい「物体」だった。

2

小学校までは、子供の足で歩いて十五分の道のりだった。文具と駄菓子を売る店があったり、公園があったり、大きなみかんの木があったりした。学校のすぐ裏には池があった。遠まわりをすれば、しのびこむだけで楽しい個人所有の山もあった。

道のわきを水が流れ、側溝に蓋《ふた》などなかったので、台風がくれば水が溢《あふ》れた。雨の日の側溝には、茉莉を惹《ひ》きつけるものがあった。じっと立って耳をすますと、流れ込む水の音はざばざばともだばだばとも聞こえ、濃いピンク色の長靴をはいた自分の足元に、気前よくきりもなく溢れてくる水を茉莉はいつまでも見ていた。小さかった茉莉は傘を垂直にさすことができず、柄《え》を肩にもたせかけてさした。傘というのはそうやってさすものだと思っていたし、木綿製なので濡れると持ち重りのするその傘を打つ水の感触は、手ではなく肩や頭で受けとめた。

「すい込まれちゃうぞ」

やがて、惣一郎にそうたしなめられる。事実側溝から溢れた水に流されて、溺《おぼ》れた子供もいたらしい。

「もうちょっと」

茉莉はねばった。行き先も、その先に待つものも知らないくせに、水はひたすら勢いよく流れでてくる。まるでずっと待っていたように。外にでられることが嬉しくてたまらないみたいに。

側溝の横に立ち、いつまでも水を眺めていた茉莉のうしろで、惣一郎もまたいつまでも、辛抱づよく待っていてくれた。

小学校の周りには、いくつもの空き地があった。空き地には丈高い雑草が茂り、一足ごとに腿上《ももあ》げになってしまうような、滑稽《こっけい》な歩き方を強いられた。そうやって歩くと、茉莉はどうしても惣一郎や九に遅れをとった。彼らに遅れをとることは、茉莉には我慢のならないことだった。置いてきぼりにされる不安と、惣一郎を九にとられたような憤慨と。

葉の裏には虫がついていたし、細く鋭い葉は皮膚をひっかいた。雨でもないのにぬかるんだ場所もあり、ふいにぐちゃりと靴が沈んだ。空き地には他に誰もいないのに、二人はどんどん先にいってしまう。彼らの目的はそのときどきで、落ちている釘《くぎ》や機械部品を拾うことであったり、かまきりの卵や蛇を探すことであったり、九の飼っているカメのジュンペイを「散歩」させることであったりしたのだが、茉莉にはその目的は、たいてい教えてもらえなかった。

泣くわけにはいかなかった。泣けば、自分を足手まといだと認めることになる。それで茉莉は奇声を発した。置いていかれる不安と、上手《うま》く歩けない苛立《いらだ》ちと、惣一郎をとりもどしたい一心で。

叫び始めると、声は自分の手に負えなかった。かん高くすさまじい叫び声になり、とても目をあけていられない。それで茉莉は目をつぶり、血管という血管が切れそうな勢いで、渾身《こんしん》の力を込めて叫んだ。というより、全身が声と化した。やがて、声は茉莉の外側でこだまし、誰か他の人の声のように思える。そうなると、自分の意思ではもう止められないのだった。

きゃあああああああっ。あーーーっ。あーーーっ。ああああああーーーっ。

惣一郎と九が駆けつけてくれても、茉莉は叫び止《や》むことができない。九が何か言ってなだめようとしても、茉莉の声の大きさに処しかねて耳をふさいでも、茉莉は叫びつづけた。惣一郎が茉莉の肩を揺さぶり、腕や足や髪や背中や、つまり茉莉の身体じゅうをそっと叩くまで、かん高い声は空に向って発せられつづけた。全身で声になっている茉莉に、まだちゃんと頭や顔や首や手や足があることを、惣一郎はそうやって思いださせるのだった。

惣一郎はよく熱をだした。それも四十度とか四十二度とかの高熱だった。咳も頭痛も伴わない発熱で、新は「身体の成長の一環」とみなしたが、喜代はそれを、「惣一郎が特別に頭のいいしるし」だと思っていた。身体ではなく脳が成長しすぎて熱をだすのだ、と。

茉莉はめったに熱をださなかったので、兄の発熱については母親の意見が正しいように思えた。身体なら自分だって成長している。

惣一郎自身は、それについて何も言わなかった。ただ、食事を拒否するので熱を測られ、ベッドにおしこまれてしまうのだった。熱が下がるまで、茉莉は惣一郎の部屋に入れてもらえない。

惣一郎が学校を休むと、茉莉も学校を休んだ。おにいちゃんのいない学校になど、何の用もないからだ。喜代は小言を言った。新は、行きたくなければ行かなくていい、と言った。いずれにしても、茉莉は聞く耳を持たなかった。

とはいえ、惣一郎の姿の見えない家の中は暗く、よそよそしく、物淋しかった。テレビをつけても大人向きの番組ばかりで、家の中のすべてが茉莉をのけ者にし、茉莉のずる休みを責めているように感じた。喜代は兄にかかりきりだった。

茉莉は半ば家出のような心持ちで、一時間もかけて街まで歩いた。午後の街は賑やかで平和で、人も車も、バスも電車も、みんな忙しげに動いていた。柳橋連《やなぎばしれん》合市場《ごういちば》は、よく喜代と来るので勝手のわかった場所だった。香ばしい匂いをたてて茶葉を煎《い》っているお茶屋や、新鮮な青物が山のように積まれている八百屋、おどろくべき豊かさで、見飽きない魚屋。

茉莉は魚屋が好きだった。威勢のいい声をききながら、店の人の濡れたゴム長が、きびきび動くのを見ていた。一匹ずつの魚の顔を、たしかめるみたいにしげしげと眺めた。ぎっしりのスズメダイ、マダイ、アラ、蛇みたいに長い太刀魚《たちうお》、まさに小箱形のハコフグ。

「あら茉莉ちゃん、どうしたと?」

市場を散策していると、顔見知りの大人に声をかけられた。

「学校はないと?」

茉莉はいっぱしに世間話をしているつもりで、

「お休みしたと。おにいちゃんが熱だしたけん」

と、彼らの言葉でこたえた。

「あらそれは心配やねえ」

と言われたり、

「それでおつかいね? えらかねえ」

と言われたり、

「気をつけて帰りんしゃいね」

と言われたりする。

そこは、高台の住宅地とは別の世界だった。外界であり、都会であり、茉莉の知っている唯一の「世の中」なのだった。

市場からさらに歩くと、小さな神社があった。細い路地に赤い柱がならび、鳥居があって、その鳥居の奥、路地の片側に、横向きに社殿があるのだった。ビルとビルにはさまれた、晴れた日でもまるで日のあたらない、秘密めいた場所だった。

そこまで来るとさすがに疲れ、茉莉はその場にしゃがんで休んだ。そこは、夏でもひんやりとしていた。

台所から持ちだして、スカートのポケットに入れておいたおやつを食べた。両手を広げ、片足で立つだけの「試練」遊びをしたり、ぼんやり空を見ていたりした。空はいつもそこにあった。茉莉の上に、そして世界の上に。

赤い柱のならぶその路地は、踊るのにもまたうってつけの場所だった。

「うったうったうー、うったうったうー、うったうったうー」

両手を頭上に上げ、目をとじて息がきれるまで跳ねまわっていると、自分がいま一人ぼっちであることも、兄が病気で寝ていることも、母親が茉莉の不在に気づいて心配しているかもしれないことも、していないかもしれないことも、忘れてしまえた。

惣一郎の熱はすぐに下がり、熱さえ下がれば本人はいつもけろりとしていた。

しかし茉莉には、全然別なとき――いつものように九と三人でおもてで遊んでいるときや、夜、惣一郎の部屋の窓から二人で星をみているときなど――に、兄が発熱しているようにみえることがあった。もともと大人びた顔つきの惣一郎は、相手を見透かすような強い目の持ち主で、普段は涼しいその目元が、発熱するとぽってりとうるんで、常にも増して強いまなざしになる。

「おにいちゃん、熱があるんじゃない？」

茉莉がおずおずと尋ねると、惣一郎はにやりとした。それから茉莉を見据え、重大なことを打ちあけるみたいな口調で、

「人間はみんな発熱しているんだ」

と、言った。

「たまたまそれが高い温度になったって、そんなのどうってことないんだ。わかるだろ」

惣一郎の言葉には、いつも圧倒的な真実があった。それは説得力などというものではなく、真実そのものだった。それで茉莉はうなずいた。神妙に、おもおもしく。惣一郎は微笑んで、

「それよりずっと恐いのは、熱がなくなることなんだ、ほんとは」

と、また重大めかせてつけたすのだった。

家の中で、茉莉と惣一郎はそれぞれ自分の部屋を与

えられていたが、茉莉は惣一郎の部屋でばかり遊んだ。散らかり放題の茉莉の部屋とは違って、惣一郎の部屋はいつもきちんと片づいていた。

惣一郎は読書家だった。おもてを駆けまわっていないときには、たいてい部屋の中で本を読んでいた。『きかんしゃやえもん』や『泣いた赤鬼』、『赤いろうそくと人魚』といった絵本はぼろぼろになっていた。喜代の買い与える名作の類――偉人の伝記や動物誌、植物誌――を端から読破して、十歳になるころには両親の書棚から本を選んだ。茉莉の記憶にある限り、彼のもっとも愛した書物は、『ギリシャ神話』と『ふらんす小咄《こばなし》大全《たいぜん》』だった。


「いっしょに寝てもいい?」

茉莉が言えば、惣一郎は拒まなかった。

「手つないで寝てもいい?」

「顔くっつけてもいい?」

茉莉はねだり、そのたびに惣一郎は、

「いいよ」

とこたえた。

「左側だけ貸してやる。右側には手をだすなよ」

と言うこともあった。

茉莉は惣一郎の左側にかじりつき、頰と肩のあいだの空間に顔を押し込んで眠った。目をあけると焦点を結べないほどの近さで、惣一郎の白い頰が見えた。

仰向けに寝た惣一郎はときどき、横向きにまるまってくっついている茉莉の、膝のあいだに片足を入れた。そして、

「茉莉はちびだな」

と、言ったりした。二人はそのままの姿勢でじっとしていた。たいてい惣一郎の方が先に眠った。茉莉は惣一郎の規則正しい寝息をききながら、この世の誰よりもおにいちゃんが好きだ、と思った。おにいちゃんは茉莉が守る、と。

茉莉は息をつめて手をのばし、兄が目をさまさないよう細心の注意を払って彼の耳に触れてみた。茉莉は、兄の耳をきれいだと思った。「耳」という言葉から想像し得る、おおよそありとあらゆる耳の中で、惣一郎の耳くらい完璧《かんぺき》なかたちの、つつましく清潔な耳を茉莉は他に知らない。手を触れると存外に硬く、一定の温かさを保っており、それ自体が独立した生命を持っているように思えた。たとえば夜の海にいる生き物みた

いに大人っぽい、孤独な。

眠っている惣一郎は、風呂上がりならば石鹸の匂いがした。そうでないときは、バターミルクと草のまざったような匂いがした。


喜代は料理好きな女だった。きゃべつの葉のあいだに挽肉をつめ、丸ごと煮たロールキャベツや、ランプ肉にたこ糸をまきつけ、玉ねぎと共に蒸し焼きにするローストビーフといった、当時としては目新しいものを好んで作った。そういうものを作れる母親が、茉莉は自慢だった。母親のほっそりした顔立ちやながい指が、兄にばかり遺伝したらしいことが残念でならなかった。

夕食は台所のテーブルで、家族揃《そろ》って摂るきまりになっていた。新が研究に没頭しているようなときでも、喜代は食事をしに帰ることを要求した。新はポンコツの愛車で大学から戻り、食事をして、また大学に戻っていった。


料理好きであると同時に、喜代はまた外食好きな女でもあった。新の研究が一段落したとみるや、平日でも構わず一家で街にくりだした。天神《てんじん》の中華料理屋や、中洲《なかす》の水炊き屋なんかに。

そういう場所では、喜代も新も酒をのんだ。子供たちものむことを許されていたが、茉莉は一度舐《な》めてみて、

「いっちょんおいしくない」

と思ったし、惣一郎ものまなかった。茉莉のように舐めてみることさえしなかった。そして、両親がしばしば外食に「招待」する祖父江九だけが、

「のんでみちゃあたい」

と果敢《かかん》に宣言し、ビールでもワインでも日本酒でも、コップに数センチばかり注がれたものを、のみ干したあとで顔をしかめた。

「いいのみっぷりだわ」

たのしそうに喜代は言い、

「頼もしい」

と、新も誉《ほ》めた。人生のこの時期、両親は九をもう一人の息子のようにかわいがっていた、と、茉莉は思う。

祖父江家の複雑な事情を、幼い茉莉は知らされていなかった。ただ、九ちゃんの家にははじめからお父さんの姿がなく、お母さんが働きにでるようになってか

ら、九ちゃんはおじいちゃんとおばあちゃんの家――それは小学校の敷地内にあったのだが――にあずけられてしまった、という現実があるだけだった。

寺内家の外食に「招待」されるとき、九はいつも七五三なみの盛装をしていた。それは喜代に言わせると、「そのへんの店では決して手に入らない、上等な舶来の生地でつくったスーツ」だった。

やんちゃなのにときどき横顔に陰のさす、まるボーロと牛乳が大好きなくせに舶来生地のスーツを着て酒をのんだりするこの隣家の少年は、茉莉にとって奇妙な、ときにどう対処していいのかわからない存在だった。割れたあごだけは独特で恰好《かっこう》いいと思っていたけれども。


日曜日の午前中、茉莉はしばしば惣一郎と二人きりで過ごした。両親が寝室に閉じ込もってしまうからだが、それは茉莉にとって至福の時間だった。

日曜日、惣一郎は茉莉には想像もつかないことを、次々に思いつく。「虫の強度」を調べるとか、ラジオの構造を調べるとか、台所で「アメリカンドッグ」を作るとか。小麦粉を溶いて砂糖をまぜた衣をソーセージにつけて、油で揚げる「アメリカンドッグ」に、惣一郎はしばらく凝《こ》っていた。ぶ厚く均等につくように、衣の濃度に注意が要《い》った。また、油の中で衣がひろがってしまわないように、惣一郎は割り箸で「枠」を作り、ソーセージを固定する方法もあみだした。しかし、結局のところソーセージを縦に沈められるくらい深い鍋がないと、夏の日のプールサイドで売っているようなものはできないことが判明し、それ以降作るのをやめてしまった。

惣一郎はまた、茉莉のために糸電話を作ってくれた。

「用があるときはこれで呼ぶんだ。どこで何をしていても、茉莉に呼ばれたらすぐに行くから」

惣一郎は決して嘘《うそ》をつかなかった。茉莉が糸電話を持って近くまで駆けより、糸をぴんと張って、

「用事があるからすぐに来て」

と小さな紙コップの中にささやくと、笑いながらついてきてくれた。

惣一郎は手先の器用な子供だった。鉛筆を彫刻刀で切り刻み、「鉛筆自動車」を作ってくれた。それは車体もタイヤも鉛筆でできており、左右のタイヤを連結させる横棒は、鉛筆の芯でできていた。完成すればばち

ゃんと走った。作るのには時間がかかったが、その手作業のひとつひとつを、茉莉は神々《こうごう》しいものみたいに見守った。

「昼でも星はでてるんだ」

星の好きだった惣一郎は、ある日そんなふうに言った。

「ただ、太陽の光が強すぎるから見えないだけなんだ」

それで、窓に黒いセロファンを貼った。セロファンを買うのに茉莉も出資し、

「まだだめだ。まだ太陽が強すぎる」

と惣一郎の言うままに、セロファンの上から黒い絵具を重ねて塗った。

星は見えなかった。あやしげな黒い窓と、惣一郎の背中とを、茉莉はかわるがわる見ていた。

「茉莉の像をつくろう」

惣一郎はまた、そんなことも思いついた。庭の土を掘り返し、たらいに入れて水で捏《こ》ね――この作業は、茉莉も助手として手伝った。土がつやつやになるまで捏ねるように言われ、力が要ったが、おもしろかった――、惣一郎は茉莉を裸にさせ、その泥を全身にべったりと塗りつけた。

泥はつめたかった。惣一郎の手のひらが肌に触れ、はじめのうちはくすぐったかったが、いったん泥に包まれてしまえば平気だった。

「動かないで」

惣一郎は言い、可笑《おか》しいほどの熱心さで茉莉に泥を重ね続けた。

「墨汁みたいな匂い」

茉莉は目をとじてそれを味わった。土の匂いと、惣一郎の手のひらの感触を。

「よし」

しまいに、惣一郎は言った。

「あとはお日さまが乾かしてくれる。茉莉はそこにじっと立っているんだ」

膝を落とし、茉莉とおなじ高さで目を合わせ、やさしい口調でそう言った。

「うん」

茉莉はじっとしていた。像になると思うと、期待に胸がふくらんだ。

惣一郎は茉莉のために、台所からおやつを持ってきてくれた。

「動いちゃだめだよ」

惣一郎は言い、緊張して立っている茉莉の唇のあいだに、ぼそぼそのビスケットを滑り込ませた。

しばらくして庭にでてきた喜代は、びっくりして茉莉を見て、それから笑った。ひとしきり笑ったあとで新を呼んだ。

「なにしてるんだ？」

新は言い、そのあとでやはり笑った。

惣一郎は笑わなかった。真面目な顔で立っていた。茉莉は、自分も笑うまいと決めた。

「さあ、中に入って」

喜代が言った。

「風邪をひいちゃうわ」

茉莉は頑として動かなかった。喜代と新がなだめても叱っても、茉莉は返事をしなかった。だって像だもん。おにいちゃんが茉莉の像をつくってくれてるんだもん。そう思っていた。

日曜日。

それは茉莉にとって、自分だけの惣一郎が出現する日だった。普段は気むずかしく大人びた兄の、子供じみた熱意と実験に立ちあえる日なのだった。

3

小学校の校庭には、竹でできたのぼり棒があった。茉莉はそれにのぼることができなかった。手も足も力いっぱいにしがみついてみるのだが、最初の位置にとどまっているのが精一杯で、ほとんど一ミリものぼれない。じっとしているだけでも力が要った。

「なんしようと？」

苦もなく棒をのぼりながら、九は不思議そうに声をかけた。セミのように棒の下の方にくっついたままの茉莉は、声をだせば力が抜けて下に落ちそうな気がするので、返事もできないのだった。

惣一郎と九はたちまちてっぺんに着く。

「気持ちよかねぇ」

「空が青かぁ」

はるか上から聞こえてくるように思える二人の声を耳にするたびに、茉莉はくやしくて唇をかんだ。目をぎゅっとつぶると涙がにじむこともあった。

「腕をそげんからませるけんいかんったい」

ときどき九は助言をしてくれたが、腕をからませなければ滑り落ちてしまうので、茉莉は、役に立たない助言をする九に腹が立った。

「なんで茉莉はのぼれんっちゃろう」

九が惣一郎に尋ねる声も聞こえた。茉莉は耳を澄ませたが、惣一郎は、

「なんでやろうね」

とか、

「わからん」

とか、そっけなく言うだけだった。

やがて力尽きて茉莉は落ちる。落ちるといっても、もともといちばん下にいるのだ。ふにゃりとした脱力感と共に着地するにすぎない。力みすぎて顔が熱く、手足はこわばって、しばらく身体に力が入らない。

見上げると、九と惣一郎の下半身だけが見えた。二人は茉莉抜きの会話をし、茉莉抜きで笑っている。

「ねえ」

茉莉の呼びかけは、どういうわけか小さな声になった。

「ねえってば」

つい頬がふくらむ。不本意だったが、じゃまをしてはいけないような気持ちもあった。九といるときの兄は、ほかのいつにもまして楽しそうに、寛《くつろ》いでいるように見えるからだ。

茉莉は九がうらやましくてならなかった。あんなふうに空に近い場所で、惣一郎と二人きりで話せるなんて。

その日のそこからの眺めを、二人だけが見るなんて。コンクリートの仕切りとその向うの草や木、足元の白っぽい砂と、すぐ横のジャングルジム。茉莉に見える景色はそれだけだというのに。

そういうことのあった日、茉莉は夜まで機嫌が悪かった。のぼり棒にのぼれないくやしさと、その結果惣一郎や九とてっぺんを共有しそこなった淋しさが、頭も胸も占めてしまい、そうなると茉莉はしばしば夕食も残した。

「どうして食べないの？」

喜代に尋ねられても、

「食べたくないから」

としかこたえられなかった。

「具合が悪いの？」

喜代がつめたい手のひらを茉莉の額にあてがうと、茉莉はうるさそうに頭を振って払いのける。喜代はた

め息をつく。

「どうしてときどき反抗的になるの？　困った子ね。なにか言いたいことがあるんなら、ちゃんとおっしゃい」

　言いたいことなどなかった。それで黙っていると、喜代は苛立たしげに眉根を寄せた。

「強情っぱりなんだから」

　この子は何を考えているんだかわからない。

　茉莉は喜代に、たびたびそう言われることになるのだが、このころにはすでに、その兆候が見えていた。

「ごちそうさま。茉莉、おいで」

　食事がすむと、惣一郎はそう言って茉莉を救いだしてくれた。

「宿題をみてあげるから」

　とか、

「ラジオを聴こう」

　とか言って。一緒に宿題をしたためしはなかったが、ラジオはときどきほんとうに聴いた。惣一郎の部屋のベッドにぺたりと坐《すわ》り、茉莉は気に入りの犬のぬいぐるみを抱えて。惣一郎は極東放送のつづきもののドラマを好んだ。英語はわからなくても、ドアがきしみながら開いたり女が悲鳴を上げたりする、おそろしげな効果音をおもしろがった。

「どうなったの？」

　茉莉にとって、それは途方もなく恐い番組だった。途方もなく恐い、でも惣一郎のそばで聴けば勿論《もちろん》ひどくわくわくする——。

「誰の足音？」

　息をひそめ、耳を傾けながら茉莉は尋ねる。

「逃げられる？　どっちへ走ってるの？　ひゃあ、猫をけとばしたの？　恐いよ。いまの何の音？　おにいちゃんこっちに来て」

　すばらしくどきどきした。惣一郎の腕に顔を埋め、心臓が跳ねるのをこらえながら、茉莉はラジオから流れてくる音の一つ一つに意識を集中する。雨の音や風の音、くぐもった笑い声、そしてガラスの割れる音——。

「ああ、恐かった」

　番組が終り、コマーシャルが流れると心からほっとして茉莉は言う。

「おもしろかったねえ」

　と。そして、自分がもう機嫌を直してしまっていることに気づくのだった。

惣一郎について、茉莉が不思議に思うことの一つは言葉だった。惣一郎は家族に対して決して博多弁を使わない。茉莉にとって惣一郎はすべての物事の基準だったから、その彼の使う標準語——新と喜代が死ぬまで頑《かたく》なに使い続けた言葉でもあるのだが——が、「普通の言葉」だった。幼稚園に通うようになり、まわりじゅうが博多弁という環境に置かれると、茉莉ははからずもその言葉を憶えた。ふいに口をついてでることもあり、そのたびに茉莉は困惑した。家族の中で、自分だけが異分子であるような気がして。

ところが小学校に入学してみると、そこには全然別な惣一郎がいた。口の悪い男の子たちに混ざって、博多弁を駆使して特別な場所に君臨する惣一郎がいた。それは、家族の中にいるときの惣一郎とは別な少年だった。茉莉の知らない場所でミイラごっこをしていたり、他の子供を殴って教師に叱られたりしていた。

惣一郎が武市《たけいち》という名の少年を殴りつけたときのことは、茉莉もよく憶えている。武市は苛めっ子だった。茉莉ばかりか九のことも苛めた。

放課後の廊下で惣一郎が武市と「対決」している、と男の子たちが騒ぐのを、茉莉は体育倉庫の前で聞いた。そこで一人で踊っていたのだ。慌てて駆けつけると、うずくまった武市が教師に助け起こされるところで、惣一郎は拳《こぶし》を固く握りしめたまま、まだ全身から怒りを発散させて立っていた。

「おにいちゃんっ」

茉莉が呼んでも聞こえないようだった。心配でどきどきし、茉莉は喧嘩《けんか》を見てさえいないのに足が震えた。気がつくと惣一郎に抱きついてべそをかいていた。惣一郎は茉莉に言葉をかけることもせず、口をひき結んだまま、発熱したみたいな顔で、武市を睨《にら》み据えていた。

おにいちゃんはすごく怒っている。

茉莉にわかったのはそれだけだった。

「九ちゃんはお前の言うような汚い男じゃなか」

殴りつける前に、惣一郎が武市にそう言った、と茉莉が知るのはそのあとのことだ。母親が女手一つで育てていた九は、小学校に住み込みで働く祖父母と暮していたのだったが、父親がやくざだとか、人を殺したとか殺さないとか、不穏な噂《うわさ》がいろいろ流れていた。惣一郎が茉莉ではなく九のために闘った、という事実は、茉莉をすこし憤慨させた。それでも、九はたしかにいい子だったし、茉莉が苛められれば助けてもくれるので、まあいいか、と思うことにした。そして、九ちゃんをおにいちゃんが守るなら、おにいちゃんは茉莉が守る、と、また決心するのだった。

惣一郎と茉莉と九。あのころ、三人はいつも一緒だった。学校が終れば丘の上の浄水場の敷地に集って、草の上に寝そべって空を見た。

「飛行機来んかいなあ」

茉莉が言えば、

「そりゃあ来るくさ」

と、九がこたえた。日中存分に日にあたためられた草は、夕方になってもむっとする匂いを放っていた。目を上げれば、そこにはテレビ塔が見えた。オレンジと白のしましまで、無駄のない細さで空に聳《そび》えるそのテレビ塔は、いつもそこにあった。学校でいいことがあった日も、いやなことがあった日も。それは子供たちにとって、灯台みたいなものだった。あそこまで歩けば鞄を投げだして遊ぶことができる。そう思いながら坂をのぼった。

子供たちには子供たちの事情があった。それは無論一人ずつ違っていて、あの武市にさえ、両親の離婚だとか母親の再婚だとか、新しい家の子供たちが「中坊《ちゅうぼう》」で肩身が狭いとか、茉莉には想像もできない事情があるという話だった。

茉莉には両親も兄もいたが、それでも、一日一日を生き延びるのに精一杯だった。惣一郎と九に遅れをとるまいとし、苛めっ子にからかわれても「チョウゼン」とし、喜代に叱られても「カンケイないもん」と思い、のぼり棒にしがみつき、クラスの女の子たちに「変っとう」と言われても一人で踊ってみせる、それだけで日々くたくたになった。

拾ったダンボールをつぶし、それにのって斜面を滑り降りる「土手すべり」は、男の子の遊びだったが茉莉も仲間に入った。のぼり棒と違い、これは得意だった。熱中して何度も滑り降りるうちに、手も足も顔も泥だらけになった。

土手すべりをするとき、茉莉はよく声をたてて笑った。滑っているあいだは恐怖で声もでないのだが、下につくと身体から笑いが込みあげてくる。そして、すぐにまた滑りたくなるのだった。

斜面がひどく急なので、この土手すべりはのちに禁止され、浄水場の敷地そのものが立入禁止になるのだが、それは茉莉が高校に上がるころのことだ。当時、子供たちはまだみんな、この「勇気だめし」を楽しんでいた。

はじめてのとき、目の前の斜面にすくんで動けずにいた茉莉に、惣一郎が、

「やりたくなかったら、無理にやらなくていいんだよ」

と、言った。

「茉莉は見ておいで」

と。

「やりたいもん。やりたいから、やるんだもん」

茉莉は言い張ったが、実際にダンボールにしゃがみかけると、それだけで鳥肌が立ち、指先がぞわぞわして、動悸もした。いそいでまた立ち上がり、ダンボールを持って、立ちつくす。

「やるんだけど、心の準備がまだできない」

言い訳ともつかず茉莉がつぶやくと、惣一郎はひっそりと笑った。

「でもね、物事には準備する時間は与えられてないんだ」

それだけ言って、茉莉をそこに残し、一人で土手を滑り降りてしまった。

物事には、準備する時間は与えられてない。

その後の人生で、茉莉はたびたびそれを思い知らされ、そのたびにこのときの兄の言葉を思いだすのだが、いまはそれどころではない。

茉莉は憤然とぼろダンボールにまたがり、前の方をつかんでいる。もうどうなってもいい、というくらいの心持ちで地面につっぱっていた足の力を抜く。たちまちそっくり返って空が見えて、びっくりしているまもなく滑り落ちてしまった。

「いいぞ、茉莉」

土手の下でぽかんとしている茉莉に、惣一郎が言った。

「もう一回、やる」

ふらつきながら立ち上がり、興奮に目を見ひらいて、つきあげる歓喜にくすくす笑いをもらしながら、茉莉は斜面をまたよじのぼった。

あの場所の、草の匂いと空気のやさしいかわきぐあいを、茉莉は身体で憶えている。

日曜日。惣一郎を独占できる日だと思うせいで、茉莉はいつも早朝に目をさましてしまった。きょうは何をして遊べるんだろう。期待に胸がふくらみ、もう眠ることはできない。それで茉莉はごそごそと起きだして、犬のぬいぐるみに話しかけたり、喜代の鏡台から持ちだした口紅を塗ってみたりしながら、惣一郎の起きるのを待った。

待ちきれず、起こしにいくこともあった。惣一郎の部屋にしのび足で入り、ベッドによじのぼって寝顔を眺める。惣一郎はたいてい喜代の手製の帽子をかぶって寝ており、寝顔はあどけなくみえた。

「おにいちゃん、起きて」

もう朝だよ、とか、おなかがすいたからアメリカンドッグを作って、とか言ってみるのだが、惣一郎は眠りが深く、起きなかった。壁に貼られた世界地図、枕元に置かれた読みかけの本。部屋の中は薄暗く、しずかだ。

仕方なく茉莉は階下におり、所在なく台所にいく。台所にいっても、ガスの火に触ることは惣一郎にだけ許され、茉莉には許されていなかったので、アメリカンドッグはおろか、紅茶のための湯を沸かすこともできない。たった二歳違いだというのに、茉莉は無力だった。

台所から庭にでる。物干し竿があり、階段状の植木鉢置きにはぎっしりの鉢植えがならび、如露《ジョロ》だの空き壜《びん》だのの転がった庭に。わざわざ玄関にまわることはしなかったので、そういうとき、茉莉はきまって裸足《はだし》だった。裸足で踏む土の感触が好きだった。

早朝の庭は、どこもかしこもしっとりと濡れている。夜があけたばかりの、まだ誰もすっていないうすあかるい空気を、茉莉はすいこむ。大きな葉っぱのそこかしこを這《は》う小さなかたつむりをみつけ、指でつまんで観察した。ほとんどの花は、つぼみを固く閉じてしまっている。茉莉はしゃがんで、閉じた花びらの匂いをかぐ。どの花もつめたい匂いがした。

「うったたうったたうー、うったたうったたうー、うったたうー」

時間が早いのでさすがに遠慮して、小声で歌いながら踊った。すると、庭は茉莉の味方だった。植物も如露も空き壜も、みんな茉莉を見ているように思えた。無言で、でも好意的に。

そうやって踊っていて、ふいにべつの視線を感じることがあった。視線はまっすぐで容赦がなく、茉莉はすぐに動きを止める。隣家の二階の窓辺に、九が立っているのだった。

おはよう、と、どうしてだか茉莉は言うことができない。ただ黙って、九を睨みつける。九の方でも何も言わなかった。黙って茉莉をみつめ、やがてふいに奥へひっこんでしまうのが常だった。

小さな、心細げな九の姿が、茉莉の記憶にやきついている。

「九ちゃんのパパってやくざなの？」

一度、惣一郎に尋ねたことがある。秋の夕方で、茉莉と惣一郎は庭にでていた。

「やくざで、悪いことをして、それでお隣んちは九ちゃんと九ちゃんのママの二人きりなの？」

学校で、みんながそう言っていた。おにいちゃんは、たぶんそれと何か関係のあることで、武市《たけいち》っちゃんを殴った。

「茉莉はどう思う？」

しずかな、穏やかな口調で惣一郎に問い返された。

「九のパパが、悪い人だと思うか？」

庭は日がほとんど暮れかかり、蚊だの赤とんぼなどがとんでいた。

「わかんない」

茉莉は目を伏せた。喜代のサンダルをつっかけた、ちっぽけな自分の足を見る。

「でもみんなそう言っとる」

「考えてごらん」

惣一郎は微笑んで言った。

「考えれば、ちゃんとわかるから」

萩が、あかい細かい花をつけて揺れていた。みそはぎや弁慶草、足下で黄色く咲くかわいらしい小車《おぐるま》も。

外国産の珍しい植物が咲き誇る祖父江家の庭に比べ、寺内家の庭は素朴だった。喜代は園芸好きではあったが、まだ本格的に庭作りにとり組む前で、雑草もぼうぼうとはびこり、手入れを怠って枯らしてしまう鉢植えもたくさんあった。

「九の血が半分その人の血なら」

惣一郎は萩の枝の先を折った。夕闇の中で、その細い枝をくるくるとひねる。

「その人はきっとやさしい人だと思う」

それから茉莉に向きなおり、

「そう思わんね」

と、博多弁で言った。二人きりのときに惣一郎が使った、はじめての博多弁だった。

夕食の仕度の整った匂いが、台所からゆるく流れていた。

寺内家では、夕食のあとに必ずデザートを食べる習慣になっていた。デザートは果物であることが多かったが、喜代の手作りのプリンやゼリーのこともあった。新は、デザートのことを「デーちゃん」と言った。

「きょうのデーちゃんは何かな」

とか、

「お、うまそうなデーちゃんだな」

とか。その言葉の響きがおもしろく、茉莉もよく真似をしてそう言った。

「ママ早くデーちゃんをだして」

と。喜代はきまって顔をしかめた。そういう言葉遣いはお行儀がよくない、と、新に文句を言った。新は首をすくめ、

「すまん」

と詫《わ》びるのだが、翌日にはまた性懲《しょうこ》りもなく、

「きょうのデーちゃんは何かな」

と、言うのだった。

新には、どこか滑稽なところがあった。誠実だが不器用で、まじめだが滑稽で、しかも物悲しかった。

喜代はそれを学問のせいにしていた。

「学者っていうのは現実にそぐわない生き物だから」

たとえば九の母親の祖父江七《なな》に、垣根ごしにそんなふうにこぼした。事実、新は研究に没頭すると、何日も大学に泊り込んで家を空けた。喜代の要求で夕食には戻ってくるものの、上の空で、何も喋《しゃべ》らず、そういうときは「デーちゃん」にも興味を示さなかった。

喜代は、研究者としての新を誇りに思ってはいたが、大学そのものは嫌っていた。

茉莉は思うのだが、あのころ喜代のそばに祖父江七がいたことは、喜代にとって、幸運なことだった。小柄で朗《ほが》らかな祖父江七は、喜代の不平をころころと笑いとばし、ときにはやんわりと我儘《わがまま》をたしなめ、互いにお茶に招んだり招ばれたりして、女同士の時間を分け合ってくれた。東京で生れ育ち、新と共に福岡に移り住んだ喜代にとって、七は唯一の友人だった。

大学は、しかし茉莉にとって、気に入りの遊び場だった。新は車で通勤していたので、学校に行きたくな

い日や、夏休みなのに惣一郎を九にとられた——と茉莉の思う——日、茉莉は新の車に乗って、大学に遊びに行った。

大学は小学校よりもずっと素敵だ、と、茉莉は思っていた。赤レンガに蔦《つた》のからまる校舎の外観は重厚で、道路とキャンパスとを隔てる柵の支柱も、赤レンガでできていた。銀杏《いちょう》あり、やしの木ありの校内は広大で、歩いているうちにすぐ迷子になった。

そして、何といっても、あの建物。歴史のある大学の中でもひときわ古いと思われる、あの灰色の石造りの建物が、茉莉は大好きだった。壁面の上部に、白とブルーの、クラシックなタイルの装飾が施されていた。暖房用らしい何本もの煙突がつきだし、自転車置き場と化した薄暗いエントランスは天井全部にパイプが走り、そこに網状のおおいが張られている。エントランスを挟んで左右に小さな研究室のならぶその建物は、ともかく不気味だった。すみに蜘蛛《くも》の巣のはった、声も足音も反響するエントランスを抜けると中庭があり、茉莉は何時間でもそこで遊べた。中庭といってもそこには日もあたらず、枯れ草が伸び放題に伸びていて、使われなくなったビーカーやフラスコや、空き箱や毛布が放置されていた。また、トタンでできた無人の小屋があり、茉莉はそこを出たり入ったりするのが好きだった。

新は、大学で茉莉を自由に遊ばせてくれた。腕時計をはずして茉莉の手首に巻きつけ、

「お昼になったら駐車場に戻るんだよ」

と言って、茉莉の頭をぽんとたたいた。教室や研究室にさえ入らなければ、あとはどこに行ってもいいのだった。

茉莉は、職員や学生の何人かとは顔見知りだった。キャンパス内にある床屋の主人とも。新は大学で、周囲の人々にあきらかに好かれていた。そして、茉莉はそこで、「寺内先生のお嬢ちゃん」として可愛がってもらえた。

きのうの続きがきょうで、きょうの続きがあしただったあの日々。父がいて母がいて、惣一郎がいて九がいた、あの日々。

十七歳の茉莉は、缶コーヒーを握りしめて博多駅のプラットフォームに立ち、次々に浮かび上がる記憶を遮断するように、ゆっくりとまばたきをする。

輝かしい日々だった。何もかもあまりにも遠く、いまではとても信じられない。

足元に置いた鞄を、爪先でつついてみる。迷彩柄の、布製の鞄。

すべてが一変した十歳のあの日に、たぶんあたしはこの街をでるべきだったのだ。青く澄んだ平和な空を見上げ、茉莉はそう考える。

4

十月の、美しく晴れた朝だった。

惣一郎の部屋で寝ていた茉莉は、いつものように喜代に起こされた。

「またここで寝てるの？　ほら遅刻しますよ。惣一郎はどこ？」

カーテンがあけられ、一日のはじまりの、白っぽくまぶしい日ざしが部屋にさしこむ。

「知らない」

とこたえて、茉莉は枕に顔を埋めた。惣一郎のベッドの上の、自分の枕に。そうやってぐずぐずし、半分眠りながら家の中の音を聞いていた。せわしなく動きまわる喜代の気配や、台所からもれてくるラジオの音、朝食がテーブルに整えられていく音、のっそり起きだした新が、玄関に新聞をとりにでる音。

茉莉は不機嫌に目をさました。こんなに朝早くから惣一郎がどこに行ったにせよ、置いてきぼりにされたことが不服だった。以前にも似たようなことがあった。九と惣一郎が二人きりで計画して、バケツに水を張り、「夜中にそれが凍る瞬間をみる」ために、こっそり庭にでていたのだ。「朝顔のひらく瞬間をみる」ために、それは茉莉も一緒だったのだが、三人で早朝の小学校に行ったこともあった。

自分の部屋で着替えをし、洗面所で顔を洗って台所に行った。紅茶がもうカップに注がれていた。

「おはよう。惣一郎はどこ？」

喜代がおなじことをまた訊いた。ベーコンの匂いで一杯の台所で。

「知らないってば」

小さな声で、仏頂面《ぶっちょうづら》でこたえた。茉莉は惣一郎に腹を立てていたのであって、心配はしていなかった。心配なんて、する理由がなかった。

ただ、奇妙なことではあった。喜代は食事を大事にする女だったし、家族揃って食卓につく、ということを家族一人ずつの事情より優先させるべきだと考えていた。惣一郎は、茉莉よりずっとよくそれを知っていた。

「朝からこんなに食べられない」

とか、

「おなかすいてない」

とかごねるのはいつも茉莉で、惣一郎はおとなしく、皿にのったものをきれいに食べる。おもてで遊んでいても、食事に遅れることはなかった。

「もっと遊んでいたい」

とか、

「まだみんないるじゃない」

とか茉莉が口をとがらせても、

「うちはもうごはんだよ」

と言うのが惣一郎だった。だから帰ろう、と。

電話が鳴ったとき、茉莉はトーストをいやいや口に押し込んでいた。一枚は食べないと、喜代に叱られるからだ。

「はい？」

電話口で、喜代は言葉すくなだった。

何か突飛なことを聞いたかのように訊き返したあとは、ほとんど何も喋らなかった。それでも、片手に菜箸を持ったままの喜代の全身から、恐怖が発散されるのを茉莉はみた。

電話を切っても、喜代は動かなかった。

「何だ？」

緊張した声で新が訊き、振り返った喜代はぼんやりした顔をしていた。

「どうした？　誰からだ？」

茉莉にできることは何もなく、茉莉はただそこにいた。椅子にすわって、黙って。

おにいちゃんだ。

それはもうはっきりとわかっていた。まだ誰もその名前を口にしていないが、電話はおにいちゃんに関することだ。ただならない、あり得ない、とりかえしのつかないこと。

ラジオからは、喜代の好む洋楽が流れていた。晴れた朝で、緑と白のギンガムクロスのかけられたテーブルには食べかけの朝食が――手つかずのままの惣一郎のぶんも含めて――ならんでいた。それは、でも、茉莉の目にはすでに、きのうまでの朝の台所の風景と、決定的に違うものにみえた。この瞬間を境に自分の人生が変ってしまい、二度と元には戻らないことをはっきりと知っていた。

喜代と新は慌しくでていった。おにいちゃんが事故にあった、とだけ、茉莉は聞かされた。きょうは学校に行かなくていいから、茉莉はうちで待っていなさい、と。

茉莉も行く、と言わなかったのは、行きたくなかったからだ。恐すぎたからだ。

茉莉は惣一郎の部屋で、一人で惣一郎を待った。そこにいれば安心だった。部屋の中の何もかもが惣一郎だった。すくなくともそれらは現実だった。よくわからない恐ろしげな事故なんて、惣一郎の勉強机やその上の鉛筆や鉛筆削り器や、パジャマや地球儀や本箱の本や、ぼろぼろの青い筆箱なんかにくらべれば全然現実的じゃない。

「パパもママも慌てとっちゃけん、ばっかやないと」

茉莉はわざと博多弁を使った。この家の中で、惣一郎と茉莉だけの使える言葉を。

誰もいない昼間の家の中の静けさを、茉莉はいままでも思いだすことができる。惣一郎は中学生で、茉莉は十歳だった。一九七一年十月十八日、兄、惣一郎が母校である小学校の裏庭で、首を吊って自殺した朝のことだ。

四時半ちょうどに、隆彦は現れた。

「早かったったいな」

茉莉をみると、そう言った。

茉莉のと似たりよったりの大きな肩かけ鞄の他に、黒い紙袋を持っている。たっぷりの整髪料をつけてうしろになでつけた、濡れたように光る黒い髪と白い肌、いきいきしたまるい目。グレイのオーバーの袖口はすりきれている。

「よかったあ」

茉莉は隆彦の首に両腕をまわし、頬に頬をつけて強く抱きついた。

「来んやったら、どげんしようかと思いよったっちゃん」

そのままの姿勢で言った。整髪料の匂いが鼻先をかすめる。

「ばかやな」

抱きしめられたままの恰好で、つっ立って、隆彦は言う。その声がどこか淋しそうだったのが、茉莉は気になった。

「いいお天気やね」

不安を打ち消そうと、あかるい声で茉莉は言い、腕をほどいて隆彦を解放すると、

「のむ?」

と言って缶コーヒーをさしだした。

「いや、よか」

日はすでに空のどこにもみつけられない。いいお天気やね、ではなく、いいお天気やったね、と言うべきだったかもしれない、と茉莉は考える。たとえ、こんなふうに空気のそこここに、昼間の日ざしが薄く弱く残っているにしても。

寝台特急「あさかぜ」は、ベージュと青のツートンカラーの列車だ。小倉を通り下関を通り、岩国を通り広島を通り、岡山を通り名古屋を通り、熱海を通り横浜を通って、東京に着く。

この街を、ほんとうにでていくんだ。

プラットフォームに入った特急列車の、古びた車体をみた途端、茉莉は一瞬だけ足がすくんだ。

でていくんだ。

車内は暖房が入っていた。他の乗客と共にぞろぞろと乗り込み、車内のむっとする空気を、茉莉は「よそよそしい」と感じた。発車までのあいだ、もう一度おもてにでて息を吸いたい、と。

「それ、なに?」

隆彦の抱えている、大きくて角ばった紙袋をみながら茉莉は訊いた。黒い、煙草のパッケージのデザインされた紙袋。

「ラジカセ」

隆彦はこたえた。

「音楽がないとつまらんやろうが。東京に着いて、俺が仕事にでとうあいだとか、茉莉は踊るとが好いとうけんね」

あたたかいものが胸に灯った。茉莉は隆彦の顔をみて微笑み、

「やさしいったいね」

と、言った。もう一度抱きしめたかったが、通路は狭く、周りの目も気になったので我慢した。

「むっちゃ好いとうけん」

かわりにそう言った。

発車まで、まだ二十分ある。

「待っとって。すぐ戻るけん」

言いおいて、隆彦を残して外にでる。夕方の、生れ育った街のやわらかい空気の中に。

茉莉は目を細め、上を向いて息を吸った。見馴《みな》れた街、見馴れた空、ビルと街路樹と看板。プラットフォームからはみえないが、川のそばにはそろそろ屋台のならぶころだ。市場は買物客でにぎわうころ。スピードをだして走る自転車。

高校の友人たちは、きっと「オルベラ」でソーダ水をのんでいる。喜代は植木を部屋にとりこんでいるだろう。新は研究室にいる。そして九は――。

九は何をしているだろう。茉莉はポケットからガムをだして嚙み、九の顔を思い浮かべる。茉莉が駆け落ちをしたと知ったら、九は何て言うだろう。

今朝、惣一郎の墓前に、きょう駆け落ちを決行する、と報告に行った。緑に囲まれ、敷地内に大きな池のあるその霊園は、子供のころの遊び場の一つだった。冬木立の続く緩い坂をのぼりながら、この坂道を、九と惣一郎と三人でよく駆けのぼったことを思いだした。

「ちゃんと持っとうっちゃけん、こわがらんどき」

茉莉が自転車に乗れるようになったのもそこだった。九と惣一郎は茉莉のそばにぴったりついて、ぐらぐらするハンドルを持ってひっぱってくれたり、荷台を支えて押してくれたりした。

「ハンドルを揺らさんと」

「体ばかたくしたらいかんったい」

「僕たちを信用しとらんめ、茉莉は」

惣一郎がおこった声をつくって言い、

「おるっちゃけん、茉莉、ちゃんとここでおさえとうけん」

と、九が言った。あれは幾つのときだっただろう。夏のおわりだった。

記憶は、いつも茉莉の背中を押す。前へ前へ。

自殺した惣一郎を、最初にみつけたのは九だった。どこで、どんなふうに死んでいたのか、茉莉はしつこく尋ねたが、九は、

「おぼえとらん」

としか言ってくれなかった。

あの日、学校に行った両親は昼近くまで帰って来なかった。帰って来たときの喜代はすでに泣き腫《は》らした顔をしており、それでもまだ涙を流し続け、茉莉にか

まう余裕もなかった。玄関にでた茉莉に、新が、

「いい子だな」

と言ったこと、片手をぽんと茉莉の頭にのせた、その新の手が震えていたことを、茉莉は憶えている。

両親はまたすぐに、今度は警察にでかけた。茉莉は何一つ説明してもらえなかった。喜代は泣き続け、新に対して、ときどきヒステリックな調子で物を言った。おにいちゃんは？　と、でも茉莉は訊かなかった。訊くのが恐かった。

「お腹がすいたら、何でも食べていいよ」

でがけに、新はそう言った。

記憶が鮮明であることが、茉莉をいまでも苦しくさせる。たった十歳だったのに、何もかも憶えている気がするのはどうしてだろう。

翌日に帰ってきた惣一郎の遺体が、両親の寝室に安置されたこと、喜代も新も泣いていたこと、ごくひっそりした葬儀がおこなわれ、そのときにはすでに惣一郎は茶毘《だび》に付されていたこと。茉莉はお経を「気味がわるい」と思った。祭壇も花輪もなかったが、家の中じゅう、昼も夜も線香の匂いがしていた。骨壺が、目を離せなくなるほど白く小さく、つめたい手触りだったこと。祖父江七が、鮮やかな色の花束をくれたこと、喜代を抱きしめて一緒に泣いてくれたこと。そして、葉書。自殺の二日後に惣一郎から届いた葉書は、いまも茉莉の鞄の中に入っている。

記憶。兄の死と、その後の日々の混乱と孤独は、茉莉の中に、感情を伴わないまま鮮明に生きている。

かなしむことはできなかった。

「ばっかみたい」

惣一郎の部屋に入りこんでは、茉莉は兄に話しかけた。

「みんな勝手に大さわぎしてる」

そんなふうに言えば、惣一郎が笑ってくれるような気がした。惣一郎は笑って、

「茉莉はここにいればいい。僕もここにいるから」

と言ってくれるはずだ。

茉莉は喜代にも新にも、惣一郎の身に起きたことについて尋ねなかった。惣一郎にしか、尋ねるつもりがなかった。

遺体の戻ってきた夜に、寝室で正坐をした新が、

「惣一郎、死んじゃったよ」

と、茉莉に――というよりそれは茉莉には一人勝手

なつぶやきのように聞こえたのだったが——告げたときも、茉莉は惣一郎のためにチョウゼンと、

「嘘だもん」

と、言った。

「そんなの絶対嘘だもん」

口にすると、惣一郎が味方してくれるような気がした。死は、茉莉には理解も承服もしかねることだった。認められるのはただ惣一郎の「不在」であり、その「不在」さえ、心の底では信じられはしなかった。

喪服を着た大人たちがやってきて、声をひそめて話したり嗚咽《おえつ》したり、遠慮がちに動きまわっている家の中で、泣くことは、でも簡単なことだった。

おにいちゃんがいない。

そう思っただけで涙はいくらだってでた。惣一郎に会えないなんて、ひどく不当だと思った。

茉莉は、夜中に一人でだけ泣いた。布団の中で身体をまるめ、孤独と混乱と不安に、もしもこれが現実だったら、と、思うだけで突き上げてくる恐怖に。

九にはなかなか会えなかった。

死んだ惣一郎を発見し、ショック状態に陥った九は数日入院し、退院したあとも隣家からでてこなかった。

大人たちがせわしなく動きまわっている家を抜けだして、茉莉がこっそり隣家に行ったときにも、九は幽霊みたいに青い顔をしていた。

「九ちゃん」

声をかけるとぎょっとしたように茉莉の顔をみて、奥の部屋に逃げ込んだ。

「待って！」

茉莉は、惣一郎について自分の知らないことを九が知っている、と思うことが淋しかった。小学校でのその朝の出来事は、惣一郎の死などではなく、九と惣一郎の共有している秘密のように思えた。

「ねえ、何をみたと？」

それでそう訊いた。

「ねえ、どうして茉莉をみて逃げると？」

三人でしょっちゅう遊んだそのおなじ隣家を、うす暗くひんやりした台所や磨き込まれた廊下を、茉莉は一人で九を追いかけまわして走った。九に追いつけば、惣一郎にも追いつける気がした。突然いなくなってしまった、大好きな惣一郎にも。

惣一郎は、しかしいくら待っても帰ってこなかった。もしもおにいちゃんがほんとうに死んだのなら、茉

莉も死んで、おにいちゃんに会いたい。おにいちゃんに会って、あの朝のことを直接説明してもらう。そんなふうに思った茉莉が川にとび込んだのは、惣一郎の自殺から一カ月近くたった日のことだった。誰にも言わずに家を出て、中洲をめざした。川の水はつめたそうに見えた。つめたそうに、そしていかにも穏やかそうに。

早朝だというのに、どういうわけかついて来ていた九にうしろからおさえられたのは、とび込んだあとだった。抵抗したが、九は渾身の力で茉莉に抱きつき、その重みで茉莉は溺れかけた。離して、とか、ほっといて、とか、叫んだはずだ。水のなかでもみ合うのは苦しかった。おまけに雨が降っていた。ともかく深みへ向おうとする茉莉を、うしろからおぶさるような恰好で九がひき戻そうとする。最初に肩をつかまれたときには腰のあたりまでだった水が、そのときにはあごのあたりで激しくうねっていた。水のつめたさは憶えていない。水を大量にのんだことと、前が見えないと思ったこと、そのうち天地の区別もつかなくなり、ああもう死ぬのだ、きっともうすぐだ、もうすぐおにいちゃんに会える、と思ったことを憶えている。

茉莉も九も、気を失ったまま土手で発見された。それは入水場所からかなり離れた叢《くさむら》で、自分たちがなぜそんな場所まで生きてたどり着けたのか、茉莉にも九にもわからなかった。茉莉は一晩入院し、その後家に連れ戻された。惣一郎のいない家に。

自殺、という気持ちでしたことではなかった。おにいちゃんに会いにいく。会ってたしかめる。ただ、そう思ってしたことだった。

茉莉にはいまでも納得がいかない。一体なぜ、兄が自殺などしたのか。

自殺の前日も、惣一郎の様子に普段と違うところはなかった。茉莉は何か納得できる理由が欲しくて、また、両親や警察の人間に問い質《ただ》されもして、その後何度も記憶を探った。

百万遍思い返してみても、そこに何か予兆のようなもの、不穏な出来事はみつけられない。

「ママってほんとうにうるさいっちゃん」

その前夜、茉莉は部屋を片づけないことで喜代に叱られて、惣一郎の部屋に逃げ込んだ。

「部屋が散らかっとうくらいで、なんであげん怒るっちゃろう。散らかっとったって、あたしは平気やもん」

　惣一郎はすこしあきれた顔をした。

「ばかだなあ、茉莉は」

　すでに風呂に入り、パジャマにカーディガンを重ねた恰好で本を読んでいた惣一郎は、

「散らかってても平気なら、片づけたって平気だろう？」

　と、言った。

「どっちでもいいことだろう？」

　ちがうもん、と、即座に返して、茉莉は頬をふくらませた。

「散らかっとう方がいいっちゃもん」

　片づけるのがめんどうなだけだったのだが、ともかくそう言ってみた。いつものとおりに整然とした、気持ちの落着く惣一郎の部屋の中で。

「それに、片づけてもどうせまた散らかるんやったら、無駄やん」

　茉莉の理屈に、惣一郎は笑った。

「正しい」

　そう言って、茉莉をじっとみた。愉快そうに、やさしい目で。

「でも片づけるんだよ、なんでだか。きりがないんだ、いつだって、なんだって」

「そんなのばかみたい」

　茉莉は言い、

「きょうここで寝てもいい？」

　と、訊いた。

「いいよ」

　惣一郎はこたえ、茉莉にベッドを半分貸してくれた。それが最後の会話だった。翌朝起きると惣一郎の姿はなかった。

　推定された死亡時刻は、午前五時前後だった。


「何しとうと？」

　隆彦が立っている。

「発車するけんね」

　茉莉はゆっくりまばたきをして、特別上等、と自分の思う笑顔をつくった。

「行こう」

　あかるい声で、そう言った。もうとっくに、自分はこの街をでているべきだったのだ。たぶん十歳のあの日に。

列車に片足をかけ、茉莉は最後に一度だけうしろを振り返った。駅員が、バケツを持って歩いているのがみえた。

「後悔しとらん?」

座席に腰をかけ、窓の外をみている茉莉に、隆彦が訊いた。

「しとらん」

チョウゼンと、即答した。ラジカセにつないだイヤフォンを、隆彦と左右片側ずつの耳に入れ、CCRを聴きながら。

茉莉の胸の中を、一つの言葉がくり返し過《よぎ》っていく。

さよなら、またね。

死の二日後に、惣一郎から届いた茉莉あての葉書に、たった一行書かれていた言葉が。

2　ヤングアンドプリティ

1

ながいながい滑り台。茉莉は芝生に腰をおろして、遠足らしい子供たちが互いにぶつかり合いながら、一列になって滑るのを見ていた。春。子供たちは揃《そろ》いのスモックを着ている。土と芝生の匂いの風が、茉莉の頰をなぶっていく。のばした両足を持ち上げ、茉莉は自分の爪先をみつめる。白いサンダルを履いた爪先。

　そのサンダルを、茉莉は隆彦の最初の給料で買ってもらった。籠を編んだようなかかとの、早すぎる夏の気配のするそれは、川崎に来て唯一増えた茉莉の所持品だ。たっぷり十秒間みつめ、満足して茉莉は微笑《ほほえ》む。隆彦は、ほんとうはやさしいのだ。この二カ月、茉莉は隆彦に怒鳴られてばかりいるが、それは馬場《ばば》さんの言うように、隆彦自身が不安だからなのだろう。仕入れの荷物持ちと皿洗い、という毎日の仕事にでていくのにさえ、時間をかけてチックで髪を固め、シャツの衿《えり》を立てて武装する隆彦。

　自分がいま川崎にいるということが、茉莉には不思議なことに思える。

　きのう、馬場さんが仕事をみつけてきてくれた。駅のそばの映画館の切符係で、茉莉はきょう面接に行き、面接などというからそれなりに緊張したのだが、その場で採用された。

「じゃあ来月からよろしく。一日目は前任者に来てもらうから、仕事はその日に覚えて。べつに難しいことはないと思うけど、何かわかんないことがあったら彼女に訊《き》いて」

　あっさりと、そう言われた。生れて初めて書く履歴書に戸惑い、二枚書き損じてようやく三枚目に書き上げた、ゆうべの出来事が滑稽《こっけい》に思える。

「簡単やった」

　茉莉は声にだして言った。空を仰ぎ、日ざしに目を細める。

「東京で仕事を探すとか難しいかと思っとったけど、

全然そんなことないやん」

隆彦に早く報告したい。

そう思いながら茉莉は立ち上がり、アパートに帰るべく、子供たちの歓声の響く公園をあとにした。


寺内茉莉と三重《みえ》隆彦は、隆彦の高校の先輩である馬場誠《まこと》のアパートに身を寄せている。川崎駅から徒歩八分の場所にある、古い木造アパートの一階の一室だ。

自分たちの部屋をみつけるまで、と隆彦が言ったので、茉莉は一週間か十日くらいのことだろうと思っていたが、二カ月たったいまも、隆彦に部屋を探している様子はない。

「ねえ、いつ引越すと？」

茉莉が訊くのは、六畳一間のそこが不満だからではなく、馬場に対して悪い気がするからだった。自分たちの部屋をみつけたら、その近くに茉莉の働き口を探そう、という計画だった。この二カ月、茉莉は掃除や洗濯しかしていない。そして結局、きょうは仕事まで決めてしまった。

落着き先が決ったら、両親に手紙を書いて居どころくらい知らせておこう。茉莉はそうも思っているのだが、引越しについて尋ねると、隆彦はかならず不機嫌になる。

「しゃあしか」

苛立《いらだ》たしげに言い、

「ここが不満や？　馬場さんがせっかくおらせてくれようとに」

と、茉莉につめよる。それでも二人きりのときには、

「もうすこし待っときいよ。ちゃんと引越すけん」

とやさしい声で言ってくれもするので、慣れない場所で何とか働いている隆彦に、茉莉は感謝と愛《いと》しさが湧く。

「部屋のこと、せかさん方がよかよ。あいつにはあいつの考えがあるっちゃろうし、俺はべつに構わんけん」

馬場はそう言ってくれている。

隆彦は馬場に、中学生のころからかわいがってもらったという。隆彦より二つ年上の馬場は、高校を卒業すると同時に東京に出て働き始め、三年目になる。中洲のふぐ料亭の一人息子で、三年という期限つきで修業中の身なのだった。その馬場の口ききで、隆彦はおなじ店に下働きとして入れてもらった。板長が博多の

出であることも、おそらく関係しているのだろう。

「調理場んなかはまるで博多のごたあ」

嬉《うれ》しそうに、隆彦は言っていた。しかし、素性のたしかな「預りもの」である馬場と隆彦とでは、店での処遇があからさまに違う。茉莉はそれを、隆彦の様子というより隆彦を気遣う馬場の様子から察した。

隆彦は馬場の前でことさら、茉莉に乱暴な物言いをする。それもまた、茉莉が引越しを望む大きな理由なのだった。

二人きりのときはやさしいのに、と、茉莉は考える。だからいつも二人きりでいたい、と。

「人が多かー」

東京駅に降り立って、茉莉はまずそう口にした。人混みを歩くあいだ、隆彦は自分の方が荷物が多いにも拘《かかわ》らず、ときどき茉莉の背に腕をまわして、かばうようにして歩いてくれた。

仕事があって迎えに行かれない、という馬場の指示どおり、角ばった青色の電車に乗って川崎に着いた。

「汚《きたな》かー」

今度は、そう口にしていた。いやらしげなビラや吸殻や、新聞紙や空き缶がそこらじゅうに落ちており、乾いた風に転がっていく。落書きだらけのガード下には数人の男が寝ていて、むっとする臭いがした。

「大丈夫や？」

何一つ隆彦のせいではないのに、すまなそうにそう訊いた隆彦の表情が、茉莉をせつない気持ちにさせた。せつない、そして不安な。

地図を頼りに歩き、郵便受けに入れてあった鍵を使って部屋に入った。安普請の、でもきちんと整頓された、見知らぬ部屋に。

どこでもいい。

茉莉は心からそう思っていた。隆彦さえいてくれるなら、住む場所なんてどこでもいい。

帰ってきた馬場は、大柄な、お世辞にも美しいとは言えない顔つきの男だった。隆彦の知り合いにしては真面目すぎる印象を、茉莉は受けた。いままでに紹介された隆彦の友人たちは、みんな不良だったからだ。

その夜、三人で酒をのんだ。隆彦はあまり酒に強くないのだが、馬場に再会できてほっとしたのか、機嫌よく水割りのグラスを重ねた。

「どげんしてもついて来るってきかんかったとですよ」

自分をそんなふうに紹介され、茉莉は嬉しかった。それで胸を張った。

「でもこいつ、親に餞別《せんべつ》やらもらって来とうとですよ。なんか甘ったれとうっていうかね」

「よかやなか」

馬場はひっそり微笑んでそうこたえた。

「茉莉ちゃんはみんなに愛されてきたっちゃろうもん？　家族の仲がいいっていうのはよかこったい」

茉莉は鼻白んだ。十歳まではね、と、胸の内で言った。兄の死を境に、何もかも変ってしまったのだ。そして、それらはもうみんな過ぎたことだ。茉莉はいま川崎にいる。大好きな隆彦のそばに。

惣一郎がいなくなってから、茉莉は無口になった。理解してくれる相手がいないのに、一体なぜ、何を喋《しゃべ》る必要があるのかわからなかった。喜代も新も無口になったので、茉莉の変化は彼らにとって、むしろ助かることだったかもしれない。もっとも、周囲に対して無口になった茉莉は、一人でいるときにしばしばひとりごとを言った。それは単純なひとりごとであり、しかし無論、兄に話しかけているのでもあり、その区別は茉莉自身にもつかなかった。

もともと嫌いだった小学校は、ただの収容所に思えた。あるいは家畜小屋に。そこに行くことは苦役だったが、兄の不在と父母の悲嘆という家の中の重圧から、逃れるためだけに行った。

茉莉はもう、土手すべりに興味が持てなかった。駄菓子屋での買い食いにも、のぼり棒にも、空き地で遊ぶことにも。

「惣ちゃんば思いだすけん辛《つら》かっちゃろうね」

駄菓子屋のおばちゃんをはじめ、近所の大人たちがそんなふうに言っているのを、茉莉は知っていた。

「ばっかみたい」

そしてひそかに嗤《わら》った。一度だって、茉莉は惣一郎を思いだしたことなどない。一瞬だって忘れたことはないのだし、兄の存在を、茉莉はつねに感じている。だからこそ、土手や空き地や駄菓子屋に、もう行く必要がなくなった。惣一郎が行きたがらない場所に、どうして行く必要があるだろう。

祖父江九が茉莉を避けるようになったことも、茉莉をおもてから遠ざけた。

「おにいちゃん、九ちゃんに何か言いよったと？」

とか、

「あの日何ば見たと?」

とか、顔をみれば尋ねる茉莉がわずらわしかったのかもしれない。一方で、九はときどき、

「茉莉の横にいま惣ちゃんがおる」

と青い顔でつぶやくようなこともあり、避けるというより怯《おび》えているようにも見えた。

兄の死後、茉莉はしばらく兄の部屋で寝ていたが、それはやがて両親に禁止された。

「不健康よ」

喜代は言ったが、なぜ健康がいいのか、茉莉には理解できなかった。惣一郎の部屋の物に触ってはいけない、とも言い渡されていたのだが、茉莉はこっそりラジオを持ちだして、自分の部屋で、それを聴きながら眠った。

歌いながら踊る「遊び」は、ぷっつりとやめた。あれは惣一郎のいないときの、茉莉一人きりの「遊び」だった。いつも惣一郎と共にいる茉莉に、踊ることはできなかった。

新は以前にも増して大学で過ごす時間が長くなり、喜代もそれを咎《とが》めなくなった。一家は外食をしなくなり、かつて好んだピクニックやドライブにもでかけなくなった。喜代は植物の世話に精をだし、庭も部屋の中も、きりもなく緑だらけになっていった。

「かまわんもんね」

茉莉はよく、兄にそう話しかけた。

「あたしたちはべつに、いっちょんかまわんもんね」

茉莉の目に、家の中ばかりか学校も土手も川も、街のすべてが姿を変えていた。なにもかもよそよそしく、以前はあれほど生気に満ちて自分たちを迎えてくれた世界が、ただのつまらない風景になった。風はもう光るのをやめてしまったし、空はもうおどろくほど青くはみえなかった。ありふれた地方都市。

その街で、茉莉は私立の女子校に入学した。大人しい、目立たない少女になっていた。


「ただいま」

誰もいないことはわかっているのに、茉莉はつい習慣でつぶやく。日のあたらない、アパートの一室。新しいサンダルを脱ぐ。

お祝いなので、鯛を買った。博多の市場の品物にくらべると、このへんのスーパーに売っている鯛はひど

く見劣りがしたけれども。

ビニール袋を床に置き、茉莉はまず窓をあける。それから、干しておいた布団と洗濯物をとりこんだ。出窓が狭いので、二組の布団を干すことはできない。それできょうは二組の、敷布団だけを干していた。それでも二枚の布団は半ば重なり、甚《はなは》だ不満なのだった。

買ってきたものを冷蔵庫にしまい、茉莉は六畳間に足を投げだしてすわった。黄土色のざらりとした壁に後頭部がこすれる。ラジカセのスイッチを入れ、CCRを部屋に流した。ごく弱いヴォリウムで。

音楽だけは、いつも茉莉の味方だ。

中学から高校にかけての日々、茉莉は惣一郎のラジオで、毎日たくさんの曲を聴いた。新の好んだグレン・ミラーや、喜代の好んだフランク・シナトラとは、全然違う音楽たち。クイーンやディープパープル、サンタナやバッドフィンガー。見知らぬ、それでいて親しい、音と気配に包まれる感覚が好きだった。

クラスの女の子たちと、茉莉は意識的に距離を置いていた。小学校と違っていじめられるようなことはなかったが、茉莉にとって、彼らはあまりにも自分と違う生き物に思えた。制服のスカートをいかにきれいにプレスするかや、ソックスの折り方や、お弁当を包むハンカチの柄、鞄にぶらさげるマスコットの種類などが、随分大事らしかった。誰と誰が仲がよく、誰と誰は仲が悪い、というようなグループわけがあり、それも茉莉を呆《あき》れさせた。

「下らん」

それなりにみんなと友達づきあいはしたが、ペットをかわいがったり教師に憧《あこが》れたり、漫画雑誌をまわし読みしたりビーズ飾りを編んだりする彼らの日常に、茉莉は実際、なじむことができなかった。

「変っとう」

しばしば口にだしてそう言った。みんなから見れば、あたしの方が変っていたのかもしれない。いまになって茉莉は思うが、それはでもどちらでもおなじことだ、とも、思う。あのころからすでに、茉莉は街をでたかった。ここはあたしの居る場所ではない。奇妙な確信を持って、そう感じていた。

確信のうしろには、いつも惣一郎がいた。茉莉の中の惣一郎が、どこかに——どこだかわからないがずっと遠く、もっと遠くに——行きたがっていた。

「飛行機、来んかいなあ」

空を見上げ、そうつぶやく癖だけはあいかわらずだった。

「そりゃあ来るくさ」

隣でかならずそうこたえてくれた九は、もういなかったけれども。


最初に街をでたのは、しかし茉莉ではなく母親の喜代だった。本格的に園芸の勉強をしたい、という決意のもと、イギリスに留学したのだ。茉莉にとっては青天の霹靂《へきれき》だったが、喜代はそれを、「何年も考えていた」と言った。「茉莉が中学に上がるのを待っていたのだ、と。

「ガーデニングというのよ」

決意の表れか、やや緊張した面持ちで喜代は説明した。当時、それはまだ耳馴《みみな》れない言葉だった。

「単に植物を育てるだけじゃなく、庭全体をデザインするの。ボーダーというまっすぐな花壇で道をつくったり、色別に植物を植えたりね」

薔薇《ばら》一つとっても、イギリスには日本の何十倍もの種類がある、と、喜代は言った。

「どのくらい行ってるの？」

ガーデニングというのがどういうものかには、茉莉は興味はなかった。いつ？　どのくらい？　ほんとうに？　じゃあそのあいだ、あたしとパパはどうなるの？　問題はそういうことだった。

「すくなくとも二年」

喜代は言った。

「すくなくとも？」

茉莉は思わず口をあけた。あんまりびっくりして、何か言おうとするのに言葉がみつからないのだった。

「はじめは英語を勉強しなきゃならないし、植物には四季があるでしょう？　だから一つの季節を少くとも二回、経験しなくちゃならないと思うの」

喜代の計画は、茉莉には突飛きわまりないものに思えた。「仕事」ならともかく「勉強」のために、一人で外国に行く母親なんて聞いたこともない。

しかし喜代は本気だった。「外人」と渾名《あだな》される風貌《ふうぼう》であったとはいえ、それまで一度も日本の外にでたことがなく、飛行機に乗ったこともなかったのに。

「イギリスのどこ？」

黙って話を聞いていた新が、そう尋ねた。すでに鉢植えだらけになっていた居間の、緑色の長椅子に腰掛けて。

「ブライトン」

喜代はこたえた。

「南だね。海のそばだ」

新は言い、まるでもう喜代が目の前にいないみたいに、諦めた表情で淋しげに微笑んだ。

「住むところとか、学校とか、よく調べてからにした方がいい。俺もすこし調べてみるよ。大学に、向うに長かった奴がいるから」

「いまの、許可なの？」

おどろきのあまり、非難がましい声がでてしまった。

「パパいまママに、許可したの？」

新は茉莉をみて、また淋しげに微笑んだ。

「パパの許可がなくたって、このひとは行くよ。そういうひとだよ」

やや前かがみの姿勢をとり、微笑んだまま眼鏡をはずした。それが疲労を感じたときの新の癖であることを、茉莉はちゃんと知っている。

まずおにいちゃん、そしてママ。みんなどんどんいなくなってしまう。

「ママなんか知らん」

惣一郎の死が喜代を打ちのめしたことも、今回の決心が喜代なりにそこから立ち直ろうとする手段であることも、茉莉は感じていたが承服はできなかった。

「おかしいっちゃないと、そげんと」

この家の中で、いたたまれない思いをしているのはママだけじゃないのに。

母親のいない家の中など、茉莉には想像もつかなかった。陽気で、音楽と料理の好きな、家族をいつもまとめたがる、数年前までの喜代が懐しく思いだされた。

「二年なんてすぐよ」

喜代は言った。茉莉は続きを待ったが、それだけだった。詫《わ》びのような言葉は、頑として口にしないつもりらしかった。

ママらしい。

茉莉は、自分がそう思ったことを憶えている。

結局、喜代はその年の秋に、単身旅立って行った。一九七三年、茉莉が十三歳になった秋で、喜代は三十九歳だった。

出発の前夜、一家は数年ぶりに外食をした。かつて惣一郎や九とでかけた、そのおなじ水炊き屋の座敷で。

あれは滑稽な夜だった、と、茉莉は思う。三人が三人とも、どういうわけか緊張していた。淡い色の提《ちょう》灯《ちん》も引き戸も、黒光りするまで磨き込まれた迷路のような廊下も、店の中はあのころと変りないのに、自分たちだけが変ってしまった。

あらたまった外出だから、という理由で、茉莉は制服を着ていた。新は背広にネクタイをしめ、喜代は身体にぴったりと添う形の、こげ茶色のスーツを着ていた。オレンジ色の口紅が、こげ茶に映えるからだと茉莉は思った。

「気をつけて」

新がそう言って、三人でグラスを合わせた。喜代と新のグラスにはビールが、茉莉のにはサイダーがつがれていた。

「実り多い旅であることを祈るよ」

新の言葉に、喜代がぺこりと頭を下げた。見間違いだったかもしれない、と茉莉が思うほど、それはすばやい、でも深いお辞儀だった。

2

空港の展望デッキで強い風に吹かれながら、茉莉は飛行機というものを、はじめて間近に見ていた。隣には父親がいた。

茉莉はまたしても制服を着せられていた。白いブラウスに紺色のジャンパースカート、白いソックスと紺色のボレロ。学校を休んでの母親の見送りは、寺内家の「あらたまった外出」だった。

茉莉はずっと仏頂面《ぶっちょうづら》をしていた。一家で車に乗り込むときも、ついさっき、空港内の喫茶店で、サンドイッチとミックスジュースをはさんで両親と向いあっていたときも。

喜代は緊張した面持ちだった。新はかなしげな顔をしていた。そして、三人とも言葉すくなだった。

「ママなんか知らん」

留学についてはじめて聞かされたときにそう言ってそっぽを向いて以来、茉莉は態度も意見も変えていなかったが、それは自分が淋しいというよりも、父親が可哀相だという気持ちだった。近所でも大学でも「愛妻家」で通っていた新は、惣一郎が生きていたころの家族行事にも、子供たちというよりも妻のためにでかけているようなところがあった。ピクニックでもドライブでも、小学校の運動会や父親参観日でさえも。茉莉の目に、父親は母親をいっそ崇拝しているかに見えた。やさしすぎるように。

「必要なものがあったら送るから」

沈黙を破り、新がそう言ったとき、喜代は、

「大丈夫」

とこたえた。

「必要なものは持ったし、もし他に必要なものができたら向うで買えるわ。送っていただくより安いでしょう?」

と。茉莉はミックスジュースのストローを噛んだ。サンドイッチには、三人ともほとんど手をつけなかった。

そしていま、茉莉は展望デッキに立っていた。制服姿で、新と二人で。

飛行機はどれも白くなめらかな形で、飛ぶ前の平和を愉《たの》しんでいるように見える。曇り空の下でじっとしながら、あるいは、ゆっくりしたスピードでコンクリートの地面を移動しながら。

テレビ塔のそばの草地で、惣一郎と九と共にぽかんと口をあけて見送った、何機も何機もの飛行機を思った。ゴウ音と共に頭上を飛び去っていった、茉莉の生活とは関係のない、ときどきふいに現れる、白い、親しい「物体」だったもののことを。

「手紙を書くわ」

出発ロビーでの別れ際に、喜代はそう言った。それはもう十遍も聞いた、と、茉莉は思った。

デッキは風が強く、肌寒い。

「ママだよ」

タラップをのぼる一団の人々を指さして新が言い、それを見た瞬間、茉莉は泣きそうになった。この日のためにモスグリーンのスーツを新調した喜代は、もともと背が高いのにハイヒールもはいていて、遠くからでもすぐに見分けられた。見分けられたが、同時に見知らぬ人のようにも見えた。

なんて心細そうな後ろ姿だろう。

そう思うと胸をしめつけられた。派手さも、気の強さもなかった。それは茉莉の見知らぬ、ただの小さな女の人だった。

帰り道は絶望的なドライブになった。

新は、傍目《はため》にも痛々しいくらい肩を落としていた。だから家に着いて車を停め、エンジンを切った新がひっそりと微笑して、

「そんなにかなしそうな顔をするなよ」

と言ったとき、茉莉はおどろいた。自分もかなしそうな顔をしていたなんて、それまで気づいてもいなかったのだった。

そうやって、茉莉は新と二人きりになった。布という布が緑色の、台所にガラスの暖簾《のれん》がかけられた、植物だらけの、喜代そのものみたいな家の中で。

「これからは二人でやっていかなくちゃならないわけだから」

喜代が出発した日の夜、新は茉莉の部屋に入ってきてそう言った。

「いろいろ不自由なことがあると思うけれど、お互いに協力してやっていこう」

と。茉莉はただ、

「わかった」

とだけこたえた。他に何を言えばいいのか、わからなかった。

掃除や洗濯は、気づいた方が気づいたときに——そしてする時間のあるときに——しようと決った。どちらも洗濯はまめにしたが、掃除は滅多にしなかった。そして、洗濯はしてもアイロンはかけなかったので、茉莉の制服のブラウスは、いつもややくたびれた様子にしわが寄っていた。

ゴミを出しそびれ、庭に黒いビニール袋がいくつも積まれることもあった。

「たいしたことじゃない」

新は言ったし、茉莉もそう思おうとしたけれども。

夥《おびただ》しい数の鉢植えについては、手入れの難しいものだけ喜代があらかじめ祖父江七に預けてあり、

「あとのものは水だけやってくれればいいから」

と、茉莉と新は言われていた。おそらく水をやりすぎたのだろう、と茉莉は思うのだが、半年とたたないうちに、三分の一は枯らしてしまった。植物に興味などないのに、茉莉も新もそういえば随分頻繁に水をやった。どちらも口にはださなかったが、喜代の植物が枯れることは、縁起が悪いようで嫌だったのだ。

中学校には、バスで通っていた。泉《いずみ》やよい——やよいちゃんと呼ばれていた——という友達ができたが、他の子とはあまり仲よくならなかった。泉やよいは軽音楽部に所属していて、マンドリンを弾いていた。その他にずっとギターも習っていて、ときどき放課後の音

楽練習室で、茉莉の好きなキャロル・キングやカーリー・サイモンを弾いてくれた。

茉莉自身は、何の課外クラブにも所属していなかった。キャンドルサービスとかクリスマス会とか、ただでさえ行事の多い学校で、茉莉にはそれで、十分だった。

料理の好きだった喜代がいなくなったことで、茉莉と新の食生活は一変した。朝食が茉莉の、夕食が新の担当になり、どちらも最善は尽くした。新は料理が下手というわけではなかったが、いつも一品か、二品だった。肉も野菜も入ったチャーハン、とか、カレーライス、とか、山のような量の刺身とごはん、とか。仕事の忙しいときには、しかしそれもかなわなかった。そういうときには新の手配した店屋ものの丼やうどんを、音楽を大きなヴォリウムで流した空っぽの家の中で、茉莉は一人で食べるのだった。

ときどき、祖父江七が野菜の煮物や蛸《たこ》の天ぷらといった、温かな小鉢を差し入れてくれた。そして、

「茉莉ちゃんまた可愛らしゅうなったね」

とか、

「学校はおもしろかね？」

とか、そこに新がいてもいなくても、茉莉に話しかけてくれるのだった。

茉莉は七が好きだった。七の作る料理は温かくやさしい味がした。しかし、茉莉はどういうわけか、彼女の好意に素直に甘えることができなかった。

いいっちゃもん、べつに。あたしもパパも、これでいいとやけん。

胸の内で、よくそんなふうに思った。七の届けてくれる品々は、だからたいてい新一人の胃に収まった。

日々は静かに退屈に流れた。

近くの公立中学校に通う九とは、道で会って立ち話をする程度の関係になっていた。かつて小学校の敷地内に住んでいた九は、惣一郎の死後数日入院し、その後隣家に戻った。休みの日など、垣根ごしに姿を見かけるたび、茉莉がやや不気味に思うほど、顔も体つきも十代の少年らしく、しっかりと力強い線を持つようになっていた。

「九ちゃんくさ、見るたんびに違うふうになっていくとよ」

新に言っても、

「そうか？」

と、まのぬけた返事が返るだけだったのだが。

一度、放課後の音楽室で泉やよいに、

「茉莉ちゃん、好きな人おらんと？」

といきなり尋ねられたとき、

「おらん」

と即答したが、九の顔が思い浮かんだ。ぎょっとして、それから淋しい気持ちになった。すこし前ならたぶんおにいちゃんの顔が浮かんだのに。

茉莉は無論、惣一郎が世界でいちばん好きだった。しかしやがて十五歳になろうとしている茉莉にとって、十二歳で死んだ惣一郎の顔かたちは、こういう場面で思い浮かべるにはあまりにも幼すぎた。物識《ものし》りで大人っぽく、いじめられ役からリーダー役に、子供たちのあいだでたちまち変貌をとげた逞《たくま》しい惣一郎ではあっても。

「やよちゃんは？」

茉莉が尋ねると、やよいはうふふと笑ったあとで、若い教師の名前を言った。

「信じられん」

茉莉はつい正直に、半ば呆れて批判した。

「なんで触ったこともない人ば好きになれると？　頰ずりしたり、一緒にくっついて眠ったり、一つのお菓子ば分けて食べたり、したこともなか人をなんで好きになれるんかあたしにはわからん」

惣一郎が大好きだった。それは当然だし、正当なことだ。茉莉はそう言いたかっただけなのだが、次の日から学校では、

「茉莉ちゃんはすすんどう」

とか、

「茉莉ちゃんはふしだらやん」

とか、つまらない噂《うわさ》が流れることになった。


喜代からは定期的に手紙が届いた。これから毎週日曜日には手紙を書きます、と、一通目の葉書に宣言されていたとおり、毎週きちんと一通ずつ書かれているらしいそれらの葉書は、しかし郵便の事情で配達の間隔があいたり、二通いっぺんに届いたりした。そして、つねに新と茉莉の二人宛てになっており、几帳面な文字で、他人行儀なまでに礼儀正しい文面で、街の様子やホームステイ先の家や庭や、授業の様子が綴《つづ》られていた。部屋が暗いので電気スタンドを買いました、とか、庭を荒らすのは虫ではなく、たいていカタツムリ

です、とか。

楽しいとか淋しいとか、新と茉莉がどうしているか気にかけているとかかけていないとか、感情にまつわることは一切書かれていなかった。

お元気で。

葉書はきまって唐突にそう結ばれる。

新はときどき長い手紙を書き送っているようだった。薄い紙でできたエアメイル用のレターセットを、茉莉にも買ってきてくれた。

茉莉は、しかし滅多に手紙を書かなかった。いざ机の前にすわってペンを持つと、書くことが何も浮かばないのだった。

喜代からの葉書は、すべて箱に入れられ、居間のテーブルの中央に置かれていた。

「いつでも読めるように」

という、新の発案だった。

「パパってば可笑《おか》しいっちゃない。もう読んだっちゃけんよかろうもん」

茉莉は言ったが、一人で店屋ものの夕食を摂っているときなど、茉莉もこっそり読み返してみるのだった。角が折れたりつぶれたり、切手が大きすぎてスタンプで宛名が見にくくなっていたりする、あかるい色と光の写真のついた、喜代からの絵葉書。

喜代の不在には、でも一ついいことがあった。新の帰りが遅い日、茉莉が惣一郎の部屋で眠っても、誰にも咎められないということだ。実際、茉莉はしばしばそれをした。

「宿題ここでしていい?」

とか、

「ラジオ持ってきたけん」

とか、

「きょう九ちゃんに会ったったい」

とか、そこに行くと茉莉の口から自然と言葉がでてきたし、返事など返らなくても、惣一郎がたしかにそばで聞いていてくれることがわかった。

部屋の中は、何一つ変えられていない。机のひきだしをあければ、成績のよかった惣一郎の答案用紙——ほとんどが百点か九十点台だ——や、愛用していたポケットナイフ、みのむしの殻、錆《さ》びた釘《くぎ》やゴムホースの切れ端、ひからびたトカゲまで入っている。

「ここで寝ていい?」

茉莉が訊くと、惣一郎が、

「仕方ないな」

とこたえるのがわかった。かつては「いいよ」だったのに、惣一郎はもうそういうふうにはこたえない。茉莉にとって、それは兄が生きているしるしだった。この部屋の中で、惣一郎は茉莉とおなじだけ時間を重ね、茉莉とおなじだけ年をとっていく。ちゃんと。

まわりの人たちにとって、もしおにいちゃんが十二歳のままで止まっているとすれば、いまここにいるおにいちゃんこそ、他の人の知らない、茉莉だけの知っているおにいちゃんだ。

茉莉はそう思った。

仕事から遅く帰った日、新が茉莉の部屋をのぞくことを茉莉は知っている。娘が安全に眠っていることを確かめに来るのだ。喜代と違って、新は昔から子供たちの部屋に入るときにノックをする。起きていれば返事をするが、眠っていて返事をしなければ、ほんのすこしドアがあき、廊下のあかりが細く見える。ぼんやりと、茉莉にはその記憶が残る。

茉莉がときどき惣一郎の部屋で眠っていることを、新は知っているに違いないのだ。それについて、新は何も言わなかった。


「きょうはデーちゃんがあるぞ」

大学のそばの喫茶店からケーキを買ってきた日、新は嬉しそうにそう言った。その店のケーキは大きくて、あまりおいしくはなかったのだが、無論茉莉はその意見を胸に秘めておいた。

新は、喜代のいた頃よりもよく喋るようになった。元来無口な人間なので、努力しているのだろうと、茉莉は思った。そして、すこしだけ喜代を恨んだ。

「だいたい、パパも情ないっちゃんね」

惣一郎の部屋で、そんなふうに文句を言った。

「ママに勝手ばさせて。なんで止《や》めさせせんかったんか、いっちょんわからん」

口にして、すぐ言い直す。

「わかりたくもなか」

惣一郎が、「わからない」という言葉にすぐ反応したことを思いだすからだ。

「考えてごらん、茉莉。考えるのは大事なことだよ。よく考えれば、たいていのことはわかるんだから」

母親が留学していると言うと、学校の友達はみんな「変っとう」と言った。茉莉もまったくそう思う。

「ママが留守のあいだ」

大きくてばさばさのケーキをつつきながら、新は言った。

「ママが留守のあいだ、パパもできるだけのことはする。でももしパパじゃ駄目なことがあったら」

言葉を切り、新は困ったような顔をした。眼鏡の奥の目は、それでも逸《そ》らされることなく茉莉を見つめていた。

「国際電話をかけてもいいし、七さんに話してもいいから」

茉莉は驚いた。それから心細くなった。だから心細さを打ち消すように、

「いらん」

と、きっぱりこたえた。

「ママがおらんでも、茉莉は平気やもん」

そして、ほんとうに平気だった。ブラウスがしわしわでも、お昼が購買部のパンばかりでも、夜中に一人ぼっちでも。

何も変らない。

茉莉は強いてそう思おうとした。惣一郎や九と駆けまわっていた日々と、道も土手も公園も区別なく遊びの世界だった日々と、あたしは何も変らない。

チョウゼンとしていれば、いつも惣一郎と一緒にいられるのだった。

それは、光る風や青すぎる空を思いだすことと似ていた。どちらも茉莉の体の中に確実にあった。窓の外の風や空よりずっと確かに、ずっと豊かに、ずっと力強く。

「鯛？」

隆彦は頓狂な声をだした。茉莉が映画館で面接を受けて採用された、その翌日の昼のことだ。隆彦も馬場も帰りが遅く、夕食は仕事場で済ませてくる。帰れば、朝の早い隆彦は倒れるように寝てしまう。二組の布団は、一つを馬場が六畳間で使い、もう一つを茉莉と隆彦が、台所に敷いて使っていた。

「台所でよかですけん」

最初に隆彦がそう主張したとき、茉莉は内心ほっとした。馬場がいくら親切でも、同じ部屋で眠るのは気づまりだった。狭く、水道のカルキ臭のする台所ではあったけれども、隆彦と二人になれる方がよかった。

「なっしこげんと買ったとや？」

その隆彦は、でも鯛について怒っている。

「祝いとか言うほどのものやなかろうもん、アルバイトなんやっちゃけん。第一、ここらのスーパーの鯛とか、どこで獲れたもんかもわからんやろうが」

怒るとき、隆彦は首を前につきだす。それをかわいいと茉莉は思った。叱られてもこわくなんかない、と。

「いいじゃない、鯛くらい買っても」

東京の言葉で言ってみた。冗談めかせたいとき、茉莉は隆彦に標準語を使う。隆彦が笑ってくれたためしはないのだけれども。

いつものように、馬場がとりなしてくれた。

「悪かことなか。茉莉ちゃんも目利きやんか」

塩をつけた丸ごとの鯛を、盛大に音をたてて回る換気扇の真下で焼いてくれながらそう言った。

馬場は昼から仕事に出る。早朝の市場へはもう行かない身分だ。板長と共に市場に行き、板長の物の選び方や交渉の仕方を見学し、荷物を持つのはおもしろい仕事だ、と、馬場が隆彦に話していたのを茉莉は知っている。隆彦は神妙に聞いていた。市場から戻ると、隆彦はたいていもう一度眠る。昼近くに起きて、きょうのように馬場がまだいれば三人で食卓を囲む。

店での馬場の仕事の中心は下ごしらえなので、洗い場で働く隆彦よりも、午後は早く出掛ける。隆彦よりすこし早く帰ることも可能なのだろうが、必ず隆彦と連れ立って帰ってくる。

「馬場さんって、よか人やね」

二人きりのとき、茉莉はしばしば、隆彦に言う。でもいつまでもお世話にはなれんけんね、という、次の言葉はのみこんで。

「おめでとう」

卓袱台《ちゃぶだい》にならべた昼食を前に、茉莉と隆彦が、

「いただきます」

と言ったとき、馬場だけがそう言った。

「はじめての面接ですぐ合格とか、きっと茉莉ちゃんが堂々としとったけんやろうね」

そりゃあ茉莉はかしこいさ。

ずっと昔、惣一郎がそう言ってくれたことを思いだし、茉莉はたちまち嬉しく誇らしくなる。

「やめとった方がよかですよ。こいつすぐ調子に乗るとですけん」

隆彦が低い声で言った。馬場は、微笑んでいた。

3

東京の夏は暑い。玄関を開け放ち、窓という窓を網戸にして風の通り道をつくっていた福岡の家とは全然違う。東京の方が東なのに、と茉莉は思う。沖縄が暑くて北海道が寒いのなら――茉莉はどちらにも行ったことはないが――、福岡より東京の方が涼しくてもいいはずなのに。

一日のうちでいちばん暑いはずの午後が、しかし茉莉のいちばん好きな時間だ。昼食をすませ、馬場がでかけたあとのアパートで、隆彦と二人だけになれる。

きょうはそうめんを食べた。そうめんに炒めたなすと金糸玉子を添えるのは、喜代の決りだった。

ママとおなじことばしとう。

茉莉は胸の内で思う。他のおかずを思いつかないのだから仕方がないが、こういうとき、茉莉は自分を不甲斐《ふがい》ないと感じる。

ママやパパはどげんしとうとかいな。

落着いたら連絡するから、と言い置いてでたきり、何の連絡もしていない。

でも、と茉莉は考える。でもここには隆彦がいる。大好きな、そして茉莉を大好きだと言ってくれた、隆彦がいる。

グレイのブリーフにランニングシャツ、という恰好《かっこう》の隆彦は子供じみて見える。やせっぽちの、小柄な、色の白い隆彦。

「暑かね」

茉莉が言っても、

「暑か」

としかこたえない隆彦は、

「好《す》いとうよ」

と言って両頰を手ではさみ、唇に唇を押しあててみても、

「うん」

としかこたえない。

それでも茉莉には、午後がいちばん好きな時間だった。一日おきに映画館で働いているので、隆彦とすごせる午後も一日おきだ。食器を台所に運び、卓袱台を片づけて広くした六畳間の畳の上で、誰はばかることなく事を成せるのも。

行為のとき、隆彦は喋らない。茉莉にもとりたてて

言うことはないのだが、黙って励むのも気詰まりなので、茉莉はときどき小さな声をたててみる。声は、しかし思うほどの効果をあげることもなく、なんとなく中途半端に、部屋の暑さや湿度の中に、うやむやにかき消されてしまう。

反対に、茉莉が苦手なのは午前中だった。市場から戻ると隆彦は寝てしまうので、茉莉は馬場と二人きりになる。馬場は茉莉の過去について知りたがった。どのへんに住んでいて、どこの学校に行っていたのか、や、どうやって隆彦と出会ったのか、どんな家族がいて、どんな少女だったのか。

馬場にしてみればそれは当然のことだったかもしれない。後輩の連れてきた女だというだけで、見ず知らずの人間を部屋に置いてくれているのだ。三人の共通項といえば生れ育った街だけなのだし、そこでそれぞれが生きてきた時間の他に、話すことなどないのだから。

茉莉には、しかしそれは話したくないことだった。それでたいてい、

「もうよく思いだせん」

と言って黙った。茉莉が黙ると馬場は微笑み、

「話しとうなったら話してくれればよかけん」

と言った。隆彦が起きてくれればいいのに。茉莉はそう思っていたが、台所で横になっている隆彦が、しばしば目をさまして会話を聞いていることには気がつかなかった。

茉莉が仕事に行く日は、馬場が玄関で見送ってくれる。

「気をつけんしゃい」

と言って、寝て起きたままみたいな恰好で。それは混乱することだった。好きでもない男の人に見送られてでかけるということも、そこにまた帰るということも。

馬場はまた、茉莉に対して隆彦をかばうような発言ばかりした。茉莉にはそれも気に入らない。隆彦をかばうのはあたしの役だ、と思うからだ。

「あいつくさ、何も言わんばってん大変やっちゃないかいな」

と言われれば、わかっとう、と思うし、でもその一方で、

「単気筒の400とか乗っとった奴が、原付で市場ん

なか駆けずりまわっとうだけでもくさ、おもしろくないと思うったい」

などと言われれば、くだらん、と思いたくもなる。

「仕事は仕事やっちゃけん、仕方ないやん」

茉莉はついそんなふうに言い、そんなつもりはないのに隆彦を責めるような口調になっていることに苛立つ。

男同士、というのが気にくわなかった。茉莉には手出しのできないものに思えて、しゃくにさわった。

「行ってきます」

そういうとき、茉莉は逃げるようにアパートをでる。

「馬場さんが悪いとやないことはわかっとっちゃけん」

口をとがらせて、最近あまりそばにいてくれない惣一郎に話しかける。

「茉莉を見ててくれとうみたいに、おにいちゃんは隆彦も見ていてくれとっちゃろ？　茉莉の彼氏やっちゃけん」

おにいちゃんがいてくれる。

東京でも、茉莉はたびたびそう思う。前ほどはいてくれないけれど、でもやっぱりいてくれる。たぶん。

父親と二人で暮した三年間について、茉莉は、「おにいちゃんに護《まも》られていた日々」だったとはっきりと思う。茉莉の感じでは、惣一郎は、母親がいなくなってからつねに茉莉のそばにいた。以前にも増して濃い気配で。

そのせいで、福岡の街はすこしだけ輝きをとり戻したように思えた。茉莉をじゃまにしてはいないように。

茉莉は惣一郎の部屋で眠った。たまには自分の部屋でも眠ったが、そういう夜も、惣一郎はそばにいてくれた。それが茉莉の勇気になった。

可笑しいのは、そのことで茉莉が周囲から孤立する結果になったことだ。

たとえば朝のバスで会う痴漢を、茉莉は撃退した。手の甲にも顔にも、爪で思いきり傷をつけてやった。たとえば茉莉を急に避けるようになり、「ふしだら」とか「すすんどう」とか出鱈目《でたらめ》を言った上、「茉莉ちゃんと喋ると不潔がうつるっちゃが」とクラスじゅうに言いふらした泉やよいを、茉莉は音楽室に呼びだして、言い負かして泣かせた。どちらも、惣一郎がそばにいてくれたからできたことだ。

学校から帰ると、茉莉は家の中でまた踊るようになった。目をつぶる癖はあいかわらずだったが、もう歌は歌わず、かわりに音楽をかけた。

「おにいちゃんも踊る?」

茉莉が言っても、惣一郎はこたえてくれなかったけれども。

「淋しかね、茉莉ちゃん。でもじきに喜代さんも帰ってくるけんね」

祖父江七は、ときどきそんなふうに言った。

「九もおるけん、遊びに来んしゃい」

でも茉莉は淋しくはなかった。

ママがいなくなってから、あたしは随分元気です。イギリスにいる喜代に、そんな手紙を書いたくらいだ。

「ママがかなしむよ」

そばで惣一郎にそうたしなめられた気がして、投函はしなかったけれども。

一度、喜代からいつもの絵葉書の他に、小さな包みが送られてきた。包みは新と茉莉の二人宛てになっていて、中にはビスケットと紅茶、それにブラジャーが一つ入っていた。茉莉の胸はまだそれほどふくらんでいなかったし、たとえば体育の時間に走ったり跳び箱を跳んだりしても、何ら支障はなかった。

「なあん、これ」

それで茉莉はそう言った。新は困惑した顔をしていたが、やがてぼそりと、

「乳かくしか」

とつぶやき、その言葉が露骨すぎるように思えた茉莉は、笑ってあげることができなかった。それで二人とも困惑顔を見合わせた。

「ママって意表をつくひとだね」

茉莉は言った。

「お母さんがおらんけん、茉莉ちゃんは乱暴やったい」

というのがその頃クラスで囁《ささや》かれている茉莉評だったが、すくなくとも寺内新の目にうつる茉莉は、すこしも乱暴ではなかった。

小島直之《こじまなおゆき》と出会ったのは、そんな日々の中だった。新の勤めている大学の研究生だった小島は、他の研究生や学生と一緒に、ときどき寺内家に遊びに来た。大人しい、目立たない男で、どちらかといえば気弱そう

な印象があった。もっとも、茉莉は名前さえきちんとは知らなかった。新に来客のあるとき、社交の苦手な茉莉は、きまって部屋に引込んでいた。

ある日、その小島が茉莉の学校の前に立っていた。何の前触れもなく、いきなり。送っていく、と小島は言い、茉莉は送ってもらって家に帰った。その日、小島は家の中まで入らずに帰った。言いにくそうに、このことはお父さんに内緒にしてほしい、と言って。茉莉は、わかった、とこたえた。

おなじことが数回起こり、それは、茉莉が不良だという泉やよいの説を裏づけるかたちになった。茉莉はかまわなかった。望むところだとさえ思った。

「小島さんくさ、ちょっと気持ち悪いっちゃけど、かわいいところもあるとよ」

茉莉は惣一郎に報告した。

「すすめれば家の中に入ってくるし、すすめればコーヒーものむっちゃけど、すすめんかったらなんにもせんと」

どんなかたちであれ、他人に好意を寄せられるということが嬉しかった。それが大人の男性だということも。


茉莉には恐いものはなかった。悪い評判がたつことも、ほんとうに性的な経験をすることも、新や他の誰かに叱られることも。

「やりたくないことはやらなくてもいいんだよ」

生前、惣一郎は茉莉にいつもやさしくそう言ってくれていたけれど、何かをやれないのはつねに茉莉で、惣一郎は何だってやってしまった。一人で。恐いことも、危険なことも。ためらえば、茉莉はただ、置いてきぼりにされるのだった。

何も恐れない、という決意にも拘らず、しかし茉莉の身には「性的な経験」も「叱られること」も起こらなかった。起こったのは、新の研究データが盗まれるという事件だった。

それは、新の寝室に置いてあった。新自身の言葉によれば、

「個人的に大事なデータだっただけで、ある種の学者には意味を持つかもしれないが、それで世界が変るような研究データではない」

茉莉は無論、激怒した。一体何だってそんなデータを欲しいのかわからなかったが、問題は理由ではなかった。現に新は論文の提出ができなくなってしまった

のだし、それは茉莉のせいだった。小島をときどき家に入れていたことを、茉莉は新に打ちあけた。

「小島くんを？」

新は驚いたようだったが、

「それだけで彼を疑うわけにはいかない」

と言った。茉莉にも、勝手な憶測をしないように、と言い渡した。茉莉にとって、でもそれは憶測ではなく確信だった。データが盗まれた日以来、小島が茉莉の前に現れなくなったのが、何よりの証拠ではないか。新もまた、茉莉から小島の話を聞いて以来、寝室じゅうをひっくり返して捜すことをやめていた。

茉莉は腹の虫が収まらなかった。

「絶対とりもどしてやる」

決意して、大学にのりこんだ。

小島はふてぶてしいと言ってよかった。いつもの、おどおどした態度は微塵《みじん》も見せなかった。助手だか学生だかわからないが、おなじ研究室にいた若い女に、

「寺内先生のお嬢さんやけん、お茶ばいれちゃってん」

と指図したりした。

「外にでりいよ」

茉莉は言った。

ほっとくんだ、という、惣一郎の声がきこえたような気がしたが、ほっておくわけにはいかない、と、茉莉は心の中で言い返した。許せることと許せないことがある、と。

小島はにっこり笑って、

「かまわんよ」

と、言った。

「どこに行くね」

曇った、肌寒い日だった。その時間、新が講義を持っていることを茉莉は知っていた。講堂の前を通って図書館の方に歩いた。

「返しいよ」

歩きながら、茉莉はいきなりそう言った。大学に来るのはひさしぶりだった。かつて遊び場だった、広い構内。

何を？ と、小島は尋ねなかった。かわりに、いきなり茉莉にキスをした。何に使われているのかわからない、随分と旧《ふる》い建物の陰で。頭をのけぞらせて逃れようとしたが、背中にまわされた腕の力が強く、逃れられなかった。

キスは永遠に続くかと思われた。ようやく解放されたとき、茉莉がまずしたのは口を拭《ぬぐ》うことであり、地面につばを吐くことだった。小島は笑った。

「こげんして欲しかったたっちゃろ？」

それは、茉莉が生れてはじめて感じた屈辱だった。

誰かが茉莉の手を持ち上げた。手というよりも肘《ひじ》だった。うしろから、確かに。茉莉にはそう思えた。

小島を殴ったのは茉莉だし、茉莉は自分でもそれを憶えている。曲げた指が、夜になっても痛むほど強く殴った。平手ではなくこぶしで。どう考えても、それは奇妙なことだった。殴ったのは自分だが、自分の意志でも力でもなかった。


ジュリア、というのが、その夏茉莉が働いている映画館で上映されている映画の題名だった。非番の日ならただで観てもいいと言われたが、茉莉は映画に興味はなかった。

仕事そのものは気に入っていた。制服があり、簡単で、暇な仕事だった。

「働いとうとこ、今度見にきいよ」

隆彦に、そう言ってある。隆彦の働く料亭は新橋《しんばし》にある。川崎駅から電車で通っているのだし、仕事に行く途中にのぞくのは簡単なはずだった。隆彦の出勤するころになると、茉莉はそわそわした。

「誰か待ってるの？」

掃除のおばさんにひやかされれば、

「そうなの」

と、胸をはってこたえた。

茉莉の勤務時間は、午前九時半から午後六時までだ。夜は夜のパートの人が来る。三十歳くらいの、感じのいい女の人だが欠勤が多く、茉莉はこの一カ月で四度、夜も仕事をした。

「いいですよ」

彼女から電話で頼まれるたびに、茉莉はあっさりそう応じる。早く帰っても隆彦はいないし、やりたいこともない。

パンチ、という名前の紫色の飲料を、この映画館では売っている。四角いガラス容器になみなみと入っているそれは、つねに自動で攪拌《かくはん》されている。百五十円も払ってこんなものを飲む人の気が知れない、と茉莉は思う。それは、飲むまでもなく、うす暗いロビーいっぱいに、強烈に甘く人工的な匂いをただよわせていた。

楽しいことも、いくつかはある。東京に来てから見たもの、覚えたこと。たとえば、茉莉と隆彦は馬場の案内で、野球と競馬を観た。隆彦にサンダルを買ってもらったのは新宿のデパートだし、そのデパートのある通りは茉莉の気に入った。歩行者天国になっていて、にぎやかだったのだ。子供たちに風船を配っている人がいて、配るのは子供にだけだと断られたのに、隆彦がねばって一つもらってくれた。

おなじアパートに野良猫の餌づけをしている人がいて、そこにやってくる猫たちは、汚れているが、かわいい。小さいのでまだ子猫だろうと思われるのだが、どういうわけか、みんなしゃがれ声で鳴く。にゃあ、とか、みゃあ、ではなく、んんあ、とか、にに、とか。茉莉はその猫たちが好きだった。

ともかくここでやっていかなくちゃならないのだ。チョウゼンとしよう。

かつて兄に言われたように、そして、いままでずっとそのやり方を通してきたように。

4

喜代と新が出会ったのは、銀座のビヤホールだったという。新はまだ学生で、喜代はそこで働いていた。茉莉がその話を聞いたのは、喜代のいない大晦日《おおみそか》だった。店屋ものの年越しそばを啜《すす》りながら、新がいきなり話し始めたのだ。

「もう、この人しかいないと思ったからね」

ビヤホールに日参した日々について、新はそう説明した。照れも笑いもせず、淡々とした口調で。

「ママ、どげんやった？」

誰もみていないテレビから、しぼった音量で歌合戦が流れていた。

「目立ってたな」

丼から顔を上げ、考え考え新は言った。

「背が高くて、化粧が派手で、気が強そうで」

茉莉は笑った。

「そのまんまやんか、ばかばかしか」

ばかばかしいか、とつぶやいて、新もすこし笑った。

喜代は長女で、弟と妹が二人ずついた。はじめて家族に紹介されたとき、家の中の賑やかさに、新は目をまるくした。そのとき下の弟は、まだ小学生だった。

「何ば思いだしようと？」

茉莉がひやかしても新はうろたえる素振りもなく、

「結婚するとき」

と、続けた。

「結婚するとき、ママには自由でいてほしいと思った。そのためにたとえば大学を辞めることになってもいいと思った。会社づとめをして欲しいと言われれば、するつもりだった」

茉莉は神妙に聞いていた。新が、大人同士のあいだのことを、子供に話すのはめずらしいことだった。はじめてといってもよかった。

「でもママはこのままでいいと言った。知らない土地にもついてきてくれた」

続きを待ったが、それでおしまいのようだった。新は眼鏡の奥から茉莉を見つめて、すまなさそうな顔をしていた。

「だけん？」

茉莉は訊いた。

「だけんママば外国に行かせたと？」


それは変な理屈だと思った。でていった喜代を理不尽だと思った。茉莉は話に興味を失ったふりをしてそばを啜り、口を動かしたままテレビに近づいてヴォリウムを上げた。喜代がいれば、食事中にテレビをみることなど許されなかったはずだ。新は何も言わなかった。

この夜、新の語ったことは、事実だったが事実のすべてではなかった。たとえば、「この人しかいない」と思い定めたのが新だけではなかったことや、何人もの男たちの中で喜代が結局新を選んだこと、いきなり新の下宿に転がり込んできて、「結婚しましょう」と言ったのも喜代で、新はむしろ困惑したこと、などは省かれていた。自分が一方的に惚《ほ》れ込んで、頭を下げて結婚してもらったのだ。新は、そんなふうに話した。


たとえばうだるように蒸し暑い昼間、六畳間で隆彦と身体を重ねながら、茉莉は自分がすべてを断ち切っていると思いたかった。両親も惣一郎も過去で、自分はそれらから遠い場所に隆彦と二人だけでいる、と。

隆彦の抱き方はおざなりだった。福岡にいたころのように、大切そうに茉莉を扱ってはくれないし、東京にでてきたばかりのころのように、服を脱がせるのさえもどかしいというような、乱暴だが情熱的な愛し方もしてくれない。

仕事に行くまでの短い時間を、隆彦はたいていごろりと横になって過ごす。最近では、茉莉がことさらに甘えたり気を引き立てたりし、服を脱がせてやらないとその気になってくれない。その気になっても行為は単刀直入で、かつてのようにいとしげに髪をなでてくれたり、言葉や唇で茉莉を幸福にしてくれたりはしない。

いつからか、行為のさなかに茉莉は目をあけるようになった。以前には、恥かしくてできなかったことだ。いまは、隆彦が自分を見ていないことを知っている。知っているから、茉莉はぽっかり目をあける。それは淋しいことだった。

隆彦は何を考えているんだろう。

ぽっかりと目をあけて、冷静な気持ちでそんなふうに考えるということは。

それでも茉莉はそれを求めた。過去とは違う現実を、自分で切り拓《ひら》いていると思いたかった。

映画館での茉莉のたのしみは子供だった。『ジュリア』などという映画にどうして子供を連れてくるのか茉莉にはわからなかったけれども、夏休みの時期でもあり、昼間の上映にはしばしば子供や赤ん坊を連れた観客がいた。映画に飽きた子供たちが途中でロビーにでて駆けまわるのを、親たちは許しているようだった。走ったり騒いだりする子供には注意を与えるよう指示されていたが、茉莉はそんなことはしなかった。ただ放っておいた。そして、彼らのたてる笑い声や奇声や、足音やわけのわからない論理の会話を聞くのが好きだった。兄と妹の二人組は、ことさら興味深く眺めた。どの子供もかわいかったが、誰一人として茉莉の知っている子供には似ていなかった。

東京の子供やね。

茉莉は思った。一人ぼっちの子供には、話しかけてみることもあった。

「かわいいワンピースね」

とか、

「お母さん、映画好きなの?」

とか。内緒で売り物のパンチをのませてやることもあった。そういう茉莉の規則違反を、同僚も掃除のおばさんも黙認してくれていた。赤いじゅうたんの敷かれた暑苦しい内装のロビーは、茉莉には居心地のいい場所だった。働いてお金をもらっているのだと思うと誇らしく、出入りの業者の人たちにも、できるだけあかるく応対をした。

隆彦が仕事にでかける時間になると、あいかわらず茉莉はそわそわした。事務所から電話をかけて、ちゃんと起きているかどうか確かめたり、用意しておいた昼食を食べたかどうか訊いたりした。

「ここに寄っちゃあ？　いまやったら誰もおらんよ」

とつけ加えることも忘れなかったが、隆彦が来てくれることはなかった。

「今度な」

とか、

「もう遅刻やけん」

とか、気乗りのしない返事が返るだけだった。いいもん、と、茉莉は思う。隆彦が来てくれなくても、あたしはここでちゃんとやれるもん。自分に割りあてられた仕事でもないのに灰皿からこぼれた灰を拭い、胸を張った。そして、でも、万が一隆彦が顔をだす場合に備えて、鏡をみるのだった。

隆彦と馬場は、たまに酒をのんで帰ることがあった。ただでさえ遅い帰宅が、そういうときはさらに遅くなった。酒の弱い隆彦は馬場に抱えられるようにして帰り、二、三時間眠っただけで、市場にいく。

謝るのは、いつも馬場だった。

「すまんね、こげんのませてから」

おなじだけのんでいるはずなのに、馬場は少しも酔っていないように見えた。手際よく隆彦のずぼんを脱がせ、必要があれば水ものませて、台所の布団に寝かせた。茉莉はただ見ているだけだった。

「おう、茉莉、元気や？」

隆彦はそう言うこともあれば、着替えを手伝おうとした茉莉を、

「しゃあしか」

と怒鳴りつけることもあった。

「お前はもう帰れ」

と言うことさえあった。それが、茉莉のいちばん嫌いな言葉だった。

「今度は三人でのもうや」

馬場はきまってそう言うのだが、そう言われても茉

莉は嬉しくなかった。馬場ではなく隆彦に、そう言ってほしかった。

そんなふうだったので、ある朝起きた隆彦が、馬場がでかけるのを待って大きな紙袋を差しだしたとき、茉莉は何も想像しなかった。

「なん？」

受け取って、のぞいた。浴衣《ゆかた》と帯が入っていた。

「茉莉に似合うっちゃないかと思ってくさ」

気がついたときには隆彦にきつく抱きついていた。嬉しか嬉しか嬉しか。自分でもあきれるほど素直に、そうくり返していた。

「来週、花火大会があるげな。結構人も集まるらしいったい。休みもらえそうちゃが。馬場さんが頼んでくれたみたいくさ」

紙袋は、駅前の洋品店のものだった。洋品店の片隅に、どういうわけか浴衣が数枚ぶらさがり、均一の値段で売られているのを茉莉も見ていた。

「寸法、合うかどうかわからんけど」

隆彦の言葉に茉莉は笑って、

「かまわんくさ」

とこたえた。

「寸法とか合わんでも着られるくさ。つんつるてんでもおひきずりでも、そんなの全然平気やん。きまっとうやない」

自分で帯が結べないことは気にもしなかった。出鱈目な結び方でもかまわないと思っていた。

「隆彦があたしのことをもう好いとうっちゃないわけやないってわかって嬉しか」

茉莉は言い、

「嬉しすぎて言葉がおかしくなった」

とつけ加えた。隆彦は茉莉がひさしぶりに見るやさしげな表情で、はしゃぐ茉莉を見ていた。

「着てみてん」

と言うので茉莉はその場で服を脱ぎ、浴衣を着て、帯をぐるぐるに巻きつけて臍《へそ》の位置で結んだ。

「どげん？」

両手を頭のうしろにあて、腰をくねらせてポーズをとった。浴衣というよりローブのように、だらしなく茉莉を包んだその藍色《あいいろ》の布は、それでもぱりっとした木綿の染め物の、すがすがしい匂いがした。

「似合わん！」

隆彦が大声で宣言し、無論茉莉は挑発に乗って殴るまねをして、そのままじゃれあいながら唇をふさいだ。

ここにいてここにいてここにいて。隆彦を腕に抱きながら、胸の内で何度もそうくり返した。ここにいる、ずっといる、離れない。隆彦の胸に顔を埋めながら、そんなふうにもくり返した。

「一緒やもんね」

そして、最後には声にだしてそう言った。


生活のすべてが、茉莉には証明だった。自分が過去から遠くなったことの、そして隆彦がいれば大丈夫であることの。

現実は、しかし茉莉の認識とは違っていた。隆彦がときどき店を抜けだして問題になっていることや、洗い場の仕事が雑で、馬場がとがめても改めないことなどを、茉莉はまるで知らずにいた。

花火大会の日、茉莉は朝からはりきっていた。浴衣持参で仕事場に行き、夕方着付けてくれるよう、仲のいい掃除のおばさんに頼んだ。休みがちなパートの人にも、今夜だけは仕事を代れない、と、あらかじめ宣言して笑われたほどだった。

日が暮れるのをじりじりして待った。

約束の五時半ぴったりに、隆彦は現れた。ロビーまで入ってくることはせず、グレイがかったガラスドアの向うで、所在なさげに煙草を吸っていた。

「隆彦！」

茉莉はとびだし、腕をつかんだ。

「何してるの？　入って、入って。紹介したい人がいるの」

桔梗柄《ききょうがら》の浴衣は、きっちり着付けられていた。隆彦も、しゃれのめしていることがわかった。整髪剤をたっぷりつけた髪はつやつやと光っていて、いつものシャツの上にジャケットまで羽織っている。

「よか。仕事終ったっちゃろうもん？　早《はよ》う行くばい」

吸殻を捨て、靴先でつぶす。

「入るのいやなん？」

茉莉はしゃがんで、吸殻を拾った。

「じゃあよか。ちょっと待っとって」

ロビーに戻り、吸殻を灰皿に捨てる。

「山野さん、山野さん」

掃除のおばさんを呼んだ。すわっていたパートの同僚も。呼ぶつもりはなかったのだが、そばにフロアマネージャーも立っていたので、なりゆき上彼も呼んだ。

おもてに再びとびだすと、茉莉は隆彦に、一人ずつ紹介した。隆彦は仏頂面をしていたが、それでも一人ずつに、「あ」とか「どうも」とか挨拶《あいさつ》らしい声をだした。

「すごくお世話になってるの」

茉莉は隆彦に言い、隆彦はもう一度頭を下げた。

花火大会の会場まで、バスに乗った。駅の周辺からすでに混雑は始まっており、茉莉は逸《はぐ》れまいとして隆彦にぴたりと寄り添った。二人きりの外出は、ひさしぶりのことだった。

隆彦はやさしかった。

「今度ディスコ行こうや」

と、言ったりもした。

「茉莉は踊るとが好いとうとに、こっちに来てから一度も踊りに行っとらんめいが」

隆彦と出会ったのもディスコだった。茉莉はなつかしく思いだす。西洋館を改装した、マリアハウスと呼ばれた大きなディスコ。どんなに夜遅くなっても賑やかで、窓からあかりがこぼれていた。そこに行けば友達がいた。甘ったるいお酒と、いい匂いの空気、そして音楽。

「マリアハウスみたいなとこがあるかな」

乗客をすし詰めにして運ぶバスの窓からは、土手が見える。空はまだ青白さを残している。アパートのならぶ殺風景な道だ。

「ちがうかもしれん」

隆彦は言った。

「あげな店はなかかもしれん。でも新宿にも横浜にも六本木にも、踊るとこはたくさんあるげな」

「縁日の匂い！」

バスを降りると、茉莉は歓声を上げた。土手ぞいに、出店がずらりとならんでいる。

ヨーヨーをつった。焼きそばを食べ、りんご飴《あめ》を食べた。補助輪つきの自転車に乗った子供とすれちがい、すれちがいざまに隆彦が子供の頭を軽くなでた。それだけの仕草が、茉莉を温かな気持ちにさせた。

川は思いきり濁っていた。水量が少く、雑草と蚊ばかりが多く、どういうわけか新聞紙や週刊誌があちこちに落ちている。

ぱーん、ぱーん、と、音だけが聞こえた。打ち上げの練習らしかった。

「隆彦の、どこが好いとうか知っとう？」

歩きながら、茉莉は訊いた。

「こげんふうに、あたしば守ってくれるところ」

目を閉じて、肩によりかかる。

「あたしが目をつぶっとっても大丈夫やろ？」

隆彦は返事をしなかったが、茉莉の背中に腕がまわった。茉莉は幸福なため息をつく。

ひときわ大きな破裂音がして、同時に歓声が上がった。隆彦につつかれたが、茉莉は目をあけなかった。二発目、三発目。続けざまに打ち上がり、しゅるしゅるとのぼる音もした。隆彦が笑う。

「目、あけりいよ」

「いや」

この方が安心だもん。隆彦にもたれたまま、茉莉は思った。弱い川風が額をなでるのを感じる。そして、唇に隆彦の唇が強く押しあてられるのを感じる。

翌日、茉莉の待つアパートに、馬場が一人で帰ってきた。

「隆彦は？」

茉莉が訊くと、馬場は、

「のみに行った」

と、こたえた。

「一人で？」

「一人で」

それだけだった。馬場はそれ以上説明しようとせず、

「風呂、先に入ってよかや」

と言った。茉莉は聴いていたカセットテープを止めた。不安が、自分の胸の中というより部屋じゅうにひろがるのを感じた。

「何かあったと？」

できるだけ何でもなさそうな口調で訊く。

「なかよ、何も。あいつもたまには一人でのみたいっちゃなかとや」

不安に、苛立ちが加わった。

「のめんやん、隆彦はお酒とか。どうして一人で行かせたと？」

馬場は、むしろ恨みがましい目つきで茉莉をにらんだ。

「なんで俺のせいにするとや。隆彦に言ったらよかろうもん」

温厚な馬場に似つかわしくない物言いだった。

「言うくさ。隆彦に直接言うけんどこにおるか教えてよ。いつもどこでのみようと？　連れ戻しに行くけん。馬場さんが一人で行かせても、あたしは一人では行かせんけんね」

茉莉は馬場とにらみ合う恰好になった。たまたまアイロンをかけていたので、手に霧吹きを持っていた。

「偉そうな顔すんな。隆彦の行き先とか、いちいちわからんたい」

「もうよか」

茉莉は霧吹きを持ったまま部屋をとびだした。とりあえず駅前を、捜してみるつもりだった。何があったにせよ、隆彦はあたしが守る、と決めていた。どこにいるにせよ、みつけだしてみせる、と。

かっとしやすいのがあたしの悪い癖だ、と、茉莉はこの夜学ぶことになる。飲み屋の数はあまりにも多く、行きあたりばったりに戸をあけても、隆彦が見つかるはずもなかった。店によっては露骨にいやな顔をされた。いいから坐《すわ》ってのんでいきなよ、と声をかけてくる酔っ払いもいた。道路には路上生活者が寝ていた。一目で客引きとわかる女たちもいた。茉莉は彼らを恐いとは思わなかったが、自分がはた迷惑な存在であることに気おくれがした。心細く、どうしていいかわからなかった。

自転車置き場の横で聞き慣れた声に呼び止められたとき、茉莉はほとんど泣きそうになった。

「帰ろうや」

馬場が言った。

「隆彦は大丈夫やけん、アパートで待っとこうや」

霧吹きを持ったまま、茉莉は馬場に従った。この街に住んで半年にもなるのに、自分がまるで馴染んでいないことを思い知らされながら。

5

二年の予定で出発し、結局三年帰らなかった喜代がやっと帰国したとき、茉莉は高校一年生になっていた。一九七六年十二月。

喜代を見送った日と同様に、茉莉は新と二人で空港まで迎えに来たのだが、学校の制服は着ていない。あらたまった外出だろうとなかろうと、自分の着るものは自分で決めるのが当然の生活を、茉莉はすでに確立していた。

レンガ色の太い糸で編まれたぶかぶかのセーターと、極端に短いデニムのスカート。冬休みになるのを待って、髪をところどころピンク色に染めた。新学期が始まったら、教師がまた大騒ぎをするだろう。茉莉は校長室によばれる。そしてそのまま家に帰される。たぶん一週間の自宅謹慎で、髪は黒く染め直すことになる。

それでも構わなかった。茉莉はピンクの頭が気に入っている。真黒では重たすぎる、と思っている。それに、茉莉の好きな人たちは、みんなほめてくれた。

「ユニークだな」

新はそう言ったし、女友達——学校の友達ではなく、ディスコで知り合った年上の女友達——は、みんな口を揃えて「いかしとう」と保証してくれた。隣家の祖父江九でさえ、

「茉莉らしかね。似合っとうよ」

と、言った。茉莉を「不良」とか「ふしだら」とか言って遠まきに見るクラスの女の子たちにしても、校則違反をする度胸もないくせに、どこかでそれに憧れているらしいことを、茉莉は知っている。

可笑しかったのは祖父江七で、茉莉を見ると目をまるくして、

「アカザみたいやねえ」

と言った。

「アカザって何？」

茉莉が訊くと、

「小さか葉っぱの一部分だけが赤か、茉莉ちゃんのごたあ可愛らしか草」

だと説明してくれた。

日が暮れて冷え込み、一分ごとに暗く深くなっていく夜空を、展望デッキに立って茉莉は一人で眺めている。喜代の乗った飛行機が着くまでにはまだ間があるので、新は空港内の喫茶店にいる。

「寒すぎるんじゃないか？」

でがけに茉莉は新にそう言われたが、

「平気」

とこたえた。

「どうせ車やろ？」

と。つめたい風に首をすくめ、袖口をひっぱって指をかくす。レンガ色のセーターは、茉莉の白い肌をひきたてているはずだ。ところどころピンク色の髪とも呼応している。

ママ、どげん顔でおりてくるっちゃろね。

胸の内で惣一郎に話しかけた。

茉莉ば見て、どげん顔をするとかね。

三年。それは、茉莉の考えでは、母親が娘をほうっておくにはながすぎる時間だった。毎週かかさず葉書が届き、誕生日やクリスマスにはいかにも若い娘の喜びそうな贈り物が届いたとしても。

三年という月日はまた、新の髪を見事に白くしていた。実際、この三年でパパは十も年をとったみたいだ、と茉莉は思う。すくないお給料で娘を私立の学校に通わせ、妻に仕送りをする生活は同情するのに余りあるものだ。

飛行機を待ちながら、茉莉は自分がなぜ喜代に会いたいのかわからなかった。喜代に腹を立てているのだ。それなのにいちばん気に入っている服を着て、心臓をどきどきさせて喜代を待っている。

「展望デッキにのぼったことある?」

茉莉は隆彦を待ちながら、馬場と酒をのんでいる。隆彦もアイロンもほっといて、茉莉ちゃんものもうや、と馬場が言ったのだ。畳に足を投げだしてすわり、訊かれるままに、茉莉は隆彦と出会ったころの話をしている。

「展望デッキから滑走路を眺めとったら、飛行機が外国に行くとか嘘《うそ》やないかと思えてくると。飛行機はただ飛んどって、見えんくなる。そのあとは存在せんくなると。消えちゃうちゃもん。忽然《こつぜん》とおらんくなると。乗らんかった人は、ただとり残される」

馬場は首をかしげた。

「でも、お母さんはそのとき帰ってきたんやろう?」

あぐらをかき、カップ酒をカップから直接啜っている馬場を茉莉はみつめた。

「おんなじことやん」

馬場はしばらく考えて、

「そうかいな」

と言った。茉莉は笑った。あきらかに、馬場には話の要点が見えていないのだ。それなのに話を聞いてくれている。

「帰ってくるときも忽然と帰ってくると。外国からとかやなく、空の、どこでもなか場所から」

あの日のことを思いだすと、茉莉はいまでも不思議な気持ちになる。

帰ってきた喜代は、出発した日とおなじモスグリーンのスーツを着ていた。見慣れないオーバーコートを手に持ってはいたが、あとは何一つ違っていないように見えた。年さえもとっていないように。

そうしてそれでいて、喜代は茉莉の全く知らない気配をまとっていた。全身、一分の隙《すき》もなく。

茉莉と新を認めたとき、喜代の顔に隠しようもなく浮かんだものは、動揺だったと茉莉は思う。喜びでも懐しさでもなく動揺だった。

「おかえり」

新が言い、手をさしだして荷物を受けとると、それでも喜代はくっきりした笑顔をつくって、

「背がのびたのね」

と、茉莉に言った。

一歩おもてにでたとき喜代が立ち止まり、

「ああ、福岡のにおい」

と言ったことを茉莉は憶えている。

駐車場はすっかり夜に包まれていた。吐く息が白く、空には星がでていた。トランクに荷物を入れると、喜代は黙って後部座席に乗り込んだ。新の車に乗るときは、子供たちにさえ助手席を譲らなかったかつての喜代のその変化に、茉莉はひどく戸惑った。誰も何も言わないまま、新が運転席に、茉莉が助手席に乗った。

母親がそばにいることで、茉莉はどきどきしていた。嬉しいというのではなかった。ただどきどきして、どうしていいかわからなかった。

「ああ、川」

とか、

「ああ、池田のおばあちゃんのお店」

とか、ときどき喜代がつぶやく他は、三人とも言葉少なだった。

「髪の毛、いつ染めたの?」

とがめるというより面白がるような口調で喜代が訊いた。

「先週の水曜日。終業式やったけん」

喜代は似合うとも似合わないとも言わなかった。

「なかなか似合うだろ」

かわりに新がそう言った。


「家に着いたときやっと、ママは嬉しそうな顔になっとった。嬉しそうな、懐しそうな顔にね」

酔いも手伝って、茉莉は馬場に言うつもりのないことまで話していた。午前一時を過ぎても隆彦は帰って

こない。不安が、じりじりと茉莉の胸をおおう。

「家の中があんまり散らかっとっておどろいとったみたいやけど、それについては何も言わんかった。まあ、その日はね」

鞄をあけ、夫と娘に土産を出して渡してしまうと、喜代は疲れたと言って寝てしまった。茉莉と新は食事をしていなかったので、長浜までラーメンを食べに行ったのだった。

車で行ったにも拘らず、新は日本酒を注文した。茉莉に訊きもせずコップ二つ分注文し、茉莉がのもうとのむまいと構わない、という顔で、一人で自分の分をのんだ。それが新流の乾杯なのだった。

「日本酒をのんだのは、あれがはじめてやった。それまでにも友達とビールやフィズくらいはのんだことがあったっちゃけど、日本酒も、それからパパと二人でのむのも、あれがはじめてやったと」

話しながら、茉莉は部屋の隅のラジカセを見ていた。隆彦が茉莉のために抱えてきてくれたラジカセ。茉莉は踊るとが好いとうけんね——。

「俺とのむのもはじめてやね」

馬場が言った。

一瞬訪れた沈黙を打ち消したくて、茉莉は話し続ける。

「その日もね、ラーメンのあとであたしはマリアハウスに行ったと。入口まで、パパが車で送ってくれたっちゃん。あそこに行けば絶対誰かしら知り合いに会えたし、隆彦もおったしね」

馬場は微笑んだ。

「お母さんに会えた日でも、隆彦に会いたかったとや？」

「もちろん」

茉莉は強くうなずいた。

その年の夏にそこで開かれたダンスパーティに参加して以来、マリアハウスは茉莉の大好きな場所だった。白い、クラシックな、外国のお邸《やしき》みたいなその建物は、いくつもある窓から明りと音楽といいにおいをまき散らしていた。

そこに来る客の中で、茉莉はいちばん年下の一人だった。そして、熱狂的に踊った。ディスコにいてもあまり踊らない子や、チークしか踊らない子もいたが、茉莉は彼女たちを軽蔑していた。冬でも汗をびっしょりかくまで踊り、くたくたになってはじめて飲み物をのんだ。つめたくて甘いお酒を、たいてい一杯だけのんで帰った。

男同士の客は入れないので、女のいない男たちがよく店の前にたむろしていた。気に入った女に声をかけようと待ちかまえているのだ。茉莉は声をかけられたことがない。茉莉を上物《じょうもん》さんなどと言うのは祖父江七だけらしいことを、茉莉はマリアハウスで学んだ。

もっとも、いったん中に入ってしまえば状況は違った。茉莉よりすこし年上の女たちは、茉莉をかわいがってくれた。

「茉莉ちゃーん。会いたかったあ」

そう言って抱きついてくる女もいた。

「茉莉ちゃんの踊り方むちゃ好いとっちゃん」

そう言って酒をおごってくれる女も。女たちは香水くさかったり煙草くさかったりした。美人だったり美人じゃなかったりしたが、茉莉の目にはみんな一様に大人びて、楽しそうに見えた。ドレスコードをらくらくパスする華やかな恰好をして、ディスコで、ちゃんと踊る女たち。

三重隆彦は茉莉にとって、はじめ、マリアハウスのドアをあけてくれる若い従業員にすぎなかった。似合わないスーツを着て、にこりともしないで。

「また来たと？」

とか、

「もう帰るとや？」

とか、声をかけられても茉莉は無言でうなずき、通り過ぎるだけだった。

「名前、何ていうと？」

ある時そう訊かれ、

「寺内茉莉」

とこたえた。

「茉莉ちゃんか」

そう言った隆彦の口調がなれなれしかったので、茉莉はチョウゼンと頭を上げ、

「違う。寺内茉莉」

と言ってやった。隆彦は臆することなくやさしげに笑った。

「それやったらやっぱり茉莉ちゃんやん」

隆彦を好きになったのは、たぶんあの瞬間だったと茉莉は思う。それやったらやっぱり茉莉ちゃんやん。

「隆彦、遅かね」

茉莉は言い、立ち上がって、いつも布団を干す窓をあける。返事をしない馬場の視線を、背中に痛いほど感じた。二人きりでいることが、ふいに気詰まりに思えた。

福岡にいたころの隆彦はやきもち焼きだったのに、どうしてここにあたしを置いておいたりできるんだろう。

そう思うと、心配よりも淋しさが先に立った。うしろで馬場が小さく笑った。

「窓、しめりいよ」

ふりむくと、大仏のようにおおらかな顔をした馬場がいた。心配せんでよかよ。何もせんけん。そう言って酒を片づけ始める。

「俺は先に寝かせてもらうけん。茉莉ちゃんも寝《やす》みいよ」

台所の床がきしむ音、コップをゆすぐ水音。茉莉は淋しさでいっぱいになった。ほとんど泣きだしたい気持ちになった。窓をしめると、より一層淋しさが増した。

隆彦はその日、明け方まで帰って来なかった。ドアのあく音でとび起きた茉莉があれこれ尋ねても、

「寝とけよ」

とひとこと言ったきり、何も説明しなかった。酔っているようには見えず、着替えをして顔を洗うと、そのまま市場にでかけて行った。

「あんな奴、ほっとき」

玄関にとり残された茉莉に、馬場が布団の中からそう声をかけた。

映画館での仕事と、アパートに住みついた野良猫に話しかけることが、ここでの茉莉の生活のたのしみになっていた。猫たちは汚れていたが、子猫でさえ抱き上げると小さな口をカッとひらいて、小さな歯をむきだして鳴くところが頼もしくて茉莉は気に入っていた。誰にでもなつくような子猫は嫌いだった。

「へんな顔。あんたおっぺしゃんやね」

茉莉はそんなふうに話しかける。

「あんたは目やにがひどかし」

首の皮膚をつまんで持ち上げると、子猫は四つんばいの恰好のまま持ち上がる。

「あんたは愛想がなかもんねえ」

猫たちはおもての洗濯機のそばにいた。それで茉莉

は洗濯をするたびに、彼らと顔を合わせるのだった。

あちこちへこんだ、不潔きわまりないブリキの皿には、乾いたおかかのようなものがこびりついている。皿は、二階の住人が置いてやったものらしい。茉莉もそこに、ときどき牛乳を入れてやる。大人猫たちは牛乳をたいして歓迎しないようだったが、子猫たちは先を争って、ほとんど顔ごと皿につっこんで貪った。

子猫を見ていると、茉莉は勇気が湧くような気がした。なぜか、自分と惣一郎と九を思いだした。

九月。澄み始めた空気の中で、茉莉はいつものように猫たちにかまいながら洗濯機をまわしている。人が一人通るのがやっとの、庭とも呼べない敷地には、それでもまばらに芝が生えている。

あの夜以来、隆彦は茉莉にやさしい。そして、馬場は隆彦につめたくなった。馬場は何も言わないが、隆彦が職場で模範的とはいえない態度であることくらい、茉莉にも想像がついていた。

「信頼できる人やけん、心配せんでよかって」

二人でこっそり駆け落ちの計画を練っていたころ、隆彦は馬場についてそう言っていた。

「こげん小さかガキん頃から、ともかく世話になったけん、あの人には頭が上がらんたい」

その馬場に見放されたら、隆彦がどんなに心細く孤独か、考えただけで茉莉は胸が苦しくなる。茉莉は、誰にも隆彦を傷つけてほしくなかった。

隆彦は、それまでに茉莉の出会ったどんな男とも似ていなかった。惣一郎のように賢くはなく、九のように温かくもない。

「のぼり棒にものぼれんかもしれん」

茉莉は猫たちに言う。軽率で、けんか早くて、強くもないのにすぐ人につっかかっていく。

福岡にいるときも、一体何度けんかをしたかわからない。自分からつっかかっていくくせに、状況が手に負えなくなればすぐに逃げた。足だけは速いのだ。茉莉を置いて逃げることもあった。そして、

「茉莉は女やけん、痛い目にはあわせられんですむ」

と言うのだった。

隆彦の腕は細いのに、抱きしめられると痛いほど力強かった。細くてもけんかに弱くても、それは男の腕だった。

茉莉はなつかしく思いだす。深夜の志賀島《しかのしま》や生《いき》の松原《ばら》、津屋崎《つやざき》や長垂《ながたれ》の海水浴場。隆彦のバイクのうしろ

にまたがって、あちこちの海にでかけた。

「海が好いとったいね」

隆彦に言われ、自分が首をかしげたことを憶えている。とりたてて海が好きなわけではなかった。

「だって、恋人っていったら海に行くべきやないと？」

そんなふうに主張した。

那の津の埠頭は、なかでも思い出深い場所だ。隆彦と、百回くらいそこでキスをした。百時間くらい話した。駆け落ちの計画もそこで立てた。夜の海は不穏だった。朝の海は長閑《のどか》だった。目をつぶると、茉莉は鼻も口もいっぱいに、あの港の、濁った水の匂いを感じる。巨大な倉庫、長い長い堤防。すのこが積み上げられていた。

「二人で暮せたらよかよね」

茉莉はよくそう言った。

「隆彦さえおったらよか」

「家族とか、どげんすると？」

気遣わしげにきまってそう訊く隆彦の、生真面目な横顔を憶えている。

「行っていいって。行かないかんって」

茉莉はこたえた。それは茉莉の胸の中の惣一郎の言葉だった。

「ほんとかいな」

隆彦は笑った。

「そげんこと言う親は見たことなか」

岸壁にぶつかる水の音は、ざばりざばりと大きく荒々しかった。琉球海運とか野田商船とか、コンテナに書かれた文字をぼんやりと見ながら、茉莉はその水の音をきいていた。

洗濯機の音が、茉莉を現実にひき戻す。東京の、川崎の、アパートの敷地に。二人きりではない、隆彦との暮しに。

6

茉莉は東京を、よく言われるような「つめたい街」とか「危険な街」とは微塵も感じなかった。職場の人たちもアパートの大家さんもやさしかった。いつも買物をするスーパーの、レジのおばさんも感じがいい。ただ、茉莉は東京を、色のきれいじゃない街だと思う。空も、草木も、あるにはあるのにきれいじゃない。自然のものばかりじゃなく看板とか家々の屋根なども、福岡にくらべるとまるで色がないように思えた。

茉莉の生れ育った場所では、家の外に一歩でれば、そこは「世界」だった。街である以前に一つの大きな世界であり、空や風や日の光が、つねにその世界を調和させていた。東京にはその感じがない。

一九七八年秋、茉莉は十八歳になった。

誕生日の朝、茉莉に最初に「おめでとう」と言ってくれたのは馬場だった。そのことで、茉莉は馬場に腹を立てた。無遠慮なふるまいだと思った。隆彦は起きてすぐやさしげな言葉を吐けるような性格ではないのだし、だからといって忘れているわけではなく、辛抱強く待っていればたぶん夜になって、あるいは翌朝になって、ひょっとすると二、三日後かもしれないが、ともかくいずれ、ちゃんと祝ってくれる人だ。茉莉にはそれがわかっているし、それを待ちたかった。憶えていてくれて嬉しい、と思いたかった。

「隆彦と一緒に、ケーキでも買ってくるけん」

馬場は出がけにそう言った。

「なるべく早く帰るし、店から何かおいしいものを持って帰るけん、待っとき」

隆彦はそばに立っていたが、何も言わなかった。

「ほんとに早く帰れると？」

馬場がでかけてしまうと、茉莉は隆彦に尋ねた。

「夜ごはん、一緒に食べられる？」

隆彦はめんどうくさそうに、

「わからん」

とこたえてトイレに入ってしまった。

茉莉は淋しかった。隆彦を依然として好きではあったが、隆彦が以前ほど自分を好きでいてくれないように思えて不安だった。茉莉が望んでいるのは特別なことではなかった。すくなくとも、茉莉の考えでは特別なことではなかった。茉莉は愛され、理解されたかった。信頼され、大切にされたかった。それはあたりまえのことに思えた。子供だった惣一郎や九でさえ、そうしてくれていたのだから。

このごろ、隆彦の考えとうことがいっちょんわからん。

胸の内で、惣一郎にそう話しかけてみる。一時間かそこら後には隆彦も仕事にでかけ、茉莉はぽつんとアパートにとり残された。掃除と洗濯と買物くらいしか、やることのないアパートに。

嬉しい驚きは夕方やってきた。満面に笑みをたたえて、隆彦が帰ってきたのだ。ラジカセのヴォリウムを上げていたので、茉莉はドアのあく音に気づかなかった。畳の上で踊っていた茉莉は、人の気配を感じて目をあけ、すると部屋の入口に、なつかしい隆彦が立っていた。昔みたいにやさしい表情で、踊る茉莉を見つめている。

「隆彦！」

嬉しげな声がでた。

「もう帰ってきたと？　それとも忘れもの？」

「帰ったったい」

隆彦は言い、

「もっと踊らんや」

と、からかうような目つきで促した。部屋の中は西日がいっぱいにあたり、セックス・ピストルズの「GOD SAVE THE QUEEN」が流れている。

「もうよか」

照れくさくなって茉莉は言い、隆彦に駆けよると、汗ばんだ腕をまわして抱きついた。

「どうしてこげんに早く帰れたと？」

隆彦のつめたい耳に、ほてった頬をおしつけながら訊いた。隆彦は寒い街の匂いがした。東京の匂いだ、と茉莉は思った。

「馬場さんが、先に帰らんやって」

茉莉をさりげなくひき離し、隆彦はこたえた。

「お誕生日やけん？」

茉莉は目を輝かせた。

「たぶん」

隆彦がこたえるかこたえないかのうちに、茉莉は唇をふさいだ。一秒、二秒、もっとながいあいだ。

「すごかあ。馬場さん、やっぱりよか人やね」

唇を離すと、そう言った。

「帰りに競馬場によってきたったい」

隆彦は言い、ずぼんのポケットからしわくちゃの札と小銭をつかみだした。

「また？」

茉莉は小言用の顔をつくろうとしたが、上手《うま》くいかなかった。

「これで何かうまかもん食べに行こう。そのあとディスコに行ってもいい。デパートにも行って、茉莉の好きなもん買っちゃあけん」

隆彦がそう言ったからだ。

「でもその前に、きょうはこっちの部屋に布団敷こうや」

隆彦は競馬に凝《こ》っていた。休みの日は一日競馬場にいりびたっていたし、本人がそう認めたわけではないが、仕事をさぼってでかけることも、ときどきあるらしいことを茉莉は知っていた。同時に競輪もやってみたらしいが、隆彦によれば「競輪はラインの力関係に左右されるけんせからし」く、「競馬は馬だのみやけん公明正大」で、「本気で勝負すれば本気で稼げる」のだった。

川崎という街のせいだ、と茉莉は思っていた。ここには競馬場も競輪場も野球場もあり――無論野球はギャンブルではないが、男が女をほったらかして遊びに行ってしまう場所という意味で、茉莉には同じようなものに思えた――、酒をのむ場所があり、金で女が買える場所さえある。いやらしい映画を一晩中上映している映画館も。

「隆彦はこの街が好いとうと?」

西日の中で、敷布団だけを敷いた上で愛しあったあと、猿のように両手両足を全部がっしりからませて、隆彦にくっつきながら茉莉は訊いた。セックス・ピストルズはもう止まっている。

「かけらも好かん」

隆彦はこたえた。両腕に力を込めて茉莉を抱きしめる。

「街も人もこの部屋も――。こんなところ、好きなわけがなかろうもん?」

「じゃあ引越そうよ」

小さい声で、茉莉は言ってみた。怒鳴りつけられるのが恐かったからだ。隆彦は怒鳴ったりしなかった。わかってる、とこたえたあとで、茉莉よりさらに小さな声で、

「馬場さんと何かあるとや?」

と訊いた。そして、訊いたくせに茉莉にこたえる隙も与えず、指で茉莉の茂みを乱暴にかき回しながら、決して豊かとは言えない茉莉の胸に顔を埋め、さらに何か言いつのった。茉莉には聞きとることができなかった。

「やめて」

苦痛だったので、茉莉はうめいた。身をよじっても、隆彦はやめなかった。茉莉の身体を押さえつけ、ほとんどわめきながら顔を腹にこすりつけてくる。やめさ

せるために、蹴らなければならなかった。

隆彦は泣いていた。

「ばかやん」

茉莉は言い、壊れ物を扱うようにそっと、隆彦の頭を抱いてやった。隆彦は茉莉の首のうしろを濡らし、いつまでも弱々しく嗚咽《おえつ》していた。

仕度をして外にでたときには、清々《すがすが》しい気持ちになっていた。茉莉はひさしぶりに隆彦と手をつないだ。

夕焼けは消えかけており、頭上には夜が始まっている。

結局、デパートには行かなかった。連れて行きたい場所がある、と隆彦が言い、二人は駅からやや離れた場所にある、一軒の飲み屋の暖簾をくぐった。まさ。暖簾の横の、あちこち破れた赤い提灯に、墨文字でそう書かれていた。

「おう」

四人掛けのテーブルに一人で坐っていた中年の男が、隆彦に言い、片手をあげた。

「坐れ、坐れ。遅かったじゃないか」

やきとりの煙と匂いの充満した、古ぼけてはいるが温かな感じの店だった。壁に造りつけになった棚に、招き猫が坐っている。

隆彦はあごをつきだすような小さな会釈をし、戸惑っている茉莉に、

「ノブさん」

とだけ説明した。機嫌のいいときの声だった。隆彦が椅子に腰掛けたので、茉莉もまねをして隣に腰を掛けた。ビールが二つ運ばれ、隆彦がかしこまって「いただきます」と言ったので、茉莉もまねをして同じことを言った。

「いいね。いい感じだね」

ノブさんはにこにこして言う。両目の大きさの違う小柄な男で、きゅうりに味噌をつけて食べながら、焼酎《しょうちゅう》をのんでいた。たれのついた皿があるところをみると、やきとりは食べ終ってしまったらしい。

「隆坊、きょうは稼いだだろ?」

茉莉に向って言う。茉莉は曖昧《あいまい》にうなずいた。隆坊。隆彦とこの人は、一体どのくらい親しいのだろうかと考える。

「踊りにいくんだろ? これから」

尻上がりの「だろ?」に愛敬《あいきょう》があった。ノブさんは白いコットンジャージィの、オフタートルのスキーシャツのようなものを着ていた。袖口が随分汚れてい

る。きっと奥さんがいないんだ、と茉莉は思った。

ほんの十分一緒にのんだだけで、ノブさんは立ち上がった。

「じゃあ俺は行くけど、二人ともっと食べなよ。俺のおごりだから」

隆彦が立ち上がったので茉莉も立ち上がった。

「いい、いい。坐れって」

ノブさんは苦笑し、腕を下に向けて振り動かす。

「ごちそうさん」

店の主人に言い、ツケがきくのか、金も払わずに出ていった。

「誰?」

引き戸が閉まるやいなや、茉莉は訊いた。

「約束しとったと? びっくりするやない、急に知らん人に会わされたりしたら」

「ごめん」

隆彦は素直に言い、

「でも、いい人やろ。ノブさん、きょう万馬券あてたっちゃんね」

と、尊敬を込めた口調で続けた。

「店出しとったい、予想屋の」

茉莉は興味がなかったので、

「ふうん」

と、こたえた。

そのあとは、文句のない一夜になった。隆彦と二人でやきとりを食べ、大きなジョッキでサワーをのんだ。

「誕生日おめでとう」

隆彦が言い、ジョッキをぶつけ合った。

店をでて電車に乗り、新宿に行った。電車の中には、競馬新聞がたくさん捨ててあった。乗客が踏まざるを得ないほどたくさん、それも広げられたまま。茉莉は眉をひそめ、それでも臆することなくそれを踏みしだいた。こんなのもう慣れとっちゃもん、とばかりに。

ディスコは薄汚れた雑居ビルの地階にあり、入口脇にビールのケースが積んであったりして、マリアハウスとは全然似ていなかった。茉莉はまず、その狭さに驚いた。大音響は同じだったけれども。

「変な音楽がかかっとうね。コモドアーズかいな、これ」

茉莉は言ったが、ベースの音に血管を弾かれるような気がして、小さなロッカーにバッグを入れるや、フロアにとびだして行った。

フロアはけむっていた。茉莉の勤める映画館で売っている、パンチに似た匂いがした。甘く人工的でどこか粉っぽい、紫色の飲料の匂いだ。

「ひゃああ、ひさしぶりやん」

両手を上にあげて、半ばしゃがむように腰を落とし、茉莉は歓喜の声をあげた。店そのものと同様フロアも狭かったが、もはや気にならなかった。人混みをかきわけ、ようやく茉莉に追いついた隆彦に、

「あたし、十八になったとよ」

と言ってみる。音楽にさえぎられ、声は全然届かない。

「隆彦のそばで十八になったとよ。それで、いま隆彦と踊っとうとよ」

茉莉は気にせずに怒鳴った。何？　と言って、隆彦が横向きに身をのりだす。

茉莉は狂ったように踊った。背中を反らし、腰をつきだして回したり、髪をふりたてて足を踏みならしたり、笑ったり目をつぶったりした。そんな茉莉を見ながら、隆彦は小さな仕草でリズムを刻んでいる。

マリアハウスでもそうだったように、ここでも、茉莉の踊りは違っていた。上手いとか下手とかいうのではなくて、ただ、違っていた。それで、なんとなく人が避けるので、茉莉の周りにだけ空間ができた。ちっぽけな、茉莉が自由に踊れる——。

途中で一度、隆彦がバーカウンターからのみものを取ってきてくれた。茉莉はそれをのみ干し、また踊った。踊っていると、子供のころの安心な気持ちが甦《よみがえ》った。目をつぶって好きなように踊り、目をあければそこに惣一郎や九がいるような気がした。

「踊るとき、茉莉はどうして目ぇつぶるの？」

いつだったか惣一郎のした問いかけに、茉莉はいまならこうこたえる。

「おにいちゃんに会えるからにきまってる」


二時間後におもてにでたときは、二人とも汗をびっしょりかいていた。夜の風が肌をひやす。

「気持ちよかったあ」

茉莉は言い、隆彦の腕に腕をすべりこませた。ゴミ置き場の脇を歩きながら、肩に頭をもたせかける。鼻の穴をふくらませ、裏通りの夜気をすいこんだ。

「新宿も汚い街やけど、でもよか街やね、隆彦と一緒やったら」

最終電車の時間が迫っていることに、先に気づいたのは隆彦だった。やばい、と言ったのが隆彦で、走ろう、と言ったのが茉莉だった。全力で駅を目指しながら、揃って奇妙な笑いの発作に襲われた。こんな時間にこんな場所を走っていることが可笑しくて、走りながらくつくつ笑い続けた。片手をしっかりつなぎ合い、もう片方の手で腹筋をおさえながら。

　幸福の余韻を抱えたまま、アパートのドアをあけた。あかりは全てついているが、何の音も気配もしない。

　六畳間に、馬場が坐っていた。

「どこをほっつき歩いとったとや？」

　低い、怒りをにじませた声で訊き、立ち上がって隆彦の目の前に立ちふさがった。

「え？　どこをほっつき歩いとったか訊いとったい」

　隆彦の胸ぐらをつかむ。

「やめて」

　茉莉は馬場の腕をつかんだが、馬場は茉莉と目を合わせることとすらしなかった。爪の白く乾いた、大きくて武骨な馬場の足が畳にこすれる。馬場の顔は憤怒に歪《ゆが》んでいた。

「どうして店にでてこんかったとや？　競馬か、パチンコか、それともまたあの女ね。あの女んとこの金は板長が返したっちゃけんな、わかっとうとや、隆彦」

　シャツの衿をつかんで揺すぶられ、隆彦はほとんど宙に浮いていた。

「やめて。お願いだから隆彦を放して」

　茉莉はヒステリックに叫んだ。それでも馬場は茉莉を見なかったが、つかんでいた手は離した。隆彦と馬場はにらみ合う恰好になった。

「何や、その悔しそうな顔は。言いたかことがあるんやったら言ってみてんやい。言い訳ができるとや？　お前が店をさぼるたびに俺がどれだけ謝っとうとや、他の職人や板長が」

「しゃあしか」

　吐き捨てるように、隆彦がさえぎった。

「親でもあるまいし、馬場さんにそげん言われる筋合いはなか」

　隆彦の目つきも声も、茉莉が逃げだしたくなるほど悲痛でいたいたしく、恨みがましかった。

「あんな店、いつだって辞めちゃあけん。だいたい、俺が洗い場の仕事をして何になるとね？　馬場さんは帰れば店が待っとうし、修業とか言ったって、所詮《しょせん》ぼんぼんやろうが」

茉莉は、隆彦がまた泣きだすのではないかと思った。あるいは、自分が泣きだしそうなのかもしれないと。

「お前、昔からクズやったけど、ますますクズになったったいね」

馬場の声に、もう怒りは含まれていなかった。疲労と諦めがあるだけだった。

身をかがめ、肩から馬場に突込んでいった隆彦が馬場を床に転ばせたとき、茉莉は悲鳴を上げて隆彦にしがみついた。しかし、たたんで壁にたてかけてあった卓袱台を隆彦がひき摑《つか》んで振り上げ、打ちおろしたときには一歩も動くことができなかった。

もうすこし落着いていれば、二度三度と卓袱台を振り上げる隆彦を後ろからおさえることができたかもしれない。あとになって考えれば。

そのときの茉莉に、その余裕はなかった。それで馬場におおいかぶさって、泣きながら庇《かば》った。無論、隆彦のために。

卓袱台は後頭部と背中に容赦なく一度落ちてきた。衝撃はあったが痛みは感じなかった。それから尻と足に二度。茉莉にはその方が痛かった。あとから馬場が、「卓袱台の殴打より、茉莉ちゃんの重みで窒息するかと思ったったい」と言うことになるのだが、そのときの茉莉はともかく必死だった。必死で馬場におおいかぶさり、馬場の頭を抱きかかえていた。

隆彦の攻撃が止んでも、しばらく動くことができなかった。振り向いて、顔にまた卓袱台の落ちてくることが恐かったのだ。

「茉莉」

隆彦の声がした。ひどく不穏な声に思えた。

「どかんか」

茉莉は首を横に振った。

「どけって言いよろうが」

茉莉は首を振り続けた。

隆彦がでていったことに、茉莉はしばらく気がつかなかった。

馬場は目のふちを切り、頬骨の上を腫《は》らし、意識がやや朦朧《もうろう》としているようだったが、口元に手を翳《かざ》して呼吸を確かめた茉莉に、

「重か」

と言った。安堵《あんど》のあまり茉莉はまた泣きだし、濡れた顔で馬場に頬ずりをした。目を上げると、部屋の隅

に一目で中身がケーキとわかる箱が転がっていた。今朝、馬場が出がけに、買ってくると言っていたことを思いだした。そして、きょうが自分の誕生日だったことも思いだした。隆彦とディスコに行ったのは、十年も前のような気がした。

7

茉莉が許せないのは、あの夜隆彦が馬場を殴ったことではなかった。でていったことだった。茉莉を置いて。馬場の許《もと》に、茉莉を残して。

「信じられん」

茉莉は山辺《やまべ》にそう言っていた。

「あたしには隆彦がすべてやったとに、ほんとにぜったい信じられん」

茉莉はいま、山辺稔《みのる》の部屋にいる。山辺は馬場とおなじアパートの、二階の一室に住んでいる。

山辺と茉莉は、これまでも顔を合わせれば立ち話くらいはする仲だった。庭に棲《す》みついた野良猫たちに、エサをやって可愛がっていたのが山辺で、茉莉は山辺に好感を持っていた。

「いいじゃん、それはもう」

信じられん、を連発する茉莉を、山辺は穏やかにたしなめる。

「おかげでこうなったんだしさ」

「それはそうやけど」

山辺の穏やかさは、つっけんどんな物言いばかりする隆彦との関係に疲れていた茉莉にとって、びっくりするほど温かでやさしいものだった。ただし同時に、つかみどころがないような気もした。

でていった隆彦は、翌朝荷物をとりに戻ってきた。茉莉には目もくれず、わざとのように荒い足音をたてて部屋を歩き、衣類や身のまわりの品を無言で鞄につめていく。

「待ってん」

茉莉が言っても、返事もしなかった。

「どこに行くと？　ゆうべのこと、馬場さんに謝った方がいいと思うっちゃけど」

洗面所まで隆彦を追っていき、うしろから茉莉は言った。隆彦は歯ブラシやタオルを、乱暴に鞄に落としていた。

「隆彦ってば」

茉莉は苛立って語気を強め、隆彦が手に持っていた整髪料をひったくった。

「何ばするとや」

低い声だった。本人は凄《すご》んだつもりだろうとわかったが、茉莉には、それはひどく子供っぽいすね方に思えた。

「返しいや」

鏡の前でにらみ合う恰好になった。

「いややもん」

茉莉は力を込めて言ったが、それは強《こわ》ばった声になった。ゆうべまで隆彦に暴力をふるわれたことは一度もなかったし、ゆうべのそれも、実際には茉莉に向けられたものではなかった。そうしてそれにも拘らず、茉莉は怯えていた。やせっぽちの、弱虫の隆彦。そう思っていたのに、いま目の前にいる男は、あきらかに自分よりも腕力があり、そのことを知っていて、しかも感情の抑制ができない。

「どこに行くんか訊いとったい」

自分が怯えていることが茉莉をさらに不安にした。

「あたしを置いていくと？」

ほとんど泣きだしそうだった。茉莉をにらむ隆彦の目は、憎悪といっていいほどの怒りと恨みがましさに満ちていた。

「茉莉には馬場さんがおるやろうが」

反論しなかったのは、あまりにもばかばかしかったからだ。馬場とのあいだに何もないことは、隆彦だって百も承知のはずだ。

「茉莉は気楽やもんな。引越したいだの何だの、文句言っとったらよかっちゃけん。そのくせ馬場さんには媚《こび》ば売って」

心外だった。しかし隆彦は言いつのった。

「誰にでも媚を売るっちゃろ。ぼんぼんの馬場さんとお似合いくさ。誰が連れてきてやったと思っとうとや」

「どうしてそげんこと言うと？」

不覚にも声が震えた。隆彦は軽蔑したように息をこぼして小さく嗤い、

「どうして博多弁なん？」

と言った。

「喋れるっちゃけん喋ればよかろうもん、東京の人間みたいに」

支離滅裂だ、と茉莉は思った。隆彦は支離滅裂で、

言葉なんか通じないのだ。

「もうやさしくしてくれんと？」

泣くまいとすると、声が小さくなった。

隆彦はでていった。泊めてくれる女の人がいるのかもしれない。あるいは、ノブさんという人のところに行くのかもしれない。いずれにしても、それは茉莉の人生の外側だった。

ドアが閉まったとき、茉莉は和室に立ち、手に整髪料を握りしめていた。スティック糊《のり》に似た形状の、隆彦が「チック」と呼んで愛用していたものだ。何の考えもなく、茉莉は蓋《ふた》をとり、口紅のようにくるくる回して使いかけの中身をだした。ねっとりとまとわりつくような、甘い匂いがした。茉莉のよく知っている、隆彦の匂いだ。

茉莉が手放してしまったもの。隆彦は、すでに福岡とおなじくらい遠い。

衝動的に蓋を閉めると、牛脂に似たその整髪料が、容器の中でぐしゃりと潰れるのがわかった。

そのあとの一週間、茉莉は隆彦を待って暮した。きっと帰ってくる。そう思いたかった。馬場との関係は気まずかった。福岡をでるとき両親にもらった餞別はなくなっていた。いつのまにか隆彦が使ったのだ。ギャンブルに使ったのか女に使ったのか、それとも茉莉に買ってくれたサンダルや浴衣に使ったのか、わかりようがなかった。どちらでもおなじことに思えた。隆彦は帰ってこなかった。

秋は急速に深まっていった。駅前の薄汚れた広場には、ビラや新聞紙と一緒に枯れ葉が舞った。毎朝顔を洗う水道の湯が、なかなか温まらなかった。

「一週間たったっちゃんね」

茉莉は馬場に言った。たまには飲もう、と言われて、深夜のビールにつきあっているときだった。

「隆彦、もう戻らんとかな」

馬場が悪いわけではないことは知っていた。それでも茉莉は、馬場に対して好意的な気持ちになることができなかった。

「戻らんくさ。あいつのことは俺の方が知っとろうが」

そうかもしれない、と思うことが、耐え難いかなしみとなって茉莉の胸を塞《ふさ》いだ。隆彦のことは誰よりもあたしが知ってる、と、すこし前なら思っただろう。

「じゃあ、あたしはでていかないかんね」

顔を上げた馬場の表情を、茉莉はいまも憶えている。不安げな、困惑した——。

「何で。茉莉ちゃんがでていったら、あいつが戻ったとき——」

「矛盾しとう」

茉莉は遮った。

「そんなの矛盾しとう。隆彦は戻らんって、馬場さんが言ったたっちゃない」

立ち上がった馬場に両肩をつかまれ、唇をおしつけられた。茉莉は立ち上がるひまもなく、うしろに手をついて、倒れないように身体を支えるだけで精一杯だった。そうやって、茉莉は馬場の唇を受けとめた。目を固く閉じ、鼻だけで呼吸をしながら。

それは信じられないほどながく続いた。馬場は顔が大きく、唇も厚く力強かった。そして、どういうわけか、やたらに吸い込むのだった。

まただ、と茉莉は思った。かつて父親の大学で、無理にキスをされた記憶が甦った。でも今回は事情が全然違う。ここは馬場の部屋なのだ。ここにいる自分が悪いのだ。

茉莉はひたすら我慢した。どうってことないやん。なんとかそう思おうとした。キスなんて、いっちょんどうってことないもん。

馬場は茉莉におおいかぶさり、唇といわず舌といわずやたらに吸いながら、どんどん息を荒げていく。

これが終ったら、と、茉莉は奇妙な冷静さで考えていた。これが終ったらここをでていこう。最初に家から持ってでた物以外は全部置いて、ここをでていこう。とりあえず夜があけるまでどこかで待って、それから仕事場に行こう。支配人に、映画館に住み込みで働かせてもらえないかどうか訊いてみよう。あるいは、どこか安いアパートを世話してもらえないかどうか。

ようやく男の身体が離れたとき、茉莉は自分の思考が澄んでいることに気づいた。恐くもなければ、かなしくもなかった。

「隆彦とか、忘れり」

馬場は言い、茉莉から目を離さずに、ずぼんを脱ぎ始めた。茉莉は、自分の着ていたセーターが首までまくり上げられ、片方の乳房がブラジャーからこぼれていることに気づいて、それを直した。立ち上がると、足がふらついた。白々と電気のついた部屋の中で、馬場はブリーフ一枚の姿だった。思いのほか白く、きれいな形をした足が畳を踏みしめている。やわらかそうな布越しに、その中のものが思いきり大きく隆起しているのがわかった。

だいきゅうちん。

遠いことを思いだし、茉莉は微笑んだ。九はどうしているだろう。

「もう行かないかん」

茉莉は言った。やさしげな声になったことに、自分でもおどろいた。もしも馬場がまたおおいかぶさってきたら、それはそれで仕方のないことだと思った。どんな違いがあるだろう。

「したいと?」

茉莉は訊き、まっすぐに馬場をみつめた。奇妙なまができた。どちらも何も言わなかった。

やがて、馬場がずぼんを拾った。茉莉はほっとして微笑み、馬場の首に両腕をまきつけた。感謝のしるしのつもりだったが、馬場は身を固くして、

「殺されたいとや」

と、低い声で言った。

荷物というほどの荷物はなかった。

「止めんけん、朝まで待たんね」

馬場は言ったが、そうするわけにいかないことは、茉莉にもわかっていた。

「家の人に連絡した?」

食器を棚にしまいながら、山辺稔が言った。

「した」

茉莉はこたえる。

「いい子だ」

ステレオから、しぼったヴォリウムでチャイコフスキーが流れている。

電話には喜代がでた。

「ママ?」

泣かれでもしたらどうしようかと思っていたが、それは杞憂《きゆう》だった。

「茉莉なの?」

うん、とこたえると、元気なのね、と言われた。また、うん、とこたえると、よかった、と言われた。元気なのね、とおなじことを訊かれ、うん、とこたえた。茉莉は「うん」ばかりだった。それ以上何か言えば、喜代ではなく自分が泣きだすとわかっていた。どこからかけてるの? 茉莉?

うん、で事足りる質問ではなかった。茉莉は深呼吸をし、声がふるえたり涙をこぼしたりしないよう注意して、ことさらあかるく、

「東京に決っとうやん」

と言った。喜代は聞いていなかった。そのときには遠くの方で、新を呼ぶ声がしていた。

「茉莉か？」

日曜日を選んで電話をかけたのだ。喜代と新は、かわるがわる電話口にでた。茉莉は山辺に言われていたとおり、住所も電話番号もきちんと伝えた。

「男の人と一緒に住んどると。隆彦じゃない人やけん。こっちで知り合ったと」

ちょっとした告白のつもりだったが、喜代も新もおどろいたふうはなかった。まるで、一緒に住んでいるのが隆彦でも山辺でもおなじことみたいだった。

「それで、まだ帰る気にならないの？」

喜代に訊かれ、

「なれん」

と即答した。横で新が、元気ならいいよ、と言うのが聞こえた。

ママとパパの空気だ。


茉莉は、そうすればあの家の匂いがするとでもいうように、ゆっくり息をすいこんだ。ブラインドをおろして日を遮った居間の、緑のカーテンと緑の長椅子、たくさんの植物たち。

「いいわ」

喜代が言った。

「じゃあ私たちが遊びにいくわ。それならいいでしょう？　べつに連れ戻そうってわけじゃないのよ。茉莉、聞いてるの？」

「聞いとう」

あいかわらずだ、と茉莉は思った。耳ではなく皮膚が、声ではなく空気を、吸収してしまうようだった。帰るつもりはなかったが、電話をかけてよかったと思った。

電話でのやりとりを話すと、山辺は片手に布巾を持ったまま、もう一方の手で茉莉の頭をぽんぽんと軽くたたき、

「いい子だ」

と、もう一度言った。茉莉はそれをされるのが嫌いだった。あたしは野良猫じゃない、と思うのだ。

山辺は計測機器——というのが何のことだか茉莉に

はよくわからないのだが、ともかく本人が説明してくれたところによれば計測機器というもの——を造る会社の技術者で、クラシック音楽を聴くことが趣味の、三十二歳の男だった。

　馬場の部屋をとびだした夜、洗濯機の横にかがんでいる山辺と会ったことで、茉莉は救われた。

「こんな時間に旅行？」

　茉莉の持っている肩かけ鞄——迷彩柄の、子供が一人入れそうに大きな——に目をとめ、たのしそうに山辺は訊いた。

「引越し」

　茉莉は短くこたえ、馬場のせいで腫れあがった唇に、夜風があたるのを意識した。

「朝まで部屋におらしてもらったらいかん？」

　自分はあばずれかもしれないと思いながら訊いてみた。たぶんあばずれなのだ、こんなことを頼むなんて。

「かまわないよ」

　山辺は首をすくめ、あっさりとそう言った。

　山辺とはそれまでにも話したことがあったし、山辺は馬場のことも隆彦のことも見知っていたので、説明するのにそう手間はかからなかった。

「まず家の人に連絡しなくちゃ」

　茉莉が話し終えるとそう言った。茉莉に風呂を使わせてくれた上、自分は床に寝ると言い張って、ベッドを貸してくれた。ベッドに寝るのはひさしぶりだった。シーツの湿った、知らない匂いのベッドだった。

　眠ることはできなかった。山辺も起きているようだった。茉莉は山辺に、一緒に寝よう、と言った。

　ベッドの中で、茉莉は肉体に関して、もう節操など持つのはやめようと思った。淋しかったし、どうしていいかわからなかった。そう言わなければ悪いような気もした。しかし、事は成せなかった。山辺の身体が反応しなかったのだ。ひさしぶりだから、と、言い訳のように山辺が言い、茉莉は自分が安堵すべきかどうかわからなくて混乱した。抱かれたいような気がした。馬場には嫌悪感を持ったのに、知らない人ならばいいような気がした。

　仰向けにならんで横たわっていると、淋しくてたまらなくなった。

「お願いやけん重なってよ」

　茉莉は懇願し、拒絶された。それで、ただくっついて眠った。昔、惣一郎としたように。

翌日、映画館に住み込むことは無理だとわかったが、七万円という茉莉の月収で住める部屋を、みつけてもらえることになった。

「お風呂は無理かもしれないけど」

支配人が言い、

「銭湯が近ければ大丈夫」

と、山野さんが言った。そして二人とも、そういう部屋は必ずあると請け合ってくれた。

山辺は孤独な人間だった。母親を早くに亡くし、父親とは反りがあわないと言った。恋人はなく、性的なことにあまり関心がないのだとも言った。経験がないわけではないので、いずれできると思うけれど、とも。

部屋がみつかるまで泊めてもらうつもりだった。毎晩おなじベッドで眠った。身体に触れあったり、キスをしたりした。

「そのうちできると思うな。勘さえとり戻せれば」

山辺は冗談めかせて言ったが、寒いのか鳥肌を立てていた。

「できるよ。簡単やもん」

茉莉は熱心に言い、山辺のほそながい身体に、自分の肌をこすりつけるのだった。


職場で相談をした四日後に、条件にぴったりのアパートがみつかった。ワンルームに台所があるばかりではなく、玄関に小さな下駄箱まで付いたかわいらしい部屋だった。ただ、そのときにはもう、部屋は必要なくなっていた。

「で？　御両親はいつ来るって？」

食器をしまい終え、煙草をくわえて火をつけながら、山辺が訊いた。

「知らん。そのときには向うから電話するって」

間取りはおなじであるにもかかわらず、山辺の部屋は、馬場の部屋とまるで違っていた。六畳間にベッドが入っていたことと、ベッドの下にくすんだローズ色のカーペットが敷かれていたこと、おまけに大きなステレオセットと本棚があって、空間がほとんどないことが印象を変えていた。

また、山辺は自分の洗濯を茉莉にさせなかった。自分の食器さえ、茉莉に触らせなかった。

「自分の分だけしてくれればいいから」

穏やかに、そう言うのだった。

川崎に来て、十一カ月がたとうとしていた。思いもよらない状況になってはいたが、茉莉には気楽なことでもあった。

茉莉は山辺を特別に好きなわけではなく、山辺の方でもそれを知っていた。山辺も茉莉を特別に好きなわけではなく、茉莉はそれを十分承知していた。

「きょう何が食べたいと?」

たとえば、朝、茉莉は山辺にそんなふうに訊く。山辺はにやりとして、

「チンジャオロースー」

とこたえたりする。茉莉の手に負えそうもないものを、わざと言ってみせるのだ。でもすぐに言い直す。

「チャーハンだな」

茉莉が遅番のときには、逆に山辺が訊く。茉莉が食べたいというものを、山辺はちゃんとつくってくれる。そのうえ、夜道は危険だからと言って、映画館まで迎えに来てくれる。

そんなことが茉莉にはたのしかった。求めずに求められないことは、求めて求められないことよりも、はるかにバランスがいいということを、茉莉ははじめて学んだ。

8

まったくあたしはへなちょこだ。

一九七九年三月。茉莉は窓から晴れた空を見ている。ステレオからはチャイコフスキー。チャイコフスキー? あたしが? 隆彦や、かつてマリアハウスで一緒に踊った女たちがいまのあたしを見たら、随分びっくりするだろう。でも、実際、チャイコフスキーは悪くなかった。目をつぶって聴いていると、ここでコントラバス、とか、ここでピアノ止めて、とか、つい指揮者のまねをして腕をふりあげてしまう。

山辺との暮しは平和そのものだった。自分が一体なぜここにいるのか、さえ考えなければ、「人生はまあまあうまくいっている」。これは、先週遊びに来た喜代の言葉だ。

連れだってやって来た喜代と新は、アパートには一時間しかいなかった。ホテルに泊っていると言い、翌日は親戚を訪ねると言った。その翌日に、いきなり仕事場に現れた。制服姿の茉莉を見て、喜代は露骨に顔をしかめた。

「言いたくはないけど、似合わないわ」

まったくへなちょこなことに、その一言で、茉莉は胸に温かなものがこみ上げてしまった。なつかしさ、のようなもの。さびしさ、のようなもの。

ママってあいかわらず失礼な女やね。

晴れた空を見ながら、心の中で惣一郎に言ってみる。

山辺はつねに親切だった。両親にも礼儀正しく接してくれた。恋人というより保護者のような態度ではあったけれども。

茉莉の仕事が遅くなるときは、かならず迎えに来てくれる。居合わせた人々に、笑顔できちんと頭を下げる。

「今度の彼氏はやさしくてよかったね」

職場の人たちはみんなそう言った。それは、たしかにそのとおりだった。

また、山辺はある夜、以前から茉莉を見ていた、と打ちあけた。自分は威勢のいい女の子が好きで、茉莉はまさに威勢のいい女の子だった。そう言って、照れくさそうに微笑んだ。そうでなきゃ泊めたりしないよ。

茉莉にはよくわからない。山辺のこのちょっとした告白に関して、自分が「知っていた」と思うべきなのか、「知らなかった」と思うべきなのか。

ときどき顔をあわせる馬場誠とは、当然ながら気まずかった。

「元気?」

とか、

「隆彦から連絡あった?」

とか、声をかけるとじろりとにらまれる。にらまれるだけなら幸運な部類で、

「よくこげんとこに住んどうな」

とか、

「言葉まで変って奥さん気取りや」

とか、耳にささる言葉を投げつけられることもあった。

季節は冬から二度目の春へ、めぐろうとしていた。

山辺稔は映画が好きだった。封切りロードショウよりも、古い映画のリバイバルを好んだ。歌舞伎町や池袋、横浜、ときには下高井戸《しもたかいど》とか三軒茶屋《さんげんぢゃや》とか、おそろしく遠い場所——と茉莉には思える——まで足を運ぶ。茉莉は映画をそんなにおもしろいものだとは思わなかったが、休みの日に誘われればついていった。映

画よりむしろ映画館に興味があった。自分の仕事に誇りを持っていたので、よその映画館を見ることは勉強だと思っていた。映画館は、どこもおなじ匂いがした。小さい映画館なら小さい映画館ほど、その匂いが強く濃く漂う。しかし客の雰囲気は、茉莉の働いている比較的大きな映画館と、それら小さな都心の映画館とでは全然違っている。

「子供はいないのね」

茉莉はたとえばそう感想を述べる。

「売店が小さい」

とか、

「一人で来る人が多いのね」

とか。そして、胸の内で決って思う。あした支配人と山野さんに教えてあげよう、と。山辺の好む映画は二本立てで上映されることも多く、茉莉は退屈のあまり眠ってしまう。

「茉莉ちゃん、終ったよ」

そっと肩を揺すられて目をあけたときの、ぽかんとした気分が茉莉はしかし嫌いではない。ぽかんとした、自分だけがとり残されたような。手足をのばし、椅子にすわったまま、ぞろぞろと出ていく他の客たちを眺める。

「おもしろかった？」

横を見上げてそう訊くと、山辺は可笑しそうに首をかしげ、

「あらすじを話してあげるよ」

と、言うのだった。

山辺との生活は楽ちんだった。セックスはなかったが、茉莉はそれで構わなかった。最近では試みることもしなくなっており、それでもベッドは一つなので、くっついて眠る。セックスのかわりに、山辺はときどき性的な話を聞きたがった。

「『ヰタ・セクスアリス』だよ」

そんなふうに言った。性的な話とはいっても、山辺はそれを、いやらしい感じで訊くわけではない。たのしそうに、むしろさばさばと訊くのだ。

「はじめての男は？」

山辺は単刀直入にそう始める。

「隆彦」

「いつ？」

「ずっと前」

山辺は目玉をぐるりと回してみせる。

「ちゃんと答えて。いくつのときで、場所はどこで、どんなふうにそうなったのか」

「何のために？」

茉莉が訊くと、山辺は当然だろうという口調で、

「僕がその気になるのに役立つかもしれないからさ」

と即答する。しかし、恥かしさを全力でこらえて茉莉が話しても、そういう効果は得られなかった。

「性的な妄想を抱いたことは？」

別の日には、山辺はそう質問する。

「妄想？　なあに、それ。ないと思うな。あたし現実主義だもん」

茉莉の返事はたいていにべもないのだが、山辺は辛抱づよく誘導する。

「女子校に行ってたんだよね。先生とか先輩に憧れたことは？」

「ない」

「じゃあお父さんとの関係は？」

「普通。健全。いいかげんにして」

そして、結局どちらかが呆れておしまいになる。

「山辺さんはいやらしいな、もう」

茉莉がそう言うか、

「茉莉ちゃんは味気ないな、ロマンがないんだな」

山辺がそう言うかだった。

茉莉は山辺に、それでも訊かれればぽつぽつと、性的な出来事を語った。隆彦との、「めちゃめちゃ情熱的」なセックスのこと、やがてやってきた「乱暴なセックスの時代」と、さらにそのあとの「かなしいセックスの時代」のこと。

「いいね、それをもっと話して。そうだ、ちょっと待って。感傷的なヴァイオリンをかけよう」

冗談めかせて、山辺はそんなふうに言った。茉莉は小島のことも話した。

「大人の男の人にアプローチされるなんて初めてだったから、嬉しくなっちゃったのね、あたしは」

不思議なことに、山辺には正直に話せた。そして、おそらくそれは山辺を愛していないからだろう、と茉莉は思う。思うけれど口にはださない。

惣一郎や九のことは黙っていた。「最初に憧れた男性」も「理想の男性」も惣一郎だったし、性的なことについて言うなら、まっさきに「だいきゅうちん」が思いうかぶのだけれど。それは茉莉の秘密だった。あるいは、茉莉と九と惣一郎の、秘密だった。

湿度の高い、寝苦しい夜だった。そのころしばしばそうしていたように、茉莉は惣一郎の部屋で寝ていた。惣一郎の部屋は、世界中で茉莉がいちばん好きな場所だった。そこにいれば、自分勝手に「留学」してしまった母親のことも、そのせいで家事をしなくてはならない自分と父親の日々のことも、口げんかの果てに泣かせてしまった泉やよいのことも忘れられた。

茉莉がつねに感じている惣一郎の存在を、この部屋の中ではことのほか強くはっきりと感じられるし、ときには声が聞こえる気のするときもある。

「ここで寝てもいい？」

——仕方ないな。

「きょう、やよちゃんを泣かしてしまったと」

——知ってるよ。見てたからね。

「あたしがいかんと思う？」

(押し殺した笑い声)

「なあに、おにいちゃん、どうして笑うと」

——弱虫だね、茉莉は。

「弱虫？　何で？」

——考えてごらん。考えればわかるから。

「わからんけん訊いとうとに」

——弱虫だね、茉莉は。

惣一郎のタオルケットを、あごがかくれるまでひっぱりあげる。

「おにいちゃんの匂いがするっちゃん」

——弱虫だね、茉莉は。

「ちがうことも言ってんしゃい」

——言えないよ。

「……イギリス、いま何時かいな」

——九時間ひくんだ。パパに聞いただろ。計算してごらん。

まぶたが重くなり、手足がぽってりと怠《だる》くなり、茉莉は眠りにひきこまれていった。

「茉莉」

なつかしい、やさしい声がして、頬にあたたかい息がかかった。身動きができないのはタオルケットの上に何かがのっかっているからだ。

「茉莉」

嬉しい、と茉莉は思った。両方の肩に、手としか思えないものの重みを感じる。誰かが茉莉をそっと揺さぶっているのだ。

茉莉、起きろよ。起きないと置いていくぞ。

ずっと昔、惣一郎によくそう言って起こされた。こんな風に耳元で声をひそめ、
九が庭で待ってるぞ。ほら、茉莉。

と言うのだ。真夜中の、子供たちだけの約束。待って、おにいちゃん、待ってて。

パジャマのボタンがはずされるのを感じた。つめたい手が肌に触れる。

「茉莉ちゃん」

ぎょっとして目をあけた。そこには九の顔があった。

「茉莉ちゃん」

ほとんど苦しそうに、九はおなじ言葉をつぶやく。暗いので表情までは見えなかったが、眉がせつなげにひそめられている。

「なにしようと？」

反射的に上体を起こした。九もまた、つられて上体を起こした。むきだしの、胸が見えた。

「九ちゃん、裸なん？」

びっくりして問うと、九はまじめくさってうなずいた。

「僕たちにも、きっとできるくさ。自然なことやけん。その、つまりくさ」

やめて、と、茉莉は言った。九が一体何を言っているのかわからなかったし、わかりたくもなかった。

「やめて、どきよ」

声がふるえた。恐怖が身体の奥からせりあがってきて、いまにも悲鳴を上げそうだった。それに、さっきからタオルケットごしに茉莉の下腹に押しつけられている、熱く硬いものの正体は、考えるのも気持ちが悪い。

「やめて。早くどかんね。こわいよ」

自分でもコントロールできず、声がすこしずつ大きくなる。九はいまや茉莉以上に怯えた顔をしている。

「すまん、ちがうったい」

何がちがうのか、両手を前につきだして言った。

「クワガタやが、蝶やが」

茉莉は聞く耳を持たなかった。

「帰るけん。すまん。帰るけん叫ばんといて」

怯えきった九は言い、茉莉がこくりとうなずくと、安堵のため息をついた。

「ほんとにすまん。もう、せんけん」

ベッドからおりた九のシルエットは、茉莉の眠気も

九への気づかいも吹きとばした。

「いやあああ」

自分でも驚くほど大きな声で叫びながら、茉莉はタオルケットを頭からかぶった。

新が部屋に飛び込んできたとき、九の姿はどこにもなかった。窓があいていて、レースのカーテンが風に揺れていた。

――だいきゅうちんだったな。

惣一郎が笑っていた。

白い木綿のブリーフを、ベッドの上に茉莉がみつけたのは、翌朝のことだった。


寺内新と寺内喜代の目に、娘の暮しぶりはなんだかいいいちまちまとして見えた。ローズ色のカーペットに安っぽい白木のベッド、組立て式の本棚とステレオセットでほぼ一杯の六畳間は、喜代の感想では「なんだかみすぼらし」かったし、茉莉が「山辺さん」とだけ紹介した男はやけににこにこと愛想がよく、新の感想では「頼りなさすぎ」た。

坐る場所がないのでベッドに腰掛けた二人に、それでも茉莉が紅茶を、山辺が小さなテーブル――普段は台所に置かれているものらしい――を運んできてくれた。

高校生活を途中で放棄したことについて、茉莉に後悔や反省はまるでないらしい。

「たのしくやっとうけん」

と言い、

「こないだ初めて銀座に行ったとよ。パパとママの知りあった街なんやろ」

と言い、ことさらあかるい口調をつくっているようにも思える娘に、喜代は、でも、

「人生はまあまあうまくいっているのね」

と、言うよりなかった。

福岡に戻って日がたつほどに、あれでよかったのだろうかと喜代は不安になる。茉莉はまだ未成年だ。無理にでも連れ戻すべきではなかったろうか。

茉莉がでていったあとの日々は、喜代にとって嵐だった。家族がすべてだった。すくなくともかつて一度は、そのように暮していたのに。

ガーデンプランナー、フローリスト、あるいはフラワーアレンジメント講師として、教室を持ったりホテルや飲食店に花を活けたり、他人の庭の設計を手伝っ

たり、という仕事をこなす日々の中で、喜代はふと、いまの自分を惣一郎が見たら何と言うだろうかと考えることがある。思慮深く、大人以上に大人びた、特別な子供だった惣一郎。

イギリス行きも、もっと遠くへ行くべきだ、と惣一郎が言ってくれている気がして、それに励まされ、支えられての決断だった。

高校を中退して、ちっぽけなアパートで男とじめじめ暮している茉莉を、惣一郎が見たら何と言うだろう。

「あたし、あばずれみたいかな」

風呂あがりのビールをのみながら、茉莉は山辺に率直に尋ねる。

「隆彦と暮したくて東京に来たのに、いまは山辺さんと住んでる」

ビールは喉の内側を流れ落ち、茉莉は自分の頬や肩や濡れた髪が、その液体をよろこんで迎えるのを感じる。

「それがあばずれ？」

「そういうわけじゃないけど」

たとえば道ですれ違うとき、馬場の顔にそう書いてある。

「ああいう御両親から、あばずれは生れないと思うよ」

ゆっくりした口調で、考え考え、山辺は言った。

「でも、おもしろいね。御両親は標準語なのに、御両親の前で、茉莉ちゃんは博多弁を話すんだね」

「ごちゃごちゃなの。まざってるのよ、あたしの言葉は昔から」

そうかな、と言って山辺は首をかしげる。

「そうは思わないな。現にいまは標準語じゃないか。まざってはいないよ」

「そうかな」

今度は茉莉が首をかしげた。

子供のころ、家の中で博多弁を使うのは両親への反発のつもりだった。両親への反発と、兄とのささやかな連帯感。

「もう、よく思いだせん」

めんどうくさくなって茉莉は言い、ごくごくと音をたててつめたいビールを飲み下す。

9

東京は寒い。しかも、なんだかすごく乾いている。だから肌は荒れるし、唇もしょっちゅう切れる。

「血がでてるよ」

そう言って、山辺はときどき茉莉の乾いた唇をそっと吸ってくれる。山辺の唇も乾いているが、とても温かい。

その瞬間、きまって悲しくなるのはどういうわけだろう。労《いたわ》ってくれる人がいるのは幸運なことだ。茉莉は強いてそう考えようとする。

そりゃあ茉莉は賢いさ。

惣一郎の言葉を信じきっていたが、現状を考えてみると、茉莉の中に疑いがきざす。もしかすると、あたしはあんまり賢くないのかもしれない。

「高校、卒業しておけばよかったかなあ」

深夜、チャイコフスキーを聴きながら、茉莉は山辺にそう言ってみる。山辺の好きな、安くて甘い白ワインを片手に。

「どうして?」

山辺は不思議そうな顔をする。

「やめたくてやめたんでしょう?」

「そうだけど」

高校は、茉莉にとってたしかに憂鬱《ゆううつ》な場所だった。サンルーフつきの家だのステンドグラスのある教会だのチョコレート専門店だの、なんとなく気どった建物の多い一画に、高い塀に囲まれてひっそりと在った女子校。石づくりの、フランス窓つきの校舎。

「よく授業をさぼったの」

さぼっても行き場所がなくて、校舎裏の草地に一人でいた。

「踊ったり、ひとりごとを言いながら歩きまわったり、節のある草をちぎって、それで爪を磨いたりしてた」

孤独だった、と茉莉は胸の内でつけたす。おにいちゃんもいなかったし、九ちゃんもいなかった。進学したときにはママもいなかった。夜になればおなじ家にパパはいたけれど、あたしの昼間の生活からは、ひどく遠い存在だった。

学校の、あの高い塀の中で、あたしは一人ぼっちだった。記憶をたぐり、茉莉はつくづくそう考える。隆彦に出会って、塀からひっぱりだしてもらうまでは。

「学校の外の方が楽だった」

茉莉は説明しようとする。

「オルベラっていう喫茶店があってね、学校の中でわりと仲よしになった女の子たちとは、よくそこに行った」

古めかしい喫茶店だった。紫色の看板と、ガラスケースの中で埃をかぶっていた作りもののプリンアラモード。扉をあけると、てきぱきしたおばさんが出迎えてくれた。

「いったん家に帰って、夜になると踊りに行った。新しい友達ができて、そこに行けば約束なんかしなくてもいつも誰かがいて、そのあとみんなで海に行ったりしたの。朝までずっと喋ってた。楽しかったな」

いろんな人がいた。茉莉はなつかしく思いだす。みんな年上で、大人びていた。

それは、茉莉が初めて自分でみつけた居場所だった。九は勿論《もちろん》、惣一郎の幻も、追って来ない場所だった。

そうやって学校の外に居心地のいい場所をみつければみつけるほど、学校は居心地の悪い場所になった。オルベラに集るごく一部の友人を除くと、茉莉は自分が同級生たちに疎《うと》んじられていることを知っていた。周囲でささやかれる陰口と、彼女たちがふいに垣間見《かいまみ》せる敵意。

チョウゼンとしていればいい。

惣一郎の言葉に従えば従うほど、できていく溝。

「やっぱり戻りたくないな。学校、嫌いだったもん」

茉莉が言うと、山辺は微笑する。

「よかった」

「よかった？」

甘ったるいワインを持ったまま、オウムのように訊き返す。

「あたしやっぱり焼酎にする。山辺さんよくこんなの飲めるねえ」

台所に行き、流しにグラスの中身を捨てた。

「茉莉ちゃんがいなくなったら困るからさ、高校にでもあれ福岡にであれ、戻ってほしくないから」

まただ。茉莉はグラスをゆすぐ手を止めた。やさしい言葉のはずなのに苦しくなるのはなぜだろう。

大切なのは、受け容《い》れられ、望まれるということだった。家族とか、学校とか職場とか、そういう背景と一切関係のない場所で、自分が誰かに望まれるということ。心だろうと身体だろうと構わない。何をもったいぶる必要があるだろう。それに、好きな男と暮すよりも、よく知らない男と暮す方が簡単だということを、茉莉は発見してしまった。三人で暮すより二人で暮す方が快適だということも。

山辺はやさしい。茉莉を束縛しようとしないし、茉莉の方でも、自分の言動が山辺を怒らせるのではないかと、始終びくびくせずにいられた。

茉莉にとって、東京で出会ったいちばん重要な人間は自分を受け容れてくれた山辺稔であり、いちばん気の合う人間は山野牧子だった。茉莉が仕事熱心であることや、しばしば無給で残業——というか、欠勤がちな遅番の同僚の穴埋め——をしていることを、それとなく支配人に伝えて時給を二百円上げさせてくれたのが彼女だし、茉莉がいままで作ったことのない料理——茶碗蒸しやクリームコロッケ、チンジャオロースー——の作り方を教え、山辺を驚かせる手伝いをしてくれたのも彼女だ。

茉莉がついしてしまう、本当はしてはいけないこと——退屈している子供に話しかけるとか、売り物のパンチを味見させてやるとか——には見て見ぬふりをしてくれる。だから茉莉も、上映中のロビーの隅で、彼女がこっそり煙草を吸うのを目撃しても何も言わない。

「彼氏は元気？　仲よくしてる？」

からかうような口調で訊かれても、それが軽々しく口にされたものじゃなく、心配と親愛の情のないまぜになった何かだとわかるので、茉莉はにこやかにこたえる。

「元気。仲よくしてる」

と。

職場に迎えに来る山辺を、山野さんは気に入っているらしい。

「だって、やさしいじゃないの」

水色の上っぱりに紺色の運動靴という、清掃係の制服姿で山野さんは茉莉に言う。

「細面《ほそおもて》で、いい、わりかしいい男だし」

「そうですねえ」

茉莉は曖昧にこたえる。

一度、茉莉は山辺と山野さんと三人で、映画を観に行ったことがある。観たのは『サタデー・ナイト・フィーバー』で、そのあとの食事は「奮発して」お鮨だった。山野さんはジョン・トラボルタに、「ちょっとちょっかいをだされてみたい」と言った。

「やっぱり。あたしたちって男性の趣味が似てますねえ」

茉莉は笑いながら言った。そのやりとりを聞き、山辺は芝居気をだして頭を抱えてみせたものだ。

「じゃあ僕には望みがないじゃないか」

あれはたのしい夜だった。三人で日本酒をたくさんのんだ。なかでも山野さんがいちばんたのしそうに、喋ったり笑ったりしていた。

五十六歳だというから、山野さんは喜代よりもずっと年上だ。御主人を亡くし、二人いる子供たちはどちらも結婚し、孫が一人いるという。一緒に暮そうと言われてはいるが、「そんなの冗談じゃない」そうだ。「独り暮しの自由を手放すつもりはない」らしい。

そんな山野さんに、茉莉は二度贈り物をした。一度目は片目のつぶれた野良猫で、仲間に苛《いじ》められて可哀相だと話したところ、彼女が欲しいと言ったのだ。

「アパートだけど、大丈夫」

山野さんは自信ありげに請け合った。

「もともとボロ家だし、管理人さんはとっくに味方につけてあるから」

二度目の贈り物はレコードだった。ジャケットにトラボルタの写真のある、ビージーズのＬＰ。

「あら嬉しい。トラちゃんじゃないの」

山野さんは目を輝かせた。

「飾っとくわ。残念ながら蓄音機は持ってないから、聴くことはできないけど」

春が過ぎて夏になった。「汚か」と思った川崎の街も、夏には街路樹がそれなりに緑を誇り、空は低く白い夏の雲を湧かすことが茉莉にもわかった。映画館は寒いほど冷房が利き、アパートはうだるほど暑い。ゴキブリの叩き方も、茉莉が東京に来て学んだことの一つだ。「虫恐怖症」の山辺に代り、茉莉は勇ましくそれを退治する。

夜になると、山辺は茉莉にキスをしたり、茉莉の胸に触れたりしたがった。胸や腹に顔を埋めたがることさえあったが、そこまでだった。茉莉にとって、それは快適なことではなかった。どうしてもセックスをしたいというわけではなかったが、一方的に触られるのは苦痛で、自分だけが裸にされていくようで恥かしかった。黙っているのもばつが悪くて、嘘のまざったため息ともうめき声ともつかない声をだして身をくねらせてみるのだが、心ならずも熱くなってしまうのは茉莉だけで、山辺の肌はつめたいままだった。手をのばして探りあてたものが、肌よりもつめたくやわらかかったときには、びっくりして思わず手をひっこめてしまった。そして、自分がよく知らない男と暮しているのだということを、突然思いださせられる気がした。

喜代と新からは、ときどき小包が届く。干物や味噌が入っていたり、縫い上げたばかりのワンピースが入っていたりした。千鳥饅頭《ちどりまんじゅう》やまるボーロが入っていたり、どういうわけかわからないが、本が何冊も入っていたりした。

本はあたしじゃなく山辺さんが読んでます。

茉莉は葉書にそう書いて送った。離れたくてたまらなかった家や街なのに、小包をあけると、品物ではなく箱の中の空気が、懐しく恋しく思われた。

その年の盛夏に、馬場は福岡に帰った。茉莉はそれを大家さんづてに聞いた。もともとがらんとしていた、馬場の部屋を思った。隆彦の意地悪から茉莉をかばってくれた馬場を、訥々《とつとつ》とした博多弁を、台所で魚をさばくときの堂々とした後ろ姿や真剣な横顔を、思いだした。茉莉が山辺と暮し始めてからは、とげのある言葉ばかり投げつけてきた馬場。挨拶もできないままの別れだったが、茉莉は遠くで、馬場の幸運を祈った。

山辺の帰りが遅くなる日には、茉莉は山野さんと食事をして帰ることがあった。制服を脱いだ山野さんは光る装飾品が好きで、じゃらじゃらした首飾りや大きなイヤリングをつける。

「女は男次第ではあるけれど」

そば屋でおかめうどんを食べながら、山野さんは茉莉に言う。

「だからといって、男に頼っていちゃだめよ。男なんて、死んでしまえばそれまでなんだから」

そういうとき、茉莉は惣一郎のことを思う。やさしい人に違いない、とその惣一郎が断言した、九の父親のことを思う。残された祖父江七を、そしてやはり夫に先立たれた山野さんを。

「まあ、茉莉ちゃんはまだ若いから、そんな心配はしてもしょうがないでしょうけれど」

茉莉は山野さんをまっすぐに見つめる。何かを受けとめそこねたような気持ちがする。若くても死ぬ人はいる。死ななくても、いなくなってしまう人も。

「どうしたの？　どうしてそんなにじっと見るの？」

山野さんはしみもしわも白髪も多い。この人は実際に年をとっているのだ、と、茉莉はあらためて発見する。同じ職場で働いて、こんなふうに向いあって食事をしていても、自分とこの人とのあいだには、長い年月の川が流れている。茉莉にはその川が目に見えるような気さえした。対岸は、すごく遠い。

「なんでもないです」

茉莉は微笑む。喜代も山野さんのように考えて仕事を始めたのだろうか。息子を失い、いつか夫も失うかもしれないから？　茉莉には、しかし納得がいかない。失う前に失うことを恐れるなんて弱虫だ、と思える。あたしは弱虫にはなりたくない。手元のコップをするりと干した。

山野さんが目を細めて笑う。

「茉莉ちゃんはお酒に強いのね。さすが九州の女ね」

茉莉は胸をはって、

「はい」

とこたえる。


茉莉がもどかしく感じるのは、山辺のゆるぎない穏やかさだった。茉莉の目に、山辺は何も望まない男のように見える。ちゃんと給料をもらう暮しを十年もしていながら、学生時代と同じアパートに住み、同じ生活をしている。聴くレコードはつねにチャイコフスキーだし、飲む酒もいつも同じ、緑のびんに入った甘い白ワインだ。茉莉のことも野良猫のことも可愛がってくれるが、そのどちらも山辺の生活に影響を与えられない。

ディスコに行きたい、と茉莉が言っても、山辺は困ったように首を横に振り、

「そういう場所は苦手なんだ」

と言う。山辺は自分の部屋から出たがらない。旅行も引越しもしたがらない。映画以外の娯楽にも贅沢《ぜいたく》にも興味がない。

「もっといろんなことをしてみたいって思わないの？」

不思議に思って茉莉が尋ねても、

「思わない」

と即答する。

「もっとあたしにくっつきたいって思わないの？」

「くっついてるよ、もう十分に」

「じゃあもっと大きい家に住みたいとか、別の仕事をしたいとか、いつかお店を持ちたいとか、そのうち可愛い子供が欲しいとかは？」

あまりじゃんじゃん尋ねると、山辺は悲しそうな顔になる。

「茉莉ちゃんは、このままじゃ駄目なの？」

こんなにやさしい他人を、苛めてしまった。そう思って茉莉も悲しくなる。あたしはガミガミしているだろうか。もしかしたら隆彦も、それででていってしまったのだろうか。

「駄目ではないけれど」

けれど、の続きは茉莉自身にもわからない。あたしは一体何を望んでいるのだろう。

考えてごらん、茉莉。

惣一郎なら言うだろう。

考えればわかるから。

あたしは愚図なのかもしれない。

茉莉はそう考える。考えて答を見つけるより早く、茉莉をとりまく世界の方が変化してしまうからだ。


秋が来て、茉莉は十九になった。猫が一匹いなくなり、山辺は風邪をひいて会社を二日休んだ。

「大丈夫？」

目を充血させ、洟《はな》をかんでばかりいる山辺に粥《かゆ》の器を差しだしながら茉莉は尋ねる。

「病院に行った方がいいんじゃない？」

朝。部屋のなかは丸めたティッシュや喉飴《のどあめ》の包み、読みさしの週刊誌やみかんの皮が散乱していて足の踏み場もない。

「大丈夫」

弱々しく微笑んで、山辺はこたえる。

「母親以外の誰かに看病してもらうのは初めてのことだよ」

その言葉の何かが茉莉をぞっとさせた。わずらわしさ、気味の悪さ、そして罪の意識。偽善的だ、と感じる。お粥とか作って、心配しているみたいなふりをして、あたしはいますごく偽善的だ。

「だからいまは嬉しい。鼻がつまって息苦しいし、熱のせいで関節が痛いけどそれでも嬉しいよ。茉莉ちゃんがいてくれるから」

こわい、と茉莉は思った。そんなに頼られたらこわい。

「ばかじゃん」

それでそう言った。

「そんなことより早く治して」

病気の山辺を気の毒には思ったが、冷淡な声がでてしまった。

「もう行かなきゃ」

早くアパートをでたいと思った。赤いじゅうたんの敷かれた、パンチの匂いの、広々とした職場に早く行きたい。

あたしは愚図な上に残酷なのかもしれないと、茉莉はまた考える。行く場所のなかったあたしを、嫌な顔もせずに受け容れてくれた人なのに。

パパ、ママ、お元気ですか。

その夜、ようやく熱の下がった山辺が寝ている横で、茉莉は気持ちをあかるくして葉書を書いた。

もうじき寒い冬がきますが、あたしは元気です。また小包をありがとう。たすかっちゃう。でももし期待してるなら、言っておくけど里心はつきません。また本を送って。山辺さんは本が好きみたいだから。茉莉より。

10

ながいながい滑り台。ペンキのはげた鉄柵に腰を下ろして、茉莉は冬枯れた公園の地面を見ている。川崎に来たばかりのころ、この公園は茉莉の好きな場所だった。木々のせいか子供たちのせいか、ここは吹く風のやさしい場所に思えた。

いまは風がつめたい。木々は裸だし、子供たちの姿もない。それでも、アパートにいるよりは気が晴れた。あの部屋にいるとなんだか息がつまる。茉莉は胸の内でつぶやく。

山辺は依然としてやさしかったが、それは無関心の結果であるように思えたし、それでいて言葉の上でだけは妙に無防備に、気味が悪いほど衒《てら》いなく茉莉に甘えるようなことを言った。

「ずっと一人だったし、他人は嫌いだと思っていた」

思いつめた表情でそう言ったかと思うと、

「でもいまは茉莉ちゃんがいる」

と、嬉しそうに目を輝かせて宣言する。

「茉莉ちゃんは僕に何も求めないよね」

質問ともつかず確認し、

「僕も何も求めないから」

と、まるでそれが正当だと言わんばかりにつけ足されると、自分がいいようにあしらわれているような、軽んじられているような気持ちになった。

こんなのは理屈に合わない。茉莉は思う。転がり込んだのはあたしだし、山辺さんを利用したのはあたしだ。でも――。みじめな気持ちで茉莉は認める。山辺にとっては、誰でもよかったのではないか、一人で笑ったり喋ったりし、セックスがなくても文句を言わず、家賃として、毎月少額とはいえ金を払う、そういう女なら誰でも歓迎だったのではないか。

すこし前までの茉莉には、東京で知らない男をひっかけるという行為――ひっかけるというつもりではなかったが、自分のしたことは事実それだったと茉莉は思う――のできた自分を誇らしく思うような気持ちもあった。福岡から遠く離れて、自分以外に頼るもののもない状態で。

けれどいまは、おそらく自分があまり賢くないせいで、山辺の思う壺《つぼ》にはまっているような気がするのだった。

一方で、山辺はときに痛々しいほど卑屈に懇願する。

「どこにも行かないでほしい」

とか、

「僕を利用するなら徹底的にしてほしい」

とか。茉莉はこれまで、そんな物言いをする男を一度も見たことがなかった。

「男なんてみんな子供よ」

山野さんはそう言って笑う。でも、おにいちゃんは十二歳でも大人だった。九ちゃんだって、いまの山辺よりずっと大人だった。

茉莉は短く洟をすすって、鉄柵からぴょんと降りる。すくなくとも、公園には新鮮な空気があった。銀座とも新宿とも、福岡ともつながっているはずの空気だ。実感は湧かないが、喜代のいたイギリスとも。

空気は全部つながっている、という考えは、茉莉のなぐさめになった。惣一郎の部屋の壁に貼ってあった、世界地図を思い浮かべる。

「裸で暮してる人たちもいるんだよ」

一緒に眠る夜に、惣一郎は地図を見ながらそんなことを言った。

「船の上で暮してる人たちも。人間を食べる人間もいるんだから」

「うそ」

嘘じゃない、と惣一郎は言った。

「そんなの驚くほどのことじゃないよ。宇宙人だってどこかに潜んでるかもしれない。アメリカでは宇宙船が何度も目撃されてるんだから」

アメリカの位置もアフリカの位置も、茉莉はあの部屋の地図で憶えた。

人食い人間か。小さく微笑み、公園をあとにする。頬がひりひりし、寒さのせいで肌がささくれていることを思い知らされた。早く帰ってお風呂に入りたい。湯わかし器のせいで湯船が小さく、膝を縮めなければ入れない狭い風呂ではあったが、自分の体を清潔にできれば、部屋にしみついた山辺の気配から、身を守れるような気がした。


大晦日まで仕事があったので、たまには帰っていらっしゃい、という喜代の言葉に感謝はしたものの、茉莉は新年を、また東京で迎えた。それは思いがけず楽しい年越しになった。毎年お大師様にお詣《まい》りをする、という山野さんに誘われて、深夜の川崎大師に初詣《はつもうで》にでかけたのだ。山辺も一緒だった。

「初詣？　いいよ、そんなの。家で二人で新年を迎えたいな」

職場から電話をすると、山辺ははじめ、そう言った。

「ものすごい人出なんだよ。寒いし、電車賃もかかるし」

しかし山野さんが電話口にでると、山辺はいきなり意見を変えた。

「ぜひ、って」

山野さんは笑顔で、茉莉に山辺の返事を報告した。

仕事のあと、いったんアパートに帰った。山辺は不機嫌で、初詣には行きたくないのだと言った。それから台所にある包みがじゃまだ、とも。「台所にある包み」は喜代から届いたものだった。数の子だの餅だの瓶入りの黒豆だの、昆布だの干ししいたけだの。新聞紙に包んだ里芋とれんこん、ダンボール箱に入ったみかんもあり、たしかに場所はふさいだが、食料が豊富にあるのは見ているだけで安心で、茉莉は嬉しかった。

山辺はまた、茉莉のもらってきたガスストーブにも文句を言った。ストーブを買い換えた山野さんが、それまで使っていたものを譲ってくれたのだ。

「仕事場で、みんなにどんなことを言ってるの？　食べるものも送ってもらわなきゃならないとか、部屋が寒くていられないとか言ってるんだろうね」

「そんなこと言ってないわ」

「じゃあ、どうしてストーブなんかくれるんだ？　こんな狭い部屋、いままでの電気ストーブで十分じゃないか」

でもそれは、二本ある発熱管のうち一本が壊れていて、ちっとも暖かくないのだ。

「もういい。初詣だって、行きたくないなら行かなくていいよ」

茉莉が言うと、山辺は途端に心細そうな顔になる。

「茉莉ちゃんは？」

「あたしは行く」

間違ったことは言っていない、と思うのに、黙ってしまう山辺を見ると、後悔に似た気持ちにおそわれる。あたしも行かない、と言ってしまいそうになる。山辺の背中はそれを待っているのだ。

「あたしは、行く」

茉莉はほとんど自分に言いきかせるように、そうくり返した。そして、山辺が渋々ながら外出の仕度を始めると、ほんとうに悪いことをしたと感じるのだった。

「御無沙汰してます」

しかし、山辺は山野さんに会うと、上機嫌といっていい様子でそう挨拶をした。

「初詣なんて子供のころ以来です。新年はいい年になりそうだな」

人波にもまれながら、離れ離れにならないよう、さりげない仕草で茉莉と山野さんと両方の背中に、庇うように手をあてる山辺は、感じのいい、やさしい恋人そのものだった。

茉莉もつい浮き浮きした気持ちになった。夜気のつめたさや吐く息の白さ、人の多さまで何か特別な、心愉しいことに思えた。

「午前零時にお護摩が焚かれるのよ」

人々の頭のずっと先、二段屋根のものを指さして、山野さんが説明してくれる。

「駐車場の方に池があるの。あとで行ってみましょうね。鶴の池っていうのよ」

毎年来る、というだけあって、山野さんはこの寺にくわしかった。大きな金色のイヤリングをつけた顔で、にっこり笑って人混みも気にせず歩いていく。

夜中だというのに子供も老人もたくさん歩いている。茉莉は目をみはった。あかりの灯ったたくさんの提灯、まだ本堂は遠いのに、漂ってくる線香の匂い。

山辺の手が茉莉の手を包んだ。茉莉の手はそのまま持ち上がり、山辺の手ごと、すとんとコートのポケットに落ちる。

「こうしてなさい」

嬉しさが湧きあがり、茉莉は山辺の腕に顔をこすりつける。くぅー、という声がでた。自分が喉を鳴らしたことに、茉莉は半ばおどろき、半ば照れる。

ポケットの中の温度は、外の温度と全然違う。

護摩木の煙を浴び、参拝をし、池のそばを通って、三人は境内の外にでた。

「一緒に新年を迎えられる誰かがいるっていうのは幸せなことよ」

山野さんが言った。茉莉が山辺の顔を見ると、山辺も茉莉を見ていた。一緒にいるのだ。しみじみと思った。すくなくとも、あたしはいま一人ぼっちではない。

そしてそれが、山辺に関して茉莉の持つ、最後の幸福な瞬間になった。

日がたつにつれ、山辺のやさしさは覇気のなさに変り、茉莉がそれに苛立つと、時々ひどく残酷なことを言った。

「茉莉ちゃんはみんなを利用してるんだ」

とか。

困るのは、そう言われるとそうである気がしてしまうことだった。

「ちがう。利用なんかしてない」

咄嗟《とっさ》に否定はするのだが、山辺が淋しそうに微笑んで、

「してるよ」

と言うと、どうしたって、している気がしてしまう。

「茉莉ちゃんは僕を利用してる。御両親のことも、山野さんのことも」

いったんそうなると、口論ははてしなく不快なものになった。喜代から届く荷物は確かに山辺の部屋を侵食しつつあり、山野さんのお古のガスストーブが、あかあかと燃えて部屋を暖めている。

「山辺さんは孤独すぎるわ」

家族と疎遠で友達もいない人生だから、この人は人の好意というものを信じられないのだ、と茉莉は思う。

しかし、では、好意に甘えることと利用することとはどう違うのだろう。

「あたしたち、利用しあってるんじゃない？」

茉莉はそう言わざるを得なくなる。言った途端に、すくいようのない気持ちになる。


一月は、晴れた気温の低い日々が続いた。茉莉は職場とアパートとを往復し、家事も一人でこなした。帰りが遅れれば咎められた。茉莉といるときの山辺は、野良猫をかわいがること以外、何一つしようとしなかった。

福岡に帰りたい。

茉莉はそう思うようになった。山辺が自分を受け容れてくれたのは、山辺にとって、あのときの自分が野良猫同様だったからだ。家族も友人も恋人もなく、泊る場所さえない女だったからだ。そういうものに対してしか、山辺は心をひらけないのだ。

「帰ることにする」

公園に梅が咲き始めたころのある日、茉莉は山辺に、そう宣言した。

「帰るのは逃げるみたいでいやだったけど、だからこうなったんだけど、いまはもうどうでもいい。山辺さんを利用し続けるべきじゃないもの」

朝で、茉莉は仕事にいく仕度を終えたところだった。考えて、決心し、宣言した言葉だったのだが、それに対する山辺の返答は、茉莉の考えもしないものだった。

「利用してたの？」

山辺は、唖然《あぜん》といっていいような表情でそう言った。

「茉莉ちゃんは、僕を、利用してたの？」

茉莉は混乱する。

「そうじゃないけど」

混乱すると、言葉は自然に曖昧になる。

「だって、山辺さんが言ったんじゃないの、あたしが山辺さんを利用してるって。考えたらそうかもしれないって、あたしたちは利用しあってるんだって思った。だって、考えたら」

山辺が、茉莉の言葉を遮った。

「いいよ。利用でもいい」

沈黙ができた。山辺はまっすぐに茉莉を見ている。

茉莉には、何といっていいのかわからなかった。かなしい、ということしかわからなかった。

「そんなの、かなしいよ」

それで、そう言った。

「あたしはやっぱり家に帰る。帰りたくなっちゃったの。山辺さんのこと、好きだけどそれだけなの。よくわからないけど、やっぱり利用なんだと思うの。だから、好きでもかなしいんだと思うの」

茉莉の目に、山辺は痛々しいほど傷ついて見えた。いまにも壊れてしまいそうに見えた。

「それでも、離れたくない」

山辺は、ゆっくりと言った。茉莉はますますかなしくなる。もう、何が何だかわからなくなる。

「どうして？」

そう訊くのがやっとだった。狭い、散らかった、でも見紛《みまが》いようもなく山辺と茉莉の習慣と生活の映しだされた部屋の中で。

山辺の表情が歪み、それは笑みだったのだが、諦めの色をたたえた笑みだった。

「茉莉ちゃんは僕にとって、三十三年の人生の中で、たった一人の友達だからね」

茉莉は大きく息を吐いた。言うべき言葉は、今度こそ品切れだった。自分が山辺のそれと同じ色の笑みを浮かべたことに、茉莉は気づきもしなかった。

「わかってる」

山辺は言った。

「僕はたいして利用価値がないよね。でも茉莉ちゃんが帰るなら、僕もついていく。今度は僕が茉莉ちゃんのうちに転がり込む。どこにいても、どうせ一人ぼっちなんだから」

びっくりした。山辺が――山辺でなくとも、誰かが――そんなことを言うなんて、茉莉は考えたこともなかった。山辺は仕事を辞めると言った。もともとやりたい仕事ではなかったからと言った。

「ついてくるの？」

小さな声になった。

「山辺さん、あたしについてくるの？」

嬉しいことなのかかなしいことなのか、茉莉には全くわからなくなっていた。

山野さんは喜んでくれた。

「若い人たちは冒険をしなくちゃ」

そんなふうに言った。福岡に帰ることのどこが冒険なのか、このときの茉莉にはわからなかったけれども。

「いただいたストーブは大事に持っていきます」

調子がいい、と茉莉は思ったが、山辺は笑顔で山野さんに告げた。三月。茉莉の送別会の席でのことだ。そば屋の座敷に茉莉と山辺が招かれ、二人を取り囲むかたちで映画館の人々がならんでいる。その中には、急遽《きゅうきょ》採用された、茉莉の代りのアルバイトもいた。一週間というひきつぎ期間は、茉莉が主張したのだった。茉莉自身が働き始めたときにそうだったように、ひきつぎなんて一日あれば事足りる、と、誰もが言ったが、茉莉はそうは思わなかったのだ。

映画館での仕事が気に入っていた。いろんなお客さんがいた。封切りのたびにやってくる人も、同じ映画を何度も観る人も。途中から入る人も、途中で出てしまう人も。寝に来るみたいな人もいた。常連とも言うべき数人の人々について、茉莉は後任者にきちんと説明をしたかった。

業者の人々についてもそうだ。エアコンやウォータークーラーの調整に来る人や、売店に品物をおろす人々、清掃器具のリース会社の人。新しいアルバイトが、もしそういう人たちをわからなくて失礼なことがあったら、それは前任アルバイトの名折れになると茉莉は思う。

「茉莉ちゃんは働き者だったからな」

支配人は何度もそう言って、茉莉がいなくなることを残念がってくれた。

「人気者なんだね」

耳元で山辺がささやいた。そこに淋しそうな響きがあることに、茉莉はかすかな困惑をおぼえる。かすかな困惑と、さらにかすかな苛立ちのようなものを。

誇りに思うよ。

すぐそばで、惣一郎がそう言ってくれていることがわかった。僕は茉莉を、誇りに思うよ。

春の夜だった。座敷には内側に障子のあるサッシ窓があって、そこから隣の銭湯の屋根と煙突が見えた。

挨拶を、と促され、茉莉は立ち上がり、

「みなさん、どうもありがとうございました」

とだけ言った。焼酎のグラスを重ねすぎて、それ以上立っていられなかったのだ。そして、拍手と笑い声に包まれた。

あっというまだった。

東京での二年間について、茉莉は奇妙な軽やかさでそう感じている。びっくりしたり、泣いたり混乱したりしているうちに、あっというまに過ぎてしまった。

「何？　どうして笑ってるの？」

缶ビールを手に東京駅のプラットフォームに立ち、首をかしげて山辺が訊いた。肌寒い日だ。しのしのとやわらかく降る春の雨が、屋根からしたたり落ちている。

「だって」

茉莉はこたえる。隆彦と乗ってきたその同じ列車に、茉莉はいま山辺と乗ろうとしているのだ。人が多くてなんとなく恐い、と思っていた東京駅も、いまではなんということもない。

「だって、思いもしなかったもの、こんなの」

「こんなの？」

「コブつきで福岡に帰ることになるなんて」

茉莉は言い、色のない東京の街の、雨に濡れた空気を深く吸い込む。

3　まず、飛び込む

1

またしても水炊き屋の座敷だった。白く濁ったスープがことことと音をたてて沸き、にんじんの赤い色や葉ものの緑を際立たせている。

新は無口だった。

「酒は、のめるんだったたね」

とか、

「仕事は、じゃあすっぱり辞めてしまったわけだ」

とか、質問ともいえない質問を時折口にするほかは、静かに着々と食事をすすめた。

山辺は正坐をくずそうとせず、いたいたしいほど居心地悪そうに、

「いいお店ですね」

とか、

「おいしいです」

とか、小さな声で言う。

くっきりと化粧をし、こげ茶色のスーツに身を包んだ喜代一人が、座をあかるくしようと努めていたが、成果は少しも上がっていない。喜代の努力は、どこか的外れだった。

「いままでの会社で実績がおありになるんだし、仕事は探せばこの辺りでも見つかるわ」

たとえばそんなふうに言うのだが、山辺の実績など誰も知らないばかりではなく、そもそも山辺に就職の意志があるのかどうかさえ、疑わしい状況なのだった。

喜代はまた、自分でかいがいしく新と茉莉の器に鍋の中身を取り分けながら、

「ほら茉莉、山辺さんに取ってさしあげなさい」

と言ったりするのだが、山辺の分だけ茉莉が取るというのも奇妙な気がして、茉莉は手をだしあぐねる。その結果、山辺だけがセルフサービスという恰好《かっこう》になった。

茉莉が二年ぶりに博多駅に降り立ったのは、三日前のことだ。東京で列車に乗るときには雨が降っていた

が、早朝の博多駅は晴れ渡っていた。

「わあお」

自分でも予期していなかった懐しさと嬉《うれ》しさがこみあげて、茉莉は山辺の腕に触れて声をだした。山辺は、しかし浮かない顔つきだった。

「東京でお世話になっとったけん」

山辺を自宅に連れて帰ったことについて、茉莉は両親にそう説明した。茉莉にとって、山辺は恋人ではなかった。強いて言えば友達のようなもの、あるいは、いきがかり上拾ってしまった捨て猫のようなものだった。ついきのうまでの茉莉が、山辺にとってそうであったように。

しかし、そのようなことが喜代と新に理解できるはずもなかった。男と家出した娘が、別の男と帰ってきた。彼らとしては、長身で頼りなさげな目の前の男を、娘の新しい恋人として考えるよりなかった。もっとも、二人はいまのところ別々の部屋で寝ていた。茉莉が自分の部屋を山辺に貸し、惣一郎の部屋に落着いたからだ。

死んだ兄の部屋で寝たがるのはよくない、と言い続けてきた喜代も、これには反対できなかった。茉莉の部屋は、二人で――まして未婚の男女が――眠るには狭すぎる。

帰ってきた（そして転がり込んできた）二人がこの先どうやって暮してゆくつもりなのかは誰にもわからなかったが、ともかくそんなふうにして、茉莉は福岡に（そして惣一郎と暮していた家に）戻ってきたのだった。

で、気がつくとあたしはこの座敷に、しゃちこばって坐《すわ》っとっちゃん。

上品な味つけの鍋を食べながら、茉莉は胸の内でそうつぶやく。惣一郎の生きていたころは一家でいろいろな場所にでかけたし、外食も様々な店でした。しかし惣一郎亡きあとは、寺内家の改まった席、節目節目の外食は、いつもこの店なのだった。

「ビール、たくさんのめるようになったのね」

喜代が茉莉に言った。

酒は、東京での二年間に茉莉が発見した「得意なこと」の一つだった。実際、茉莉は酒に強かった。酒豪といってもよかった。他のどんな飲みもの――コーヒーや紅茶、浄水通りの店までわざわざのみに行った濃く甘いチョコレート、喜代の搾《しぼ》る新鮮な果物や野菜のジュース、「オルベラ」での茉莉のきまりだったクリームソーダ――より酒をおいしいと感じるし、かなり盃を重ねても、ふわりと心地よくなる以上には酔わない。ただ、かつてこの街に住んでいたころの茉莉には、それを知る機会がなかっただけのことなのだ。

他にいくつ、そういうことがあるんだろう。茉莉は考える。あたしの知らない、あたしについてのほんとうのこと。

「隆彦くんは、どうしてるんだ？」

ふいに、新がそう訊《き》いた。

「知らん」

茉莉はこたえる。隆彦の存在は山辺の知らないことではないとはいえ、山辺の前でそんなことを訊く新に、腹が立った。そして、隆彦という名前にいまだに反応してしまう自分自身にも。

隆彦さえいてくれればいいと思った。隆彦を守りたいと思った。どちらも叶わなかった。

「こんなところであなた方が心配しなくても、彼は彼できっとちゃんとやっているわ」

かすかに微笑《ほほえ》んで、喜代が言った。とりなす意図というよりも、正直な意見であるらしかった。

ひさしぶりに帰宅した茉莉にとっておどろきだったのは、喜代の生活の充実ぶりだった。イギリス留学後に始めた園芸家としての仕事は、半分趣味だと茉莉の目に映る程度のものだったのが、この二年で俄然《がぜん》本格化していた。ハーブの研究および紹介を始めたのが当たったらしい。もともと料理が好きだったこともあり、ハーブの育て方とそれを使ったレシピの本などを、様々な依頼のもとで、喜代は現在複数執筆中なのだった。地元のテレビ番組の講師は、すでに辞めていた。車で三十分ほどの場所に土地を借りてコテッジ式ガーデンを造るかたわら、二つの教室を主催し、執筆に勤《いそし》んでいる。来客も外出も多く、それでいて家事にも手を抜いていないらしいのは流石《さすが》というほかなかった。

イギリスの暮しが余程性に合ったらしく、喜代は収入を安定させて、いずれは日本とイギリスを往き来して暮したいと、夢のようなことを言っていた。

なんかへんな感じやん。

正直なところ、茉莉は戸惑いを憶えた。かつてのように面と向って母親に反発することこそなかったものの、自分が喜代に、家の中にいてほしいと願っていることは否定できなかった。

「おにいちゃんが生きていたら全然ちがったんだろうなって、ときどき思うの」

ある夜、茉莉は山辺にそう打ちあけた。時間が止まっているかに見える、十七年間馴《な》れ親しんだ自分の部屋で。

「ママはおにいちゃんを溺愛《できあい》してたから、おにいちゃんがいれば、この家からでて行ったりしなかったと思う」

そしてあたしも。口にはださず、茉莉はそうつけ加えた。

「そうかな」

あいかわらずベッドにごろりと横になり、夕食後の時間をすごしていた山辺はこたえた。

「家の中でじっとしている女性には見えないけど」

ベッドカヴァーもカーテンもうす緑だ。喜代の手製の、洗いざらされた、茉莉には見馴れた――。

「山辺さんにはわからないのよ」

勉強机の前の椅子にすわり、茉莉は言った。淋しげな声がでてしまったことに、自分でもおどろく。

「まあ、そうかもしれないね」

山辺は認め、

「でもお兄さんは現に亡くなったわけだから」

と、躊躇《ちゅうちょ》なく言った。不自然な沈黙が部屋の中を支配した。茉莉には、それは依然として認め難いことだった。ことにこの家の中では、なにもかもに惣一郎の気配を感じるこの家の中では、とても信じられないことだ。現にいまだって、と茉莉は思うのだが、現にいまだって、耳をすませば惣一郎のくすくす笑いがきこえる。声というよりもっと濃くて強い気配のようなもの。惣一郎は部屋そのものの大きさにその存在を拡大し、茉莉を包んでいる。だめだよ、茉莉、そいつにはわからない。

茉莉は山辺に、惣一郎の部屋には入らないでほしいと言い渡してあった。そのときに山辺が見せた、傷ついたような表情。

「おにいちゃんは、この家にいるよ」

ゆっくりと、重々しく茉莉は宣言した。ほかに、どう言えばいいのかわからなかった。

「いまも、ちゃんといるのよ」

もどかしかった。もういいから止《よ》すんだ、という惣一郎の声がきこえた気がしたが、茉莉は止さなかった。

「おにいちゃんの部屋を見る？」

気がつくと、そう言っていた。

ドアをあければ、それですべてわかるはずだった。惣一郎そのものみたいなあの部屋を見れば、山辺にも惣一郎の存在が理解できるはずだった。

しかし、そうはならなかった。

「へえ、そのままにしてあるんだね」

ドアをあけ、茉莉が電気をつけると、山辺はまずそう言った。

「子供部屋なんだ」

つぶやいてあたりを見まわし、

「かわいい感じだな」

と、言った。茉莉には想像もできない言葉だった。自分と山辺はいまほんとうに同じ部屋に立ち、同じものを見ているのだろうか。

いたたまれず、茉莉は窓をあけた。恐怖に近い感情に、いまにも押し潰されそうな気がした。このひとにはわからないのだ。かわいらしい子供部屋？　このひとはどうかしている。それともあたしがどうかしているのだろうか。

「見せてくれてありがとう。お兄さんの部屋っていうより弟さんの部屋っていう感じだね、地球儀なんかあったりして」

やさしげな声で山辺は言い、茉莉の肩に手を置いた。そうされたことで、茉莉は自分が震えていることに気づいた。庭の花々のあいだをぬけて、しっとりと甘い夜気が漂ってくる。

うわあ、という声が、ふいに夜気をつきぬけて響いた。

「なに？」

茉莉が身をのりだすと、山辺もうしろで同じように身をのりだした。山辺の頰が茉莉の頰に触れ、耳に息がかかった。茉莉は身体がこわばるのを感じた。庭は静まりかえっている。闇に目をこらしたが、黒々とした植物のかたち以外、何も見えない。九の声だと茉莉にはわかった。

「アパートの猫たち、元気にしてるかな」

茉莉が窓をしめると、山辺はそんなことを言った。

春は、やわらかな風と光で、高宮の町を彩っていた。今後のことは二人でゆっくり考えればいい、と新にも喜代にも言われているとはいえ、食事のとき以外は茉莉の部屋にこもりっきりで、職探しはおろか遊びにでようともしない山辺に、茉莉は困惑せずにいられなかった。あそこを見せたいとかここを一緒に歩きたいとか、口実をつけてひっぱりだすのだが、渋々ついてくる山辺は、すこしも楽しそうに見えない。

「なんにもない街だね」

子供のころダンボール滑りをした土手に連れていくと、眼下にひろがる街並みを見て、ぽつりと山辺はつぶやいた。悪気のある言い方ではなかったが、だからこそ茉莉は溝を感じた。埋めがたい、淋しい溝だと思った。

「上を見てて。飛行機がくるから」

はしゃいだ口調を装って茉莉は言ったが、青く澄んだ空は静かで、飛行機のくる気配はない。第一、飛行機がきたところで、それが何だというのだろう。

「仕事、したくないな」

上を見ることさえせずに、山辺は言った。

「じゃあ、しなくてもいいよ。あたしが働くから」

山辺はあきれたように、あるいは疲れ果てたように、不快なやり方で笑みをもらす。

「世間知らずなんだね」

高台を歩きながら、茉莉はどんぐりを拾った。ここなら目をつぶっていても歩ける。

「何をして幾ら稼げると思うの？」

腰を下ろすと、山辺は手近の草をひきちぎった。

「それに、そんなことをあの御両親が許すわけないじゃないか。一人娘を働かせて、それでタダ飯を食う男なんてさ」

「じゃあどうしたいの？」

うんざりした声になる。茉莉は山辺の隣に腰を下ろして、そのまま仰向けに寝転んだ。土と草の匂いが鼻をついて流れる。

福岡に帰ろうと決めたとき、茉莉には一つの計画があった。しかしそれはまだ口にすべきではないように思えた。そして、自分でも残酷だと思ったが、茉莉には山辺の存在が負担になっていた。そのことを山辺が知っているに違いないことも。

「山辺さん、あたしのことが好きなの？」

寝転んだまま訊くと、

「好きだよ」

というこたえがすぐに返った。

「あたしも山――」

言いかけた茉莉を遮って、

「わかってる」

と、山辺は言った。

「茉莉ちゃんも僕を好きだってことはわかってる。だから言わなくていいよ」

茉莉はため息をついた。あたしも山辺さんが好きだよ。でもね――。でも、の先を伝えたかったのだ。

言わなくていい、と言われて言わなかったことで、茉莉は自分を卑劣だと思った。卑劣で、弱虫だと。

「このへんにも、ホテルはあるんでしょ」

山辺が訊いた。

「いっぱいあるよ」

高校生のころ、隆彦と何度か行ったことがある。同級生たちより大人になった気がして、嬉しい気持ちで出入りした。

「行きたいの?」

茉莉が問うと、山辺は恥かしそうな顔をした。

「またできないかもしれないけど」

茉莉にはよくわからない。愛していなくても、愛されていなくても、山辺は裸を見たり触ったりしたいのだろうか。東京では、茉莉の方がむしろそれを望んだ。そうすれば、自分たちを恋人同士だと思えそうな気がしたからだ。

しかしいまは、山辺の肉体に触れたくはなかった。

「じゃあ、行こう」

気持ちと裏腹に、茉莉はあかるい声をだしてぴょんと跳ね起きる。山辺の腕をひっぱって立たせた。自分をしたって福岡まできてくれた山辺に対して、もう触れたくないなどと、どうすれば言えるだろう。他に頼れる人のいなかった東京でだけ、山辺が大事だっただなんて。

「家の中じゃ、こんなふうにくっつくこともできないものね」

腕をからませ、住宅地に続く坂を下りながら、茉莉は言ってみる。目をとじて、山辺にもたれかかりながら。

懐しさは、どこから湧き上がってくるんだろう。茉莉は考える。何年ものあいだ、この街をでたくてたまらなかったのに。

帰郷は、茉莉が予想していたよりずっとあっさり、茉莉を懐しさと幸福感で満たした。そして、それは両親でもなく、惣一郎をすぐそばに感じられる家でさえなく、街そのものの持つ力であるように思えた。

頭や心で考えたり感じたりする前に、髪や皮膚や手や足が、勝手に街の空気を吸収し、どんどん味わって元気になってしまう。小学校のそばの文具屋――駄菓子も売っていることを茉莉は知っている――や、「明治コナミルク」の看板、草のしげる空き地や、道幅の広いのびやかな住宅地。

東京で、壊れた電気ストーブの前で震えていたことや、台所で寝起きしていたこと、男を捜して飲み屋の戸をあけてまわったことや、その同じ男に卓袱台《ちゃぶだい》で叩かれたこと。それらはみんな、自分ではない別の誰かの物語に思えた。

茉莉は昼間街を散歩し、夜になれば惣一郎の部屋で眠った。山辺だけが、東京での日々が「誰か他の人の物語」などでないことを、茉莉に知らしめるのだった。

祖父江九にでくわしたのは、福岡に戻って二週間ほどたった日のことだ。よく晴れた真昼で、場所は惣一郎の墓前だった。その日、茉莉は山辺と連れだって墓参りをした。美しい霊園で、近くに池や水場や並木道がある。

「いいところだね」

山辺は言い、惣一郎の墓に笑顔を向けた。それは、あたかも小さな子供に向けるような笑顔だった。小さくて無邪気な、そして無力な。

周囲の木立で、キュロキュロと鳥が鳴いた。別の場所で別の鳥が、それに応《こた》えるようにまた鳴き声をたてる。

茉莉は小壜《こびん》のビールを持ってきてよかったと思った。持参した栓抜きで赤い栓を抜き、ことんと音をたてて壜ごと供える。みんなはおにいちゃんを子供だと思っているからお菓子だのジュースだの供えるけれど、おにいちゃんがもう子供ではないことを、あたしは知っている――。惣一郎はきっと酒に強いはずだと思った。こんなふうに美しく晴れた日に、一緒にビールをのんでみたいと茉莉は思った。

山辺は目をとじて手を合わせたが、茉莉は目を見ひらき、ただそこに立っていた。惣一郎とはいつも話している。墓石に話しかける意味はない。

そのときうしろに人の気配がして、振り返ると九が立っていた。

「あ。九ちゃん」

　認めると同時に声がでた。惣一郎の存在をはっきり感じるときにも似た、力強い嬉しさがこみ上げる。

「九ちゃん、元気やった？」

　あきらかに祖父江九であるのに、男は何も言わない。右手に菊を数本持ち、憮然《ぶぜん》とした様子で立ちつくしている。長身でがっしりとひきしまった体軀《たいく》は、惣一郎のあとをついて歩いていた少年とは別人のようなたくましさを備えていた。

「なつかしかあ。背、のびたねえ」

　九の視線が山辺に注がれていることに、茉莉はようやく気づいた。同時に、こんにちは、と言う山辺の声がきこえた。

　茉莉は山辺を九に、九を山辺に紹介した。

「おうわさはかねがね」

　例によって調子のいい山辺が、微笑みながらそう応じる。

「ここで会えるなんて嬉しいな。なんだかおにいちゃんが会わせてくれたみたいで」

　九の顔を見た途端、どういうわけか饒舌《じょうぜつ》になった。九は返事をしないばかりか、顔をこわばらせ、身体を小刻みに震わせている。

「どうかしたの？　九ちゃん？」

　九の両目が、熱をだした子供のそれのように見ひらかれた。

「ぼくは茉莉ちゃんを好《す》いとうと。ずっとずっと好きやったと。子供のころから茉莉ちゃんばお嫁さんにすると決めとったとに。でももう叶わんみたいやね。その人と一緒になるとやろ。茉莉ちゃん、茉莉、幸せになって下さい」

　言いおわるやいなや九は駆けだした。あっけにとられている茉莉の目の前を、九の放り投げた数本の白菊が舞った。

2

　信じられない。

　惣一郎の部屋のベッドで、茉莉は天井を睨《にら》んでいる。すでに午前二時をまわっているが、まるで眠くならなかった。

　僕は茉莉ちゃんを好いとうと。ずっとずっと好きやったと。

祖父江九は、たしかにそう言った。真昼の墓地で、いきなり。

そんなことがあるだろうか。九に会ったのは二年ぶりだ。その前も、道で立ち話をする程度の間柄でしかなかった。無論、茉莉は九が好きだった。惣一郎と茉莉と九。三人は、どこへ行くのも一緒だった。一緒にいるのがあたりまえだった。しかしそれは昔のことだ。惣一郎の死が、すべてを一変させてしまう前のことだ。第一、惣一郎の死後、茉莉を急に避けるようになったのは九の方だった。

「どういうことなのかな」

九が駆けて行ってしまったあと、茉莉は山辺にそう問われた。訊きたいのは茉莉の方だった。

「さあ」

と言って首をかしげて、茉莉はただ茫然《ぼうぜん》と、九の去って行った方向を見ていた。あたたかい日で、空は青く晴れ渡り、キュロキュロと鳴く鳥の声の他には、何の物音もない。

「いつまで見てるの？」

山辺の声は、どこか遠くからのものに聞こえた。

散らばった白菊を拾って、墓石の前に置いた。九が深夜に窓からしのび込んできた、遠い日の記憶が脳裡《のうり》をかすめた。少年のころの気持ちのまま、大人になる人間などいるのだろうか。

山辺は執拗だった。家に帰るみちみち、九について質問することをやめなかった。ふりはらってもやがてまた必ず現れる、夜中の蚊みたいに。

「だっておかしいじゃないか」

怒ったような口調で、山辺は言った。

「何もないのに、お嫁さんにするとかって言うか？」

茉莉にはわからなかった。何をさして「何もない」と言い、何をさして「何かあった」と言うのか。九と自分の共有した時間、山辺と自分の共有した時間——。

「そりゃあ、何かはあるわ」

茉莉は言った。

「でも、それは山辺さんの想像してるようなことじゃないのよ」

門の内側、すぐの場所に雪柳が咲き、その横にレンギョウが咲いている。塀にそって、つるバラの垣根。この季節、喜代の庭は息苦しいほどに花々が溢《あふ》れる。借りた土地に造っている「ガーデン」の、秩序だった美しさとは対照的に、植物の勢いにまかせたかのような、雑多で過剰な花々だ。

「九ちゃんは、ちょっと変ってるの」

しまいに、茉莉はそう言って会話を終らせようとした。

「スプーン曲げで、テレビにでたこともあるのよ」

山辺は首をすくめた。

「そんなこと、関係ないじゃないか」

「そうだけど、でもともかく変ってるの。変った少年なのよ」

山辺は鼻先で笑った。

「少年？　僕には立派に一人前の男に見えたけどね」

茉莉は惣一郎のベッドに横たわり、昼間の出来事を何度も思いかえしている。やさしくて、正義感が強く、生真面目で不器用で、複雑な家庭の事情を背負った隣家の少年。山辺に告げたとおり、茉莉にとって祖父江九はいまも少年のままだった。しかしそうだとしても、あんなに堂々とまっすぐに、誰かに思いを告げられたのは初めてのことだ。

我知らず、口元に笑みが浮かんだ。茉莉は掛布団をあごまでひきあげる。足先をもぞもぞと動かした。

「ちょっと嬉しかったかも」

惣一郎に、言ってみる。隣の部屋で寝ている山辺の存在を、忘れたわけでは勿論《もちろん》ない。九の思いに応えられない立場であることはわかっていた。そしてそれにも拘《かかわ》らず、九の言葉を思いだすと、体の中心に小さなあたたかなものが灯るような気がした。


翌日、茉莉は喜代に説き伏せられ、一緒に買物に行くことになった。もうすこしちゃんとした服を買わなくてはいけない、というのがその理由だった。

「服なんかいらん」

茉莉は言ったが、たしかにもう何年も、新しい服を買っておらず、どこに行くにもTシャツとジーパン、肌寒い日にはそこにレインコートを羽織るだけの恰好だった。レインコートは高校生のときに買ってもらったものだ。喜代に言わせれば「もうくたびれているし、男物みたいにそっけない」ベージュのコートだが、裏地が白にブルーのストライプであるところが——外からは見えないとはいえ——、茉莉は気に入っていた。

山辺も誘ったが行きたくないと言うので、喜代と二人ででかけた。喜代はひどく嬉しそうだった。デパートを二軒まわり、茉莉の服と、喜代の靴、それに食料品を買った。ガラス器を眺め、昼にうどんを、夕方にケーキを食べて帰った。茉莉が福岡に戻ってくれて嬉しいわ。喜代は二度、そう言った。

茉莉はなんとなくきまりが悪かった。喜代と二人でいても、話すことがないように感じた。かつてのように反抗的な態度をとることはできなかったし、かといって従順にもなれない。それで茉莉は街や雑踏や、店のウインドウや流れていく車の列ばかりぼんやりと見ていた。

喜代はいきいきとしていた。美しいといってもよかった。惣一郎を失い、無気力な抜け殻になってしまった母親とは、まるで別人のようだった。

「でもお兄さんは現に亡くなったわけだから」

そう言った山辺が思いだされた。山辺の言葉も喜代の態度も、茉莉には承服しかねるものだった。

この日の買物に、買物以外の意図があったことを、茉莉は家に帰ってから知った。新が山辺と話し合いをしたのだ。茉莉抜きで、差しむかいで。喜代はそれを、あらかじめ知っていたようだった。

「パパだって、なにも山辺さんを嫌ってるわけじゃないのよ」

買ってきた食料品を袋からだしながら、台所に立って喜代は言った。

「でも、これからのことについて彼がどう考えているのか、訊いておきたいと思うのは当然でしょう?」

新は山辺に、履歴書を書くよう指示したという。仕事を探す手伝いはするから、と。

夕食は気づまりなものになった。山辺は精一杯愛想よくしていたが、新は苦虫をかみつぶしたような顔をしていた。履歴書についても就職についても「わかりました」と応じておきながら、ではどういう仕事をしたいのか、という段になると曖昧《あいまい》に言葉をにごし、「それはまだ……」と言ってへらりと笑ったりする山辺の態度には、茉莉でさえ内心苛立《いらだ》ちを覚えた。

「そげん山辺さんをせかさんでもよかろうもん。無職なのはあたしもおんなじなんやけん」

言葉では庇《かば》ったけれども。

肌寒い日が続いた。東京から荷物が届き、山辺は茉莉の部屋に自分のステレオを据えると、ほとんど部屋からでなくなった。

「あの人、どうするつもりなの?」

茉莉は喜代に、何度となくそう問いつめられた。

「あたしが働くけん、もうちょっと待っとって」

その度にそうこたえ、事実、老舗《しにせ》のドイツ菓子屋――博多駅にほど近い場所にある、一部が喫茶店になった日あたりのいい店――で昼間のアルバイトを始めもしたのだが、

「お金の問題じゃないのはわかってるでしょう?」

と言われれば、それ以上返す言葉はなかった。

茉莉にとって、いちばん嬉しいのは、夜眠る時間だった。惣一郎の部屋は、惣一郎そのものだった。布団ごとベッドごと茉莉を包み、安心な気持ちで満たしてくれる。両親のことも山辺のことも、とるにたらない問題に思えた。自分にはかかわりのない問題のように。そこでは、茉莉は依然として小さな妹であり、兄と九の保護下にある幸福なみそっかすなのだ。

遠くにいくんだ、茉莉。もっと遠くに。

部屋そのものとなった惣一郎は、茉莉にそう語りかけてくる。それはあかるい、力強い気配だ。茉莉に、人生を恐れるんじゃない、と言っているみたいに。

梅雨《つゆ》があけると、夏はまぶしい光と厚ぼったい緑、夕立の前のむっとする埃くささや、鳴きたてるセミたちの声、それにひんやりとつめたい夜風で福岡の街を彩った。この街は酸素が濃い、と茉莉は思う。だから暑くても息苦しくならない、と。

アルバイトは楽しかった。商品の数が多い点と、生《なま》物《もの》を扱う点が映画館での仕事と違っていたが、接客という意味では基本的におなじだった。ケーキの箱に紐をかけるやり方も、レジの打ち方も、茉莉はすぐに覚えた。暇があれば布巾であちこちを拭いた。客に尋ねられたときのために、店の歴史や近隣のデパートへの出店の有無、ドイツ菓子そのものの歴史まで覚えた。喜代が見たら「似合わない」と言うに違いない、やぼったい制服も苦にならなかった。

「デーちゃんばもらったとよ」

毎日のように、茉莉は残り物のケーキを持って帰った。新と喜代は喜んだが、実際にはどちらもあまり食べず、茉莉と山辺が努力して食べた。

山辺はくる日もくる日も機嫌が悪く、いまでは機嫌の悪いのがあたりまえになっていた。風邪っぽいとか頭痛がするとか、体の不調も訴えた。それを理由に食事にも降りてこようとせず、腹が減ればふらりと街に

でて、勝手に食事をすませてくるようだった。隣の男に見張られている、と、被害妄想じみたことを言って、茉莉を責めることもあった。

たしかに、夜に茉莉が窓をあけると、隣家の庭に九が立っていることがあった。九はただそこに立ち、黒いかたまりのように見える茂みごしに、茉莉の立つ窓辺を見上げているのだった。微動だにせず、言葉も発せず。茉莉もおなじように黙って、立っている九を見つめる。どちらかがふいに背中をむけ、その場を離れるまで、おそらくほんの数秒、あるいは一分。

そんなふうに九を見ているとき、茉莉は自分でも説明のつかないかなしみに襲われる。それは過ぎ去ってしまったものたちの持つかなしみに似ている。しがみつこうとしてもとうに過ぎ去っていて、二度と手の届かないものたち。夏の夜は闇が濃く、土と木の葉の匂いがする。

おそらく山辺も、隣室の窓から外を窺《うかが》っているのだろう。そこから茉莉の姿は見えなくても、立っている九の視線の先に、茉莉がいることを感じとっているはずだ。茉莉はどうしていいのかわからなくなる。

それでもたとえば夕食のあと、両親が寝室にひきあげるのを待って、茉莉と山辺は居間で二人きりの時間を持つ。不機嫌で、口をひらけば茉莉を責める言葉ばかり吐く山辺ではあるが、深夜の居間で、黙々と残り物のドイツ菓子を片づけてくれる。

「無理しなくていいよ。毎日じゃ、飽きちゃったでしょう？」

茉莉が言っても食べる手は止めない。まるで、無理にでも全部食べきることが、茉莉に対する唯一の愛情表現だとでもいうみたいに。

「やめて」

耐えきれなくなって、茉莉は言う。

「あたしの方が胸やけしてきちゃうから、やめて」

すると山辺ははじかれたように顔を上げ、

「ひどいことを言うんだね」

と、傷ついた声音《こわね》でつぶやくのだった。

居間には鉢植えがならび、扇風機が一台まわっている。壁には惣一郎のかいた絵が、カリカリに乾いたセロハンテープで貼ってある。テーブルには二つの灰皿。一つはどっしりしたガラス製で、喜代が大事にするあまり、新が使えずにいるもので、もう一つは使い込まれて黒く汚れた紅茶の空き缶だ。何もかも、茉莉には見馴れたものたちだった。

家の中で、あきらかに山辺は孤立していた。茉莉が自分のたった一人の友達だから、茉莉の行くところにはついて行く。そう言ってくれた山辺をこんな立場に置いてしまったことを、茉莉は心からかなしく思った。

「ごめんね」

それでそう口にした。

「福岡に来ても、山辺さんにはいいことは一つもなかったね」


「大学にいきたいって思っとうと」

丈高くのびたひまわりが生えたまま花びらを茶色くし、濃い青や赤だったタチアオイが秋風に色を褪《あ》せさせるころ、茉莉は喜代と新に——そしてこれがいちばん困難なことだったのだが山辺に——そう宣言した。

「昼はアルバイトをして、夜は勉強する。大学受験やなくて、大検受験やけど」

それは、東京を離れるときから決心していたことだった。山辺が仕事をみつけるまで待とうと思っていた。山辺にそのつもりさえあれば。

「学費、だしてもらえるかいな?」


四人は台所で朝食をとっているところだった。庭に面した窓はあけ放たれ、気持ちのいい風が入ってくる。

「いつか返すけん。約束する」

この決心には、山野さんの言葉が影響していた。喜代よりも年上で、茉莉を友達あつかいしてくれて、片目のつぶれた野良猫をひきとってくれた山野さん。御主人に先立たれ、一人暮しで、私服になると金色のアクセサリーを好んでつけていた。川崎の映画館の掃除婦をしながら、一年に一度「お大師様」にお詣《まい》りをする、ジョン・トラボルタの好きな山野さん。

「女は男次第ではあるけれど」

その山野さんが、いつか茉莉にそう言った。

「だからといって、男に頼っていちゃだめよ。男なんて、死んでしまえばそれまでなんだから」

茉莉には、それこそが真理だと思えた。あの惣一郎が茉莉を残して逝ってしまうなんて、誰に想像ができただろう。

それに、もし山辺を養っていくのなら、茉莉自身が安定した職に就く必要がある。

「冗談だろう?」

山辺は弱々しく異議をとなえた。

「学校なんか嫌いだって言ってたじゃないか。二人でいられればそれでいいって、言ってたじゃないか」

箸を持つ手がふるえている。茉莉の目に、山辺はいまにも泣きだしそうに見えた。

「そうだ、この家をでて、二人でアパートを借りよう。僕がいずれまた働いて――」

その先を、茉莉は聞かなかった。

「あたしはもっと遠くへ行きたいの」

しばらくのあいだ、誰も何も言わなかった。よく晴れた日で、ラジオからは会話のじゃまにならない程度のヴォリウムで、英語の天気予報が流れている。

「きょうは放生会《ほうじょうや》ね」

喜代が言った。

「山辺さん、放生会って知ってらっしゃる?」

「いいえ」

どうでもいい、という口調で、山辺はこたえた。放生会など、いまはどうでもいいと茉莉も思った。筥崎《はこざき》宮《ぐう》の秋の祭で、子供のころには惣一郎と九と、連れだって興奮してでかけた。そういえばもうそんな季節なのだ。

「露店がたくさんならぶのよ」

喜代が山辺に説明していた。

「おおらかな気持ちになるわ。あとで二人で行ってらっしゃいね」

そうだな、と、新が口をはさんだ。

「二人で行ってくるといい」

さめてしまったコーヒーを啜《すす》り、

「それから、大学のことは賛成だよ。学費については心配しなくていい」

と、ついでみたいにつけたした。

アルバイトを終え、一度帰って祭にでかけた。茉莉も山辺も気乗りがしなかったが、家にいるのも窮屈だった。

「僕を利用して、捨てるんだね」

バスの中で、山辺はそんなことを言った。

「大学に行くことが、どうして捨てることになるの?」

バスは混み合っており、茉莉は窓外の、灯ともしごろの街の活気をぼんやりと見ていた。

「あの家の娘に逆戻りしようとしてるからさ」

吐き捨てるような口調だった。

筥崎宮の参道は、ひたすら長くまっすぐで、あいだに道路をはさんでさらに長くまっすぐ続いている。振りかえればその先の海まで、視界を遮るものはなく、圧倒されそうな空の分量だ。その空は、青空の名残りと夕陽とで、涼しげなうすピンク色に染まっている。

「怒らないで」

人波を縫うようにして境内に向って進みながら、茉莉は言った。

「山辺さんはいい人だけど、このままじゃ二人ともろくでなしになっちゃう」

両側に、白いのぼりがずらりとならんではためいている。万人和樂、天下太平。

「あたしたち、別れた方がいいと思う」

たぶん、もっと早く言うべきだったのだ。山辺が隣で身をこわばらせたのがわかった。

賽銭を投げ、手を合わせた。

「いやだ」

ぼそりと、山辺が言うのがきこえた。しかしそれはたちまち周囲の喧噪《けんそう》にかき消された。

「お店をひやかそう」

くるりと向きを変え、茉莉は言った。

「賑やかでしょ」

山辺の手をひっぱるようにして歩きながら、茉莉は言った。のぼりの下を、数人の子供たちが駆けまわっている。

「あたしたちみんな、ここで七五三したのよ」

自分の言葉が山辺を孤独にすることを知っていた。知っていても、どうしようもなかった。道路と参道の交わる場所に、運動会のような白いテントが立ち、その下にラーメンの屋台がでている。もうもうと立ちのぼり、空気にとけてゆく白い湯気の匂い。

「別れるのはいやだ」

きっぱりと山辺が言った。

「どこか別の場所に行こう。死んだお兄さんとか隣の変人とか、そういうののいないところで暮そう」

ありとあらゆる屋台がでている。ヨーヨーつり、お面、焼きとり、焼きそば、とうもろこし。かき氷にりんご飴《あめ》、東京ケーキ、ひよこ売り。大陸が近いせいか、チヂミやタピオカの屋台もある。脇道に行くと見世物小屋まであることを、茉莉は知っている。

「僕は茉莉ちゃんのためにすべてを捨てたのに、茉莉ちゃんは僕を捨てるの？」

「見て、博多おはじき」

あかるい声をだして立ち止まった。あなたを愛していないのだ、と告げるのは、何てむずかしいことだろう。

梅、桜、貝殻、おかめ。小石に似た小さなおはじきを、茉莉は手のひらにのせる。

泊る場所がないから朝まで部屋において、と、山辺に言った夜が思いだされた。川崎のアパートの、野良猫のいる洗濯機の脇で。そんな突飛な申し出に、山辺はちょっと肩を持ち上げてみせただけで、かまわないよ、と、言ってくれたっけ。

「茉莉ちゃんは残酷だね」

山辺の言葉がつきささった。手の上のおはじきの、色とりどりの輪郭がにじみだす。

「茉莉!」

なつかしい声がした。その場にいた誰もがぴたりと動作をとめるほどの大きな声。

ふり向くと、人波の向うに九が立っていた。九の隣には、人目を引くほど顔の造作のくっきりしたかわいい女性――小柄だがグラマラスで、大胆な花柄のワンピースを着た女性――が立っており、九の腕をつかんでいる。

九は何か叫んでいた。女の手をふりほどき、茉莉に向って歩いてくる。茉莉には、言葉は耳に入らなかった。それは、ただなつかしい九ちゃんの声でしかなかった。

「行くんじゃない」

山辺が茉莉の肩に手をのせたが、茉莉は視界いっぱいに九の姿をとらえ、気づきもしなかった。

「迎えに来てくれたの?」

嬉しげな声がでた。九はそれにはこたえずに、

「茉莉ちゃん、俺とつきあってくれ! 俺は子供の頃からずっと茉莉ちゃんば愛しとうと!」

と、叫んだ。少年みたいな熱っぽさで。参道のまんなかで。

茉莉はあっけにとられ、ついで笑いがこみあげてきた。

「嬉しか!」

こたえるやいなや、九に手をつかまれた。ずっと昔、同級生にいじめられていた茉莉を、棒きれを振りまわして助けてくれた祖父江九の、あたたかく安心な手のひらとそれはまるでおなじ温度、おなじ感触なのだ

った。

3

祭の夕方だけあって、普段にも増して人出が多い。川ぞいにならんだラーメンの屋台、水面に映る提灯《ちょうちん》の赤。

「どうすると?」

九に手をつかまれ、ひっぱられるままに春吉橋《はるよしばし》まで来てしまった。ひっぱられるままに? 茉莉は胸の内で自嘲する。何て卑劣な物言いだろう。助けだしてもらったのに。

おはじきの屋台の前で、雑踏の中に九の姿を認めたときの、あのなつかしさと、湧き上がった喜び。迷子になった子供が家族に再会したみたいに、あたしは九ちゃんの腕にとびこんだ。茉莉ちゃんは残酷だね。そう言った山辺を、あの場所に残して。

「まかしとかんね」

依然として熱っぽい目を輝かせ、決意したように九が言った。握られている手のひらも熱い。

ラブホテルなんて馴れている。

狭くうす暗い入口をくぐり、九がフロントで鍵をもらうあいだ、茉莉はすこし離れた場所に立ち、くり返しそう思っていた。つい最近も山辺と来たし、その前には隆彦と何回も来た。全然たいしたことじゃない。

それなのにどういうわけか、足が震えていた。水槽の熱帯魚を見つめる。この魚たちにとってはここが家であり日常なのだ、と考えてみる。べつに特別な場所ではない、というように。

それでも動悸は鎮まらない。悪いことをするような気がした。このような場所に九といることが信じられなかった。

部屋に入るやいなや、びっくりするほど強い力で抱きしめられた。唇をあわせながら、得体の知れない恐怖と罪悪感に、心臓がまるまる全部わしづかみにされるのを感じた。

ラブホテルなんて馴れている。

そう思おうとするのにどきどきして、全身が震え、茉莉はいまにも自分が泣きだしそうであることに気づく。

九はやさしかった。茉莉のブラウスに手をのばし、ボタンをはずそうとしてくれた。

「自分でできるけん」

茉莉は言ったが、声が震えた。

二人とも裸になった時点で、恐怖は極限に達していた。九の裸体はおどろくほど逞《たくま》しく、全身が筋肉であるかのようだった。

へなへなの掛布団に、逃げるようにくるまった。皮膚温度の高い身体がのしかかってくる。

「交尾は自然なことばい」

耳元で九があえぐように言う。あのことを交尾と呼ぶなんて九ちゃんらしい。意識の遠くで、茉莉はぼんやりそう思う。脚のあいだに押しあてられた、熱く大きなものを受け容《い》れようと努力しながら、茉莉の頭の中には子供のころのさまざまなこと、とうに忘れたと思っていたのに、色褪せるどころか無傷の色鮮やかさで立ちのぼり、押しよせてくるさまざまなこと、が渦巻いていた。

うったうったうー、うったうったうー、うったうったうー。一人でいる心細さを打ち消すみたいに、声を大きくして歌いながら踊っていた自分を思いだした。うったうったうー、うったうったうー。

学校への行き帰りに常に木の枝を持ち、からからと乾いた音をたてて壁や地面や側溝を、それでひっかきながら歩いていた九の姿も。三人で歩いていても、いきなり後ろから髪をひっぱられてからかわれるのは茉莉だった。「なまいき」なくせに「ぐず」だったから。うったうったうー、うったうったうー。

男の子たちを追い払うために、九がひきずっていたあの木の枝。

汗だくになり、ベッドは思いきりきしんだ。恥かしさをこらえて腰を浮かせてもみた。しかしあまりにも立派に屹立《きつりつ》した九のそれは、どうしても茉莉の中に収まろうとしてくれなかった。

「待って、九ちゃん、急がんで」

茉莉は息をはずませ、九の額にはりついた髪をかきあげてやりながら、そう言って微笑んだ。恐怖は消え、かわりに何かやすらかな気持ち、少年の九ではなく十九歳の九に、ようやく向き合えたような気持ちがした。

真剣さのあまり恐い顔になって、茉莉を突き上げようとする九をいとおしいと思った。

とはいえあまりにもながい時間、それを受け容れようと格闘した疲労に、茉莉は自分でも気づかないうちに眠りにひきこまれていった。

「茉莉」

九の声がきれぎれにきこえる。

「いつやったか阿蘇高原で……」

手足が重くて、もう動くことができない。

「クワガタもくさ……」

九の声は、まるで子守歌だった。夜明けが近い。肉体は疲労困憊《こんぱい》していたが、茉莉の心持ちは穏やかだった。意識が途切れる寸前に、

――だいきゅうちんだったな
という惣一郎の愉快そうな声を、茉莉はたしかに聞いた気がした。事は成しきれなかったものの、茉莉はその夜――すでに朝になりかけてはいたが、放生会のその夜――、九の腕の中でぐっすり眠った。口元に微笑みさえ浮かべて。


目が覚めて、茉莉の胸に最初に浮かんだのは、山辺のことだった。ちゃんとバスに乗って帰れただろうか。

随分と高い位置につくられた窓から、白っぽい光が流れ込んでいる。隣では、九が裸のまま眠っている。

山辺さんを置き去りにしてしまった。あんな場所に、彼にとって不馴れな街の、祭の雑踏の中に。


「あたし、あばずれかな」

いつだったか、不安になってそう尋ねた茉莉に、

「ああいう御両親から、あばずれは生れないと思うよ」

と、真面目にこたえてくれた山辺なのに。

茉莉は小さく、しかし深々と、ため息を吐《つ》いた。物事はどんどん厄介《やっかい》になっていく。茉莉の思考が追いつけないスピードで。

隣で九が身動きをした。我知らず、茉莉は微笑む。山辺にひどいことをしていると考えながらも、それとこれとは別な気がした。山辺を置き去りにしたのは九ではなく茉莉だ。九は、何も悪いことをしていない。

「おはよう」

そっと言って、九を起こした。しわくちゃのシーツは、二人の汗でまだ湿っている。枕元の時計は午前七時をすこし過ぎたところだ。まだ早いが、茉莉は十時にはアルバイトに行かなくてはならない。

おもては晴れているのに、フロントは依然として薄暗かった。九が鍵を返しているあいだ、茉莉は前夜とおなじ場所に立ち、おなじ熱帯魚を見つめた。

朝早い博多の街を、手はつながずに歩いた。考えて

みれば、小学校を卒業して以来、ゆうべまで一度も九と手をつないだことはなかった。駅へ向う通勤通学の人々と、逆の方向に歩いた。灯の消えた提灯、道に放置された幾つものゴミの袋。普段と変らない、澄んだ朝の大気。

九は無言で、しかも足早だった。追いつこうと、茉莉も足を速める。九の態度は、怒っているようにも、後悔しているようにも見えた。それは、有無を言わさず茉莉の手をとってひっぱった、なつかしい少年とは似ても似つかない、気難しくて不機嫌な、男の後姿であるように思えた。

「昔、よう段ボール滑りばしたね」

浄水場に続く坂道をのぼりながら、茉莉は言ってみる。あとほんのすこしだけ、九と一緒にいたかった。家に至る脇道に、まだ入りたくなかった。

「あの土手に、行ってみらん？」

茉莉は言い、しかしそれは提案というより懇願のように響いた。すくなくとも茉莉自身の耳には。

風がやわらかい。土手は丈高くのびた草におおわれ、二人を誘うように、青く涼しげな匂いを立ちのぼらせていた。茉莉は土手の端に造られた道からのぼるつもりでいたが、九は斜面をそのままのぼり始めた。まわりじゅうでさわさわと草が鳴っている。

頂上までのぼり、地面に直接腰をおろした。ゴオゴオと空がうなり、飛行機が通過していく。昔からそうだ、と茉莉は思う。飛行機はいつもいきなりやってくる。空を見上げ、目をこらして待ち構えていても決して現れないくせに。

「なつかしかね」

目を閉じて言った。

「なつかしか」

九もつぶやいたが、それはなんだかおざなりに聞こえた。二人のあいだに沈黙が流れる。

かつて、毎日ここで遊んでいたころ、あたしは九ちゃんと、一体どんなことを話していたのだろう。どんな言葉で、どんなふうに――。

「ごめん」

いきなり九が言った。

「きのうは上手《うま》く導けんで」

ミチビケンデ？　言葉の意味を理解するのに、数秒のまが必要だった。ゆうべの、長時間にわたる互いの奮闘を思いだし、照れくさくなってうつむいて笑った。

この人は導こうとしてくれたのだ。そう思うとしみじみ感動した。山辺と試すときにはいつも、茉莉の方がそれこそミチビコウとしていた。

「九ちゃんて、立派やね」

愉《たの》しそうな声になり、茉莉は、もしかすると今朝の自分は、ひさしぶりに幸福な気持ちでいるのではないか、と思った。ひさしぶりに幸福な、そして安心な――。

ふらふらと力なく、九が立ち上がった。

「九ちゃん？」

九は返事をせず、斜面に足を踏みだしたかと思うと、そのまま転げ落ちてしまった。

「いったい何？」

茉莉も慌てて立ち上がったが、九は下で声もなく立ち上がり、ずぼんをはたくと茉莉を見上げて、

「やったら」

と言った。

「大丈夫や？」

尋ねたがこたえず、茉莉を残して歩き始める。やったら？　それってどういうことだろう。一瞬の躊躇のあと、段ボールもなしに斜面を滑り降りてみたが、九は茉莉を待っていてはくれなかった。

山辺は帰宅していなかった。喜代も新もでかけていて、家の中はしずかだった。茉莉はシャワーを浴び、アルバイトに行った。山辺が現れるのではないかと、店のドアがあくたびに振り向いたが、現れなかった。祖父江九も。日あたりのいいテーブル席、甘い匂いのする店内、ドアがあくたびに鳴る鈴と、女性客の果てしないおしゃべり。一九八〇年九月。茉莉は二人の男を抱えてしまったと、思っていた。

山辺は帰ってこなかった。翌日も、その翌日も。クラシックレコードのコレクションもステレオも、箱入りの文学全集全十二巻も残したまま、姿を消してしまった。それればかりか、祖父江九も忽然《こつぜん》といなくなってしまった。

がらがらとなつかしい音をたてる引き戸をあけ、

「おばちゃーん、九ちゃんは？」

と尋ねてみるのだが、そのたびに七のやわらかな声が、

「ごめんねえ、おらんとよ。どこばほっつき歩いとる

っちゃろうね」

と、返るのだった。

「いっちょん理解できん」

自分の部屋に戻った茉莉は、それでもこっそり惣一郎の部屋に入っては、兄にそう訴えた。

「九ちゃんはあたしを『好いとう』って言ったとに」

それについて、惣一郎からは返事がなかった。全身を耳にして、気配をとらえようと研ぎすませても、惣一郎は何も言わない。

「黙っとうとか、ずるかあ」

茉莉はそのことにもまた腹を立てた。おにいちゃんは昔から、九ちゃんばっかり庇うんだから。

茉莉は、空に向ってのびていたのぼり棒を思いだす。おにいちゃんも九ちゃんも、すぐあたしをのけものにして、二人だけで行ってしまうのだ。

台風が来て、しつこかった残暑をようやく連れ去った。十一月になり、茉莉は二十歳になった。九が旅にでたことを、このころになって茉莉はようやく七から聞いて知った。

「ふうん」

茉莉に言えたのは、それだけだった。


いいもん。茉莉は考える。隆彦も山辺も、九もどこかに行ってしまった。いいもん。あたしは全然平気やけん。

翌夏の大学入学資格検定に向けて、茉莉は勉強を始めた。自分でも驚いたことに、勉強はたのしかった。教科書という教科書が、すべて美しい書物にさえ思えた。丁寧に読んで理解すれば、知らなかったことが知れるのだ。

高校時代の茉莉は、成績こそそこそこだったが、授業も勉強も嫌いだった。教科書も学校も、嫌いだった。

試験勉強に関しては、惣一郎の部屋を使うことに両親とも文句を言わなかった。茉莉の部屋を山辺に貸していた日々の習慣上、茉莉が兄の部屋を二つ目の自室のように使うことに、新も喜代も、馴れてしまったようだった。実際、そこでは勉強がはかどるのだ。図書館のようにそっけなく、よく整頓された惣一郎の部屋。

そういえばおにいちゃんは優等生だった。遠いことを茉莉は思いだす。中学生だったとはいえ、あらゆる教科でらくらくと一番だった。あんなにそばにいたのに、そのことに何の感想も持っていなかった自分が不思議に思える。

試験は十一科目ある。茉莉の場合、退学した高校から「単位修得証明書」がもらえる科目が五つあるので、十一科目のうち六科目を受験することになっている。

「せっかくやけん、残りの五科目も受けたいっちゃ」

茉莉は惣一郎に、冗談めかせてそう言った。半分は本心だった。惣一郎は笑って聞き流した。

そりゃあ茉莉は賢いさ。

そして、そう言ってくれるのだった。

勉強することにそんなにも熱中できたのには、もう一つ理由があった。新の連れてきた家庭教師――新の勤める大学の学生――を、茉莉は大変に気に入ったのだ。彼女は茉莉の言葉をきちんと受け止めてくれる上、試験のために雇われているにも拘らず、二言目には、

「興味のないことなら憶えなくていいよ」

と、言うのだ。

「そこで点数をとれなくても、他でとって合格すればいいんだから」

と。

新の専門は化学なので、教え子は圧倒的に男子学生が多い。それなのに家庭教師として女子学生を――他学部からわざわざ――連れてきたのは、あきらかに娘の過去の行動――かつて新の教室の研究生とこっそり会っていたこと、高校を中退して男とでていったこと、別の男と一緒に帰ってきたこと――から、想像される危険（もしくは可能性）の排除だった。

島森ミチルは岡山県で生れ育ち、東京の女子大を卒業したあと九州大学に入学しなおした人で、現在二年生だが年齢は二十四になっていた。男の子のように短い髪をした瘦《や》せた女性で、茉莉ははじめ、きつそうで恐い、と思った。

むしろのんびりした人だ、と、でもすぐにわかった。それどころか、多少無責任であることも。

ミチルは週に三日やってくる。五時に来て、夕食をはさんで十時まで、という約束で。しかしそのあいだ、茉莉にまるで勉強させないこともあった。「屋外学習」と言って、外に連れだすことさえある。

「大検なんて、すぐよ。絶対大丈夫」

ミチルはそんなふうに言う。

「毎年だいたい四〇パーセントは合格するんだから」

無論、茉莉はとてもそんなふうに思えない。

「六〇パーセントも落ちるの？」

絶対に無理だ、と思う。しかしミチルは笑って、絶

対大丈夫、と請け合うのだった。

一緒に勉強するわけではなくて、茉莉が勉強し、質問があればこたえる、というのが彼女の基本姿勢であるらしかった。そのかわり、一度質問すれば、説明はとことんまで詳しく行われた。資料や、関係のある本なども見つけてきてくれる。それでいて、

「そんなに、全部律儀に見なくてもいいよ。言っておくけど試験には出ないし」

と、言うのだった。

また、茉莉にとって嬉しかったことに、ミチルは惣一郎の気配をすこし感じるようだった。

読んでもわからん。

たとえば茉莉が、胸の内で惣一郎に言う。

問題文そのものがへんやもん。

ほっとけよ、と、惣一郎が言う。そんな下らないものはほっとけよ。

「何か言った?」

ミチルは読んでいた本から顔を上げ、茉莉に尋ねる。

「言わない」

茉莉がこたえると首を傾《かし》げて、

「おかしいわね」

と言い、でもさして気にするふうもなく、読書に再び没頭する。

惣一郎に、さらに肉薄してしまうこともある。

それは実際的じゃない。

英語の構文の一つについて、惣一郎がそう茶々を入れたときだ。

「私もそう思うわ」

ミチルが言い、まず茉莉がぎょっとして、その茉莉の反応に、今度はミチルがびくりとした。ミチルのびくりは、椅子にすわったまま上体をひき、眉を持ち上げて茉莉を見つめる、という仕草になる。

「実際的じゃないけれど、正しくはあるのよ」

何もなかったようにミチルは続けた。

「覚えておいても損はないはずよ」

と。

「どうして?」

信じられない思いで、茉莉は訊いた。

「誰もなにも言ってないのに、どうして今ミチルさん『私もそう思うわ』って言ったの?」

ミチルは不思議そうな顔をする。

「聞こえたんだもの」

それからあっさりそう認めた。

冬のあいだ、茉莉はときどき隣家に顔をだして、七とお茶をのんだ。夫を亡くし、息子までそばを離れてしまった七が、気の毒に思えた。九がどうしているのか知りたいという気持ちもあった。どこにいるのか。一体なぜ突然いなくなってしまったのか。元気なのかどうか。

「どこにおるっちゃろうね」

七の返事は、いつも曖昧なものだった。

「ふらふらしてから」

七はやさしい目で茉莉を見つめる。まるボーロと濃く熱いお茶、それに自家製の漬物なんかをだしてくれる。

「茉莉ちゃんはまた可愛らしゅうなったね。お父さんとお母さんにそっくりやもんね」

年齢のせいか淋しさのせいか、七の言葉は日に日に長くなった。

「大学に行く勉強をしようちゃろ?　えらかねえ。九はせっかく入学したとに、ほんにどういうことなんやろうねえ」

ため息と言葉がまざりあい、きりもなく——誰にともなく——こぼれては消えていくことに、茉莉は痛みに似たかなしみをおぼえる。惣一郎を失った、喜代のかなしみとだぶるのだった。

4

大学入学資格検定に、茉莉は落第した。夏の盛りに二日間に亘って受けた試験は、茉莉の感じとしては「上出来」で、「おもしろかった」とさえ思ったのだったが、秋風と共に送付されてきた結果通知は、六科目中四科目に合格、二科目に不合格、というものだった。

その日、寺内家の居間で通知書を見せると、ミチルは目をまんまるくして驚き、しばらく口もきけないようだったが、やがて心から愉快そうに微笑んだ。そばに喜代もいたのだが、喜代の心証などおかまいなしに、

「すてき」

と言った。

「すてき。茉莉ちゃんほんとに落ちちゃったのね。こんなに賢いのに。びっくりさせてくれるわね。私だったらとてもできないわ」

無論茉莉はむっとした。むっとしたが、同時にどこかでほっとしてもいた。試験に落ちたことで同情されるのは嫌だったし、家庭教師として、ミチルが何か責任のようなものを感じてしまうのではないか、と心配でもあった。

「慌てることはないさ」

昼間、電話で結果を伝えると、新は鷹揚《おうよう》に言った。

「茉莉があんなに勉強して、四科目も合格したっていうだけで俺は感激だよ」

茉莉が意外に思うほど、ほんとうに「感激」している声だった。それはそれで茉莉をむっとさせ――パパって、あたしをばかだと思っとうと？――、かつどこかでほっとさせたのではあったけれども、ミチルの反応は、新のそれとはあきらかに違うものだった。

「全然心配ないですよ」

夕食の赤飯――四科目の合格祝いとして、喜代の炊いたものだ――を頰張りながら、ミチルは喜代と新にそう宣言した。茉莉がミチルを尊敬するのはそこだった。彼女は誰に対してもおなじ態度で、堂々と物を言う。

「来年、あと二科目合格すればいいわけでしょう？しかも、一年あったら他のこともいろいろ学べるわ」

終始笑顔で、上機嫌にそう言った。

夕食のあと、二人で「ガーデン」まで散歩に行った。夜風を受け、一時間近く自転車に乗る。喜代が人生で三番目に大切にしているというそのガーデンは――一番目が家族で二番目がイギリスの思い出、三番目がガーデンだと喜代は言う――、ここ半年ほど、茉莉とミチルの夕食後の気に入りの散歩場所だ。

「いい風」

上空の半月を仰ぎ見ながら、のんびりした声でミチルが言った。「木綿が好きなのにアイロンかけが嫌い」なミチルは、いつもしわくちゃのシャツを着ている。きょうのそれは真白で、胸に一つついたポケットだけが、マドラスチェックだ。

「秋来ぬと、目にはさやかに見えねども」

有名な和歌の上の句をミチルが言い、下の句を茉莉がこたえるのは、ある種のゲームとして、二人の間ですでにすっかり定着している。

「風の音にぞ驚かれぬる。藤原敏行《ふじわらのとしゆき》」

「出典は？」

「古今集。秋上」

「月のさやかに照りたるが、は？」

「檀園文集《かしぞのぶんしゅう》？」

「あたり」

ゆるゆると言いながら、ゆるゆると歩く。敷地の片側は、喜代の言う「ウォールド」、石壁のてっぺんから下に、蔦《つた》とバラを流れるように這《は》わせた状態になっている。夜に見ると不気味だと茉莉は思うが、石と葉が湿って、ひんやりした匂いを放っている。

「どうして古典で落ちたのかしら」

楽しそうにミチルは言う。

「知識があるのに試験に落ちるということは、おそろしく要領が悪いっていうことよ」

「うん」

仕方なく、茉莉はうなずく。苦手な物理はともかくとして、好きな古典で落第したことは不本意だった。

「そしてね、要領を考えないのは、大物で上等な人間の証拠よ」

ミチルは言い、うらやましいわとつけ足した。私は昔から要領がいいの、と。

「なん、それ。変やない。ミチルさん自慢しとうと？」

壁ぎわの小道を進むと、左側は小さいながらも本格的な、整形式庭園になっている。迷路のように幾何学的に整えられた植込みのそここに、ラベンダーやセージが植えられている。

「喜代さんって、根性があるのね」

ふいにミチルが話題を変えた。

「根性？」

「こんなものをここに造るなんて、信じられない根性だわ」

確かにそうだと茉莉も思った。テレビや雑誌が取材に来るのはごくたまのことで、それ以外のとき、ここは誰に顧みられることもなく、ただ在るのだ。突飛といっていい空間だった。「ウォールド」だの「整形式」だの、喜代以外の一体誰に、理解できるだろう。

「でも家の庭と全然違うとよ。可笑しかろ？」

茉莉は、ずっと思っていたことを言った。

「ここは、いつ来ても写真みたいにおんなじ感じやん。きれいで、整然としとう。家の庭はごちゃごちゃで、なんか植物が勝手に生きて繁殖しとうみたいやもん」

ミチルは笑って、小さく何度もうなずいた。

「極端よね」

「うん。パパとか、うちの庭を、ふざけて非整形式ガーデンとか呼びようっちゃもん」

土に砂利がまぜてあるので、二人で歩くたびに、靴の底で小さく軽い音がする。

「ここもすてきだけど、あの庭もすてきよ」

両手をひろげ、深呼吸か体操でもするような動作で、ミチルは言った。

「なんていうか、あなたたち家族に似合う庭だわ」

茉莉は首をかしげ、そうかいな、とつぶやいた。


二度目の試験までの一年間は、ミチルの言ったとおり「いろいろ学べる」日々になった。茉莉が予期したよりずっといろいろだ。そして、そこにはつねにミチルがいた。

ミチルには、それまでに茉莉が出会ったどんな人間とも違う気配がある。家族も恋人もいるのに、家族も恋人もいないみたいな顔で暮している。誰ともつながっていない、自由で孤独な人間みたいに。

大学の正門のほぼ真向いの、食堂の二階にミチルは下宿している。お世辞にも新しいとは言えない自転車に乗って、どこにでもでかけていく。酒は一滴も飲まないのに、酒の席にも臆さずでかける。ディスコにも。

踊ることにかけて、ミチルの体力は、茉莉でさえ目をみはるほど果てしなかった。いったんフロアにでたら最後、ひたすら踊る。みんなが同じ振りつけで盛り上がる曲――茉莉はそれが苦手なのだが――がかかれば、知らないくせに見よう見まねで挑戦し、たちまち習得してしまう。決して上手くはないのだが、のびのびと、楽しそうに踊る。ミチルの踊りは動きが大きいので、目立った。

びっくりしたのは、ミチルが踊りながら喋ることだった。マリアハウスの、おもてまで漏れるあの大音響のなかで。

「踊りは、かつて祈りだったのよ」

たとえばミチルはそんなことを言う。

「神様の怒りを鎮めてもらおうとする行為だったの。旱《ひでり》とか病気とか、人間の手に負えないことが起きたとき、みんな大地の上で力強く踊って、天に祈りが届くのを信じたのね」

そうかと思えば、

「運動と抵抗の関係について、簡潔に述べよ」

と言ったり、

「アプストラクシオン＝クレアシオンって知って

る?」

と言ったり、

「いまもし百万円あったら何をしたい?」

と言ったりする。質問の突飛さに、茉莉はしばしば笑ってしまう。ミチルが大学で学んでいるのは東洋史で、その前に卒業した女子大——東京の——で学んだのは家政学——それが何のことだか茉莉には見当もつかない——だったはずなのだが、家庭教師として彼女が披露する知識は、試験の役に立つかどうかはともかく、風変りで、広範囲におよぶものだった。

「あー、のどかわいたー」

音《ね》を上げるのは、いつも茉莉の方だ。フィズとかラム・コークとか、甘くて軽い酒をのむ茉莉の横で、ミチルは何ものまず、気持ちよさそうにまだリズムを刻んでいる。汗で額にはりついた短い髪を、犬みたいに顔を振って払いのけようとしたりもする。

「それじゃ無理くさ」

茉莉は笑って、指で払いのけてやる。

マリアハウスは、茉莉にとって、かつてとは決定的に違う場所になっていた。入れるだけでどきどきした、きらびやかな、大人っぽい、世界ではもはやなかった。ドレスコードをパスするかどうかで、あんなに緊張していたなんて滑稽《こっけい》に思える。ミチルと一緒にでかけるそこは、日常の、ちょっとしたお楽しみの場所だった。

「ドアのとこに立っとう男の子を好きになったことがあったっちゃん」

茉莉はそう打ちあけた。眉を軽く持ち上げ、おもしろがっているような表情で先を促したミチルに、

「ディスコが閉まってから海に行ったり、缶コーラば買ってもらったりして」

と、説明する。説明しているうちに、それがひどく遠い、子供じみた恋に思えた。ほほえましいと言っていいくらいに。茉莉は、そのことに自分で驚く。

十分に踊ったあと、自転車に二人乗りして帰ることも、あのころだったら恰好悪く思えただろう。隆彦と揃《そろ》いのヘルメットをかぶり、背中にしがみついてバイクのうしろに乗れることを、ちょっと自慢に思っていた。

ミチルの恋人は奥村という名だった。新のゼミの学生で、いつも——ではないかもしれないが、茉莉が会うときにはいつも——、赤いベストを着ていた。二人揃って寺内家に夕食に来ることもあり、茉莉の目に映

る彼らは、仲のいい優等生のカップルだった。現に、どちらも非常に優秀な学生らしかった。食卓での話題も、有機化学であったり中国の王様の逸話であったり、下火になったとはいえまだ幾つかの大学で細々と続いている学生運動のことであったりした。

奥村とミチルは、大学で戯曲研究会というところに所属していた。演劇をするのではなくて、戯曲を研究するサークルなのだと説明された。茉莉は演劇にも戯曲にも興味はなかったが、誘われるままに、ときどき部室に遊びに行った。

そんなふうにして、日々は過ぎた。洋菓子店でのアルバイトも続けていたので、それなりに忙しかった。

山辺の持ち物は、レコードを除いて全て処分してしまった。

「捨てちゃいなさいよ」

いつまでも置いてあるステレオや本や壊れたストーブを見て、ミチルがそう言ったので決心がついた。

「でも、大事にしとったもんやし」

茉莉が言うと、ミチルは呆《あき》れ顔で両手を広げた。

「考えたらくさ、あたしは山辺さんに悪いことばしたとに、さよならも言っとらんたい。あたしのものやないのば捨てるわけにもいかんめいもん？」

考えたらくさ、と続けようとした茉莉を遮って、

「そんなの考えすぎよ」

と、ミチルは言った。

「茉莉ちゃんはいつも考えすぎるのよ」

驚きだった。そんなことは考えてもみなかった。

「だって、あたしはずっと考える練習をしてきたっちゃもん」

思いがけず、強い語調になっていた。

考えてごらん、茉莉。考えればわかるから。

「あたしはちゃんと考えたいし、考えればわかるんだもの」

ミチルが茉莉をじっと見つめたので、にらみ合う恰好になった。茉莉はひかなかった。惣一郎の言葉を、覆されるわけにいかない。

「わかったわ」

ミチルは落着いた声で言った。

「じゃあ、考えてみて。ここは茉莉ちゃんの部屋なのよ。このガラクタはじゃまでしょう？　茉莉ちゃんにとって必要のないものでしょう？　捨てるのが当然じゃない？　どう？」

今度は茉莉にも納得がいった。

「当然やね」

同意し、にっこり微笑んだ。そして、ミチルと惣一郎には共通点があると思った。考え方に何か強い共通点がある、と。

「でもね」

首をかしげ、化粧っけのない唇にうすく笑みを浮かべて、ミチルは言った。

「考えるより、まず、飛び込む。それが必要な場合もあるのよ」

珍しく、ミチルがうつむいていたせいかもしれない。茉莉には、その言葉が茉莉にというよりミチル自身に、向けられたものであるように思えた。言いきかせるような、自分自身を納得させようとするような。

まず、飛び込む。

その言葉は、茉莉に土手すべりを思いださせた。物事には、準備する時間は与えられてないんだ。惣一郎も、そう言っていた。

喜代と新が、かつてのように仲のいい夫婦ではないことを、茉莉は無論知っていた。不和というわけではなかったし、だからたとえばミチルや奥村から見れば、十分に仲のいい夫婦に見えるはずだということも、わかっていた。喜代の書いたものが本になれば、新は「おめでとう」と言う。新の学生が遊びに来れば、喜代は料理をつくってもてなす。茉莉が試験に落ちたときでさえ、六科目中四科目の合格を祝って、食卓を囲んだ。

しかし、二人はもはや日曜日に寝室に閉じ込もることはしないし、二人で外出することも、晩酌することもしない。それどころか、互いに相手に遠慮をしている。必要な言葉をかわすとき以外には、目を合わせることをあきらかに避けていた。

おなじ家の中で暮しとっても、べつべつの人生を生きとうごたあ。

茉莉は思う。

いいっちゃけどね、あたしは。

一体いつからそうなったのか、茉莉には上手く思いだせない。すべてが惣一郎の死をきっかけに変り始めた。でもあのころは、二人とも互いに相手を見ていたし、だからこそ口論にもなり、最後には喜代がヒステリックに叫んだり泣いたりし、そうなると新以外の人間には喜代を落着かせることができなかった。

喜代の留学が何かを決定的にしたのだ、と、茉莉にはどうしても思える。留学が、あるいはイギリスが。「イギリスの思い出」は、喜代にとって余程大切なものであるらしかった。猫の絵のついた安っぽいマグカップや、下宿先の夫婦とならんで写っている写真、向うで知り合った人々からときどき届く葉書や手紙を、喜代はほとんどいとおしげなまなざしで、飽きずに眺めている。

きょうだって、と、茉莉は兄の部屋でつぶやく。

きょうだって、夕方ひょこっとおらんくなったとよ。台所から。まな板の上に、切っとう途中のにんじんが置きっぱなしやったんやから。

茉莉がぞっとしたのは、台所が暖かかったからだ。ガスの火はきちんと消してあったが、つい今しがたまでついていたことがわかったからだ。炊飯器からは炊きあがったごはんの匂いがしていたし、鍋にはたっぷりのスープができあがっていた。バットには衣をつけられたコロッケが、揚げるばかりの状態でならんでいた。まな板には、ぬか床からだして切りかけたにんじん。

足がすくんだ。茉莉は、自分でも気づかないうちに片手で口を押さえていた。悲鳴でも止めるみたいに。なぜあんなに動揺したのかわからない。喜代が忽然と消えてしまった、と思った。やっぱり、と思った。

惣一郎とおなじだと思った。やっぱりだ、と。まるで、自分がずっと予期していたことみたいに。

喜代は「ガーデン」にいた。庭仕事をしていたわけではなく、ただ立って、眺めていた。夕方から夜に色を変えていく空と、姿を見せ始めた星とを。

「ハーブをとりにきたの」

自転車で駆けつけた茉莉が、ママ、と声をかけると、喜代は言った。

「サラダにしようと思って」

それは不自然なことではなかった。毎日のように、喜代はハーブを料理に使う。

でも、あたしが声をかけたとは、十分もたってからやろうが。十分も、もしかしたら十五分かもしれんけど、ともかくそんくらいながい時間、ママはただ立っとったとよ。知らん人みたいに見えたもん。

「この時間のガーデンが好きなの」

喜代の乗ってきた車までならんで歩く道みち、喜代は静かな声で言った。

「あの子たちがいちばんリラックスする時間だから」

植物のことばあの子たちとか言うだけで変やもん。思いだし、茉莉は憤慨する。惣一郎のものだった勉強机には、物理の参考書とノートがひろげられている。

忽然と喜代の消えてしまった暖かな台所で、やっぱりだ、と思ったときの恐怖が、まだ体に残っていた。やっぱりだ、おにいちゃんとおんなじだ。あの晴れた朝の台所、惣一郎の皿の上で冷えていった目玉焼きとベーコン。茉莉は、夕方感じた恐怖の正体を見極めたくて考える。あたしは、でもママがおにいちゃんとおなじことをしたと思ったわけじゃない。そうじゃなく、ただ、それが起こるべくして起きたのだと感じた。おにいちゃんの身に起きた何かがママにも起きて、連れ去られてしまったのだ、と。

誰一人、おなじ場所にとどまってはいられない。

ガーデンに立っていた喜代は、たしかにとても遠い場所にいた。ここではないどこかにいた。茉莉を怯《おび》えさせたのは、おそらくその遠さ、人が内側に抱えている闇の濃さ、そして、とどまりたい場所に誰もとどまれないという事実だった。

5

浄水通りのチョコレート屋の喫茶テーブルに、茉莉はミチルと坐っている。初夏。

「ナマケモノ、あいらしかったね。それに子猿も」

華奢《きゃしゃ》なカップをぎこちなく持ち上げ、窓の外を見ながら茉莉は言った。

「カメも」

と、ミチルがつけたした。ミチルはきょうも、しわくちゃのシャツを着ている。

「カメ？」

茉莉は笑った。

「変なの。カメなんてめずらしくもないやんか」

昔、隣家にだっていた。

「でも、あのカメはかわいかったわ。緑で」

あくまでもそう主張するミチルの、短すぎるくらい短い髪を、茉莉は恰好いいと思った。

「変なの」

そうくり返した。ミチルの言った「あのカメ」というのが、ついさっき動物園で見たカメのことなのか、昔九が可愛がっていたカメのことなのか、一瞬だけ、わからなくなったのだ。あのカメも、そういえば暗い緑色をしていた。

たまには昼間に、お日さまの下で遊びましょう、というミチルの提案によって、二人はきょう、午後いっぱい南公園の動物園ですごした。平日なのですいていた。遠足らしい子供たちが何組か、教師に引率されて歩いていた。

「ミチルさんって、どげんな子供やったと？」

子供のころ、ミチルがいたらきっとおもしろかったのに、と思いながら茉莉は訊いた。ミチルなら、九とも惣一郎とも、すぐに意気投合しただろう。

「陰湿な子供」

迷いもなく、ミチルはこたえた。

「もし茉莉ちゃんが私の想像通りのかわいらしい子供だったら、たぶん私は茉莉ちゃんをいじめていたと思うわ。それも、陰で」

思いもよらない返答だった。

「ほんとかいな」

軽く笑って受け流したが、そわそわした。ミチルの口調に、冗談めかせたところはなかった。

落着かず、茉莉は店内を眺める。西洋趣味と少女趣味をまぜたような内装のこの店は、茉莉の通っていた女子校からほど近い場所にある。必定《ひつじょう》、夕方のこの時間、周りでは、かつて茉莉の着ていた——そして大嫌いだった——制服姿の高校生たちが、にぎやかにコーヒーやチョコレートをのんでいる。

茉莉の視線を追って、ミチルは微笑んだ。

「なつかしい？」

「全っ然」

即答すると、ひどく断固とした口調になった。

ずっと、この街をでたかったのだ。茉莉は考える。おにいちゃんがいなくなってから、ここは居心地の悪い場所になった。それで街を逃げだした。隆彦と出会って——。

「東京の大学ってどげんなふうやったと？」

茉莉が訊くと、ミチルはシャツとおなじくらいくしゃくしゃの顔をしてみせた。

「楽しゅうなかったと？」

「全っ然」

茉莉のまねをしてこたえる。ふうん、と相槌《あいづち》を打ちながら、茉莉はミチルに親《ちか》しさをおぼえた。なんだ、おんなじやない。

もっと遠くに行くんだ、と、胸の中の惣一郎はくり返し茉莉に言う。でもあたしはここに戻ってきてしまった、と、茉莉はうしろめたい気持ちで考える。

「遠くってどこ？」

ふいにミチルが尋ねた。

「どうして？」

心臓をつかまれた気がして、茉莉は訊き返す。

「あたしいま何も言っとらんとに、なしてミチルさんは——」

「聞こえたんだもの」

茉莉に最後まで言わせず、ミチルはやわらかな声音でそう認めた。

「おにいちゃんの声が？」

びっくりして尋ねると、ミチルもびっくりした顔になった。

「まさか。茉莉ちゃんの声よ」

「うそやん」

ミチルは肩をすくめる。

「うそじゃないわ。茉莉ちゃんが何も言わなかったのは認めるけど、でも、聞こえたのよ。ときどき、聞こえるの」

「テレパシーがあると？」

それなら辻つまが合う、と思った。惣一郎の部屋で、いままでにも何度か似たようなことがあった。

「まさか」

ミチルは、しかしあっさりとそれを否定した。

「テレパシーだなんて、茉莉ちゃん、そんなものを信じてるの？」

呆れた、という顔だ。把手《とって》ではなくカップ本体を湯呑みのように持って、ミチルはすっかり冷めてしまったチョコレートをのんだ。

九にはあった、と、茉莉は思った。

「ミチルさん、信じてないの？」

「もちろん信じてないわ」

家庭教師をしてくれるときとおなじ、自信にみちた言い方だった。

「あのね、誰かが心の中で何を思っているか知りたいと思ったり、わかったと思ったりするのは想像力だわ。口にだされなかった言葉をくみとるために、必要なのはつねに想像力なのよ」

納得がいかない。じゃあ、あたしに聞こえるおにいちゃんの声は、あたしの想像力の産物なのだろうか。

「納得がいかない」

茉莉のかわりにそう言って、ミチルは笑った。

「想像するまでもないわ。茉莉ちゃんの場合、顔にかいてあるもの」

窓の外を、バスが通るのが見えた。子供のころから見馴れた西鉄バスだ。ゆっくり通りすぎるそのバスの手前で、たっぷり葉を茂らせた街路樹が、風に揺れている。

「で、遠くってどこなの？」

目だけで笑ったまま、ミチルはまっすぐに茉莉を見て訊く。夕方の光が、テーブルに斜めの影をつくっている。

「わからん」

拗《す》ねた子供みたいな声になった。ミチルは、喉の奥で空気をころがすみたいな小さな笑い声をたて、テーブルに身をのりだすと、茉莉の頰にすばやく唇をつけた。

アルバイトは楽しかったが、博多駅近くの目抜き通りにある店の立地上、かつてのクラスメートがときどきやってくる、という点だけは居心地が悪かった。というのも、彼女たちは茉莉に気づくと、まるでかつて大の仲良しだったみたいにはしゃぐからだ。

「寺内さん？」

最初はこわごわそう訊くくせに、茉莉が肯定の返事をした途端、頓狂とも思える声で、

「うわあ、ひさしぶりやねえ。どげんしよると？　突然学校に来なくなったけん、みんな心配しとったとよ」

と言ったり、

「なつかしかあ。いっちょん変らんねえ、すぐわかったっちゃもん」

と言ったりする。相手はお客なのだから愛想よくしなくては、と思ってはみるのだが、茉莉には相手が誰だかまるで思いだせないのだ。女子大生となった彼女たちは、おなじような服を着て、おなじような髪型をし、おなじような化粧をしていて、区別がつかない。見たことのある顔だ、と思うのがせいぜいだった。茉莉は困惑し、ひさしぶり、とか、うん、帰ってきたと、とか、短い返答をしてにっこり笑う。茉莉の目に、彼女たちは一様に幼く見える。

教室ではあたしを疎《うと》んじてたくせに。

はじめのうちこそそんな風に思い、胸の内で惣一郎に、
け、って思っちゃうよ。

と話しかけたりしていた茉莉だったが、いくらもたたないうちに、もしかしたら、自分で思っているほど嫌われていたわけではなかったのかもしれない、と考えるようになった。それ程に、彼女たちの言葉にも態度にも、邪気がなかった。

「わあ、茉莉ちゃん元気なん?」

無邪気にぱっと目を輝かせてそう言う彼女たちの言葉に、たぶん嘘《うそ》はないのだろう。

それは不思議なことだった。高校生のころといまとで、一体何が変ったというのだろう。アイロンのあてられていない制服を着て、お昼はお弁当ではなくパンばかりで、授業をさぼって、裏庭で一人で踊っていた。

「元気くさ。ありがとう」

ケーキの箱に包装紙をのせ、カラカラと音をたてる滑車から紐をひっぱって、手際よくかけながら茉莉はこたえる。誰だかわからないけど、あなたもどうぞお元気でね。心の中で、そうつけ加える。


その年の大学入学資格検定に、茉莉は難なく合格した。のみならず、子供の時分から遊び場にしていた九州大学にも、一度目の挑戦で合格した。

「どっひゃあ」

が、曇った三月の午後、合否発表会場で茉莉の発した言葉だった。いつものレインコートにぐるぐると衿《えり》巻《まき》をまきつけ、喜代の編んだ手袋をつけた茉莉は、しばらくその場を動かなかった。

「困った」

それからそうつぶやいた。まったく意味もなく。

そういうわけで、一九八三年四月、茉莉は大学生になった。学部は文学部国文学科を選んだ。いちばん得意だと、自覚しているからだ。

選び方が安易やったかいなあ。

まだ風のつめたい夕方、寺内家の非整形式ガーデンで、茉莉は惣一郎に話しかける。

大学に行きたかって思っとったけど、何ば勉強したいかは考えとらんかったもん。

枯れ枝がつきささっているようにしか見えない「さし木」の鉢が、ベンチ状の台の上にも下にもならんで

いる。その横には水仙と都忘れが、小さいスペースにいきいきと花をつけて植わっている。

どの学部を受験するかは、ミチルに相談した。すべての道はローマに通ず、というのが彼女の意見で、だから好きな学部を選べばいい、ということだった。

「でも、学部が違《ちご》うたら得らるう知識も違おうし、卒業してからの職業の選択肢だって違うてくるやろ？」

茉莉がそう反論すると、ミチルは笑った。

「おんなじよ」

自信を持って、そう断言するのだった。

ミチルさんの言うことはときどきわからん。

茉莉は惣一郎に言う。惣一郎は何も言わず、ただ、微笑んでいるような気配をあわあわと送ってよこすのみだった。

芽吹き始めた姫りんごの細い木の根元に、小指の爪ほどの大きさのカタツムリがいるのを見て、茉莉はにっこりする。生きのびろ、と、声援を送りたい気持ちだった。ママときたら、イギリスから帰って以来、カタツムリの駆除に情熱を持ってるんだもの。

白っぽかった空に、すこしずつすみれ色の夕闇がまざる。まだ帰りたくない、と体じゅうで感じながらおもてで兄と九と遊んでいた日々を、思いださせる夕空だった。

惣一郎がすぐそばまで近よってきたような気がして、その気配を確かめようと、茉莉は目をとじる。

遠くへ行くんだ、茉莉。もっと遠くへ。

「茉莉」

名前を呼ばれている。

「庭なの？」

喜代の声だった。現実にひきもどされ、

「そう、庭」

と、大声でこたえた。

「仕度したの？」

ふり向いて、した、と、こたえる。入学式に着た紺色のスーツ、生れてはじめて買ってもらった黒いパンプス。

「パパから電話があって、パパは大学から直接行きますって」

モスグリーンのスーツにオレンジの口紅であでやかに装い、勝手口に立った喜代が言った。

「だからもう行きますよ、学生さん」

学生さん。茉莉が合格して以来、喜代と新は娘をときどきそんな風に呼ぶ。茉莉にとって、それは奇妙なことだった。小さい頃から家に出入りしていた新の教え子たちこそが、寺内家で言う「学生さんたち」であり、彼らと自分は似ても似つかないものだからだ。

「その呼び方やめてってば」

待たせてあったタクシーに乗り込みながら言った。喜代がその言葉に込めるある種の敬意が、照れくさいと同時に自分には勿体《もったい》ないように、茉莉には思えるのだった。

「おめでとう」

ビールグラスが五つぶつかる。盛装した一家三人と、普段着のミチルと奥村。茉莉の入学祝いとミチルへの謝恩会をかねた寺内家の改まった外食の場所は、やはりいつもの水炊き屋だ。

「おめでとうございます」

和服姿の年配の仲居さんまでが祝福してくれて、茉莉はどうしていいのかわからなくなった。

そげんときは、のむ。

心に決め、実行した。ビールから日本酒へ、日本酒から焼酎《しょうちゅう》へ。新も機嫌よく盃を重ねており、喜代はかいがいしく鍋奉行をつとめている。

奥村とミチルはそれぞれ大学院に進学していた。こういう人たちを「学生さん」というのだと茉莉は思う。

「これ、ほんとうにおいしい」

ミチルは何度も言い、びっくりするほど旺盛な食欲をみせている。

「食べなさい、食べなさい」

新には、それが嬉しいようだった。

清潔に拭き上げられた畳、黒光りしているまるい柱、たっぷりした鶏のスープと、そこから上がる、やさしげな湯気。

「シアワセだ」

茉莉はついつぶやいた。酔っていたせいもあるとはいえ、家族の前でそんなことを口にするのは、すこし前までの茉莉には考えられないことだった。

「ミチルさんの率直がうつった」

それで、言い訳のようにそう言って、ぬるくなった焼酎のお湯割りをのみ干した。

「これからもずっと、要領の悪い大物でいてね」

ミチルが言い、それは他の三人を笑わせたが、ふいに茉莉を不安にさせた。

「もう家庭教師してくれんと？」

「不要でしょう?」

穏やかに訊き返された。不要じゃない、と言いたかったが、それが子供じみた言い草であることはわかっていた。

チョウゼンとするんだ。

惣一郎ならそう言うだろう。

ミチルは、質問したあといつもそうであるように、返答に時間がかかっても質問をくり返したりせず、物問い顔のまま茉莉を見てじっと待っている。

「不要」

茉莉がそう口をひらくと、よし、と、惣一郎の言うのが聞こえた気がした。

「よし」

実際にはミチルが言い、そのミチルを、奥村がいとおしそうに眺めているのが、茉莉の印象に残った。新と喜代が、茉莉をいとおしそうに眺めていることには気づかなかったけれども。

大学生活は順調に始まった。一年生はとるべき単位が多い上、とらなくてもいい単位にまで茉莉は登録し、さらに他学部の講義にも、興味の趣《おもむ》くまま、聴講生として許可を得てでかけた。その結果、アルバイトに割く時間はなくなった。

春から夏にかけて、オリエンテーションだの合宿だの、憂鬱《ゆううつ》な行事が続いたが、それが過ぎると落着いて、一日のほとんどを勉強に費せるようになった。

高校時代までと同様、茉莉は集団行動が苦手だった。どうしても、馴染めないのだ。年齢が四つ上であることもあってか、いままでのところ親しい友人もいない。なんだ、あたしいっちょん成長しとらんやん。

そう思って自分で苦笑したりもする。しかし、高校時代までとは決定的に違うことがあった。親しい友人はいなくても、茉莉は誰とでも親しく口をきけた。周囲から距離はとっていても、疎外感はなかった。それに何より、学ぶことが楽しかった。知らなかったことを知ると、知る前よりすこし遠くに行かれる。それが嬉しくて、片道一時間自転車をこぎ、毎日はりきって大学に通う。たまには新の車に乗せてもらって、六本松キャンパスで降ろしてもらうこともあるが、たいていは自転車を使う。福岡という街は、自転車で走るときにいちばん、他の街——たとえば東京——との違いがわかる、と茉莉は思う。色が美しくて、風がやわらかいのだ。

「まだ大学に飽きてないのね。驚きだわ」

九月に三週間ほどイギリスを旅して戻ってきた喜代は、茉莉を見て可笑しそうにそう言った。

「飽きたりせんくさ。ちゃんと卒業するつもりやもん」

たった三週間で見違えるほどいきいきとし、娘からみても美しさを増して帰ってきたように思える喜代に、茉莉はそう返した。

「頼もしいわ」

たいして頼もしくはなさそうな口調で、たのしそうに、喜代は言った。

たしかに茉莉は勉学に励んだ。たまにはディスコで息抜きもしたが、授業が終ると遅くまで図書館ですごしたし、「優秀な成績で卒業」すべく、レポートの類は一般教養科目でも熱心かつ丁寧に仕上げた。根をつめすぎてはいけない、と、新にしばしば注意されたほどだ。ではなぜ四年後の卒業式に茉莉の姿がなかったかといえば、茉莉はまた、恋におちたのだった。

4　恋におちる

1

一九八四年、秋。

大学構内にある床屋から、その男はでてきた。変った恰好《かっこう》の人だ、と茉莉は思った。見かけない顔だがこの学生だろうか、と。

大学には、実際いろいろな人間がいる。学生の年齢にも出身地にも、経済状態にも生活のリズムにも幅があった。教授、助教授、講師以外にも、大学には大勢の人が働いており、出入りの業者もたくさんいる。

その男性は長身痩軀《そうく》、髪を短いおかっぱにしており、まるく小さい縁の眼鏡をかけていた。首にインド更紗《さらさ》のようなオレンジ色の薄布を、ぐるぐる巻きつけている。なんとなく昔の人みたいだ、と茉莉は思い、昔の人というのはたとえばオオクニヌシノミコトとか、と胸の内で補足して微笑《ほほえ》み、目が合ってしまう前に目を逸《そ》らした。

昼休み。空は青く澄みわたっている。茉莉が「学生さん」になって二年目になる。アルバイトをやめ、クラブ活動もせず、親しい友達もないまま、ひたすら授業にでて、そのあとは図書館で本を読み、帰って家族三人で夕食を囲む、という生活の甲斐《かい》があってか、どの科目もトップの成績を保っている。

「寺内さんは勉強家ですけんね」

同級生たちは、四つ年上の茉莉に敬語を使う。

「わあ、そうなんですか？　あたし、おんなし高校です」

とか。

なんだ、簡単やない。

茉莉は思う。これまでの人生で、学校という場所で、周りの人間に敬意を持って扱われた記憶が茉莉にはない。茉莉ちゃんは変っとう。茉莉ちゃんは乱暴やん。男の子としか遊ばんめぇが。不良やし、ずんだれとう。だけん近づかん方がよか。

チョウゼンとしよう。その度に茉莉はそう思ってきた。チョウゼンとしていれば、きっとおにいちゃんが守ってくれる。

しかしいまは、無理に胸をはる必要もない。午後の授業まで時間があったので、茉莉はかつて段ボール滑りをした土手まで、自転車をとばした。学食の音と匂いに馴染《なじ》めないのだ。それで、茉莉はしばしば戸外でパンのお昼にする。

最近になって、土手の下に有刺鉄線が張られた。歓声とともに地面を滑り降りる子供たちの姿は、もうない。かわりに静寂があった。高台の、閑静な住宅地の一角、人のいない芝生の斜面。

茉莉はそこに、横手の坂道からのぼる。ここで感じる、空気のやさしい乾きぐあいは変らない。道のわきのすすき、アキノキリンソウ、触ってはいけないと、かつて惣一郎にきびしく言われたウルシ系のかぶれる木。深く息をすうと、空気が淡く、透明な味なのがわかる。

芝生に腰をおろして、パンをかじりながら本をひらいた。

ミチルとは、もう随分会っていない。まじめにたくさん勉強しているとはいえ、夕食後の茉莉は退屈で、両親のつくりだすぎこちない空気から逃げだしたい気持ちもあって、夜の街にちょくちょくでかける。歩くだけでも気晴らしになった。博多の街には何だってあるのだ。深夜まであいている喫茶店とか映画館とか、ジュークボックスとポップコーンのある、一人でも入りやすいバーだとか。

入学したばかりの頃は、そういう場所に、ミチルを誘って二人ででかけた。ミチルといると、自分が誰も何ともつながっていない、自由で個人的な存在であると思えた。ささいなことでもよく笑うミチルにつられて、茉莉もたくさん笑った。

道で、ギターを弾いていたり、階段をおりるバネとかくねくね踊る人形とか、安直な玩具を売っている人たちと、意気投合するのもミチルの得意技だった。それで彼らと友達になるというわけではなく、ただその時、その場でだけ、友達みたいに言葉をかわし、場合によっては屋台で焼きとりやラーメンを、一緒に食べたりするのだった。

そのようなことが茉莉には楽しくて仕方なかった。隆彦や山辺といたときには知ることのできなかった、のびやかさであり力強さだった。また、ミチルとでかけるぶんには両親も心配しないようだった。

しかし、ある時から、誘っても会えない日が続いた。論文のための調べものがあるとか、たまたま別の約束があるとか、風邪をひいているとか。はじめのうちこそ鵜呑《うのみ》にしていた茉莉だったが、度重なる言い訳に、さすがに胡散《うさん》くささを感じた。

「なして？」

電話口でミチルに尋ねたときの、淋しさと惨《みじ》めさは忘れられない。

惨めさ。まさにその一語に尽きると茉莉は思う。なしてあたしを避けとうと？　あたし、何か悪いことをしたね？　まるで、男に捨てられてすがりつく女みたいではないか。

「そんなことあるはずがないでしょう？」

ミチルは笑って否定したが、

「ただ、もう茉莉ちゃんとでかけたい気分じゃないだけよ」

と、茉莉には信じられないあけすけさで言った。

茉莉は憤慨した。ミチルに対してというより、傷ついている自分に対しての憤慨だった。どうして、と訊《き》きたくてたまらない自分に我慢ができなかった。

「じゃあ、いい」

それで、そう言った。隆彦にも山辺にも、すがったことはなかった。ふいにいなくなってしまった九にさえ。

電話を切る直前に、ミチルがふわりと微笑んだ気配を、茉莉はたしかに感じた気がした。

「別れたんだ」

ミチルとの関係について、茉莉が奥村にそう告げられたのは、数カ月あとのことだ。

「なして？」

と、今度は心おきなく問うことができた。水炊き屋の座敷で、いとおしそうにミチルを見ていた奥村が思いだされた。

「茉莉ちゃんなら、わかってるんじゃないかな」

どことなく棘《とげ》のある返答だった。奥村は新の研究室に残って勉強する傍《かたわ》ら、就職の決った製薬会社のプロジェクトにも参加しており、忙しいせいか面《おも》やつれがして見えた。

二人は新の研究室にいた。旧校舎中の旧校舎、窓ガラスも割れてテープで補修してある、狭く散らかった部屋だった。

茉莉は目をまるくしてみせた。恋人同士の別れる理由など、当人たち以外にわかるはずがない。

「どげんでもいいけど」

小さな声で言った。

「あたしには関係ないっちゃけん」

奥村は何も言わなかった。ただ、茉莉を見る目に険しい陰が、垣間《かいま》見えたように茉莉には思えた。

かまわない。簡素な昼食を終え、乾いて色を失いつつある芝生に寝そべって、茉莉はためいきをついた。どっちみち、もう家庭教師は不要なのだ。うんと勉強しよう。茉莉は決意を新たにする。うんと勉強していい成績で大学を卒業し、仕事を持って、立派に暮してみせる、と。


床屋からでてきた男性に再会したのは、数日後のことだった。日曜日の夕暮れで、夕暮れといってもすでに夜が降りてこようとしているぎりぎりの時間帯だった。夕食の準備をしていた喜代に頼まれて、いくつかの草——チャイブ、バジル、ローズマリー、と名前を書いたメモには見分けるためのイラストまで添えられていた——をとりに、茉莉はガーデンまで自転車をとばした。

青とうす墨をまぜたような空気のなかで、ぽつんと道に立っている人影が見えた。人影は動かなかったので、自転車が近づくにつれ、茉莉にはそれがあの男性であることがわかった。男性は白っぽいコートを着ており、両手をポケットに入れて、喜代のガーデンの方を向いている。

ブレーキをきしませて、すこし手前で茉莉は止まった。ふり向いた男性と目が合った。短く切り揃《そろ》えたおかっぱに、まるい小さな縁の眼鏡。コートのボタンはすべてはずされていて、首にはこの前とおなじ、オレンジの薄布が巻きつけてある。

男性が微笑んだ。微笑むと、頬の片側だけがくっきりとくぼむ。線の細い、随分と色の白い男だ。しっとりした冷気と夕闇のなかで、その肌も微笑みも立ち姿も妙になまめかしく美しく、茉莉は笑顔を返すこともできず、呆《ほう》けたように男をみつめた。片足だけ地面につけて、バランスを保つ。

「こんにちは」

男が言った。

「またお会いしましたね」

姿に似ず気さくな声だと茉莉は思った。低すぎず、あかるい、快い声だ。あのとき大学で、この男も自分を見ていたのだ、と思うと理不尽にどきどきし、仏頂面《ぶっちょうづら》でうなずくと、茉莉は自転車を降り、降りた自転車は倒して、男を脇によけさせる形でガーデンの木戸に向った。

「あなたの庭なんですか」

鍵穴に鍵をさしている茉莉のうしろで、驚いたように男が訊いた。

「母の庭です」

ふり向きもせずにこたえる。冷淡といっていいくらい、硬い声になった。

木戸を押しあけて、やわらかい土に踏み込む。

「あのう」

うしろからまた、声がした。屈託のない、大きな声だった。

「ちょっと入っても構いませんか」

ふり向いた茉莉に、男はそう尋ねた。ほとんどそわそわして、中に入るのが待ちきれないという表情で。

「どうぞ」

微笑みたかったのに、上手《うま》くいかなかった。男は庭に一歩入ると周囲を見わたし、壁を這《は》うバラにまず目をこらしたあと、整形式の植込み——そこにハーブがあるのだ——のなかまで茉莉についてきた。

「すばらしい庭ですね」

土と緑と夕闇の醸《かも》しだす冷気を心地よさげに呼吸しながら、男はそう感想を述べた。

「完全に英国式なんですね」

と。

「通りかかって、見とれてたんです。十年前にはなかったから」

「十年前?」

訊き返し、摘んだハーブを手に持って立ち上がった。

「ええ、十年ぶりなんです」

男は言い、茉莉の手元に目を落として、また微笑む。

「すてきな夕食ができそうだ」

茉莉は驚く。ただの草なのに、それが食用のハーブだとわかる男など、いるはずがないと思えた。

木戸に元どおり鍵をかけ、会釈をして別れた。会釈のとき、男はまたしても微笑み、

「さよなら。お元気で」

と言った。そんなことを知らない人間との別れぎわ

に言う男も、茉莉はこれまで見たことがない。倒れていた自転車を起こし、カゴに草を入れてサドルにまたがる。男は茉莉の家と反対の方向に、すでに歩き始めていた。

緊張したあ。

胸の内で言い、茉莉は小さく息を吐いた。結局、名前も訊かなかった。十年ぶりだと言っていた。標準語だったけれど、この街の人だろうか。ぼんやりと思いめぐらせながら、茉莉はペダルに足をかける。


その冬は、寺内家にとって波乱ぶくみの冬となった。一つには、喜代が沈みがちになり、それに伴って普段温和な新が苛立《いらだ》ちをあらわにするようになったためで、もう一つは、茉莉がまたしても恋におちたためだ。

喜代の口数が減り、表情ばかりか顔色さえ失っていく過程は、当初、新をも茉莉をも心配させた。喜代は仕事にも身が入らず、講演をキャンセルしたり、頼まれていた原稿を途中で投げ出したりした。体調が悪いと言って寝て過ごすこともあり、そうかと思えば霜のおりた早朝のガーデンで、一時間もぼんやり立っていたりした。

「どげんしたと、一体。ママがそげんやったら、パパが心配するやろうもん？」

つい怒りをにじませて、茉莉が言っても暖簾《のれん》に腕押しだった。

「なんでもないのよ」

と言ったり、

「ごめんなさい」

と言ったりするくせに、喜代の状態は変らないばかりか、ますます理解できないものになった。夜中に短時間だが外出をしたり、日に何度も涙ぐんでいたり。

何を訊いても説明してくれない喜代に、茉莉は苛立ちもしたが、それよりも不安の方が先に立った。こんなのはママらしくない。そして、茉莉にとって意外だったことに、新は心配することをやめてしまった。

「放っておきなさい」

眉をひそめ、苦々しげに茉莉にそう言うことさえあった。

家のなかはひどく居心地の悪い場所になった。

もう、うんざりやん。

茉莉は惣一郎にだけ不満をぶつけた。壁に世界地図が貼られ、蛍光灯つきの学習机と簡素なベッド、整理だんすの置かれた惣一郎の部屋の中で。

留学したり仕事を始めたり、いままでもくさママは勝手ばかりして、あたしとパパの生活を変えてきとうとに、まだ足りんっていうとかいな。

惣一郎は、笑っているような気配を送ってよこす。淋しそうな笑い方で。

遠くに行くんだ、茉莉。そしてね、ママも、やっぱり遠くに行くんだ。

それは茉莉の聞きたい言葉ではなかった。

いやよ。

それでそう言った。不安に胸がしめつけられる思いがした。

ママをつれて行かんどって。

懇願であり、同時に宣言であるつもりだった。惣一郎の気配が、今度は愉快そうに笑った。

ばかだな、茉莉は。僕がつれて行くわけじゃないさ。みんな、自分で遠くに行くんだ。茉莉もママも、そしてパパも。

惣一郎の気配は、最後まで笑っていた。半ば愉快そうに、半ば淋しそうに。

茉莉が恋におちたのは、そういう日々の最中だった。


大学に行き、大学から帰り、両親との不愉快な夕食を終え、街に遊びにでるという日々。

「いつも一人やったいね」

ジュークボックスとポップコーンのある、バーと呼ぶにはあかるすぎる店のカウンターでそう声をかけられた。

「隣に坐《すわ》らないで」

すいているのにわざわざ隣のスツールに腰掛けようとしたその男に、茉莉はきっぱりと言った。虫の居所が悪かったし、男は、見たところ茉莉の好みではなかった。

「つっぱっとうったいな」

男は不思議そうに言い、頓着なく隣のスツールに掛けた。ビールとビーフシチュウ——茉莉は試したことがなかったが、メニューにはいくつか料理が載っている——を注文し、ジーパンのポケットから、くしゃくしゃになった煙草のパックをとりだして、一本くわえて火をつける。長く細く、煙を吐いた。

思いきり不快になって、茉莉は男を蔑《さげす》みの目でにらんだ。男は小さく笑って、

「憶えとらんと? 俺んこと」

と、言った。憶えていなかった。

「茉莉ちゃんやろ、九大生の」

男は日に灼け焦げた肌と茶色に染めた長髪、削《そ》げた頬と色のない唇、それに長い指の持ち主だった。

「誰？」

怪訝《けげん》に思って尋ねると、シバタ、ということたえが返った。

「シバタ？」

何も浮かんでこない。

「そうたい。博多以外の土地では死んでもラーメンを食わん男」

あ。

思いだした。と同時に片手をさしだされ、握るとがっしりした握手になった。シバタは、かつて茉莉がミチルと夜のそぞろ歩きを楽しんでいたころ、道端で物売りをしていた男だ。顔見知りになり、立ち話という か坐り話に花を咲かせ、シバタがさっさと店をたたんで、三人でラーメンを食べにでかけたことも、何度かあった。

「どうしとったと？　渡辺通りからおらんくなって随分たつやない。よそであの緑のもの、ぺたぺたくっついて回転しながら壁をおりてくるやつとか売っとうと？」

まさか、と言ってシバタは笑った。好みではない、と思った外見も、誰であるか思いだした途端に、無害で親しみやすい小ざっぱりしたものに感じた。

「あれはもう昔のことくさ。古き良き時代のことたい」

たった一年ちょっと前のことなのに、大昔を振り返る老人みたいな口調でシバタは言った。

「ふうん」

それ以上訊いてはいけないような気がした。人の人生にはいろんなことが起こる。そして、それは外からは見えない。

時代は急速に変化していた。夜ごとマリアハウスで踊っていたきらびやかな女たちはもうそこにいないし、親不孝通りのにぎわいさえも、かつての、不穏でぞくぞくするエネルギー——そこにいるだけで心強くなり、陽気に発熱するような——をすでに失いかけている。

「そうや。ちょっと待っとって」

シバタは言い、物色するように店内を見まわすと、スツールを回転させて降り、指に煙草をはさんだまま、テーブル席にいる二人連れのところへ行った。

「ミチルさんはどげんしようと」

一分もしないうちに戻ってきて、灰皿に煙草をおしつけて訊く。コカコーラのロゴつきの、ちっぽけなガラスの灰皿だ。

「よう知らん」

茉莉がこたえると、一瞬の沈黙のあと、今度はシバタが、

「ふうん」

と、言った。

「噂《うわさ》は聞いとうけどな」

と。

「噂？　どげん？」

つい真剣な顔で訊いた茉莉を、シバタは可笑《おか》しそうに見ている。運ばれたビールに口をつけ、つまらない噂だよ、と言って肩をすくめる。

「ラーメン食べに行かんね」

「ラーメン？　だってビーフシチュウは？」

尋ねたが、茉莉にはどうでもよかった。それよりもミチルに関しての噂というものを知りたかった。

「あっちのカップルが食べてくれるげな」

肩ごしに親指で、さっきのテーブル席を示した。

「だけんこればのむまで待っとって」

シバタは言い、一人で来た客然として、正面を見すえてたのしげにビールをのむ。

2

同性愛者。

奇妙なことに、その言葉は茉莉のなかでラーメンと結びついてしまう。トタンをめぐらせた屋台のなか一杯にこもった湯気、せわしげに立ち働く店員たちのゴム長靴と、濡れた地面、大きなタッパーに入ったおろしにんにくと紅生姜《べにしょうが》。

「嘘《うそ》やん」

ラーメンを口に押し込みながら茉莉は言ったし、

「うん、嘘かもしれん。噂なんて無責任やけん」

と、シバタも言った。

「気にせん方がよか」

と。しかしその後何年も、実際には十年二十年経った後にも、同性愛者という言葉は、茉莉にラーメンを思いださせることになる。

ストリートでは、という言い方をシバタはした。街角や飲み屋やライブハウスに集る奴らのあいだでは、という意味だろうとわかりはしたが、変な言い方だと茉莉は思った。変な言い方だけどこの人に似合う、と。

その「ストリート」では、ミチルは同性愛者として有名なのだそうだ。東京の大学でも同級生と関係を持ち、同棲までして問題になった、とか。ある日相手の両親が乗り込んできた、とか。相手の女性は関係をひきさかれて泣いたが、ミチルは平然としていた、とか。とかとかとか。

また、それについて奥村がミチルに「真実」を知りたいと迫り、ミチルが何一つ否定しなかったことが、奥村とミチルの別れた理由であるらしい。

「嘘やん」

もう一度、茉莉は力強く口にした。噂の真偽は、自分が否定するかどうかにかかっている、という気がした。シバタは可笑しそうに笑い、でも俺にはどちらでもかまわない、と思っていることを隠そうともしない口調で、

「わかった。わかったけん食えや」

と、言った。

以前にも見惚《みと》れた、と、茉莉は思いだす。シバタのラーメンの食べ方は見事だ。おいしそうというより気持ちよさそうに、まず麺《めん》だけを潔い音と共に身体に収め、それからスープを幸福そうな表情でのむ。あっというまだ。あっというまなのに、余裕があって、優雅でさえある。

美しい、と茉莉は思った。この人は、態度がすごく美しい。しかしシバタにはそうは言わず、

「早かぁ」

とだけ言った。それから急いで丼を空にする。そのことに、茉莉も自信がないわけではないのだ。子供のころから惣一郎や九に負けじと、手際よくきれいに食べる訓練をしてきた。手際よくきれいに、そして勿論《もちろん》、おいしく。

ビールをのみながらラーメンを食べる茉莉を、シバタは隣で満足そうに眺めている。火をつけたまま持っている煙草を、吸うことさえ忘れて。

柴田始《しばたはじめ》は、茉莉より六つ年上の三十歳だった。姉と弟のいる長男で、現在は父親の経営するガソリンスタンドの跡を継いで働いている。博多生れの博多育ちで、自称「博多以外の土地では死んでもラーメンを食わん

男」だ。高校を中退したあとしばらく大阪で暮し、故郷に戻ってからも、「物売りとか水商売とかしてえらいふらふらしとった」。でも去年、自分は結局ここで生き、ここに骨を埋めるのだろうと悟ったという。

「って言ってもツヤつけとうっちゃなくてくさ、ちゃらちゃらしとうとに飽きたとかいな」

そう言ってひっそりと微笑んだ。

「大丈夫。いまも十分ちゃらちゃらしとうよ」

憎まれ口をたたいたが、茉莉にはシバタの言わんとしていることがわかる気がした。しみるみたいに、わかる気がした。

「うちの母はここからでて行きたがっとうと」

茉莉は言い、初対面ではないにせよそれに近い男に、いきなりそんなことを告げた自分に戸惑った。当然ながら、シバタも戸惑ったようだった。

「そうや？　でて行くって、どこにや？」

わからんけど、と呟《つぶや》いて、喜代の哀《かな》しげな顔を思いだす。イギリス。そうなのだろうか。それが喜代の行きたい場所なのだろうか。すでに行ってきたのに？茉莉が東京に行ってきたように。

これらの話を、茉莉とシバタはラーメン屋でしていたわけではない。すでに店はでていた。それでもなんとなく別れ難く、話し足りなくて、長浜の港を漫然と歩いた。博多漁港から長浜船溜《ふなだまり》、福岡競艇場を見ながら那の津の埠頭まで。

潮を含んだ風と、岸壁に打ちよせる波の音。夜中だというのにあかるいのは街灯のせいだけだろうか、と、茉莉は考える。いくつもの倉庫、何台ものトラック、もわりとした小豆色《あずきいろ》の空は雲がちで、月もでているにはでているが、輪郭が曖昧《あいまい》になっている。

「大学はおもしろかね？」

シバタが訊いた。茉莉は少し考えてから、顔に思いきりしわをよせて首を横にふった。

「勉強はおもしろいっちゃけど」

そうつけ足す。

「俺は勉強は好《す》かん。働く方がよか。身体使えるけん」

細くてごつごつした身体だ、と、茉莉は思う。手のひらが大きい、とも。

スタンドまで歩いてくれたら車で送る、とシバタに言われ、茉莉はそうした。無人のスタンドはぐるりと鎖で囲まれ、つやつやした給油機やホースや、洗車用の装置がその鎖に守られるようにして、眠るみたいに穏やかにそこにあった。

「ガソリンスタンド。よか場所やね」

挨拶《あいさつ》でもお世辞でもなく、茉莉は目を輝かせてそう言った。


翌朝目がさめて最初に、シバタに会いたいと思った。兄の部屋とお揃いのカーテン、お揃いのベッドカヴァーの自分の部屋で。机や椅子や、枕元の本や貝殻、バスケットに入れてあるTシャツやセーターといった見馴れているはずの物がすべて、きのうまでとほんの少し違うふうに見える。よそよそしい、あるいはいっそ、かわいらしい。

恋におちたのだということに、しかし茉莉は気づいてはいなかった。ただ溌剌《はつらつ》とした気分で、シバタに会いたいと思うのだった。

授業が終ったらガソリンスタンドに会いに行ってみよう。朝食の席につくより前に、そう決めていた。ゆうべ何かがあったというわけではない。シバタに会ったのは偶然だし、ラーメン屋に行ったのはミチルについての噂というものを知りたかったからだ。夜中に歩いてガソリンスタンドに行き、あとは、彼の愛車の赤いピックアップトラックに乗せてもらって帰った。そしていま、茉莉はシバタのことを思いながら、幸福な気持ちでトーストにバターを塗っている。

「マッシュルームって、炒めると黒ずんで汚れたみたいになってしまうのはどうしてかしら」

ため息のあとでそう呟き、喜代が皿をテーブルに置く。化粧けのない、土気色の肌だ。茉莉は眉をひそめる。

「ママの方がずんだれとう。マッシュルームなんて黒ずんどったってよかろうもん」

茉莉、と、玄関で新の呼ぶ声がした。朝食を中断し、行ってみると柴田始が立っていた。

「おはよう」

晴れやかに、シバタは言った。茉莉の顔を見た瞬間に表情が輝くのを、隠そうともしない。

「お客さんだよ」

まの抜けたタイミングで、新が言った。

「どうしてわかったと？」

玄関の外にでて、引き戸を閉めるやいなや茉莉は言った。嬉《うれ》しさを、隠そうとはしなかった。

「ちょうど会いたいって思っとったったい。きのうのきょうやし、変かいなって思ったっちゃけど、でも会いたいと思って、だけん午後にガソリンスタンドに行くつもりやったっちゃん。ちょっと顔を見よう、って。来てくれるなんて信じられん。会いたがっとうって、どげんしてわかったと？」

高揚した口調で、息を継ぐのももどかしく、茉莉は一気に言って、シバタを見上げた。

「それは俺の方が信じられんくさ」

わずかにはにかんだ表情で、しかし視線は茉莉から逸らせることなくシバタは言い、

「顔ば見に来たとは俺の方なんやけど」

と、ひとりごとのように続けた。茉莉にもシバタにも、それで十分だった。会えた、というより、互いの存在を確認できた。そう感じた。

訪問はたった五分だった。仕事のあるシバタはおもてに停めてあるトラックまで軽快な足どりで戻ったし、両親が台所で訝《いぶか》しんでいるはずの茉莉は、うっとりした気持ちで家の中に戻った。今夜またゆうべとおなじ店で。そう約束して。

それからの日々は、茉莉には信じられないことの連続だった。幸福な驚きと幸福な安心、幸福な胸苦しさと、幸福な自信。柴田始は海のようにシンプルで複雑な、風のように無鉄砲でやさしい男だった。

毎日毎日、二人は会った。毎日毎日、別れ際には離れ難く切なくなり、送ったり送り返したりをくり返したあげく、赤いトラックの中で夜明けを迎えることもしばしばあった。

始は、喜代や新ともたちまち良好な関係を築いた。とりわけ茉莉が驚いたのは喜代の反応で、庭仕事を手伝ったり寺内家の車の整備——これは無論お手のものだ——をしたりする始の、礼儀正しさと無遠慮がないまぜになったようなやり方に、不快感を示すどころか信頼を置いているように見えた。

「始さんってば、可笑しいちゃん」

茉莉は惣一郎にも報告する。

「あたしのこと、俺のエンジェルとか言うとよ。二人きりのときだけやけどね」

惣一郎は、さわさわと温かな気配を送って寄越す。温かな、そしてほんのすこし淋しげな気配を。

茉莉には、柴田始のいない場所はつまらなく思える。

大学も繁華街も、両親のいる家さえ。

「始さんが来ると、ママがちょっと元気になるっちゃん」

茉莉は惣一郎に、そんな報告もした。

「あたしもママと話しやすくなると」

柴田家にも、茉莉は出入りするようになった。両親とおばあさんと弟のいる、賑やかであかるい、いい家庭だと思った。

始はよく働く男だった。朝から晩までスタンドにいる。冬でも日灼けしているのは、戸外で過ごす時間が圧倒的にながい上、日光浴が好きでたまの休みも、海や公園や自宅の狭いベランダにねそべってばかりいるせいだとわかった。隣に横たわり、まわされる腕に重みをかけすぎないように注意しながら、始の皮膚の、香ばしい匂いをかぐことが茉莉は好きだ。

「俺のエンジェル」

甘い声で、そう囁《ささや》かれることも。

祖父江九から一枚の葉書が届いたのは、その年の暮れのことだった。

「上海《シャンハイ》にいるの？」

乾いて紙が反りかけた、観光土産店に何年も置かれていたに違いない古びた風景写真――川べりをそぞろ歩く中国の人々の写真、緑色にライトアップされた樹々が川面に映り、ゆらゆらと揺れている写真――のポストカードを手渡してくれながら、茉莉が読むより先に、喜代はそう訊いた。

上海にて　祖父江九。

最後に書かれたその一行が、喜代の目に入ったのだろう。

「知らん」

そっけなくこたえて、読み始めた。

旅、胡弓《こきゅう》、夕方の空、老人、租界、背すじののびた子供たち。

そんな言葉がちりばめられている。旅先からの葉書。それ以上のものではなかった。九がなぜそこにいるのかも、突然いなくなった理由も言い訳も、何一つない。上海にて。祖父江九。葉書はただそう結ばれ、しかし青いインクで書かれた思いの外律儀でかわいらしい文字は、茉莉に九の体温というか息遣いのようなものを感じさせた。

こんな字を書くんだ。

そう思った。上海。いったいどんな所だろう。好いとう。思いつめた顔でそう言った、隣家の青年を思いだす。

「九ちゃんは冒険家なのね」

喜代が、言った。


新年になり、茉莉は運転免許を取った。あの赤いピックアップトラックを、自分でも運転してみたいというのが動機だった。仮免許取得後は、こっそり始に練習させてもらった。教習所の車よりも座席がずっと高いので、視点が上がっておもしろい、と茉莉ははしゃいだが、

「いかんいかん、ギアはもっとやさしく変えらんと」

と始が言うときにはすでにエンストしており、

「大丈夫、もっと思いきって寄せて停めり。いつも左側空きすぎやん。ここはぶつかるものもないけん」

と言った直後には左が溝に脱輪する、という有り様で、辛抱強い私設教官もしまいに、

「茉莉ちゃんには運転の才能、なかね」

と断じた。

「だめ？　そうかいな。匙《さじ》投げると？　あたし見捨てられると？」


子供のころ、惣一郎は車が好きで、車にくわしかった——茉莉より頻繁に乗り物酔いをしたくせに——。市内を走る車ならたいてい、一目見て車種と年式を言えた。エンジン音を聞くだけで車種をあてることもできた。九にもそのセンス——あるいは熱意——があり、三人で大通りまででては、あてる早さと正確さを二人が競った。たいていは惣一郎が勝った。茉莉はそれが誇らしかった。スカートに黒い埃がつくので喜代に叱られるにも拘《かかわ》らず、ガードレールに足をからませて坐って——。

始はにっこりと笑った。情ない表情の茉莉の頭を助手席から抱きよせて囁く。

「まさか。運転くらい俺にさせりってことたい。料金無料の安全運転。いつでも。どこへでも。いつまでも」

茉莉は幸福で溶けそうになりながら目をとじ、始と唇を合わせた。

運転免許証は、しかしちゃんと取得できた。茉莉は「お祝いにディスコ」をリクエストし、始と一晩中踊った。

大学には、あいかわらず真面目に通っている。そこでの茉莉は本の虫だった。先生の言うことより、本の方がおもしろい。そんなふうに思うこともあった。

それでも日々授業にでるのは、大好きな始の言葉に奮起したところが大きい。

「がんばりやの茉莉ちゃんが、俺と出会ったことで劣等生になったりしとったら、惣一郎さんに恨まれるけんね」

惣一郎を、惣ちゃんでもお兄さんでもなく「惣一郎さん」と、まるで年上の人間みたいに呼ぶ始を、茉莉はますます好きになってしまう。

あたしはもう、野良猫みたいじゃない。

茉莉にはそう思えた。もう遠くには行きたくない。

柴田始は茉莉にとって、兄のような友達のような恋人だった。言い換えれば、この世にある良い物のすべて、だった。

春。

「安いチケットが手に入ったから」二週間の予定でイギリスに行ってくる、と喜代が言ったとき、茉莉は始と一緒にガーデンの仕事を手伝っていた。届いたばかりのチムニーポット――煙突型の、随分と大きな植木鉢だ。てっぺんにちょこんと花を植える。数年前に初めて見たとき、茉莉は「まるで柱やん」と思った――を、トラックに載せて運び入れた。

「夜逃げみたい」

スタンドの閉店後にしか始が来られないので、作業は夜で、茉莉は車の中でそう呟いた。

「また？」

旅行の計画を聞き、最初に口をついてでた言葉はそれだった。喜代のイギリス行きは、留学を終えたあとから数えて五度目になる。商用ででかけたときでさえ、帰ってくると見違えるほどあかるく生き生きとしている喜代であるため、それについては、新も茉莉も、黙認もしくは賛成してきた。

「ええ」

でかける前からすでに活気の片鱗を見せながら、喜代はこたえる。すらりとした身体をずぼんとトレーナーに包み、ゴムびきの靴をはき、軍手をして。

どういうわけか、今回は行かせてはいけないような気が茉莉はした。行かせてしまったら、もう帰ってこないような気が。

「始さん、ごめんなさい。これ、もうちょっと左だわ、やっぱり」

離れた場所から目を細めて間隔を見定め、たったいま据えたポットを指さして喜代が言い、

「了解」

と、軽快に始が応じる。あたたかな夜気のなかで、土がやわらかな匂いを放っている。木々は香辛料に似た匂いを、花々は甘く湿った匂いを。

「何しに行くと？」

感情がおもてにでてしまわないよう努力して、茉莉は訊いた。

「何って、必要なものの買いつけもあるし、お友達にも会いたいしね。クローシェっていう霜よけのガラス箱、ほらうちのパーゴラの下にあるでしょう？　あれも頼まれてるのよ」

さばさばと喜代は言い、その返答に不審な点はなかった。

「ああ、そんな感じ。ぴったりだわ、ありがとう」

始に、大きな声で言う。

「行かんどって」

小さいが意志をこめた声で、茉莉は言った。驚いた顔で、喜代が茉莉を見つめる。

「今回は、行かんどって」

くり返した。汚れた両手をはたきながら、始が近づいて来る。月がきれいかあと言いながら。

喜代が、くっきりした笑顔をつくった。

「いいえ、行くのよ」

明快だった。もともと低い喜代の声が、つねにも増して低く愉《たの》しげに響いた。月に照らされた春の闇そのものみたいに。

3

この街の春は、空がその曖昧な薄水色を、空気にもやわらかく溶け込ませているようだ。銀杏《いちょう》あり蘇鉄ありの広大なキャンパスを歩きながら茉莉は思う。この街をでたいなんて、一体どうして考えたりしたのだろう。

灰色の石づくりの校舎は古く、上部に青と白のクラシックなタイル装飾がついている。ひんやりして昼間でも暗い自転車置き場――幼いころ、茉莉はここでよく一人で目を閉じて踊ったものだ。手首にビーズの腕輪などくっつけて――を抜け、窓の並ぶ廊下を進むと、

右側が新の研究室だ。

ドアは内側に大きく開け放たれていた。

「パパ」

他に誰もいないことを確かめてから、茉莉はそう声をかける。

「遊びに来たっちゃん。入ってもいいと？」

狭く、日のあたらない研究室だ。つきあたりに仕事机と小さな応接セット。その手前には本棚が三列もある上、何が入っているのかわからないダンボール箱が、床に直接積み上げられている。

「いいよ」

弱い笑みと共に、新が腰を上げる。机の上には欧文と日本語がごちゃまぜになった紙束と、吸殻でいっぱいの灰皿がある。

物にぶつからないよう注意しながら、茉莉は応接セットの椅子の片方に腰をおろした。そこから視界に入るものはすべて、茉莉にとって子供のころから見慣れているものだ。ガムテープで修理された汚れた窓、スチールのひきだし、色褪《いろあ》せた本の背表紙、学生の旅行土産だというつまらない人形だの置き物だの。

「何の授業だった？」

ポットのてっぺんを押し、急須にお湯を入れながら新は訊く。

「言語学。それから樋口一葉《ひぐちいちよう》」

「おもしろそうだな」

皮肉ともつかず、言う。

「文学か」

その言葉は茉莉に、自分がもう小さな娘ではないことを思いださせる。さしだされたお茶を啜《すす》った。黄茶と呼びたいくらい薄い、ここのいつもの緑茶だ。

こうしていると、ママのいなかった日々みたいだ。茉莉はぼんやり、そんなふうに思う。パパと二人暮しだった、中学生の日々。

「きょうも遅いのか？」

教壇に立つときには必ずネクタイをしめる生真面目な新だが、研究室でははずしている。白いワイシャツにグレイのずぼん姿の父親は、ひどく疲れているように見えた。

「うん。遅うなるね」

茉莉は、ここしばらく家で夕食を摂っていない。授業のあとは、ガソリンスタンドの仕事を手伝っている。そうすれば、始のそばにいられるからだ。スタンドのすぐ裏にある柴田家で、夕食は簡単にすませる。仕事のあとは、始と街へくりだして遊んだり、海辺を散歩したりする。夜の街に、始はおそろしくくわしい。狭い階段を下り、重い扉を押しあけると突然大音響の響きわたるディスコだとか、暗い店内のいたるところに小鳥の剝製がぶらさがっている、いかにもあやしげなバーだとか。

始といれば安心だった。看板をだしていない店に入るのも、治安の悪い界隈を歩くのも。

行かないでほしいと頼んだにも拘らず、喜代は二週間のイギリス旅行を決行した。食器だの苗だのガーデニング用品だのを山程買い込んできて、無論それらは仕事ではあるものの、仕事だけではない種類の喜びと人格を、喜代にもたらしていると茉莉には思えた。

まるで二つの人生を持っているみたいだ。

茉莉と新に土産を携えて帰国した喜代を見て、茉莉はそう感じたのだった。そして、あたしとパパの知らない方のママの人生が、あたしたちの家を侵食し始めとう、と。

それは不安なことだった。不安で淋しいことだった。

「パパももっと外食とか飲み歩きとか、すればいいいとに」

茉莉が言うと、新は苦笑した。

喜代は様々な料理をつくる。ごま鯖《さば》とかがめ煮とかおきゅうととか、どこの家でもつくる家庭料理から、果物をたくさん使ったたれで焼くスペアリブとか、ハーブとにんにくのスープとか、手の込んだ中華料理まで。

料理をし、洗濯をし、掃除をする。庭の手入れをし、講演だの書き物だのもする。いまだに旧式のミシンを使い、新のシャツや茉莉の夏のワンピースなどを縫う。息子が放浪している祖父江七を気遣って、お茶菓子を持って訪ねて行くことさえする。それでいて、ある日それらを放りだし、ふらりと遠くに行ってしまう。

ばかにしとう、と、茉莉は思う。

ガソリンスタンドの仕事を手伝っているのは始のそばにいたいからだが、親子三人で囲む食卓が気づまりだからでも、あった。そして、そんなふうに暮していることで、茉莉は新に悪いような気がしている。このごろますます無口になって、年をとって疲れて見える新に。だからこそこうして意味もなく顔を見に寄ってみるのだが、寄ったからといってどうなるものでもないのだ。

「お茶、ごちそうさま」

茉莉は言い、立ち上がってもう一度研究室の匂いをすいこむ。自分にとっての惣一郎の部屋や始の存在とおなじように、おそらく新が安心して逃げ込める唯一の場所なのであろう小部屋。

「朝食には戻れよ」

新は言った。


始の継いだガソリンスタンドは、昭和通りのはずれにある。海が近く、空の広い場所だ。まわりには、ぽつぽつと離れて民家や店屋が点在している。

はじめのうち、茉莉のそこでの仕事は掃除と洗車助手、それに車の誘導だった。始がガソリンを入れたりオイルの汚れを点検したりしているあいだに、茉莉は急いで灰皿の中身をあけ、窓ガラスを拭く。濡れた布と乾いた布と、二枚使って手早く、力強く。子供が乗っていれば、サービスにキャンディをさしだす。キャンディは三種類の味があり、小さなカゴに入っている。

やがて、奥の売店のレジも打たせてもらえるようになった。売店には車の手入れをするための様々な道具や薬品があり、それらの用途や商品名、値段や特徴を憶えるのは楽しかった。

スタンドには、始と父親の他に、アルバイトを含む三人の従業員がいた。三人は交代で休みをとり、午前九時から午後八時まで、定休日なし、の営業をこなしている。

「ガソリン、入れてみるや?」

ある日、茉莉にそう言ってくれたのは、三人のなかで一番年長の、藤原さんという男性だった。藤原さんは小柄で、顔にたくさんしわがあり、左右の目の大きさが違う。

「はいっ」

即答したあとで、つい始の姿を目で探した。やらせてもらってもいいものかどうか、心許《こころもと》なかったのだ。始は近くにいなかった。藤原さんはにやにやして、銃のようなノズルを持ち、

「やってみらんとや?」

と、訊く。渡されたノズルは、想像したよりずっと重くて、片手では不安なほどだった。

「片手、片手。しかっと持ってんやい」

左手を添えようとした茉莉を、藤原さんは窘《たしな》めた。

「注入口の奥まで、深く入れてくさ」

言われたとおりにする。

「だすけんね」

背後の機械のボタンが押され、同時にノズルを持つ茉莉の手に、藤原さんの手が重なった。

「このレバーで調節するったい」

どくん、どくん、と液体の流れ込むのがわかった。ガソリンの匂いが鼻をつき、自分のやり方が悪くてどこかに漏らしているのではないかと不安になる。

がたん、と、握った手にふいに大きな衝撃が伝わり、茉莉は思わず身をすくませた。

「ストッパー」

藤原さんが説明する。ノズルを一度抜き、再び、今度は先端を浅く入れる。

「あとは満タンまでちょっとずつちょっとずつ。これは自分の目で見て確かめるったい」

説明してくれながら、その部分は藤原さんが自分でやった。隣にしゃがみ、茉莉は息をころして見つめる。

注入口のなかなんて、暗すぎて小さすぎて見えん。

そう思ったが口にはださなかった。頭のてっぺんに日が照りつけ、コンクリートの地面からも熱が立ちのぼっている。

あとになって、茉莉は胸を張って始に報告した。

「あたし、きょうガソリン入れたよ。白いトヨタカローラやった」

喜代と新の関係はともかく、茉莉自身の人生は順調だった。始の両親もおばあさんも、会社づとめをしている弟も、茉莉を「茉莉ちゃん」と呼び、家族の一員のように扱ってくれた。

始の休みの日には、二人でドライブにでかけたり、電車で遠出をしたりした。茉莉は博多駅が好きだ。ものすごくたくさんの線路。かたちも色もとりどりの電車があり、ここから、どこにでも行かれる。大分へ、長崎へ、鹿児島へ。始の住んでいた大阪へも、茉莉の住んでいた東京へも。

「博多駅って、いつでもお祭のごたあ」

茉莉は始にそう言ったことがある。

「だってコロッケとかやきとりとか、甘ったるい匂いの焼き菓子とか、生きとうヒヨコまで売っとろうが」

始は笑った。

「そういえばそうやな。考えたこともなかったばってん。何で駅でヒヨコ売っとるんやろ」

　嬉しくなって、茉莉も笑った。始が笑うと、それだけで茉莉は嬉しくなってしまうのだった。

「にぎやかやもん。たとえば東京駅は、人は多いっちゃけど全然にぎやかやなかった」

　門司港から連絡船に乗って、下関まで足をのばしたこともある。連絡船は白いしぶきをあげ、おどろくほど速く走った。ちょうど雨の降り始めた夕方で、船室のガラス窓に無数の水滴がついて流れるのを、茉莉は座席で、始と指をからませたまま眺めた。

「雨もよかね」

　みちたりた気持ちで呟くと、

「うん。雨もよか」

　と、おなじだけみちたりた声で始がこたえた。それから軽く唇を合わせた。唇を合わせたいと思う瞬間が、きまって二人に同時にやってくるのは不思議なことだと茉莉は思う。不思議で、すばらしく嬉しいことだ、と。

　祖父江九からは、あれからときどき葉書が届く。揚子江《すこう》。太極拳。国境。そんな言葉のならんだ葉書だ。武漢《ぶかん》にて。成都《せいと》にて。カトマンドゥにて。

　大きなバックパックを背負って、汗やら泥やらのついたTシャツを着て、一人で旅をしている九が思い浮かんだ。

　寝袋で寝たりもしているのだろうか。生活のためのお金は、あるのだろうか。誰かと出会って、好きになったりもしているだろうか。あたしが始さんと出会ったみたいに。

「おばちゃん」

　茉莉はときどき祖父江七を訪ねる。

「九ちゃんから葉書がきとったよ。ダッカらしか」

　七は微笑んで、「そうね」と言ったり「よかったたい」と言ったり、「うん、うちにもきとうよ。元気しとうごたあ」と言ったりする。

「こないだ電話もかけてくれてね、大きな街に着くと、たまーにやけどかけてくれるとよ」

　そう聞くと、茉莉は安心する。ダッカとかカトマンドゥとか、それがどこだか自分にはよくわからないけれども、ともかくどこかに九はいるのだ。ほんとうに、生きているのだ。

「会《お》うてみたか」

九について話すと、始は憧《あこが》れをこめた口調でそう言った。

「放浪とか、恰好よかやんか」

茉莉はたちまち不安になる。

「やめりよ」

真顔で言う。

「始さんは放浪したりせんどって。どこかに行ったりせんで」

チョッチョッチョッ、と舌で小さな音をたてながら、始は人差し指を振ってみせる。

「俺はどこにも行かん。スタンドもあるし、家族もおる。それでも放浪するときは、二人でしようや」

茉莉は心がとろけるのがわかった。

「約束やけん」

甘い声でねだると、始は茉莉のまぶたに唇をつける。そして、

「約束くさ」

そう請け合うのだった。

秋になり、冬になった。大学の卒業まであと一年数カ月というこの年の冬に、茉莉は妊娠した。

始は気をつけて、茉莉の中で果てないようにしてくれていた。

「くっついといたまんまがいい。子供ができてもかまわんもん」

茉莉が言ってもとりあってもらえず、必ず直前に茉莉から離れて放つ柴田始を、茉莉は「几帳面すぎる」と思っていたというのに。

「どげんしたらいいとかいな」

一人で病院に行き、妊娠が判明した日、始と食事をして夜遅くに帰った茉莉は、惣一郎の部屋で呟いた。

「信じられん」

信じようとすると、ふつふつと喜びが湧いた。惣一郎に打ちあけるより先に、始に打ちあけようと思っていた。昼間ガソリンスタンドの手伝いを休んだので、きょうは柴田家ではなく、いまではすっかり馴染みになった、ジュークボックスのある店で食事をした。二人きりで。打ちあける好機だった。

「でも、こわかったと」

ちっぽけな勉強机の前で、茉莉は言った。

「こんなに嬉しいとか、こわかったと」

こわがりだね、茉莉は。惣一郎が笑う。

「始さんが喜んでくれんかったらって考えたら——」

それは想像するだけで耐え難いことだった。それくらいなら、内緒にしたまま産んでしまいたいとさえ思った。

性急だな、茉莉は。

惣一郎は、驚いてはいないようだった。

「どげんしたらいいとかいな」

茉莉はくり返す。くり返すたびに喜びが湧く。大学をやめることになってもかまわなかった。喜代や新が怒っても反対してもかまわなかった。茉莉がこわいのは、始の反応だけだった。

ダンボール滑りと一緒だな。

惣一郎は言った。

茉莉はこわがりなのに、気がつくとダンボールにすわっている。すわったら滑り落ちる。誰にも止めてやることはできないし、自分でも止まることはできないのに。

茉莉はくすくす笑った。

「だって、ダンボール滑り、好いとうっちゃもん」

愉快な気持ちだがそわそわして落着かず、茉莉は部屋のなかを歩きまわる。ベッド。電気スタンド。整理だんすの上の地球儀。机の横の習字道具。おにいちゃんの部屋。

「おにいちゃん、おじさんになるったいね」

冗談めかせて言ったつもりが、自分の言葉に茉莉はたじろぐ。

「いつか九ちゃんが旅から戻って、あたしに子供がおったらきっと驚こうね」

惣一郎が伯父さんになる、という考えから気を逸らせたくて、そう言ってみる。

「男の子やったら、一緒に遊んでくれたりするとかいな」

九から届く葉書や手紙は、すべて箱に入れて惣一郎の机の上に置いてあった。惣一郎は、茉莉の兄であると同時に、九の親友であり、兄のようなものでもあった。

箱の一番上の手紙を、茉莉はひらいて読み返した。

寺内茉莉さま。

手紙はそう始まっている。破いたノートに、青いボールペンで丁寧にびっしりと綴《つづ》られた手紙。

わたしはようやくガンジス川にたどり着きました。その流れはかつて見たどの川の流れよりも力強く、神々《こうごう》しい。人々はここで洗濯をし、沐浴をし、またここに死体さえも流しています。揚子江流域では気エネルギーの重要さについて学びました。

「それ、何のことやろう」

読むのを中断し、茉莉は惣一郎に尋ねる。

「この前の手紙にも、気とかエネルギーとか書いてあったちゃけど」

人間は流れです、と、祖父江九は続けていた。

体内には様々な流れが存在します。血の流れ、気の流れ、精神の流れ、など。そのどの部分もせき止めてはならないのです。

手紙はそのあと「水平」に流れる時間と「水平」に生きることとの偉大さに触れ、
あなたのことを考えながら、この大河を渡ります。と結ばれる。カルカッタにて　祖父江九。

茉莉は窓の前に立ち、隣家の暗い窓を見つめる。

「惣ちゃん！　茉莉ちゃん！　遊ぼうや」

あの茂みの脇あたりに立って、元気な声をはり上げていた九ちゃん。

「流れはせき止めてはいけない」

茉莉は声にだしていってみる。

「ダンボール滑りとおんなじやろうもん」

5 運命の歯車、そしてガソリンスタンド

1

柴田始の反応は、茉莉の望んだ以上のものだった。茉莉の学業や周囲の反応、これからの生活といった様々な心配事の、どれ一つを思いだすより先に歓声をあげた。目をまるくして驚いた一瞬のあと、まず歓声で、次に抱擁《ほうよう》、茉莉にキスの雨を降らせ、その間ずっと、顔が壊れたみたいに笑顔だった。

二人は志賀島にいた。

晴れた午後だが風が強く、冬の海は寒々しく波が高くて、手前だけ白く泡立っている。きな粉みたい、と、子供の時分から茉莉の思っている黄色っぽい砂浜に、黒く乾いた海草が打ちあげられている。

抱擁やキス、質問と返答、といった一連の行動をかなり長い時間くり返したあとで、結婚しようや、と、始が言った。落着いた口調だった。茉莉のうしろに立っていたので、茉莉には、始の顔は見えなかった。見なくてもわかった。波の音がしている。

「大学は、やめんどってほしい」

次に始はそう言った。おぶさるように茉莉の肩を抱き、頰に頰をつける。

「あと一年やし、せっかくここまで頑張っとっちゃけん」

大学のことはよくわからんけど、と、始は続けた。結婚したっちゃ子供が生れたっちゃ授業は受けさせてくれるっちゃろうもん?

茉莉は返事をせず、うっとりと目を閉じて始にもたれる。大学はやめようと決めていた。大学卒業という肩書が、一体どれ程大切だろう。茉莉だけを愛してくれると言う始の存在や、生れてくる子供にくらべたら。

「始さん、水炊きは好《す》いとうと?」

茉莉はそんなことを訊《き》いた。嬉《うれ》しくて幸福で、身体の奥からくすくす笑いが込み上げてくる。両家で食事をするのはきっとあの水炊き屋だ、と、想像した。パ

パは無口で、ママはテーブルの上を取りしきってしまって、でもきっと、二人とも祝福してくれる。

「水炊き?」

可笑《おか》しそうに、始は訊き返す。風が砂をまきあげ、始は庇《かば》うように、茉莉におおいかぶさったままその風に背中を向ける。

そのままの姿勢で、茉莉は笑いながら始の両手をとってひっぱった。説明はせず、二人羽織みたいな恰好《かっこう》で砂浜を歩く。

「あたしたち、結婚すると?」

からかうみたいな声になった。

「ほんとやろうね? 絶対? ほんとにすると?」

始の返事がそれにかぶさる。

「ほんとくさ。絶対。ほんとにするったい」

波打ち際に、釣り餌を集めているらしい人影が一つ見えた。バケツと火バサミを手に、ところどころで何か拾いながら歩いている。

どげんしよう。あたしはいま、ものすごく幸せやん。

人影を見ながら茉莉は思った。

すべてがあと一日早かったら。


その後の人生を通してずっと、茉莉はそう思うことになる。妊娠が判明し、始に打ちあけ、結婚しようと決める、そのすべてがあと一日早く起こっていたら、物事は全然違うふうになったかもしれない。

その夜、茉莉が帰宅したのは深夜だった。始とお祝いの食事をし、「一杯だけ」という約束で焼酎《しょうちゅう》ものんで、生バンドの入っているクラブで踊った。まだまるで実感の湧かない子供とやらも、踊ることが好きになるといいと、茉莉は思った。

「きっとみんな、びっくりするやろうね」

話すのは、そのことばかりだった。

「ああ。でも、ものすごく喜ぶくさ」

「克《かつみ》くんとか」

茉莉は始の弟の名を言った。

「藤原さんとか」

そのたびに始は、ああ、とうなずく。祝福される自信と、始自身の喜びとに、はちきれんばかりの笑顔で。

この笑顔が、あたしの世界のすべてだ。結婚も子供も、おまけみたいなものにすぎない。

茉莉もまた、嬉しさではちきれんばかりになってそう思い、我流の踊りを踊った。

家に帰ると、居間に新が一人でいた。足を踏み入れてすぐに、何かよくないことが起こったのだと茉莉にはわかった。コルトレーンが流れていた。新はソファにすわっていた。数年前に喜代が買い換えたそのソファは、以前のものとよく似た、褪《あ》せた緑色だった。

「おかえり」

新は、茉莉の胸がつぶれるほど弱々しい笑顔を浮かべて、

「ママが行っちゃったよ」

と、続けて言った。

「どこに?」

最初、茉莉は新が酔っているのだと思った。酔ってさえいなければ、この人はもっと毅然《きぜん》としているはずだ、と。

「さあ。イギリスじゃないか?」

どうでもいい、という口調だった。無責任な、あるいは疲れ果てた——。

「さあってことなかろうもん」

茉莉の声は震えていた。落着こう、と思うのに、思考がうまく働かない。テーブルに、酒の類は置かれていない。吸殻だけが五、六本、いつもの空き缶ではなくガラスの灰皿に、折れたり焦げたりして積み重なっていた。

茉莉の目に、新はいまにも泣きだしそうに見えた。喜代の編んだセーターを着て、膝の上で両手の指を組み合わせている。緑色のソファも、プレイヤーから流れる音楽も、部屋のなかの匂いもいつもどおりなのに。

「パパ、夜ごはんは?」

ふいに思いついて茉莉は訊いた。

「有難う。でももう今夜はいいよ」

依然として微笑を含んだ声で新は言った。茉莉は苛《いら》立《だ》ち、

「ママ、どこに行ったと?」

と、もう一度訊いた。訊いても無駄だと、あのときあたしにはわかっていた、と、茉莉はあとから思うことになるのだが、このときにはそんなふうに考えることはできなかった。台所や寝室を調べて、喜代の身のまわり品がなくなっていることを確かめた。

「どういうことなん? 手紙とかなかったと? 何時ごろにでて行ったと? なして?」

居間に戻り、まだそこに新が力なく腰掛けているのを見た途端、言葉が迸《ほとばし》りでた。

「捜してみたと？　ガーデンは？　空港は？　東京の親戚とか、七さんのとことかは？」

そんなつもりではなかったのに、責めるような口調になった。夫婦が不和であることには、もう何年も前から気づいていた。ここのところ茉莉は恋愛に夢中で、家にほとんど寄りつかなかった。でも、だからといって、ある日忽然《こつぜん》と母親が姿を消す、などということがあるだろうか。

「騒いでも仕方がないよ」

新の言葉は茉莉を愕然《がくぜん》とさせた。仕方がない？

「九時ごろに大学から戻ったら、ママはもういなかった。何時ごろにでて行ったのか、どうしてなのか、それは俺が知りたい。でもママには、もう何度も言われていた。でて行かせてくれって」

茉莉は自分が眉を持ち上げ、目をまるくしたのがわかった。喜代がするみたいに。

俺は、と言いかけて新は口をつぐみ、パパは、と言い直した。父親として話しているのだと、自分になんとか言いきかせようとしているのだとわかった。この期におよんでも——。

「パパは取り合わなかった。ママに、でて行ってほしくなかったんだ」

あたりまえやない、と、茉莉は口をはさんだ。事を重大に扱いたくなくて、軽々しい口調になった。

「きっとまた旅行やない。いずれ帰ってくるくさ。にこにこして、いらんお土産とか買って。あの人ほんとに勝手やもん」

沈黙ができた。新は低く笑って茉莉を見た。

「そう思うよな」

今夜初めて、眼鏡の奥の目が生気を帯びた。子供みたいな顔だ、と茉莉は思った。新はそばのゴミ箱から、捨ててあった紙をとりだす。

「手紙はなかった」

そう言って、紙をテーブルにひろげた。喜代のサインと捺印のある、離婚届だった。

「かわりにこれが置いてあった。いらないと思ったから捨てた」

新はそう説明した。授業でもしているみたいに断定的な口調で。

茉莉は言葉もなかった。それはあまりにも生々《なまなま》しすぎた。朱色の捺印。万年筆で、しっかりと大きく書かれた喜代の文字。茉莉は、それを自分が、すでに過去の人を見るような目で見つめていることに気がついてたじろぐ。喜代の字の書かれたその紙は、しかしたしかに、壁に貼られたままの惣一郎の絵や、喜代が大切にとってある作文や習字の紙と似ていた。どこかが、決定的に。

「いずれママが帰ったら」

状況にそぐわない、あかるい口調で新は言い、テーブルの上の紙を半分に裂いて捨てた。

「こんなものは残ってない方がいいからな」

一九八五年十二月、喜代は出奔した。

それに続く日々は混乱を極めた。始に手伝ってもらいながら、警察に届けたり方々へ連絡したりした。喜代が留学していたころの大家夫妻や、わかる限りの知人、園芸の先生や業者、手紙や写真のやりとりをしていた、茉莉には誰なのかわからない人たちにまで、問い合わせてみた。皆、喜代とはもう十年近く会っていないと言った。嘘《うそ》のようには思えなかった。

「信じられん」

始や惣一郎に向って、そのたびに茉莉は語気強く言った。

「家のなかの何《なん》もかんもが、目の前で崩れてくごたあ」

もっと遠くに行くんだ、と、惣一郎はこたえた。

「俺がおるけん」

と、始はこたえた。力強い腕で茉莉を抱きしめ、不安をとり去ろうとしてくれながら。

入籍はぎりぎりまで待つことになった。娘の妊娠および結婚について告げられた新は、ただ、おめでとうと言った。

茉莉が大学に退学届を提出したのは、年があけてからだった。担当教授だけでなく、挨拶《あいさつ》に行ったほとんどすべての先生たちが残念がってくれたが、特別ひきとめられはしなかった。年をとった教授の中には、子供のころから茉莉を知っている人たちもいた。新と茉莉の置かれている状況に関して、彼らはそれとなく同情の言葉をかけてくれた。

「大丈夫です」

そのたびに茉莉はこたえた。

「母はいずれ帰ってきますから」

図書館に入ったとき、いちばん感傷めいた心持ちがした。三年間の学生生活のなかで、随分ながい時間を、茉莉はここで過ごした。坐《すわ》る場所も決っていた。温度も湿度も一定に保たれた、夥《おびただ》しい数の書物と机と椅子だけの空間。雨の日は、蛍光灯の光が目に痛いくらいだった。そして、この、匂いと音。茉莉は目をとじてそこの空気を思いきり吸い込み、ドアを閉めて立ち去った。

ママは関係ないいっちゃん。

冬枯れたキャンパスを歩きまわりながら、茉莉はそう思おうとする。

あたしは始さんと結婚するために学校をやめるっちゃもん。ママがおらんくなったことと、何の関係もないっちゃけん。先生たちは、物事をいっしょくたにしとう。物事が、いっしょくたに起こったけんいかんとよ。ママが、いかんと。

小島、という名前の男に、ずっと昔に無理矢理唇を押しつけられた場所を通った。曇った、肌寒い日だった。ちょうどここ、この旧《ふる》い建物の陰で、あたしはあの男を殴ったのだった。

自分でも理解できないことだが、すこし、なつかしいような気がした。身の毛もよだつほど、嫌な出来事だったのに。

理学部の裏側を抜け、講堂をおもてから眺める。思いきり胸を張って参列した、入学式が思いだされた。大学をやめたことを、ミチルには報告しよう、と考える。よくわからない理由で疎遠になったままだが、新の話では、ミチルはまだ大学院に残っているという。

正門に近づいている。右側に事務所、左側に床屋。茉莉は立ち止まり、最後に一度振り向いて、曇天の下の校舎群を眺めた。

福岡の街に、この冬はじめての雪が降った。喜代はあれほど大切にしていた「ガーデン」を、借地権もろとも他人に譲っていた。それだけでも決意の程が知れ、戻ってくる見込みはないように思えたが、誰もそれを口にださなかった。

寺内家の庭も雪に覆われた。手入れをする者もなく荒れていた庭が白く穏やかになったことを、茉莉は内心喜んだ。

茉莉の知らなかった幾つものことが、すこしずつ新の口から明らかになっていた。喜代がずっと家をでて行きたがっていたこと。イギリスに恋人がいるらしいこと。新がそれを知らされていたこと。

こういった事柄について新は口が重く、酔ったときにぽつりぽつりと語る以外には、話そうとしなかった。酒を控えている茉莉は、姑に協力してくれるよう頼んだ。娘と二人きりじゃない方が、パパも話しやすいと思うから、と言って。

三人は、ときどき夕食を共にした。大学をやめ、スタンドの手伝いも姑に禁じられている茉莉が、たいてい料理を担当したが、外食をすることもあった。茉莉と姑は、それまで二人だけのデートの場所だった店に、新を連れて行った。新が、それまで家族を連れて行ったことのなかった店に、二人を連れて行くこともあった。カウンターだけの小ぢんまりとした料理屋で、新はそこの、常連であるらしかった。

「まあ」

茉莉を見ると、その店の女将《おかみ》は目を細めた。

「大きゅうなって」

初対面にしては妙だと思ったが、

「写真をね、先生によく見せてもらったとよ」

と笑いながら種明かしされた。

「それがうんと小さい頃の写真ばかりだったもんやけん」

いつかお会いしたかねと思っとったと。和服をきりっと着こなした女将は、そんなふうに言った。

この人とパパとは関係があるのかもしれない。茉莉がそう思ったのは、この店でだけ、酔っても新が喜代についてひとことも口にしなかったからだ。

「考えすぎやろうもん」

姑はそう言ったけれども。

残された者たちの努力にも拘《かかわ》らず、喜代の行方は杳《よう》として知れなかった。ほんとうにイギリスに行ったのかどうかさえも――。

喜代の恋人らしい男について、新にわかっているのは名前だけだった。

「アンなんとかって、憶えてるか?」

ある時、むしろ愉快そうに、新は言った。深夜で、姑を含めた三人で、台所のテーブルで酒をのみながら。

アンについて、茉莉ははっきりと憶えていた。喜代が留学中に知り合った親友で、最も頻繁に手紙のやりとりをしていた女性だ。流麗な筆記体で書かれた封筒の差出人の名前の、筆蹟《ひっせき》まで思いだすことができた。封筒には少女趣味な薔薇《ばら》のシールなどが貼ってあり、子供じみてる、とからかったことがある。

「じゃあママが、アンから手紙が来なくなったって言ったのも憶えてるか?」

そう訊いた新は、もう愉快そうには見えなかった。

「憶えとう」

茉莉はこたえる。

「一年とすこし前やろ。あたしが始さんに出会ったころ。ママは沈んどって、手紙が来ないからだとか言って、あたし、『ばかやん』って言って片づけたもん」

あの日々、たしかに喜代の様子はおかしかった。

茉莉の、「ばかやん」を聞いて、新は小さく笑った。小さく笑って酒に口をつけ、

「アンなんていなかったんだよ」

と、言った。

「アンブローズって、いうんだってさ」

誰も、何も言わなかった。ふーっと音をたてて、新が息を吐いた。それからまた、

「アンブローズ」

と、ひとりごとみたいにもう一度呟《つぶや》いた。今度は始が、つめていた息を吐いた。

「つまりパパは、一年以上前からそれを知っとったと?」

新はうなずき、だからママがでて行った日、真先に手紙を探した、と白状した。

「アンは嘘でも、住所はほんとうだろうと思ったからね」

そんな手紙を、喜代が残していくはずがなかった。ガーデンまで、事前に処分して行ったのだ。

その夜が、喜代の出奔にまつわることで茉莉が涙を見せた、最初で最後の夜になった。もっとも、それは新が寝室にひきあげたあとのことだ。アンブローズというのが何者で、どこに住んでいて、手紙を寄越さなくなったあと二人がどうなったのか、何一つ知らないし知りたくもない、とくり返して、新は台所からでて行った。もう寝るよ、と言って。

「悔しか」

新には、あかるい声で「おやすみなさい」と言えたのに、茉莉は始に「悔しか」と言い、言った途端に声が揺れた。頭を腕にひきよせられたが、余計しゃくり上げただけだった。喜代に恋人がいたことではなくて、親友だと聞かされていたその女性が実在しなかったこと、あんなにもながい年月、喜代に欺かれていたこと

が悲しかった。ひどい、と思った。ママはほんとうにひどい。

しばらく始の腕のなかでしゃくり上げ続けた。始は茉莉の背中を、ぽんぽんとあやすようにたたいた。

「泣き虫の子供が生れてくるばい」

内緒話みたいに耳元でこっそり、そんなことも言った。何一つ可笑しくなどないのに、ひどく悲しくて悔しいのに、囁《ささや》かれると茉莉はくすくす笑った。しゃくり上げながら、嗚咽《おえつ》とまぜこぜにくすくす笑った。

始の言葉にはそんな力があるのだった。

もしママがあたしと始さんの子供が生れることを知っていたら――。茉莉はそう考えてみずにいられない。知っていたら、でて行くのをやめてくれたかもしれない。すくなくとも計画をすこし先に延ばして、そうしたらいろんなことが変って、そうしたら――。

台所は、喜代のいた日々のままに保たれている。十五年前の朝、惣一郎の訃報が届いたのもこの台所だった。始の腕のなかで、茉莉はぼんやりとそんなことを思った。

2

柴田始は茉莉の身体を気づかい、ガソリンスタンドでは仕事を手伝うことを禁じていた。しかし茉莉はしょっちゅうスタンドに顔をだした。他に行くところがなかったからだし、広くて整然としていて機能的な、スタンドという場所が好きになったからでもある。ブラシの回転する洗車場も、郵便ポストみたいに赤く四角い注油設備もおもしろいが、茉莉がいちばん心惹《ひ》かれるのは地下倉庫だ。そこには幾つものガソリンタンクが埋設されている。

「秘密基地のごたあ」

はじめて案内されたとき、茉莉はたっぷり一分間は無言のまま見とれ、それからそう口にした。倉庫は暗くひんやりとして静かで、壁のあちこちに掲げられた「火気厳禁」の文字だけが、けたたましいというか恐ろしいというか、ともかくその場の眠るような静寂をふきとばし、茉莉に危険を思いださせるものだった。

「感心した」

茉莉は言った。

「ガソリンスタンドの地下にタンクが埋まっとうとか、考えたこともなかったけん」

始は可笑しそうに茉莉を見て、

「感心しとうときの茉莉は鼻の穴がひろがろうが」

と、言った。

「すかん」

茉莉は両手を腰にあて、ふくれっつらをしてみせた。春になるころには、失踪した母親を捜すことはやめていた。あのひとはいなくなった。そう決めてしまわなければやりきれなかった。

惣一郎に対してさえ、茉莉は母親の話をしなかった。かわりに新しいことを話した。たとえば柴田家のことを。

始の家にいるのは八十四歳になるおばあさんと両親、始より六歳若く、茉莉とおない年の弟が一人で、みんないい人たちだった。家族ではないが、頼もしい藤原さんを筆頭に、宮崎出身のたかしさんと、剽軽《ひょうきん》な若者の小田くんという、三人の従業員がいる。小田くんは、去年の春に高校を卒業したばかりだ。

「小田くんやら可笑しいちゃが」

茉莉は惣一郎に、そんなふうに話しかける。

「『黙るだるまだ』ば反対から言うたら何や、とか、『猿、靴作るさ』ば反対から言うたら何や、とか、しょっちゅう考えとうらしくて、いいのば思いつくたびに教えてくれると」

「ガソリンスタンドって、ほんなごと恰好よか場所やが」

力強く、そう言うこともある。

「知らんかったけど、スタンドの壁は防火塀なんよ」

おにいちゃんは知っていただろうか。胸の内でぼんやりと思う。物識《ものし》りだったから、子供だったけど知っていたかもしれない。

「じゃあ、防火塀は二メートル以上の高さがないといかんっていうことは知っとった？」

茉莉は続ける。また別の日には、

「おばあさんね、おむつを縫ってくれとうと。ものすごくたくさん。赤ちゃんは布おむつで育てんと感受性が鈍くなるとか言うとよ」

と、報告する。

前へ前へ進む。茉莉はそう決めている。惣一郎の言う「遠く」とは、そういうことではないのだろうか。過去は見ない。いなくなった母親なんか、もう絶対に捜さない。

　茉莉と新の住む家のなかは、かつてほど清潔ではなかった。家事はひととおり茉莉がこなしたが、喜代の大切にしていた家具も食器も、手出しされることを拒んでいるように、茉莉には思えた。部屋や階段の隅には埃がたまった。

　新は気がつかないようだった。あるいは気がつかないふりをしていた。何も、誰も、新の関心を引くことはできないらしい。喜代にまつわる話題を、家のなかで茉莉が認めなくなったこととそれは呼応していた。一緒に喜代を待っているのでなければ、茉莉がいてもいなくても同じであるみたいに、茉莉の目には見えた。

　惣一郎に報告する類の「新しい」話題、始の父親がたいそう酒呑みである、とか、藤原さんはギャンブルが好きで、競馬や競艇で当てると豪勢にかたまりの牛肉を買ってきてくれる、とかを面白おかしく話しても、新はただ黙って聞いているか、「ほう」とか「よかったじゃないか」とか短い相槌《あいづち》を打つだけで、自分には関係がないとばかりに、遠い目をして微笑《ほほえ》むのだった。

　五月になると、寺内家の非整形式ガーデンにはたくさんの花が咲いた。繊細な鉢物の幾つかはたちまち枯れ、文字通り無言の悲鳴をあげて残骸をさらしていたが、あやめもツツジも、レンギョウもバラも姫りんごも、世話をする者の不在にも拘らずあでやかに咲いた。

　あたしは冷淡なんかもしれん。

　枯れたり萎《しお》れたりした植物を端から処分しながら、茉莉はそう考える。ひきぬいた残骸は生ゴミに、空にした鉢やプランターは燃えないゴミに。

　迫《せ》り出してきた腹がわずらわしかったが、そのわずらわしさが、茉莉を強い気持ちにもさせた。自分は一人ではないのだ、という気持ちと、一人できり抜けてみせる、という気持ちの、あいだみたいな勇ましさが湧くのだった。喜代の丹精した樹木が、おおらかに花を咲かせて蜂をひきよせ、やわらかな風が甘い匂いを運ぶ庭で。


「蒸し暑いわね」

　浄水通りのチョコレート屋で、窓の外を見ながらミチルは言う。

「ほんと」

　茉莉はこたえ、アイスコーヒーを啜《すす》った。大学を正式に中退した正月に、茉莉はミチルに電話をかけてそれを伝えた。ミチルはあの狭い下宿――食堂の二階、大学の正門のほぼ真向い――に、依然として一人で暮していた。

「あらまあ」

妊娠と中退を告げると、ミチルは言い、小さく笑い声をこぼした。低い、穏やかな、なつかしい笑い声だった。

「やってくれるわね」

もう会いたくない、と突然言いだして茉莉を悲しませたことなど、まるで気にしていないみたいだと茉莉は思った。

せっかく入学させてもらったとに、と、詫《わ》びめいた言葉を口にすると、

「勉強したのも入学したのも私じゃないわ」

と、そっけない返事を寄越した。茉莉はつい笑った。

「あいかわらずやね」

くしゃくしゃのシャツを着て、短い髪をしたミチルが目に浮かんだ。

なして急に会ってくれんくなったと？

喉元まででかかった言葉をのみこんだ。

「元気やった？」

かわりにそう訊いた。

「茉莉ちゃんは？」

尋ねられ、喜代の失踪を話した。どっちみち知られてしまうことだ。

「寺内先生、びっくりなさったでしょうね」

旅行だと思うけど、とつけたしたにも拘らず、ミチルは静かにそう言った。それが旅行ではないことを、最初から知っていたみたいに。

ミチルは、その翌週に岡山の実家に帰るところだと言った。一月の末には福岡に戻るので、そうしたらまた会って話しましょう、と。

きょうまで、それがそのままになっていた。窓から見える街は緑がみずみずしく、むわりと埃っぽい湿気を含んでいる。

目の前のミチルは、数年前よりも痩《や》せて見えた。短い髪は同じだが、もう少年じみてはいない。大きな目やそげた頬が、むしろ標準以上に女っぽい印象を与える。長袖のTシャツにだぶだぶのコットンパンツ、という服装も、それを強調しこそすれ、弱める効果はなかった。

「老けとう」

茉莉はそう表現した。他の人に対しては、決して言えないことだった。ミチルは愉快そうに目を見ひらいてみせ、

「大きなお世話」

と言って微笑む。

「茉莉ちゃんに言われたくないわね、破裂しそうなお腹しちゃって」

破裂？　まさか。まだまだやん、予定日は八月やけん。茉莉はこたえ、それでも十分かたく張りつめ、突きだしている自分の胴体に触れた。

「柴田始って、憶えとう？」

茉莉が訊くと、ミチルは眉を寄せて考えて、全然、と、こたえた。

「ほら、渡辺通りで物を売っとった、ものすごく日に灼けた人がおったやろう？　『博多以外の土地では死んでもラーメンを食わん男』とか言ってくさ」

記憶をひっぱりだせたらしいミチルの返事は、

「ああ、あのサーファーくずれみたいな人」

だった。茉莉は大笑いした。

「そうそう。そのサーファーくずれみたいな人がね、あたしのダンナさんになると」

きゃあー、と、ミチルは口を動かした。大げさにおどろいた顔と身ぶりで、椅子から腰を浮かせまでして、でも実際には声をださず、無声映画みたいに。

こういうの、ひさしぶりだ。

心おきなく笑いながら、茉莉は思った。アイスコーヒーだけのつもりがケーキも注文し、終《しま》いにホットチョコレートまでのんで、店をでたときにはすでに夕方になっていた。

ミチルは、太宰府《だざいふ》の短大で非常勤講師をし、翻訳のアルバイトなどもしながら、大学院で東洋史の研究を続けていると言った。「親に勘当されるまで」、続けるつもりでいるらしい。

「恋人は？」

冒険だと思ったが好奇心にかられて訊くと、ミチルは首をすくめ、いまはいないとこたえたあとで、

「得難い男を逃がしたのかもしれないわね」

と言って笑った。

「ベビーシッターは絶対できないけど」

夕方とはいえまだあかるい初夏の街を、バス停まで連れだって歩きながらミチルは言った。

「他に、何か手伝えることがあったらいつでも言っ

て」

今度は茉莉が首をすくめる。

「たとえば？」

「たとえば、生れてきた子供が高校も卒業せずに大学に行きたいと言いだした場合の家庭教師とか」

真顔で言われたので茉莉がぽかんとすると、ミチルは真顔のまま、

「冗談よ」

と言った。道の向うから、かつて茉莉が着ていたのと同じ制服を着た、女子高校生たちが歩いてくる。にぎやかに、憂いなどなさそうに。


七月になると茉莉は入籍し、姑のトラックに荷物を積んでもらって、柴田家に引越しをした。式も食事会もない、ひっそりとした入籍だった。

「ごめんね」

せめて一緒にお食事でも、と姑の両親が何度も誘ってくれたにも拘らず、新が腰を上げず、うやむやにしてしまったことについて、茉莉は姑に心から詫びた。

「我儘《わがまま》を言うとか、パパらしくないっちゃけど」

実際、一日も早く入籍して引越すようにと主張したのは新の方だった。じきに子供も生れるのだし、そばに女手があった方が安心だから、と。

「子供子供って、みんなそればっかりやもんね」

そりゃあ仕方がないさ、と姑は言う。

「みんな心配しとうったい。でも、それもあとすこしの辛抱やろうが」

辛抱なんか嫌いだと茉莉は思う。

――大騒ぎしなくても、子供は自分で生れてくるわ。

茉莉は耳を疑った。胸の内でつぶやいたつもりが、それは喜代の声だった。

――大丈夫よ。

声は、くっきりした笑顔を伴っていた。

「食事会とやらのことだってくさ」

姑はおおらかに続ける。

「俺たちはしょっちゅう茉莉ちゃんのお父さんと食事をしとうわけやけん、それでかまわんめいもん」

気のせいだ、と、茉莉は思おうとした。いまのはあたしのひとり言で、断じてあの人の声なんかじゃない。


一九八六年八月。茉莉は女の子を出産した。産声に

ビブラートがかかってる。それが、朦朧《もうろう》とした茉莉の意識に、最初に浮かんだことだった。小さくて儚《はかな》い、弱々しい、でもビブラートのかかった産声をあげて、あたしたちの娘は生れてきた！

二七四〇グラム。真夏の真昼に誕生したその子供は、さきと名づけられることになる。

直後に病室にとび込んで来た始は、人目も憚《はばか》らずに茉莉にキスの雨を降らせた。

「やめり。汗かいとっちゃけん」

茉莉が言うと、

「俺もかいとう。それもうんとたくさん」

と、茉莉の大好きな、顔が骨ごと壊れるみたいな笑顔で始は返すのだった。

ひときわ暑い夏だった。病室にエアコンはなく、窓もドアも、昼間は開け放たれていた。隅に白っぽいうす緑の扇風機がとりつけてあったが、たいして役に立たない上、たいていの場合は回されてさえいないのだった。

茉莉と赤ん坊は、そこに十日間入院した。始は毎日やってきて、赤ん坊に惜しみない賛辞を贈った。スタンドの面々も含めた始の家族も、ほぼ毎日かわるがわる——ときには一時《いちどき》に——やってきて、花束や菓子、桃やスイカやアイスクリーム、果てはジュースまで置いていくのだった。

新も一度だけ顔をだした。

「おめでとう」

茉莉の顔をまっすぐに見て、そう言った。

「とてもきれいな赤ん坊だね」

「ありがとう」

茉莉はこたえ、

「パパの孫やけんね」

と、陽気な口調で続けた。

「学者肌かもしれんし」

新は口をへの字にして苦々しく笑う。

「どうかな」

幸せだ。困惑したような、でも間違いなく嬉しそうな、新の表情を見ながら茉莉は思った。いまだかつて、こんなに幸せだったことはない、と。

もう妊婦ではない、という解放感は、茉莉の想像をはるかに凌《しの》ぐ、素晴らしいものだった。妊娠中も大きなトラブルはなく、悪阻《つわり》も軽い方だったとはいえ、五カ月目あたりから足のむくみに悩まされていたし、背骨もしょっちゅうきしんだ。それに、発作みたいに突然、勢いよく襲ってくる不安が嫌だった。自分以外のものの命をあずかっているという、責任のようなものも。

「これでお酒がのめるーう」

退院し、道路にでた途端に茉莉は言い、柴田家の人々をぎょっとさせた。

「もうすこし待ちんしゃい。授乳期が終るまでたい」

始の母親が言い、おばあさんは笑った。

「心配せんでものめやせんくさ。あんたやってそうやったろうもん。神様の塩梅《あんばい》でね、女は子供を産んだらくさ、お酒なんか欲しくなくなるとよ。のめって言われたってあんた、身体がうけつけんちゃけん」

そうだろうかと、茉莉は思った。あたしはいますぐにでも、つめたいビールがのみたいけどな。

「それにセックスもしたかぁ」

耳打ちして、今度は始だけをぎょっとさせた。

病院の前で一枚、柴田家の玄関前で一枚、記念写真を撮った。二度とも赤ん坊は茉莉が抱き、その茉莉の肩を始が抱いた。始の家族を素敵だと思ってはいたが、よその家の家族写真にまざってしまったようなきまり悪さを、茉莉は感じた。カメラ係の弟の克は、二度ともシャッターを切る前に、小声で「チーズ」と、言った。

さきは特別な子供だった。特別でない子供というのがいるかどうかはともかく、その点において、始と茉莉の意見は完璧《かんぺき》に一致した。こんなに美しい赤ん坊は見たことがない、とか、賢い生き物だと一目でわかった、とか、日々心底から言いあった。小さくてもふっくらした唇が、さきは茉莉に似ていた。

茉莉は晴れて柴田始の妻になったわけだが、結婚生活は、両家を往き来する変則的なものだった。自分のことは心配せずともいい、と新は言い、現に衣食とも不自由なくやっているようではあったが、茉莉にしてみれば心配というより気がとがめて、顔をださずにはいられなかった。さきにも、もっとたくさん会ってほしかった。いまは無理だが、もうすこし大きくなったら、娘を新の住むこの家にも連れて来よう、と考えていた。

新は平日の夕食のほとんどを、件《くだん》の小料理屋で摂っていた。そこの女将との関係は決定的であるように茉莉には思えた。それを責めるつもりも不快に思うこともなかったが、奇妙な気持ちではあった。新と喜代の両方に、自分が与えられていた家庭が玩具だったみたいな。

顔を合わせても、新と茉莉は喜代の名を口にしない。喜代などはじめから存在しなかったみたいに、あるいは、いまもそこにちゃんといるみたいに。

しかし、茉莉が引越してすぐに、新は電話を買い換えていた。留守電機能つきのものにだ。何も言わなくても茉莉にはわかっていた。パパはママを待っているのだ。

この年のクリスマス前には、新は居間にいきなりシャンデリアを取りつけて茉莉を呆《あき》れさせた。いつかシャンデリアのある家に住みたい。ずっと昔、喜代はそう言っていた。

「びっくりした」

茉莉は姑に言う。

「あの人がでて行くとか思ってもおらんかったし、さきが生れてくることも、あたしたちが親になって、こげんふうにベビーカーとか押すことも知らんかった」

知らなかったことがどんどん起こる。そして、誰一人ひとところにとどまっていられない。

「それでも」

茉莉の背中に温かく乾いた手のひらをあて、やさしい声で姑は言った。

「一緒ならかまわんめえもん」

そのとおりだった。茉莉はいつも驚くのだが、姑は信じられないほどシンプルに、ほんとうのことを言いあてる。茉莉の言いたいこと、言いたいのに上手《うま》く言えなかったこと、をぴたりと掬《すく》いあげてくれる。こんなふうにどんどん生きていくことが恐い。幸福も不幸も、両方とも同じくらい恐い。

「平気やな」

茉莉は力強くうなずいてこたえる。

「一緒やもん。平気に決っとうくさ」

寺内家に戻ると、テーブルに祖父江九からの手紙の置いてあることが、偶《たま》にあった。九は果てしなく遠い旅にでたらしい。過去は見ない、あたしには姑さんとさきがいる、と思い定めている茉莉にとって、どこともわからない国から、いつともわからないタイミングで届くそれらの葉書や手紙は、過去から届くもののように思えた。遠い、平和な過去。自分の人生が、いまとは全然ちがうふうだったころ。

「九ちゃん、どこだって?」

九をかわいがっていた新は、彼から便りのあることが嬉しいらしく、必ず訊く。

「バグダッド」

茉莉はこたえ、それ、どこ? と、ことさらそっけなくつけ足す。どこでもいいけど、と、言外ににおわせて。

「中東だよ」

新は微笑んでこたえる。

「イラクの首都だ。チグリス川が流れている」

煙草に火をつけ、一拍おいてから、

「政情不安定な土地だよ」

と、続けた。政情不安定な土地。茉莉は、胸のなかが不穏に波立つのを感じる。バグダッド。長旅でくしゃくしゃになった封筒を見ながら、小声でもう一度呟いてみた。

3

様々な土地から届く祖父江九の手紙は、茉莉の胸の底に、小さな、不穏な何かを残した。それは、九が政情不安定な土地を旅していると、新に教えられたからではなかった。文面そのものが、茉莉の胸に不安の渦をつくるのだ。そこにはつねに、茉莉が気づきたくないと思っていること、とうに忘れたと思っていた根元的な淋しさのようなもの——自分はそこから逃げおおせた、と、茉莉はいまも信じたいのだが——、が、濃く静かに漂っている。

川を流れていく死体を見た、と、たとえば九は書いていた。その死体の硬直した手はまるでサヨナラをしているみたいだった、と。実際に死体を見たわけではない茉莉の脳裡《のうり》にさえ、すぐに死んだ惣一郎が浮かんだ。

さよなら、またね。

惣一郎が茉莉に書き残した短い言葉を、九が知っているはずもないのに。

死。幼かった自分と九に、惣一郎が刻みつけてしまった拭《ぬぐ》いようのない印象。それは恐怖ではなく、誘惑だった。闇。おにいちゃんのいる場所。不可解な、それでいて心穏やかな気のする避け難い深淵。

九はいま、そこにいるのだろうか。

惣一郎が生きていたなら、きっと二人で旅をしただろうな、と思います。べつの手紙で、九はそうも書いていた。どうして惣一郎はあんなに呆気《あっけ》なくぼくらを見捨ててしまったのかな。彼が死んでまもなくのころは、惣一郎の魂と頻繁な交流がありました。でも最近は現れなくなった。まぼろしのように、まるで儚い夢のように、時々ちらりと顔をのぞかせる程度です。

おなじだ、と茉莉は思う。あたしのそばに来るおにいちゃんも、このごろあんまり喋《しゃべ》ってくれない。それでもまちがいなくそばにいる。だからあたしは生きていかれる。

九ちゃんもそうなのだろうか。

手紙を読むたびにひっかかるのは、もう何年も会っていないのに、九と自分とがおなじ場所——惣一郎の死を中心にした闇の濃い場所、闇が濃すぎて燦然《さんぜん》と輝いてしまう場所——で堂々めぐりをしているような、不思議で不穏な気分になるからなのだった。

茉莉には、だからこそ、さきの存在は奇跡に思える。やわらかな、はちはちした、生命そのものみたいな一つの物体。世界に対してまるで無防備に、しかしあきらかに世界と対立する物体として、赤ん坊は呼吸し、眠り、ひっきりなしによだれをこぼし、びっくりするほど大きな声で泣き、茉莉と始の暮す柴田家に存在している。たしかに。

さきは、自分と始の娘というよりも、どこか遠い、この世ならざる場所からのあずかりもののような気が、茉莉にはどうしてもしてしまう。かわいくて大切で、ずっと抱きしめていたいと強く思う一方で、尊すぎて、触ってはいけないもののようにも、また思えるのだった。

「赤ん坊が言葉を喋れんとは不便なことやね」

茉莉は始に、一度ならず言った。

「触らんどって、とか、いまは抱かれとうない、とか、言ってくれればいいとに」

怠《だる》いとか熱っぽいとかも、言ってくれないとあたしには判らないかもしれない。肌に触ってもよく判らないの。

そのたびに始はおおらかに笑う。

「触っても判らんときは、きっと熱をだしとらんったい」

始の、このおおらかさというか呑気《のんき》さに、茉莉はいつも救われる。

「そうかいな」

「そうくさ」

始の言葉は、魔法のように茉莉に効く。きっとそうだ、と思えるし、心配ないのだ、と思える。そばに始がいてくれさえすれば大丈夫。自分もさきも、始に護《まも》られている。

柴田あさ——始の祖母であり、さきの曾祖母——が、昼間はさきの面倒をみてくれた。茉莉が希望どおりガソリンスタンドで働けるように。あさがいてくれることが、茉莉には心底心強い。育児書を笑いとばし、

「抱きぐせ？　つくもんやったらつけばいいいくさ。大人になっても抱かれたがる子がおるわけなかろうもん」

と自信満々に言うあさは、おしゃぶりのかわりに茹《ゆ》でたタコの足を一本、まるまるさきに与えたりする。

「のどに詰まらせせんとかいな」

茉莉が心配しても涼しい顔で、

「こげん小さか口で、そげん芸当はできんくさ」

と言う。事実、さきはこの茹でたタコの足が好きで、小さな手で握りしめ、タコも手もよだれでべたべたにしながら、いつまででも、大人しくしゃぶっている。

あさは元々農家の娘で、海運会社に勤める男と結婚したのだが、その男が、ある日突然ガソリンスタンドを始めると言いだして、会社を辞めてしまった。二人の間には、すでに子供が三人いた。

「そりゃあたまがったばってん、不安やらなかったとよ」

さきを抱いてあやしてくれながら、あさは懐しそうにそう話す。

「あのころは油屋っていっとったと。敏《さと》い人やったんやね、船が、それまでの石炭から油に変ってね、それば見て、これからは石油の時代たい、とか言ってくさ」

あさの手は老人特有の乾き方をしているが、肉づきがいいので、輪ゴムでもはめているかのような手首が、さきのそれと似ている。茉莉は両者をぼんやり見ながら、あさの話を聞くのが好きだ。

「当時、店はいまの場所やなくて港の際にあってくさ、

そっからホースを渡して船に油ばつんどったとよ」

みんな顔見知りでね。そう言って、あさは微笑む。野良着、と本人の呼ぶ質素な和服を、ゆるやかにざっくりと着て、台所を行ったり来たりするあさと、そのたびにきしむ床板。この家の台所はつねに糠《ぬか》の匂いがする、と、茉莉は思う。テーブルの上の蠅帳《はいちょう》は、みんなが順番に食事を摂るこの家の必需品だ。

重油、軽油、ガソリン、灯油。「油屋」ではみんな扱っていたという。あさの語る話は、茉莉には半分もわからない。

「一斗缶って何？」

夜になってから、姑に訊く。その場であさに尋ねないのは、話の腰を折りたくないからだ。

一斗缶やら焼き玉エンジンやらはわからなくても、やわらかなあさの声音《こわね》を聞くうちに、港のそばのその油屋の光景が、茉莉にはくっきり思い浮かぶようになった。喧噪《けんそう》も匂いも、船も揺れる水面も。

その後自動車が普及して――あさはそれを、マイカー族がでてきんしゃって、と表現する――、油屋は店をいまの場所に移し、ガソリンスタンドになった。スタンドの歴史はまた、一族の歴史でもあった。あさの三人の息子たち、姑の父親と、二人の叔父。

グリム童話みたい、と茉莉は思うのだが、この三人の息子たちがそれぞれとても個性的だった。変り者、と言うべきかもしれない。長男と三男は仲がよく、家族ぐるみのつきあいをしている。

「洋介おじさんはお釈迦《しゃか》さまごたあ人やけん」

と姑の言うのが三男で、独身のまま、大阪と福岡に愛人と子供がいる。鉄道職員をしていて、鉄道と酒と釣りが好きだ。いつもにこにこして機嫌がよく、赤ら顔なので素面《しらふ》でもほろ酔い加減に見えるのだが、酔っ払っても普段と変りなく見える。

「始のお嫁さんかいな」

初めて会ったとき、おどけた顔でそう言った。キャスケット帽がトレードマークで、ツイードの背広などを着ている。変っていると茉莉が思うのは、この叔父さんが会話に出鱈目《でたらめ》な外国語をたくさんまぜることだ。ブラボーとかワッディジュセイとか、ジュテームとかグラーツェとかグーテンモルゲンとか。それを聞くと、茉莉はどうしても笑ってしまう。何度でも笑うので、逆におもしろがられてしまう。よう笑う嫁やなあ。

一度、茉莉はこの洋介叔父に、鰯《いわし》をごちそうになったことがある。とれたばかりの新鮮な鰯を、包丁も使わず指で三枚におろしてくれた叔父を見て、茉莉は目をまるくした。

「感心した」

鼻の穴をふくらませてそう言った。

もう一人、龍男《たつお》叔父という人物がいるのだが、彼のことは、茉莉にはよくわからない。二度程会ったが、小柄で無口だという印象を持っただけだ。始や親族たちの口ぶりから、みんなにあまり好かれていないらしいことが感じられる。ただ、長男である始の父親だけは、この人物を気にかけていた。さきのお宮参りの日のことも、龍男にも一応声かけとかんや、と言ったのは父親で、よかよべつに、と、めずらしく始が反対したのを茉莉は聞いていた。

家族。

世捨て人のように、東京から福岡に移り住んで戻らない新は、親戚づきあいというものを好まなかった。柴田家の面々は、茉莉にとって初めての親族、大家族だった。

始がなぜこんなにやさしい人間なのか、茉莉はわかったような気がした。賑やかでおおらかで、互いに互いを信頼している一族のなかで、まっすぐに育てられたからだ。そのおなじ環境のなかで、さきを育てられることが嬉しかった。

冬が過ぎ、春になった。柴田家での新しい生活には、学ぶことがたくさんあった。仕事のこと、家族のこと、そして、嫁であるということ。そのひとつひとつが、茉莉にはものめずらしく、おもしろく、まぶしくさえあった。ただ、よその家族に紛れ込んでしまったような違和感が、つねにあった。茉莉はそれを、いけないことのように感じる。大好きな始にさえ、言えないことだからだ。

先週、茉莉は始と買物に行った。青と白のしましまのバギーにのせ、さきも連れて行った。その日はスタンドの重鎮である藤原さんの誕生日だったので、柴田家が昔から贔屓《ひいき》にしている魚屋に、頼んであった大皿の刺身を取りに行ったのだ。魚屋の主人は、始を始さんと呼び、茉莉を奥さんと呼ぶ。奥さん。

それは幸福なことだった。ベビーバギーを押し、買う予定もないのにぴかぴかの烏賊《いか》や焼きたての穴子を物色し、日ざしがまぶしく、始の横で、奥さんなどと呼ばれることは。

えへへ。茉莉はやにさがってしまう。甘やかな気持ちで、さきを包んでいるタオルケットを直したりする。白い、くり返し洗うのであちこちほつれた、ミルクくさいタオルケット。

柳橋連合市場では――。

たとえばかがみ込んだ拍子に、ふいにかすめるのだ。灯ともしごろの屋台で下準備をしている人たち、川の水量の変化、魚屋の店台、茉莉の生れ育った町の市場。

「あら茉莉ちゃん、一人で来たと?」

魚屋のおばさんは、路地で踊っている茉莉を見つけては声をかけてくれた。学校に行くといじめられるの、と言うかわりに、茉莉はただ黙ってうなずいた。おにいちゃんも九ちゃんもどっかに行っちゃったから、と言うかわりに、おつかい頼まれた、と、嘘をついた。

「えらかねえ」

善良なおばさんを、茉莉はにらみつけたものだ。

あそこでは、あたしはたぶん、いまも「茉莉ちゃん」なのだ。そう思うと、茉莉は目眩《めまい》にも似た不思議さにとらえられる。柴田家の「奥さん」みたいな顔をしている自分が、ひどい嘘つきであるような気がする。


「こんなにしょっちゅう家をあけて大丈夫なのか?」

茉莉が訪ねて行くと、新は言う。静かな、気づかわしげな口調だが、眼鏡の奥の目は可笑しそうで、頻繁すぎる茉莉の訪問を、喜んでいないわけではないことがわかる。

「平気」

茉莉はこたえる。

「自動車やったらすぐやけん」

赤いピックアップの助手席にカゴを置き、お見舞の果物みたいにさきを入れて茉莉は運ぶ。

「ママのパパにも顔を見せてあげようね」

と言いながら。

家のなかは、薄汚れていてもなつかしく安心な気がする。茉莉の部屋も惣一郎の部屋も、何一つ変らずに残っている。すこしずつ古ぼけながらも。

訪ねて行くと、新はさきに音楽を聴かせる。ドリス・デイやコルトレーン、シナトラやナット・キング・コールなんかを。赤ん坊には言葉はわからないが音楽はわかる、と、新は言う。昔、喜代がそう言っていたのだ。

「何も問題はないか？」

たまにだが、新にそう訊かれる。

「向うの人たちと、ちゃんと上手くやってるのか？」

その訊き方に、どこか淋しげな響きがあり、それが茉莉を胸苦しくさせる。

「平気」

返答が、そっけなくなってしまう。

「おばあちゃん、甘やかし屋なんよ」

急いでそんなことを言ってみる。

「さきだけじゃなく、あたしや姑さんのことも甘やかすと」

新は微笑む。

「どうやって？」

「夕飯に好物ばっかり作ったり、二人で出かけてきって言ってさきを見ててくれたり」

そうか、と、新はこたえる。依然として微笑んだまま。

レコードの音のなかで、たいていの場合、さきは大人しくしている。よく眠るし、滅多に熱もださないし、天使みたいにいい子だ、と、茉莉も姑もよく話し合う。


「俺のエンジェルの娘やけん」

そんなふうに囁かれ、心が濡れてしまうこともある。

「いい子だな」

無論、新も言う。茉莉の意見では、さきを見れば誰でもそう思わずにいられないはずなのだ。

「目元がママに似ているな」

茉莉は返事ができなくなる。新しい電話機とシャンデリア。新は喜代を待っているのだ。


茉莉はあさを信頼しているが、あさの予言は見事にはずれた。子供を産んでも、茉莉は酒を嫌いにならなかった。以前よりのめるようになったくらいだ、と思えた。解禁になって最初にのんだのは焼酎で、お湯で随分薄められていたにもかかわらず、天にのぼるほどおいしいと茉莉は思った。

「ごはんよりお菓子より、コーヒーよりお茶より、あたしはお酒が好きやん」

柴田家の面々の前で、茉莉はそう宣言した。

「大丈夫です」

心配そうにしているあさに茉莉は請け合い、

「お酒をのむと身体がふわっとして、のむ前より上等になると」

と説明した。小さなかなしみや遠いかなしみが、かなしみのまま、それでも収まるべきところに収まって、かわりに新しい力が湧く、と思ったことは説明しなかった。こんなによくしてもらっていて、かなしみについて口にするのはよくないことだと思えたのだ。

その夜は焼酎だけにしておいた。次の日は始の習慣にのっとり、ビールと焼酎をのんだ。そして、半月もするとウイスキー派の藤原さんにもつきあうようになった。

酒をのむのは、単純においしくて元気がでるからだった。酔えば陽気になり、稀《まれ》に度を越しても呂律《ろれつ》があやしくなるだけで、具合が悪くなるようなことはなかった。

「強かなあ」

始の父親は目を細めてそう言ったし、

「かなわんかもしれん」

と、弟の克は苦笑した。遊びに来ていた洋介叔父に、

「ブラボー」

と言われたこともある。彼らは皆、酒が好きで、酔うと声が大きくなったりよく笑ったりし、歌を歌いだすこともあり、たのしかった。のむ場所はほとんどが柴田家の居間で、冬は炬燵《こたつ》、夏は縁側だった。

普段言葉数の少い始の父親が、子供時代の始のでてくる思い出話などしてくれることもあり、茉莉にはそれを聞けることが嬉しかった。茉莉の酒好きが柴田家の女性たちのあいだで不評だったことを、茉莉が知るのはずっとあとになってからだ。ずっとあとになって、甘やかな日々や日ざしは、決してとどめておけないのだと思い知らされる、そのさらにあとのことだ。

折に触れて垣間《かいま》見《み》える柴田家一族の関係や歴史を、茉莉は惣一郎にゆっくりと話す。断片的に、でも濃《こま》やかに。

港のそばの「油屋」については、なかでも熱を込めてくり返し語る。半ばうっとりと、夢をみるように。

「こんなのおかしいと思うっちゃけど、でも、はっきり憶えとうごたあ気がすると。空の一斗缶がたてるべいいいいかんべかんした音や、横づけされとう船の側面の汚れや、時代遅れの焼き玉エンジンの匂いや」

海はいつも目の前にあり、夜には街灯が灯されて、黒々とした水面を照らしだす。

「時代が大きく動いていく、その最中やったとよ。石油は商売になるって、信じてそれに賭けてしもうたおじいさんに、あたしも会《お》うてみたかったと」

惣一郎はあまり喋らない。喋らないがやさしげに笑っている。茶々を入れるタイミングを計っているのだ。

「自動車用のガソリンスタンドに切り換えようっていう決断も、えらい勇気のいることやったと思うと」

茉莉は続ける。

「だってくさ、そのおじいさんっていう人は、海運会社でずっと働いとって、船が大好きやったっちゃもん」

いいね、とてもいいね。

惣一郎は言う。

始には、その人の血が流れているんだね。

「そうくさ」

誇らしく、茉莉はこたえる。実際、始は茉莉の誇りだった。始も、そしてガソリンスタンドも。

「地下のタンクがね、頼もしいと」

いいね、とてもいいね。

そして、惣一郎はタイミングをみつける。

でもね、茉莉、時代はいつだって動いてるんだ。みんな、流れていくんだ。こわがっちゃいけない。超然としていればいい。僕はここにいるし、九だって、ほんとうはすぐそこにいる。変化をこわがるんじゃないよ、茉莉。

4

さきが保育園に通うようになると、スタンドと住居のある昭和通りのはずれは、自分たち一家が暮すのに最適な場所だ、と、茉莉は思うようになった。引越した当初は、高台の静かな住宅地から海のそばの大通り、という変化に戸惑い、なんか殺風景やし淋しか場所やん、と感じた。ぽつりぽつりと離れて建つ家は、一様に古く、地味だ。柴田家も例外ではなく、スタンドは立派だが、住居部分の外観には誰も意識を向けないようだった。

おなじ福岡でも、茉莉が両親と住んでいたあたりは全然違う様子をしていた。それぞれに趣《おもむき》の違う庭、タイルや貝殻で飾られた壁、週末ごとに愛車を洗ったり芝を刈ったりする人々。

「洒落《しゃれ》とうばってん、ちょっと気取っとう」

茉莉は、いまでは彼らの暮しぶりをそんなふうに言うことさえあった。

スタンドのそばには公園が二つあり、保育園も二つある。海を見たくなれば、歩いて数分で港だ。自動車事故にさえ気をつければ、子供を育てるのに、申し分ない環境だった。

さきはおとなしい子供で、保育園でもほとんど口をきかず、我儘を言ったり泣いたりもしないらしい。茉莉はそれを、顔も身体つきもふっくらとした、温和な園長先生から聞いた。

「でもね、人見知りしようわけとは違うとですよ。先生の話ばしかっと聞いて、ときどきにこっと笑うとです」

どの保母さんにもかわいがられているという。

「こまんかお子さんたちは普通、園では男の人ばちょっとえずがるんですけどね、さきちゃんは用務員の竹村さんとも仲がいいとです。彼のする雑用ば、一人でそばにぽつんと立って、いつまでん見とうとですよ」

そうなんですか。茉莉はこたえ、嬉しくなってにこにこしてしまう。

「ほかの子たちと遊ばんことが、私たちからしてみれば気がかりではあるとですよ」

家のなかで、大人にだけ囲まれているからだろうかと茉莉は考える。生れたときからそばに惣一郎と九のいた自分自身の少女時代と、さきのそれとは確かにまるでかけ離れている。

「妹か弟が、おる方がいいかもしれんね」

茉莉は始に言う。

「おばあちゃんや小田くんに遊んでもらうばかりやなくて、子供んどうしで遊ぶことも必要やろうけんね」

始は可笑しそうな顔をする。

「ほんとに心配性やね。茉莉が心配性やったとか、さきが生れるまでいっちょん知らんかった」

当然だ、と茉莉は思う。茉莉自身だって知らなかったのだ。

大丈夫、と始は言う。さきはこれから先何年も何年も、同年代の人間たちと行動を共にしていくのだ。折り合いのつけ方はいずれ学ぶし、その折り合いのつけ方だって幾つもあるのだから、と。

「ばってん、妹か弟作りはやぶさかやなかよ」

始はそんなことも言った。

「さきのためやなくて、俺自身の欲望のためやけどくさ」

　このひとの肉体は発条《ばね》みたいだ、と茉莉は思う。労働で鍛えられ、痩せているが筋肉がはりつめていて、抱きしめても抱きしまらない、と。その「抱きしまらない」始の身体を、なんとかして茉莉は抱きしめようとする。しかし、がっしりと抱きしめられてしまうのは茉莉ばかりだ。まわした腕にいくら力をこめようとしたところで、それは変らない。髪に始の鼻がこすりつけられたり、耳元で始に囁かれたりするとたちまち、茉莉はくたりと力が脱けてしまう。始の腕のなかで。

　結婚前から一貫して、二人は自分たちでも驚くほど頻繁に性の営みを行う。さきが生れたことも、両親や祖母とおなじ屋根の下にいることも、これに関しては、彼らに何の支障も与えない。茉莉に言わせれば始は「疲れ知らずの好色」だし、始に言わせれば茉莉は「大胆な妻」だった。

　行為はしばしば運動競技のような様相を呈する。急いでいることも多いし、二人とも貪欲だからだ。また、茉莉は始に跨《また》がることが好きなのだが、始はその姿勢で茉莉の両手首をつかみ、動けなくしてしまうことが好きらしい、というせいもある。目の前にいる始に手も唇もだせない状態に、茉莉は苛立ち、抵抗する。勢いをつけ、つかまれた両手首をおもいきりひっぱると、始の上半身が一瞬だけ持ち上がる。しかし手首にまきついた始の手を、ふりほどくことはできない。茉莉は我知らず、喉の奥で獣めいたうなり声をたてる。

「あれは嘘くさ」

　すべてのあと、肌という肌を汗で光らせ、息を弾ませながら始は言う。

「女の体は子供ば産むとおとなしゅうなるとかいう、あれは全く嘘っぱちやん」

　始の笑顔につられ、茉莉も小さく笑い声をたてる。息を弾ませ、肌を汗で光らせ、始に身を寄せて満足の吐息を吐く。

「そげんいえば」

　遠いことをふいに思いだすのは、そのようなときだ。

「何《なん》？」

　始に問われ、茉莉は軽く首をふった。

「何でもない」

　――茉莉ちゃんも、お友達をつくらないかんね。

　小さかったころ、茉莉も学校の先生にたびたびそう言われた。

――いやっちゃもん。

こたえて、惣一郎の授業の終るのを一人で踊りながら待った。体育館の裏や、藤棚の下で。

うったうったうー、うったうったうー、うったうったうー。兄のあとばかり追いかけて、他の子と遊ぼうとしなかった茉莉を、喜代も新も黙認してくれていた。

――茉莉の身体には音楽がつまってるのね。

――猿みたいだな。

頭をひき寄せられ、茉莉はいまいる場所の現実に戻る。飴色《あめいろ》になった天井の木目、あけ放たれた窓。薄い敷布団だけをあわてて敷いた、ささくれて日なたくさい畳。一時間だけの昼休みは終ろうとしている。

「先に戻っとうけんね」

手早く下着を身につけながら、茉莉は言った。

「ちゃんとごはん食べてきいね。このあいだみたいに、あたしにおむすびとか持ってきたらいかんよ。何しとったかわかろうが」

「隠すことやなかろうもん」

満ちたりた顔で横たわったまま始が言い、茉莉はかすかな違和感を覚える。従業員を含めたこの賑やかな「家族」のなかでは、隠しごとは許されないのだ。

「大胆で働き者のエンジェルが俺は誇らしいったい」

ほめられて、キスを返したけれども。

実際、茉莉はよく働いた。注油や給油をはじめ、接客や掃除や洗車は勿論《もちろん》、タンクローリーでやってくる業者とのやりとりや、売店の品物の発注から伝票整理まで、車の整備以外はすべてこなした。

「暑いけん奥におった方がよかよ」

その日、茉莉が仕事に戻ると小田くんが言った。

「平気」

茉莉はこたえる。真夏の仕事はきついが、キャノピーの下は日陰だし風も渡る。

「おもてにおる方が好いとうっちゃん」

売店の業務は、始の母親が中心になっている。

「入った方がよか」

横から藤原さんが口をはさむ。

「車が来たらでてくればいいっちゃけん」

茉莉がさきをあさにあずけて、男たちにまざっておもての仕事をしすぎることを、義母があまりよく思っていないらしいことは茉莉にもなんとなくわかっていた。

「そんなら」

名残り惜しげにスタンドを見渡す。

「チャンス」

小田くんが小声で言い、親指をたてた。本をめくる真似をしている。パントマイムみたいだ。茉莉は笑ってうなずいた。売店に併設された待合い所には、椅子と雑誌が置いてあるのだ。


「好いとうものは何?」

さきに訊くと、幾つかのこたえが返ってくる。「なわとび」と言うこともあれば、「おじいちゃんのうち」と言うことも、「にんじんごはん」と言うこともある。にんじんごはんは、ほとんど粉のように細かく刻んだ大量のにんじんを、米の上にのせて炊き上げるもので、柴田家の食卓にときどき上る。にんじんの苦手な姑の弟のために、あさが考えついたものだという。にんじんを刻むのに手間がかかるが、花が咲いたようにきれいなオレンジ色のごはんが炊きあがる。

いちばん手軽なのがなわとびなので、茉莉はしばしば娘に訊く。

「なわとび、するね?」

さきは必ずゆっくりとうなずく。

「する」

そして、そうこたえる。どんなときでも。一度、茉莉は夜中に娘をトイレにつれていきながら、

「なわとび、するね?」

と訊いたことがある。眠くて仕方のないときにそう尋ねたら、どんなこたえが返るのか興味があった。

半分眠ったような顔で、さきはしばらく沈黙し、それでもゆっくりうなずいた。

「する」

茉莉はさきの、白くぽっちゃりした頰に音をたててキスした。

「うふふ。冗談くさ。きょうはもうねんしゃい」

さきは世にもかなしそうな顔になり、それから身をふるわせて泣きじゃくった。茉莉は、ひたすら謝った。

たとえば仕事時間中でも、スタンドが暇でさきが家にいれば、茉莉はよくなわとびにつきあう。ピンク色のビニール製で、白いプラスティックの持ち手部分に名前シールの貼ってある、子供用のとびなわ。片側を門扉にくくりつけて、もう一方の端を持って揺らしてやる。揺らすだけで、回してはいないのだが、さきは

なかなか跳ばない。

「最初がこわいと」

と、言ったりする。真剣な表情で、茉莉がじれるほど慎重にタイミングをはかる。息をつめ、やっと思いきったように跳び込む。すぐに、笑顔になる。

「ひとおつ、ふたあつ、みっつ、よっつ」

茉莉が数え、さきはただ跳ぶ。一度跳ぶごとに、長くのばした髪がはねる。

跳びそこねると、さきは声をたてて笑う。まるで、その瞬間のためにそれまで我慢して上手く跳んでいたとでもいうみたいに。

夏の夕方、スタンドの横の路地でなわを揺らしながら、茉莉はさきを、しみじみいとおしいと思う。さきがいまここにいてくれることは奇跡だと思う。


喜代の大切にしていた「ガーデン」は、借地権もろとも東京に住む女性に譲渡されている。「すくなくとも二、三年は、このままの形で維持していく」つもりだと、三年前に茉莉は言われていた。

もうすっかり様変りしとうかもしれん。

茉莉はときどきそう思う。

いっそ、大根畑になっとったらいいとに。

胸の内で、そう呟くこともある。父親に会いに行くついでに車でまわってみることもあるが、二、三の植物を除くと、そこは依然として喜代の「ガーデン」のまま、頑固な風情《ふぜい》で淋しげに存在している。

新しい持ち主は喜代と仲のよかったらしい園芸家で、茉莉が会ったとき、すでに五十に手がとどいているらしく見えた。北海道にもハーブガーデンを所有しているという。

「主人は応援してくれてるんだけど、子供たちにはあきれられてるわ」

短い髪の、肉づきのいい丸い顔をほころばせて言った。

そげんことはどうでんいいったい。

茉莉は、自分が苛立ったことを憶えている。

「母は、具体的にはどう言ったんでしょうか。ええと、庭を手放す理由や、今後の連絡方法について」

ホテルのロビーだった。春で、茉莉のお腹にはさきが宿っていた。かつて喜代がしていたガーデニング教室の講師を、月に二度、レクチャーのみの形で彼女がひき継いでいた。

「何も聞いていないの」

嘘だ、と、茉莉は思ったが、何度確認しても、彼女は頑としてそう言い張った。

「あのお庭もね、実際には地元のかたたちが手入れなさるわけで、私はただ監督っていうか、形式を崩さないようにしてほしいってことだけ頼まれてるの」

嘘だ、と、それでも茉莉は思った。一人の人間がいなくなって、誰も、ほんとうに誰も何も知らないなどということがあり得るだろうか。

「もし連絡があったら、お家に連絡するようにって必ず言うわ」

そう言ったとき、彼女の顔に浮かんだ同情の表情を、茉莉はいまでも憶えている。

早《はよ》う大根畑になったらいいったい。

道端に停めたピックアップトラックの運転席から、庭を見ながら茉莉は吐き捨てるように言う。夕暮れどき、喜代の「ガーデン」は、夏でもその周囲より温度が低いように見え、車のなかにいてさえ、目を閉じるとひんやりした緑と樹皮の匂いがするような気がする。

ちょっとだけ入ってみろよ。昔、よくあそこを散歩したろう？

惣一郎の声を感じるが、茉莉は決してそのなかに入ろうとはしない。視線を道の先に戻し、姿勢を正して静かに車を発進させる。始とさきのいる場所に向けて、現在の生活の方へ。


秋。柴田家では年に一度、スタンドを臨時休業にして、従業員の慰安旅行にでかける。一年目はさきが生れたばかりだったので、茉莉とさきは寺内家に泊った。二年目は神戸に、三年目は宮崎に、でかけた。大型バンを借りて、皆で車で行く。運転は始と藤原さんが交代でして、宿の手配などは母親がする。弟の克は写真と進行の係だ。

今年、一家は徳島に来ている。アスレチック公園なるものがあって、そこならばさきも遊べるだろうということになった。

「ほんとやったら、今夜は二人で過ごせるとよかったっちゃけど」

朝、親子三人の部屋で始は言った。茉莉の誕生日と旅行が、たまたま重なった。

「かまわんよ」

憶えていてくれただけで嬉しく、茉莉は笑顔でそう言った。部屋の窓からは海が見えた。海と、ボート小屋のようなものが。

「曇っとうね。雨が降らんとよかけど」

前日、福岡をでたときには天気がよかった。運動会日和《びより》。そう思った。まぶしい日ざしにきらめく海を見ながら、今回の旅の目的の一つだった、瀬戸大橋を渡った。橋は去年ようやく開通し、四国が身近になったところだった。

「気持ちよかったね、瀬戸大橋」

思いだして茉莉は言い、そのとき車の窓ガラス越しの光が暑いほどだったことと、隣でさきがピンクのポッキーをやたらにたくさん食べていて、甘ったるいクリームの匂いに胸やけしそうな気がしたことまで甦《よみがえ》った。座席に膝をついて外を見るさきの背中を、軽く手で支えながら、さきの頭ごしに見た青すぎる海。茉莉の胸に、それは不安をかきたてるほど美しい景色、決してとどめてはおけない幸福にも似た景色として刻まれた。三歳のさきは、大人になったときこの海を憶えているだろうか、と、ふと思った。ポッキーで手をべたべたにして、暑いほどの日ざしと茉莉の腕のなかで見おろした海を。

「すてきなお誕生日やん」

茉莉は始に言った。

「ゆうべは温泉につかれたし、お酒もたくさんのめたし」

鳴門《なると》の渦潮も見た。きょうは帰る前に、「若者組」だけアスレチック公園に行く。

にやり、と、始は笑った。髪も浴衣《ゆかた》も、寝乱れてくしゃくしゃになっている。

「何《なん》？」

どきどきした。裾からのぞく始の足は、筋ばっていてひどくきれいだ。無防備な姿を、セクシーだと茉莉は思った。そばにさきがいるのに、欲望ばおさえられんかったらどげんしよう。

「いや」

笑顔のまま、始は言った。

「アスレチック公園より、茉莉はあっち組に行きたいんやないかと思って」

拍子抜けする。朝から性的なことを考えた自分が恥かしく、茉莉は頰がほてるのを感じた。

「なして？　あたしは若者組よ。さきと一緒やもん。

きまっとろうもん」

大人組――と彼らは言うが、若者組と対にするなら老人組だと茉莉は思う――は、公園ではなく阿波おどりのできる場所へ行くという。そこでは、希望すれば観光客でも踊れるらしい。

踊りたい、と茉莉が思ったことを、始にはもちろん見透かされていたのだ。

「あたしはこっち組やもん」

くり返した。

「どげんする？　ママも入れてやるか？」

始はさきを抱き上げて訊いた。浴衣の袖がめくれ、日にやけた腕があらわになる。

「入れてやる」

小さい声でさきがこたえた。さきを抱いたまま、始が窓辺の茉莉の横に立つ。

「今度は三人だけで阿波おどりに来ようや」

どうしよう、と、茉莉は思った。こんなにしあわせで、どうしよう。足が竦《すく》んだ。そして考える。しあわせすぎると足が竦む。このごろいつもそうだ。

5

「オーライ、オーライ。オーライ、オーライ」

夕暮れの昭和通りに、茉莉の声が響く。声はときどき「オラァイ」に変るが、はっきりと力強く発せられている。車道と歩道のあいだに立ち、大きく腕を動かし、客の車を誘導する。

「ありがとうございました」

走り去る車に、お辞儀をした。街路樹の葉が、色を変え始めている。

オーライ、と大きな声をだすことの大切さを、茉莉は始の父親に教わった。まだ柴田家に嫁ぐ前、ボーイフレンドのそばにいたい一心で、おしかけ無給アルバイトをしたいと申し出たときだ。たとえ他に何ができても、それができない奴はスタンドでは働けない、と言われた。接客上いちばん大事な仕事だ、と。

いまでは茉莉にもよく理解できる。他のすべての仕事と異なり、馴《な》れてはいけない仕事だった。

スタンドでは始が、メタリックブルーのカリーナに給油している。その車の窓を小田くんが拭いていた。

随分汚れた車だ。タイヤがすり減っている場合には注意を促してもいいが、車体の汚れについては注意してはいけない。それもまた、声をだすことと同様、始の父親が皆に厳しく言っていることの一つだ。

でも――。そばを通りすぎながら、洗車をすすめたい衝動に茉莉はかられる。これでは車がかわいそうだ。

可笑しい、と自分でも思うのだが、こういう気持ちになることは珍しくない。始を愛するようになってから、茉莉は車が好きになった。

「茉莉さん」

ひそめた声で小田くんに呼ばれた。ふり向いても、小田くんは茉莉に背を向けて、のびあがってカリーナの後部ガラスを磨いている。

「何《なん》？」

近よると、小田くんは無言で、車のトランクを指さす。埃だらけのその場所には相々傘がかかれており、マリ、ハジメ、という二つの名前がならんでいて、周囲をハートマークがとび交っている。

「何、これ」

茉莉はあきれて眉を上げた。くくく、と、小田くんは楽しげに笑う。

「よかでっしょうもん。拭くきまりになっとうとはガラスだけやっちゃもん」

ところどころ薄墨を流したような空だ。西の方だけ、朱色にそまっている。運転席の窓ごしに、始が料金を受けとっている。

「それに、こげんしとったら、自分の車が汚れとうとに気づくってもんでしょうが」

やや得意げに、小田くんは言った。茉莉は微笑み、車から離れる。小田くんは親指を立ててみせてから、小動物のようにすばしこい身ごなしで道路にでた。

「オーライ、オーライ。オーライ、オーライ」

痩せっぽちな身体に似ず大きく力強い小田くんの声が、夕暮れの昭和通りを流れていく。

正月の二日と三日を、茉莉とさきは寺内家で過ごした。元日は柴田家にいて、そこはもうイタリアのマフィアもかくや、と思われるほどの一族の集結ぶりで、始の姉とその家族や、洋介叔父龍男叔父をはじめ、亡くなったおじいさんの妹の娘、とか、藤原さんの先妻の息子、とか、茉莉にはほとんど誰が誰だかわからないほどの賑やかさだった。

天気のいい、空気の澄んだ元旦で、茉莉は昼間、子供たちを集めておもてで遊んだ。途中で始も加わって、バドミントンやなわとびをした。夜は男たちにまざって酒をのんだ。無論、大晦日《おおみそか》までは祖母のあさや母親の指導のもと、トイレ掃除も階段の雑巾がけもしたし、がめ煮にする根菜の皮むきや、きんとん用のさつま芋のうらごしといったこまかい作業を手伝った。

「ここに帰るとほっとするっちゃもん」

寺内家の居間の、緑色のソファに腰掛けて茉莉は言った。正月といっても、この家のなかにそれを感じさせるものは何もない。

「これ、おばあちゃんとお母さんから」

弁当箱に詰められた数の子やかまぼこ、別な器に入れたがめ煮をさしだすと、新は無造作にうけとって、

「ああ、悪いね」

と言った。それはまるで、「ああ、いまは正月なのか」とでも言ったみたいに茉莉には聞こえた。

「プリー、プリー」

最近この家に来るといつもそうであるように、さきが所望する。新はたちまち相好をくずし、

「そうだそうだ、プリー、プリーが要《い》るな」

とこたえてステレオに向った。

茉莉はソファに腰掛けたまま、さきを両足のあいだに立たせて軽くおおいかぶさる。いまや、さきだけが新を現実世界につなぎとめているように思える。あたたかくまるい頭、つやつやした黒髪。

新は、さきがまだ赤ん坊のころから、この部屋でレコードを聴かせている。惣一郎や茉莉にしたのとおなじように。「プリー、プリー」はドリス・デイの「ひな菊を食べないで」で、さきの気に入りの曲だった。途中で子供たちのコーラスが入る。「Please Please Don't Eat The Daisies, Don't Eat The Daisies, Please Please」。茉莉はすこし不思議に思う。子供というのは、たとえばさきのように、大人にばかりくっついて他の子と遊ばない、と園長先生に言われるような子供でさえも、おなじ子供の声に反応するものなのだろうか。

「のむか？」

新の声がして、缶ビールがさしだされた。

「ありがとう」

うけとって、プルトップをあける。あかるい音楽が部屋に流れ、さきが体を左右に倒しながら口ずさみ始

める。

「プリー、プリー、ドンイーッザデイジー、ドンイーッザデイジー、プリー、プリー」

リズムにあわせて足ぶみをするのだが、それは踊るというよりシコをふんでいるようで、茉莉は娘の音感をつい疑ってしまう。白い、もっちりしたさきの脚。

ビールはよく冷えておいしかった。ごくごくと半分ちかく、勢いよくのんだ。視線を感じ、

「何《なん》?」

と訊く。

「いや」

とこたえ、新はしずかに微笑んだ。

「お前はほんとうにうまそうに酒をのむね」

「だって、うまいっちゃもん」

かつて、喜代の鉢植えを守るためにひきっぱなしにされていたカーテンは、大きくあけてとめられている。遠慮会釈なくさし込む日ざしのせいで、床の埃が目立った。

「まばあいね」

茉莉はつぶやき、上を向いた。喜代の知らないシャンデリア。喜代の知らない、茉莉の娘。

「始さんがくさ、ここで一緒に暮したらどうやって言ってくれとうと」

さきに聞こえないように小さな声で、茉莉は言った。

「前々から柴田の家を建て替える話はでとって、克くんが独立したら二世帯住宅にしよう、とか言いよっちゃけど、なんちゃ手狭やん」

新はソファに深く凭《もた》れて、表情のよみとれない顔で耳を傾けている。

「克くんも気を遣って、アパートを借りるとか言いだしよっちゃけど、始さんが許さんと。家族は一緒に暮すべきやし、追いだすみたいなことはできん、って」

新が返事をしないので、茉莉は一人で続けた。

「ここやったらスタンドまで車で二十分やし、さきも馴染んどうし」

「ひな菊を食べないで」が終り、ドリス・デイは「Do Not Disturb」を歌っている。

「だけんパパさえよかったら――」

うふふ、と、新は笑った。缶ビールを一口だけのんで、

「始くんはやさしい男だなあ」

と言う。茉莉には、新の次の言葉が予測できる気が

した。

「でも、俺なら心配いらないよ」

わかっとう、とこたえて茉莉も微笑む。

「そげん言うと思っとった」

でも、と、茉莉はもう一度だけ言ってみた。

「でも、パパのためやなくて、あたしたちの住む場所のためやったらどげん？」

「駄目だね。全然駄目だ」

新はむしろ可笑しそうに言う。

「お前と始くんだけならともかく、さきまでいなくなったらおばあさんが淋しがるだろ」

それからふいに真顔になり、

「家族は一緒に暮すべきだよ」

と、言うのだった。

家族――。茉莉はいたたまれない気持ちになる。あんなかたちで息子を失い、妻に去られてもなお、この人はそんなふうに思っているのだ。

「おじいちゃん」

小さな、遠慮がちな声でさきが呼んだ。

「プリー、プリー」

ステレオに向う新の背中を眺めながら、茉莉は缶ビールをのみ干す。


翌日、新年の挨拶をかねて妻子を迎えに来た始は、焼酎の一升壜《びん》を提げていた。

「パパだぁ」

叫んで、さきが始の腿《もも》に抱きつく。あたしも抱きつきたかあ、と、茉莉は思う。始の笑顔はあたたかく力強く、何度見てもそのたびに、茉莉は胸が熱くなるのだ。たった一晩離れていただけで、十日も離れ離れだったような気がする。

「きのうの夜はお鮨屋さんに行ったとよ」

さきが報告する。

「ママとおじいちゃんと三人で、カルタもしたとよ」

ふいに、惣一郎の気配を強く感じ、茉莉はおどろいて立ち竦んだ。ゆうべ兄の部屋で半時間ばかり過ごしたが、そのときには何も感じられなかったのに。

泣くことはないよ。

ぞっとするほど淋しい声だった。

「鮨？　よかなあ」

始は笑っている。

「何を食べたとや？」

いつかまた会えるんだから。

「さき、エビば食べたと」

惣一郎の声は、まるで耳に口を寄せて囁かれたもののようにはっきりと聞こえ、茉莉は皮膚の内側に鳥肌が立つのを感じた。動くことができない。見馴れた部屋のなかで、いちばん親しい人々のそばにいながら、自分だけが別の場所にいるような気がした。

「エビや。他には?」

「ヒラメ。穴子。ワカメ」

だから泣くことはない。超然とするんだ。

やめて。茉莉は胸の内で懇願した。やめて。なんだかわからん。わからんけどこわいけんやめて。

「ママ」

気がつくと、さきに手をひっぱられていた。

「ママってば」

茉莉は始を見つめた。いつもと何ら変りのない、なつかしく頼もしい始を。

「どげんしたとや?」

心配そうに見つめ返され、茉莉は自分が震えていることに気づく。ひどく寒い。

「茉莉?」

怪訝《けげん》そうな声の主は新だ。早速台所からとってきたらしいグラスを三つ、手に持っている。

茉莉は始に近づこうとした。実際には一足目で膝が硬直し、上手く歩けずに、駆け寄った始に支えられた。

「何や? どうしたとや?」

声も、体温も、肩の厚みも、それは始そのものだった。抱きしめても抱きしまらない身体。

「びっくりしたあ」

安心し、茉莉は笑顔をつくる。

「いま、おにいちゃんの声がしたと」

背中にまわされた始の腕。大丈夫。一緒だから大丈夫。

「二階で本を読もうか」

新がさきに言った。

「ママとパパは、恋人ごっこをしたいんだとさ」

おもしろがっている口調だ。

「よかよ」

さきはやや不服そうな声で、でも大人しく従った。こういうときに、茉莉はおどろく。この子はなんて素直な子供なのだろう。子供のころの自分なら、間違いなく「いやっちゃもん!」とこたえた。打てば響くはやさで、断固として。

大丈夫。一緒だから大丈夫。茉莉は自分に言いきかせる。

「ありがとう。もう平気やけん」

始の頰に頰をつけ、ようやくそう口にした。

正月休みも、さきの冬休みも終り、柴田家に日常が戻った。茉莉にとっては、毎朝六時に起きて台所のあさを手伝い、さきに弁当を持たせて保育園に送り届けてから、始と二人でとらせてもらう昼休みをはさんで夕方までスタンドで働く、忙しくも幸福な日常だ。夕食後の片づけも茉莉の仕事で、たいていそのあいだに始がさきを風呂に入れてくれる。

二月になると、雨が続いた。喜代の友人の園芸家がとうとう「ガーデンを維持しきれなくなり」、あの土地を手放すことになった、という手紙が茉莉に届いた日も、朝から雨が降っていた。

かえってよかった、と、茉莉は思った。喜代そのものみたいなあのガーデンは、見るたびに胸が痛んだ。

柴田家には庭と呼べるものはない。スタンドの横の道に面して小さな門があり、その内側に、梅の木が一本生えているだけだ。その梅が、ちょうどいまぽつぽつと花をつけている。花芯だけがしゃわしゃわと濃く紅い、白い花だ。春になると、あさはその枝に半分に切ったみかんをさす。

「めじろが来るけん」

と言って。

すくなくとも――。昼休み、雨に濡れた梅の木を見ながら茉莉は考える。すくなくともこの木には、世話をしてくれる人がいるのだ。園芸家から届いたそっけない文面の手紙の中身を、茉莉は始にも新にも告げるつもりがなかった。

「何ばしようとや？」

戸があいて、始が顔をだした。

「お昼、ちゃんと食べとかんと、午後は忙しかっちゃけんな」

「はあい」

歌うように、茉莉はこたえる。知人の娘の結婚式があるとかで、きょうの午後は、始の両親が留守になるのだ。茉莉は、退屈な売店業務の責任者になる。

「でもその前に、ちょっとだけ布団ば敷く？」

茉莉は言い、言うが早いか行動に移した。玄関にとびこんで戸を閉めたとき、梅の匂いが鼻をかすめた。

茉莉の運命を変える電話がかかったのは、その夜の十時すぎだった。どういうわけか寝つかないさきに、茉莉は居間であやとりを教えていた。おじいちゃんたちを迎えに行ったパパが帰るまで、という約束だった。さきはホウキのつくり方を覚え、何度でもそれをつくった。茉莉はハシゴや塔をつくり、すーっとほどいてさきに拍手をもらった。二月にしては暖かい夜だ。雨はまだ降り続いていて、夕方から強くなった風にあおられ、雨粒が屋根や壁にばらばらとぶつかる。茉莉もさきもパジャマにセーターを重ねた姿で、風呂上がりの匂いをさせて座布団にすわっていた。

「柴田さんのお宅ですか」

電話をかけてきた男は、妙にゆっくりと喋った。

「福岡市中央区唐人町《とうじんまち》……」

住所を確認され、

「こちらは警察の者ですが」

と続いた。茉莉は聞きたくなかった。自分がなぜ、「はい」などと先を促す相槌を打ったのかわからない。これこれのナンバーの、これこれの車はお宅の車ですか。あなたは御家族ですか。

嘘だ、と思った。勿論、何かの間違いだ。

「これから病院の名前と住所を言います。メモはありますか」

はい、とこたえたが嘘だった。いつも電話のそばにあるメモが見あたらない。さきが持ちだして、絵をかくのに使ったのかもしれない、と、茉莉は思った。

「わかりましたか。ちゃんとメモはしましたか」

はい、と、茉莉はまた嘘をついた。ここでシャットアウトしなければ大変なことになる、と思えた。こんなにいやなニュースを、この家に持ち込んではいけない。しかし男は病院の名前をくり返した。いやでも茉莉の耳に残るよう、ゆっくり。

受話器を置く瞬間まで、茉莉はそんな場所に行くつもりはなかった。目の前の柱や、電話台に敷かれた朱色の布——金糸で刺繍《ししゅう》がしてある——に注意を集中し、こっちが現実だ、と、思おうとした。

「誰からやったと?」

さきの、あどけない声がした。

電話の男は、不穏なことをいろいろ言った。三台が関与した交通事故。すぐに来ていただく必要があります。妙にゆっくりした口調で——。

突然、始の顔が浮かんだ。始はいま病院にいるのだ。きっと困っている。きっと、お父さんとお母さんが事故にあったのだ。始は動転し、かなしみに打ち拉《ひし》がれているだろう。

茉莉は壊れそうに古い柴田家の階段を駆けあがって、克の部屋の戸をたたいた。廊下は深閑としている。

「事故があって」

声が震えた。始とよく似た克の顔を見た途端に、恐怖がせりあがってくる。メモしなかった病院の名前を、茉莉は無理やり口にだした。

6

なにもかもが現実ばなれしていた。雨。あとになって、茉莉が現実としてはっきり記憶していたのは、この夜の雨と風、自分たちの乗ったタクシーのヘッドライトと、せわしないワイパーの動きだけだった。

さきをあさに託し、茉莉が克と病院に駆けつけたとき、始の遺体はすでに霊安室に移されていた。両親のそれとならんで。普段着のまま白いシーツにすっぽり覆われた始の遺体は、茉莉には冗談のようにしか見えなかった。

バイクを含む、車両三台による事故。四人が死亡した。始と父親は即死だったという。救急車の到着したとき辛《かろ》うじて息のあった母親も、病院に運ばれた直後、死亡が確認された。

医師は淡々と説明した。幾つも蛍光灯がついているにもかかわらず、病院は暗く、ひんやりと寒く、空気に不幸の匂いがした。

克は泣いたが、茉莉は泣くことができなかった。とてもほんとうとは思えなかった。公衆電話から、克がほうぼうへ電話をかけた。茉莉はただ立っていた。ただ立って、病院ロビーの壁やソファ、窓枠や天井や床を見ていた。雑誌のさしてあるラックを、トイレの場所を示すプレートを、声をつまらせながら小声で話している克のうしろ姿を。

葬儀の手配や保険会社とのやりとりは、藤原さんが率先して手伝ってくれた。あさは気丈にふるまっていたが、夜になって人の出入りが途絶えると、自室の襖《ふすま》ごしに嗚咽《おえつ》をもらした。高く、低く、嗚咽はいつまでも続いた。人間の泣き声というよりも、獣のうめき声にそれは似ていた。世にもかなしい声だった。茉莉は、しかしそこでも泣くことができなかった。夫婦で使っていた部屋——もとは始が一人で使っていた部屋だ——にいると始に守られている気がした。待っていれば戻ってきてくれるとしか思えなかった。それに、待っていること以外に、茉莉にさせてもらえることは何もなかった。両親と始がいなくなり、スタンドが休業となった柴田家のなかで、茉莉はあきらかによそ者だった。

葬儀は滞りなく執り行われた。盛大といってもよかった。柴田家の親類縁者、古くからのつきあいである町の人たち、ガソリンスタンド——かつての油屋——と関係のあった人たち。茉莉は喜代の喪服を借りて身につけ、さきの手をひいてそこにただ立っていた。

さきには、事実をそのまま話した。旅にでたとか、お星さまになったとか、いい加減なことを言いたくはなかった。

「パパは事故にあったと。それで死んでしもうたと」

さきは泣かなかった。

「そうなん？」

かなしげに聞き返したが、

「じゃあ、まだ帰ってこんと？」

と続けたところを見ると、完全に理解しているわけではなく、かといって、まるで理解していないわけでもない、という様子だった。

弔問客たちは、さきを見ると涙ぐんだ。始くんにそっくり、と言ったり、こんなに小さいのに、と言ったりした。さきはじっとしていた。じっとして、相手の顔を挑むように見ていた。そして、そんな茉莉とさきの姿を、かなしげに心配げに、すこし離れた場所で新が見守っていた。

「茉莉ちゃんには相応のことばするけん」

龍男叔父にそう言われたのは、桜の咲き始めたころだった。何もかもが、茉莉の手の届かないところで進行していた。藤原さん以外の二人の従業員には暇がだされ、会社を辞めて資格をとり、跡を継ぎたいと言った克の言葉はとりあってもらえず、おまけに父親に多少の借金が残っていることも発覚した。

貸しビルにするしかない、というのが龍男叔父の意見で、その一部を住居にすれば、今後のあさと克、茉莉とさきの生活が安定すると言った。そのための費用は自分も負担するし、収益は投資の原則と遺産分配率にのっとって分ければいい、と。

年齢と状況を考えれば称賛に値する凜々《りり》しさで事態に対処していたあさも、それを聞くと狼狽《ろうばい》した。そして、スタンドだけは、なんとか維持したいと言った。それは現在の茉莉の唯一の望みでもあった。始の愛したスタンドがこの世から消えてしまうのは耐え難いことだった。始が見たら、どんなにかなしがるだろう。しかも、龍男叔父なんかにそれをされたら。

「あたしも勉強しますけん」

茉莉は言った。

「克くんと一緒に勉強して、資格ばとります。藤原さんがおってくれれば、いままでどおりにやっていけるとです」

ガソリンスタンドを好きになっていた。茉莉にとって、いまやそれは始の生きていたしるしであり、さきの次に大切なものだった。

「気持ちはわかるばってん、あんたももっと冷静にならなくさ」

龍男叔父は言った。

「現実的に考えてみんしゃい」

いやな笑い方をする。しかし、このいやな笑い方をする男はあさの次男なのだ。

始の姉夫妻も、洋介叔父も、龍男叔父の意見に賛成だった。他に方法がないと考えているらしかった。それればかりか、茉莉がなぜ口をだすのか理解できないと言わんばかりだった。

そのとおりだと、茉莉にもわかってはいた。わかってはいてもくやしかった。そして逝ってしまった始をすこし憎んだ。愛することと憎むことは、おなじだった。

ガソリンスタンドおよび柴田家の「資産」をめぐる話し合いの一度きりを除くと、事故以来、茉莉はさき以外の人間と、ほとんど口をきいていなかった。意識的に黙っていたわけではない。茉莉のなかに、言葉が一切なくなったかのようだった。新に対してもあさに対しても、それはおなじことだった。大丈夫かと訊かれれば大丈夫とこたえ、何か問われればはいとかいいえとかこたえる、それ以上の言語は知らないとおなじだった。

記憶だけが茉莉に感情を与える。始の存在の記憶。

始のものの考え方の記憶。皮膚の温度、力強い双眸《そうぼう》、腕のかたち、手のかたち、爪のかたち。

「いい子やね」

茉莉はさきに言う。さきは、始につながるものだからだ。いい子やね、と言われると、さきはうつむいて笑う。嬉しそうに、恥かしそうに、くにゃりと。

事故をめぐる煩雑《はんざつ》な手続きを、茉莉は黙々とこなした。自分が代りにする、という藤原さんの申し出も、ほとんどの場合断った。他人とのやりとり以外は。そして、それもひとえに、始とつながる雑用だと思えたからだ。警察署で遺族調書をとられるとか、役所に書類をとりに行くとか、葬儀に来てくれた人たちへの礼状に切手を貼るとか、そのようなこと。これがすべて終ったらどうしよう。そう思うと不安になった。始のいない世界に、一人でとり残されてしまう。

あさは、依然として茉莉にやさしかった。いままでのように家族七人分の食事をつくる必要も、茉莉が働いているあいださきの面倒をみる必要もなくなり、昼間でも床についていたりしたが、顔をあわせれば微笑んで、

「あたしは大丈夫やけん」

と言ったり、

「これも運命なんやろうね」

と言ったり、

「茉莉ちゃんがおってくれてよかった」

と言ったりした。しかし茉莉には返す言葉がなかった。どれもあさの本心ではないことがわかっていたし、あさにとって、茉莉の顔を見るのがつらいこともわかった。茉莉自身、あさを見れば始を意識し、始の不在をいやでも思い知らされてしまう。

「しばらく高宮のお家に帰って休んできてもいいとよ」

あさはそうも言った。実際、スタンドの取り壊しが始まれば、あさは長女の家にひきとられ、克はアパートを借りることが決っている。茉莉とさきは、その間、新の家に身を寄せるしかない。

しかしそれまでは、あさのそばを離れたくなかった。あさのそばを、そしてガソリンスタンドを。八十八歳になるあさが、息子夫婦と孫をいちどきに失い、夫の形見とも言うべきスタンドまで失おうとしているのは、あまりにも痛ましいことだった。

「パパは？」

保育園の休みの日に、たとえば茉莉が散歩に誘うと、さきはそう尋ねる。

「パパも来ると？」

それは、しかし期待ではなく不安の声だ。あるいは抗議の。その証拠に、さきはそれ以上尋ねようとしない。パパがいまどこにいるのか、なぜ帰ってこないのか。

「パパはさきといつも一緒やけん」

茉莉にはそうとしかこたえようがない。

「だけん、お散歩にも一緒に来るとよ」

さきは困った顔をする。困った、淋しそうな顔を。

浄水通りは桜が満開だった。体に感じるほどの風もないのに、花びらがきりもなく零《こぼ》れる。

「きれえ」

小さな口をあけ、つぶやいたさきの唇にも白い花びらが一つはりついた。

「ほんとね、きれいやね」

こたえたが、茉莉には桜も道も、景色の何もかもがひどく遠く、美しくも醜くも見えない。娘の手をひいて歩いていても、幸福も不幸も感じなかった。


いま始が迎えに来てくれたら、喜んでついていく。茉莉は思う。さきと二人で、喜んでついていく。落ちてくる花びらに目を細め、それ以外のことは何もしたくないと思った。


茉莉の様子は、傍目《はため》には茉莉が思っているよりずっと危険に映っていた。やつれて、さき以外の人間と口をきかないばかりか、話しかけられても気づかないことが多く、食事もほとんど摂らなかった。泣くことも笑うこともなく、終日ただぼんやりとしているのだ。さきを迎えに行くことを忘れたり、すぐそばで電話が鳴っていてもとらなかったり、風呂に入ったまま眠ってしまったりした。

それで、柴田家の工事着工に伴い、茉莉がさきをつれて寺内家に移ると、周囲の誰もが胸をなでおろした。あさも克も藤原さんも、始の姉夫婦や二人の叔父も、さきの保育園の先生たちまで。

新は娘を温かく迎えた。なぐさめることはせず、ただ、

「おかえり」

と言った。

「おかえり。お疲れさん」

と。

事故に遭ったとき、始は父親の車を運転していたので、赤いピックアップトラックは茉莉が譲りうけた。赤いピックアップトラックとさき、それに身の回り品をつめた段ボール箱が一つ。四年ぶりに帰宅した茉莉の所持品は、それですべてだった。

寺内家の居間はあいかわらず埃だらけで、テーブルには郵便物が散らかり、窓辺には枯れたまま放置された植物の鉢が、奇跡的に生き残った数本の鉢植えと共にならんでいた。いまや男の一人所帯となった、静かで孤独な家のなかだ。

二階に続く階段をのぼりながら、茉莉は頬が濡れるのに気づいた。おどろいて、手のひらで拭った。拭っても拭っても、涙はでた。茉莉は洟《はな》をすする。居間では、新がさきのために、ドリス・デイをかけてくれている。

戻ってしまった、と、思った。一人ぼっちの自分に、始と出会って世界が突然目の前にひらける以前の、退屈で不機嫌な娘に。

あさのいる家では一度も泣かなかったのに、廊下で、そして子供部屋のままの自室で、茉莉はとめどなく涙を流した。信じられないと思った。始がいなくなるなんて信じられない。

惣一郎の部屋に、茉莉は近づこうとしなかった。惣一郎とさえ、口をききたくなかった。正月の出来事を憶えていた。惣一郎は知っていたのだ。そう思うと頭も身体もカッとして、茉莉は怒りとかなしみに身もだえする。

泣くことはないよ。

それは、でも、茉莉には許せないことだった。

いつかまた会えるんだから。

それもまた、まるで役に立たない言葉だった。おにいちゃんの言うことなんて聞きたくない。茉莉は、生れてはじめてそう思った。おにいちゃんじゃなく、あたしは始さんにここにいてほしいのだ。どうしても、いまここにいてほしいのだ。

茉莉とさきの寺内家での生活は、少くとも一年、ひょっとするとそれ以上になるかもしれなかった。その先のことは、まるで想像ができない。貸しビルからの収益で、母娘二人があさと共に暮すのには十分であるらしかった。しかし一方で、遺産の分配は親族たちのあいだでなかなか話し合いがつかず、弁護士だの税理士だのが毎日のようにやってきては、あの古い家をかきまわしていた。そこでは、茉莉はあきらかに部外者だった。さらに言えば、じゃまな存在なのだった。

「あら、茉莉さんはあっちでお酒ばのんどうかと思っとったとよ」

通夜のあと、寺の水屋で親戚の一人に言われた。

「始はお嫁さんに甘かけんが」

始の姉は泣きながら言った。

「何度も言ったっちゃけど」

と、せつなそうに。

幾つもの知らなかったこと、幾つもの違和感。そのときの茉莉には、それらは、でもどうでもいいことだった。

工事が決定し、藤原さんが去って行った。茉莉はさきと、ここにいる。


天気のいい日が続いた。春は、高宮の町をあかるく彩る。風のやわらかさ、日ざしのかぐわしさ。それを、茉莉は部屋のなかからだけ眺める。新が大学にでかけ、さきが保育園に行っている昼間——。


惣一郎を失ったあとの喜代と、おなじ虚《うつ》ろな表情をしていた。

始について思いめぐらすことはしなかった。それは忌避だった。現実に蓋《ふた》をして、漫然と、ただぼんやりと、茉莉は日を送っていた。

ときどき、新が二人を外食につれだした。床の黒光りする水炊き屋や、馴染みの小料理屋のカウンターに。夜の外出が物珍しく、さきはそういう場ではしゃいだ。新に促されるままに、座敷で「プリー、プリー」を踊ったりした。はしゃぐさきを見ると、茉莉はいたたまれない気持ちになった。いたたまれない、そして不安な。

隣家の祖父江七が、心配してたびたび訪ねてきてくれた。手づくりのクッキーや、到来物だという立派な菓子折を携えて。

最初にやって来たとき、茉莉の顔を見るなり七は涙ぐんだ。

「ごめんね、おばさんが泣くことやないとにね」

謝りながら、

「茉莉ちゃんも苦労するったいね。人生はつらかね」

と、幾多の不幸にさらされながら生きてきた女性らしい横顔で、何度もうなずいては声をつまらせた。温かいひと。

子供の時分からずっと、七は茉莉には計り知れない温かさを持つ女性として存在していた。愚痴をこぼすところも、声を荒げて子供を叱るところも、茉莉は一度も見たことがない。

その七のやさしさにも、茉莉ははかばかしい反応を示すことができなかった。一緒に泣くことも、礼を言うこともできず、ただつっ立って、なつかしくふくよかな声を聞いていた。

それは、会うたびにほめることだけしてくれた七、この土地にうまく馴染めなかった喜代のことを、いつも気にかけていてくれた七の、昔と変らない声だった。

「ガーデン」にでかけたのは、四月も終りに近い日の夕方だった。ふいに、あの場所の空気がすいたくなった。喜代の友人が匙《さじ》を投げてから、どうなったのか、茉莉は知らなかった。手紙を受けとったのは二月だった。そして、その日にあの忌わしい事故が起きたのだった。

「ドライブに行くと？」

茉莉はさきに訊いた。微笑んではいたが、表情は虚ろなままであり、声もまた沈んでいた。さきは不安げな顔をしたが、行く、と、こたえた。どこへ、とも、パパは、とも訊かず、ただ大人しく、行く、と。

窓をすこしあけて走った。うすあおい夕暮れの、とろとろした空気が流れる。ときどき、そこに、よその家から漂う夕食の仕度の匂いがまざった。

「どこに行くと？」

車に乗って十分も走ってから、ようやくさきが遠慮がちに訊いた。事故以来、さきは茉莉に対し、どこかこわごわ物を言うようになっていた。そうしないと、茉莉が壊れるとでも思っているみたいに。

「お庭よ」

茉莉は言った。

「前に何度も行ったことがあるやろう？　四角く造られたお庭」

もうなくなってるかもしれないけど、とつけ足して、窓を閉めた。さきが寒いかもしれないと気づいたのだ。

「寒くなかね？」

遅ればせながら尋ねると、さきはすこし考えて、

「へいき」

と、こたえた。

緩やかな下り坂。車を停めるより前に、そこがまるで変っていないのが見えた。空気はすみれ色を濃くしている。

「お月さま」

さきが、フロントガラス越しに指さして言った。エンジンを切った車は、まだわずかにふるえている。

「ガーデン」は森閑としていた。緑の、濃く涼しい匂い。すいよせられるように、茉莉は近づき、木戸を押したが針金で頑丈に固定されていた。

「ママ？」

不安げなさきの声も、茉莉の耳に入らなかった。これまで一度として感じたことがなかったが、なにか霊気のようなもの、人間のそれではなく植物の、ひそやかで清朗なエネルギーを感じた。三方を塀に囲まれた目の前の空間。そのなかでだけ、エネルギーはくすくす笑いのように放たれ、はじけたりはね返ったりしながら、濃くつめたくみちみちている。身をのりだし、茉莉はその霊気を肌にうけとめようとした。我知らず、木戸にしがみついていた。

「ママ？」

右側には薔薇が見事に咲き誇っていた。「フォールズ」と喜代の呼んでいた、滝のように塀をいちめんにつたい落ちる蔓性《つるせい》の白い薔薇だ。

整形式のハーブガーデンからは、土と緑の清々《すがすが》しい匂いの向うに、早咲きのラベンダーのひんやりした匂いがひそんでいる。

誰も手入れをしていないはずの庭が、なぜこんなにうっとりする生気を放っているのかわからなかった。何もかも、喜代のいたころのままの——というよりそれ以上の——、完璧な静けさと力強さを湛《たた》えてそこにあった。

「開けましょうか」

やわらかな男性の声がして、茉莉は我に返った。とっさにさきの手をとる。男性はさきを見て微笑んだ。

「かわいらしいお嬢さんですね」

木戸にまきついていた針金をはずし、男は、

「どうぞ」

と、言うのだった。

7

男は年齢の計りかねる風貌《ふうぼう》をしていた。痩せていて肌が青白く、古くさい丸眼鏡をかけている。キノコのように丸く切り揃《そろ》えた髪が半分白くなっているところを見ると、五十をこえているのかもしれない。しかし一方で、男にはどこか青年じみた雰囲気も感じられた。繊細な鼻梁《びりょう》ややわらかな声、いきいきした目などから、それは来る印象らしかった。

「どうぞ」

再び促され、こわごわ、と言っていいような足どりで、茉莉はさきの手を引いて「ガーデン」に入った。庭全体が、独立した一つの王国のような厳《おごそ》かな佇《たたず》まいでそこにあり、空気の濃さも温度も、柵の外側のそれとはあきらかに異なっている。植物の生気が茉莉とさきを包み、奥へ奥へと誘《いざな》う。

「前にもここで、お会いしましたね」

男が言い、茉莉は考えてみたが、そんな記憶はなかった。へんなことを言う男だと思った。さきは周囲を見まわしながら、不安そうに茉莉の指を握りしめている。

「母上、手放してしまわれたんですね」

男の言葉は耳に入ったが、茉莉の胸にまでは届いていなかった。ハハウエという耳馴れない単語だけが、違和感となって残る。

「ええ」

ほとんど無意識に、相槌だけ打った。「ガーデン」をときどき見に来てはいたが、中に入るのは随分ひさしぶりだった。さきにとっては初めてのことだ。

まるで過去のなかに迷いこんだようで、自分の記憶の鮮明さに、あるいは流れ去った時間そのものに対して、茉莉はたじろぐ。青いホースで散水する喜代の姿や、メモを見ながら夕食用のハーブをつんだ自分自身の姿が、亡霊のようにあちこちに浮かびあがる。

チムニーポット。夕闇のなかに白く目立つその柱に似た物体から、茉莉は目をそらすことができない。あれをここに運び込んだのは始だ。

ここに喜代がいて、始がいた。それをあたりまえのことと感じ、ずっと続くものだと思い込んでいたかつての自分も。

「この部分です」

男が何か喋っている。茉莉はまばたきをし、小さく息を吸って亡霊を追い払う。

「かまいませんか？」

男に尋ねられた。顔を見ると、目が合った。やさしそうな男だ。どういうわけか、なつかしさのようなものを覚える。

「ごめんなさい。何ておっしゃったんですか」

男は一瞬意表をつかれた表情をしたが、すぐに気をとりなおし、穏やかな口調で説明した。

「花を単色でまとめるのが母上のやり方で、僕もそれが気に入っているんです。でもこの一画、ここだけは違っている。『イエロー、ピンクアンドパープルガーデン』、そう呼ばれ、イギリスで伝統的に愛されている配色です。バーンズリー・ハウスなんかにあるものと同じだ。キングサリ、アリウム・アフラチュネンセ、藤、メコノプシス……」

茉莉にはわからなかった。男が何を言おうとしているのか、なぜ茉莉に植物の説明をしているのか。ただ、それは子供のころ、星座の名前や昆虫の生態、世界地図をめぐるあれこれについて、熱を込めて説明してくれた惣一郎を、茉莉に思いださせた。

「かまいません」

男の説明をさえぎり、茉莉は言った。

「母はもういませんし、ここは母の土地ではありませんから、庭をどうなさろうとかまいません」

口調の強さに、男は驚いたようだった。ややあって、

「でも」

と言った。退屈したのか、さきは茉莉の足元にしゃがみ、指で土に触っている。

「でも、僕は、ずっとあなたと連絡をとろうとしていたんですよ」

男は青山志津夫《あおやましづお》という名で、パリ在住の画家だった（「もう三十年近く向うです」）。二年ぶりに、一カ月の予定で帰国しているが、高宮にある実家ではなく、ホテルに滞在している（「放蕩息子ですから」）。その家は茉莉も知っていた。青山といえば、地域でいちばん大きな家だ。広大な日本庭園のある、黒塀に囲まれた屋敷。ずっと昔、九と惣一郎はセミめあてに、よくその塀を乗り越えてしのびこんだ。以前——というのはもうかれこれ六年も前だが——目にしてすっかり感心したコテッジ式庭園が、設計者の手を離れていること

を知って土地ごと買いとった（「嬉しかったですよ、ほんとうに」）。その際、志津夫は喜代の友人の園芸家から、茉莉の連絡先を聞いた（「そもそもは庭じゃなく、それが目的だったんです」）。教えられた住所を訪ねたが、閉鎖されたままのガソリンスタンドと、無人の住居があるばかりだった。

そういったことをみんな、茉莉は寺内家の居間で志津夫から聞いた。「ガーデン」で出くわした、すぐ翌日のことだ。晴れて暖かな午後で、テーブルにはさきの好きなキリンレモンと、氷を入れたグラスが三つならんでいる。志津夫が、自分もそれをのみたいと言ったからだ。紅茶やコーヒーではなくて。

「庭を手に入れられたのは幸運でした」

にっこりして、志津夫は言った。

「あなたを見つけようとして庭の所有者を調べたら、たまたま地主に戻っていた」

でも、と、釈然としない気持ちで茉莉は考える。でも、その地主というのは志津夫の父親だ。

「買いとったんですか？」

茉莉は確認した。

「あなたが、個人的に？」

「ええ。僕が親父から、個人的に」

ゆったりと、楽しそうに喋る男だと茉莉は思った。

「でも、これだけは信じていただきたいんです。もしあのまま母上が所有していらしたら、僕は買おうなどと思わなかった。ほんとうです」

ほんとうだろうと思えた。

「なんだか僕ばかり喋ってるな」

きまりが悪そうに志津夫は言い、水滴のついたグラスから、キリンレモンを一口啜る。それでも茉莉が黙っていると、

「無口なんですね」

と、言った。茉莉は別なことを考えていた。あの庭を衝動的に買えるなら、ガソリンスタンドを買いとることもできるのではないか。この男がもし大金持ちならば。

「本題ですけれど」

志津夫が口をひらいたのと、茉莉が、

「お金持ちなんですか」

と尋ねたのと、同時だった。

「ごめんなさい」

質問の不躾《ぶしつけ》さに気づき、茉莉は詫びたが、志津夫の

返答は、茉莉の予想もしないものだった。

「たぶん、あなたを雇えるほどには」

微笑んで、

「いまそれをお願いしようと思っていたところです」

と、続けた。

「あなたに、どうしても僕の絵のモデルになってほしい。今回、僕はそのために帰国したようなものです」

憶えはなかったが、志津夫は茉莉と、六年前に一度会ったと言って譲らなかった。そうかもしれないし、そうでないかもしれない。茉莉にはどちらでもよかった。

ともかく一度自分の絵を見てほしい、と、志津夫は言った。実家にも、あちこちの美術館にもあるから、と。

「そしてその上で、御主人にも父上にも、僕からきちんとお願いします。もちろん、あなたがひきうけて下さるならですが」

絵はパリで描くと志津夫は言った。自分の帰国は日程が決っているが、茉莉は茉莉の都合のいいときに、すこし長い旅行のつもりで来てくれればいいから、と。

「かまいません」

茉莉はそう即答していた。志津夫の絵に興味はなかった。

「ちょうどいいわ」

都合をつける必要さえないのだ。

「さきを連れて行かれるなら、いつでも、どこにでも行きます」

そして、折をみてガソリンスタンドの話をしてみよう。茉莉は考える。もし買いとってもらえたら、あさがどんなに喜ぶだろう。藤原さんも、きっと戻ってきてくれる。スタンドで働けば、茉莉は始をいつもそばに感じていられる。

——遠くに行くんだ。

惣一郎の言っていたのは、このことかもしれないと思った。

笑いをこらえるような表情の、青山志津夫が目の前にいた。さも可笑しそうに茉莉を見つめている。

「計算、陰謀、逃避、物見遊山」

楽しそうに言う。

「動機が何であれ、嬉しいですよ」

茉莉は志津夫をにらみつけた。茶化されるいわれはない。

「携帯電話の番号を置いていきます」

その後身近になるその機械を、茉莉はこのとき、まだ見たことも聞いたこともなかった。

「よく考えて、決めたら連絡を下さい」

しかし、茉莉はもう決めていた。

一九九〇年四月。その後の茉莉の人生を、変えることになる決心だった。


出発の前夜、画家に指定された料亭に、新と茉莉とさきはでかけた。茉莉の予想どおり何の反対もせず、それどころか「辛《つら》いことのあった場所を、すこしのあいだでも離れるのはいいことだと思うよ」と言い、志津夫が主に欧米で高い評価を受けている画家であることを承知してもいて、「いずれにしても茉莉が新しいことに目を向けてくれて嬉しい」と言っていた新は、料亭で終始黙り込んでいた。居心地が悪そうに。

前にもこんなことがあった。ぼんやりと茉莉は思う。水炊き屋の座敷で、山辺さんと一緒で——。あたしはパパに、そんな思いばかりさせている。

旅について、志津夫は多くを語らなかった。責任をもってお預りします、と言い、パリはいまいい季節ですよ、と言っただけだ。あとは片膝を立てた姿勢で、ゆるゆると、うまそうに酒をのんでいる。

「こういう烏賊は、向うにはないんです」

とか、

「いいなあ、この穴子、脂がのっていて」

とか、うっとりと言う。

パリ行きについて、さきは嫌がりはしなかった。保育園は？　と尋ね、おじいちゃんは？　と尋ねた。パパは？　と尋ねられなかったことに、茉莉は安堵《あんど》ではなく悲しみを覚える。すべてを胸に刻み込むには、さきは幼すぎるのだろうか。

「いい月だ」

声がして、見ると志津夫が窓辺に移動していた。障子をあけ、依然として片膝をついたまま外を見ている。桃色がかった月が輪郭をぼやかし、滲《にじ》むみたいに浮かんでいた。

きれいな横顔の男だと、茉莉は思う。子供のように滑らかな肌をしているせいか、すこし、惣一郎に似ている。事故で夫を失ったことを告げたとき、志津夫は驚きではなく悲しみの表情をした。

「それであなたの感じが違ったんですね」

と、言った。悔やみの言葉ではなくて。

「パリに行ったら、御主人のことを話して下さい。すこしずつ、すこしずつ」

とてもそんなことはできそうにない、と茉莉は思ったが、同時に、そう言われたことでどこかがなぐさめられたように感じた。呼吸が楽になるみたいに。

かまわない。

何度目になるかわからないその言葉を、茉莉は胸の内でつぶやく。姑は死んでしまった。それならば、もう何もかも、かまわない。


翌日は雨が降っていた。つめたい、細かい、夜になっても止《や》みそうにない雨だ。よかった、と、茉莉は思う。今夜、あたしはもうここにいないのだ。夜の雨は吐き気がする。事故以来ずっとだ。

「じゃあ、気をつけて」

新は言い、いつものように大学にでかけた。

「見送りに行くほどの長旅じゃないだろ」

そう言って、笑った。茉莉にはわかっている。茉莉が夜の雨を嫌いなように、新は空港が嫌いなのだ。喜代が行ってしまってから。


茉莉とさきの、荷物はとても少かった。必要なものは向うで買えばいいから、と志津夫に言われてはいたが、それにしても少い。大きめのボストンバッグ一つに、二人分の身のまわり品が収まっている。さきがどうしても持って行くと主張した、なわとびのなわまで。

灰色にけむるような雨のなか、空港に着いたタクシーから荷物をおろしながら、茉莉は淋しく苦笑する。あたしとさきの持っているものは、所詮《しょせん》これっぽっちなのだ。

さきは、犬のかたちの手提げ鞄と、飴の袋を抱えている。飴は祖父江七に、「お餞別《せんべつ》」と言ってもらったものだ。「エッフェル塔にのぼらんといかんね」。去年と今年パリ旅行をしたという七は、さきの気をひきたてようと、そんなことを言った。「本場のフランスパンも食べてきいね。おいしいとよ。カフェでてくるけん」

放浪していた祖父江九が、いまはパリに落着いているという。九の働いている日本料理屋の名刺を、茉莉は七に持たされた。

会えるだろうか。

その店は、志津夫の住んでいる場所から近いのだろうか。「ごく普通のアパルトマン」だと志津夫は言った。「でも部屋は余ってるから、お二人で十分泊れます。もちろん、ホテルの方がよければホテルをとりますよ」と。

どんなところなのだろう。

志津夫に言われるままにパスポートを取っただけで、ガイドブックなども見ずにいた。何一つ調べずに、茉莉はいま娘を連れて飛行機に乗ろうとしているのだった。

「あ。センセイやん」

志津夫をみつけ、さきが言った。ゆうべ、料亭の主人や仲居さんが、志津夫をしきりに「先生」と呼んでいたのを、真似したらしい。

「おはよう」

志津夫はさきに微笑んで、

「先生じゃなく、シズオ」

と言った。

「シズオ」

従順に、さきはくり返す。ロビーは、人の動きが慌《あわただ》しい。ビジネスマンふうの人、学生、家族づれ、若い恋人同士。自分たちはそのどれでもないのだ。茉莉はふいに孤独になる。他人の目に、あたしたちは一体どう見えているのだろう。

フライトは快適だった。二度の離陸も二度の着陸も、茉莉は座席でさきと手をつないで、小さくて壁の厚い窓に顔をよせて見届けた。雨の福岡の滑走路と、その雨がじきに追いついてくるとわかる曇天の成田、そして、晴れて日ざしに満ち溢《あふ》れたパリの滑走路。

飛行機に乗っているあいだ、さきはほんとうに大人しくしていた。

「お話をして」

二度、そうせがんだが、それは退屈したせいではなく心細さのせいであるようだった。さきはあさに、いつもたくさんの「お話」をしてもらっていた。

「何のお話がいいと?」

あさがさきに語るのは土地に根ざした昔話で、幾つかは茉莉も知っていたが、ほとんどはあさに聞かせてもらうまで知らなかったものだ。あさのように細かいところまで語ることはできなかったが、さきに請われるまま、「雨傘ばばしゃま」と「竜になったうさぎ」

の話をした。

自分でも驚いたが、うさぎの話をしながら、茉莉は泣きだす寸前だった。どうしてだか、たまらなく胸にしみた。動物が、助けてくれた人間に恩返しをするという、ありふれた昔話だったのに。

さきは飴をなめながら聞いていた。

ぱちゃぱちゃと、一斉にシートベルトをはずす音がして、茉莉は窓から顔を戻した。

「暑そうだな、これは」

通路に立った志津夫が言う。

「暑い？　まだ五月になったばかりなのに？」

福岡は肌寒かった。灰色にけむっていた。

「おいで」

促され、さきは茉莉の顔を見る。茉莉がうなずくと、座席からおりて志津夫と手をつないだ。一列になった乗客が、ゆっくり前に進み始める。

空港の建物に一歩入ると、茉莉は圧倒された。ひっきりなしに流れているフランス語、よそよそしい匂い、目も髪も色の薄い人たち、反対に、濃い人たち。エアコンがきいていて、それなのにみんな夏みたいな恰好をしている。

自分がこんな場所にいることが奇妙に思えた。志津夫とさきのうしろに、ぴったりついて歩きながら。

パスポートコントロール、荷物、税関、タクシー。なにもかも簡単だった。喋る必要も、考える必要もない。たった一つの荷物さえ、志津夫がてきぱきとカートにのせた。

戸外はたしかに暑いほどの陽気だった。暑くて、まぶしい。

「ここ、パリなん？」

寝足りて腫《は》れぼったい顔のさきが訊いた。

「あかるいったいね」

と言う。

「ほんとやね」

やわらかな色の日ざしだ、と、茉莉は思った。タクシーの運転手に、志津夫がフランス語で何か言った。運転手がこたえ、それを聞いた志津夫は笑っている。

「何て言ったと？」

さきに問われても教えてやることはできない。

「いいとよ」

それで、そう言った。

「ここでは絵をかいてもらうだけやっちゃけん、さきもママも、言葉とかわからんでもいいと」

「わからなくてもいいけど」

ドアをあけてくれながら、志津夫が言った。

「わかってもいい」

そして、さきと顔の高さが同じになるようにかがんで、ありがとうは、メルシーボークゥと言うのだと教えた。

「英語はできますか?」

助手席に乗り込み、ふり返って茉莉に訊く。

「いいえ」

きっぱりと茉莉はこたえた。志津夫はしたり顔でうなずき、

「それはよかった」

と言う。

「その方が、フランス語を憶えやすい」

茉莉は返事をしなかった。右車線を左ハンドルで運転するのはどんな感じか、想像しようとしていた。運転してみたいと思った。そして、パリのガソリンスタンドがどんなふうか、ぜひ見学しなくてはと考えていた。

8

正真正銘のお金持ちだ。

志津夫について、茉莉がそう確信するのに、さして時間はかからなかった。アパルトマン。志津夫がそう呼ぶ建物は、外観こそ質素であるものの、部屋はあきれるほど広く天井が高く、贅《ぜい》をこらした設《しつら》えになっていた。茉莉とさきに与えられた部屋は、そのなかでは小さなものだったが、豪華さはおなじだった。自分でも理解できない理由によって、茉莉はその豪華さに腹を立てた。見るものすべてにさきが目を瞠《みは》り、賢明にも言葉は発しないが言葉よりずっと雄弁に、驚愕《きょうがく》と賛嘆の表情を浮かべるのなどを見ると余計に、腹を立てた。そして、広いとか美しいとか趣味がいいとか、その種のほめ言葉は一切口にすまいと思ったりした。

とはいえ心の一部では、茉莉もさきに劣らず感銘を受けていた。世の中にこんな生活をしている人がいるとは、ほんとうには信じていなかった。あてがわれた部屋のなかでも殊更茉莉を感心させたのは、扉一つ隔てたところに専用のバスタブがあるということだった。

バスタブと、洗面台。どちらも見るからに清潔で、紙に包まれたままの新しい石けんまで用意されていた。茉莉の考えでは、お風呂場というものは一つの家に一つだけあるもので、家族も客も、それを順番に使うのだ。だからこそ、茉莉は手早く入浴する習慣を身につけた。東京でも、柴田家でも。

「贅沢に慣れたらいかんとよ。ここにはちょっと泊っとうだけやっちゃけん」

機会をみつけては、茉莉はさきに言いきかせた。これもまた理屈に合わないことだったが、ここでの生活に馴染んでしまうことは、始と始の愛した生活に対する、冒瀆《ぼうとく》のように思えたのだ。

パリに着いてからの数日間、茉莉にはすることがなかった。茉莉の絵にとりかかる準備が、まだできていないのだと志津夫は言った。あなたがこんなに早く来てくれるとは思わなかったから、と。

「のんびりしていて下さい」

鷹揚《おうよう》に、志津夫は言った。

「観光でも、買物でも」

茉莉とさきの滞在は、志津夫に何の影響も与えていないようだった。早起きの志津夫は午前中に仕事をし、午後は外出するか、自室で眠るかしている。夕方になると客がやってきて、アパルトマンは深夜まで、何かのサロンのような様相を呈する。奇妙なことに、客たちは茉莉やさきを見ても驚いたり不審がったりしなかった。誰だか尋ねることもせず、外国人なら――客の半数は外国人だった――ごく自然な口調で「ボンソワール」と言い、日本人ならあっさりと会釈をしてすれちがう。まるで、茉莉の素性をすっかり知っているみたいに。

家事は、通いのメイドがすべて一人でこなしていた。言われたとおり、茉莉は昼間、さきを連れてパリの街を歩いた。メトロにも乗ってみたし、緊張しながらカフェにも入ってみた。注文した物が運ばれると同時にお金を払う、というシステムがわかってからは、何の問題もなかった。さきは、「ジュ」(ジュース)、という単語を憶えた。

パリは美しい街だった。都会ではあってもなんとなく長閑《のどか》で、することもなくカフェや階段や柵に腰掛けていても、気づまりな感じがしない。

道端にいきなり回転木馬のあることも、茉莉とさきを驚かせた。散歩中の犬たちの行儀がいいことも、子供服屋とお菓子屋の多いことも。

「お馬に乗りたかあ」

回転木馬を見るたびにさきは言った。最初、それがあまりにも野ざらしで古びていて、壊れているのだろうと茉莉は思った。壊れて、放置されているのだろうと。

しかしそうではなかった。そばに小さなブースがあり、中に係員が坐っていた。さきはそれに乗った。心細そうに、一人で。

茉莉は立ってただ見ていた。物悲しい音楽にあわせて随分ながく回る木馬と、その一頭にまたがっているさきの姿を。そして、自分たちを残して死んでしまった始を恋しく思った。

見て。

胸の内で、茉莉は始に言った。

あなたの娘は、こんなところで回転木馬に乗っているのよ。自分でジュースを注文できるし、それが運ばれてくるとにっこりして、恥かしそうな小さい声で、メルシーボークゥって言ったりするのよ。

人は、なんてあっけなく死んでしまうものだろう。


一週間がすぎても、志津夫は絵をかき始めなかった。それでいて、一週間分の給金だと言って薄水色の封筒を寄越した。封筒にはお金の他に、住所を記した紙が入っていた。

「髪を切ってきて下さい」

にっこりして、志津夫は言った。夕方で、居間にはいつものように数人の客がいる。日本人男性が一人に白人男性が二人、それに日本人女性が一人だ。女性は目の周りを濃く黒く縁どる、変な化粧をしている。

「あした、十一時に予約をしてあります。そのあいだ、さきちゃんは僕がどこかに連れていくから。まあ、美術館だと思うけれども」

給金はフランスの紙幣で入っていた。二つ折りにして、無造作に。

「でも」

数えてみるまでもなく、一週間分にしては多すぎる額だとわかった。すくなくとも茉莉の良識に照らせば。

「でも、まだ仕事をしていないわ」

志津夫はじっと茉莉を見つめた。

「画家にインスピレーションを与えるのも、モデルの立派な仕事だ」

口調は穏やかだったが、表情のよみとれない顔をしていた。

窓から入る夕方の光が、床に金色の四角形をつくっている。そのとき、足のせ台つきの一人掛けソファから、グラスを持った手がにょっきり出た。茉莉の位置からは見えなかったが、客がもう一人いたらしい。

「ボンソワール」

手のあとで顔も出し、金髪碧眼《へきがん》のその若い男は、茉莉に視線をぶつけた。茉莉は会釈した。男がフランス語でさらに何か言ったが、志津夫は眉をひそめただけで、通訳も紹介もしてくれなかった。

「気にしなくていい」

日本語で、言った。

「もう部屋に戻った方がいいんじゃないかな。さきちゃんが不安がってるだろうし」

茉莉が不安になるのはこういうときだった。志津夫は、あれほど熱心に茉莉を招いておきながら、茉莉などいてもいなくても同じだという顔をしている。

「さきは大丈夫よ」

茉莉は言った。

「あのお部屋が気に入ってるの。さっきメイドさんがさくらんぼを持ってきてくれたし」

さくらんぼは小さな器に山盛りになっていた。幾つ食べていいかと訊かれ、茉莉は七つとこたえていた。

「すこし、話せないかしら」

訊きたいことがたくさんあった。パリに来て以来、茉莉は志津夫と碌《ろく》に顔を合わせてもいなかった。食事は一日に二度台所に用意されていたが、それはつねに茉莉とさきの二人分だった。夜は連日の来客で、そこに茉莉の居場所はない。

「話？」

志津夫は意外そうに訊き返して、

「もちろん話せますよ」

と、こたえた。

「でも今じゃなく、そうだな、あした、髪を切ったあとにしよう。僕とさきちゃんが美術館をみたあと、三時でどうだろう。地図をかくから、どこか静かなカフェで、待ち合わせをしましょう」

客の一人が何か冗談を言ったらしく、残りの四人が一斉に笑った。エミ、と呼ばれているらしい日本人女性は、嬌声といっていいような声をたてている。下品な笑い方だと茉莉は思った。

翌日、茉莉は志津夫に教えられたとおりメトロに乗り、教えられたとおりに歩いて目的地についた。そこは美容室ではなく、志津夫の友人である美容師の自宅で、アパルトマンという単語から茉莉の思い描くとおりの、ごく普通の住居だった。ひんやりして暗く、ややカビくさい入口、郵便受けの列と自転車、らせん階段とその中央のエレベーター。

呼び鈴を鳴らしてあったので、部屋に着くとすでに彼女がドアをあけて待っていてくれた。ボン、だけが響いて残りは口のなかに消えてしまうような発音で、びっくりするほど高く明るい声で、笑顔とともに、

「ボンジュール」

と、言う。栗色の髪をあごのあたりでまっすぐに切り揃えた、赤いTシャツを着た小柄な女。それがアンヌだった。

部屋のなかはおそろしく散らかっていた。雑誌の山、衣服の山、床に直接ならべられた靴。家具らしい家具はなく、木箱をテーブルがわりにしているらしい。テラスに通じる扉窓が開け放たれ、白いさっぱりしたカーテンがはためいている。一目見て、感じのいい部屋だと茉莉は思った。

アンヌは、茉莉がフランス語を話せないとわかるとすぐに英語に切りかえた。自己紹介と思われることを口にしながら、コップにつめたいコーヒーを注いだ。

「ミルク?」

と、訊く。茉莉が首を横に振ると、片方のコップにだけ牛乳を入れた。茉莉は英語がそれほどわかるわけではなかったが、フランス語よりましだった。アンヌが自分を「メイクアップアーティスト」だと言ったことと、大丈夫だから寛《くつろ》いで、(というようなこと)をしきりに言っているのがわかった。

「サンキュー」

にっこりして、茉莉は言った。

「アイアムオーケイ」

大丈夫です、と、言ったつもりだった。髪がどうなろうと、かまわないの、と。

「オーケイ」

アンヌも言った。それから寝室と思われる奥の部屋に入り、丸い椅子と大きな鏡を相次いで運ぶ。アンヌはそれを、テラスにだした。

「ヒア?」

ここで切るの？　と、茉莉は訊いた。テラスを指さして。

「イエス。ゼア」

アンヌがうなずく。やはりテラスを指さして。

三十分後、茉莉は男の子のように短い髪になってい た。シャンプーもなし、カラーもなし、あっというま のことだった。ハサミとカミソリとバリカン、ヘアド ライヤー、そして指。

「どう？」

鏡ごしに尋ねられた。茉莉には、鏡の中の自分の姿が他人のように見えた。こんなに短い髪にするのは生れてはじめてだった。こんなに短い、そしてこんなに新鮮な――。前髪もうなじも思いきり短く、不揃いで、軽い。パーマをかけたわけでもないのに、くしゃくしゃと空気を含んでいる。

アンヌは心配そうにしていた。茉莉は口ごもる。とてもすてきだわ、と、言いたかった。

「ベリー」

考えて、上手く思いつかず、

「グッド」

と、言った。アンヌは笑った。

「グーッド」

軽やかに、おなじ言葉が返った。

おもてにでると、まだ正午をまわったところだった。ビルのガラスに映る自分を、不思議なものを見るように茉莉は見つめる。水色のブラウスにグレイのスカート、短い髪。首が細すぎるように思えた。

始が見たら、何て言うだろう。

――似合うよ。

聞こえたのは、しかし惣一郎の声だった。茉莉は顔をしかめる。死んでしまってから、始は一度も現れてくれない。惣一郎のようには。

――おにいちゃんに訊いたんじゃないわ。

心の中で言った。

「いいお天気」

声にだして言い、茉莉は現実に立ち返ろうとする。並木道、木もれ日、知らない街。さきは大人しくしているだろうか。志津夫と、何を話しているだろう。

日本料理店「徳川」は、シャンゼリゼの近くにあった。志津夫との約束にはまだ間があったので、思いついて来てみた。間口は狭いが立派な暖簾《のれん》のかかった店で、昼とはいえ、一人で入るのには気後《きおく》れがした。祖父江七が最初にパリを訪れたのは一年前だという。そのときにも、四カ月前にもう一度訪れたときにも、九はここで働いていた。

茉莉は小さく深呼吸する。それから、白木に磨ガラスのはまった新しげな戸を、思いきってあけた。

「いらっしゃい」

威勢のいい声に迎えられ、日本の鮨屋とおなじ匂いがした。店内は勤め人ふうの日本人で混雑しており、右手のテーブルには観光客ふうの女性四人組が坐っている。

立ったまま九を探した。

「どうぞ」

奥のカウンターから、板前が言った。

初老の男性の坐っているテーブルの横に、九はいた。丼とお椀の載った折敷《おしき》を置き、客のはずした器の蓋を受けとっている。横顔ですぐにわかった。以前とちがって日に灼けた皮膚、それに切るように悲しげな目をしていたにもかかわらず――。

それはまぎれもなく祖父江九だった。がっしりした顋《あご》の線も、ちりちりに縮れた、黒く豊かな髪も変っていない。

凝視されていることを感じとったみたいに、九が顔を入口に向けた。無表情が、驚きのそれに変った。茉莉は、自分でもそれと気づかないうちに微笑んだようだった。

「こんにちは」

届くとは思えない小声で、茉莉は言った。白いうわっぱりを着た九は、丼とお椀の蓋を手に持ったままやってきて、

「茉莉？」

と訊いた。疑っていないことはあきらかなのに、まるで疑っているみたいな口調で。

「どうしたの？　一人？　いつこっちに来たの？」

矢つぎ早に質問をする。それでいて茉莉がこたえるのを待たず、先に立ってカウンターに歩いた。

「どうぞ。ここでいいかな」

茉莉はうなずいて坐った。

「九ちゃんがここにいるからって、おばちゃんが教えてくれて」

「九のお友達？」

カウンターの中の板前は訊き、おしぼりの袋をぽん

と音高くやぶくと茉莉にさしだして、

「ようこそ」

と、言った。茉莉はすでに、いきなりやってきたことを後悔し始めていた。この店の家族的な雰囲気に、自分がそぐわない気がした。自分の知らない九の生活に、無遠慮に踏み込んだような気もした。

九は忙しそうだった。カウンターには他にも客がいて、ランチタイム特有の喧噪があった。そして、それでも九は気遣わしげにたびたび茉莉の席に来て、「サービス」と言って煮物の小鉢を置いてくれたりした。茉莉は鮨をつまみながら、九に尋ねられるままぽつぽつと、青山志津夫という画家のモデルをしに来ていること、パリにはせいぜい二、三カ月しかいられないこと、このあと約束があって、たまたま時間があいたので来てみたことなどを話した。さきと二人旅であることも。

「娘さん、幾つになったんだっけ」

ことし四つ、と、茉莉はこたえた。九はやさしげに微笑み、

「四つか」

と言った。

「四つのころの茉莉ちゃんを、すごくよく憶えてるよ」

あいかわらずだ、と茉莉は思った。衒《てら》いのない物言いも、まっすぐな視線も。

「あの、旦那さんのこと母さんから聞いたよ。何て言ったらいいか」

何も言わずに微笑んでみせたのは、茉莉の方でも何を言っていいのかわからなかったからだ。

「九ちゃんは？」

茉莉は訊いた。

「男の子が生れたって、おばちゃんに聞いたけど」

ふいに表情が翳《かげ》った。

「うん。去年ね。十月に、生れた」

曖昧《あいまい》な微笑みを浮かべる。九の放つ気配の何かが、茉莉の胸をきしませた。

「おじさんは？　どうしてる？」

話題を変えた九の顔を、探るように茉莉は見つめた。見つめても、九は表情を変えなかった。

「元気よ」

他にどうしようもなくて、茉莉は言った。

「年をとったけど、まだ毎日大学に行ってる。来年定

年なの」

新は九をかわいがっていた。子供も生れ、外国でちゃんと働いている九を見たら、きっと誇らしく思うだろう。仕事もなく、夫と死別し、婚家から戻ってきた娘を持っているとなればなおさら。

「ごちそうさま」

茉莉は言い、立ち上がった。

「おいしかったわ。九ちゃんに会えてよかった」

戸口まで、九は見送りに来てくれた。

「パリはきれいね」

戸をあけて、茉莉は言った。

「きれいで、まぶしくて、暑い」

九は微笑む。

「ここのところ天気がいいから」

うしろにいる九の微笑んだことが、なぜ自分にわかったのか茉莉は不思議だった。不思議だったが、たしかにわかった。

「どこに泊ってるの？」

尋ねられ、茉莉は左の方を指さした。

「向うよ。住所は憶えてないの。三階だてのアパルトマンの、三階。その画家の家なの。リュクサンブール公園の近くで、パン屋さんの近く」

「通りの名前も憶えてないの？」

おどろいたように九は訊き、しかしすぐにくつくつと、可笑しそうに笑った。

「変らないなあ」

「平気よ。来られたんだもの、ちゃんと帰れる」

茉莉は言い、空気を深く吸った。たぶん、ちょうどいい時間にそのカフェに着くはずだ。途中で多少迷っても大丈夫。さきと志津夫は待っていてくれるだろう。

9

セーヌ川ぞいに、そのカフェはあった。道路がそのままのびたように渡された橋の、まさに袂《たもと》に。不思議だ、と、茉莉は思う。人も車も店もぎっしりの都会なのに、東京みたいにごみごみはしていない。切ったばかりの髪を川風になぶられながら、いい街だ、と、すんなりと認めた。九の住んでいる街。すこしだけ博多に似ている気がするのは、大きな川のあるせいだとしても。

さきと志津夫は、テラスのテーブルについていた。

茉莉を見て、さきは表情を硬くした。

「へんな頭」

消え入りそうな声で言う。

「トレ・ビアン、だろ？」

仲間内だけで通じる会話をするように、志津夫がさきに囁くと、さきはさま変りした母親をじっとにらんだあと、

「トレ・ビアンやない」

と、結論した。

「新しい言葉を覚えたと？」

椅子にすわり、にっこりして茉莉は尋ねる。さきはそれにはこたえずに、ただ、

「ぜんぜん、トレ・ビアンやないもん」

と、くり返した。

「ザッキンに行ったんだ」

片手を上げ、ウェイターの注意をひきながら志津夫が言う。

「ザッキンで何を観たか、ママに教えてあげたら？」

ついさっきとおなじ、仲間同士みたいな口調でさきを促した。茉莉の髪に余程腹を立てているらしく、さきは何も言わない。やってきたウェイターに、茉莉はコーヒーを注文した。

「シズオが言えばいいやん」

さきが口をとがらせて言い、茉莉は混乱する。ザッキンというのが何であるかはどうでもよかった。たとえばいまここにいるウェイターは、自分たち三人を仲のいい家族だと思っているに違いない。その想像に、茉莉は動揺した。たった半日で、さきは志津夫にうち解けてしまった。

「スキュルチュール《彫刻》」

しぶしぶ、それでいてはにかんだように、うつむいてさきは発音した。

「ザッキンはロシアの彫刻家です。もともと彼のアトリエだった場所だから、規模は小さいけどいい美術館ですよ。あなたも行ってみるといい。僕はあそこの庭が好きでね」

志津夫の説明に、茉莉は半分しか耳を傾けていなかった。セーヌの川面に、午後の日が砕けてちらちらと輝く。

「トレ・ビアンとパ・マルを使い分けながら、さきちゃんは立派に美術鑑賞しましたよ。今度はマイヨールでデートする約束をした」

目を細め、志津夫は続けた。白い、薄い素材のシャツに、ストライプのパンツ、煙草をはさんだ指は長く、繊細なかたちをしている。

「あたしたち、どのくらいここにいるんでしょう」

茉莉が尋ねたのは、運ばれたコーヒーを、おおかたのみ終ってからだった。

「ここで、何をしているのかしら」

質問というより呟きに近かった。

「つまり、こんなの変だと思うんです。ホテルみたいに豪華なお部屋とか、ぶらぶらしている毎日とか」

微笑を浮かべ、志津夫は愉快そうにただ黙って話を聞いている。退屈したらしいさきは、紙ナプキンで折り紙を始めた。

「アンヌは、感じのいい子だったでしょう?」

志津夫は穏やかに言った。

「よく似合いますよ、その髪」

はぐらかされまいとして、茉莉は志津夫をじっとにらんだ。

「今夜、友人たちにあなたを紹介します。つきあってくれるでしょう。御存知のとおり気軽な集りですから」

口調のやわらかさとは裏腹に、そこには有無を言わせない響きがあった。

「それも仕事の一部ですか?」

かたい声がでた。志津夫は軽くおどろいた顔をしたが、

「そう考えて下さい」

と言う。

「あしたから、午前中にモデルをしてもらいます。七時にアトリエで」

話は終りだとばかりに立ち上がった志津夫に、茉莉はもう一つ質問をした。パリに来て以来ずっと、気にかかっていることだった。

「この街に、ガソリンスタンドはないの?」

一瞬の沈黙のあとで、志津夫は朗《ほが》らかに笑った。

「満足しましたか」

一時間後、三人はタクシーのなかにいた。三軒のガソリンスタンドを、見学したあとだった。

「ええ」

こたえたが、もっと見たいと、茉莉は思っていた。あしたも、午後はまたタクシーに乗って、ガソリンス

タンド――フランス語で、ポスト・デサンス――に行こうと考える。

「すばらしかったわ」

自分でも、こうまでとは予期していなかった胸の高鳴りを、どう表現していいかわからず、そう呟いた。

「おんなじ匂いのした」

博多弁が出たことにも気づかなかった。我ながら短絡的だとは思ったが、そこで働いている人たちは、みんな知り合いのように思えた。危険物を恐れげもなく、的確に扱う人々。きびきびした動作、作業服、油で汚れた力強い手。年配の店員は藤原さんを、年若い店員は小田くんを思いださせた。どの店でも、茉莉は思わず視線をさまよわせた。いまにも始が姿を現しそうな気がした。

――やっと見つけてくれたやん。

そう言って、日に灼けた顔をほころばせるのだ。

実際、建物や外壁の色こそシンプルで、炎みたいな赤の多い日本のそれとは趣が違っていたが、置いてある機械や売店の中はほぼ同じで、茉莉自身、すぐにも働けそうだった。

ただし、訪れた三軒の店のうち、二軒がセルフ式のシステムを導入しており、のちに日本でも珍しくなくなるこのシステムに、茉莉は心底新鮮味を覚えた。

「お客さんが自分でガソリンを入れるなんて、考えたこともなかった。入れ逃げする人とか、いないのかしら」

呟いた茉莉を、隣で志津夫が可笑しそうに見ていた。

「お金が先だから。まずお金を払って、その分だけガソリンを入れる」

「でも微調整は？　あれは絶対微調整が要るのよ」

茉莉は自信を持って異を唱える。志津夫は首をすくめ、

「ジュ・ヌ・セ・パ《知るはずないだろ》」

と、言った。

翌日から、茉莉の生活は規則正しくなり、かつ、ひどく忙しくなった。午前中はアトリエでモデルの仕事をし、夕方から居間で酒につきあう。そこには雑多な人々が集り、雑多な酒――ワインが主ではあったが、ウォッカや日本酒、ウゾーと呼ばれる癖のある液体や、ブランデー、グラッパなどが、そのときによって大量に運び込まれる――、葉巻、紙巻が、音楽と共に果て

しなく消費されていく。

エミ、タケオ、ユキノリ、クロード、シドニー、リュシアン、フィリップ。姓抜きの名前だけで存在しているような男たちと女たちのなかで、茉莉とさきも、やはり姓を持たない存在――家族も、過去も持たない存在――としてここにいるようだった。

「びっくりすることばっかり」

茉莉が言うと、志津夫はごくあたりまえの顔で、

「それは、あなたがいままでとても狭い場所でしか物を見てこなかっただけのことです」

とこたえた。

「たとえば逆に、彼らをあなたの家に連れて行ってごらんなさい。びっくりすることばかり、と言うだろうな、みんな」

そうなのだろう、と、茉莉は思う。ここにいる人たちにとって、他人の家に自由に出入りすることや、高価な酒をのみ、だらだらとおしゃべりをし、嬌声を上げたり不埒《ふらち》な行為におよんだり、時に口論をしたりすることは、趣味というより日常であるらしいのだから。

彼らの多くは芸術家であり、それでいてその芸術――絵画であれ、映画であれ――では十分な収入を得られていないようだった。伝統的な方法で経済を安定させた人間――遺産相続者――と留学生、アルバイトで凌いでいるらしい人間、そして、日々を凌ぐことにもはや興味を持っていないらしい人間がいた。

変り種はたとえばフィリップで、彼は四つの職業――ギャルソンと、マイクロバスの運転手、土木関連書物および書類の翻訳家、それに何と、靴磨き！――を持っていた。多忙なので、サロンには滅多に顔を出さないが、現れるときにはつねにヴァイオリンを携えて、陽気な曲ばかりすらすらと弾いた。

すると、必ず数人が踊りだした。グラスを手に持ったまま、てんでに、出鱈目に。それは茉莉の気に入った。踊ることは、茉莉にもできることだった。あちこちから手拍子があがり、ついでに奇声や笑い声もあがる。誰かが茉莉に身体をぶつけ、手をつかんで無理矢理タンゴのようにひき回すこともあった。

ひき回されても茉莉は平気だった。上体を反らし、足が相手の足に遅れないようにしさえすれば――相手に十分な技術と腕力があればということだが――音楽の波に身をまかせられることがすぐにわかった。それは愉快なことだった。愉快で、うっとりするほど気持

ちのいいことだった。身の内に、ある種の活力が灯るのを感じながら、促されるたびに、茉莉は臆せず踊った。そこでのいちばんの踊り手であるエミ――かつてグラン・カバレで踊っていたことがある――と茉莉が、揃って踊ると部屋中から歓声があがった。エミの踊りは官能的だが正確で美しく、踊っているときだけこの人はきれいだ、と、茉莉は思った。

滞在中、何度でも茉莉を驚かせたのが、客の集るその部屋の、昼と夜の表情の違いだった。昼間、そこは隅々まで白っぽく日ざしが溢れ、眠っているように静かで、パリのアパルトマンというよりどこか田舎の、豪奢《ごうしゃ》な別荘という風情だ。年代物の家具も絨緞《じゅうたん》も、埃くさく退屈に見える。

ゆうべの騒ぎは全部幻だったみたいだ。

真昼の部屋のなかで、茉莉はきまってそう考える。しかし夜になれば、いつのまにか客が集り、部屋のなかは絨緞の赤が際立ち、酒と葉巻と香水、紙巻煙草とその他何だかよくわからないものの匂いや煙や猥雑《わいざつ》さを抱いて、夜の闇のなかに、賑やかに閉ざされて浮かび上がるのだった。

志津夫のアトリエは、おなじアパルトマンにありながら、他の部屋とはまるで趣が違っていた。清潔で、壁がやけに白く、しんとした匂いがする。そこに流れる時間も異質だった。

「静寂に慣れて下さい。恐いことは何もないから。亡くなった御主人のこととか、母上の庭のこととか、何かなつかしいことを考えて、平らかな心持ちで坐っていて下さい」

茉莉が初めてそこに足を踏み入れた日、志津夫はそう言った。一つだけ置かれた木製の椅子に、茉莉は腰掛けた。志津夫は鉛筆で、スケッチブックにデッサンを始めた。

特別なポーズをとらされることはなかった。両手を膝に置き、ただ坐っていた。何枚も何枚も、志津夫は鉛筆でデッサンをしていた。くる日もくる日も、ひたすら。

それはもう圧倒的な静けさだった。この静寂に「慣れる」ことなどとてもできない。茉莉は思い、そう口にさえした。声をだしても、静寂は破られるどころか緊迫度を増した。濃く、ゆるやかに。これまでに茉莉が経験したことのない類の、まっさらな静けさだった。まるで、アトリエに、もう一人誰かがいるみたいな。

椅子ごと横を向いて下さい、とか、疲れたら言って下さい、とか、簡潔な指示をだすときを除くと、鉛筆を握っているあいだ、志津夫は口をひらかない。

高い位置に切られたガラス窓から、日の光だけがさし込む。

午前中だけでいいなんて楽ちんな仕事だ。そんなふうに考えていた茉莉は、自分の愚かさに呆れる。休憩をはさんで四時間から五時間じっとして画家の視線にさらされる、というのは苦行だった。茉莉自身にも理由はわからなかったが、裸で放置されているような気持ちになった。

休憩をとるとき、志津夫は必ず自分でお茶をいれた。緑茶か、乾いた草のような匂いのするハーブティで、どちらの場合も、茶碗ではなくガラスのコップに入っていた。

「御主人がどんな方だったか話して下さい」

湯気の立つお茶をのみながら、志津夫はそんなことを言った。どこそこの美術館で何とかいう展覧会をやっているから観に行くといい、と教えてくれることもあれば、御両親について話して下さい、と言うこともあった。

「母上はほんとうにイギリスにおられると思いますか」

不躾とも思えるそんな質問も、志津夫は穏やかに愉《たの》しそうに口にだした。

「さあ」

喜代に関してだけ、茉莉は返答につまる。いま自分のいる場所とイギリスとは同じヨーロッパであるのに――そして、たとえば志津夫にとってはたびたび往き来した場所かもしれない近さだとしても――、茉莉にとっては依然として、イギリスなどという国は現実には存在しないほど、遠いどこかだった。

この静かなアトリエで、ガラスのコップを手に志津夫と話している限り、日本もまた、現実には存在しないほど遠い場所であるように、茉莉には思えた。

志津夫のモデルになりたがっている人間が、ここフランスにはいくらでもいる、ということを、茉莉はタケオに教わった。タケオは画学生で、みすぼらしい服装をした、痩せた若者だった。パリに来て六年たつという。

「青山さんが日本からモデルを連れてくるって聞いて、みんな結構色めきたった」

　不健康に浅黒い肌に、鑿《のみ》で抉《えぐ》ったように鋭い目をしている、という印象を茉莉が持っていたタケオは、思いがけずやさしい声をしていた。

「とくにエミやシドニーは、期待っていうか、不安っていうか、ともかく色めきたってた」

　茉莉はつい笑みをこぼす。色めきたつという言葉が可笑しく、ばかばかしく思えたのだ。手にした赤ワインを啜る。深夜で、客たちはいい加減酔っ払っている。

「だって彼は気まぐれでも酔狂でもないから、連れてくるって言ったら絶対に連れてくるし、それには何か意味があるってみんなわかってるから」

　タケオは言い、欧米人みたいに自然な様子で肩をすくめた。

「でも茉莉がこんな感じでよかった。みんなもそう思ってるんじゃないかな。この場所にすぐなじんだし、のむし、踊るし」

　茉莉は苦笑する。だって、それしか得意なことはないもの。胸の内で言った。

「彼、独身なの？」

　興味がありながら本人に尋ねられずにいたことを、茉莉はタケオに訊いてみた。

「まさか」

　タケオは目をまるくした。

「奥さんに、会ったことないの？」

　志津夫の妻は、パッシーにある本宅に、恋人と共に住んでいるのだとタケオは言った。

　サロンに集る客たちを、茉莉は二種類に分けていた。騒々しいほうと、大人しいほう。タケオは後者だった。後者には他にアンヌもいた。アンヌはしばしば顔をだしたが、ひっそりと酒をのみ、何かつまんで、大人しい日本人画学生たちと談笑していた。


　七月になると、パリは雨が続いた。一日中降ることは少く、湿気を含んだ曇り空から、音もなくこまかい雨が、いつのまにか降り、いつのまにか止み、夕方になると涼しくなる、そんな天候だった。

　プリュイ《雨》。その単語を、茉莉はさきに教わった。アトリエでモデルの仕事をしているあいだ、誰かにさきと遊んでいてもらおう、という志津夫の提案で、茉莉の目にはまるで子供のように見える若い娘——聡明な、いい子ですよと志津夫が請け合った、十九歳のリジー——が毎日やってきていて、時折フランス語を教えてくれているのだった。

「リジーとなわとびをしたとよ」

午後、茉莉の顔を見ると、さきは報告する。

「フランス語で10まで数えながら跳んだと」

サロンの客たちもまた、食堂や廊下で顔を合わせると、さきをかわいがってくれた。

「マドモワゼル！」

たびたびそう声をかけられ、あるとき勇敢にもおなじ言葉を返して、笑われてむくれた娘を見て、茉莉は安堵の微笑を浮かべた。すくなくとも、ここでの生活は、さきを苦しめてはいないらしい。

「パリが好いとうと？」

尋ねれば、さきはこっくりとうなずく。うす黄色の壁紙、黄色と白のストライプのカーテン。茉莉とさきに与えられた、日本にいるときには想像もできなかったほど、贅沢で可憐《かれん》な部屋のなかで。

10

午後、さきと共に一、二時間昼寝をすることが、茉莉の日課になった。朝早くからモデルの仕事をし、夜遅く、ときには明け方近くまでサロンの客と酒をのむ生活のなかで、実際、昼寝は必要なことだった。さきのぼってりした手足や、シャンプーの匂いの残るやわらかな髪と熱い頭、唇のうしろに隠れている、おどろくほど小さくかわいらしい歯、を、間近で眺めたり触って確かめたりする幸福な時間でもあった。

昼寝からさめるのは、きまって暑さのせいだ。茉莉はエアコンをつけて眠ることはしない。じっとりと汗ばみ、半分眠ったまま隣にさきの重みと体温を感じ、窓から入る夕方の風に、カーテンがわずかに動くのを見る。志津夫も昼寝を日課にしているので、午後遅い時間のアパルトマンは、死んだように静かだ。

自分が毎日昼寝をすることになるとは、茉莉は思ってもみなかった。柴田家では、祖母も両親も姑も茉莉も、朝から晩まで働いていた。それが当然だと思っていたし、そのことを誇りにも思っていた。愛する人の家族と、一緒に働くということ。

窓の外はまだあかるいのに部屋のなかは薄暗い。睡眠の余波で空気が甘美な気怠さを帯びている、青山志津夫のアパルトマンの一室で、茉莉はぼんやり考える。ここでの生活を、始はおそらく好きにならないだろう。

のどが渇いている。台所に行ってジン・トニックをつくった。台所は、いつでも好きなときに使ってかまわないと言われている。昼寝のあとのジン・トニックが、茉莉は好きになっていた。台所の床はつめたい。この家のなかを裸足《はだし》で歩きまわるのは茉莉とさきだけだ。室内でも靴をはいて暮すという習慣に、茉莉は馴染むことができない。立ったまま飲み物を啜り、アルコールが脳にじんわりとしみて、元気を取り戻させてくれるのを待った。

——無理につきあう必要はないんですよ。

一度、志津夫にそう言われた。

——こいつらはどのみち宵っ張りで、交代でやってくるから疲れ知らずだけど。

志津夫はおもしろがっているようだった。言葉もできないのに皆のなかにいて、踊ったり笑ったりしている茉莉のことを。


夜半近くに、サロンからさらに別の場所にくりだすこともあった。「火の粉」という名前のラム酒バーに連れて行ってくれたのはシドニーだったし、「ちょっととんがった若い子が集る」というクラブには、アンヌの先導で、日本人留学生たちとでかけた。そのクラブはひたすら暗く、椅子がプラスティックでできていて、ピンクと青のネオン管が発光していた。けたたましく音楽が鳴り、人口密度の高さにもかかわらず寒いほどエアコンがきいており、みんな、ビールを壜ごと持って飲んでいた。

留学生たちは、茉莉の目に一様に幼く、似かよって見えた。なかには七年もパリにいるという人間もいたし、フランスで生れ、いったん日本に帰国したが、またパリに戻ってきたという人間もいた。彼らは流暢《りゅうちょう》なフランス語を話した。それぞれに恋人やら友人やらがいて、この土地で孤立する理由はないように見えたが、孤立していた。それは彼らの言葉のはしばしから窺《うかが》えた。そして、茉莉と彼らとのあいだには、あきらかに隔たりがあった。なんといっても、茉莉は青山志津夫の連れてきた「ミューズ」であり、請われて短期間滞在している客にすぎない。帰る家があり、娘がいて、死んだ夫もいる。浮遊しているような自分たち――そこに、孤独よりもむしろ頑《かたく》なな意志とプライドがにじみでていると茉莉は思うのだが――とは、住む世界が違うのだ、と、彼らは思っているようだった。

でも、ほんとうにそうだろうか。ブムブムというベース音の目立つ大音響のレゲエにあわせて身体を揺らしながら、茉莉は考えてしまった。彼らの持っていない一体何を、あたしが持っているというのだろう。エアコンのききすぎたその店のダンスフロアは、セルロイドの人形を思わせる、甘く人工的な匂いがしていた。

「シドニーとは、気が合うみたいだね」

志津夫が言った。朝。アトリエは静かで、茉莉はいつものように膝に両手を置き、椅子にすわっている。

「ウィ」

こたえると、志津夫は笑った。

「不思議なひとだな」

と言う。

「休憩にしましょう」

志津夫が言い、茉莉は立ち上がってサイドテーブルのあるところへ行き、伏せてあるガラスのコップを二つ、上向きに置き直した。茉莉に手伝えるのはそこまでだ。お茶は、緑茶であれハーブティであれ、志津夫が自分でいれることになっている。

「あなたは物怖《ものお》じしない。何一つ拒まない。それは驚くべきことだ。美質ですよ」

茉莉は首を傾《かし》げた。

「そうかしら」

頭のなかで警鐘が鳴った。ほめ言葉は鵜呑《うの》みにしてはいけない。

「シドニーは、おもしろいの」

注意深く、事実だけを言った。客のなかで最高齢のシドニーは、一見陰鬱《いんうつ》な気難し屋だ。眉毛が長く、目の下に袋状のしわがあるために、余計恐い印象を与える。しかし彼は愉しんでいるのだ。引退した大学教授であり、若い愛人をつくって妻に逃げられ、あげくに愛人にも捨てられた、悲観論者の皮肉屋という役どころを。

「ときどきおもしろいことを言うでしょ。短く、適切に」

「英語で」

志津夫がつけたした。

「つまり彼は、あなたに向けて発言しているってわけだ」

黙ったのは、考えてもみないことだったからだ。

「あたしにも、わかるように言ってくれるだけだわ」

茉莉は言った。実際、それはシドニーだけではなかった。ヴァイオリン弾きのフィリップも、金髪娘のリュシアンも、茉莉がそばにいるときには英語を使ってくれる。もちろんアンヌもだ。頑なにフランス語を話し、敵意さえ感じさせる表情で茉莉を見る人間もいるにはいるが、彼らにどう思われていようが構わなかった。

いっちょん平気やもん。

胸の内で、言ってみる。チョウゼンとするんだ。茉莉は賢いんだから。ここ、パリでも、茉莉は依然として惣一郎の言葉に守られている。もう守ってくれなくていい、と思いたいのに、事実、守られていた。

「いいなあ。その表情のあなたを描きたいんだけどなあ」

ゆったりと微笑んで、志津夫は言うのだった。

夏。心ならずも、茉莉はパリでの生活を愉しんでいた。あまり好きではないと思っていたモデルの仕事も、日を追うごとに好きになった。無理に埋めようとさえしなければ茉莉にやさしかった。静寂は、居心地が悪い、と思っていた画家の視線も、気詰まりで力が注がれている先はスケッチブックのみであり、茉莉はその時点での彼にとって、柱や窓同様ただそこにある物体にすぎない、と、気づいた途端に楽になった。いまや、茉莉には画家を観察する余裕さえある。鉛筆を握った志津夫の手の動き、そこにいるのにいないような表情、端正な横顔、身体というより動作から、発散している圧倒的な静けさとエネルギー。

空気中の微細な埃まで目に見える、あの朝の光とアトリエの匂い。画家そのものみたいなその部屋のなかで、茉莉は幸福な身軽さを感じる。肉体を持たない、魂だけの存在になった気がする。

夜になると青いランプの灯るエッフェル塔、仕事も悩みもないみたいな顔で、遅くまでカフェで寛いでいる人々。真昼の日ざしにさざ波をきらめかせつつ、ゆるやかに流れていくセーヌ、いくつもの古い橋、グラン・パレの丸屋根。変色した絵葉書を、どう考えても干しているとしか思えない屋台、地下鉄にいる辻音楽師。美しい街だと認めないわけにいかない。歩くだけでのびのびし、「ジュ」を自分で注文するさきの笑顔がそばにあれば、このままここに住みついてしまいたいくらい居心地のいい街だ。

そんなふうに思うとき、自分が始を裏切っているような気持ちに茉莉はなる。日本のあちこちを放浪し、博多をこの世でいちばんすばらしい土地だと断言した始。博多以外の土地で、死んでもラーメンを食べん男。茉莉は微笑む。俺はどこへも行かないと言った。茉莉がいるから、家族がいるから、どこへも行かれないと言った。

逃げるようにここへ来てしまった。相続、借金、スタンドの閉鎖、そして引越し。茉莉には手のだしようのない現実から、でも逃げるようにここへ来てしまった。あさはどうしているだろう。

サロンの客の他に、この街で、茉莉には一人顔見知りができた。かなりさびれた中華デリで働く、中国人女性のメイだ。メイは大柄で無愛想で、丁寧とは言いかねるフランス語と英語を話す。店頭の蒸籠《せいろ》からあがる蒸気につられて、茉莉は一人で立ち寄った。テイクアウト用の点心が中心の、ファストフード屋風の店の奥には、しかしテーブル席がいくつかあって、温かい麵《めん》や粥《かゆ》も食べられる。

「トゥヒア　オア　トゥゴー《ここで食べるの？》」

低い声で、かみつくように訊かれた。

「ヒア《ここで》」

こたえて揚菓子を買ったあとで、テーブルが空いていないことに気づいた。仕方なくレジの横につっ立って食べていると、緑色の丸椅子がでてきた。メイはそれを、にこりともせずに床に置いた。

「アーユーア　ビジタ《旅行者なの？》？」

二度目に行ったとき、怪訝そうにそう訊かれた。観光客なのに随分長くいるのね。そう言われたのだとわかった。

「イエス」

茉莉はただそうこたえて、奥のテーブルにつき、温かい麵を注文した。

二度とも、真昼だった。リジーがさきを、戸外授業だのデジュネ・ピクニック（ピクニックランチ）だのに連れだしてくれるので、アトリエでの仕事のあと、茉莉には一人の時間ができる。茉莉は街をぶらつき、メイの店で軽食をとる。ほんの二、三十分だが、そこにいると気持ちが落着いた。壁にとりつけられた扇風機や、ゴマ油の匂いが懐しさを喚起する。志津夫や志津夫の客たちが、連れていってくれる華やかな場所とは、ちがうパリの匂いだと思った。ぽつぽつと言葉をかわすうち、メイがただ無愛想なだけで、意地悪なわけでも怒っているわけでもないこともわかった。年齢を訊くと二十六というこたえで、四十くらいだろうと思っていた茉莉は驚いた。そういえば、メイはふいにはにかんだ、少女じみた笑い方をすることがある。

「ユーワーク　ソーハード《働き者なのね》」

　たとえば茉莉が、そう声をかけたときに。

ビールのネオンサインを出して、そこは深夜一時まで営業しており、茉莉はフィリップやアンヌを連れて、夜中に温かい食べ物をお腹に入れに、顔をだしたりもした。

「ハイ」

　短くかわされる茉莉とメイの挨拶は、もうかみつくようでもぶっきらぼうでもない。

　茉莉は志津夫を連れてきたいと思っている。志津夫の食生活は、高価なものに偏りすぎている。

「僕は遠慮しておく」

　たびたび誘っても、志津夫は笑ってとりあわないのだったが。


　茉莉の前を歩くさきは、志津夫と手をつないでいる。パリに来てから茉莉が買った、水色のスモックドレスを着ている。胸元は刺繍で縫い縮められ、ウエストから裾にむけてたっぷりのギャザーがよせられている。

　土曜日。早朝にざっと降ってあがった雨のせいで、舗道はまだ濡れている。モンパルナスの朝市は、週に二日だけ開かれるのだという。志津夫の提案で、アトリエでの仕事を休みにし、茉莉はいま三人でそこに来ている。エドガー・キネ通り。それが通りの名前らしかった。

「シズオ！」

　さきはときどき声をあげ、小さな手で何か指さす。それは積み上げられた蟹《かに》であったり、一匹まるごと横たわったサメであったり、陳列台からこぼれおちんばかりに大量のブドウであったりする。

　人、人、人。茉莉は目をまるくする。気をつけて追わないと、娘からはぐれそうだ。見たこともない野菜、果物、見たこともないほど大量に、なにもかもがある。いろいろな匂い。売る人の大声、買う人の雑多な声。

「家具なんかもあるにはあるんだけど、ここはやっぱり生鮮食品類がね、豊富だね、昔から」

ふり向いて言った志津夫に、

「豊富なんてものじゃないわ」

と、茉莉は返した。

「それにすごく安い」

一フラン二十二円として、といちいち計算する茉莉に、志津夫は淡々とした口調で、

「じゃがいもやパン、油なんかは法律で価格が管理されていてね」

と、説明した。日ざしであたためられ、濡れた地面から、むわりとした匂いと熱気が立ちのぼる。

「シズオ、見て！」

さきが指さしたのは花屋だった。ばさりばさりと音をたてそうな、一抱えではすまない大きさの花の束が、台の上に幾つも無造作に積まれている。濃い青の花の束が滲んだ。ふいに、始に会いたいと思った。ここに、始とさきの三人でいるのだったらどんなによかっただろう。パパ、見て！　さきが、いまそう言ったのだったら——。

一本だけ地面に落ちて、茎の折れている青い花を拾い、志津夫が店の女性に何事か言った。

「oui, oui《ウイ、ウイ》」

女性は笑顔でこたえ、持っていけというように、手の甲で何か追い払うような仕草をした。茎をちぎり、志津夫は短くなった花をさきの髪にさした。

「かわいいわ」

湿った声で言い、茉莉は急いで笑顔をつくる。さきは花にはほとんど注意を払わず、不審げに茉莉を見ていた。

カフェ「セレクト」は、朝市の続きみたいに混雑していた。カウンターの近くで立ったままコーヒーを啜る男や女、あちこちでかわされる抱擁や握手、テーブルに楽譜をひろげ、ギターを手に作曲しているらしい男。それでも奥のほうの席はあいていて、三人は腰をおろした。随分歴史のありそうな店だ。

「朝市、おもしろかったわ」

志津夫の心証をよくしたくて、茉莉は言った。

「お買物ができない旅人の疎外感も味わったけど」

冗談めかせてつけたしてみる。自分がこれから言お

うとしていることの、重大さを思うと緊張した。

「あたしたちは来月日本に帰るでしょ」

運ばれてきたコーヒーをかきまぜながら、茉莉は言った。

「こっちではほんとうにお世話になって、あたしもさきも、なにもかもに、すごく感謝してるの。いろんな人に会えたし、なんていうか、のびのびした」

考え考え話すので、ぎくしゃくした言葉つきになった。志津夫は煙草に火をつけて、おもしろそうに聞いている。

「でも、あたしたちはここに住んでいるわけじゃないし、じきに帰らなきゃならない」

茉莉は息をすった。

「ガソリンスタンドを、手放したくないの」

沈黙ができた。さきは、大人たちの会話は自分には関係のないことだと決めているらしく、グレープフルーツジュースを啜っている。水色のドレスを着て、髪に青い花をさして。

「それで？」

別のテーブルで笑い声が上がった。午前中からワインを飲んでいる人々、香水の匂い。シリアスな話をするのにぴったりの賑やかさだ、と、茉莉は思った。

「あの土地を、買いとってほしいの」

言ってしまうと、すうっと気が楽になった。椅子の背にもたれ、志津夫を見つめる。

「母の庭なんか買うより、ずっといい投資だわ。庭と違って、利益が見込めるんだもの」

志津夫は何も言わない。茉莉はじれて、身をのりだした。

「最初はあなたを、お金持ちの息子だと思ってた。だって、博多で青山っていったら大地主だもの。でも、その地主の資産なんて何でもないくらい、あなた自身がお金持ちなんだってことがわかった。あの贅沢なアパルトマンの他に、パッシーに邸宅を持ってるんでしょう？　トロワには別荘もあるって、タケオが言ってた。奥さんの家系は途方もない資産家。あなたの絵は、一枚が何千万円もする。あたしには絵はわからないけど、そんな法外な値がつくっていうことは、あなたには才能があるっていうことでしょう？　その才能が本物なら、お金なんていくらでも稼げるわけじゃないの」

言葉がつぎつぎ口をついてでた。説得するというよりも、思いをぶつける結果になった。茉莉自身はもとより、柴田家の人間にも、藤原さんにも、新にもできないことが、志津夫にはできるという理不尽――。

「ガソリンスタンド」

聞いたことのない単語を口にするみたいに、ゆっくりと、志津夫は言った。

「それを僕が買うかもしれない、と?」

微笑んだ志津夫は、どこか疲れた顔をしていた。

「女性にはいろいろねだられてきたけど、ガソリンスタンドというのは初めてだな」

足を組み、片方の膝頭を抱くように、両手の指が組み合わさっている。

「買えないし、買わない。あなたにはわかっているはずだ」

軽い口調ではあったが、声に苛立ちが滲んでいた。

「御主人のことは気の毒だと思います。でも拘泥すべきじゃない」

茉莉は志津夫から目をそらした。そうしなければ、惨《みじ》めさに泣きだしてしまいそうだった。

「僕は拘泥することが嫌いでね。大切なのは生きのびることだ。生きのびるのは、おお事です。金があろうとなかろうとね」

茉莉はわめきたい衝動に駆られた。立ち上がり、テーブルの上のものを片端から床に投げつけて、足を踏み鳴らし、そんなことはわかっている、と、泣き叫びたかった。

「兄も」

かわりに茉莉は言った。顔を上げ、もう一度志津夫をまっすぐに見る。屈辱的な気持ちだった。

「兄もいつも、あたしにそう言います。超然として、もっと遠くへ行けって」

志津夫はあごを引き、調べるように茉莉を見て、

「それは、いいアドヴァイスだ」

と、言った。眼鏡の奥の目に、おもしろがるような表情が戻っていた。

11

暑い。地下鉄からでると、茉莉は日ざしに目を細め、腕で額の汗をぬぐった。出口さえまちがえていなければ大丈夫。ファストフード屋の前を過ぎて、公園の柵ぞいに曲がり、オフィスビルのならぶ通り――一軒

だけ、緑色のひさしを張りだしたインド料理屋がある——をまっすぐに歩き、旅行代理店らしい店の角を入ると、細い石畳の路地だ。それを抜けると広い道にでる。

「ヴォワラ《ほらね》」

満足の息を吐き、茉莉はつぶやく。一人でここに来るのは、これで三度目だ。右を向き、しばらく歩くと、ポスト・デサンス——ガソリンスタンド——があった。

紺色の乗用車が一台置いてあるが、誰も乗っていないし、そばに店員もいない。スタンドは、眠ったように静かだ。洗車か点検のために、預けられている車なのだろう。茉莉はそう見当をつける。

建物自体も防火塀も、ペンキを塗ったばかりみたいに真白だ。コンクリートの地面には、日なたと日陰がくっきりした模様をつくっている。

サインポール、キャノピーと呼ばれる天井部分、油を分離させる排水溝。おなじだ、と、茉莉は思う。オーライ、オーライ、オーライ。首に筋を浮きださせて、小田くんの言うのが聞こえる気がした。ボロ布で手を拭いている藤原さん、きびきびした動作と笑顔の美しい始は、接客の途中でも、茉莉に的確な指示をだして安心させてくれた。あの家の日常——。裏側にある家の中では、あさが夕食の下ごしらえをしている。小さなテレビがついていて、巨大なぬいぐるみが動いたり喋ったりする子供番組を、小さなさきが見ている。ありふれた日常——。

「ボンジュール」

青い作業服を着て、大きな歩幅で近づいてきた店員は、しかし始ではなかった。何か御用ですか、という表情で、茉莉の真ん前に立つ。

「見てただけ」

英語で言うと、店員は首をすくめた。外国人だろうか。茉莉は思った。髪も肌もつやつやと黒い。

「旅行者？」

英語で訊かれ、イエスとこたえた。相手がなおも茉莉を見つめるので、たじろいだ。

「前にも見たことがある」

にこりともせずに言う。不審がられているのだろうか。

危険物を取扱っているのだから、危険な人物——酔っ払いだろうと、悪ガキだろうと——を近づけてはいけない。始の父親が、よくそう言っていたものだ。小柄で、無口で、働き者だった始の父親。

「以前、ガソリンスタンドで働いていたことがあるの」

説明のつもりで、茉莉は言った。

「いつ？」

打てば響く早さで質問が返った。

「今年の二月まで」

沈黙ができた。空は青く、あたりにはあいかわらず他に人もいない。

「それで？」

尋ねられ——それは、茉莉には詰問のように思えた——、考えたが、返答は思い浮かばなかった。事故や、スタンドの閉鎖、失われた家族のことなど、この男に話せるはずがない。

「それだけよ」

踵《きびす》を返した茉莉の背中に、男の声が被った。

「どこから来たの？」

茉莉は返事をしなかった。返事を求められた質問ではないような気がしたからだ。地下鉄の駅に向け、足早に歩く。

ウェア　アー　ユー　フロム？


パリに来て、幾度そう尋ねられただろう。茉莉にそう尋ねた人の多くも、また外国人だった。外国人の多い街だ。みんなどこからか、そしてどういうわけか、やってきてここにいるのだ。


青山志津夫の妻に会ったのは、数日後のことだった。昼寝のあと、台所でジン・トニックをのんでいると、無人のはずの居間から、音楽がきこえた。それまでこの家のなかできいたことのない類の、古めかしくて懐しいシャンソンだった。感傷的なピアノにのせて、情感たっぷりの女性の声が、パルラ　ダム、と歌い始める。グラスを手に持ったまま、茉莉はしばらくそれを聴いていた。目を閉じて、裸足で。新が、たしかこれとおなじレコードを持っていた。休日の朝、子供たちなどそっちのけで、喜代と新は、二人で音楽を聴いていた。

居間の扉は、いつものように大きく開け放たれ、真鍮《しんちゅう》の、装飾的なかたちをしたストッパーで固定されていた。のぞくと、背の高い女性が立っていた。濃い茶色の長い髪、透けそうに白い肌、タイトスカートからのびた、子鹿みたいに細い脚。まるで、この部屋の調度の一部みたいだと茉莉は思った。たっぷりとドレープをとった暗色のカーテンとか、床置式の、大きな振り子時計とか。重厚で贅沢で、美しいが目立たない。はじめから、この部屋にあるべきもののような存在感だ。

肩に手が置かれ、同時に、

「紹介しましょう」

という声がきこえた。志津夫は茉莉の横をすり抜け、妻を軽く抱擁すると、頰に頰をつける挨拶をしながら、艶《なま》めかしい（と茉莉には思える）フランス語で何やらながながと囁いた。

茉莉はぽかんとそれを見ていた。絵のように美しい二人を。裸足で。色あせたTシャツにゆったりしたコットンパンツ、という、昼寝用の恰好で。男の子のように短い髪は、寝乱れてくしゃくしゃなはずだった。

フランス語と日本語を両方使って、志津夫は妻に茉莉を、茉莉に妻を紹介してくれた。そのあいだ、まるで、妻が一人では立っていられない子供か老人か病人ででもあるかのように、志津夫は彼女の背を支えていた。不仲だという噂《うわさ》があることを思いだし、茉莉は興味深く思った。

「はじめまして」

目の前の女性の、非の打ちどころのない装いと態度――淑女然としたふるまい――に気圧《けお》されながら、茉莉は言った。シモーヌ――というのが彼女の名前であることがわかった――はかすかな笑顔をつくったが、一瞬のちにはそれさえも消え、いま笑顔を見た気がするのは錯覚だったかと思われるほどだった。茉莉にはほんの一瞥《いちべつ》をくれただけで夫に向き直り、シモーヌは低い声で、

「エレ・ミニョンヌ」

と言った。かわいいって、と、志津夫が通訳をしてくれたが、シモーヌのそれは、なんだか犬か猫を見た感想みたいな言い方だ、と、茉莉は思った。夕方の日が斜めにさし込む居間を、シャンソンが満たしている。シモーヌは依然として肘《ひじ》を志津夫に支えられながら、何か――誰か友人のことらしい――早口でまくしたてている。髪を振ったり手を動かしたりするたびに、彼女のまわりの、香水の匂いの空気が動くのがわかった。

茉莉はそっと部屋をでた。夫婦のうちのどちらも、もう茉莉には注意を払っていないようだった。

どう思う？

その夜、さきと風呂に入りながら、茉莉は胸の内で惣一郎に話しかけた。

シズオとシモーヌ、仲がいいのかな。シモーヌって、ちょっと感じ悪かったよねえ。

惣一郎は何も言わない。ただ、愉快そうな気配だけがする。それは茉莉を安心させた。見守られていると感じる。さきと二人、白いぴかぴかの、猫足のバスタブのなかで。

「このきれいかお風呂場とも、もうじきお別れやね」

茉莉はさきに言った。

「博多、恋しかね？」

さきのふっくらした体を、湯のなかで抱き寄せる。うしろから抱き寄せて、濡れた衿足《えりあし》に唇をつけた。

「おじいちゃんのうちとか、保育園とか」

さきは身をよじってくすぐったがり、迷惑そうに首と耳を小さな手でこする。

「さきのおうちがよか」

と、言った。

「さきのおうち？」

わかっていた。わかっていたが、たぶん確かめたくて、茉莉は訊き返した。どのくらい憶えているのだろう。

さきはこたえない。茉莉から離れ、茉莉を見上げる。しわもしみも汚れも、なんにもついていない健やかな顔で。なんて大きな目なのだろう、と、茉莉は思う。大きな目に、心配そうな表情をたたえている。

「どうしたと？」

尋ねると、さきは横を向いた。

「さきたち、またおじいちゃんのうちに行くと？」

胸に湧いたのは痛みだった。ウェア アー ユー フロム？ 茉莉は、さきもろともみなし子になったような気がした。

「そうよ。帰るったい」

努めてあかるい声で言った。いい匂いの石鹼を泡立て、さきの体につるつるとこすりつける。

もっと遠くに行くんだ、という惣一郎の声が、茉莉にはたしかに響いて聞こえた。

「あなたに会いに来たんだと思いますよ」

シモーヌの突然の訪問について、志津夫がそう言ったのは、セーヌ川ぞい、ルーヴル美術館の対岸を歩いているときだった。

「あそこには滅多に来ないのに、そうでなきゃ説明がつかない」

おもしろがっているふうに言う。

「説明がつかないって、夫婦なのに、へんな言い草」

茉莉が言うと、志津夫は認めて、笑った。アトリエでの仕事のあと、さきをリジーが見てくれているうちに、幾つか土産物を買いたい、と言った茉莉に、志津夫は「散歩がてら」つきあってくれた。シテ島のお菓子屋で、あさと七に色とりどりのお菓子を、カルチエ・ラタンのレコード屋で、新にレコードを、買った。ぼんやりと曇った、真昼。もうすこし歩くと、フィリップの働いているカフェがある。

「まあ、いろんな夫婦がありますよ」

志津夫は言った。

「シモーヌは誇り高いけれど、好奇心には勝てなかったんだろうな。あなたについては、いろんな噂が耳に入ってくるだろうから」

噂。街路樹の一本ずつにいちいち手を触れて幹の感触をたしかめつつ歩きながら、茉莉は考える。どんな噂だろう。それでなくても、志津夫のまわりは噂だらけなのだ。パッシーの本宅で奥さんと暮している男性は、志津夫の学生時代の親友である、とか、エミが志津夫に執心なのは、かつて恋人だったシドニーを、志津夫に奪われたからだ、とか。どれがほんとうでどれが嘘なのか、茉莉には無論見当もつかない。

「次は、そうだな、十二月はどうです？　それまでにキャンバスの準備をしておきます」

ふいに志津夫は話題を変え、そんなふうに言った。

「冬のパリもいいですよ。食いものがいい」

「冬？　またモデルをするんですか？」

おどろいて、立ち止まった。志津夫も立ち止まり、おどろいた顔をする。

「もちろんそうです。こんなに短期間で僕のモデルを終えられると思ってたんですか？」

茉莉は返答に窮した。

「ごめんなさい。何も考えてなかったんです」

正直に言った。

「誘っていただいたときは実家に戻ったばかりで、居場所がないような気がしていて――」

言葉を探し、みつけた。

「――まず、飛び込んだの」

それを聞くと、志津夫は朗らかな声を立てて笑った。

「いいなあ。かまいませんよ、それで。飛び込んだのなら、あなたはもう水のなかだ」

セーヌ川を指さす。茉莉は自分がカエルにでもなった気がして、くすくす笑った。不思議だ、と、茉莉は思う。志津夫と話していると、ときどき、惣一郎と話しているような気持ちになる。線の細い横顔が似ているからだろうか。

十二月。茉莉は考える。たった四カ月後なのに、自分とさきがどこで何をしているのか、想像もつかない。

部屋に帰ると、さきが絵をかいていた。お別れの贈り物に、志津夫とリジーにあげるのだという。床にクレヨンが散らばり、力強く色を塗られた画用紙から、ロウに似た匂いがしている。

「トレ・ビアンだわ」

茉莉は言った。

帰国は八月の末に決った。日本に昼過ぎに着く夕方の便を、志津夫が予約してくれた。前日の夜には、サロンの人々がささやかなパーティ——もっとも、あそこでは夜毎パーティがひらかれているようなものなのだが——を計画してくれている。おしゃれをしておいで、と、シドニーには言われている。

買ってきた土産物をクロゼットにしまいながら、茉莉は、ここを去りがたく感じている自分に気づいた。それがパリへの愛惜ではなくて、帰国への恐怖であることにも。

始のいない福岡には帰りたくなかった。どこを見ても始との思い出だらけの、あの街では息ができない。ここに来たときは、逃げだしたい一心だった。ガソリンスタンドをとり壊さずにすむのではないか、という期待にすがってもいたが、ほんとうは、無理だと知っていたような気もした。

「さき」

呼ぶと、さきはクレヨンを握りしめたまま顔を上げた。

「何《なん》?」

「一度福岡に帰って、おじいちゃんやあさおばあちゃんに御挨拶ばして、それから二人で東京に行こうか」

ずっと考えていたことではなかった。ふいに思いついたことだ。しかし実際に口にだしてみると、それはとても自然なことだと思えた。

「東京？」

さきはきょとんとする。

「保育園は？」

「東京にもあるくさ」

ほんとうにひさしぶりに、茉莉は身内に力が湧くのを感じた。新しい視界がひらけ、前に前に進んで行かれそうな。

「ママ、昔東京に住んどったとよ」

さきを抱きあげ、ベッドに坐らせる。

「だけん大丈夫。知っとうと。それに、うんと遡《さかのぼ》れば、おじいちゃんも東京の人やったとよ。いなくなっちゃったママのママも」

口調が熱を帯びるのを、茉莉は自分で止めようがなかった。さきは怯《おび》えたように母親の顔を見ている。

「東京にはお店がたくさんあるけん、探せば仕事はみつかると思うったいね」

サロンだ、と、思った。バーとかクラブとか呼ばれる場所で、人々にお酒をのませる仕事。接客は得意だ。ガソリンスタンドでもそうだったし、洋菓子屋で働いていたときも、映画館でもぎりをしたときも。吐くとか寝るとか嬌声を上げるとか、酔った人の扱いにも自信がある。それは主にここでの経験だったが、遠い日々、隆彦もよく酒に酔って暴れた。

「さき、いややん」

いまにも泣きだしそうな顔と声で、さきは言ったが茉莉はとりあわなかった。始と、あの雨の夜の事故と、それにまつわるすべての出来事と記憶から、遠く隔たった場所と生活。

「いややもん。おうちがいいもん」

蚊の鳴くような声でさきはくり返す。

「心配せんで。ママとさきはずっと一緒やけん」

ひざまずき、さきのもっちりした足に指で触れた。触れながら、茉莉は生れてはじめて、自分を喜代に似ていると思った。ある日突然飛行機に乗って、イギリスにでかけた喜代。残された者の気持ちなど知らぬ顔で、身勝手に、強引にいなくなってしまった。しかしあの喜代もまた、愛する者を突然に——そして永遠に——失い、四方を思い出に囲まれ、身動きできなかったのだろうといまならばわかる。前へ前へ、それでも何とかして進もうと、必死だったのかもしれない。

「ママのママはね、ずっと昔、銀座のビヤホールで働いとって、そこでおじいちゃんと出会ったらしいとよ」

　さきの隣に腰掛け、茉莉はゆっくりと言った。

「まだ、ママも生れとらんころのことやけどね」

　手をのばし、サイドテーブルに置かれたガラスの器から、ボンボンを一つとりだす。赤と白の包み紙。

「さき、銀座に行ってみたかね？」

　尋ねられ、さきは目に、みるみる涙をわかせた。唇がふるえている。

「行かん」

　首をふり、声をだすと同時に涙が落ちる。

「さきはおうちに帰る。おうちがいいっちゃもん」

　でも、さきにも自分にも、我家と呼べる場所はもうないのだ。すくなくとも、さきの記憶にあるような家や家族は。

「きょうはリジーと何して遊んだと？」

　茉莉は話題を変えた。ボンボンの紙をむき、白くまるい中身をさきに手渡す。

「新しいフランス語ば習ったんやったら、ママにも教えてん」

　さきはボンボンも食べず、返事もしなかった。傷ついたような表情で、ただベッドに坐っている。

「いややん」

　ようやく聞きとれるほどの、小さな声で、まずそう言った。

「いややもん」

　かん高い声で叫ぶと、おどろいて見つめる茉莉の目の前でボンボンを壁に投げつけ、ベッドにつっぷして泣きだしてしまった。

12

　帰国の前日、茉莉は再び「徳川」の暖簾をくぐった。もう一度九の顔を見て、七への言伝《ことづて》でもあれば預かろうと思ったのだが、九は非番だった。昼時で、店は混雑していた。

　カウンター席に通され、一人で鮨をつまんだ。きっちりと握られた、シンプルな鮨だった。威勢のいい声をかけ合いながら立ち働く従業員たちを眺めていると、彼らとおなじ白い上っ張りを着た、三カ月前の九の姿が思いだされた。この異国の地にしっかりと根を下ろし、家族を養っている九。九と暮し、九の子供を産んだ女性というのはどんなひとだろう。

この街にはいろんな外国人がいる。中華デリで働いているメイや、サロンに集る日本人留学生たちや、ガソリンスタンドにいた黒人の男性や。九や志津夫だってそうだ。人は、そんなふうにも生きられるのだ。茉莉は、三カ月前に訪れたときとは違う目で店を見ている自分に気づく。筆文字の書かれた大きな湯呑みも白木のカウンターも、あの日と変らず目の前にあるのに。

「九に何か、伝えましょうか？」

年嵩《としかさ》の板前が、わさびをおろす手を止めて訊いた。

「いいえ、いいんです」

茉莉は微笑み、濃緑の、熱いお茶をのんだ。

「あした日本に帰るので、挨拶に寄っただけです。元気でって言って下さい。このあいだは、会えて嬉しかったって」

短い再会ではあったが、なつかしかった。毎日一緒に遊んでいた人間が、すっかり様変りして、でもこうしてどこかで逞《たくま》しく暮していることを知るのは、嬉しく心強いことだった。

「ごちそうさま」

おもてにでると、茉莉は夏の空気を思いきりすいこんだ。ほんの少し排気ガスのにおいのまざった、パリの街の空気。さきの待つアパルトマンに向って、大きな歩幅で歩き始める。

しゃくにさわることに、あの日、さきを泣きやませたのは志津夫だった。東京に住もうか、と提案した途端に泣きだしたさきは、ほとんど悲鳴のように甲走った声をあげてベッドにつっぷして、なだめても叱っても大人しくならなかった。隣に腰をおろして、小さな体に触れようとすると、気性の荒い動物みたいに猛々《たけだけ》しく、茉莉の手を振り払った。

部屋にとびこんで来た志津夫は、さきが怪我でもしたと思ったのだろう。驚くというより慌てていた。

――シズオ。

さきが言い、志津夫の首にしがみついたときの、苦い衝撃――実際、茉莉はぎょうてんした――は忘れられない。泣きぬれた目と湿った声と、抱きつくしぐさがあまりにも女っぽかったからだ。

――こんなに小さい人を、こんなに興奮させちゃいけないな。

さきの背中を軽くたたきながら、そう言った志津夫の声には微笑が含まれていた。何にせよ怪我ではない、とわかって、眼鏡の奥の目には、おもしろがるような気配さえ浮かんでいた。茉莉は腹が立った。興奮させたわけではない。勝手に興奮したのだ、と思う。

いつも地下鉄に乗るバビロン駅を過ぎ、一度お茶をのんだことのある、小さくて瀟洒《しょうしゃ》なド・ラベイホテルの前を通る。リュクサンブール公園の近くで、パン屋さんの近く。外観はそっけないが、内部に贅の凝《こ》らされた、青山志津夫のアパルトマン。

たった三カ月で、もうすっかり見知った気のする近道を歩きながら、茉莉は、やはりこのたった三カ月で、にわかに我が強くなったように思えるさきについて考える。東京になど行かないと言い張ったさき、志津夫の首にしがみついて泣いたさき。

――おにいちゃんやないと、やだ。

惣一郎の言うことしか聞かなかったかつての自分自身を思いだし、複雑な思いで茉莉は苦笑した。始の忘れ形見であり、惣一郎の姪であるさきが、始も惣一郎もいないこの世で、生きていかなければならない。

先に死ぬなんてずるい。

茉莉は胸の内で言った。この街や道や光や、空や木や壁や建物や、いま確かにここに在るものたちを、始や惣一郎と共有したかったと心から思った。

その夜のパーティは、歓送会ではなく歓迎会だった。ともかくアンヌとタケオはそう言ったし、主役である茉莉とさきは、そのアンヌの手で、胸に大きなコサージュをつけさせられていた。

「あなたがここに、すぐ戻ってくるように」

アンヌが言い、

「これはいわば、固めの盃」

と、タケオが言った。

「すくなくとも絵が完成するまでは、あなたを歓迎するってこと」

シャンパンをだらしなく――と、茉莉には思えるやり方で――啜りながら、エミも珍しく日本語を使った。音楽と、葉巻および紙巻煙草の煙のなかで、始まりも終りもなく一人ずつが勝手に酒をのむ、という、彼らのいつもの作法に変りはなかったが、誰もが茉莉に一言声をかけてきた。マーラーがかかっていたかと思えばセロニアス・モンクがかかり、ホセ・フェリシアーノが苦しげにギターをかき鳴らしているかと思えば、いきなりU2がかかったりもする。

何人かは、茉莉にキスをしに来た。挨拶以上の意味はないとわかってはいても、フランス語で何事か囁かれ、肩を抱かれて、頬や、時には唇に、ふわりと押しあてられるつめたくやわらかい唇に、茉莉はどぎまぎした。

「いい気分！」

大きな声で、何度も言った。本心だった。友情とさえ呼べないつきあいだが、だからこそ、一人一人を茉莉は好きになっていた。一人一人が別々で、まるで連帯感のない仲間。大切なのは酒であり場所であり、けれどその場所をつくっているのは紛れもなく彼ら自身だということの不思議。

「マリー、マリー、マリー」

出来の悪い学生に小言を言うときのような声が聞こえ、ふり向くと、仏頂面《ぶっちょうづら》のシドニーに強く抱擁された。

「一体何だって日本に帰ったりするんだろうね。正気とは思えん。あんな経済虫たちの国に」

茉莉は笑い、抱擁を返した。新と同じくらいの年齢のシドニーの背広は、いつもなつかしい匂いがする。

「来たこともないくせに」

茉莉は言い返す。


「行かなくてもわかるさ」

茉莉のグラスが空であることに気づき、新しいシャンパンをあけてくれながらシドニーは言った。

「わからないわ。どんな場所も、行ってみなくちゃ絶対にわからない」

茉莉はこたえた。笑顔で、自信を持って。

スカートをひっぱられ、見るとさきが立っていた。

「見てん。これ、もらったっちゃが」

左手に、指人形を二つつけている。白い羊と、黒い猫だ。

「まあかわいらしかね。誰にもらったと？」

「リジー」

さきは眠そうな顔をしている。十時を大きくまわっていた。それでも、大人たちの集りに興奮してか、いつものように抱っこをねだることもせず、猫のついた指を不器用に動かして、

「シャ、ノワール」

と、言った。

「こっちはねえ、こっちは、ええと、忘れてしもうた」

茉莉の太腿に片手をまきつけ、さきはいきなり、

と、呼んだ。

「リジー！」

「ケスクセ？《これ何だっけ》」

ムートン《羊》、と教えてくれたのはシドニーだった。さきのたどたどしいフランス語は、周囲の微笑をさそった。頭をなでられたり声をかけられたりして、さきは困惑顔をする。茉莉は娘を誇らしく思った。

いつものようにヴァイオリンを抱え、外気の匂いをたっぷりと纏《まと》って、自転車のせいで髪を乱し、フィリップが登場したのは深夜を過ぎてからだった。さきはすでに寝室にひきあげており、茉莉はビールをチェイサーに、白ワインを浴びるほどのんで酔っ払っていた。

「きょうはオールスターキャストね」

覚束《おぼつか》ない足どりで、伸びあがって頬に頬をつける。フィリップ、アンヌ、エミ、シズオ、シドニー、タケオ、リジー、茉莉。姓を持たない、陽気な人間たち。

「飛び込んできた茉莉に」

最初のシャンパンをあけたときに、グラスを掲げてそう言った志津夫は、あとは普段と変らず、客が楽しんでいる様子を満足げに眺めながら、喋ったりのんだり、しばらく席をはずして自室にひきあげたり、していた。

「ここに来られて嬉しかったわ」

喧噪のなかで、ようやくつかまえた志津夫に、茉莉は言った。

「さきにもすごくよくしてくれて、ありがとう」

志津夫はわずかに眉を上げ、

「素直すぎて気味が悪いな」

と、こたえた。

「おだてても、ガソリンスタンドは買いませんよ」

フィリップがアラビア風の曲を奏で始め、皆が喝采して茉莉とエミに道をあけた。無論、パリに来るまでの茉莉はベリーダンスなど見たこともなかったが、この部屋で、そして皆と繰りだしたレストランで、エミが踊るのを見て覚えた。以来、アラビア風の曲は茉莉の十八番なのだ。単純なリズムとユーモラスな抑揚、決して前面にはでてこない、土っぽい哀感。手足を大きく動かして踊ることも、茉莉の気に入っている。ぷらっらっらっらぷらぱあら、ぷらっらっらっらぷらぱあら。

最後には芋焼酎の封まで切られ、パーティは明け方まで続いた。遠からず戻ってくることがわかってもいたので湿っぽさはなく、茉莉の目には、むしろ皆がそれぞれ勝手な理由で、茉莉とは無関係に酔っ払っているように見えた。そして、それが愉快で居心地のいい空気をつくっているのだと思えた。

翌日、茉莉は昼近くまで眠った。奇妙な夢を見たが、どんな夢だったのかは断片的にしか思いだせなかった。惣一郎がでてきたことだけは憶えている。それに九も。惣一郎はかなしそうな顔をしていた。

こいつ、無茶ばかりする。

そんなふうに言った。子供のままの惣一郎と、大人になった九が一緒にいることが奇妙に思えた。自分もそこにまざりたい、という、かすかな嫉妬を感じた。そんな夢だった。

茉莉は宿酔《ふつかよい》というものを経験したことがない。どんなに深酒をしても、一晩ぐっすり眠れば元気になってしまう。

「おはよう」

それで、元気にさきに言った。快晴。きょうは、夕方の便で日本に帰るのだ。

とうに起きて、台所でメイドにクラッカーと牛乳をもらったらしいさきは、その朝食を部屋に持ち込んで、床にすわって食べたり弄《もてあそ》んだりしているところだった。そこらじゅうにクラッカーのくずが散らかっている。二つの指人形も。

「どうしたと?」

返事をしないさきに、茉莉は訊いた。

「ママにおはようって言ってくれんと?」

さきは目をまるくして、ベッドの上の茉莉を見ている。あるいは、茉莉の横の空気を。

「びっくりした」

ややあって、さきは口をひらいた。

「おはようって言おうとしたっちゃけど、ママの横に誰かおるかと思っちゃったと」

「誰かって?」

「男の子」

とり肌が立った。しかしさきは怯えた様子もなく、クラッカーを積み上げる作業に戻った。

「男の子?」

訊き返す声が震えた。

「見えたと?」

さきはこたえない。クラッカーの端を口に入れ、しゃぶったものをまた皿に置いた。

「ちがうっちゃん」

小さい声で言う。

「おると思ったと。でもおらんくなった」

「それじゃわからんやん」

口にしてすぐ、咎《とが》めるような口調になったことを後悔した。

「やさしそうな、頭のよさそうな男の子やったたっちゃろう？」

愉しそうな口調をつくり、茉莉は笑顔で言うと、さきの頬を両手ではさんだ。

「ちょっと待っといてね。ママはシャワーを浴びてくるけん、そのあいだに牛乳をのんでしまいいね」

さきは大人しくうなずいた。


荷物は、来たとき同様、少かった。茉莉はさきに、この街で買った水色のスモックドレスを着せた。

「また来られると？」

志津夫やリジーと別れることが淋しいらしく、空港に向うタクシーのなかで、さきは茉莉にそう確かめた。

「もちろんだよ。飛行機に乗ればすぐなんだから」

茉莉がこたえるより早く、志津夫が言って、さきの手をぽんぽんとたたいた。あけた窓の外の景色に、すでに秋が始まっていた。青いまま落ちて乾いたポプラの葉、それが道路を転がる音。澄んで青い空と、湿度の低い風の匂い。

帰ったら、さきを連れて東京に行くことに、茉莉は心を決めていた。とりあげられてしまったものを嘆くのではなくて、過去にしがみつくのではなくて——。

数日前、アトリエでそれを話すと、志津夫は祝福してくれた。「修業先」を紹介してくれるとも言った。ただし、「銀座」案は一笑に付された。どこでもいい、と茉莉は思う。

——どんな職業でも、大切なのは実力と人格です。それがあれば、何も恐れることはない。

そう言った志津夫は——。座席の背にもたれ、タクシーに揺られながら茉莉は考える。そう言った志津夫は、自分の言葉がどれ程茉莉を勇気づけたか、気づいているのだろうか。

——でも、何の資格もなくて雇ってもらえるのかしら。

尋ねた茉莉に、志津夫はしかめつらをしてみせた。

——十七、八みたいなことを言うね、いい大人が。

茉莉は目を閉じて息を深く吸った。隣で、さきは指人形を動かしながら志津夫と何か話している。

帰ったらまず、姶の墓参りに行こう、と、茉莉は思った。パリでの出来事を報告し、東京に行くことも告げよう。姶以外の人間を愛することは絶対にないから、心配しないでと言おう。

ついうとうとしたらしい。気がつくとシャルル・ド・ゴール空港に到着していた。

別れの挨拶は苦手だ。志津夫もそうであるらしく、ゲートインにはまだ大分間があったのだが、チェックインだけ済ませたら帰るからと言った。

「別れ際のお茶というのはどうもね、性に合わなくて」

茉莉はうなずいた。チェックインカウンターの列にならぶ。カートに乗せるまでもない荷物は、志津夫が足元に置き、茉莉はさきの手をひいていた。恋人同士でもないのに、空港で言葉少なになる自分たちを、茉莉は奇妙だと思った。

「中でカフェに入ったら、一人でジュースが頼めるかな?」

さきを抱き上げ、志津夫が訊くと、さきは嬉しそうに笑った。

「頼める。ジュドランジュ、シルヴプレ」

この人は何て軽々とさきを抱くのだろう。男の人にしては細い腕をしているのに、片腕だけで、曲げた肘にさきを乗せるようにして――。

そのときだった。ふいに視線を感じ、ふりむくと、カートを連ねた日本人観光客の一団の向うに、頭一つ分くらい背の高い日本人男性の姿が見えた。淋しげな表情で、茉莉をじっと見つめている。

九ちゃん。

口にだしてつぶやいたのか、胸の内で叫んだのか、わからない。ほんの数秒だった。次の瞬間にはもう、九はターミナルの外に駆けだしていた。

「どうかした?」

茉莉の視線を追って振り返った志津夫が、さきを床に下ろしてから訊いた。動悸がする。

「知ってる人がいたの。友達で、きのう会いに行ったんだけど会えなくて」

説明しながらも、確信が持てなかった。わざわざ見送りに来てくれたのだろうか。便名もわからないのに？　でももしそうならば、なぜ逃げるようにいなくなってしまったのだろう。

　あいかわらずだ。

　驚きが去ると、茉莉は微笑んだ。九はいつだって、茉莉にはわからない理由で、茉莉の目の前から走り去ってしまう。嬉しがらせたり、安心させたりしたあとで、突然――。そして、こんなふうにいたずらに動悸を起こさせる。

　追いかけたい衝動に駆られた。

「パスポートを出して」

　志津夫に促され、茉莉はカウンターに向きなおる。肩かけ鞄から二人分のそれをだし、くっきりと化粧をした地上乗務員の前に置いた。

　この日、数時間後に九を襲う悲劇を、茉莉は無論知る由もなかった。

6　一杯のお酒にできること

1

カウンターに八席、フロアには、それぞれテント風のカーテンに仕切られたソファ席が三つある。隅にグランドピアノが一台。壁に一枚だけかけられた絵は、青山志津夫の手になるものだ。ピンクと緑を基調にした、正面を向いた女の顔。

「ドライヤー、使ってくればいいのに」

バーテンの夏木力《なつきちから》が言った。開店前の店のなかには、茉莉と力しかいない。

「髪、長いんだから、風邪ひいちゃうよ」

「嫌いなんだもの」

茉莉はこたえる。

「それに時間がもったいないわ。ほっといても乾くのに、どうしてわざわざ乾かす必要があるの？」

力は軽く首をすくめる。まあ俺の知ったことじゃないですけど、という仕草だ。オーナー夫妻に気に入られて、力がこの店にやってきて半年になる。それまでは老舗《しにせ》のイタリア料理店で働いていたらしいが、ここでは茉莉の方が先輩だった。

「おはよう」

やわらかな声がして、石橋達哉《いしばしたつや》が大きな歩幅と軽い足どりで入ってくる。

「もうビール届いた？」

「まだです」

力がこたえると、達哉は動作を止め、大げさにため息をついた。

「電話してみて。どうして最近遅いのか訊《き》いて」

茉莉は腕時計を見た。午後七時三十七分。達哉は几帳面だ。ビールは冷蔵庫に十分あるし、七時半までに届く約束の新しいものが多少遅れても影響はない。それでも彼は、客のいる店に業者の人間が出入りすることを好まないのだ。

バー「エンドラ」は、毎晩こうして幕をあける。オーナー夫妻がやってくるのは、もうすこし遅い時間だ。

店には他に、ピアニストの祥子《しょうこ》さんがいる。力強いタッチとスピードで、反ＢＧＭなライブをする。彼女の音に合わせてジグを踊ることが、茉莉は熱烈に好きだ。

踊りを先生について習い始めてから三年になる。踊ることは、茉莉に、自分自身の存在を確かめさせてくれる。これが自分だということ、いまここにいるということ。うったうったうー、うったうったうー、うったうったうー。そう言って滅茶苦茶に体を揺らし、くたくたになるまで跳ねたり足踏みをしたりした子供のころと、おなじ情熱、おなじ挑戦、おなじ欲求なのだった。

一九九五年十月、茉莉が東京に来て、五年になる。修業先、として志津夫の紹介してくれたこの店は、南青山にある。南青山といっても、洒落《しゃれ》た店が軒を連ねるショッピングエリアではなく、入り組んだ一方通行と緩やかな坂道、新旧さまざまなマンションの散らばる、地味で静かな一画だ（茉莉が毎日自転車を停める場所――店の裏口――には、上の階に住む子供のものらしい三輪車が停めてあり、茉莉を微笑《ほほえ》ませる）。周囲には墓地があり美術館があり、カフェがあり小学校がある。かつて暮した川崎とは、まるで趣《おもむき》の異なる街だ。駅前に馬券も落ちていなければ、新聞紙も風に舞っていない。

「ああそうだ、さっきミチルさん来ましたよ。『茉莉ちゃんもう来てるー？』って、いつもの脱力系の口調で言って」

鋭い音をたてて氷を割りながら、力が言った。

「水泳の日ですよって教えてあげたら、『そうだった』って、ぼそっと言って。あとでまた来るそうです。これから食事に行くからって」

「そう」

茉莉はこたえ、看板をおもてにひきずりだす。コンセントをさし込むと、エンドラ、という文字とピアノの鍵盤の絵柄が、黒地に白く浮かびあがった。

「あの人の喋《しゃべ》り方、なんかいいですよね、愛想なくって」

茉莉はにっこりし、ただうなずいた。

島森ミチルは、かつて茉莉の家庭教師をしてくれていた。いまは東京で短大の講師をしている。三十九歳で、独身、恋人と暮している。故郷である岡山にいるとばかり思っていたミチルが、実は東京にいることを、茉莉は四年前に知った。新の定年退官を祝うために、福岡に帰ったときのことだ。

　ささやかな祝いだった。場所は博多のホテル内にあるレストラン「カステリアンルーム」で、出席者は新と茉莉とさき、新の同僚だった大学教授が二人と、新の女友達である小料理屋の女将《おかみ》、それに卒業した教え子が数人。そのなかに奥村がいた。ミチルより幾つか若い奥村は、当時まだ三十代前半であったはずなのに、茉莉の記憶にある彼よりもずっと太って、ずっと年をとったように見えた。二人の子供の父親だと言った。スーツ姿で、ぽっちゃりした指にはめた結婚指輪が、きつくくいこんでいるように見えた。その奥村に、茉莉はミチルが東京にいることを聞いたのだった。

　新は背の高い身体を縮こめるようにして坐《すわ》っていた。丁寧に挨拶《あいさつ》をし、

「こんなことをしていただいて、恐縮です」

　と、何度も言った。テーブルの端の席で、小料理屋の女将が目をうるませていた。妻みたいに。思いだし、茉莉はため息をつく。喜代がいなくなってから、もう十年もたつのだ。新のそばに、新を気遣ってくれる女性がいることを、喜ぶべきなのはわかっていた。

　バー「エンドラ」では、一人か二人でやって来る常連客たちがカウンターに坐り、連れの客にいっぷう変った接待をしたい人たちが、予約の必要なソファ席に坐る。連日たいてい満席になる。客に頼まれてシェイカーを振るのは全くの余興だが、それでも茉莉はこの五年で、基本的なカクテルの合わせかたを覚えた。一切音をたてずにシャンパンの栓を抜く方法も、脚と呼ばれるワインの艶《つや》を、グラスの内側に美しく残す注ぎ方も。

　店がほんとうに賑わうのは深夜を過ぎてからだ。ピアノの演奏が始まり、客たちは酔って陽気になる。ささやかれる秘密、あちこちであがる笑い声、恋人たちは身体をぴったりくっつけて、見つめ合ったり指をからめ合ったりする。口論とか泣き上戸とか、破廉恥《はれんち》なジョークとか酔いつぶれる客とか——。そして、それらはみんな、その夜だけのことだ。店がどんなに混雑しても、朝になれば誰もいなくなる。

　一杯のお酒にできること。その即効性と底知れなさ、あとかたもなく消える儚《はかな》さと可笑《おか》しさに、茉莉は何度でも驚く。

ミチルが、恋人であり同居人でもある由美子さんと連れ立って現れたのは、深夜よりすこし前だった。

「こんばんは」

茉莉を見て、低い声で言った。いつものように、由美子さんはほろ酔い加減だった。酒をのまないミチルは、清々《すがすが》しい朝に起きたばかりみたいに、涼しい顔をしている。

「いらっしゃい」

ピアノの音に負けじと、大きな声をだして茉莉は迎えた。二人をカウンター席に案内する。

「忘れないうちに、これ」

ミチルが鞄から本を一冊とりだして、黒くつややかなカウンターの上に置いた。

「ありがとう。すごくおもしろかったわ」

茉莉とミチルは、よく本の貸し借りをする。そうすれば一冊分の出費で二冊読めるからだ。考えてみれば、茉莉が本を好きになったのはミチルの影響だった。読むこと、未知のものを知ること、そこに閉じ込められた世界にひきこまれ、我知らず没頭すること。本など嫌いだった茉莉に、ミチルはその愉《たの》しさを教えてくれた。それが、いまや二人の共通の趣味になっている。

おしぼりを手渡し、ジャケットをあずかる。ジャケットの下に、ミチルはシルクのブラウスを着ていた。仕事着だ。そう思って茉莉は苦笑する。授業のない日、ミチルはきまってしわくちゃのシャツを着ている。やせっぽちなところも、短すぎるほど短い髪も、化粧っけのないところも、あのころと変らない。

新の退官を祝う会のあと、茉莉の方から連絡をとった。奥村に教えられた短大に電話をかけて、伝言を残すとすぐにミチルから電話があった。

「茉莉ちゃんなの？」

なつかしい、低い落着いた声で。

浄水通りのチョコレート屋で会って以来だった。結婚することになったと。弾んだ声でそう報告した。茉莉のお腹にはさきが宿っていた。初夏で、天気のいい真昼で、茉莉の人生には始がいた。

パリから戻った茉莉を待っていたのは、柴田家から籍を抜いてほしいという連絡だった。スタンドは封鎖されて殺風景なまま、解体工事は着工されてさえいなかった。

「まだ若いっちゃけん、たった数年の結婚に縛られとって、後家暮しなんかせんでもよかろうもん」

親切めかせた龍男叔父の言葉には虫酸《むしず》が走ったし、せめてあさの元気なうちは嫁でいたいとこたえもしたが、すでに姑の姉夫妻にひきとられ、ひ孫と共に長崎に住んでいるあさに、茉莉ができることは何もなかった。

「さきちゃんは無論あんたが育てたらいいし、うちとしても悪いようにはせんけんね」

遺産の権利を放棄する代りに、姑名義の貯金通帳と赤いピックアップトラックを、茉莉は譲り受けた。幾つかの、こまごました思い出の品も。

「おーい、茉莉ちゃん」

ソファ席から客の一人が手招きをしている。

「はーい、オオタさん」

おなじ調子の声をだし、茉莉はミチルのそばから笑いながら離れる。太い指に太い葉巻をはさんだオオタさんの、肩におぶさる真似をした。

あさにはときどき手紙を書いている。さきの写真を同封し、近況を知らせている。

「紹介するから、坐って坐って」

促されるままに腰を下ろして、すすめられるままにブランデーをのんだ。ピアノはやぶれかぶれの勢いで、ガーシュインを奏でている。

時間は、なにもかもを押し流していく。オオタさんに太腿《ふともも》をなでられながら、茉莉は考える。あたしたちは、波打ち際の砂とおなじだ。無力で、あっちからこっちへ、たちまち波にさらわれてしまう。

それならば遠くへ行こう。茉莉は決めている。それならばどこまでも、うんと遠くへ行ってやろう。あたしとさきと二人で、惣一郎と姑に見守られながら——。

「茉莉ちゃんは、俺の妹みたいなもんなんだよ」

にこにこしながらオオタさんが言った。ブレザーに包まれた腕が茉莉の肩にまわり、力強く抱きよせられた。

「な」

問いかけられ、

「はいっ」

とこたえると、頬で頬をくすぐられた。茉莉は笑い声をたてる。まるで不快ではなかった。オオタさんはいい人だ。

カウンターでは、ミチルがコーラを、由美子さんがワインをのんでいる。二つならんだ小さい背中。茉莉は御機嫌な気持ちになる。砂粒たちが身を寄せ合う場る。


所。それをつくるという仕事。

誘われるのを待ちきれないように、ピアノに合わせて足でリズムを刻んでいるオオタさんの、両手をとって茉莉はひっぱる。酒と葉巻の匂いのなか、茉莉はクラシックなやり方で、オオタさんに合わせて踊り始める。


余程酔っていない限り、茉莉は毎朝自転車で帰る。早朝の街は人も車もすくなくて、空気も澄んでいて爽快だ。白み始めた空のあちこちから、カラスの鳴き声が降ってくる。

茉莉とさきの住むアパートは、青山の外れにある。愉快なほど古くおんぼろだが、信じられないほど家賃が安い上、風情《ふぜい》がある。狭く暗い階段など、昔の映画のセットみたいだ。居間と台所の他に、さきの個室もある(眠るときだけ、茉莉もそこで眠る)。

眠っているさきの様子をたしかめて、シャワーを浴び、朝食の仕度をする。

さきは九歳になった。日ごとに扱いにくくなり、日ごとに茉莉に似てきている。ふっくらした頬も、我の強いところも。学校が嫌いらしいところも、完璧《かんぺき》に覚えた標準語と、博多弁とを両方駆使して暮しているところも。

先月まで、茉莉はさきを、夜間の託児所に預けていた。さきは大人しくそこに連れて行かれ、職員の話では「何の問題もなくよく眠って」いた。先月まで。

コーヒーの沸く、こぽこぽという音を聞きながら茉莉は凝《こ》った首をまわす。

——もう行きたくないの。うちで寝る。一人でも平気。

さきはそう言い張った。

——さきは平気でも、ママは心配なの。

言いきかせようとすると癇癪《かんしゃく》を起こして、

——そんなこと知らんったい。

と、どなった。朝食も夕食も二人で一緒に食べている。朝、さきが学校にでかけるまでは眠らずにいて見送り、午後にさきが帰る時間には、必ずうちにいることにしている。店の定休日は日祭日なので、学校が休みの日には、無論ずっと一緒だ。それでも十分でないとすれば、あたしにどうしようがあるだろう。

——家族はつねに一緒におらんないかん。

始ならそう言ったことだろう。大家族のなかで、おおらかに健やかに育った始。でも、そういえばあたしは彼が生きていたころから、ほんのすこしそれに戸惑っていた。当然のこととしてつながり、強固に団結する家族に。

新も喜代も、血よりも個人を大切にする人間だった。コーヒーを啜《すす》り、茉莉はその皮肉に苦く微笑む。では、それがつまり、寺内家の血なのかもしれない。一人一人がべつべつの場所で、べつべつに生きるようにできている遺伝子。

両方の血を半分ずつ受け継いでいるはずのさきは、それじゃあこれから一体、どんなふうに生きるのだろう。

「起きて」

さきの部屋に入り、声をかけた。

「うん」

くぐもった声がこたえる。これでは起きそうもないことが、茉莉にはわかる。

「起きて」

もう一度言い、額にはりついた髪をかきあげてみる。布団の上から肩を揺さぶる。おおいかぶさり、頭のてっぺんに音をたててキスをしてみた。

「やだってばママ」

さきは目をこすりながら言い、それでも律儀に、

「おかえりなさい」

とつけたした。茉莉がカーテンをあけると、六畳間にたちまち光があふれる。志津夫がしょっちゅう贈り物を寄越すので、さきの部屋は物だらけだ。首にりぼんをまいた木馬、アンティークの書き物机。フランス語の絵本やら、鳩時計やら。それらがみんな、ささくれた畳敷きの部屋のどこかに、ちんまりと収まっている。

引越した方がいいよ。おそらく防犯上の理由から、茉莉の周囲の人々は、みんなそう口を揃《そろ》える。しかしここは、パリから戻り、東京にでてきてからずっと、さきと二人で、思いきり都合と好みどおりに整えてきた住まいだ。美しい布と、小さな家具。志津夫のアパルトマンを参考にした。結果は、随分と少女趣味になったけれども。

台所に置き、食事のときだけ居間にだす小さな卓袱《ちゃぶ》台《だい》は、あさに譲られたものだ。志津夫に贈られた優美なコンソールテーブルの上には、写真の入った額を幾つも飾ってある。卒園式のさきや、ブローニュの森の

さき、家族で四国に旅行をしたときの、親子三人のスナップ。

茉莉には、このアパートが自分たち母娘の人生そのものみたいに思える。ちぐはぐで、無防備で、けれど風通しよく陽気で。壊れそうにおんぼろなところも似ている。

「またあの男の子の夢をみたよ」

トーストをかじりながらさきが言った。

「そう。ひさしぶりね。どんな夢だった?」

コーヒーに砂糖とミルクを入れ、手渡して茉莉は訊いた。

「ひろいお庭のある家から、男の子がでてくるの。どこかにでかけるところみたいだった。でもさきに気づいて、にっこりして、手をふってくれた」

「いい夢ね」

茉莉が言うと、さきはこっくりとうなずいて、ピーナツバターちょうだい、と、言った。

ほんのときたまではあるが、さきの夢にはおなじ男の子がでてくるらしい。もう何年もだ。

「もっといっぱいつけなさい。ピーナツバターはね、口のなかで最初つめたくて、でもすぐ熱を発するくらいたっぷりつけるのがおいしいんだから」

バタナイフで薄く薄くそれをのばしながら、さきは顔をしかめる。

「ちょっとが好きなの」

理解できず、茉莉も顔をしかめる。たくさんつけた方が、断然おいしいのに——。

はじめのうち、茉莉はさきの夢にでてくる男の子というのは、惣一郎だろうと思っていた。なにしろ惣一郎は、いつだって茉莉とさきのそばにいてくれるのだ。

——それはきっと惣ちゃんくさ。

それでさきにもそう言った。

——惣ちゃんって、ママのおにいちゃんなんよ。

さきの返答は、しかし茉莉の予想もしないものだった。

——ちがうもん。

さきはまだ、四歳か五歳だった。寝起きの腫《は》れぼったい目で茉莉をじっと見て、口をとがらせ、小さな声で、

——だって、その子は外国人やもん。

と、言った。

九は大丈夫なのだろうか。

三杯目のコーヒーをのみながら、茉莉はふいに思う。目をとじると、如露《ジョロ》を手にした九の姿が、まざまざと浮かんだ。

――お医者さんも自然に治るのば待つしかないって。この前会ったときには、七はそう言っていた。そう言って、自分より遥かに大きく逞《たくま》しく育った息子の頭を撫《な》でた。ラブホテルの屋上で――。

「どうしたの？　疲れちゃったの？」

さきの声がした。

「まさか」

笑ってこたえた。朝の光が、ステンレスの流し台に、あかるく降り注いでいる。

2

夜明け。澄んだ灰色の空。あけたサッシ窓ごしに、複数の鳥の声のなかからカラス以外の鳥の声を聞き分けようと、茉莉は耳をすます。裸の上にコートを羽織ってはいるが、外気にさらされて鼻の頭が冷たい。

「風邪ひくよ」

コーヒーのマグを手にした石橋達哉が、笑みを含んだ小声で言う。背後からおおいかぶさるように抱かれ、茉莉はひっそりした安堵《あんど》を覚える。男の人――それが誰であれ――にそのように抱きすくめられることは、いつも安堵を生む。ささやかだが実質的な安堵だ。自分自身の現在を、控えめなやり方で肯定してもらえている気がする。

「小鳥、東京にもいろいろいるのね」

言うと、頭の上に達哉の顔がのり、重みで、茉莉のあごはアルミサッシにおしつけられた。

「そりゃあいるよ」

石橋達哉は笑い、窓をしめて、コーヒーのたっぷり注がれたマグカップをさしだす。

「茉莉ちゃん何時代の人よ。小鳥がいないとか、空がないとか、東京生れの俺としては心外だな」

渡されたカップの湯気ごしに、茉莉は目だけで微笑んでみせる。濃く、芳醇な香りのコーヒーだ。

「フォーク世代だからなー」

からかうように、達哉は続ける。湿ったシーツのかけられたソファーベッド、余分なもののない小ぎれいな部屋。

「茉莉ちゃんはまだ若いのに、そんなこと言うと年寄りだと思われちゃうよ」

茉莉は声をたてて笑った。年寄り！　達哉はうまいことを言う。実際、茉莉は自分を、老女のように感じることがしばしばある。ついいましがたのように、達哉とベッドでつながりあうときとか、さきの成長ぶりに目を瞠《みは》るとき、それに、福岡に帰って、すっかり様変りしてしまった九と言葉を交すときも——。

茉莉は、自分が達哉に恋愛感情を抱いていないことを知っているし、達哉もおなじであることも知っている。

あたしはあばずれかな。

遠い昔、一緒に暮していた男にそう訊いたことを茉莉は思いだす。

バー「エンドラ」で働き始めてからも、青山志津夫の絵のモデルをするために、茉莉はパリに四度でかけた。一度の渡仏で二カ月の滞在。その八カ月間に、二人の男と関係を持った。カフェで働く音楽家のフィリップと、インドネシア人留学生のバウルス。そのどちらとも、友情と、ある種の強い好意、そして、やはりある種の、やすらかな信頼関係——共犯意識——で結ばれている。抱かれること、大切にされていると感じること。恋人としてではなく、一人の人間として存在を慈しまれる気のする彼らとの性行為が、茉莉は好きだった。

男の人たちは——。達哉の部屋で、達哉のカップからコーヒーを啜りながら茉莉は考える。男の人たちは、みんなちがう匂いがするし、ちがうかたちをしている。ちがう腕であたしを抱くし、ちがうやり方で好意を示そうとする。恋人ではないからこそ払われる類の敬意が、そこにはたしかにあるのだった。

「行かなくちゃ」

呟《つぶや》いて、服を拾って身につける。仕事帰りの、一時間だけの寄り道。ようやくきき始めたヒーターが、しずかに部屋を暖めている。

茉莉にとって、パリは小さな灯りだった。志津夫の絵が完成し——それを見たときの驚きはいまも忘れられない。百号もある大きなキャンバスの中心に、子供のような表情の女が立っていた。髪の短い、やわらかい身体つきの、ぎょっとするほど無防備な女。それが自分に似ているのかどうか、茉莉には判断がつかない。自分である気もするし、見たことのない女であるような気もする。そして、何よりも茉莉を驚かせたことは、その絵の背景が喜代の「ガーデン」だったことだ。圧倒的な緑。夕暮れの、黒くつめたいほどの緑。絵のなかの女の放つ生気は、植物の放つ濃く静謐《せいひつ》なそれと、一体のものに見えた——、ここ二年はでかけていないが、それでも、あの街は茉莉の灯りだった。人はどんなふうにも生きられるのだ。あの街を思いだすとき、茉莉は心が強くなるのを感じる。

——はじめて会ったときの印象をね、絵に閉じ込めてみたくて。

キャンバスの前に立って、あのとき志津夫はそう言った。志津夫が、普段より小さく見えたことを憶えている。すでに次の絵にとりかかっていた彼が、絵具だらけの服を着ていたせいかもしれない。普段の、尊大で優雅な男ではなくて、無力で勤勉な肉体労働者のように見えた。茉莉は見たことがないのだが、キャンバスに色をのせるとき、志津夫はスケッチのときとは似ても似つかない、荒々しさで没頭するらしい。

アトリエには完成した油絵の他に、夥《おびただ》しい数のスケッチと、数枚の水彩画があった。そのどちらともつかない、水彩によるスケッチのようなものもあり、クリーム色をした一枚の紙のあちこちに描かれた、茉莉の顔の練習——と、茉莉には思えるのだが——が、茉莉自身は気に入っていた。志津夫の筆であっさりと写しとられた、自分の頬の線、唇のかたち。

——僕は美人をたくさん知っているけど、

見せられた絵の前で、何を言っていいのかわからずにいた茉莉に、志津夫は落着いた声で言った。

——美人を描けば美しい絵になるってわけじゃないんだ。

失礼な、とこたえてむくれてみせるまでに時間がかかった。志津夫の口調があまりにもやさしく、誠実でさえあったために、侮辱とも軽口とも感じられなかったのだ。

謎めいた人だ。茉莉は思う。なんでも気さくに話せるのに、距離が縮まらない。いまだにさきに贈り物を送ってくるが、手紙などはついていないし、茉莉が書いても返事はこない。フィリップやアンヌ、バウルスとは手紙や電話のやりとりがあるので、いまや茉莉は彼らとの方が、親しいような気がしている。

思いだすのは、たとえばピクニックのことだ。左ハンドル右車線の、フランスの道を運転してみたい、という茉莉の希望を、アンヌとフィリップが叶えてくれた。借りた車は紺色のルノーで、さきを含めた四人で郊外まででかけた。茉莉とフィリップはすでに肉体関係を持っていたし、ベッドの上のことだけでいえば蜜月時代といってもよかったのだが、フィリップはそれ以前と変らず、話のわかるお兄さん、という風情でそこにいた。ときどき薄日のさす曇り空ではあったけれども、秋のはじめで、すこしも寒くはなかった。フィリップのウィットとアンヌの笑顔、それにさきの上機嫌につられて、茉莉も一日笑っていた。貧相な食料雑貨店で買ったばさばさのバゲットサンド、やけにたくさんはさまっていたゆで玉子と黒オリーブ。

あるいはまた、小学校に通い始めたさきをミチルに託してでかけた最後のパリで、三日間、バウルスの部屋ですごしたこと。茉莉に安堵と自信を与え、そっと背中を押してくれる男たち――。

いいさ。

惣一郎ならそう言ってくれるはずだ。誰と寝ようと、どういうつもりであろうと、合意のうえでさえあれば何の問題もない、と。

性生活に関して、始の死後、自分はほんとうに奔放になったと茉莉は感じる。

十一月になって雨が続いている。午後四時、さきは自分の部屋で「匂いゲーム」をしている。小さいころにシズオに買ってもらった、フランス製のカードゲームだ。トランプの神経衰弱をするときみたいに、カードを全部裏返しにならべる。カードには一つずつ違う匂いがついていて、表側に、その匂いの絵と単語がかいてある。レモンの匂いならシトロン、りんごの匂いならポム、花のカードはまぎらわしくて、いい匂いならヴィオレット《すみれ》、香水くさいやつはローズ《バラ》、その中間がブーケだった。妙ちきりんだと思うのは、石けんに似た匂いのメール《海》と、お菓子みたいな匂いのシャトン《子猫》。なぜなのか、さきには見当もつかないが、いまはもう全部あてられる。何十回も遊んだからだ。カードは色も匂いもあせてしまって、あてるときいちいち鼻におしつけて、犬みたいにくんくん嗅がなくてはならないのだけれども。

部屋のなかじゅう雨の音がしている。さきは雨が嫌いだ。さびしい気持ちになる。

――さびしいときは、好きな人たちのことを考えなさい。その人たちのことを思いだすんじゃなくて、その人たちがいつもさきのそばにいることを思いだすの。

茉莉にそう言われて以来、さきはそれを実践している。手順はいつもおなじだ。まず新を、次にあさを思い浮かべる。一年生のときの担任の洋子先生を思い浮かべて、シズオとリジーも思い浮かべる。場合によってはアンヌも。そこまででたいてい効果がある。さきの考えでは、それでも万一効果がなかった場合に備えて、パパとママはとっておくべきなのだった。

「一人でも平気やもん」

声にだして言ってみた。普段、博多弁は極力使わないようにしているが、気持ちを強くしたいときはべつだ。

「それに、もちっとしたらママは帰ってくるっちゃけん」

変なダンスの稽古《けいこ》を終え、夜ごはんの買物をして、大いそぎで――。早目の夜ごはんがすめば、たぶん宿題をみてくれる。宿題がないときは、本を読んだり音楽を聴いたりする。ときどきは一緒にお風呂に入る。でも全部、七時までだ。雨の日は自転車に乗れないので、六時四十五分までだ。

「外、まだそんなに降ってます？」

コートの袖とジーンズの裾を重いほど濡らし、茉莉が店に入ると夏木力が言った。

「土砂降りよ。ああ寒かった」

コートを脱ぎ、ハンガーにかける。店のなかには雨の音も届かず、強力な暖房が室温を高く湿度を低く保っている。

午後、ダンス教室に行く前に、茉莉はきょう、手紙を二通書いた。いつものあさへの近況報告のあと、ふいに思い立って、祖父江九にも書いてみたのだ。九はかつて、海外からたくさんの手紙をくれた。その彼がどこへも行かれなくなってしまったいま、今度は自分が書く番かもしれないと思った。話したいことはたくさんあるのに、結局短い手紙になった。どの程度理解してもらえるのかわからなかったし、何が彼にショックを与えてしまうのかもわからなかったからだ。

文面はこんなふうだった。

九ちゃん、元気ですか。寒くなったね。このあいだはお茶をごちそうさまでした。九ちゃんのいれてくれたお茶は、すごくおいしかった。木、どんどん増えていくね。葉っぱにさわったり幹をなでたり、大きな手で慈しむように植物の世話をしている九ちゃんは、なんだか不思議な感じでした。こちらの生活は変りなしです。私は週に二日ずつ、ダンス教室とプールに通っています。踊るのも泳ぐのも、とても気持ちがいいです。仕事も気に入っています。バーで働いてるの、話したよね。いろんな人がいますが、働いている人もお客さんも、みんなおもしろくていい人たちです。お正月にはまた福岡に帰る予定です。会いにいくね。おばちゃんと銀次さんによろしく。森の木たちにも。

茉莉より

九が事故に遭ったのは、茉莉とさきが一度目のパリから帰国する、ちょうどその日だった。空港で姿を見た。チェックインカウンターの、人混みの向うに。見送りに来てくれたのだ。そう思ったが、あの日なぜ九が空港にいたのか、いまとなっては知る術《すべ》もない。

新の待つ家に着いた翌朝、茉莉は青ざめた七からその知らせを聞いた。一命はとりとめた。いまわかっているのはそれだけだ、と七は言った。怒っているような険しい顔つきで、自分が目に涙を溢《あふ》れさせていることにさえ気づかない様子で——。タクシーがとまっていた。七の再婚相手の銀次が、荷物をトランクに積み込んでいた。

まただ。あの朝茉莉をとらえて離さなかった恐怖は、そのひとことに集約された。まただ。事故。惣一郎が死んだときも、始が死んだときも、茉莉には最初、その言葉が伝えられた。まただ。きっと九ちゃんも死んでしまう。足が震えた。できることなら大声で叫びたかった。誰かに、あらん限りの大声で、いやだ、と叫びたかった。いやだ、あたしたちから九ちゃんをとりあげないで。

半年後、帰国した九は断片的に記憶を失い、身体のあちこちが麻痺していた。言葉を明瞭に発することができず、表情も虚《うつ》ろだった。それでも、茉莉は感謝の気持ちでいっぱいだった。生きのびたのだ。九は死ななかった。

「コーヒー、はいりましたよ」

夏木力の声がする。

「コーヒー?」

訊き返すと、あきれ顔をされた。

「顔、青いですよ。こんな日はタクシーで来ちゃえばいいのに。どうせワンメーターでしょ、茉莉さんのとこからなら」

「ぼんぼんねえ、力くんは」

茉莉もあきれ顔を返した。

「雨が降るたびにタクシーに乗ってたら、お給料全部タクシー代になっちゃう」

「ストップ」

いつのまにか出勤していた石橋達哉が、紙袋を持って奥からでてきて言う。

「安月給はお互いさま。それより新しい雑巾、ここ入れとくからね」

「はーい」

茉莉と力の、声が揃った。

この夜、バー「エンドラ」には、深夜をすぎて珍しい客があった。たっぷりした身体に窮屈そうなネクタイ、くたびれた革の鞄。この店にはおよそ馴染《なじ》まないタイプの男性だ。

「あれえ、恒《ひさし》さん」

最初に気づいて声をあげたのは、達哉だった。両手を広げ、軽い足どりで出迎える。茉莉は内心苦笑した。達哉は恒さんが苦手なのだ。

「一人？　こんな遅い時間にどうしたの？　とうとうあいつに追い出された？」

「こんばんは」

茉莉は笑顔で割って入った。鳥飼《とりかい》恒は達哉の姉の夫だ。ここには年に一、二度顔をだす程度だが、あきらかに居心地が悪そうにしており、周囲から浮いているので茉莉はすぐに顔を憶えた。

「何をのみます？」

おしぼりを渡しながら訊くと、

「バーボンの水割り」

というこたえが返った。背広から、濡れた布の放つ埃くさい匂いがしている。てらてらと血色のいい肌、後退した額。達哉に言わせれば「保険会社に勤めてるってだけで、俺にとってはアウト」であり、「離婚は秒読みだと、信じてすでに十数年」であるらしい。無論、茉莉に言わせればそこには多分に同情の余地がある。達哉とその姉はきわめて仲がいい。仲がよすぎる、と言う人たちさえいるくらいなのだ。

「どうしたんだろう。あの人が一人で来るなんてはじめてだよ」

カウンターを離れた茉莉に、達哉は不安そうに耳打ちをした。そういえば、彼はいつも、部下らしい男を何人かひきつれてやってくる。一、二杯のんで、そそくさと帰っていく。

「相談でもあるんじゃない？　弟に折入って」

ささやき返すと、達哉は怯《おび》えた顔になり、茉莉はついくすくすと笑った。普段、危なそうな客が来ようと、泥酔した客が来ようと、まるで動じない達哉なのに——。

励ますつもりで素早く達哉の手の甲に触れ、茉莉は常連客のテーブルにすわる。祥子さんのピアノはビリー・ジョエルを、たたくように奏でている。

「ほら茉莉ちゃん、のんでくれなきゃ」

注がれたワインを受けとりながら、もしおにいちゃんが生きていたら、と、茉莉は想像をめぐらせる。もしおにいちゃんが生きていたら、始と酒をのんだりしただろうか。始の職業とか容貌《ようぼう》とかに、文句をつけたりしたのだろうか。達哉については？　フィリップについては？

常連客たちは、ハリウッド映画の話に熱中している。製作費ばかりかけて、どんどんだめになっている、とか。

ぎょっとしたのは、逆を想像しかけたからだ。もしおにいちゃんが生きていて、誰かを好きになり、その人をあたしに紹介したとしたら？

ばかばかしい。とっさに感じた寄る辺なさと不安、ぞっとするほどの淋しさを茉莉は振り払う。想像できないだけだ、と、自分に言いきかせた。おにいちゃんは特別だったし、子供だった。だから想像できないだけだ。

現実に存在する男たちを思い浮かべて、茉莉はワインを啜った。それぞれの腕にそれぞれの力を込めて、茉莉を抱きしめてくれる男たち。大丈夫。あたしは一人ぼっちではないのだ。

「でも私はね、スピリットは残ってると思うの」

客の一人がにっこりして言った。

「いくら質が落ちていても、黄金期のあの輝かしいまでのハリウッド映画のスピリットはね、アメリカ映画のなかに、いまも残ってると思う。だって、スピリットってそういうものでしょう？　個人を超えて、ちゃんとそこにあるものなのよ」

日曜日。茉莉はさきを連れて、ミチルと由美子さんと共に目黒の美術館にきている。いい天気の午後だ。この美術館のことは、以前ミチルに教わった。古めかしいお邸《やしき》ふうの建物も、こんもりと常緑樹の茂る庭も、茉莉の気に入った。

さきは絵を見るのが好きだ。どこかに連れていってあげる、と言えば、まじめな顔になって数秒考えたのち、きまって美術館とこたえる。茉莉自身は、正直なところ美術館があまり好きではない。なんとなく緊張を強いられる気がするのだ。ヒールの音が、やけに響くこともきまりが悪い。

さきは、茉莉がじれったくなるほど長い時間絵を見ている。

「ビアン?」

尋ねるとこっくりうなずくか、首を横に振るかする。

いま、四人は庭に面したカフェに坐っている。女ばかりの四人組は、端《はた》から見たらどんな関係に見えるのだろう、と、茉莉は思った。

――好きなように生きることにしたの。

いつだったか、「エンドラ」のカウンター席で、ミチルは茉莉にそう言った。

――そうよ、そうよ。

勇ましく肯定したことは憶えているものの、こうやって昼ひなか、ジーンズ姿のミチルと、奇妙にクラシックなワンピース姿の由美子さん――一昔前の令嬢といった風情だ――と共にのんびりとお茶をのんでいると、彼らが恋人同士だというのは、ぴんとこない気がする。もう何度も会っていて、たとえばさきは、二人を「ミチルちゃん」「由美子ちゃん」と呼び、すっかり慕っているようなのだが。

「お正月、福岡に帰るんでしょう?」

ミチルに訊かれ、茉莉はうなずく。いつでも切りたてのように見えるミチルの髪には、白いものが目立つ。

「先生によろしく伝えてね」

ミチルは、由美子さんと一緒に、由美子さんの実家ですごすのだと言った。

「ミチルちゃんのお家は?」

さきが尋ねる。不躾《ぶしつけ》だと思って困惑したのは茉莉一人だった。ミチルは微笑み、

「あるわよ」

と、こたえた。

「あるけど、石もて追われちゃったの」

そして、おもしろそうに、そう続けた。

3

清々しく拭き込まれた白木のカウンターの上に、地味だが手のかかった正月料理がならんでいる。実際にはまだ正月ではないのだが、ここ何年も、茉莉は正月料理をこの場所で、大晦日《おおみそか》——か、もしくは十二月の三十日——の夜にしか口にしていない。

暖簾《のれん》ははずしてあるので、店のなかには茉莉とさき、新と店の女将しかいない。

きのう、茉莉とさきは福岡に帰省した。きょうは朝から、一日をかけて、窓を磨き、玄関先と風呂とトイレの掃除をした。適当でいいよ、と、新は言った。悪いな、とも。大学を退官してからの新は、時折どこかの企業に招かれて講演をするほかは、専門だった有機化学の本——論文ではなく一般書を、という知人の依頼で書き始めてみたものの、これでは論文です、と言われ続けて遅々として進まない——の執筆をしながら、のらりくらりと暮している。

家のなかはどこもかしこも埃が積もっていた。掃除くらいしたら、と父親に言うことを、茉莉はとうにあきらめた。カーテンもソファも褪《あ》せた緑色の、ガラス器だらけの家。居間の半分を占めていた鉢植えは失くなり、いまは本と紙束がそこに積まれている。研究室から来たものたち。

自分が家を離れてしまったからだ、と茉莉は思うのだが、この家は茉莉にとって、いまでも新と喜代の家だ。そこに一歩足を踏み入れただけで、どうしても喜代を感じてしまう。それは喜代の存在ではなく、喜代の不在だ。不在が存在よりも濃い気配をつくることを、茉莉は母親の出奔で、はじめて知った。死んでしまっても「ちゃんといる」惣一郎や、「いなくなってしまったけれど、どこか遠い場所できっと待っていてくれる」始に対しては、感じない類の喪失感だった。

家が傷ついて血を流している。それが、茉莉に考えられる限りいちばんぴったりの説明だった。あたしがあきらめても、パパがあきらめても、家は血を流し続けている。

「一緒に暮しちゃえばいいのに」

牛蒡《ごぼう》を牛肉で巻いて煮つけたものを口に入れ、茉莉は言ったが、それが本心なのかどうか、自分でもよくわからなかった。以前にもおなじことを言った。新の返事がそのときとおなじである（はずだ）と知っていて、言っているような気もした。

「このままで不満はないよ」

利江《りえ》――というのがここの女将の名前なのだが――の猪口《ちょこ》を酒で満たしながら、まるで茉莉の言葉と態度をおもしろがっているみたいな口調で新は言い、それにこたえるかのように、ふふふ、と、利江も笑った。新の着ている焦げ茶色のセーターは、おそらく利江の選んだものだ（新は買物が好きではない。かつてはすべて、喜代任せだった）。

「神戸の地震とか東京の宗教団体とか、物騒な事件ばっかしあった年やったけど」

利江が言った。

「こげんしてみんな無事に新年を迎えられてよかったやん。ほんとうに、これで不満ば言ったら罰があたろうごたあ」

利江と新の関係がいつ始まったものなのか、茉莉は知らない。ただ、新はまだ喜代のいたころからずっと、この店の常連だった。

痩《や》せっぽちの利江は、とりわけ頸《くび》と肩が薄く、強くつかんだらぱりんと割れてしまいそうだと茉莉は思う。五十代前半だろうか、顔の造作は美しいのだが化粧が濃く、しわも目立つ。身体に比して頭が大きすぎるように見えるのは、黒々とした、不自然に整った長い髪のせいだろう。たとえどこで会っても、夜の商売の女性だとわかる。利江はそういう容姿の女だった。

「来年は十歳になるったいね」

大人たちの酒につきあいきれず、一人でテーブル席に移って黙々と絵をかいているさきを見ながら、慈しむような口調で利江は言った。それがさきに向けられた慈しみではなく、何か目に見えないもの、茉莉の知らないものに向けられた感慨であることは、茉莉にもわかった。

店のなかじゅう温かな匂いがしている。焼きあごだしと昆布だし、しいたけだしとかつおだしの、まざった豊かでなつかしい匂い。柴田家であさがつくっていたものとよく似た、博多風のお雑煮の匂いだ。カウンターの奥の棚には客のキープしたボトル――マジックインキで名前やイラストがかかれている――がならび、そのところどころに、観覧車の模型だの、唇をつきだして――ついでにおしりもつきだして――向い合っている少年と少女の置き物だの、商売繁盛のお札だのが飾られている。そして、無論普段はないのだが、壁にそって幾つもの、害虫駆除容器が置かれていた。

「利江さんは立派ね」

やや野暮ったいが（おそらく）献身的で、（間違いなく）たくましい、父親の恋人に茉莉は言った。すくなくともそれは本心だった。一人っきりで店をきりもりするというのがどういうことか、茉莉にも多少はわかっていた。オーナー夫妻も夏木力も、石橋達哉もいない場所で。

元日はよく晴れた、空気のひきしまった一日になった。茉莉はさきを連れて、午前中に始と惣一郎の墓参りに行った。

——元気？

茉莉は始にそう話しかける。

——いいお天気。ここは静かでいい場所だね。あなたは生きてるときも日なたぼっこが好きだったけど、死んでも日なたぼっこしてるのね。きっと日に灼けてるね。

こんなふうに天気のいい日、ガソリンスタンドの昼休みに、敷布団だけを敷いた部屋のなかで、始と慌《あわただ》しく身体を重ねたことを茉莉は思いだす。恥らいもなく服を脱ぎ捨てて、前戯と呼ばれるようなものは一切省略して。ベランダの柵ごしに空が見えた。健全なセックス。あれはそれだったと茉莉は思う。奇跡みたいに健全なセックス。始の身体は、その笑顔や魂とおなじく美しく、おおらかで、強く、健康だった。あの強さの前で、茉莉は無防備になった。もう二度と、茉莉は無防備にはなれない。

「パパに御挨拶したと？」

尋ねると、さきは短く、

「した」

とこたえた。

「じゃあ、午後は赤い自動車に乗って海に行ってみるね？　筥崎宮に行ってもいいし、テレビ塔のそばの公園で遊んでもいいっちゃけど」

さきはすこし考えて、

「お家にいる」

と言う。それで茉莉はその午後を、家でさきと新と共に、テレビをみて過ごした。

福岡という街は、茉莉の印象ではすこしも変らない。

空が広く、風が――冬でも――やわらかく、色彩があかるい。勿論《もちろん》、繁華街には新しい店が次々建っているし、新から聞いたところによれば、「薬院《やくいん》の駅が高架になった」。かつて茉莉が惣一郎や九と草スキーをして遊んだ土手は、とっくに有刺鉄線が張られているし、なつかしいマリアハウスも閉鎖されて久しい。

それでも変らないと感じることが、茉莉は自分でも不思議だった。つまらない正月番組から視線をそらせば、壁には惣一郎のかいたクレヨン画が、いまもセロハンテープで貼りつけてある。

祖父江九を訪ねたのは、その翌日のことだった。晴れて、気温の低い、冬らしい午後だ。川ぞいの道は、休日のそぞろ歩きを愉しむ家族連れやカップルで賑わっている。見馴れた雪印バターの広告塔、店を閉めたままならんでいる屋台。

七と夫の経営するラブホテルは、その川ぞいにある。「ラ・フォレ・ダムール」。色褪せた看板に、そう謳《うた》われている。真昼のラブホテルは侘《わび》しい。夜になれば瞬くはずの、入口頭上の豆電球も、いまはコードばかりがくねくねと目立った。

「こんにちは」

従業員に声をかけて、茉莉は薄暗いエレベーターに向った。

大怪我をして、放浪の旅に終止符を打たざるを得なくなった祖父江九は、このホテルの屋上に一人で暮している。そこに「森」を造るのだと言って、せっせと植物を植えている。

「九ちゃん、おると？」

不安がらせてしまわないように、努めてあかるい声をだした。森というよりデパートの屋上に似た、埃と外気と淋しい水の匂いがする。水は、屋上の中央に設《しつら》えられた、奇妙な噴水からこぼれているのだ。

「九ちゃん？」

来るたびに、茉莉は不安になる。この場所の静けさ、どんどん増えていく植物たち。

「誰や？」

小屋――そこで九は寝起きしているのだ――の裏手からまず声がして、次いで全身が現れる。大きくてごつごつした男性、茉莉とおなじ年に生れ、身体は大人なのに子供のような話し方をする、祖父江九が。

九はホースを抱えていた。きっちりと巻きとられた、青いゴムのホース。茉莉を見ると、ほんのすこし表情が和らいだ。その憮然《ぶぜん》とした無表情を、表情と呼べるならば、だけれども。

「元気やったと？　お正月なのに庭仕事しようなんて、勤勉やね」

九は何も言わない。ホースを水道のそばに置くと、手を洗い、首にかけていたタオルを使って両手を丁寧に拭いた。

「お茶、のみんしゃあね？」

「ありがとう。いただくわ」

茉莉はこたえる。

はじめてここに来たとき、九は茉莉を認識できなかった。あなたは誰ですか。怯えたように、茉莉をじっと見てそう尋ねた。名乗らなくても尋ねられなくなったことは進歩だ、と、茉莉は思った。

「この葉っぱ、いい匂いやね。あたしはこの木、好《す》いとうと」

茉莉が言うと、九はほんのちらりとだけ木を見て、

「げ、月桂樹」

と、こたえる。シマトネリコ、エゴノキ、リュウノヒゲ、アジュガ。九の森の植物たち――外側にあるものは人間の背丈より高く、内側にいくほど低くなり、小さな草花やコケ類に至るまで、不思議な完璧さで配されている――は、いまの九にとって、自信を持って説明できる唯一のものであるらしかった。

「これは何《なん》？」

それで茉莉は尋ねる。なぜ木と木の間に竹を渡しとうと？　噴水の水はどげんして循環させとうと？　この実は食べられると？

鉄製のテーブルに、九はお茶だけでなく缶入りのせんべいと、今朝七が届けてくれたというがめ煮――小さくて丸いタッパーに入っている――もならべてくれた。コートも衿巻《えりまき》もつけたままで、茉莉は椅子に掛けてお茶をのんだ。ほんとうは、九に訊いてみたいことがいろいろあった。いま目の前にいるのが茉莉だということをどのくらい理解しているのか、ということや、パリで何が起きたのか、なぜ隣家で七や銀次と暮さずに、こんな奇妙な場所に一人で暮しているのか――。

「随分大きいとができるったいね」

尋ねる代りに、しかし茉莉はそう言った。対岸の、巨大な建築現場を見つめる。九もそれを見つめたが、興味がないというように、首をすくめただけだった。

「複合施設とかいうものができるっちゃろ。ホテルとか、アミューズメントパークとか。派手に宣伝しとうやつ」

　工事も正月休みであるらしく、建築現場に人影はなく、青空の下、鉄骨やコンクリートがオブジェみたいに露わな様子でただそこにある。九が缶をあけ、せんべいをかじった。くぐもった、ざくざくという音。

「でも、ここは全く別世界ね」

　その音を聞きながら、茉莉は微笑んで目をとじた。質問などどうでもいいと思っている自分に気づく。九に記憶があろうがなかろうが、それもまたどうでもいい。大切なのは、九が生きのびたということだ。惣一郎や始のように死んでしまわなかったということ、いま、一九九六年一月の福岡で、音をたててせんべいをかじっているということ。

「何ですか。何が可笑しいとですか」

　目をあけると、九の肩ごしにぽっかりと黄色いゆずの実が見えた。深緑の、肉厚な葉に守られるようにして、三つの実が枝にぶらさがっている。

「ちがうと。可笑しいっちゃなくて嬉《うれ》しいと」

　茉莉は言った。

「あたしは九ちゃんが生きとってくれて、とても嬉しいと」

　この日、茉莉は九の「森」で、二時間近く過ごした。九といるのはたのしかった。安心な気がした。ここ数年の九は、茉莉の目に、なんだか修行僧めいて映る。頑健な身体つきや厳しくひき結ばれた口元、黙々と植物の世話をするという、世俗離れした暮しぶり。はじめはそれが恐ろしかったし、昔と変らないまっすぐな視線で見つめられると、嘘《うそ》――というのが言いすぎならば、不安、恐怖、疑心暗鬼――を見透かされているようで落着かなかった。

　茉莉は九に嘘をついたことはない。つく必要がなかったし、つけないとも思っている。そして、でもそれにも拘《かかわ》らず、たとえば自分が「結婚」して「娘」を持ち、その娘を「育て」ながら「仕事」をして、「男性」とも心地いい距離を保ちながら上手《うま》くつきあっている「大人」である、というふりをしているような気が、九に会うとしてしまう。それらは全部、嘘で出鱈目《でたらめ》でちゃんちゃら可笑しい、と、思いそうになる。

　――だから九ちゃんに会うのはちょっと恐いの。

　打ち明けたとき、惣一郎には笑いとばされた。

――ばかだな、茉莉は。九はどこも変っていないよ。

結局のところ、いつものように、惣一郎が正しかったのかもしれないと、茉莉は思う。

「きょうは会えて嬉しかったけん。元気そうでよかった」

立ち上がり、茉莉は言った。

「また遊びに来てもよか?」

九は真面目な顔で茉莉を見つめ、重々しくうなずいた。

「小屋で寝るには寒すぎる季節やけど、風邪をひかんようにね」

九はもう一度うなずき、

「ス、ストーブがあるけん」

と、言った。

「あたしね、子供のころ九ちゃんとおにいちゃんに嫉妬しとったと。なんていうとかいな、二人がすごく理解しあっとうごと見えたったいね、あたしにはとてもかなわんみたいに」

話しながら、茉莉は坐っている九の手が、水仕事で赤黒く腫れていることに気づいた。それだけでも痛そうなのに、あちこちに切り傷がある。

「でも、結局いまもそうごたあ。九ちゃんが何も変っとらんということ、あたしより先におにいちゃんは知っとったみたいやもん」

九の手をとって、頰に押しあてたい衝動と戦いながら、茉莉は言った。衝動を抑えるのは苦手だったけれども。

「おにいちゃん?」

「そう」

九の手のことは考えまいとして、茉莉はこたえて、笑顔をつくる。

「憶えとうかどうかわからんっちゃけど、あたしには兄がおったと。惣一郎っていう」

九は眉根を寄せ、うつむいたと思ったら顔を上げ、

「そ、惣ちゃん!」

と、叫んだ。肩をいからせ、唇をつきだしている。

「惣ちゃんは、ぼ、ぼくの親友たい」

怒ってでもいるかのように強い口調で九は言い放ち、茉莉が何も言えずにいるうちに、またそれが起こった。

「やめて、九ちゃん。動かさんどって」

この前は如露だった。その前は、大人の握りこぶし

四つ分はあろうかという、大きくて重たげな石だった。

「もうわかっとうけんやめて。動かさんで」

カタカタと音がして、缶が揺れていた。と思うまに、テーブルから跳びはねて地面に落下した。風ひとつなく、他の物は微動だにしていないのに、缶だけが身投げしたみたいに。

「やめてって言ったとに」

茉莉が言うと、九はいたずらを見つかった子供みたいににやりとした。

「どうやると？」

尋ねるとそっぽを向く。

「簡単なん？」

「か、簡単くさ。やろうと思うたら、スプーンを曲げるより力はいらんけん」

茉莉は半ば呆《あき》れ、半ば怯える。

「感心したや？」

尋ねられ、

「した」

とこたえた。缶を拾いあげると、その金属はまだ張りつめており、茉莉の手に、かすかな振動のようなものが伝わってきた。


九にはたぶん、普通の人たちとは違うエネルギーがあるのだ。茉莉は思う。九のなかに閉じ込められた、強く、得体の知れないその熱について、茉莉はどう考えればいいのかわからずにいる。

「会えてよかった」

もう一度言った。

「もし東京に遊びに来る気になったら、絶対に連絡しいね」

祖父江九は、非常階段の踊り場まで無言で茉莉を送ってくれた。


そんなふうにして始まった新年だったが、飛行機は茉莉をたちまち普段の生活に連れ戻した。さきと暮すぼろアパートとバー「エンドラ」、石橋達哉との穏やかな時間と、自活する女性にふさわしい（と思われる）趣味の水泳と踊り、そして、海をへだてて、依然として茉莉を勇気づけてくれるパリの人々。
・まず、ゴミ。
飛行機が夜の滑走路にすべり込んだとき——うわあ見て、青い光、きれいね、とさきが言って、誘導灯よ、と、茉莉はこたえた——、年末にゴミを出しそびれていた茉莉は、今年最初の収集トラックを逃してしまわないように、頭の隅にメモをとった。
・それからさきの上履きを洗う。
・新に頼まれた本を探して買って送る。
・踊りの発表会の券の残りを、お店でなんとか売りさばく。

手土産でふくらんだ荷物を持ち、さきと他の乗客と共にがらんとしたロビーに降り立ったとき、茉莉には、自分が夏休みを待たずにまた福岡に帰ることになる――しかも知らない男と一緒に――とは、想像もつかなかった。

4

アパートに帰ると、そこに石橋達哉がいた。

「おかえり」

穏やかな笑顔を、茉莉とさきの両方に向けて、言う。

「どうしたの？」

達哉と関係を持って一年以上になり、互いの部屋の合鍵は渡しあっているが、こんなこと――留守中に、連絡もなく上がりこむということ――は初めてだった。自分の生活およびプライバシーを大切にする男であり、おそらくはそのせいで、茉莉のそれも尊重してくれている。馴合《なれあい》になったり、相手の時間の多くを望みすぎたりしないところが、茉莉は気に入っているのだ。

「勝手に来ちゃってごめん」

達哉は詫《わ》び、茉莉の手から荷物を取って、先に立って奥に入った。さきはあからさまに不興げな顔をしている。この、ときどき遊びにくる母親の男友達のことを、さきがどのように位置づけているのか、茉莉は知らない。

「鶏鍋があるよ。夕飯がまだかもしれないと思って」

台所から、たしかに温かな匂いが漂っている。茉莉は眉をひそめた。

「ごめんなさい。食べてきちゃったわ。帰っても何もないと思ったから」

ほんの一瞬だが、達哉は困ったような、途方に暮れたような顔をした。

「そっか」

と、言う。

「どうしたの？」

もう一度訊いたが、達哉にはそれにこたえる気はな

いらしく、

「郵便物は一応取りだしてそこに置いたけど、勿論何も見てないから」

と、言う。

「ありがとう」

コンソールテーブルの端に置かれた年賀状と封書——たいていはＤＭの類だ——をちらりと見て、茉莉は言ったが釈然としなかった。一体なぜ、達哉はいまここにいるのだろう。

のど渇いた、とぼそりと呟いて冷蔵庫からペットボトル入りのお茶を取りだしたさきの、冷蔵庫の閉め方に必要以上の力が込められていた、ように茉莉は思った。

事情がわかったのは、さきを風呂に入れ、一人で寝かせてからだった。時刻は深夜に近く、茉莉と達哉は居間に卓袱台をだして、達哉が「新年の乾杯をしようと思って買っておいた」というシャンパンをあけた。住み慣れた部屋と見慣れた家具、そこに恋人といっても差し支えのない男性といるというのに、茉莉は居心地の悪さを感じる。日に焼けてすりきれた畳の、感触を手のひらで無意識にたしかめた。

達哉はもう四日、この部屋にいたと言った。さらにもうしばらく、ここに寝泊りさせてほしいと。

「無理だわ」

困ってではなく驚いて、茉莉は言った。

「さきがいるのよ。ここの狭さを考えてみて。他のお友達のところとか、力くんのところとかに行くべきじゃない？」

冷淡だとは思わなかった。当然のことだ。自分には、守らなくてはならないものがあるのだ。

「お店は？」

それで、茉莉はさらに言った。

「お店のソファで寝る方が、ここで寝るよりずっと快適だと思うわよ。事情を話せば許してもらえるんじゃないかしら」

家賃を滞納しすぎてマンションを追いだされた、というのが達哉の説明だった。そしてバー「エンドラ」のオーナー夫妻は、茉莉の考えでは話のわかる、理知的で頼りになる人たちだった。

それにしても——。達哉が経済的にそこまで逼迫《ひっぱく》していたとは、信じられないことだった。洒落てはいるが質素で、余分なもののないあの部屋で、普段どおりに会話を愉しみながら抱きあったのは、つい一週間前のことだ。店では毎晩一緒に働いている。不安を抱えているようにはみえなかった。五年前に初めて出会ったときからずっとそうだったように、達哉は冷静で穏やかで朗《ほが》らかだった。客の会話にも茉莉のおしゃべりにもおなじ注意深さで耳を傾け、軽妙な冗句を返したり、やさしくうなずいて理解を示したり、幸福で仕方のない人みたいに笑い転げたりする。大人っぽい人だ、と、茉莉はいつも感心する。

ごく自然にこういうことになった。会話が愉しくて、一緒にいることが愉しくて、身体を重ねてみたらそれもまた愉しかった。

「ぜんぜん気がつかなかった」

シャンパンの泡を見ながら、茉莉は言った。

「お金がないなんて、思わなかった」

ひっそりと、達哉の微笑む気配がした。

「わかってる。大丈夫。ないってわけじゃないんだ。たまたまこういうことになってしまっただけで」

顔を上げると、そこにはいつもどおりの、おどけた笑顔の達哉がいた。

「ごめんごめん。そんな顔しないで。心配ないから」

いつもどおりの、大人っぽくてやさしい達哉だ。

「そうだ、さきちゃんの上履き洗っといたよ。汚れてたから」

シャンパンを注ぎ足してくれながら達哉が言う。

「ほんとにお腹はすいてないの？　鶏鍋、ゴボウをいっぱい入れて作ったんだけど、すごく美味くできたよ」

なぜお金がないの、と、茉莉は訊けなかった。それは二人の関係において、ですぎた真似であるように思えた。達哉は贅沢《ぜいたく》はしていない。店長であるのだし、茉莉よりも高い給料をもらっているはずだ。賭け事だとか女だとかにうつつを抜かしている様子もない。じゃあなぜ、という疑問を、しかし茉莉はこの夜、口にだせなかった。

冬——。

スポーツクラブの前の道は、並木に電飾がまたたいている。テラスのあるカフェ、ガラスばりのショウルーム。茉莉は東京の冬が好きだ。最近ようやくわかったのだが、心から信頼できる友人たちのいる人間にだけ、この街は親切で美しいのだ。

クラブ内は受付エリアからすでに暖かく、ロッカールームや室内プールは暑いほど空調がきいている。生ぬるい水の匂いと、煌々《こうこう》とあかるい照明、反響する水音と、そのせいで逆に際立ってしまう静けさ。白く硬いタイルを、茉莉の足のうらが踏む。腕にとり肌が立っているのは、シャワーの通路を通ったからだ。水しぶきを上げて激しく泳いでいる人の近くを避け、茉莉は二番目のレーンを選んだ。思いきりゆっくりの平泳ぎで二往復、できる限りスピードをあげた平泳ぎで一往復、泳いだ。端に立ってすこしだけ休憩をして、最後は仰向けにぽっかり浮いて、片道だけ進んだ。泳ぐとき、人はみんなこんなに「無」な感じになるのだろうか。茉莉は考える。記憶とか思考とか感情とか、何もないみたいな感じ。あるのはただ自分の手足と胴体と、頭と視力だけであるような感じ。

サウナ室に寄り、シャワーをあびて服を着て、バー「エンドラ」まで自転車をこぐ。茉莉がスポーツクラブにいる時間は、全部で一時間にも満たない。

石橋達哉も夏木力も、すでに出勤していた。店のなかは暗く、独特の匂いがしていて落着く。茉莉の意見に従うかたちで、あの翌日からしばらく達哉は店に泊っていた。オーナー夫妻はそれを許可してくれたばかりか、給料の前払いまで申し出てくれたらしい。助かります。達哉がそうこたえ、深々と頭を下げたことを、茉莉は達哉自身から聞いて知った。

それなのに、だった。それなのに達哉は、茉莉とさきのアパートに戻ってきた。一月の末のことだ。それから半月が経っている。達哉は茉莉にもさきにもひどく気を遣い、毎朝さきが学校にでかけるまで帰ってこない。アパートには、いまや達哉の着替えや歯ブラシのみならず、段ボール箱四つに詰められた所持品も、置かれている。

「おはよう」

それは店の人間には話していないことなので、茉莉はまず力に言い、

「おはようございまーす」

と、達哉にも言う。まるで、今夜初めて顔を合わせるみたいに。ほんとうは、一緒に眠って一緒に起きて、一緒にうどんを食べてきた。きょうはたまたまそうしなかったが、寝る前にセックスをすることもある。さきのいない部屋のなかで。

いまのところ、さきの帰る時間までに、達哉はいな

くなっている。積まれた段ボールや男物の衣類などについて、さきは何も訊かない。

——置かせてあげているの。お家を追いだされちゃったんですって。かわいそうにね。

それでも茉莉が説明すると、

——そうなんだ。

とだけ、こたえた。

仕方がない。肉体関係を含んだ友達である達哉について、茉莉はそう考えられるようになった。寝る場所と荷物の置き場所を提供するくらい、どうってことない。

パリでのフィリップとの情事は、半ば志津夫の計らいだった。茉莉を美術館に連れて行くとか、念願だった車の運転をさせてやるとか約束しておいて、当日になって僕は都合がつかなくなったからフィリップに頼んでおいた、と言うのだ。フィリップは最高の部類に属する男だよ、と言ったり、豊かなたのしみを知らないと、女性はたちまちひからびますよ、と言ったりした。

まんまと計略にはまることになった。恋に落ちたというわけではなく、男と女の友情を覚えてしまった、という意味だ。それは安心なことだった。安心で快適で、まさに「豊かなたのしみ」だった。もっとも、その後茉莉がインドネシア人留学生のバウルスとの間にも同種の友情を築いたとき、志津夫は薬がききすぎたと言わんばかりに苦笑していた。思いだし、茉莉は微笑む。

フィリップからもバウルスからも、たまに手紙がくる。どちらも、茉莉にわかるよう平明な英語で書かれており、どちらもしかし、ハンドライティングの文字に癖があって、ところどころ判読しづらい。そして、どちらにも決っておなじ文句が書かれている。会えなくて淋しい。その言葉の軽さは、茉莉を喜ばせる。重い言葉より軽い言葉の方に、真実はむしろ宿るからだ。

「エンドラ」は繁盛している。深夜、茉莉は常連客のオオタさんとツイストを踊った。ツイストだろうとワルツだろうとモンキーダンスだろうと、頼まれれば茉莉は何だって踊る。たとえ客のそれが——今夜のオオタさんのように——いい加減で勢いばかりよく、素面《しらふ》では直視できないほどユニークなものだったとしても。歓声と笑い声と拍手。両手をひろげて片膝を持ち上げ、イクときみたいに恍惚《こうこつ》とした表情で、口をとがらせて腰をひねるオオタさんからは、アルコールとオーデコロンのまざりあった匂いと、彼の若かった日々の物語が滲《にじ》みでている。

ここはそういう場所なのだ。誇らしい気持ちで茉莉は思う。


日曜日。茉莉はさきとミチルと由美子さんと連れ立って、銀座に映画を観にでかけた。風が痛いほどつめたい日で、夕方には小雪が舞った。まちがえて落ちてきた、というような、数分だけのことだったが四人とも目を輝かせた。

「雪！」

最初に声を上げたのはさきで、ほんと、雪、と、残りの三人も口々に言った。そして、そのあと一体どういうわけか、四人とも空気の匂いをくんくんとかいだ。互いにそれぞれに気がついて、賑やかに笑った。

大通りにでて、喫茶店をみつけて入ったときには雪はもう止《や》んでいた。それでも、茉莉にとってその光景には、何か印象深いものがあった。手をつないでいたさきとミチル、うしろを歩いていた自分と、その隣でカッカッと小気味よく靴音を響かせていた由美子さん。

「映画、どうだった？」

奥のテーブルにつき、それぞれ注文を終えると、由美子さんがさきに訊いた。

「うーん。まあまあ」

というのがさきのこたえで、さきはそれを、首を傾《かし》げ、言葉を探すように、でも確信をもって言った。ミチルと由美子さんといるとき、さきは素直だ。

「話の成りゆきはわかった？」

ミチルが尋ね、さきはすまなそうに、

「だいたい」

とこたえる。観た映画は『マイ・フェア・レディ』だった。これならばさきの年齢でも楽しめるだろうと思ったのだが、

「字幕に難しい字が多すぎて、よく読めなかった」

らしい。運ばれたコーヒーを、茉莉は啜った。週末、達哉は茉莉のアパートには来ない。

平日の朝、さきを送りだして達哉を迎えるとき、茉莉は自分を不良娘みたいだと感じる。親に隠れて男と

会っているみたいだと。一方で、行く場所もなく、店で働いたあとに四十分も歩いて、冷えきった身体でやってくる達哉の頬や手にふれながら、不良息子の母親になったみたいな気持ちもする。

ただでさえ物が多く、ごたごたした部屋のなかは、達哉の荷物および存在のせいでさらに混乱している。

「何してたの？」

尋ねれば達哉は首をすくめて、

「店で仮眠してきた」

とこたえたり、

「ジョナサンで本を読んでた」

とこたえたりする。

外見にも行動にも、まるで不良らしいところはない。茉莉より十歳年上の達哉は、小柄で色白で髪が短く、黒縁の眼鏡をかけていて、黒か白のタートルネックのセーターを好んで着る。バーの店長というよりは、コンピュータとかデザインとかに関係した仕事をする人間か、大学の研究員――茉莉には馴染み深い人々――か塾の講師のように見える。聞き上手で、仕事ぶりは真面目で、労を惜しまずに働く。

「寒いね」

笑顔で言い、

「寝酒のもうよ」

と言ったりする。

「でもその前にゴミをだしてこよう」

言うが早いかてきぱきとそれをする。

「お風呂、使わせてもらってもいいかな」

そう言うときには遠慮がちな口調になる。もちろんよ、とこたえながら、茉莉は同情が湧き上がるのをおさえられない。一人暮しがながく、几帳面で自分のやり方を大切にする性格の達哉にとって、こんな生活は耐え難いはずだ。

「お金、どのくらいあればマンションに戻れるの？」

融通してやる余裕があるわけではなかったが、気になって何度か茉莉は尋ねた。

「お姉さんに相談してみたら？　恒さんにでもいいし」

とか。返答はいつもおなじだった。

「ごめんごめん。大丈夫だから、心配しないで」

それで結局、グラス一杯ずつくらいの安ワインをのんで、布団に倒れ込んで眠る。茉莉が背中を抱かれるかたちで。

たぶん仕方がないのだろう。茉莉は考える。いろんな人生があるのだし、その人生は、いつも上手くいくとは限らない。身を寄せる場所があるというのはいいことだ。茉莉はそれをパリで学んだし、だからこそバーで働く決心をした。いつか、ほんとうに遠いいつか、自分の店を持ちたいとも考えている。

それに——。目を閉じて、達哉の体温と大きさ、首すじにかかる息と回された腕の重みを確かめながら茉莉は思う。それに、特定の人とくり返しするセックスは安らかで甘美だ。同棲とはいえないにしても、おなじ家のなかに男の人のいる状態、は、随分とひさしぶりだった。

かまわない。惣一郎ならそう言ってくれるだろうか。なん人の男とどんな関係を持とうとかまわない。だからもっと遠くへ行くんだ、と。

世田谷《せたがや》のはずれ、という、茉莉にとって未知の場所で行われた踊りの発表会の日は、またしても雪の降りそうな、凍えるばかりに寒い曇り日だった。茉莉は得意のジグを踊り、パートナーと組んでタンゴも踊った。舞台上で、スポットライトを浴びて踊るということは、奇妙に高揚することだった。子供たちによるモダンバレエや、十五人の女性たちによるジャズダンス、日本舞踊まである盛りだくさんな催しで、一人ずつの持ち時間は少いが、茉莉は十分にたのしんだ（プロのメイク師に化粧をしてもらうという経験も、はじめてでありおもしろいことだった）。舞台からは見えなかったが、客席には茉莉が「エンドラ」で売りさばいた切符で、常連客やその友達、友達の友達とか、その妹の友達とか、よくわからない人々がいるはずだった。

そして、茉莉がこの日いちばん嬉しかった瞬間はといえば、「関係者以外立入禁止」であるはずの楽屋に、いつもの仲間たちが揃って押しかけてきた瞬間だった。バー「エンドラ」のオーナー夫妻、達哉に力、ピアニストの祥子さん。さきとミチルと由美子さんもいる。それは異様な光景だった。ほとんどが初対面の、踊りを趣味としている女性たち——なにしろそこは女性用の楽屋であり、配偶者であっても入れないのだ——は、みんな呆気《あっけ》にとられていた。

「遠かったー、辺鄙《へんぴ》なところだねえ」

そう言ったのは達哉で、舞台用化粧を施された茉莉の顔を一目見るなり、吹きだしたのは夏木力だった。

さきはぽかんとしている。ゴージャスな毛皮を着た無口な祥子さんは、周囲からあきらかに浮いていた。

「すみませんね、すぐですから、すみません」

さきとミチルと祥子さんをのぞく誰もが、笑いながら謝っている。オーナー夫妻はグラス持参でシャンパンを差し入れてくれて、その場であけて茉莉にのませた。

「頑張ってね。緊張しないように」

由美子さんが言えば、

「緊張？　茉莉ちゃんが？」

と、ミチルが目をまるくして見せる。

「ああもう、ああもう、ああもう」

嬉しさのあまり、茉莉は首をふってわめいた。何て幸せなんだろう。あたしには、この街にこんな仲間がいる。そう思うと、一人ずつにキスをしたい気持ちだった。

「じゃあ、あとでね。ロビーにいるから」

周囲の顰蹙《ひんしゅく》を物ともせず、賑やかに彼らはでていった。

5

「また手紙？」

頭上から覗《のぞ》き込むようにして達哉が訊く。

「エアメイル？」

「いいえ。福岡」

茉莉はこたえ、卓袱台の下で足をもぞもぞと動かした。窓はあいており、気持ちのいい空気が流れこんでくる。

「おばあちゃん？」

「じゃなくて、九ちゃん」

午後一時。さきはまだ学校から帰っていない。

「もう起きたの？　早いのね」

今朝、達哉がやってきたのは十時近くなってからだ。

「茉莉ちゃんには随分たくさん文通相手がいるんだね」

茉莉の言葉にはこたえず、達哉はそう言って台所に行った。

「なんだかうらやましいな」

と、言う。うふふ。自分の耳にさえ得意げに聞こえる含み笑いを茉莉はもらした。達哉がやかんを水で満たす音、ガスに着火する音。

「そうよ。あちこちに、大切な人がいるの」

柴田家で使っていた卓袱台の、色あせて傷だらけになった表面をなでながら茉莉は言った。ささくれみたいに細く鋭くえぐられた傷跡や、湯呑みの底のかたちについた、幾つもの白っぽい輪っか。

「もちろん、石橋さんもその一人よ」

茉莉はつけたす。

「いま手紙にもそう書いてたの」

石橋達哉のいる日常を、茉莉はいまや、好もしいものとして受け容《い》れている。困る、と思っていたはずなのに――。さきと二人の暮しにはなかったもの、自分がそれを欲していることにさえ気づかなかったもの――色恋ではなく、ましてやセックスでもない。それらは家の外で調達可能だったし、いまだって調達可能だ――、が、達哉のいるこのアパートにはあった。ささいなこと、でもずっと望んでいたこと、欠けていたもの。安心感のようなもの。大丈夫、と背中に触れてくれる手のようなもの。ずっと昔の、惣一郎みたいなもの。

「あれえ。ティーバッグが一つしかない」

達哉が頓狂な声をだした。

「買い置き、なかったっけ」

そう、たとえばそういうことだ。

「ごめん、ないかも」

茉莉はこたえ、にっこりする。

「あとで買っとくから、いいよ使っちゃって。あたしはさっきコーヒーをのんだから」

ティーバッグの買い置きがない、と気づいたとき、もし一人ぼっちだったら、自分がひどい失敗をしたような気持ちになることを、茉莉は知っていた。さきはコーヒーより紅茶の方が好きなのに。ティーバッグを切らさないようにするのは簡単なことなのに。そして必ず、自分がだらしのない欠陥人間であるような気がするのだ。一人ぼっちだと。

手紙に封をして、切手を貼った。

たいしたことじゃない。そばに自分以外の誰かがいるだけで、そう思えることが不思議だった。

カラカラと、氷をまぜる涼しげな音がした。

「紅茶はやめた」

達哉が言い、グラスを二つ持って現れた。

「カルピス！」

茉莉は嬉しげな声をだし、卓袱台の上を片づける。

九ちゃん、元気ですか。私は元気です。春になったねえ。このあいだ地下鉄に乗ったら、それは地下鉄なのに一部だけ地上にでる電車でね、地上にでた途端に窓の外が思いきり桜の咲いている土手で、うわあって目をまるくしているあいだにまた地下にもぐっちゃったんだけど、きれいで、ちょっとびっくりしました。

すこし前にさきの通っている小学校で音楽発表会があり、さきはシンバルの係でした。ジャーン！ って、ものすごい音をだしてた。でも出番はすくなくて、他の子がアコーディオンとか笛とか鉄琴とか弾いているあいだ、さきはしかつめらしい顔でじっと立ってた。その姿がなんとなく可笑しくて、私も友達も笑っちゃった。

その友達っていうのは、おなじお店で働いている男の人です。これはパパには内緒ですが、彼はいまほとんどここに住んでるの。やさしくて大人っぽいひとで、親しくなっても妙に礼儀正しいの。おもしろいです。

そんなこんなで私の毎日は賑やかです。日がながくなったことも嬉しい。夜に働いているので午前中は寝ていて、起きてたとえば部屋の掃除をしたり、踊りのレッスンに行ったりし、そうするともうまっ暗、というのは空《むな》しかったから。あのビルの上の森で、朝陽と共に起きて暮している九ちゃんには、その空しさはきっと想像できないね。

来週には、フランスでお世話になった画家がひさしぶりに帰国予定です。しばらく東京に滞在するとかで、そのあいだにごはんを食べる約束をしているの。たのしみです。いつか九ちゃんにも紹介したいな。

それではまた。元気でね。

茉莉より

五月になると、汗ばむほど気温の高い、まぶしく晴れた日が続いた。

福岡に一週間、東京に十日の予定で帰国している青山志津夫は随分多忙であるらしく、茉莉が会えたのは、翌日パリに戻るという、ぎりぎり最後の夜だった。帰国直後に福岡から一度電話をもらったきり音沙汰がなく、さきが楽しみにしていることもあって、ほんとうに会えるのかどうか、茉莉は気を揉《も》んでいた。

「志津夫ちゃんはいつだってそう」

バー「エンドラ」のオーナー夫人は可笑しそうに言った。志津夫と美大で知り合ったのだという夫人は、自称「ドンファンだったあの若き日の志津夫ちゃんが、唯一食指を動かさなかった女」であり、「彼に泣かされた女の子たちの、なぐさめ役ばかりさせられていた」。

「約束にしばられるのが嫌いで」

遠いことを思いだすような、それでいて感傷的ではない陽気な口調で、そう続けた夫人の整った横顔を、茉莉はすぐ隣でじっと眺めた。志津夫ちゃん。何度聞いても、その呼び方に茉莉は慣れない。

「この絵をかいた人ですよね」

店の壁にかけられた、オーナー夫人の肖像画を指さして、夏木力が確認する。

「ここには来ないんですか？　会ってみたいな、茉莉さんの足ながおじさんに」

茉莉は苦笑した。足ながおじさん。志津夫が聞いたらどんな顔をするだろう。

「さあ、どうかなあ。オープンしたばかりのころに一度顔をみせてくれたきり、ここには来てくれてないから」

とてもいい店ですよ。「エンドラ」について、かつて自信たっぷりに茉莉にそう言った志津夫が思いだされる。あそこなら、あなたにとって、きっといい職場になる。この店について、とてもよく知っている口ぶりだった。一度顔をみせただけ——。茉莉は半ばおどろき、半ば感心する。でも、そうであるならば、あの自信は一体どこからきていたのだろう。

そこまで考えて、茉莉はまた苦笑する。驚くようなことではない。なぜなら志津夫はオーナー夫妻に対しても、おそらく茉莉が聞いたら困ってしまうほど自信たっぷりに、働き手としての茉莉を推薦してくれたはずだ。だからこそ、いま茉莉はここにいるのだ。

「でも茉莉ちゃんには連絡があったんでしょう？　帰国するからお食事しましょうって」

うなずくと、夫人はぱっと笑顔になった。この人は笑うとほんとうに華やかだ、と茉莉は思った。くっきりと、花が咲くみたいに笑う。

「だったら大丈夫」

めずらしくすいていた店内で、カウンターの周囲に寄り集って、深夜の井戸端会議みたいな状態で、夫人はブランデーグラスを手に、にっこりして請け合った。

「志津夫ちゃんは約束が嫌いだけど、約束したら必ず守るの」

いい匂いの液体を啜り、グラスの縁ごしに目だけで微笑む。まただ、と茉莉は思った。また、自信たっぷりの口調。この人と志津夫はもう何年も会っていないはずなのに、そして、志津夫がパリからまめに連絡をよこしているとは思えないのに、この人はどうして自信をもって、そんなふうに言えるのだろう。

しかし結局のところ、オーナー夫人は正しかったのだ。


その夜、茉莉はさきと連れ立って、志津夫の宿泊先であるホテルのロビーに出掛けた。麗々しく花の活けられたエントランスと、重々しい絨緞《じゅうたん》敷《じ》きの階段、左手には煙草のけむりのたちこめたラウンジ。志津夫に会うのは三年ぶりだ。

「緊張しちゃう」

声にだしてそう言ったのは茉莉だったが、小さな鞄をななめがけにして隣に立っているさきも、それに劣らず緊張していることがわかった。

——ばたばたしちゃって申し訳ない。あしたの夜しかないんだけれども、お二人は都合が悪かったりするかな。

きのう、電話で志津夫はそう言った。挨拶は一切なし。ひさしぶりだねえでもなく、さきちゃんは大きくなっただろうねでもなく、再会を前にした高揚も緊張も感じられなかった。穏やかな、おもしろがっているような、でも、会えるかどうかは大した問題じゃないと思っているような声。

——都合なんて、すぐつけます。

思わず勢い込んで言った茉莉の耳元に、微笑んだ志津夫の息づかいが聞こえた。

「シズオ！」

先に見つけたのはさきだった。嬉しそうな声をだし、躊躇《ためら》いもせず駆けよっていく。

「やあ、こんばんは」

声を聞き、姿を目にした途端、茉莉は志津夫の首に両腕をまきつけ、のびあがって頬に頬をつける挨拶をしていた。

再会は、予想したものとまるで違っていた。ただただ嬉しく、愉快だった。緊張はどこかに行ってしまっていた。時間なんか、経っていないみたいだ。このひとは年をとらないのだろうか、と、茉莉は思った。モスグリーンのシャツに焦げ茶色のパンツ、衿元にベージュのスカーフをまきつけている。もっとも——。志津夫の予約した料理屋までタクシーで移動しながら茉莉は考える。もっとも、このひとは初めて会ったときからやや年寄りくさい風貌だった。白髪まじりのキノコ頭といい、古めかしい丸い眼鏡といい、スカーフといい。

「へんな感じ」

後部座席にもたれ、大通りの街路やネオンや人々が後ろに流れ去るのを見ながら茉莉はつぶやく。

「青山さんと東京で会ってるなんて、へんな感じ」

それは、しかし茉莉の言いたいことの半分でしかなかった。東京がパリみたいに見える、街が輝きを増したみたいに見える、見知らぬ場所みたいに見える。ほんとうは、そう言いたかった。見知らぬ場所なのに、旅先みたいなのに、ちっとも不安じゃなくて嬉しい感じ、自分の人生がいいものであるみたいな感じ、このままどこにでも行かれるみたいな自由な感じ。

志津夫に案内されたのは、二階に座敷の一つだけある、古めかしくて小さな料亭だった。女将も、やけに年をとった板前も、志津夫を見ると両手をひろげて歓待し、「先生」「先生」を連発した。博多みたい。茉莉は思い、さきと目くばせをし合った。

「この店とはつきあいが長くてね」

座敷に落着き、店の人間がいなくなると志津夫が言った。

「美味いこともあるけれども静かなのがね、このへんでは貴重なことだから」

テーブルに置かれていた鈴を持ち上げ、

「これを鳴らさない限り誰も来ない。だからうっとうしくないいんだ」

と、笑う。おっとりと胡坐《あぐら》をかき、やや首を傾けて、茉莉とさきの顔をかわるがわる見ながら話す志津夫は、すっかり寛《くつろ》いで見えた。

「さて、それで？　どうしていたか、聞かせて下さい」

運ばれたビールに手をのばしかけた茉莉を制して、手酌でグラスをみたしながら志津夫が促す。

「お店で働くの、すごく楽しいです」

茉莉は言った。

「働いている人だけじゃなく、常連さんも、何ていうか、似た気配の人たちが集ってくるの」

バー「エンドラ」に流れる時間、そこに夜な夜なやってくる人々。音楽とお酒、話し声、笑い声。茉莉は志津夫に説明したかった。あの場所の気配、ユニークな人間たち、そこで働いている茉莉自身のこと。

志津夫は愉しそうに聞いていた。うふふ、と笑ったり、それはよかった、と言ったりし、ゆるゆると酒をのみ、ときどき思いだしたように箸を動かす。

志津夫の注文なのか、頃合いよく運ばれてくる料理はどれも素朴で、銀座という場所に似ず家庭的なものだった。菜の花のおひたしとか、蕗《ふき》の煮物とか、焼き魚とか、蛤《はまぐり》の吸物とか。

茉莉は自分でも奇妙だと思うほどよく話した。店のこと、さきのこと、そしてパリでのこと。さきも、パリについては口をはさんだ。

「ちがうよ。メイのお店でいちばんおいしかったのは春巻だよ」

とか、

「アンヌは私のことをときどき『べべ』って呼んだ」

とか。

茉莉は踊りがどんどん楽しくなっていくことも話した。生れて初めての発表会にでたことも。

「お店の人たち、みんな来てくれたの」

言葉を切り、思いだしただけで嬉しくなり、息をすった。

「みんなの顔を見たとき、自分が幸せすぎてこわいくらいだった。もちろんさきも来てくれて」

また言葉を切った。

「青山さんはお友達が多いから、もしかしたら想像もできないかもしれない。でもあたしはずっと、学校も嫌いだったし友達がいなかったから」

そう口にしたあとになって、つくづくそれが事実だと思った。友達などいらないと思っていた。私立の女子校時代も、遅れて入った大学時代も。

「一人も?」

志津夫が興味深そうに訊く。茉莉は微笑み、この人のこういうところが好きなのだと思う。ばかげた遠慮をしたりしないところ。

「一人もじゃないけど」

焼酎《しょうちゅう》を啜り、茉莉はこたえた。ミチルとは友達だったし、福岡には九ちゃんがいる。

「一人もじゃないなら」

志津夫が言った。

「友達がいなかったというのはおかしい」

それで十分だった。志津夫の言おうとしていることも、茉莉の言おうとしたことを志津夫がわかっていることも、茉莉にはすっきりとわかった。このひとはいつもそうだ、と、酔いのまわり始めた頭でぼんやりと茉莉は思う。たくさんの言葉を費さなくても、このひとはちゃんとあたしにわからせてしまう。おにいちゃんみたいに。

食後の苺を食べ終り、鈴を鳴らして会計を頼んだあとで、志津夫がふいに、

「ああそうだ。あなたには言っておかなくては」

と言ったとき、茉莉は志津夫の表情に、何か翳《かげ》りのようなもの、疲労に似たものがよぎるのを見た。

「ご母堂の庭、手放すことにしました。残念だけど、維持が難しくなって」

一瞬の間ができたのは、思いがけないことだったからだ。

「あれこれ用事の多い帰国だったけれども、今回はその処理が一つ大きな目的としてあってね」

そんなことか、という顔を、茉莉はつくろうとした。

「そうですか」

こたえて、にっこりしてみせる。予期してしかるべきことだった、と考える。パリに住んでいる志津夫が、あの場所を所有し続けている方が奇妙だ。

「それってガーデンのこと？」

さきが横から尋ねた。

「そうよ。ママのママがつくった、あのへんなガーデン」

夕暮れの庭に立つ喜代の姿が目に浮かんだ。喜代を手伝って、重い物を運び入れている姑の姿も。夏の夜の、むせるような薔薇《ばら》の匂い、真四角なスペースに、ぎっしり生えて揺れていたラベンダー。夕食の前につみに行かされたハーブ。受験勉強の合間に、よくミチルと散歩をした。古典の暗誦は、ほとんどあの場所でしたようなものだ。平家物語、方丈記、和泉式部日記。

「あのガーデンがどうなるの？」

心細そうな声でさきがさらに尋ね——さきは喜代に会ったこともないが、生れたときからガーデンはそこにあった。ママのママのガーデン。おそらく意味もわからずに、でもそう呼んで眺めてきた——、

「たぶん、マンションになるんじゃないかな」

と、志津夫がこたえる。

仕方がない。

狭くて一段ごとにきしむ階段を下り、茉莉は考える。あたしもパパも、「ガーデン」は疾《と》うに手放したのだ。違う。手放したのはママだ。ママがあの場所を捨てた。あたしたちごと。博多ごと。そして、もしかしたら日本ごと。

「僕がさきちゃんに初めて会ったのは、あの庭の前の道なんだけどね」

うしろで志津夫がさきに言い、

「なんとなく憶えてる」

とさきがこたえるのが聞こえた。

「それよりずっと以前に、まだ学生だったあなたのママと、初めて話したのもあの庭だったんだけどね」

「まあ先生、ありがとうございました」

女将がかん高い声をあげて駆けよってくる。

「タクシーは呼んでありますけれど、お泊りはいつものホテルでよろしいんでしたっけ」

がらがらと戸があいて、路地には初夏の闇がひろがっていた。

6

もう三日、雨が続いている。風邪気味で昼間から寝ているさきは、食欲もなく機嫌が悪い。ただでさえ狭い部屋のなかは、読みかけの本や教科書、ランドセルやぬいぐるみ、クレヨンまで散乱していて足の踏み場もない。

「ぐあいはどう?」

ようやく枕元まで到着すると、もうすこし整理整頓しなさい、と言いたいのをこらえて茉莉は尋ねた。

「平気」

さきはこたえる。パジャマにカーディガンを羽織り、上半身だけ起こして漫画の本を読んでいる。

「果物だったら食べられる? グレープフルーツがあるけど」

中身のほとんど減っていないスープボウルを拾いあげ、茉莉はさらに尋ねた。

「いらない。おなか減ってないから」

ため息をついてはいけない。茉莉は自分に言い聞かせる。たいしたことはないとはいえ、さきは風邪をひいているのだから。

「わかったわ。じゃあきょうはのんびりして、早く治してしまいなさい」

そのとき、それが目に入った。掛布団の上に三つほど落ちている、透明な小袋。個包装されたお煎餅のあき袋だった。安堵すると同時に急激に腹が立ち、茉莉は無言で部屋をでた。

言えばいいではないか、お煎餅を食べたなら食べたと。そんなことで誰も怒りはしない。さきはいつもそうだ。足早に歩き、ぬいぐるみを蹴とばしても気にせずに、茉莉は考える。無口というのと、言う必要のあることを言わないのとは、全然別だ。さきは自分の考えていることを話してくれないし、それどころか、たとえば小学校から保護者あてに配られるプリントも、いつもランドセルの底でくしゃくしゃになっている。

「どうしたの？　荒々しいため息」

台所に入り、ボウルの中身を流しにあけて捨てた途端、可笑しそうな達哉の声が聞こえた。

「なんでもない」

結局ため息をついてしまった、と思いながらこたえると、やってきてうしろにぴったりくっついて立った達哉の、左腕に肩からそっと抱かれた。

「大丈夫。子供は熱をだすものだし、熱をだせば食欲がなくなりもするよ」

耳元のささやき声はやさしいが、回された腕の力は強く、達哉の太腿のみっしりとした温かさが、茉莉の尻に伝わってくる。

「ちがうの」

思わず力の脱けた声になった。

「食欲はあるみたいよ」

くすくす笑いが唇からこぼれる。振り向いて、達哉の目を見ようとした。

大丈夫。その言葉の安心感はどうだろう。たとえ的外れな助言でも、達哉が自信にみちた様子で発音する「大丈夫」は――そして左腕の力強さは――茉莉をたちまち安心させ、落着かせる。たったいまさきに腹を立て、かっとしてスープを捨てたことがばかばかしくさえ思えてくる。

「だめよ、さきに聞こえちゃうでしょ」

達哉の右手がスカートの下に滑り込み、茉莉はほとんど無声映画の役者のように、眉と目と口の動きでそう伝えた。

樋《とい》が一部軒からはずれているらしく、ばたばたと雨が打つ音のほかに、ときどきザザ、と水の流れる音がする。

「きょうはママお店休むから」

夕食をすませ、さきの部屋に顔をだして言うと、

「なんで？」

というこたえが返った。

「なんでって、病気のさきを一人にしたくないからでしょう？　さきのそばにいたいからよ」

「なんで？」

ぶっきらぼうにくり返され、茉莉はため息をついた。

再び床なき床を進んで、さきの椅子に腰を掛ける。

「どうしてそんなにつっかかるの？」

「べつに」

さきは掛布団いっぱいに、「匂いゲーム」のカードをひろげている。

「お店、行っていいよ。もう熱もさがったし。ママ行きたいんでしょ」

茉莉はカードを一枚拾い、裏向きのまま、さきの鼻先に持っていった。

「何の匂いでしょう」

さきはこたえず、しばらく口をへの字に結んでいたが、やがておもしろくもなさそうに、

「フォレ《森》」

と、言った。

「あたり」

カードをひっくり返して茉莉は言い、自分でも匂いをかいでみたが、他のカード同様わずかに化粧品くさいだけだった。

茉莉は言った。

「じゃあ、お風呂に入ってくるわね」

「そのあとここを片づけて、お布団を敷いてママも寝るから」

「石橋さんは、もう行ったの？」

「行ったわ」

さきは茉莉を見つめて、

「でも、ママは行かないのね？」

と、確認した。

「そう言ったでしょう？　行かないわ。今夜はね」

最後の言葉に妙な力が入ってしまったことに、茉莉は自分でぎょっとする。

「さきと二人で寝るんだもの」

つけ足して、にっこり微笑んでみせた。

翌日は雨も上がり、朝からまぶしいほどの上天気だった。茉莉はさきを送りだし、掃除をして洗濯をした。

――ママ行きたいんでしょ。

ゆうべのさきの言葉は、すこしだけ図星だったと茉莉は思う。無論、風邪をひいていようといまいとさきのそばにいたい。昼間の仕事ならば、さきを毎晩一人にせずにすむのに、と、何度思ったかしれない。しかし一方で、茉莉は「エンドラ」での時間が、自分にとって必要かつ大切なものであることも知っている。苗字も子供も肩書もない、ただの茉莉でいられる時間。

それに、そこには達哉がいる。アパートにいるときの彼――かなりの額の借金があり、住むところもない一人の男――とは別の、以前と変らず快活で屈託のない、皆に頼りにされている達哉だ。踊るように軽い足どりで店内を歩き、客にすすめられて飲む酒はウーロンハイに決めており、頃合いをみてウーロン茶に切りかえるので酔うことがなく、それでいて客の冗談には誰よりも楽しそうに笑うことのできる達哉、伝票にミスがあれば、記入した本人より先に気づいて直してくれ、客がグラスを割れば、茉莉には絶対に追いつけないスピードで、あっというまに新しいおしぼりとモップを持ってくる達哉だ。

達哉の抱えている借金が、本人ではなくお姉さんのつくったものだということを、茉莉は最近打ちあけられて知った。それを返すために達哉は貯金を全額はたき、実家の両親から援助も受けて、「エンドラ」のオーナー夫妻にも借金をした。それでも足りなくて、最近は店の仕事以外にも、見つかれば臨時のアルバイトをしている。これまでに自動販売機を三つ設置し、パチンコの台はもっとたくさん設置した。当のお姉さんは行方不明で、「たぶん男と逃げたんじゃないかな」。達哉はそれを、ひっそりと微笑んで言った。怒りどころか心配さえしていない様子で、むしろどこか愉しそうに目をほころばせて。

「恒さんは何してるの？」

茉莉が訊くと、達哉は露骨に嬉しそうな顔になった。

「ああ、あいつは全然駄目。金持ちのくせに屁《へ》のつっぱりにもならない。まあ僕が保証人になって、あいつに内緒で借りた金だからそれも仕方ないけどね」

ここで達哉がくつくつ笑ったことを、茉莉は憶えている。

「でも、いやがらせとかされてるだろうな、業者から、思いきり」

「どうしてそんな業者から借りたの？」

驚いて尋ねると、今度は達哉が驚いた顔になり、

「まさか茉莉ちゃん、僕がほんとに自分でハンコついたと思ってる？」

と、訊き返した。

「あり得ないよ、そんなこと」

茉莉は言葉がみつからなかった。

「大丈夫。金は僕が返すし、うちの姉はこんなことでへこたれたりしないから」

もしかしたら――。

さきのシーツと枕カヴァーを乾燥機に押し込みながら、茉莉は考える。もしかしたら、それがお姉さんのためのお金だったから、あたしは貯金をおろしたのかもしれない。それがもし達哉自身のつくった借金だったら、姑名義のあの通帳から、七桁のお金をおろすことなどしなかったはずだ。

頼まれたわけではない。

「当分使う予定はないから、貸してあげる」

茉莉の方からそう申し出たのだ。あんなに働いて、住む場所もなく、それでも笑顔をみせ続けようとする達哉は痛々しかった。

うちの姉はこんなことでへこたれたりしないから――。思いだし、茉莉は苦笑する。借金をつくったのがもし惣一郎ならば、自分はやっぱり、何としても肩がわりしようとするだろう。必要なら、自動販売機の設置だってする。大人になったいまならばできる。おにいちゃんの相談にのることも、おにいちゃんを助けてあげることも。それができる達哉をうらやましいと思った。

うったらうったらうー、うったらうったらうー、うったらうったらうー。茉莉は小声で口ずさんでみる。日ざしの溢れかえる畳の上で、乾燥機がゴウゴウと音をたてて回っている。

電話が鳴ったとき、茉莉は帰宅した達哉と布団のなかにいた。きのう台所で抱きしめられてから、そうしたくてたまらなかったのだ。

「いいの？」

「いい。無視する」

こたえて茉莉は達哉の膝の内側から、上に向って唇を這《は》わせる。布団のなかはむし暑く息苦しい。頭上遠くで、達哉が息を吐くのがわかった。腰がわずかに持ち上がる。

電話は十数回鳴ったのちに止まり、すぐにまた鳴りだした。

「もおーう」

太く低いがらがら声をだし、茉莉は布団をはねのける。眼鏡をかけていない達哉と目があった。落ちていたシャツ——クリーム色の地に、ところどころピンクの縞の入った達哉のシャツ——に腕だけ通し、あとは裸のまま、居間の受話器にとびつく。

「はい」

「茉莉か？」

新だった。

「パパ？」

汗ばんだ顔にはりついた髪を、片手でかきあげながら茉莉は言った。顔は上気しているのに、無防備な足は寒い。

「ママがいっちゃったよ」

前置きもなく、新は言った。弱々しい笑顔が目に浮かぶような、奇妙に気の抜けた声だった。

「どこに？」

ママはもうとっくにどこかに行っちゃったじゃないの、と続けようとして気づいた。

「逝っちゃった？　いっちゃったって、そういうことなの？」

口にだしていても、まるで実感が湧かない。

「うん。一月だったらしい。アンブローズから手紙がきて、がんだったって。キャンサーって、がんだろ？　ホスピタルに四カ月いて、手術は二度したって」

「ママなの？　それ」

やはり全く実感がない。雑巾をかけたばかりの畳は清潔で、居間は平和そのものの風情だ。それなのにママがいまこの世にいない？　イギリスにも？　どこにも？　ホスピタルとか、手術とか、なんね、それ。

「ママだろ、キヨって書いてあるんだから」

妻の名を、新は即物的に発音した。そうしてくれてよかったと茉莉は思った。そうでなかったら、あたしは、もっと激しく震えだしていただろう。

「彼女は日本を恋しがっていたって。いつか日本に行こうって約束していたから、だから彼女の一部を、日本に連れてくるって」

待って。茉莉は胸の内で叫んだが、声にはならなかった。新は話し続けている。手紙をそっちに送るよ、どっちみち飛行機は成田に着くんだ、向うの住所や電話番号も書いてある、キヨを愛していたって、彼女はビューティフルでインディペンデントだったたって、キヨはマリを深く気に掛けていて、マリのことをよく話したって……。

「どうかした？」

気がつくと、すぐ横に達哉が立っていた。シャツは茉莉が着ているので、ずぼんだけを身につけている。

これまで茉莉が見たこともないほど饒舌《じようぜつ》な新は、しまいにヒステリックとも思える含み笑いをもらして、

「だからさ、茉莉、ママが帰ってくるんだよ」

と、言った。

数日後に手紙が新から転送されて届き、さらにその数日後に、茉莉はそこに記されていた番号に電話をかけた。深みのある、穏やかな声の持ち主がでて、それがアンブローズだった。茉莉が名乗ると、一瞬の沈黙のあとで声があかるく大きくなり、電話をもらえて嬉しい、と、まるでほんとうに嬉しがっているみたいに言った。茉莉は事務的に話をすすめようとした。いつ、どこに迎えに行けばいいのか、滞在予定はどのくらいなのか、福岡で泊るホテルは決めてあるのか——。

茉莉が長年「アン」だと思っていたその男は、迎えはいらないと言った。福岡に行く前に、幾つか東京で見ておきたい場所があるから、と。

「観光するんですか？」

冷たい声をだした茉莉の耳に、男の苦笑する気配がした。

「声がお母さんに似ているね」

東京は彼女の生れ育った街だから、と、アンブローズは言った。いろんな話を彼女から聞いたし、ずっと行きたいと思っていたんだ。

喜代の生れ育った街——。ではママは、そんな話もこの男にしたのだ。茉莉の知らない、喜代の過去の生活。

「いずれにしても、来月僕は二週間日本にいる。福岡行きの日程は、あなたとお父さんの御都合にあわせます」

打ちのめされたというわけではない。ただ、淋しかった。

転送された手紙には、新が訳して伝えなかった文章が二つ含まれていた。あなたには申し訳なかった。彼女はあなたのことを愛していた、御存知のとおり。


ミチルちゃんちに泊りに行く、というのは、さきにとって魅力的な事態であるらしかった。土曜日と月曜日の二日間、学校に行かずにすむということも。

「銀座で画廊めぐり、する？」

ミチルに誘われ、

「するっ」

と、元気よくこたえた。

「さきとミチルちゃんと由美子ちゃんと、三人だけでするんでしょ。ママもお店の人たちも来なくて」

お店の人たち、というのが実質的には達哉一人を指す言葉であることを、茉莉は知っている。茉莉と達哉との関係を、さきはあきらかに歓迎していないのだ。

「ほんとうに大丈夫？」

茉莉はもう一度さきに尋ねる。ミチルに手渡した鞄には、身のまわり品の他に、匂いゲームとぬいぐるみがつめてある。

「心配性ねえ」

かわりにミチルが応じた。

「さきちゃんは特別な子だもの、大丈夫よ。茉莉ちゃんも特別な子だったのに、忘れちゃったの？」

茉莉はいま、さきとミチルの三人で、新宿の駅ビル内の喫茶店にいる。大きなガラス窓ごしに、何本もの線路が見下ろせる。

七月。おもては晴れていて暑いが、店内は強力にエアコンがきいている。二時間後に、茉莉はアンブローズに会うことになっている。アンブローズに、そして「喜代の一部」に。

喜代の死は茉莉の生活に、表面上、可笑しいほど何の影響も与えなかった。仕事に行き、仕事から帰る。さきを見送り、眠って起きて、さきを出迎える。踊りの稽古に行き、水泳に行く。買物をし、料理をして、食事をする。会話をし、酒をのみ、笑っている。

「どうかした？」

新からの電話を受けた直後でさえ、達哉にそう尋ねられて、

「なんでもない」

と、茉莉はこたえたのだ。

「ママが死んだの」

つけたすと、その言葉は我ながら冗談みたいに響いた。あのときの達哉の、びっくりした表情。

一人になって考えても、涙はでなかった。生活も変らず、涙もなし。そしてそれでも、その日を境に、茉莉の世界はがらりと変った。何もかもが、もういままで通りではなかった。喜代の存在しない世界。

今回の福岡にはさきを連れていかない。そう決めたのは茉莉だった。さきはもう幼くはない。連れていけば、ごまかすことはできないだろう。美しい「ガーデン」の造り手であり、「おじいちゃんの奥さん」でもある「いなくなってしまったママのママ」の物語に、あやしげな男が関係しているという事実。

「すぐよ」

茉莉はさきの頬に指でかるく触れて言った。

「あさってには帰ってくるから」

そうしたら夕方にまた新宿で会って、由美子さんも含めた四人で食事をすることになっている。

「平気。月曜日でしょ」

茉莉は微笑んで立ち上がり、伝票を取った。あさってが遥か遠くに思えるのは、あたしの方だと思いながら。

7

おそらく、美人とはいえない。それでも表情はいきいきとしている。大柄な白人女性で、温かく朗らかな人柄。相手の目を見て話し、しばしば手を握ったり抱《ほう》擁《よう》したりする。地域社会に奉仕する活動やPTAを、積極的かつ誠実にひきうけるタイプ。花柄の服や食器を好む。

母親の文通相手の「アン」について、かつて、茉莉はそんな風に想像していた。すべては偽りであり、アンなどという女性は存在しないのだ、と知らされてはいたが、四角ばった顔の下半分を髭《ひげ》に覆われた、ずんぐりした初老の男を目の前にして、茉莉はその落差にたじろいだ。

羽田空港の出発ロビー、3番の時計の下。男は茉莉よりも先にそこにいた。律儀にも、時計の柱にぴったり寄り添って。目印として聞かされていた「キヨの好きなダークグリーン」のコートは、七月の東京には明らかに暑すぎる代物に見えた。

深呼吸を一つする。近づいて、男の正面に立ったとき、茉莉は自分でも不思議なほど落着いていた。

「マリ？」

電話で聞いたのとおなじ、深みのある声で問われた。うなずくと、男は目に見えてほっとした顔になり、アンブローズ・ハートリーと名乗った。男の荷物が小ぶりのスポーツバッグ一つなのを見て、茉莉は安堵した。ばかみたい。胸の内で自嘲する。この人が、風呂敷に包まれた骨壺《こつつぼ》でも抱えていると思っていたのだろうか。

「あなたが来てくれて嬉しい」

アンブローズは言った。あなたがいま快適でないことはわかっていると言い、こんなことになってほんとうに残念だと言った。そして、どうしても二枚とも自分がとる、と主張して譲らなかった航空券を、ポケットからとりだした。

アンブローズは労働者ふうの男だった。がっしりとしてはいるが、背はおそらく喜代よりも低い。身につけているものに、高価そうなものは一つもなかった。一体どんな仕事をしているのだろう。そう思ったが、茉莉は一切質問をすまいと決めていた。


機内でも、ほとんど口をきかなかった。アンブローズは茉莉よりやや饒舌だったけれども、暑いね、とか、先にどうぞ、とか、海外旅行はこれが初めてで、たぶん最後でもあると思う、とか言っただけだった。

着陸したのは夕方だった。

「フクオカ」

ターミナルビルから一歩外にでたときに、アンブローズがつぶやくのが聞こえた。まるでここに思い出があるみたいに。茉莉は無視してタクシー乗り場に向った。空はまだあかるく、その日の最後の光が、淡い薔薇色とまざっている。


ヘロウ、が、新に対するアンブローズの最初のひとことだった。玄関の、戸の外側に立ったままで。ゆっくりと、その言葉は発音された。一瞬の沈黙のあとで。

茉莉はさっさと靴を脱いであがった。家が、もはや喜代そのものには見えなかった。埃だらけなことも、あちこちに本や資料が積み上げられていることも、この前帰ってきたときと、何も変っていないはずなのに――。

緑色だらけの居間に、アンブローズは一時間とすこし坐っていた。悔やみを述べ、礼を述べ、茉莉が驚いたことに首からさげてシャツの下に入れていた小さな巾着に入った「喜代の一部」をテーブルに置いた。

恐れていたような混乱は起きなかった。茉莉は自分が動転し、憤慨し、感情の渦に呑み込まれることを半ば予感していた。怒鳴るとか、泣くとか、もっとひどいこととか。

喜代の死を、いまのいままで信じていなかったのだ、と、わかった。

巾着は、喜代のワンピースの布でできていた。クリーム色の地に、あかるい緑色の葉っぱが散った夏用のワンピース。思いきり絞ったウエストから、裾にむけてたっぷりギャザーがとられていた。

茉莉は、自分がむしろ微笑みたい衝動と闘っていることに気づく。この物体はママだ。はっきりと感じとれた。うちのテーブルの上で、大事にしていた重いガラスの灰皿の横で、これはいま確かに嬉しそうにしている。

「のんきね」

言葉が口をついてでて、同時に涙がころがり落ちた。幾つも、しまいには筋になって。泣いているつもりではなかった。喜代から目を離すことができなかった。

手指の骨だ、と、アンブローズから言われていたが、そこにあるそれは、喜代の全部だった。茉莉と新の知っている、喜代の全部がちょこなんと坐っているのだった。

家族で外出することが好きで、ピクニックだのドライブだのに新を強引にひっぱりだしておきながら、帰宅すると決って「やれやれ」と、喜代は言った。「やれやれ帰った。たのしかったけど、やっぱり我家がいちばんね」

新も、喜代をじっと見つめていた。唇が、わずかにひらいている。いまにもその物体に話しかけようとしているみたいに。しかしそうはせず、やっと顔を上げるとアンブローズをひたと見据えた。依然として唇をひらいたまま。

「パパ？」

茉莉のかけた声は、耳に入らないようだった。驚愕《きょうがく》の表情。椅子に掛けた姿勢のまま、新は深々と頭を下げた。

その晩、茉莉と新は中洲の鮨屋にでかけた。さっきまでアンブローズのいた、そのおなじ家のなかで食事をする気にはなれなかった。互いに食欲などあるはずもないことはわかっていたが、茉莉は新に、何か食べてほしかった。

アンブローズは礼儀正しかった。すくなくともそれは認めなくてはならない、と、茉莉は思う。簡潔な訪問だった。アンブローズは長居をせず、「キヨ」の暮していた家を、不躾に観察するそぶりも見せなかった。新や茉莉の暮しについても質問はしなかった。イギリスでの自分たちの生活については、最小限の説明をした上で、自分たちの暮しが彼女にとって幸福なものだったことを祈っている、と言った。

あの写真のことにしても――。刺身を無理矢理口に入れ、ビールでのみ下しながら茉莉は考える。あの写真のことにしても、見たいと言ったのは新の方だったのだ。

「病気になる前の、元気だった彼女の写真を何枚か持ってきたのですが」

アンブローズはそう言った。注意深く、やや気遣わしげに。

「ええと、その、もし見たいと思われた場合のために」

無理に見る必要はないのだ、と相手に十分わからせる言い方だったにも拘らず、新は、

「ありがとう、見ます」

と、間も置かずこたえた。奇妙になめらかな英語で、サンキュー、アイルシーゼム、と。

写真屋でくれる類の薄っぺらいアルバムに、それらは収められていた。四枚だけ。

ふいに、新が言った。

「ごま鯖《さば》を食べようか」

「ごま鯖？　うん、食べよう」

茉莉はことさら嬉しそうにうなずき、新のグラスにビールをつぎ足す。

「ママ、帰ってきたね」

茉莉の言葉に、新は悲しげに微笑んだ。

「うん。帰ってきた」

あんな写真を新に見せるべきではなかった。茉莉は思った。どんよりした曇り空の下で、濡れたように黒い土の、畑らしい場所に一人で立ち、片手でズッキーニを掲げ持っている喜代――カメラに向けられた笑顔はくっきりとして、嬉しそうだった。砂浜で、水着姿で寝そべっている喜代――まぶしそうだ。笑顔ではな

く、カメラに向って何か話しかけているらしい表情。三枚目は冬の写真で、一目でロンドンとわかる街角に、喜代は一人で立っていた。カメラはそれを道の反対側からとらえていて、表情までは見分けられないのだが、こげ茶色のオーバーコートには見憶えがあった。鮮やかにあかい口紅を塗り、手袋をしてハイヒールをはいているところをみると、改まった外出だったのだろう。そして四枚目――。茉莉はため息をつく。

「どうした？」

新に尋ねられ、弱く微笑んで首を横にふった。鮨ネタのならんだ冷蔵ケースを眺め、職人の手の動きを見つめた。それでも、脳裡《のうり》に焼きついたものは消えてくれなかった。

それは室内の写真だった。窓辺に置かれた布ばりの肘《ひじ》掛《か》け椅子――大きな花柄の――に、いかにも寛いだ様子で、膝に猫をのせて坐っている喜代。Vネックの黒いセーターに、黒と白の千鳥格子のサブリナパンツ。目を伏せて、猫をなでながらやさしげに微笑んでいる。頭を一方に傾けて。目尻にも口の横にもしわが刻まれていた。肩までの茶色い髪は随分と色褪せて、まざった白髪のせいか窓からの光のせいか、枯れ草色に見えた。猫は太った黒猫だった。喜代の太腿の上を横断するように、ながながと寝そべっている。満足しきって。椅子のうしろ、パネルヒーターのように見えるものの上にも猫が一匹いた。やはり太っていて、長いしっぽをたらして寝そべっていた。茉莉の知っている限り、喜代は小動物が好きではなかった。しわも白髪もなかったし、顔はもっと細かった。そして、あんなふうに微笑んだりもしなかった。

「あした、大丈夫か？」

新の声がした。

「勿論大丈夫よ」

アンブローズは、福岡に四日滞在する。しかしもうここにおじゃましたりはしない、と言い、帰国したら、自分は二度と再びお二人の前に現れないと約束する、とも言った。ただ、一つだけ頼みをきいてもらえないだろうか。

彼女の息子、という言い方をアンブローズはした。彼女の息子の墓参りに行きたい、場所を教えてもらえれば一人で行くが、幾つもの墓のなかで、どれがそれなのか見分ける自信がないのだ――。あしたなら御案内します、と、茉莉はこたえたのだった。

「それにしても」

思いだし、茉莉はくすくす笑った。

「あの人が帰ろうとしたとき、パパがいきなり質問したのには驚いたわ」

あなたは煙草を吸われますか。ソファから腰をあげかけたアンブローズに、新はそう尋ねた。

「ええ、ときどきですが、吸います」

「ガラスの灰皿をお持ちですか」

「……ええ」

なぜそんなことを訊かれるのかわからない、という顔で、アンブローズはこたえた。

「そこに吸殻を入れると、たった一本でも、喜代は中身をゴミ箱にあけ、灰皿を洗いに行ってしまったんじゃないですか？」

変な英語だった。理解できず、アンブローズは助けを求めるように茉莉の顔を見た。

「母はガラス器が好きで」

仕方なく茉莉は説明した。

「ガラスの灰皿に吸殻が入っていると、すぐに片づけてしまいました。父は困って、灰皿ではなく紅茶の空き缶を使うようになりました。イギリスでもそうだったのかどうか、父はお尋ねしたかったんだと思います」

アンブローズは真面目な顔で話を聞き、最後ににっこりした。

「いいえ、そういうことはありませんでした。彼女は灰皿にさわったこともないんじゃないかな。僕が自分で片づけていましたから」

じゃあ、と、アンブローズは笑顔で続けた。シャンデリアを見上げ、

「じゃあ、きっとあれはキヨのお気に入りだったんでしょうね」

と、遠い思い出をたどるみたいな口調で。茉莉も新も、それについては何も言わなかった。テーブルの上にいた喜代も——。

「どうしてあんなことを訊いたのか、自分でもわからないよ」

新は言い、首をすくめた。

「たぶんやけのやんぱちだったんだろうな、もう」

へらりとした笑い顔になり、猪口を口に運ぶ。茉莉は生姜《しょうが》をつまんだ。

役目を果たし終え、あきらかにほっとした様子のア

ンブローズは、来たときよりずっと気楽そうな足どりで、ゆったりと歩いて寺内家を後にした。スポーツバッグを一つ、肩にかけて。

「もう一本のむ？」

茉莉が訊くと、新は、

「そうだな」

と、こたえた。

「でも、もうお腹はいっぱいだよ」

鮨はまるで減っていない。土曜の夜の店のなかは、カップルと家族連れが目立った。奥の厨房では、高校球児みたいに若々しい料理人たちが、きびきびした動作で立ち働いている。

「じゃあ、うちでのもう」

思い立って、茉莉は言った。こんな夜に、一杯のお酒以上に実用的なものがあるだろうか。

「あたし、カクテルいろいろ作れるのよ。ママにも献杯してあげる」

うちにある材料だけで、すくなくともレッドアイは作れる。茉莉は考えをめぐらせた。たぶんシャンディガフも。ソーダとライムを買って帰れば、スプリッツアとバーボンソーダも作れるだろう。


達哉や力、それにさきのことを思いだした。オーナー夫妻のことも、ミチルと由美子さんのことも。

「アンブローズが何よ」

勇気が湧き、声にだして言ってみた。ふふふ、と、新が笑った。

「イギリスが何よ」

暴言だと知っていた。猫を膝にのせた、あの喜代の満ち足りた表情——。でも喜代は帰ってきた。それもまた事実だった。


「こんにちは」

晴れやかに、茉莉は言った。屋上は風が強く、山椒《さんしょう》の葉に似た涼やかな匂いがする。

半年ぶりに会う九は、元気そうに見えた。着心地のよさそうな、青いシャツを着ている。

「こ、こんにちは」

照れくさそうに言った。茉莉を憶えているようだった。ただし、ここ数年の茉莉だけを。

「坐ってもいいと？」

ごく自然に博多弁になる。九がうなずくのを待って、茉莉はいつもの椅子に腰をおろした。錆《さび》の浮いた金属の椅子。

「いつも突然現れてからごめんね」

顔をやや上に向け、青空と日の光をいっぺんに味わう。

「でも、来るって連絡したくても、ここには電話がないし、連絡のとりようがなかろうが」

「現れてもいいとですよ」

九は言った。

「あなたは現れてもいいとです」

許可だ。しかも断固とした許可。ふわりと、気持ちが軽くなるのを茉莉は感じた。

「ありがとう」

こたえると、九はよそを向いてしまう。

アンブローズとの墓参りは、天気がいいせいで妙にのんびりした、散歩めいたものになった。広い砂利敷の並木道を歩きながら、

「ラヴリィ」

と、アンブローズは言った。銀杏《いちょう》に囲まれた池のそばを、蜻蛉《とんぼ》が横切るのが見えた。

束になった線香や、水を汲む手桶《ておけ》や柄杓《ひしゃく》のいちいちに、アンブローズは関心を示した。自分が持ちたいが、持ってもかまわないものなのか、と手桶を指さして訊くので、茉莉は持たせた。

しかし墓の前に来ると、礼儀正しくすこし離れた場所に立ち、墓に水をかけたり花を替えたり、線香を立てたりという一連の作業をする茉莉を、ただ黙って見ていた。生真面目な顔で。

アンブローズとはその場所で別れて、茉莉は始の墓前に向った。死んだ人たち。いまや喜代までもそちら側にいるのだ。

「もう二度と会わないと思う」

それが、アンブローズが別れ際に口にした言葉だった。やさしげな目で、深みのある独特の声で。茉莉は何も言わなかった。ふり返らず、ただ歩き去った。

「のまんと？」

九の声がした。いつのまにかお茶が用意されている。

「九ちゃんの分は？」

問うと、ただ、

「いまはのまん」

というこたえが返った。

「きょうは見せんでいいと？」

尋ねられ、九の言っているのが超能力のことだとわ

かるまでに、数秒の間ができた。

「いいと、いいと。やめてん、やめてん」

九は残念そうに肩を持ち上げて、なぜ、という仕草をしたが、茉莉の慌て方が可笑しかったらしく、けらけらと笑った。

お茶は熱すぎず、なつかしい味がした。

「噴水、いい音やね」

茉莉は目を閉じて、音に聞き入った。風がまぶたを滑るのがわかる。

「パパがくさ、九ちゃんの森は生半《なまなか》やないって、えらい感心しとったとよ」

目を閉じたまま、茉莉は言った。

「小さいころから集中力のある少年やったけど、こげん労力と観察力の要《い》る仕事をやっていきんしゃあとか、大したもんやんって」

目をあけると、木々はたしかにどれもたっぷりと葉を茂らせ、気持ちよさそうに枝をひろげている。

「パパ？」

「そうよ。パパ、ここにもときどき来よろう？　ゆうべ、パパとお酒をのんだと」

茉莉のつくったレッドアイを、ひどく気持ちの悪いものを見るような目で、新は見つめた。いただくよ。その一言を絞りだすのに、勇気が要ったようだった。

「あなたのパパや？」

九はまだ考え込んでいる。

「いいと。無理に思いだそうとせんで」

噴水をかすめるように、ほっそりした蜻蛉が飛んでいる。それも二匹。

アンブローズとの墓参りの帰り、茉莉はまっすぐここに来てしまった。新は心配しているに違いない。でももうすこしだけ、と、茉莉は思う。もうすこしだけ、ここで植物に囲まれていたい。本人の記憶は失われていても、家族みたいになつかしく安心な感じのする、九のそばで。

8

夏休みはまのびしていて退屈だ。自分の部屋の畳にうつぶせに寝そべって、さきは思う。随分としずかだ。暑くてまぶしい。怠《だる》くて眠いけれど、ほんとうに眠れるわけではないことを、さきは知っている。夏休み、この部屋のなかはゼリーみたいに、ゆるくかたまっている。

ママは踊りのレッスンにでかけている。帰りにクドウでケーキを買ってきてくれる約束をした。踊りのスタジオに行くとき、ママはいつも嬉しそうだ。前々からやりたかった「シミー・シェイク」とかいう踊りをいま習っているのだ、と、そういえばこのあいだミチルちゃんに話していた。シミー・シェイク。一体どんな踊りなのだろうかとさきは思う。

すぐに帰るから。でがけにママは言った。誰か来ても、玄関の鍵をあけたりしちゃだめよ。そんなことはわかっていた。泥棒とか、わるい人かもしれないし、石橋かもしれない。

「あなたのママは、うそのつけない人だから」

ミチルちゃんはそう言っていた。先月、ママが一人で福岡に帰り、さきが泊りに行ったときだ。うそのつけない人、というのがどういう意味なのか、さきにはよくわからない。さき自身は、ときどきうそをつく。学校の友達にも、先生にも。うそをつくのなんて簡単なことだ。

椅子の脚につかまって、さきはのそのそと起きあがる。おばあさんでもないのに可笑しい、と思うけれども、こんなに暑い日に部屋のなかにいると、ぜんぜん力がでないのだ。ママのように嬉しそうに、忙しそうに動きまわることの方が、たとえばうそをつくことなんかより、余程むずかしいとさきは思う。

意味も目的もなく、さきは居間を通って台所に行き、居間に戻って台所に戻る。ぐるぐると、行進するみたいに。ときどき、コンソールテーブルの上を横目で見る。そこには幾つもの写真が飾られていて、写真のなかには、さき自身や、ママや、パパがいる。パリで知り合った何人かの人たちも。

「プリー、プリー、ドンイーッザデイジー、ドンイーッザデイジー、プリー、プリー」

さきは口ずさみ、歌にあわせてさらに足を高く上げ、腕を大きく振って行進した。いまよりもずっと小さかったころ、福岡のおじいちゃんの家で聴かせてもらった気に入りの歌だ。

「プリー、プリー、ドンイーッザデイジー、ドンイーッザデイジー、プリー、プリー」

誰もいないアパートのなかを、行進しながら歌うのは愉快だった。日のあたらない居間は、さきの部屋にくらべると薄暗くて、ずっと涼しい。

シミー・シェイクは一九二〇年代に流行したダンスだ。肩や腰を揺すって踊る。

上級クラスの他の二人の生徒と共に、茉莉はいまそれを踊っている。講師の視線を背に、曇りひとつなく磨かれた鏡を前にして。踊りを習い始めたばかりのころは、この鏡がいやだった。頭のてっぺんから爪先まで神経をゆきとどかせ、「それが自ずと表れた動き」であることを確かめるために鏡があるのだ、と講師は言うのだが、没頭して踊ると、茉莉は「ゆきとどかせ」ることも、それを「確かめる」ことも忘れてしまう。踊っている自分を鏡で見るなんていやなことだ。茉莉はそう思ったし、いまも実は思っている。

でも馴れたのだ。にっこりして、茉莉は考える。全然平気。鏡があっても、ないつもりで踊ればいい。こんなふうに――。

かつて現代舞踊家として脚光を浴びたことのある、五十代のこざっぱりした男性講師は、しばしばあきれて失笑する。

「茉莉ちゃあん」

情なさそうな声で言う。それでも、そこに非難の響きはなく、

「膝、膝、」

と明快に指摘して、それ以外の部分のアドリブを許してくれる。

おなじ上級クラスの生徒の一人に、うらやましいと言われたことがあった。茉莉さんみたいにのびのびと、自由に踊れる人がうらやましい、と。その子はミュージカル女優を目指していて、いまはタレント事務所に所属している。器械体操をしていたころに手首を傷め、そのせいで、腕と手の動きに「思うように情感が込められない」らしい。かわいらしい女の子で、とてもしなやかに踊る。

いろんな人がいるのだ。フィドルが中心のテンポの速い曲に合わせて肩や腰を揺らし、最後には両手を高々と上げて、歓声ともためいきとも、口笛ともつかない声を発して、茉莉は他の二人と共にレッスンを終了した。頭皮にまで、びっしょりと汗をかいて。

シャワーを浴びて服を身につけると、茉莉は髪を乾かすこともせずにスタジオをとびだす。おもては、八月の日ざしが容赦なく照りつけていた。街路樹と排気ガスのまざりあった匂い。地下鉄に二駅だけ乗り、途

中でさきに約束したケーキを買って、急ぎ足でアパートに向う。「エンドラ」に寄ってみようか、という考えが、否定しても執拗に気持ちにはりついてくる。寄って、そこに達哉がいたとして、どうしようというのだろう。

ここ半月、石橋達哉は、見ている茉莉が苦しくなるほどやつれていた。幾つものアルバイトをこなし、「エンドラ」での仕事を終えても帰る場所がなく――夏休みで、昼間もアパートにいるさきを、気遣ってのことだ――、漫画喫茶とかいうところで寝ていた達哉を、見かねてオーナー夫妻が店で寝るよう強くすすめてくれた。

しかし、毎日最初に出勤する夏木力が、

「最近、石橋さんあやしいですよ」

と、茶化した口調と裏腹な、心配げな表情で、ゆうべ茉莉に囁《ささや》いたのだ。

「バイト、ほんとに行ってるのかなあ」

力によると、達哉が昼間、店に女性を連れ込んでいたという。二度、遭遇してしまった。相手は二度ともおなじ女性で、見るからに慌てており、髪も着衣も露骨に乱れていたという。

「仕事中も、ときどきぶすっとした顔してるときあるじゃないですか。苛《いら》ついてるみたいだし、このあいだも、酔った客に声とがらせたりして」

それは、茉莉も気づいていた。以前の達哉には考えられないことだった。酔った客をつまみだすにしても、効果的なのは荒っぽさではなく慇懃《いんぎん》無礼《ぶれい》、と心得ているのが達哉だった。以前なら。

でも――。レッスン着やタオルの入った大きなバッグとケーキの入った箱を抱え、横断歩道を渡りながら茉莉は胸の内でつぶやいた。でも、あんなに辛い日々を送っているのでは、すこしくらい苛々しても無理はないではないか。たとえバイトに行っていないのだとしても、「エンドラ」での仕事は休んだりしていないのだから、力くんが文句を言う筋合いではないのではないか。

うす水色の空だ。低く建ちならぶビルの向うに、入道雲のわいているのが見える。

店に女性を連れ込んだというのが事実だとしても、それが悪いことなのだろうか――。

そこまで考えて、茉莉は自分の心配の焦点が、そこに結ばれているのを意識する。どんな女性なのだろう。

達哉と知りあってからも随分たつけれども、親しい女性がいる気配はなかったし、そういう話を聞いたこともなかった。

達哉がアパートにやって来たときは、正直なところ困惑した。迷惑だったと言ってもいいくらいだ。それ以前から肉体関係はあったが、二人のあいだにある心地よく温かな好意が、恋愛感情とは別のものであることも知っている。それでも――。

緩やかな坂をのぼり、細い道に折れながら茉莉は認める。それでも、嫉妬は胸に渦巻くのだ。可笑しい、と思う。こんな気持ちは随分とひさしぶりだ。アパートにはいまも達哉の荷物が置かれている。その光景を思いだすと腹が立った。ばかにしてる。声にだしてつぶやいてみる。嫉妬などという不似合いな感情を笑うつもりだったのに、感じたのはまぎれもなく悲しみだった。肉体関係を含んだ友情は心地いいけれども、嫉妬する資格は自分にはない。

ばっさりと葉を茂らせた街路樹が、風に枝を揺らす。夏休みの風だ。茉莉は立ちどまり、汗ばんだ額を風になぶられるに任せた。アパートは、もうすぐ目の前だ。

だらしがない、と自分でも思いながら、夏木力に聞いたことについて、茉莉はその夏のあいだじゅう、達哉に確かめることができなかった。七月に帰省したので夏休みはとらないことに決め、おなじく休暇返上で働いている達哉とは、毎晩顔をあわせたというのに。

店での達哉は、以前よりあきらかに態度にむらがあったが、その点を除けば変らず、店長として、きちんと仕事をこなしていた。

「最近どんなアルバイトをしてるの？」

たとえば閉店後のかたづけ作業中に、茉莉は訊いてみる。

「まあ、いろいろ」

達哉はこたえ、機嫌がよければにっこりと微笑む。

「大丈夫だよ。心配してくれなくていいから」

そうつけたすこともある。以前はひかえめさや礼儀正しさのしるしのように響いたそのおなじ言葉が、いまでは、茉莉には拒絶のように聞こえる。

「ちゃんと寝てる？」

と訊いても、

「借金、順調に減ってる？」

と訊いても、たいていおなじようなこたえが返った。

心配してくれなくていいから。

機嫌の悪いときになると、その言葉はさも不快げな、迷惑げな声と顔つきで発音される。うっとうしい、と言わんばかりに。

力くんから聞いたんだけど、ここに女の人といたんだって？

ひやかすみたいな軽い調子で、そう尋ねるのはどうだろう。あたしに紹介してくれないの？　とか。茉莉は何度もそう思ったが、その度に、言葉は喉でとどまり、桃のたねみたいに固い不安を残して消えてしまう。

達哉の女友達について、問い質《ただ》す立場に自分はいない。達哉には、フィリップやバウルスのことも話した。二人ともいいお友達なの、と言って。もちろん、始のことも話した。これまでも、これから先も、ただ一人愛している男として——。

夏木力は、達哉から微妙に距離を置くようになった。ピアニストの祥子さんもだ。客の前では自制していても、客のいないときにいきなり声を荒げたり、ささいなミスにも大げさなため息をついたりする達哉を見ていると、それも仕方のないことだと茉莉には思える。達哉自身も茉莉も含めて、ここで働いている人々には、もともと共通点があるのだ。注意深い動物みたいな冷淡さ、とでも言うべき何か。

達哉に対する力や祥子さんの態度を見ていると、茉莉は、ずっと昔に川崎のアパートにいた野良猫たちを思いだす。兄弟なのか、いつもくっついて眠るほど仲のいい猫たちだったけれども、一匹が病気になると、みんなたちまち近よらなくなった。

自分もおなじことをしている、と思うと、茉莉は罪悪感と同時に諦念に似た淋しさ——避けられない、という妙な確信——を覚える。達哉自身が、周囲を拒絶せずにいられない状態であるらしいのだから。

夏休みをとらなかったとはいえ、店の定休日には、茉莉はさきを遊ぶ場所に連れて行った。水族館が一度と、プールが二度。遊ぶ場所とは言えないが、デパートで買物をしてレストランで食事、というのも一度。そのほかに、さきはミチルと由美子さんに連れられて、映画やプラネタリウムにでかけてもいた。

さきは、茉莉と二人ででかけると大人しい。ともかく茉莉の印象ではそうだ。他の子供たちのように歓声を上げてはしゃいだりしないし、もっと遊びたいと駄々をこねたり、あれが欲しいとかこれを買ってとかねだることもしない。

「さきはお利口なのね」

他にどう言ってやればいいのかわからずに、茉莉は言った。水族館からの帰り道や、レストランでの食事中に。

さきはむっつりしている。

「そんなことない」

とこたえるときもあるが、おし黙ったままのときもある。

プールでも、習ったばかりのクロールをほんの少しやってみたあとは、ビート板につかまってただ浮かんでいた。

「平泳ぎを教えてあげましょうか。覚えると便利よ。顔をあまり濡らさずにすむから」

茉莉が言っても、つまらなそうな顔で首をふり、

「いい」

と言って浮かんでいる。

「でも、ありがとう」

とつけ足されたりすると、茉莉は自分が何もわかっていないでくのぼうである気がする。

泳いだあと、すっかり空腹で喉も渇いていて、新しくできたカフェに入って「好きなものは何でも」注文しようと言ったときにも、洒落た内装だのそそられるメニューだのに、はしゃいだのはむしろ茉莉の方だった。

みっともない。自分のなかの、一部がそれを嫌悪して言う。まるでママみたいなふるまいじゃないの。

「何にする?」

急につき放すような声がでてしまった。

「メニューを見て、好きなものを選びなさい」

カフェは、ガラス扉が開け放たれて、中からでも、パラソルの立ったテラス席が見渡せるようになっていた。日ざし、若い人たち、蟬《せみ》の声をもしのぐおしゃべりや笑い声。

丸いテーブルを囲む四つの椅子の、隣りあった二つの席に腰掛けているので、茉莉の目に映るさきは、ずっと横顔だ。ひろい額とふっくらした頰、くせのある髪とぽってりした唇。さきは、写真で見る小さいころの茉莉にそっくりだった。口数の少いところも、反抗的な態度も。

びっくりしちゃう。

茉莉は無意識に惣一郎に話しかけていた。

見て、この扱いにくさ。

惣一郎は笑う。茉莉は心のなかでふくれっつらをした。十歳の茉莉の、得意だった顔だ。惣一郎にからかわれたり、惣一郎と九が茉莉のできないことをしたりすると、いつもこの顔をした。

ふふふ。惣一郎は笑っている。茉莉の頭のすぐそば、というより内側、からその声はきこえる。ぼわぼわという雑音と一緒に、でもくっきりと。

年とったのに、変らないな、茉莉は。

茉莉は、もう一度ふくれっつらをする。

さきと茉莉はそっくりだけど、でもさきは茉莉と違うよ。もちろん違う。ぜんぜん違うよ。

茉莉はふきだした。三度もくり返すなんて、惣一郎は可笑しい。違うに決っているではないか、べつの人間なのだから。そんなことは、言われなくてもわかってるのに。

「ママ?」

声がきこえ、見るとさきが思いきり眉をひそめている。ふきだしたところは現実だったらしい。

「ごめんなさい、なんでもないわ。子供のころのことを思いだしたの」

パスタとキッシュ、サーモンサラダ、アイスクリームといちごのタルト、という昼食を、茉莉はさきと平らげた。ビールと白ワインを一杯ずつ、ゆっくりとのみながら。

「いなくなっちゃったママのママがね」

食べている途中で、言葉が、思いがけない軽やかさで唇からこぼれた。

「このあいだ帰ってきたのよ」

さきは訝《いぶか》しげな顔をする。

「このあいだって?」

「このあいだ、ママが福岡に帰ったとき」

さきが何も言わなかったので、茉莉はワインをすこしだけ啜って、

「でも、そのちょっと前に、彼女はもう死んじゃってたの」

と、続けた。キッシュを一口、口に入れる。

「だから帰ってきたのは骨。遺骨っていうやつ」

「ふうん」

あっさりと、さきは言った。おどろいてさえいないようだった。茉莉は微笑み、再びグラスに手をのばす。

喜代の骨は、喜代と新の寝室に置いてある。「ママの鏡台の上」に、「ママの使っていた化粧品や香水の壜《びん》と一緒」に置いてあるという。注文して作らせた「ごく小さな骨壺」に、布の袋ごと入れた。「この何年も、居間でしか聴かなかったレコード」を、新はまた寝室でも聴くようになったらしい。

九月になり、さきの夏休みが終っても、暑さはいや増すばかり、と思えるほどで、湿気も多く、夜でも蟬が鳴いた。「エンドラ」にはゴキブリもでて、達哉が駆除に手腕を発揮した。

昼間のアパートにさきがいなくなると、達哉はまたやってくるようになった。

「これ以上店に迷惑もかけられないしね」

面《おも》やつれした笑顔でそう言われると、追い返すこともできない。

「ゴキブリと添い寝なんていやだものね」

そう言って、茉莉は迎えた。

「寝る前に何か食べる？　お風呂をわかすから、ちょっと待ってて」

おなじことになった。茉莉がさきを送りだし、家のなかのことをしていると、達哉が来て風呂に入る。チャーハンとか、何か簡単なものを食べ、二人で一つの布団に寝る。ときどき身体を重ねる。あるいは順序が逆で、やってくるなり一緒に寝て、起きてから風呂に入り、何か食べる。

水泳や、踊りのレッスンに行く茉莉を、達哉は見送ってくれる。そのあとまた眠るか、本を読んだり、ごろごろして休んでいるらしい。アルバイトには、もう行っていないようだった。夕方、さきが帰る時間までにはどこかへでかけて行くが、夜に店で会い、きょうはどこにいたの、と尋ねると、べつに、とか、ぶらぶら、とかこたえるからだ。

バーでの立ち仕事と肉体労働のアルバイトなんて、もともと両立できるはずがなかったのだ、と、茉莉は思う。たとえ多少収入が減っても、アルバイトをやめてくれてよかった、と。

女性のことは、依然として訊けずにいた。達哉にそういう人がいても不思議はないし、自分の責めるべきことじゃない。これは友情だもの。茉莉はそう考えることにしている。

9

雨。窓ガラスが曇っている。ゆうべの化粧を落とさずに寝たので、茉莉の目の周りには、マスカラが黒くにじみだしている。暖房をかけっぱなしなので室温は高いが、裸で布団に起きあがっているので、肩と腕と背中が寒い。隣には、やはり裸の達哉が眠っている。鎖骨。茉莉は、達哉のそれを指でそっとたどる。医者が患者の怪我の度合いを調べるみたいに注意深く。達哉の皮膚は温度が高い。鎖骨は太く、しっかりしている。寝息にあわせてわずかに上下する胸。

「あれ、きょう店長は?」

客に訊かれ、

「きょうはお休み」

とこたえることが多くなったのは、十月の半ばくらいだっただろうか。それとあい前後して、「エンドラ」に借金取りが現れるようになった。返済が滞っていたのだ。彼らはいかにも暴力団員ふうに見えた。慇懃な話し方をし、のんだ分の金はちゃんと払い、三人連れで、そのなかの上下関係をことさら示す態度をとった。こういう人たちなら、昔博多でたくさん見た。茉莉は思ったが、記憶にある昔のやくざより安っぽく下品で、そのぶんだけ余計不穏な気もした。

彼らは達哉のいるときに一度、いないときに一度やってきた。いずれも口頭での恫喝のみで、器物破損はなかったのだが、それでも存在だけで十分にまがまがしく、年長の一人は客にまで話しかけた。ここの店長がどんな人間か教えましょう、などと言って。

達哉は「休職」せざるを得なくなり、その一週間後には、自分から店を辞めた。オーナー夫妻はひきとめなかった。他の誰も。

借金取りは、その後もたびたびやってきて、店の扉や外壁に貼紙をして行った。約束不履行とか、金返せとか、人間の屑とか書かれた貼紙だった。

茉莉は、眠っている達哉の前髪をかきあげる。労《いたわ》るみたいに、あるいは、憐《あわ》れむみたいに。

ここからでて行ってほしい。そう言わなくてはならないことはわかっていた。万一にも、さきをまきこむわけにはいかない。でも、そんなふうに考える自分は残酷だ、と茉莉は思う。この六年、達哉にどれだけ助けられたことか。志津夫の口ききという、いわば裏口就職の茉莉を、迷惑な顔もせず受け容れてくれた。抱きしめてくれたし、だからといって恋愛感情を持つ必要も、持たないことに罪悪感を持つ必要も、ないとわからせてくれた。あたしの好きな男女関係。茉莉はそう思っていた。快適で自由な、安心な男女関係。

達哉は何日も姿を見せないこともあれば、こうして自分の家みたいに帰ってきて、そのまま居ついたりびたることもある。達哉はもうゴミをだしてはくれない。うどんも作ってくれない。さきへの気遣いも減り、ぐずぐずして顔を合わせてしまうことが増えた。彼女だってもうわかってるよ。そう言われて、否定はできなかったが。

それに——。布団からでてシャツを羽織り、茉莉は考える。それに、達哉はどういうわけか、以前より甘ったれになった。昼間、茉莉が外出しようとすると、行かないでほしいと言ったりする。そばにいてほしいと言い、うしろから抱きすくめ——そうされるのを茉莉が好むことを知っているのだ——、首すじに鼻をこすりつける。

コーヒーをわかし、シャワーを浴びた。茉莉は不思議でならない。男の人というものは、なぜこんなに突然弱くなるのだろう。借金は、目下お父さんと恒さんが、相談して返済しているという。それならばもう大丈夫なのではないか。年があけると、借金取りは「エンドラ」にも来なくなった。貼紙もなくなり、店の誰もがほっとしたし、達哉だってほっとしたはずだ。それなのに仕事も探そうとせず、こんなに生活をすさませる必要が、どこにあるというのだろう。

二月。冬の雨が茉莉は嫌いだ。始の死んだ夜以来、雨音というものがそもそも苦痛なのだ。台所でコーヒーをのみながら、茉莉はでも、それに耳を澄ませる。ほとんど一心に。ほかに、いま、するべきことがわからないからだ。

暮れの帰省は、さきも一緒だった。新の寝室に置かれた「ママのママの骨」に、さきは言われた通り大人しく手を合わせた。ひさしぶりに「プリー、プリー」を聴きたい、とリクエストして、新を喜ばせたりもした。大晦日には三人で利江の店にでかけ、四人家族みたいに食事をした。元旦には墓参りをし、二日に茉莉は九を訪ねた。その何もかもがなつかしく穏やかだった。そして、だからこそ、茉莉は早く東京に帰りたいという衝動を覚えた。帰らなければいけない気がした。

もっと遠くに行くんだ、茉莉。いつまでもおなじところにいてはいけない。いけないんじゃなく、誰もとどまれないんだから。

惣一郎の気配は、いたるところでそう囁きかけてきた。家でも、墓地でも、道端でも。

元旦の深夜に、茉莉はアパートに電話をした。達哉がでて、一人でテレビを見ているのだと言った。東京を発《た》つ前に茉莉の作っておいたがめ煮を食べ、茉莉の買っておいたみかんも食べたと言った。そのとき自分が心から安堵したことに、茉莉は嫌悪を感じる。でて行ってほしい、と思う一方で、彼がちゃんとアパートにいることを――お正月に、たった一人で――よかったと思っている。他の女のところではなく、漫画喫茶とかサウナとかでもなく、茉莉の住むあのアパートにいることを。

「男の人とかくさ、死ぬか、そうやなかったらぐうたらになるんか、どっちかやもんね」

屋上庭園で九にそう言ったのは、山辺を思いだしたからかもしれない。働かず、部屋のなかにばかりいて、茉莉が外にでるのを嫌う達哉は、実際しばしば山辺を思いださせる。

でも――。コーヒーカップを洗い、達哉を起こし、布団からシーツをひきはがして洗濯機におしこみながら、茉莉は認めたくないことを認めた。でも、あたしはほんとは憶えている。あのときは、あたしが転がり込んだのだ。行く場所もお金もなくて、赤の他人の山辺の部屋に。山辺は受け容れてくれた。これは、では、因果はめぐるということなのだろうか。

九はびっくりしていた。きょとんとした顔で茉莉を見て、それから至極まじめに、

「僕はちがう」

と、言った。思いだし、茉莉は微笑む。たしかにそうだ。九は死ななかったばかりじゃなく、あの小さな屋上で、ぐうたらどころか常人には及びもつかない勤勉さで、日々労働して暮している。

廊下――というほどのスペースではないのだが、玄関をあがった、板ばりの部分――がべたついていて、茉莉は雑巾がけをした。ついでにさきの部屋も掃除してしまおうか、と考える。さきは怒るだろうけれども。

居間でテレビの音がしている。雨音とテレビの音。茉莉は苛立つ。達哉はテレビばかりみている。

「茉莉ちゃんにはわからないよ」

すこし前に、そのことを言うとそう言われた。

「みたくてみているわけじゃないさ」

たしかに茉莉には理解できない。みたくなければ、みなければいいではないか。

達哉が店をやめてしまって以来、二人のあいだには口論や皮肉なやりとりが多くなった。

恒さんに頭を下げなければならなかったこと、結局は恒さんの経済力に頼らざるを得なかったこと、が気に入らないのだろう。茉莉はそう推測している。でも、だからといって、あたしにつらくあたることはないではないか。

茉莉はまたコーヒーをいれた。気を鎮めようと思ったのだ。ポットに最後の一滴が落ちるまで待てず、カップについで立ったまま口をつける。うしろに達哉がいることには気づかなかった。

「茉莉ちゃんにとっての亡くなった御主人みたいな人が、俺にもいるんだ」

達哉がいきなり言い、茉莉はコーヒーの啜り方を間違えて喉を焼いた。

「ものすごく愛した人っていう意味？」

尋ねると、達哉は唐突に微笑――場違いな微笑だと茉莉は思った――を浮かべ、

「うん。まあ」

とこたえたあとで、

「いまでも愛している女性」

と、つけ足した。

「亡くなったの？」

自分にとっての始のような人というなら、生きているはずはないと茉莉は思った。

「いや」

達哉は口ごもる。

「別れちゃったの？」

返事はない。

「石橋さんもコーヒーのむ？」

茉莉は言い、ポットからそれを注ぎながら、こたえを聞きたくないような気がした。

「別れたっていうか、彼女は結婚してるしね」

それは嫉妬ではなく腹立たしさだった。茉莉の頭に血をのぼらせ、声をふるえさせたものは。

「お店で力くんに見られちゃったのはその人？」

達哉は肩をすくめてみせ、それは肯定の仕草だとわ

かった。そんな女性がいることを、達哉はこれまで一度も話してくれなかった。ちょっとした遊びとか、知りあったばかりとかいうのならともかく、自分にとっての始ほど大切な人がいて、それを話してくれなかったとは――。恋人気どりだった自分が恥かしくなった。達哉に侮辱されたような気持ちもした。

憤慨を、茉莉が言葉や態度で示すより早く、

「あれ、姉なんだ」

と、達哉が言った。

「結婚してるくせに男つくって、借金してそいつと逃げた、ほんとにしょうもないウチの姉」

茉莉は二の句がつげなくなった。

「エンドラ」は、その夜も盛況だった。つめたい雨が世界をびしょびしょに濡らしているにも拘らず、夜の街のどこかから、客は現れるのだ。達哉が抜けたことで、茉莉は坐る暇もないほど忙しくなった。何もかもに目を配る、というのは茉莉の得意なことではない。

そして、達哉がどのくらい縁の下の力持ちだったか、いやでも思い知らされる。

「茉莉ちゃあん」

常連客のオオタさんに呼ばれ、隣に坐っておしゃべりにつきあおうとした途端に、別のテーブルの客に呼ばれた。カウンターの客は力が相手をしてくれているから放ってあるのだが、達哉ならそこにも注意を払っていた。中央のテーブルにいる若者のグループが、ひっきりなしにお代りを注文する。何てよくのむ子たちなのだろうと茉莉は思う。せめて二、三人分まとめて注文してくれればいいものを。祥子さんがジグを弾いても、踊ることはとてもできない。

「茉莉ちゃんものんでよ」

客にグラスをさしだされ、音楽にあわせて身体を揺すりながら、半分ほどのんでみせるのが関の山だった。

あっちで呼ばれ、こっちで呼ばれる。のみものを運び、灰皿を替える。傘立てが一杯で、はみだした傘の先が、床につくった水たまりをモップで拭きとる。トイレに紙がない、と、客に言われる。

閉店時にはくたくたになっていた。夏木力もくたくたのようだった。

達哉がいてくれたら。しかし、その言葉は、この店のなかで言ってはいけないことのようだった。

姉なんだ。

達哉の言葉が意識から消えない。達哉にとってその人は、生れたときからすぐそばにいた人だ。ちょうど、茉莉にとっての惣一郎のように。理解できるというわけではない。それどころか、想像もつかないと茉莉は思う。けれどその驚きとは裏腹に、強烈な親近感が湧いてしまうのはとめようもなかった。

ぎくしゃくした日がしばらく続いた。茉莉が仕事から戻ると、自室でさきが、居間で達哉が寝ていることもあった。達哉がいなくても、達哉の服や本や雑誌は置きっぱなしになっており、使った食器もそのまま放置されていた。

別れたほうがいい。達哉の姉とは関係なく、それはあきらかなことだった。でも——。茉莉の思考は、いつもそこで行き止まりになってしまう。でも、もともと友情として始まった関係を、一体どうやって終らせればいいのだろう。

「いま何て言ったの？」

達哉との関係を、さきを除くと唯一知っている人間であるミチルは、茉莉の言葉に目をまるくした。

「因果はめぐる」

くり返すと、呆れられた。今夜の「エンドラ」はめずらしく空いており、ミチルは由美子さんを待ちながら、ソファ席でコーラを啜っていた。

「馬鹿なことを言うのはやめて。たかが男じゃないの」

鼻にしわを寄せ、事もなげに言った。なつかしい、と、茉莉は思う。この人の、このぶっきら棒な物言いと表情——。家庭教師をしてもらっていたころとおなじだ。

「前にも」

微笑んで、茉莉は言った。

「前にも、似たようなことを言われた」

ミチルは首をすくめ、そうだった？　と、言った。憶えてないわ、と。

「だってあたしがしようとしてることは」

茉莉は言いかけて口をつぐみ、ずっと昔に山辺にしたのとおなじことだ、と、胸の内で自答した。

「なあに？」

促され、すこし考えて、

「甘えるだけ甘えて、逆に甘えられると重荷になって、困って、捨てる」

と、言葉にした。すると、自分の言葉に自分で打ちのめされてしまった。思いがけなく強く。

ミチルは否定しなかった。黙って、茉莉を見つめている。それから、ふいに苦笑をもらした。

「全っ然、だめ」

その口調が可笑しくて、茉莉も苦笑した。まだ打ちのめされたままだったけれども。

「茉莉ちゃんはあいかわらずね。困って、動けなくなる」

前に言ったでしょ、と、ミチルは続けた。

「あれこれ考える前に、まず飛び込む。そうしないと、人生なんて動けなくなるに決ってるんだから」

「憶えてないって言ったくせに」

茉莉は言った。ほんとうに自分は「全っ然、だめ」だ。成長したと思っていたのに。成長して、自活し、娘を育て、快適な男女関係を楽しんで――。

「まあのんで。お店が混んじゃう前に一杯おごるから」

茉莉は従った。カウンターに入り、ジン・トニックを自分で作る。

「善行だけして生きるなんてことはできないって、こんなに憶えない人もめずらしいわね」

ソファ席から、大きな声でミチルが言った。

「まったくです」

夏木力が、それに応《こた》えた。

とはいえ簡単なことではなかった。男の置いて行った「荷物」を捨てることと、荷物のようになってしまった達哉と別れることとはおなじではない。

茉莉の目に、達哉はもう美しい男のようには見えなかった。細く長い指も、華奢《きゃしゃ》な輪郭も、趣味のいい服装も、控え目な物腰も。達哉の目に、茉莉がもう魅力的な存在に映っていないこともわかっていた。

かつてはあんなに信頼と友情を感じたのに――。理解し合っていたのに――。達哉の姉という人を、茉莉は無責任だと思った。茉莉を残して死んでしまった惣一郎と、おなじくらい無責任だ、と。

春。窓をあけると沈丁花の匂いがした。起きてから学校に行くまでのさきは、茉莉に一言も口をきかなかった。卵はどうする？　とか、忘れものはない？　とか尋ねても、何も言わないばかりか、うなずくことさえしなかったのだ。

「返事くらいしなさい」

叱ったが、それでもさきは黙っていた。当然かもしれない。窓の前に立ち、気を落着けようと外の空気をすいこんで、茉莉は思った。家のなかがこんなに嫌な空気なのだから、さきが怒るのは当然なのだ。

居間には、毛布をかぶった達哉が寝ている。そのすぐ横の台所で、さきは朝食をたべて学校にでかけた。茉莉は深呼吸した。見てて、と、惣一郎に向って言う。生きていくのは大変なんだから。それは、惣一郎と達哉の姉の、両方に言いたいことだった。ゴミ袋を用意して、達哉の所持品を端からそこに入れた。雑誌と本は紐でしばり、パソコンやCDは、最初に入っていた引越し用段ボール箱に戻した。うったうったうたうー、うったうったうったうー、うったうったうたうー。その間ずっと、声にはださず胸のなかで、お題目のように歌っていた。いまゴミをまとめているのは子供のころのあたしだ。茉莉は思った。基本のあたしだ。子供のころのあたしにとって、石橋達哉なんて知らない男の人にすぎない。うったうったうたうー、うったうったうたうー、うったうったうー。

作業はおもしろいようにはかどった。足音をしのばせることはしなかった。達哉がときどきうるさそうに身動きし、それはつまり、もう眠ってはいないということだ。

茉莉は、最後に毛布をはぎとって、それもゴミ袋に詰めた。どっちみち、もう古くなっていたのだ。

達哉はかたくなに起きようとしない。横向きに転がり、背をまるめて両手を膝のあいだにはさんでいる。

「うったうったうたうー、うったうったうたうー、うったうったうたうー」

茉莉は声にだして歌った。ほんの小さな子供だったころから、こうして気持ちを強くしてきた。あのころにできて、いまできないはずはない。

玄関のドアをあけ、踊り場にゴミを放る。一つ、二つ、三つ。段ボール箱もひきずりだす。一つ、二つ。箱はへなへなに傷んでおり、無理にひっぱると角が破けた。そこは無論公共のスペースだが、そんなことはどうでもよかった。

ドアを閉め、いきなりさっぱりとしてしまった部屋に戻ると、達哉はまだおなじ場所に、おなじ姿勢で転がっていた。かたく閉じたままの両目に、涙を滲みださせて。

10

またあの男の子の夢をみたの、と、さきが言った。盛夏。茉莉はコップに麦茶をつぎ、ゴーヤのおひたしとトーストの横にならべる。男の子は目が大きく、まつ毛がながく、褐色の肌をしているという。髪は黒く、お人形のようにくるくるカールしている。さきを見ると、いつもにっこり笑ってくれる。

「きょうは手もふってくれたんだよ。すごく明るい場所で」

ざくりと小気味いい音をたて、トーストをかじったさきは嬉しそうだ。

「あかるい場所って？」

「わかんない。でもたぶん、あの男の子の家の庭じゃないかな。よくそこにいるから。晴れてて、いろんなお花が咲いてて、噴水があるの」

「噴水？　随分お金持ちなのね」

さきは首をかしげ、もう一度、

「わかんない」

と言ったあと、

「まわりにいっぱい人がいた。全部大人で、全部外国人。でも、さきがそこに立ってるのにみんな気がつかないみたいなの。あの男の子だけがさきを見て、手をふってくれた」

と、思いだしながら続ける。

「トースト、もう一枚食べる？」

尋ねると、

「いらない」

と、言った。この夏、さきは十一歳になった。男の子の夢をみるのはいまに始まったことではないが、こういうのはどうなのだろう、と茉莉は考えてしまう。専門家が分析すると、何か望ましくないことが炙《あぶ》りだされたりするのではないか——。母子家庭であることの影響とか、母親の男関係がどうとか。

「男っていえば」

口にだした途端に、脈絡がないことに気づいた。

「男じゃなくて、男の子だよ」

不快げに眉根をよせ、さきが訂正する。

「青山さんが、来週あたりごはんを食べましょうって」

「やった！」

あかるい声が返った。さきは志津夫を慕っている。

来年、青山志津夫の大規模な展覧会が、日本の三都市で予定されている。今回の帰国は、その下見やら打ちあわせやらのためらしい。

「ママ、もうシズオのモデルしないの？」

そう尋ね、さきは喉を鳴らして麦茶をのんだ。

「すればまたパリに行かれるのに」

どうかしら、とこたえて茉莉は苦笑する。志津夫の邸には、いま中国人の女性がモデルとして住み込んでいるという。志津夫の最新のミューズだと、フィリップからの手紙に書かれていた。

――僕はまたあなたを描きますよ。

約束の期間が過ぎ、日本に帰ろうとする茉莉に志津夫は言った。

――そうだな、たぶん、あなたが美しい老婦人になったときに。

――老婦人？

茉莉は声をたてて笑った。

――そのとき御自分が幾つだと思ってるんですか？

随分昔のことに思える。たった四年前なのに、いろいろなことが変ってしまった。去年の喜代の訃報に続き、今年の春にはあさが亡くなった。茉莉が報《しら》せを受けたときには、すでに荼毘《だび》に付されていた。埋葬は内々で済ませましたという素っ気ない挨拶状を見て、あわてて焼香にかけつけたのだった。人はほんとうに死ぬのだ。そして、ある日突然いなくなってしまう。

「たぶんもうモデルはしないけど」

茉莉は言った。

「でも今度の展覧会には、ママがモデルをした絵も何点か出品されるはずよ」

さきはうなずき、壁の時計を見る。

「プール何時に行くの？」

それまで外で遊んできてもいい？　と重ねて尋ね、あわただしく飛びだして行った。

石橋達哉を追いだしたことを、いやなふるまいだったと茉莉はいまも思う。でも、結局のところ、人は前へ前へ進んでいくよりないのではないか。

「エンドラ」にも、春から新しい店長が来ている。オーナー夫妻が頼み込んで引き抜いてきたというその店長は、それまで浅草で働いていたのだという。五十がらみの浅黒い肌の男性で、店にでるときにはいつも赤いサスペンダーをしてくる。姓の竹田から竹さんと呼ばれており、温和で人あたりがいい。言葉に下町訛《なま》りのあることも、彼に独特の魅力を付加している。

竹さんは、あっというまに「エンドラ」に馴染んだ。不思議なのは、達哉と竹さんはまるで似ていないのに、店長が変っても店の雰囲気が変らなかったことだ。

「竹さん、妖怪じみてますね」

夏木力はそう言って笑う。

「この店にぴったり」

たしかにそうだった。重厚なカーテンやキャンドルの灯りで、やや中東ふうに設えられた暗い店内に、たっぷりの整髪料と赤いサスペンダーの竹さんは妙にしっくりと収まる。昼の光の下では生きられない人種みたいに。

達哉がいなくなったあと、茉莉は自ら提案して、店に置くワインの種類をふやした。「エンドラ」に足りないものがあるとすれば、それはワインだ、と、前々から思っていた。ワインには、他のお酒と違う良さがある、と茉莉は思う。そしてそこには、かつて志津夫のサロンで夜な夜なのんだ、様々な、力強い、愉快なワインの記憶が濃く影響しているのだった。

目下、茉莉はソムリエの資格を取るべく勉強している。講座に通い、本を読み、家計が許す限り現物を買ってのみ較《くら》べてもいる。周囲の人々もそれを知っていて、最近では、珍しいワインをみつけると茉莉に買ってきてくれたりする。プレゼント、と言ったり、はい資料、と言ったりして。

応援してくれる人々がいる、という事実は茉莉を奮起させる。

——男の人なんて。

胸の内で茉莉は惣一郎に言う。

——男の人なんていらない。好きになると決って、死ぬかぐうたらになるかのどちらかなんだもの。

僕はちがう。そう言った九を思いだした。真顔で、おどろいたように、一人で造り上げた、あの森に立って。

春に、あさの仏壇に手を合わせに行ったあとで訪ねると、九のそばに知らない男の人がいた。落合さんだと紹介された。九の世話係というかボディガードなのだ、と。地味な男の人だった。紹介されると頭を下げたが、何も言わず、茉莉が九と話しているあいだ、どこかにいなくなっていた。でも帰ろうとするとまた現

れて、

「ここは落着きますでしょう?」

と、言った。

「東京から来られたんじゃ、この森の静謐さは余計しみますでしょう」

どうこたえていいのかわからずに、茉莉は曖昧《あいまい》にうなずいた。

「いや、すみません。私も植物が好きで」

男は話しすぎたことを恥じているみたいに、早口でそう言って笑った。歯の半分が金歯だった。

茉莉が戸惑ったのは、男がトランシーバーを持っていたせいかもしれない。ボディガード。超能力とやらのせいで、そんなものが必要な立場に、九は置かれているのだ。

茉莉はため息をつく。なんてままならないのだろう。茉莉の目に映る九は、事故のせいで記憶と言語に障害があることを除けば、一緒に草スキーをしたころのままの九だ。手を触れずに石を浮かせたり物を動かしたりできるからといって、それが何だというのだろう。でも、ある種の人々にとって、それはとても放ってはおけないほど、重大な能力なのだろう。そういえば、落合というあの男も、九を「先生」と呼んでいた。

竹さんに背中をつつかれた。

「ほら茉莉ちゃん、あっこのお客さんたちが淋しそうだよ。賑やかしてやんないと」

はあい、とこたえてテーブルに向う。今夜も「エンドラ」は盛況だ。祥子さんのピアノが、ご機嫌なチャールストンを叩き始める。


青山志津夫が指定したのは、六本木のはずれにある鮨屋だった。地下鉄をおり、茉莉は地図を片手に、さきを連れて人の多い交差点を渡る。

「まだあかるいのね」

夕暮れ。風は涼しいが、空気には昼間の熱が残っている。

「シズオ、待ってるかな」

嬉しそうにさきが言う。

「年とったかな。シズオっていま何歳なんだっけ」

茉莉は吹きだす。

「去年会ったじゃないの。変らないわよ。ママだって変らないでしょう?」

一年で目に見えて変化するのはさきだけだ、と、言いかけて口をつぐんだ。口にだせば、さきの変化や成長がより確かになってしまう気がした。

「うーん。まあ、そうかもね」

茉莉を見て、さきは冷静に言う。

「なによそれ、どういう意味？」

気にさわったふりをして、茉莉は低い声をだした。自分たちが二人とも、普段より浮き立った気持ちであることに気づいていた。再会を、心からたのしみにしている。

「ちょっと待って」

廉価ドラッグ店の前で、さきが立ちどまる。

「これ買って行こうよ。おみやげにしよう」

手に、ゴム製のマスクを持っている。

「青山さんにフランケンシュタイン？」

次の瞬間、茉莉とさきは、

「似合わなそうー」

と、声を揃えた。笑いながらマスクをレジに持っていった。陽気さに拍車がかかり、のど飴《あめ》だの花火だの、余計なものも買ってしまった。

狭い階段をおりた先の小さな店だった。いかにも清潔な匂いの、白木のカウンターの隅に志津夫はいた。黒いTシャツにブルージーンズという、珍しくラフな恰好《かっこう》をしている。

「やあ」

茉莉を見て微笑む。若い店員が、椅子を二つひいてくれた。さきは黙ってつっ立っている。去年は茉莉より先に志津夫を見つけ、ためらいもなく駆けよったのに。

「坐って」

茉莉は促した。

「こんばんは」

志津夫がさきに言う。

「こんばんは」

照れくささそうに、さきは言った。そして、茉莉が坐るように促した席ではなくて、その隣の椅子に坐った。

「たしかに」

志津夫が言った。

「たしかにそっちの方がいいな。さきちゃんをまんなかにしたら、家族のように見えてしまう」

さきはにっこりする。でしょう？　という顔だ。茉莉をあいだにはさんで、志津夫とさきは目くばせをしてうなずき合う。

ビールをのみ、涼しい味のする刺身を幾つかつまんだ。カレイとスズキ、小鰭《こはだ》と鯵《あじ》。

「ご母堂のこと、お気の毒でした」

落着いた声音《こわね》で、志津夫が言った。

「お墓参り、させていただきました」

きのうまで、志津夫は福岡にいた。たまに帰国しても、ひとところにじっとしていない忙しさはあいかわらずだ。来週は京都に行くのだという。

「ありがとうございます」

茉莉が頭を下げて言うと、さきも隣で小さくお辞儀をした。

「お会いしてみたかったな、あなたのご母堂に」

言葉に微笑を含ませて言い、志津夫は日本酒を注文した。

「あの庭を一人で造りあげた女性ですからね、僕は大いに尊敬してるんですよ。あなたのご母堂なら美しい女性だったに違いない、ということは別にしてもね」

墓地は、池のそばの銀杏がきれいな緑色だった、と志津夫は言った。実家の庭は夾竹桃《きょうちくとう》が盛りで、ヨーロッパに住んでいる者の目に、故郷の色はいかにもアジア的湿度と鮮烈さを備えて映る、とも。

「商店街にぶらさがっている提灯《ちょうちん》でさえね、夕暮れどきにこう赤く滲んで、得も言われず妖艶《ようえん》なんだなあ」

運ばれた日本酒はわずかに琥珀《こはく》がかった色をしており、茉莉が驚いたことに、シャーベットのように半ば凍っていた。

鮨は小ぶりで、どれも茉莉がそれまで食べたことがないほどのおいしさだった。なかでも、てっかりしたヅケと、「夏の二、三週間しかださない」と志津夫の言う、美しいピンク色のきんめの昆布〆《じめ》は、あまりのおいしさに二度注文した。佇《たたず》いの美しさに見とれ、味のよさに感嘆のため息をつきながら食べる茉莉とさきの様子を、志津夫は愉しげに眺めている。

「エンドラ」の新しい店長のことを、茉莉は話した。人あたりはいいが凄《すご》みがあり、頼りになること、バーテンの力くんが彼を「妖怪じみている」と評したこと。「帰《けえ》ってもらえ、帰ってもらえ」とか、「広い世界《しろ》に一人《しとり》きりの身」とか、竹さんの江戸弁を茉莉が真似ると、さきも志津夫も肩をふるわせて笑った。

ソムリエの資格を取ろうとしていることも、茉莉は話した。新しく始めた勉強がおもしろく、やや興奮した口ぶりになってしまった。

「もちろん青山さんに教わった上等のワインの味も忘れられないんだけど、でも、たとえばパリではその辺のカフェで、みんな気軽にワインをのんでたでしょう？　値段も安くて、でもちゃんとおいしいワイン。そういうのをね、お店に揃えられたらすてきだなあって」

黙って話を聞いていた志津夫は、最後にふっとため息のような笑みをこぼした。

「不変なるもの」

と、言う。

「不変なるもの？」

訊き返したが、それにはこたえず、

「元気そうでよかった」

とだけ言った。

お茶が運ばれ、さきが志津夫に「おみやげ」を渡した。黄色いプラスティック袋からマスクをとりだした志津夫は、ぎょっとしたようだったがすぐに気をとり直し、グロテスクな緑色をしたそれをためつすがめつして、

「似合いそうだ」

と、言った。その場でかぶってみることはせず、茉莉はすこしがっかりしたが、

「大事にしよう」

と言って鞄にしまった志津夫を見て、さきは満足したようだった。

タクシーに乗る前にすこし歩きたい、と言いだしたのは志津夫だった。茉莉とさきが同意すると、二人が歩いてきた地図の道ではなく、狭い裏通りを選んでぶらぶらと歩いた。

「感心しちゃう」

茉莉は言った。

「青山さんは福岡生れでパリに住んでいるのに、東京の道に随分くわしいんですね」

あたしなんて、地図がなければ絶対あのお店にたどりつけなかった、とつけたす。夜の風はやわらかく、でも依然として蒸し暑く、酒や焼きとりをだす小さな店から、匂いや煙が流れてくる。志津夫には、この風景もきっと「アジア的」に見えるのだろうと、茉莉は思った。

うふふ、と、志津夫は笑った。

「六本木も変ったけど、道の構造まで変るわけじゃな

し」

　不変なるもの。ついさっきの言葉が思いだされた。あれはどういう意味だったのだろう。

「福岡だってそうでしょう。変ったといえば変ったし、変らないといえばちっとも変らない」

　のらりくらりと志津夫は言う。

「ああ、そういえばご母堂の庭のあった土地、マンションがほぼ完成してました」

　街で見る若い人の服装が変った、とか、川のどんづまりに何か巨大なものができたね、とか、志津夫は福岡の変化についてぽつぽつと口にした。茉莉は新を思った。あの街に、父親を一人で置いてきぼりにしてしまった、ような気がした。埃だらけで物だらけで、その「物」がすべて過去とつながっているあの家で、新はいまごろ何をしているだろう。

「超能力ブームだとかで」

　信号で立ち止まり、呟くように志津夫は言った。

「テレビをつければその話題ばかりだし」

　茉莉は黙っていた。九には特別な力がある。ずっと昔、誰よりも先にそれに気づいたのは惣一郎だった。茉莉は？　茉莉にはないの？　むくれると笑って、そりゃ茉莉はかしこいさ、かしこくて可愛いんだから、それで十分だろう？　と、言った。

「まあ、どこまで本当だかわからないけれどね、すくなくとも彼は、園芸家としては素晴らしい腕を持っているらしいね」

　もやもやした夜空に、半月が白く浮かんでいる。

「超能力って、青山さんは信じてるんですか？」

　思いがけず強い口調になった。どういうわけか、否定してほしかった。そんなものあるはずがないでしょう。そう言って笑ってほしいと思った。志津夫は不思議そうに茉莉を見た。

「信じているか？」

　考えたこともなかった、という顔で、志津夫はしばらく黙った。

「もちろん、そういうものの存在は知っていますよ」

　慎重に言う。

「信じているか、と問われても困るけど、存在は知っています。ただ僕は超能力という言葉が嫌いでね。あれは能力なんですよ。単に、能力」

　いつのまにか大通りにでていた。

「地下鉄に乗るなら、そこが駅です」

通りの左手を示し、志津夫が言った。

単に、能力。その言葉を茉莉は声にださずにくり返した。

「じゃあ、僕はここからタクシーに乗りますから」

街は、人と騒音とネオンの光と色にあふれている。

「しばらくは日本とあっちと往ったり来たりの生活だから、また電話しますよ。よかったら、今度はいいワインのある店に連れて行きます」

片手を上げ、志津夫はそう言って笑った。

7　パパとママと惣ちゃん

1

九ちゃん。お元気ですか。秋になったね。プールの帰りに赤とんぼを見ました。目の前を、すーっと横切ったの。東京にもいるんだ、と思った。昔よくダンボール滑りをした土手を憶えてる？　街全体が見渡せて、真上を飛行機が飛んでいく土手。あそこにはすすきの茂みがあって、秋には赤とんぼもいっぱい来たね。すすきの隣に、さわるとかぶれる木があったのを憶えてる？　朱色の、たまご形の実をつける木だった。

九ちゃんの活躍、こちらでもときどきテレビや新聞で見ます。びっくりしちゃう。「キューリアン」とか呼ばれる人たちがいるんでしょう？　よくわからないけど、恐い感じの記事でした。おばちゃんや銀次さん、落合さんがいるから大丈夫だとは思うけど、屋上生活、気をつけてね。

私とさきは元気で、ときどきけんかをしますが、まあ仲良くやっています。さきはどんどん生意気になるの。でもおにいちゃんは――って、たぶん私の想像なんだろうけど――、茉莉にそっくりだって言って笑います。自分では、もっと素直だったと思うんだけどな。

仕事は順調で、とても楽しい。これはもう天職だって思うの。だって、仕事をしながらお酒がのめて、踊れるのよ。そんな仕事、他には絶対にないわね。

いつか、九ちゃんにお店を見てほしいです。あの場所は、そこにいる人々も含めて私の誇りです。

福岡に帰ったらまた森に遊びに行きます。元気でね。

茉莉より

封をして、切手を貼った。人生は不思議だ、と茉莉は思う。いきあたりばったりに生きてきたのに、ちゃんと「天職」がみつかった。友達なんていないしいらない、と思っていたのに、いまは仲間に囲まれていて、それを誇りに思ったりしている。そして、何年も外国に行ったきりだった九が、いまでは何年も屋上からでずに、仙人みたいに暮している。

もっとも、世の中では九は「仙人」ではなくて、もっと危険な呼ばれ方をしていた。「新時代の神」と崇《あが》められたり、「詐欺師」と貶《おとし》められたり。新は「九ちゃんは全然自覚してないと思うよ。あんなのマスコミの空騒ぎだよ」と言うのだが、一年ぶりに帰国した志津夫までが話題にするほどに、九をめぐる報道は過熱していた。恋人がいるという記事も、茉莉は目にした。記事によればそれは「元ソープランド嬢」で、「エスパーキューを支え」ているのだという。そうなのだろうか。

「エスパーキューねえ」

茉莉は声にだしてつぶやく。その言葉は、祖父江九にあまり似合わないと思った。九ちゃんはもっとずっと厚みがあるし、もっと体温の高い人だ。相手を射るような眼差しと、はにかんだ笑顔の持ち主だ。

仕度をして、踊りのレッスンにでかけた。帰りに手紙を投函し、食材を買った。刺身ととん汁とポテトサラダという献立てになった。さきと二人で夕食を摂り、自転車に乗って職場に行く。

男の人がいないと、日々は何て淀《よど》みなく流れるのだろう。ペダルをこぎ、夜風を全身で受けとめながら、茉莉は思った。ほとんど笑ってしまうほどだ。何一つ滞らない。

虫の声、控え目な星空、いつもの路地。通り過ぎる家からもれる灯りやテレビの音、レストランの裏側から流れでる、むうっとした臭いと温風。

バー「エンドラ」の扉をあければ、そこには自分の居場所があるのだ。


「エンドラ」の常連の一人に、藤田奈津子という女性がいた。三十代前半の、がっしりした体格と大きな目を持った女性で、職業はタクシードライバーだった。無論、非番の日にしか来られないわけだが、それでも週に二、三度、早い時間に一人でふらりとやって来て、カウンターの左端――指定席なのだ――に坐《すわ》り、ビールかジン・トニックかブラディメリーを、おいしそうに飲んで帰っていく。決して深酒はしない。おしゃべりな質《たち》ではないらしく、誰かに質問でもされない限り口をひらかないのだが、尋ねられれば気さくに、機嫌よくこたえる。茉莉はこの客が気に入っていた。地味ではあるが陰気ではなく、肉体労働に従事しているにもかかわらず、苦労人めいた感じがまるでなかった。

その藤田奈津子と夏木力が結婚する、と知らされたのは、秋も深まったころだった。式だの披露宴だのはせず、双方の両親への挨拶《あいさつ》はすでにすませてあって、年内には入籍する予定だという。

「全っ然、わからなかった」

茉莉が言うと、力は愉快そうに笑って、

「俺、それは自信ありましたもん。茉莉さんにはわかられてないって」

と言った。

「ミチルさんとか、もしかして気づかれてるかなと思うし、石橋さんがいたら絶対わかられちゃったと思いますけど」

「なあに、それ」

茉莉は機嫌をそこねたふりをしてみせた。

「それじゃ、あたしが鈍いみたいじゃないの」

「ちがいますよ。そうじゃなくて、ただ、茉莉さんって人を疑わないじゃないですか、いいことでも悪いことでも、茉莉さんは人を疑わないから、それだけですよ」

そうそう、と、藤田奈津子も横で微笑《ほほえ》みながらうなずいていた。

シャンパンがあけられ、ピアニストの祥子さんが、どういうわけか誕生日の歌を弾き始める。ハッピバースデイ、トゥユー、ハッピバースデイ、トゥユー。拍手。そして客席のあちこちから「おめでとう」の声があがり、力と奈津子は照れくさそうに、小さく頭を下げて応《こた》える。

「おめでとう」

茉莉も心から言い、二人をそれぞれ抱擁《ほうよう》した。

「おめでた続きだね、この店は。これで俺に再婚話でもきたら、茉莉ちゃんどうするよ」

赤いサスペンダーの竹さんが言った。たっぷりの整髪料でなでつけられた髪と、本人がチャームポイントだと主張する八重歯。おめでた続き、と竹さんが言ったのは、祥子さんが目下妊娠四カ月だからだ。結婚十一年目にして、初めて授かったのだという。そのニュースにも、茉莉は大層驚いたり喜んだりした。

大切な人たちの人生に、いいことが起こるのはほんとうに嬉《うれ》しい。茉莉はしみじみそう思うのだった。

一九九八年春、さきは小学校六年生になり、その年の夏、茉莉は一度目のソムリエ資格試験に落第した。一度で通る人は稀《まれ》だ、と周囲はなぐさめてくれたし、あんなに勉強したのにね、と、さきは同情してくれたのだが、茉莉自身は悄気《しょげ》たりしなかった。

「試験に落ちることには馴《な》れてるの」

そう言って笑った。

「もう一年勉強する方が、もう一年分余計に知識が増えるわけだし」

本心だった。急ぐ必要はないのだ。何年かかってもかまわないし、いずれ必ず合格してみせる。

「ママって楽天家すぎ」

さきは苦笑したが、過去の試験問題をクイズ形式にして出題する、という協力は、これからも続けると約束してくれた。

青山志津夫の展覧会は、個人所蔵のものも含めた絵画八十点に加え、幼年時代から現在に至るまでの、志津夫の軌跡ともいうべきスナップ写真や、著名人とやりとりした書簡まで展示される念の入ったものだった。

茉莉は博多での初日に駆けつけた。欧米での評価は高いが、日本では志津夫は全然知られていない、と思っていた茉莉は、初日の入場者数の多さに内心仰天した。実際、館内を歩くのもままならない混雑なのだった。

「シズオの絵、人気あるんだね」

目をまるくして、さきも言った。

無論、見たことのない絵もたくさんあったのだが、茉莉には、そのすべてがよく知っているもののように思えた。親しい、なつかしいものに。志津夫そのもののように静かな色使いのせいかもしれないし、矛盾するようだが志津夫そのもののように荒々しい——としか茉莉には表現のできない——筆使いのせいかもしれない。パリの、アトリエの匂いを思いだした。描いているときの志津夫の気配と、こわいほどの静けさ、部屋そのものが生きて呼吸しており、人間はそこにいる限り物とおなじで呼吸の必要もない、と感じたこと。あかるさ、明晰《めいせき》さ、緊張感、そして自由さ。

さきは、絵よりもむしろ写真に興味があるようだった。甚平を着た赤ん坊の志津夫とか、長い長いマフラーを巻き、林の中に立ってポーズをとる、若き日の志津夫とか。

「見て、ママ」

さきが指さしたのは、美しいフランス人の妻と頰を寄せあっている写真だった。何かのパーティ会場であるらしく、二人とも盛装をしており、手にグラスを持っていた。

茉莉がモデルを務めた絵は、デッサンが四点と油彩画が一点、最後の部屋の一角に展示されていた。立ちどまり、眺めた。茉莉もさきも言葉は発しなかったが、それは意味もなくどきどきしてしまい、どうしていいのかわからなかったからだ。

なつかしさではなかった。茉莉は自分がいま絵をみているのではなくて、絵のなかの茉莉にみられているように感じた。調べられているみたいに。

自分の展覧会だというのに志津夫はほとんど会場によりつかず、ホテルの部屋と、馴染みの店を往復して過ごしているらしかった。

「画家なんか、その場にいない方がいいんですよ」

電話をかけ、盛況だったことを知らせると、おもしろくもなさそうにそう言った。

「絵はみんな、じきに東京にも行くんだから、あなたもわざわざ来てくれなくてよかったんだ」

ぼそぼそと言う。

「不機嫌なんですね」

福岡は茉莉の生れ育った街だ。早目の夏休みをとって帰省した。新のことが心配でもあったし、九に会いたくもあった。展覧会のためだけに帰ってきたわけではないのだが、それを言うのは憚《はばか》られた。

「いちばん新しい絵、すてきでした」

茉莉は言ってみた。

「女の人が二人、ソファに坐っている絵」

片方は妻のようだった。もう片方は東洋人で、おそらくフィリップの言っていた「最新のミューズ」である中国人女性だろう。茉莉はそう推測していた。

「さきは写真がおもしろかったみたい。キャプションも全部読んでたわ」

それは事実だった。ただ、志津夫には言わなかったが、さきは途中で無口になり、しまいに写真をみるのをやめてしまった。

「知らない人みたい」

不服そうにそう言った。

「だいたい」

志津夫が言った。

「だいたいああいう展覧会は、画家が死んでからするものでしょう」

茉莉はつい笑い声をもらした。

「じゃあどうして承諾したんですか」

困惑しているのだ、と、やっとわかった。あんなに人が集り、取材なんかもたくさんされて、故郷に錦を飾るみたいなことになり、この人は困惑しているのだ。

「あした、お友達に会いに行こうと思ってるんですけど、よかったら一緒に行きませんか」

思いついて、そう口にしてみた。

「前から、一度紹介したいと思ってたんです。あたしの、ほんとうに昔からのお友達」

そういえば、元気だった九を最後に見たのはパリの空港で、そのとき志津夫もそばにいたのだった。思いだし、茉莉はゆっくりまばたきをする。記憶をさえぎろうとするみたいに。

「ただ、彼はいま、ちょっと特殊な状況におかれていて」

茉莉は説明しようとした。事故のこと、超能力のこと、そして、ラブホテルの屋上にできた森のこと。

「それは」

茉莉が話し終る前に、おどろいたように志津夫が言った。それは、じゃあ、以前に僕らも話題にしたことのある、あの男性なのですか。そう言おうとしたに違いなかった。

「いいえ」

急いで、茉莉はさえぎった。

「そうだけど、違うんです。あたしが青山さんに会っていただきたいのは、報道されてる九ちゃんじゃなく、もっと普通の、現実の九ちゃん」

「普通の九ちゃん？」

可笑《おか》しそうに訊《き》き返された。

「よくわからないな」

茉莉がむきになって説明しようとしたことを、おもしろがっているようだった。

「会えば、きっとわかります」

茉莉は言った。

「またしても、あなたの不変なるもの、かな」

志津夫の声には微笑が含まれ、いつもの響きが戻っていた。

半年ぶりに会った新は、随分年をとって見えた。元気そうではあっても、昼間一人で駅前まででかけ、茉莉とさきのために「デーちゃん」を買ってきてくれたりしたのだが、学者らしい明敏さがはりついている、と茉莉の思っていた横顔は、やさしいおじいさんのそれにしか見えない。喜代のいたころよりずっと頻繁に、「ママが」と口にだして言うことにも茉莉は気づいていた。

「ママが見たら驚くだろうな」

とか、

「ママがおこるぞ」

とか。こんなパパを、利江さんはどう思っているのだろう。想像し、茉莉は淋しい気持ちになる。

家のなかは、以前にも増して喜代の所持品および好みに満ちていた。掃除がゆきとどかず散らかっていることと、植物が枯れたまま放置されていることを除けば。

夕食は茉莉が作った。台所のテーブルではなく、居間に運んで三人で食べた。シャンデリアの下で。居間の方が広いし、音楽も聴けるから、という理由だったが、台所に立つ茉莉を見たくないと、新は思っているようでもあった。

亡霊だらけだ。

茉莉は胸の内でつぶやいた。それが惣一郎に向けたつぶやきなのか喜代に向けたつぶやきなのか、自分でも判然としない。「子供部屋」のまま残されている惣一郎の部屋、とっくに動かなくなっているのに庭先にどっしり置かれている始のピックアップトラック。

「デーちゃん」がすむと、茉莉はサッシ戸を開け放ち、荷台にごたごたと物の積まれたトラックを眺めた。

「蚊が入るよ、網戸にしないと」

うしろから、さきの声がする。

夜の庭に、それはでも不思議な自然さで収まっていた。まるで、そもそもの初めからそこにあったみたいに。人なつこくて、誰にでも率直に接した始みたいに。

「これ、邪魔?」

できるだけあかるい声で、外を見たままで茉莉は言った。

「これ?」

訊き返し、近づいてきた新の声は、「これ」が何をさしているのか、ほんとうにわからないような響きだった。煙草の匂いがした。

「トラック、もう動かないから」

ああ、と、新は曖昧《あいまい》な声をだす。笑ったのかもしれない。やさしい声だった。

「いいさ、ここに置いておけば」

茉莉は目をとじて、背後に立っている新の気配と、夜の庭の湿った匂いを感じようとした。おんぼろな赤い車の、なつかしい存在感も。

「始くんの形見だし、これをどけちゃったらママの庭の残骸も、行き場がなくなっちゃうからね」

ママの庭の残骸——。木製フェンスだの、チムニーポットだの、何とかいう霜よけだの。枯れたまま乾いてオブジェ化している鉢植えも、白や黒のすべらかな石も。トラックの荷台には、たしかに「ガーデン」が積まれていた。

「亡霊だらけ」

今度は声にだして言った。

「うん。亡霊だらけだ」

堂々と、新がこたえる。なんとなく可笑しくて、茉莉は笑った。

「いいのかな、それで」

いいさ、とこたえたのが、新なのか始なのか惣一郎なのか、茉莉には区別がつかなくなっていた。

「蚊が入るってば」

苛立《いらだ》った声でさきがどなった。

「いいさ、蚊くらい入ったって」

そうこたえたのは新だと、今度は茉莉にもわかった。

2

真昼の西中洲は閑散としている。薄緑色の旧貴賓館、そのそばの木立とベンチ、であい橋——。このあたりは昔から変らない。

「暑いね」

ふり向いたさきが言う。おじいちゃんに何か贈り物をしよう、と言いだしたのはさきだった。いつもお年玉やお誕生日の贈り物をもらっているから、と。去年シズオにあげたみたいなおもしろいお面がいい、と言い張るので、おそらく博多にもあるに違いない大型ドラッグ店を探して歩いているところだった。

中洲に立ち並ぶラーメン店も、午後のこの時間はほとんど暖簾《のれん》をおろしている。たまさか開いている一軒からは、おそろしいほどのヴォリウムで演歌が流れていた。どういうわけか、外に向けてスピーカーが取りつけられているらしい。かんすい臭い、むらっとする湯気。

飲食店、ゲームセンター、遊興施設の無料案内所――。

「あやしい雰囲気だね」

さきが声をひそめた。

「そりゃあ、夜に大人が遊ぶ場所だもの」

説明したが、さきはなおしかめ面《つら》をして、

「あやしすぎる。すさんだ感じ」

と、言った。

「昼間だからよ。夜になれば賑やかになるわ」

茉莉は笑ってこたえたが、自分にとって見馴れたこのおなじ光景が、さきの目には、おそらく全く違うふうに映っているのだろう、ということはわかった。

「ないわね、ドラッグ店」

あるとすればこのへんだろうと思ったんだけど。そう呟《つぶや》いた茉莉を、さきが呆《あき》れ顔で見る。

「わからないの？　福岡生れなのに」

「さきだって福岡生れでしょ」

「そんなの赤ちゃんのころだもん」

言い返され、茉莉は負けを認めた。さきは言葉で、滅多に茉莉に負けない。


結局デパートに行き、帽子とサンダルを選んだ。「おもしろいお面」は東京で買って送ろう、と、話しあった。


新は、書斎にしている和室ではなく寝室にいた。ちゃんと映ることが不思議なほど旧《ふる》い、小さなテレビがついていて、しかしそのテレビに背を向ける恰好《かっこう》で、新は新聞を切り抜いているのだった。

「ただいま」

茉莉は声をかけた。

「柳橋の市場に寄ってきたの。きれいな鯵《あじ》があったから買ったら、おばちゃんがおまけしてくれて、食べきれないくらいもらっちゃった」

「おかえり」

新が顔を上げた。ベッドの上は新聞だらけだ。そばにアルバムも積み上げてある。

「フライにして、半分七さんのとこに持っていこうと思ってるの」

「そりゃあいいね」

穏やかな笑顔で言う。網戸ごしに弱い風が入り、緑と白の、ギンガムチェックのカーテンが揺れた。

「何してるの？」

のぞきこんで尋ねると、

「宿題」

というこたえが返った。

「宿題？」

「うん。近所の子のね、学校の宿題を手伝ってやってるんだ。中学生なんだけどね、毎日新聞を読んで、いちばん興味深かった記事を一日一つ選んでスクラップするっていう課題がでて」

茉莉はあ然とした。

「そんなの、どうしてパパがするの？　自分でやらなきゃ意味がないじゃないの」

子供の宿題を手伝うなどということは、新のもっともしそうもないことだった。無論、茉莉も惣一郎もしてもらった例《ためし》がない。

「どうしてって、他にすることもないしね」

新は言い、ふいににやりと笑うと、

「それにさ、自分でやったって大して意味のある宿題じゃないだろ、切って貼るだけなんて」

と、続けた。

「ばかばかしいと思うね、俺は」

ハサミ、糊《のり》、スクラップブック、それに一面に散らかった新聞紙。

「そりゃあそうかもしれないけれど」

他に何と言えばいいのかわからなかった。まるで新らしくないことだった。近所の子供？　一体どこの子供だろう。どうやって知り合ったのだろう。そんなに暇なのだろうか。講師の誘いがいくつかあると聞いている。つい断ってしまうのは、書きたいものがあるからだとも。

四日間の福岡滞在は、あっという間に終った。東京に帰る日の朝、茉莉は志津夫を伴って、九の暮すラブホテルの屋上にでかけた。夏らしく、青く晴れた朝だった。

ストライプのTシャツに白いシャツを羽織り、紺色のパンツをはいた志津夫は、ホテルの前で茉莉を見ると笑顔になった。

「あなたのお友達を紹介してもらうのは初めてだな」

と、言う。

「僕の友人たちは、だいぶあなたに奪われたけれども」

入口に、若い人たちが大勢たむろしていた。キューリアンかもしれないと思った。エレベーターで屋上にあがると、落合さんがいて、九は小屋にいると教えてくれた。

「ものものしいね」

志津夫が呟く。でも、森はいつものとおり静かだ。水を撒いた直後らしく、どの木もたっぷりと濡れて清々《すがすが》しい匂いを放っている。

九は、茉莉を一目で理解したようだった。

「ひさしぶりやね」

照れたような笑みを浮かべてそう言った。

「九ちゃん、なんか、すごいことになっとうやん。下の道、通られんくらい大勢の人が集っとうよ」

うん、とうなずいた九は、志津夫をちらちらと見ている。

「いろいろお世話になってる画家の青山志津夫さん」

紹介した。見知らぬ人間に対して九がどんな反応をするのか、不安だった。かつてほど健康ではない九のことを、志津夫がきちんと理解してくれるかどうかも。

「はじめまして、青山です」

志津夫の声音《こわね》は普段と変らず、やわらかく落着いており、どこかに愉《たの》しげな響きがあった。九は大きな目で志津夫を見つめ、志津夫も目をそらさなかったので、二人は無言で見つめ合う恰好になった。茉莉がどきどきするくらいながく。

「も、森は好《す》いとうですか？」

尋ねたとき、九は笑顔だった。

「ええ、大好きです」

こたえた志津夫もまた、笑顔だった。茉莉は自分が息をつめていたことに気づく。よかった、と思った。二人をひきあわせることができてよかった。ずっと、そうしたいと思っていたような気がした。

珍しく、九は饒舌《じょうぜつ》だった。

「最近、さ、桜を植えてみたとですが、き、奇跡的に育っとうです」

とか、

「この辺りの木は最初に植えたものたちです。もう、り、立派な大人です」

とか、嬉しそうに説明している。志津夫は何度もうなずきながら、九のあとにつき先になりして歩きまわっている。

「九ちゃん、元気そうですね」

そばにいた落合さんに話しかけると、
「はい。先生がお元気だと私も嬉しくなります」
といううこたえが返った。ほんとうに嬉しそうに、にこにこと目を細めている。不思議だ。茉莉は思った。九ちゃんは行動が変っているけれど、いつもみんなに特別なやり方で愛されるのだ。自分の家族だけじゃなく、おにいちゃんにも、パパにも、そして今度は赤の他人の、こんなおじさんにまで。

一時間近く、森にいただろうか。この日、九は志津夫に、超能力まで見せてくれた。
「最近はあまりなさらないのですが」

落合さんはそう言って、心配げに見守っていたが、脚立だの椅子だのが確かに空中に浮かんで、志津夫は身を固くしていた。

茉莉はもう、それをこわいとは思わなかった。この森で見る限り、浮かび上がる物たちはどれも九と親しそうに見え、浮かばせている九自身も、なんだか愉しそうだからだ。

徐々に乾き始めている地面、下生えの花々、澄んだ夏空と、数種類のセミの声。茉莉にとって、それは隅々まで九の世界だった。世間で騒がれている九ではなく、茉莉のよく知っている少年の日の九。
「交尾は自然なことばい」

いつだったか、いきなりそんなことを言って、茉莉を驚かせた九の世界だった。
「おどろいたな」

肩で大きく息をつき、志津夫が言ったのは建物をでたあとだった。入口をとりまくように立っている人々のあいだを抜け、橋を渡って川ぞいを歩く。
「疑っていたわけじゃないが、目のあたりにすると、新鮮でした」

新鮮――。その言葉を、茉莉は胸の内でころがしてみる。ぴったりだ、と思った。九のあの能力は、新鮮なのだ。枝をひろげ、風にそよぎ、水と光を思うさま浴びたあの木々みたいに。

志津夫は、九をモデルにして絵をかくことに決めたと言った。九も承諾したという。
「あたしのお友達、かっこよかったでしょ」

川風をまつげで受けとめながら、誇らしい気持ちで茉莉は言った。

東京に戻ると、翌日から「エンドラ」に出勤した。

湿度の高い曇った夜空と、いまや「なつかしい」と言っていい排気ガスの匂い。夏はまだ始まったばかりだ。プールで濡れた髪のまま、柳の植わった道を自転車で走った。帰ってこられたことが嬉しかった。いつものプール、いつもの道、いつもの「エンドラ」。

「おじいちゃん、年をとったと思わない？」

茉莉が尋ねたとき、さきはきょとんとしていた。

「どういう意味？」

逆に訊き返される始末だった。信号で止まり、茉莉は苦笑する。さきに訊くのはナンセンスだっただろう。新は、そもそもおじいちゃんなのだ。

それでも――。横断歩道を渡り、店の横に自転車を止めて、茉莉は考えずにいられない。喜代が帰ってきて以来、新は心ここにあらずだ。おとといだって――。思いだし、茉莉は不安に抗《あらが》えなくなる。おとといだって、新は夕食をほとんど食べず、焼酎《しょうちゅう》ばかりのんでいた。機嫌だけは奇妙によく、一晩に何度も、「ママ」という言葉を口にした。

「ママが見たらびっくりするだろうね、茉莉が料理をするなんてさ」

と言ってみたり、

「ママの好きな曲だ」

と言ってみたりして、その都度にっこり笑った。さきの贈った帽子とサンダルを見たときなど、

「いいじゃないか。すてきだ。使わせてもらうよ。ねえ、ママ」

と、まるで喜代がそこにいるみたいにつけ足したのだった。あのときの、心臓に鳥肌が立つような感じを茉莉は忘れられない。

その前の晩に、利江の店に行ったときもそうだった。呆れたことに、新は利江の前でさえ「ママ」とか「喜代」とか連発するのだった。

「そうねえ」

カウンターにはグラスが三つ置かれており、どれにも白ワインが注がれている。茉莉の強引な試行錯誤の末、酒ののめないミチルをして「おいしい」と言わしめた、ギリシア産のワインだ。

「でも、寺内先生はまだ六十六か七でしょう？　ぼけるには早すぎるんじゃない？」

店は適度に混雑しており、春に長女を出産して休んでいる祥子さんの代りに、ＣＤプレイヤーがグールドを奏でている。

ぎょっとした。ミチルが歯に衣《きぬ》を着せぬ物言いをするのは昔からだが、その単語は、あまりにも生々《なまなま》しかった。

「もちろんぼけてはいないの。全然違う」

否定したが、否定の根拠は自分でも定かではない。

「違うの」

もう一度言った。

「ただ、ママ、ママって口にしすぎるのが変だなと思って。ちょっと前まで絶対口にしなかったのに」

それに、と、茉莉はここ数日に見た新について説明しようとした。

「それに、本を書くって言ってたのにちっとも書いてないみたいで、見もしないテレビをつけてるのも、昔のパパには考えられないことだったし」

ミチルは微笑んでいた。

「普通よ」

と、言う。

「もう昔じゃないんだもの。そんなの普通よ」

返す言葉はみつからないのだが、かといって承服もしかねた。新をよく知っているミチルなら、わかってくれるはずだと思っていた。

「でも心配ね。お一人で暮してらっしゃるんでしょう?」

由美子さんが横から口をはさむと、

「火の元は注意した方がいいですよ」

と、夏木力までがそれに加わる。とんちんかんだ。茉莉は黙り、ワインを啜《すす》った。ミチルが可笑しそうに笑う。

「大丈夫よ。だって茉莉ちゃん、憶えてないの? 私が家庭教師をしていたころ、あなたしょっちゅうお兄さんに話しかけてたじゃないの。おなじことでしょう? きっと二人ともそこにいるのよ。先生のそばに」

亡霊たち、と茉莉は思った。始のピックアップトラック、ママのためのシャンデリア、おにいちゃんの部屋、ママの骨――。

ソムリエの資格をとるための勉強には、毎日二時間をあてていた。起きて、朝昼兼用の食事をすませてからの二時間。部屋のあちこちにワインの格付け表や産地の地図、料理とワインの組合わせ表や甘辛表示表などが貼ってあり、家事をしながら覚えられるよう工夫している。

試験には、ワインそのものに関する問題のほかに、公衆衛生や病気について、葉巻の知識を問う問題まで幅広く出題される。教本や実戦対策問題集の内容をすべて暗記することは不可能に近いと思われたが、その反面読んでいて楽しくもあり、基本さえ憶えておけば何とかなることもわかってきた。ひっかけ問題が多いので、それに気づけばあとはゲームを解くように解ける。

ただ一つ困るのは、勉強をすればするほどのみたいワインがでてくることだった。茉莉がいまでは産地もぶどうの品種も味わいの表現方法も知っている、でも一度ものんだことのないたくさんのワインたち――。

午後、教本を閉じ、そろそろ踊りのレッスンに行く仕度をしなければと考えていると呼び鈴が鳴った。でてみると宅配で、荷物の差出し人は新になっている。受けとってドアを閉めた。大きめの段ボール箱だが、持ち上げてみると意外に軽い。

「なにがきたの？」

自室から出てきたさきと共に、居間で箱をあけた。布――。草色の縞柄のワンピース、オレンジ色のブラウス、こげ茶色のスーツ。喜代の着ていたものだ。

「なあに、これ」

そう言って次々に衣類をだし、箱を空にしたのはさきだった。茉莉はただ立って見ていた。

「全部大人の服だから、ママ用だね」

さきは言う。

「えびせんとか明太子《めんたいこ》とかは入ってない」

触れることが恐いほど、その衣類は喜代そのものに思えた。体温や声、仕草の記憶までが箱に詰められており、外に――東京に、青山に、茉莉とさきの暮すこの小さなアパートに――解き放たれてしまったみたいに。

「手紙とかメモとかは？」

そう訊くのがやっとだった。茉莉の胸を一杯にしたのは、なつかしさではなく異物感、奇妙な存在感に対する戸惑いだった。

「なんにも入ってない。これ、ママの昔の服なの？」

さして興味もなさそうにさきは言い、中の一枚――オレンジ色のブラウス――を手にとってしげしげと眺める。

やれやれ、窮屈だった。

喜代の声が聞こえる気がした。部屋を見まわし、へえ、こういうところに住んでるの、と言ってくっきり微笑む喜代が目に浮かんだ。

「いいわ、ママがやるから」

散らかった衣類を箱に戻そうとしたさきに、茉莉は言った。言ったが、それらを一体どうしていいのかはわからなかった。箱に入りたくはなさそうだと感じた。たぶん、これも「普通」のことなのだろう。茉莉は考える。父親が、死んだ母親の衣類を娘に送る。娘が着るかもしれないと考えて。

「お勉強してたの？」

さきが言い、教本を拾いあげる。

「じゃあ問題だしてあげるね」

茉莉は寝室にしているさきの部屋に行き、洋服だんすをあけた。ハンガーから服をはずし、その服はそのままにして、居間に戻った。急いで。

「メドック五級で、コミューンの最も多いものはなんでしょう」

喜代の服をハンガーにかけ、洋服だんすに吊した。次々に、すべて。

「聞いてる？　ママ」

茉莉は聞いていなかった。亡霊。その考えを頭の隅におしやる。喜代の服の手触り――やわらかなシフォンの、目のつまったツイードの、洗いざらされた木綿の――を指先で無意識にたしかめながら。

新に電話をかけて、荷物が届いたと知らせなくてはならない。着るつもりはなかったが、着るつもりだと言うべきだろうか。死んだママの、家族を捨てて男の許《もと》に走ったママの服を。

「あのね、こたえはポイヤックだよ」

さきが何か言っていた。

3

雨の日、室内プールの照明が、妙にぎらぎらして見えるのはどういうわけだろう。クロールで二往復し、端に立って休憩しながら茉莉は思った。反響する水音も、誰かの咳払《せきばら》いも、雨の日にはあきらかに普段より大きく聞こえる。自分の呼吸音も。

新から届いた喜代の服を、茉莉は結局新に送り返した。洋服だんすの中にぶらさがっているだけで、それがそこにあることを茉莉はたえず意識せずにいられず、色とりどりの布と化した喜代の存在を、どうしていいのかわからなかったからだ。

「せっかく送ってくれたのにごめんなさい」

茉莉は電話で新に言った。

「でも家はほんとうに、ほんとうにほんとうに狭いから」

苦笑が聞こえたときにはほっとした。ほっとしたが、

「そうか」

とこたえた新の声は淋しそうだった。

「そんなに狭いのか。知らなかったよ」

茉莉には他の家庭のことがよくわからない。娘と孫の住んでいる場所を、父親が一度も見たことがないというのはよくあることなのだろうか。それともあたしが特別親不孝なのだろうか。

もっとも——。

小さな深呼吸を一つして、茉莉は再び水にもぐった。壁を蹴って身体をのばし、水面に浮上するまで息をすこしずつ吐き続ける。顔のすぐ横を、丸い空気が幾つも昇っていくのが見えた。

もっとも、誘ったところでパパは遊びに来たりしないだろう。賭けてもいい。おなじ市内の柴田の家にさえ、そういえば新は一度も来たことがなかった。

ゴーグルというものが嫌いな茉莉は、泳ぎながら、ときどきわざと目を細める。こうすると、まつげが水の重みにふるえるのがわかる。視界が水じみるのが、茉莉は好きだ。

平泳ぎで二往復、クロールで一往復して上がった。水を飲んだわけでもないのに、喉と鼻がぴりぴりした。

雨のせいか、その夜の「エンドラ」は客が少なかった。テーブル席に二人連れが一組、カウンターに女性客が一人。茉莉と竹さんが、こっそり「砂鉄」と呼んでいる数人の客——夏木力に会いに来る女性客、力が磁石だとすると、砂鉄のようにカウンターにびっしりくっついてしまう——のうちの一人だが、ワインが好きで、「このお店はレストランじゃないのに、レストランみたいにいろんなワインがでてくるから好き」と発言したことがあるので茉莉は気に入っている。髪の長い、整った顔立ちの若い女性で、いつもスーツを着ている。秘書とか受付嬢とかいった仕事をしているのかもしれないと、茉莉は想像する。

「力くんは無愛想なのにもてるのね」

いつだったか、客のいない時間に茉莉がひやかすと、力は照れもせずにこりともせずに真顔で、

「へえ、茉莉さんって愛想のいい男の人が好きなんですか」

と、言った。竹さんがカッカと笑い、

「愛想でもてりゃあ、俺なんてもててもてて困っちまうよ」

と茶々を入れたことも憶えている。

「雨の音、ここにいると全然聞こえないんですね」

力の一挙手一投足を目で追ったまま、女性客がうっとりした口調で言った。

「音楽かかってるし、鉄筋だしね」

力の返答はそっけない。たしかに、と、新鮮な気持ちで茉莉は思う。たしかに、夏木力は見栄えのする男だ。上背があり、胸板は厚く、やや細い目も、涼しく凛々《りり》しい印象を与える。力の妻の奈津子も、「エンドラ」の常連客だった。二人の新居に招待されたことのある茉莉は、奈津子が料理上手であることも、実にこまごまと力の世話を焼いていることも知っている。結婚後もタクシードライバーの仕事を続けており、実家に毎月仕送りをしていることも。

「ワイン、どうですか?」

茉莉は笑顔をつくり、依然として力を見つめている客に声をかけた。今夜彼女がのんでいるのは、パッソドブレというアルゼンチンのワインだ。

「とってもおいしいです」

客はこたえ、ハイヒールをはいた華奢《きゃしゃ》な脚を組みかえる。


翌日も、その翌日も雨だった。気温を急速に下げ、落ち葉を舗道にはりつかせる晩秋の雨だ。今西利江から届いた葉書は印刷された挨拶状で、店をたたむことになったと書いてあった。これまでやってこられたのは、ひとえに皆様のご愛顧のお陰であり、云々。夏に会ったときにはそんな素振りは見えなかった。どういうことなのか気になって、新に電話をかけてみたが、新は落着いたものだった。

「ああ、そのことか」

大したことではないと言わんばかりに、ぼんやりとそんなこたえが返った。

「知ってるよ。閉めるって言ってた」

「どうしてなの？　だって随分急じゃないの」

尋ねても、さあ、などと言う。

「さあって、利江さん、パパに相談とかしなかったの？」

沈黙のあと、新は静かな口調で言った。

「もう、あまり会っていないんだ」

茉莉の胸に、幾つもの疑問と、驚きと不安がいっぺんに渦巻く。いつから？　なぜ？　じゃあパパはいま、毎晩どこでごはんを食べているの？

「でも、あれじゃないかな」

穏やかな、微笑さえ含んだ声で新は言った。

「彼女も、そろそろ解放されてもいいころなんじゃないか？」

何から、と尋ねた声は、詰問みたいに響いてしまった。

「まあ、いろんなことからさ」

新の返答は曖昧だった。そして、茉莉の不安を先回りして宥《なだ》めようとするみたいに、

「俺は大丈夫だよ。元気にしているから」

と、言うのだった。

利江に直接電話をしてみるべきだろうか。茉莉は考える。日曜日の午後、茉莉は茹《ゆ》でたじゃが芋の皮をむいてつぶしている。頑丈な鉄筋コンクリートの「エンドラ」とは違って、アパートの台所は雨音が耳につく。さわさわとばらばらと、そして時にぴしゃぴしゃと。

今西利江という女と、茉莉は親しくはなかった。意図的に距離を置いていた。ここ数年は帰省する度に顔を合わせていたし、一緒に暮しちゃえば、と冗談めかせて口にしもしたが、本心ではなかったし、利江もそれを知っていたと思う。

結局のところ、二人は入籍していたわけではないのだし、一緒に住んでさえいなかった。小料理屋の女将《おかみ》と常連客、よくある男女の関係ではないか。そうであるならば、二人が疎遠になったからといって、娘が口をだすべき問題ではない。

でも――。つぶしたじゃが芋に炒めたひき肉をまぜ込み、塩コショウをして丸めながら茉莉は考える。でも、二人の関係は随分ながい。喜代がいなくなっても離婚届を提出せず、法的には妻帯者のままだった新との交際は、利江にとって苦しいことだったに違いない。

小柄で、一九六〇年代の婦人雑誌のモデルみたいに髪をふくらませすぎていて（頭が大きく見えて変だ、

と、茉莉はいつも思っていた）、目元を強調する化粧をしていた。いつも和服を着ているが、財布や手帖、ハンカチや化粧ポーチといった身のまわりの品は、ピンクだったり赤だったりし、りぼんだの猫の絵だののついた少女趣味なものだった。新のことを「先生」と呼び、新が大学を退官しても、それは変ることがなかった。利江の店に置かれていた、キスをする人形のことがなぜだか思いだされた。そして喜代のことも。

服をすっかり送り返したにも拘《かかわ》らず、あれ以来茉莉は、喜代がすぐそばにいるような気がしてならなかった。色あせた畳の上に、散らかったさきの部屋に、あるいは雨の日の台所に。

迷った末、茉莉が利江に電話をかけたのは、水曜日のことだった。曇天をはさんでほぼ一週間降り続いた雨があがり、ベランダに干した布団ごしに青空が見える。

利江は元気そうだった。すくなくとも、そう聞こえる声をだした。

「茉莉ちゃんね？　まあ嬉しかねえ、電話ばくれんしゃあとか初めてのことやね」

元気？　さきちゃんも？　暮れにはまた帰ってくるっちゃろ？

無口というわけでもないが控え目な、おとなしい女性という印象を、茉莉は利江に抱いている。しかしきょうの利江は、どこか普段と違っていた。

「葉書ばもろうて、びっくりしたと」

茉莉は言った。

「そうなんよ。とうとうそげんことになってしまったとよ」

声にしんみりした調子がまざる。

「でも今月いっぱいは営業しとうと。そのあとは実家住まいになるっちゃけど、近いけんいつでも遊びに来んしゃいね」

ライヤー！　トランプをしているときのように、惣一郎の言うのが聞こえた。茉莉は無視する。「東区やったっけ」「そう、九大の近くやん」「でも、どげんしたと急に？　パパに訊いてもちっとも要領を得らんとよ」

沈黙がおちた。茉莉はどきどきする。そして思いきって尋ねた。

「パパと、何かあったと？」

あけたままの窓から、近所の子供の練習するピアノが聞こえる。利江が返事をするまでに、数秒のまがあった。

「ふられたって、いうっちゃろうね、これは」

自分の言葉に自分で笑い、

「でも、さっぱりしたと」

と、言う。ライヤー！　惣一郎が、もう一度言った。

飾りつけとして、金銀のモールを壁に這《は》わせた。クラッカーが十二個、シャンパンが一壜《びん》、ピアノの上には花束が一つ。祥子さんが「エンドラ」に復帰したのは、十一月の終りだった。当初春まで休む予定だったのに、本人いわく「我慢できなくなって」、週に三日、二時間ずつ、ピアノを弾きに来ることになった。

ひさしぶりに、ミチルと由美子さんも顔を揃《そろ》えていた。オオタさんも、力の妻の奈津子も。こういうとき、達哉もいればいいのにと、つい茉莉は考えてしまう。茉莉からのみならずオーナー夫妻からも力からも、お金を借りたままいなくなってしまったのだから、そんなことができるはずもないのはわかりきっていたけれども。

祥子さんは、約束の十時よりも十分早く出勤した。想定した範囲内だったので、皆まずまず首尾よくクラッカーを鳴らせた。あちこちから、「お帰り」と「おめでとう」の声がとぶ。祥子さんはいかにも祥子さんらしく、入口に立ち、周囲をぐるりと見回してからお辞儀をし、あとはまっすぐピアノの前に行って坐った。

たちまち拍手も歓声も止《や》んだ。静まり返った暗い店内に、記念すべき復帰後の一曲目が流れ始める。と同時に、再び拍手と歓声が上がった。シャンパンがあけられ、中断されていた会話も勢いをとり戻した。いつもの「エンドラ」の空気だ。

ジグだった。陽気で力強い、アップザサイドアンドダウンザミドル。二曲目もジグ。さらにテンポの速いドロイシェド・ヌア。嬉しさが込みあげて、茉莉はフロアにとびだして踊った。笑い声、拍手、オオタさんの指笛。

床を踏み鳴らし、髪をふりたて、前に後ろに、左に右に。膝を打ち、手を交差させてまた打って、踵《かかと》、踵、踵。前に後ろに、踏み鳴らし、踏み鳴らし、踏み鳴らして——。

カウンターに戻ったときには汗をびっしょりかいて

いた。シャンパンを飲み干す。

「ひさしぶりだったあ」

茉莉が満足の息を吐いたとき、ピアノはエルトン・ジョンにかわっていた。

この夜、茉莉をさらに幸福にしたのは、祥子さんのスピーチだった。挨拶を、と促され、立ち上がった祥子さんはみんなにお礼を言ったあと、予期せぬ妊娠に戸惑ったこと、「あんなにかわいいさきちゃん」を育てながら日々働いている茉莉を見て、産む決心がついたこと、だから茉莉に「特別の敬意」を込めて今夜のピアノを弾いたこと、を、簡潔に語った。

「やめりよー」

照れくささのあまり、博多弁で茉莉は言った。信じられなかった。自分が誰かの人生に影響を与えたかもしれないなんて、とても信じられない。

「さきがかわいいっていうところしか、合っとらん」

小声で抗弁した。そのさきが、一ヵ月後に家出をすることになるとは考えもしなかった。ソファ席で、オオタさんが親指を立てるのが見えた。

家出といっても、行き先の見当はついていた。ミチルに電話をかけると、まだ尋ねもしないうちに、

「来てるわよ」

と、言われた。

「喧嘩《けんか》したんですって？」

とも。茉莉がほっとしたのは束《つか》の間《ま》で、すぐにまた怒りが湧き上がった。やっぱりだ。やっぱりと言うべきかそれでもと言うべきか迷うところだが、いずれにしてもさきはミチルを頼ったのだ。前日の口喧嘩も、もとはといえばそれが原因だった。

「喧嘩の中身もさきは話した？」

「話したくなさそうだったから訊かなかった。でも、訊いた方がいいなら訊いてみましょうか？　話してくれるかどうか、わからないけど」

ミチルはのんびりしたものだった。

「いいの。さきに替ってもらえる？」

原因は贈り物だった。ささいなことだとわかっている。わかっていても、茉莉は腹が立ったし、淋しかった。クリスマスに何が欲しいかと尋ねたとき、さきは何もいらないとこたえた。いつもそうなのだ。おまけに今年は、クリスマスなんて興味ない、とまで言った。だからといって何もなしもつまらないと思ったので、

茉莉はセーターとCDを選び、玄関に飾った小さなツリーの下に置いておいた。

きのうの夕方、ミチルと由美子さんからさき宛てに小包が届き、中身はフランス語の辞書だったのだが、添えられたカードの文面から、それがさきからミチルへの「注文」の品であり、「ずっと前から欲しいものリストの上位にあった」ことを茉莉は知った。というより知らされたのだ。

「どうしてママに言ってくれなかったの?」

そう尋ねたとき、茉莉の選んだ贈り物は、まだ包みをあけられてさえいなかった。

さきは返事をしなかった。茉莉の顔を見ようともしない。

「返事をしなさい」

それでもそう言った。さきの返答は、しかし茉莉をますます苛立たせることになった。「べつに理由なんてないけど」と言ったり、「欲しかったんだもん」と言ったり、「ほんとはそんなに欲しくなかった」と言ったり(ライヤー! と、惣一郎に言われるまでもなく、茉莉にもわかった)、「じゃあいらないよ。返せばいいんでしょ」と言ったりした。

「そんなこと、ママは言ってないでしょう?」

「言ってるじゃん」

「言ってません」

あとはわめき合いになった。しまいに、さきは辞書をテーブルに叩きつけて怒鳴った。

「もうっ、めんどくさいな」

今朝は互いに口をきかなかった。さきは行き先も言わずにでかけたまま戻らず、茉莉は踊りのレッスンをキャンセルした。夕食の仕度をし、「エンドラ」にも遅刻しかねない時間まで待って、とうとうミチルに電話したのだった。

さきは頑固だった。

「いまは話したくないみたい」

電話口に戻ってきたミチルはそう言った。理不尽だ、と茉莉は思う。ミチルや由美子さんはさきと一緒にいられて、母親である自分は話もできないだなんて、そんなことがあるだろうか。

「茉莉ちゃん、これからお店でしょ」

ミチルが言う。

「今夜はここで預かるから、とりあえず一晩放っておいてあげたら」

さきはいま、由美子さんと一緒にフードプロセッサーを使って、野菜をみじん切りにしているところだという。テレビの音にまじって、たのしそうなやりとりが聞こえる。

茉莉はミチルに、礼と詫《わ》びを短く述べた。

「由美子さんにも謝っておいてね」

「いいのいいの。思いがけなくさきちゃんに会えて、私たちは喜んでるんだから」

もちろん、ミチルが悪いわけではない。

「さきに、あしたは必ず帰ってきなさいって伝えて」

しかし茉莉はそうつけたすことを忘れなかった。

「あさってから福岡だし、さきもそれは知ってるから」

「了解」

事もなげにミチルは言った。

「何があったのか知らないけど、伝えるだけ伝えてみる」

と。

電話を切ったとき、茉莉はさきに見捨てられたような気がした。辞書だけではないのだ。小学校でのできごとや、好きな友達、嫌いな友達、姑について憶えていることと憶えていないこと——。以前から、茉莉には言わないことを、さきはミチルと由美子さんに話している。知らなかった。何度そう呟いたことだろう。茉莉のなかで、誰かがくすくす笑っていた。

——馬鹿だな、茉莉は。

——大丈夫よ、子供なんて勝手に育つんだから放っておきなさい。

誰の声かはわかっていた。わかっていたが、承服はできなかった。

4

惨《みじ》めな気持ちだった。おまけに苛立ってもいた。さきは帰ってこなかった。「エンドラ」はきょうから年末の休みだ。午後九時。茉莉は時間を持て余してしまう。

「まだ帰りたくないみたい」

夕方の電話で、ミチルはあっさりそう言った。

「替って」

と頼むと、随分ながく待たされた揚句、さきはでてこず、「茉莉ちゃんに似て頑固ね」という、ありがたくない感想を聞かされた。迎えに行くことも考えたが、抱えて連れ戻すには、さきは大きくなりすぎている。ミチルの前で、どなり合いたくはなかった。

ワインをあけ、テレビをつける。テレビを消し、ワインを啜った。一人ぼっちだ、と思った。感傷的なふうにではなく、突然視野がひらけたみたいに。びっくりして、次に寒気がした。仕事のない夜に、あたしには行く場所もなければすることもない。一緒にお酒をのんでくれる相手さえいない。そして、あしたは一人で福岡に帰らなければならないのだ。

「いやんなる」

声にだして言った。

新年を、茉莉は新と二人で迎えた。利江の店もなく、正月料理もなく、来客もなく、さきもいない。

「ないないづくしね」

日本酒を、一升壜からコップに注ぎながら言った。おもては晴れていてあかるく、汚れた窓ガラス越しに、雑草だらけの庭と始のピックアップトラックが見える。

「機嫌が悪いんだな」

おもしろがるような口調で、新は言った。

「すくなくとも酒はあるじゃないか」

茉莉に手渡されたコップを、額のあたりまで持ち上げてみせる。

「それに、さきはここに来たがらなかっただけで、元気なんだろう？　島森くんのところにいることがわかってるんだから、いいじゃないか」

いいじゃないか。新は昔から、その言葉をよく口にした。思いだし、茉莉は複雑な気持ちになる。茉莉がそうしたいと言うんだからいいじゃないか、とか、他人がどう思おうといいじゃないか、とか。新にそう言われると、喜代は反論しなかった。ただ、呆れ顔で眉をつり上げるか、腹立ちもあらわに部屋をでていくか、それとわからないほど小さくためいきをつくか、するのだった。

昼酒は酔う、と、茉莉は思う。亡霊だらけの家のなかで、一人ぼっち同士でのんでいるとなればなおさら。

福岡に着いた日に墓参りに行った。翌日風呂場とトイレだけ掃除をして、市場とスーパーマーケットに食料を買い込みに行った。すると、もう他にできることがなかった。

福岡に帰れば会えるとばかり思っていた九も、「画家の青山先生と旅にでた」。教えてくれた七の方が、むしろおどろいているようだった。「まあ茉莉ちゃん、知らんかったと？　九は先生にようしていただいて、絵もかいてもろうて、どげんしても出ようとせんかったあの屋上からもね、進んでおりてきたとよ」七は志津夫を「恩人」だと言った。「感謝してもしきれんたい」と言った。志津夫を紹介したというだけの理由で、茉莉にまで深々と頭を下げたほどだった。

よかった。茉莉は心から思ったし、なつかしい隣家の玄関先で、七にも笑顔でそう言った。でも、九にまで見捨てられたような気がしたことも、また事実だった。

「あとで初詣《はつもうで》に行こうか」

のんびりした口調で新が言った。

「天気もいいし、他にすることもないしさ」

「初詣？　めずらしいのね、パパがそんなことを言うなんて」

新には、洋の東西を問わず宗教と関わりのある場所や人を嫌う性癖があった。人混みや喧噪《けんそう》と、できるだけ距離を置こうとするところも。

「ママは毎年行ってただろ？　ほら七さんと二人でさ」

思わず眉を持ち上げると、

「その顔、ママにそっくりだよ」

と、言われた。

予定を一日繰り上げて東京に帰ったのは、さきのためではなかった。何もかもが、茉莉をいたたまれない気持ちにした。変らない川の流れや、変らない空の色や、変らない街並みや看板や、墓地や店や神社や。人は変ってしまったのに。

さっぱりと掃き清められ、立派な門松の据えられた隣家の玄関を見たとき、垣根を一つ隔てただけの、荒れるにまかせた自分の家と、おなじ時間がそこに流れたとは思えなかった。

初詣も寄る辺なかった。新は機嫌がよく、見るものすべてに「へえ」とか、「なるほどね」とか言いながら歩いた。しかし表情にも声にも興味や熱意はかけらもなく、何に対して発せられた「へえ」なのか「なるほどね」なのか、そばにいても判断がつかなかった。じきに、新自身も所在なくなったようで、立ち止まり、眼鏡をはずして拭いたりした。人々が賑やかに往き来する、参道のまんなかで。

新は途方に暮れているように見えた。おもしろくないというよりも、おもしろがり方に自信がないみたいに。

いま、飛行機の座席に背中をあずけながら、茉莉は自分がほっとしていることを認めた。地図のくり返し表示されるスクリーンや、夜なので何も見えない窓、手触りの悪い毛布や頭上の荷物入れ、といった物たちがことごとく、生れ育った家よりも親しい物に思える。

「パパにふられたって、利江さんは言ってた」

茉莉がそう言ったのは、初詣のあとに立ち寄ったうどん屋でのことだった。

「まさか」

小声で短く、新は否定した。丼に顔を寄せ、眼鏡をくもらせてつゆを啜る。

「じゃあパパがふられたの？」

尋ねたが、返事はなかった。ビール一本と、ごぼう天うどん二つ、いなりずし一つ。店の戸はあけ放たれているが、狭い店内を強力なガスストーブが暖めていた。

「いいの？」

みんなコートを着たまま食べていて、茉莉の額には時季外れの汗までにじんだ。

「いいさ」

それ以上、訊くべきことが見つけられなかった。

ママは——。エンジンの単調な轟音《ごうおん》のなかで、茉莉の疑問はどうしてもそこにたどりついてしまう。ママは、どうしてあんなにひどいことができたのだろう。これだけの時間が経ったいま、茉莉には、母親である喜代を恨む気持ちはなかった。しかし新の妻としての喜代は、許すことも理解することもできない。

ぎょっとしたのは、たとえば台所が不潔だったことではなくて、その不潔な台所に、新が喜代の所持品をならべていたことだ。毎日自炊しているというのは嘘《うそ》ではないらしく、確かに米も味噌も野菜もあった。かびたみかんも、賞味期限の過ぎたパンも。土鍋は新しく買ったもののようだった。喜代ならば決して買わない類の、安直な壜詰めやレトルト食品も、戸棚に押し込まれていた。そして、どういうわけか、喜代の本や万年筆や、ヘアブラシやハンドバッグや、写真や装身具やセーターや、ミシン糸やボビンケースまでが、台所のあちこちに転がっていた。

「なあに、これ」

茉莉が感じたのは恐怖だった。とっさに、さきを連れてこなくてよかったと思った。

「散らかっていて」

新はまるで動じずにこたえた。

「でも、このくらい散らかっている方が落着くような気がしてね」

記憶を追い払おうとして、茉莉はゆっくりまばたきをする。目の前にあるのが飛行機の座席ではないみたいに。

大丈夫。息を吸い、窓の外の闇を見た。この飛行機は、もう東京に向っているのだから大丈夫。アパートに、さきのいるミチルの家に、「エンドラ」に、向っている。ほっとすると同時に気が急《せ》いた。一刻も早くさきの顔を見たいと思った。「エンドラ」の空気を吸いたいと思った。そして、このときにはすでに、東京をひきはらう決心がついていていた。

クリスマスプレゼント。それが喧嘩の原因だった。憶えてはいる。「どうしてママに言ってくれなかったの?」「そのときは欲しくなかったから」「意味のない嘘はやめなさい」「返せばいいんでしょ」「そんなこと、ママは言ってないでしょう?」「もうっ、めんどくさいな」

やりとりだけでなく、そのときのさきの反抗的な態度も顔つきも、茉莉は憶えていた。それなのに、怒りの感情だけが上手《うま》く思いだせない。踊りのレッスンを休んで部屋で待ち続けたことも、電話を拒絶されたことも、悲しみはよびさますのだが怒りはよびさまさない。予定を一日繰り上げたことも、空港から直接迎えに行くことも、ミチルには伝えてあった(そのときも、さきは電話にでてこなかった)。

いくら何でも笑顔で行くのはおかしい、と思うのだけれど、電車を乗り継いでいるうちに、気がつくと頬が緩んでいた。正月の二日では人も車もすくなく、夜気は澄んでいてしずかだ。そして凍るようにつめたい。ミチルと由美子さんの住む荻窪《おぎくぼ》に着いたのは、十時すこし過ぎだった。

「お待ちかねよ」

庭つきの、戸建ての借家のドアをあけ、ミチルはぼそりと言った。どういう意味だかわからなかったのは、居間でテレビをみているさきが、強《こわ》ばった態度を変えていなかったからだ。

「ただいま」

茉莉はさきの背中に言った。複雑な模様のじゅうたん、コーヒーカップが二つ、伏せられた本はミチルのものだろう。

「おかえりなさい」

床にぺたりと坐ったまま立ち上がろうともせず、この家の子供みたいに茉莉を見上げて、さきは言った。

「コーヒーでいい？　それともお酒がいいかしら。ビールかワインならあるけど」

台所からミチルが言う。由美子さんは実家に帰っているらしい。それでも、この家にはいつ来ても濃密に、二人の気配が漂っている。コーヒーをくれるよう、茉莉は頼んだ。コートを脱ぎ、部屋のなかを見まわす。ソファの向い側に脚立がだしっぱなしになっているのは、来客のときにミチルがそこに腰掛けるからだ。壁にかけられた油絵は、由美子さんの姉のかいたものだし、ソファの上の膝掛け――これもまた複雑なモチーフ編みで、可笑しいほど派手な色使いだ――は、由美子さんの編んだものだ。

「辞書のことは悪かったわ」

茉莉は言った。

「あんなに怒るべきじゃなかった」

さきは何も言わない。

「贈り物のリクエストなんて、あなたの判断に任されるべきことだものね」

本心だった。茉莉を見たさきの目に、何か不安のようなもの、恨みがましさのようなものが浮かんだが、唇はひき結ばれたままだった。

仕方がない、と茉莉は思う。自分の発言が娘をつき放すように聞こえたとしても、ほんとうのことなのだから仕方がない。

「さきちゃん、私たちのカップも持ってきて」

ミチルが言い、さきは従順にそうした。テニスボールをくわえ、飼主の許に運ぶ犬みたいに。

コーヒーをのみながら、茉莉はさきとミチルが、この数日にしたことを聞いた。コンサート、映画、そして外食。福岡の話はしなかった。新が元気だったことだけを伝え、一日早く帰ったことについても、「ホームシックになった」からだとだけ言った。

「ドーターシックでしょ」

からかうようなミチルの言葉には、

「もちろん」

と、応じた。またすぐに店で会おうと約束して、茉莉はさきと帰った。

春までに、茉莉は引越すつもりでいた。そうすれば、さきが転校しなくてすむからだった。「エンドラ」のオーナー夫妻にもそう告げたし、福岡の、いくつかの中学校の資料も、新に頼んで送ってもらった。意外だったのは、新が、

「困ったな」

と言ったことだった。

「帰ってくるのか？　すっかり？　それは、困ったな」と。

「なんで困ることがあるの？」

尋ねると口ごもり、

「そりゃあ困るさ。ひとり暮しに慣れちゃったんだから」

と言う。迷惑なの、と訊くことはできなかった。新なら、肯定の返事を寄越しそうな気がした。

「お願い。他に行くところがないの」

それでそう言った。

二月。見たこともない道端に茉莉は立っている。自分のしたことが信じられなかった。寒すぎて顔が痛い。ともかく帰らなければと思った。タクシーの通りそうな、広い道を探そう。

ひきとめて欲しい、と思ったことは憶えている。誰かにひきとめて欲しいと思った。

畑。随分いなかだ。大して遠い場所のはずはないのに。道に高架がかかっている。道路なのか線路なのか、下からでは判断がつかない。早く帰らなければ夜が明けてしまう。鞄を胸に抱くようにして、覚束《おぼつか》ない足どりで茉莉は歩いた。周囲が畑の十字路。ここは一体どこなのだろう。あたしは今夜、そんなに酔っ払っただろうか。おそろしく寒い。車の音は聞こえるから、どこか近くに、幹線道路があるはずだ。電信柱に住所表示のあるのが見えた。世田谷区砧《きぬた》、となっている。シャッターは閉まっているものの、店舗がいくつかかたまってある方向に、茉莉は歩いた。すこしでも賑やかそうな方に。

「エンドラ」を閉めたのは二時半だった。もう少しだけのみたいと思い、さらに遅くまであいている店に、一人で入った。以前に何度も行ったことのある店だっ

た。夏木力や、石橋達哉と。ウイスキーを二杯のんだ。ポップコーンの匂いがしていた。もうすぐこの街を離れるのだと思うと、淋しさではなく陽気さがこみあげた。パリで感じたみたいな陽気さだった。陽気さと身軽さ。

自分がひとりぼっちであることも、さきが引越しをいやがっていることも、新まで迷惑がっていることも、気にならなかった。気にするべきではないのだ、と思えた。

吐く息が白い。カラスの鳴き声にまざって、車の音が近くなった。街灯のあかり、ゆうべのうちに出されたゴミ。また四つ角にでたとき、茉莉は自分が正しい方角に歩いていたことを知った。世田谷通り。交差した道路標識の一方に、くっきりとそう書かれていた。よし。茉莉は胸の内で自分をほめたたえる。立派よ。あとはタクシーを見つければいい。

店に、男ばかりのグループがいた。全員が背広姿で、全員が酔っ払っていた。青年と中年のあいだみたいな、うだつの上がらない男たちだった。思いだし、茉莉は苦笑する。財布に子供の写真を入れていて、でも子供をお風呂に入れたことはない、という感じの男たち。なかの一人は、しかしひとり暮しだった。茉莉もいまではそれを知っている。

誰一人魅力的ではなかったし、誘い方も下手くそだった。笑い声ばかり大きくて、笑いのどさくさまぎれにしか、体に触ることもできないのだった。それでもビールを買ってくれたし、茉莉は「ありがとう」と言ってそれを受けとった。

送ると言われてタクシーに乗ったが、送ってもらえるとは思っていなかった。

「どこに住んでるの?」

それでそう訊いた。男が砧とこたえたかどうかは憶えていない。

男の部屋は散らかっていた。それが茉莉に、新の台所を思いださせた。男はあまりにも酔っ払っていて、このまま寝てしまうのではないかと危ぶまれた。それでも、茉莉が服を脱がせてやると、猛然とのしかかってきた。新鮮だったと言えなくもない。

空車はなかなか来ず、空はあかるくなり始めている。一日の始まりの、清潔な空気。いっそのこと、ヒッチハイクでもしてみようか。足踏みをしながら茉莉は思い、くすくす笑いたい気持ちがした。どうということはないかもしれない。知らない男と寝ることさえできたのだから。

「信じられない」

くすくす笑いながら茉莉は声にだしてつぶやく。

事が済むと、男はたちまち寝入ってしまった。つるつるした赤い顔で、下着さえつけず、手足をだらしなくひろげて。しばらく寝顔を見ていた。茉莉は、それまで男の顔をよく見ていなかったことに気づいた。男は、最初に抱いた印象より、ずっと若いようだった。

空車のランプが見えたとき、茉莉は手を上げてさらに振りまわした。行き先を告げ、シートにどさりともたれる。悲しくはなかった。なんともない。あたしが誰と寝ようと誰も悲しまないというのに、あたしが悲しむなんてナンセンスだ。酒のせいではなかった。たとえそうでも、いまはもう酔っ払っていない。茉莉は身内に力強さが湧くのを感じた。立派よ。もう一度自分に言う。行いは立派とはいえなくても、対応の仕方は立派だったわ。

さきが目を覚ます前に、アパートに帰れるはずだ。茉莉はシャワーを浴び、朝食を作る。

「ああびっくりした」

呟いたが、それだけのことだ。

5

「いい加減にふくれっつらをするのはやめてちょうだい」

茉莉は言った。

「ミチルさんだって由美子さんだって、あなたのために来てくれてるのに」

さきは茉莉を見ようともせずに、頬杖をついたままグラスの水を一口のんだ。白くやわらかな頬、何もしなくても赤い唇、低い鼻、紺色のブレザー。

きょう、さきは小学校を卒業した。春とはいえ底冷えのする講堂で、保護者席から大勢の子供たちを眺めながら、茉莉は感動というよりも、不思議なものを見ているような気持ちがした。

あのときの始の顔――。場所は志賀島だった。冬で、空は晴れていた。茉莉が妊娠を告げると始は奇妙な声をだして驚き、たちまち相好を崩した。崩したまま元に戻せない、という顔で、熱狂的に茉莉を抱きしめた。始ではなく始の喜びに、体当たりされたみたいな抱擁だった。赤ん坊。その言葉で漠然と認識するしかなかったものが、卒業証書の入った筒を手に、少女の形をして立っていた。白いソックスをはき、記念写真の列に加わって、憂いをおびた不機嫌顔で。

「無理よね」

うっすらと笑ってミチルが言った。

「ふくれっつらな気分のときに、他の顔はできないわね」

説明のつかない悲しみを、茉莉は辛《かろ》うじておさえ込んだ。ミチルに反論するのはばかげた振舞いだろう。

「これ、おいしいわよ」

青パパイヤのサラダというものを食べながら、仕方なくさきにそう言ってみる。内装の洒落《しゃれ》た——しかし昼間だというのに随分と薄暗い——タイ料理店のテーブルには、他に挽肉料理と春巻がならんでいる。お祝いだから奮発する、と言って、この店を予約したのはミチルだった。癖のある香草や唐辛子を多用した料理は、子供向きとはいえない。打診されたとき茉莉はやんわりとそうこたえたのだったが、当のさきが、そこに行きたいと主張して決った。

さきの不機嫌はきょうに始まったことではない。福岡に帰ることに決めた。そう告げた日からずっと、こんな調子なのだった。帰りたくない、と言い、一人で東京に残る、とも言った。不可能であることを説くとふくれ、叱るとほとんど憎悪の表情で茉莉をにらんだ。

「不安なのよね？」

由美子さんがさきに声をかける。

「でもきっとすぐに慣れるわ。新しいお友達ができるでしょうし」

どういうわけか、茉莉は苛立った。理解を示そうとする由美子さんにも、黙ったままのさきにも。

「いいの。さきは放っときましょう」

職場にいるときのようにあかるい口調をつくって言い、ビールを手酌で注ぎ足した。見慣れない小壜に入ったタイのビールだった。

バー「エンドラ」では、茉莉の退職が呼び水になったかのように、従業員のみならず客の顔ぶれにまで変化が起こっていた。茉莉が後任に推薦し、オーナー夫妻の面接を経て、見習いとして現在一緒に働いているマナちゃん——ダンス教室で知り合った、女優志望のタレントで、事務所をとびだしてフリーターをしていた——のタレント仲間やその友人、芝居関係者などがしょっちゅうやって来るようになり、かつて常連だったオオタさんの転勤や、学生だったグループの卒業やが重なって、みるみるうちに客層が変った。秋には力が独立して店を持つので、「砂鉄」たちも姿を消すはずだ。

「たのしみね」

茉莉は力にこっそりと言う。肉感的で物静かな力の妻が、いまの仕事を辞めて力のそばで働けるということが、他人事《ひとごと》ながら茉莉はしみじみ嬉しかった。好きな男と四六時中一緒にいられる幸福は、自分がいちばんよく知っている。幸福のただなかにいたときよりも、ずっとよく知っているのだ。

「いや。まだまだ問題山積ですけどね」

力は決してはしゃがないが、眉根を寄せてみせながらも軽く微笑む。

「DMだしますから、寄って下さいね」

力の後任はまだ見つかっていないが、いずれにしてもそのバーテンダーと、竹さんとマナちゃんと祥子さんが、新しい「エンドラ」になるのだ。

淋しくなる、と周囲の誰もが言ってくれた。竹さんは茉莉と目が合うたびに泣き真似をするし、ダンス教室の先生は大げさな抱擁をしてくれた。それが嘘ではないことを茉莉は知っているが、同時にまた、茉莉がいなくなっても彼らの生活に支障はないこと、街は変らずに動き続けること、も知っていた。

「残念だなあ」

ある夜の「エンドラ」で、茉莉をまっすぐに見てそう言った男は、しかし初対面だった。

「あなたのこと、ずっとマナから聞いていて」

芝居関係者らしい若い男は、発声練習でもしているみたいによく響く声と、歯磨きの宣伝にでもでればいいのにと思わせる笑顔を一時《いちどき》に駆使する。

「会ってみてえ、って思ってたんですよ、俺、ほんとに」

茉莉は微笑んで酒を手渡し、

「会ったじゃない、こうして」

と、言った。しかし男が、

「パリ帰りのバーのマダムで、昔は画家のミューズだったこともあって、だんなと死別したあと一人で子供を育てあげて、でもめちゃくちゃファンキーに踊る女性って聞いたから、想像できねえ、とか思って」

と言うのを聞いて笑ってしまった。六十歳の女性みたいに聞こえたからだ。

「バーのマダムじゃなくてバーの従業員。子供を育てあげたわけじゃなくてその途中よ」

訂正し、ついでに一杯もらってもいいかと尋ねた。この店は客をカモにしたりはしないが、茉莉はときどきするのだった。


「どうして私まで帰らなくちゃいけないの？」

依然として、さきはそう言っていた。

「帰りたいのはママでしょう？　ママの都合で、どうして私まで」

「その通りよ」

茉莉は認める。

「それはもう何度も謝ったでしょう？　でもそもそも東京に来たのだってママの都合よ。来るときがあった以上、帰るときもあるの」

ママなんか知らない。

黙り込んださきが、胸の内でそう怒鳴るのが聞こえるようだ。

あなたにそっくり。

喜代がそう囁《ささや》くのも。

これみよがしに乱暴な音をたてて段ボールに物を詰め込んでいるさきを見ながら、確かに憶えていると茉莉は思う。

「ママなんか知らん」

そう怒鳴った。

「おかしいっちゃないと、そげんと」

喜代がイギリスに留学すると言いだしたのは、茉莉が中学に入学した年だった。相談ではなく決定だった。新が同意した以上、茉莉にはどうすることもできなかった。

茉莉は慄然《りつぜん》とする。いまもまた、茉莉にはどうすることもできないのだ。さきにできないのとおなじように。

「家出したくなったときは、いつでもいらっしゃい」

タイ料理店で食事をしたあと、別れ際にミチルはさきにそう言った。

「ばかなこと言わないで。遠すぎるわ」

あのとき茉莉はつい気色ばんだが、さきのそばにミチルのような人間がいてくれることに、感謝すべきだったのかもしれない。家出したくなったときは、いつでもミチルちゃんのところに行きなさい。娘に、そう言うわけにはいかないにしても。

多少の貯《たくわ》えと、「エンドラ」で働いた経験、それに碌《ろく》に口もきいてくれない娘――。生れ育った家に帰り着いたとき、茉莉にあるのはそれだけだった。

例によって突然思い立ったことなので、働き口のあてさえもない。福岡に――そうなのだ、あてがなくても、それはどうしたって福岡でなければならないのだ、と茉莉は思う。新がいて、惣一郎が眠り、始の愛したこの土地に――、パリのサロンのような店をつくろうと決めている。決めているが、もうすこし資金を貯《た》め、手頃な店舗用貸物件が見つかるまでのあいだ、どこかの店で働く必要があるだろう。でもその前に、家の掃除と庭の草むしりだ。

春。街の様子は茉莉の目に、これまでの帰省のときとはあきらかに違って映った。色のやわらかさとか、空気のなつかしさとか。

ただいま。タクシーが春吉橋の交差点にさしかかり、川が見えたとき茉莉はまず惣一郎に言った。そして始に。何度でも言いたい気分だった。夕暮れで、川ぞいの屋台には提灯《ちょうちん》がともっている。そぞろ歩く人々、いつ見ても変らない雪印バターの広告塔。それは実際喜びだった。茉莉自身でさえ予想もしていなかったことだが、帰って来られて嬉しかった。

新の感情は、しかしまた別であるらしかった。

「お帰り」

笑みを浮かべてそう言ってはくれたものの、

「なんか変な感じだな」

と、続けて言った。居間には先に送った引越荷物が所狭しと置かれていて、新にはそれが迷惑なようだった。

「着いたばっかりで悪いんだけど、最近ここを子供たちに開放していて、これがあると居場所がないって、みんなが怒っててさ」

嬉しげといっていい口ぶりで説明する。

「開放？　なあに、それ」

みんな、という言い方も異様な気がした。あたしの知らないみんなと、パパがそんなに親しいとは知らなかった。

ただいま、と、さきは言わなかった。

「やあ、さき。ひさしぶりだね。中学入学おめでとう」

新が言ってもにこりともせず、小さく会釈だけをした。

茉莉がかつての自分の部屋を、さきが惣一郎の部屋を使うことになった。荷ほどきなどは追々《おいおい》することにして、その夜は三人で水炊き屋にでかけた。

「いっつもここね」

一足ごとにきしむ、塵《ちり》ひとつなく磨かれた廊下を歩きながら茉莉は笑った。幼い惣一郎と九が、靴下で滑りながらばたばたと、騒々しく座敷に駆け込むのが見えるようだった。緊張した山辺の背中や、ストッキングに包まれた喜代の足や。

ここで、さきが「プリー、プリー」を踊ってみせたのはいつのことだっただろう。

そんなことを思いながら鍋をつつき、盃を重ねるうちに、茉莉はめずらしくすこし酔った。食後の果物が運ばれるころには、自分が両足をのばし、ぐったりと壁にもたれていることに気づいた。

「大丈夫か？」

心配そうに新が訊き、

「もちろん大丈夫よ。いい気持ち」

と、茉莉はこたえた。しかし呂律《ろれつ》がまわっていない。

「みんながいっぺんにでてきたからびっくりしちゃって」

言い訳のように言った。

「やめて、ママ、ちゃんとして。もう、みっともないな」

さきの声がする。

「ここはエンドラじゃないのよ。おじいちゃんもいるのよ」

なんだ、と茉莉は思った。話しかけても返事をしないさきなのに、ちゃんと口をきいたじゃないの。すると笑いが込み上げてきた。おさえようとするとなお込み上げて、茉莉は身体を震わせて笑った。

そのあとのことはよく憶えていない。翌日新の描写したところによると、「ちゃんと立って、ちゃんとタクシーまで歩いた」が、「ずっとけたけた笑っていた」らしい。

ともかくそんなふうにして、茉莉はここに帰ってきたのだった。

いちばんの驚きは、新の言う「みんな」、近所の子供たちだった。居間を「開放している」というのはほんとうのことで、毎日午後になるとどこからか子供たちが現れて、ランドセルや布製の手提げをそのへんに放ったまま、部屋のなかや庭で遊んでいる。鞄だけ置いていなくなる子たちもいて、彼らは外で遊んだあと、また鞄だけ取りに来るのだった。大勢いるときには騒がしいのですぐにわかるが、誰もいないはずの居間に、ぽつんと一人で本を読んでいる子がいたりするとぎょっとする。心臓が縮みあがり、茉莉は思わず声を漏らしてしまう。すると子供は読んでいた本から顔を上げ、にやりと笑う。あるいはぺこりと頭を下げる。

「おじゃましてます」

と言う子もいれば、

「びっくりしたと?」

と、訊く子もいる。

子供たちの顔ぶれは一定していない。常連もいれば新顔もいて、前にも見たなと思うけれど、上手く区別のできない子もいる。そのくらいたくさん来るのだ。

一体なぜそんなことになっているのか、茉莉には皆目見当がつかない。新は、気が向くと居間にやってきて、「やあ」とか「きょうは何してるの?」とか声をかけるが、そのあとはただつっ立って、子供たちの遊ぶのを見ている。それだけのことだし、子供たちも、とりわけ新になついてはいない。

また、新はここで子供たちにお茶だのおやつだのを出したことは一度もなく、ただし勝手に買ってきたものを食べるのは止めていないので、ときとして居間は彼らの宴会場というか、社交場の様相を呈する。ファストフード、駄菓子、炭酸飲料。子供がみんな帰ったあとまでも、そういう日はその匂いがいつまでも漂っている。

「いつからなの?」

尋ねると新は首をすくめて、

「もうだいぶ前からだよ」

と、こたえた。

「最初は一人か二人で、やって来るのもたまにだったけど、それが頻度も人数もすこしずつ増えて」

「含み笑い」

茉莉は言った。

「どうして含み笑いなんかしてるの?」

「してるかな」

新は首をひねってみせた。

「最初に来た子はもう中学生だよ。いまは滅多に来ないんだけど、来れば二人で話をするし、奴には茶くらい出してやってる」

茉莉は口をあけた。奴？　誰？　聞いたこともない。

「でも、こんなに大挙しておしかけてくるようになったのはごく最近だよ」

去年の夏、新が中学生の宿題を手伝ってやっていると言っていたことを、茉莉は思いだした。寝室を新聞だらけにして、どことなく嬉しそうに。

「こういうの、迷惑か？」

尋ねられ、一瞬言葉に詰まった。

「あたしはべつに構わないけど」

他に何が言えるだろう。

新は、いまでは外出するときも、昼間は家に鍵をかけないのだそうだ。


二番目の驚きは祖父江九だった。依然として屋上に暮してはいるものの、もう閉じ込もってはいないという。「このあいだも沖縄に行ってきとうとよ」七は目を潤《うる》ませていた。

「しょっちゅう旅ばしようと」

「元気になったっていうことですか？」

祖父江家の、清々しい青畳の部屋に正坐して、茉莉は尋ねた。

「また一人で旅ができるくらいに？」

七は泣き笑いしながらうなずいた。床の間には掛軸と、白百合の活けられた花器が据えられている。反対の壁には日本刀が三振り。ぞくりとする。

「ただね、いまは世間が九ば放っておいてくれんめいが？　静かに暮さしたかとやばってん、あることないこと囂《かまびす》しく騒ぎたててくさ」

超能力。胸の内で茉莉は呟く。空中浮遊、予知能力、キューリアン。詐欺だとか、危険思想だとか。

「ああそうだ、これ」

茉莉は、その朝焼いて、持参したロールケーキの包みをさしだした。

「ご挨拶っていうほどでもないんですけど」

もごもごと言った。この家には昔から、到来物がひきもきらずあった。上等のお酒とか和菓子とか。

「まあ」

七が目を輝かせる。包みを持って重さを量るみたい

な仕草をし、

「ロールケーキ?」

と、言った。

「嬉しかね。茉莉ちゃんのロールケーキ、えらい好いとうとよ」

御主人が早くに亡くなって、「組」とか、「報復」とか、茉莉にはわかりようもないいろいろなことがあって、再婚して、九が怒ってとびだしたりして、いまはまた九が世間を騒がせていて——違う、世間が九を騒がせているのだ、と七ならばきっと言うだろうが——、それでもこの人はやさしい。

「またここに、帰ってきちゃった」

つい、子供みたいな物言いになってしまった。七は目を細めて茉莉を見て、黙ってこっくりうなずいた。

6

一体なぜ、こんなにも長いあいだここを離れていられたのかわからない、と、茉莉は言った。迷信深い性質ではないが、誰かがここで、あたしとさきの帰るのを待っていてくれたみたいだ、と。そのくらい、何もかもが自然だった。自然で、しかも物事が妙に運命的——まあ、運命というものがもしあるなら——に思えた。

「たとえばね」

帰って以来三度目の訪問でやっと会えた祖父江九に、茉莉は説明しようとする。屋上の森では涼しげに水が流れ、セミが鳴いている。

「たとえばさきは、昔あたしが通っとった学校に通いようと。こっちに来るまで、そんなこと想像もせんかった」

実際、茉莉はさきを公立の学校に入れるつもりで手続きを進めていた。しかし「そんなこととは思わなかった」し、「当然お前の母校を受験させるつもりなんだと思っていた」新が、願書を私立校の方に送付していた。

「ほんとにびっくりしたっちゃん」

思いだし、茉莉は笑った。

「だって、願書がでとうなんて知らんかったし、受験日にはさきは東京におったっちゃもん」

結局、公立校には改めて書類を提出する必要のあることがわかり、同時に、私立校の三次募集試験にはそれからでも間に合うことがわかった。

「だめでもともとやけんっていう気持ちで受験したと、そしてね、いまは通いようと」

受験勉強もしていないのに、どうして私がそこを受けなくちゃならないの、と、さきがまたむくれたことは言わずにおいた。母校がどうとかなんて、そんなのママのただのノスタルジーじゃないの、と言われたことも。

「それはきっと、そうやったと思うよ」

ひっそりと、九は言った。

「茉莉ちゃんたちが戻ってくることば、みんなここで待っとったと。期待しとったとか望んどったとかやなく、知っとったけん待っとったとよ」

知っとったけん待っとった。茉莉は反芻《はんすう》し、首をかしげた。

「信じないっちゃね」

九は微笑む。茉莉をじっと見たままで。それはたしかに微笑みだったが、茉莉は皮膚がざわつくのを感じた。

「信じないっていうわけやなくて」

断言されるとがこわいと、と続けようとしたのだが、最後まで言わせてはもらえなかった。

「いや、信じんようにしようとしとる」

語調の強さにたじろぐと、九はもう一度、いや、と、呟いた。

「いいたい、何でもなか」

次に浮かべられた笑みは、さっきのそれよりも幾分穏やかなものだった。そこには困惑の色があった。あるいはいっそ後悔の。

「最近いろんなことがあったけん」

小声で言う。

「こげんなことば言うと、余計怯《おび》えさせてしまうとかいな、こわがりの茉莉ちゃんば」

図星だったが、反射的に憤慨の表情をつくった。

「こわがり？　あたしが？　そげんなの聞いたことない」

こわがりとか臆病とか、そういえば遠い昔によく言われていた。思いだし、茉莉はむしろ驚く。勇敢だといわれることに、最近ではすっかり慣れてしまった。

可笑しそうに、九が笑った。

「こわがりたい、茉莉ちゃんは。惣ちゃんもそう言いよった」

錆《さび》の浮いた椅子に坐って向きあったまま、茉莉は九の顔を見る。奇跡を見るみたいに、そうっと。

「よかった」

言葉が、つい口をついてでた。記憶が戻ってよかった。元気そうになってよかった。大きすぎる子供みたいじゃなくなって、よかった。

「旅ばっかりしようって？」

あかるい話題のつもりで口にしたのだったが、九の表情が翳《かげ》った。

「うん。あっちに、まだせないかんことがあって」

「あっちって、沖縄？」

うなずいた九は、悲しげな目で茉莉を見ていた。

「悲しいことと？」

尋ねると、呼吸一つぶんだけ沈黙し、微笑んで否定した。

「いや。ただ、去年大切な人が亡くなったとよ」

「やっぱり悲しいことやないね」

茉莉は言ったが、九はもう悲しげな顔はしていなかった。

「大切な人って、みんなおらんくなるっちゃんね」

九はいまやおもしろがってさえいる表情で、テーブルに頬杖をつき、茉莉を見つめている。

「何？」

「頑固やね。知っとうくせに。大切な人は絶対おらんくならんって」

そのときだった。風が吹き、木々が揺れた。さっきまでけたたましく鳴いていたセミが、いまは一匹も鳴いていない。水の音もせず、見ると噴水も止まっている。風が吹き、たくさんの木が——大きいのや小さいのや、濃緑のやきみどりのや——揺れる音だけがしていた。耳元で囁き、皮膚を包み、髪をくぐり、まつ毛にとどまり、頬をなでるなつかしいもの。通りすぎていく濃密な気配。

「何、これ」

喜代のガーデンで感じたような植物の生気に似ているが、もっとひそやかで、もっとずっと暖かなもの。だって、と、茉莉は思う。だって、実体がないのに実体があるとしか思えないもの——透明な霧みたいなもの、光の粒みたいなもの——が、いまあたしを通りすぎた。あたしのなかを、まわりを、そこらじゅうを。

「うわあ、何、これ」

それが通りすぎたあとも、茉莉はしばらくうっとりと目をとじていた。暖かくなつかしいものたちだった。ものたち——そう、たくさんいた。みんな、くすくす笑いをしているようだった。あるいは、小鳥みたいにピチュピチュさえずっていた。聞こえたわけではないのだけれど。

目をあけると、依然として頬杖をついたままの九が見えた。

「ね？　こわくなかったやろ」

セミが鳴いている。噴水はまだ止まったままだったが、すこしもこわくなかった。

「ちっとも」

それでそう言った。

「よかった」

九はにっこりして立ち上がった。

「こげんことにもっと気づいてほしかっていうとが、僕や母さんがしようとしようこととたい」

七が、超能力ともキューリアンとも関わりのない何かの「運動」を、始めたことは知っていた。物を書いたり、集会をひらいたりしているらしい。どうしておばちゃんまで。そう思わずにはいられなかった。静かな暮しをあんなに望んでいたひとなのに——。


「そうなの」

茉莉は言ったが、理解できたわけではなかった。

「ね、もうここからでられるようになったんやけん、今度街でデートしよう」

返事がなかったので、こう続けた。

「あたしね、最近福岡の街を探険しようと」

「探険？」

「そう。随分変っとうけんおもしろいし、変っとらんところは嬉しいしね。それで、変っとらんところの方が新鮮に見えたりすると、へんやけど」

九は目をほどいて微笑んだ。まぶしいときにするみたいに。

「よかね、たのしそうやね」

茉莉はひとしきり「発見」を話した。どこそこの空き地に分譲住宅ができていた、どこそこの空き地は健在で、でもこんなに——というのは茉莉の腰のあたりまで——雑草が生い茂っていた、小学校のそばの駄菓子屋は健在、クリームソーダの「オルベラ」も健在、でも子供のころには珍しくなかった「ひるもんやさん」には、海辺まで行っても会えなかった。昭和通りのガソリンスタンドは——そこに自分が嫁いだことは説明しなかった――四階建てのビルになっていて、二階には託児所が入っていた。

九は興味深そうに聞いていた。目を輝かせて「なつかしかね」と言ったり、「そこは憶えとらん」と言ったりし、最後にひどく静かな声で、

「でも、外では会わん方がよかと思う。茉莉ちゃんに迷惑ばかかってしまう」

とつけたした。茉莉は、喉元まででかかった言葉――あたしはちっとも迷惑じゃない――をのみこんだ。危険にさらされているのは九なのだ。

「そうやった」

それでそう言った。

「でも、きょうは会えてよかったわ」

水、また流れだしたわね。噴水を指さしてつけたすと、九はいたずらっぽく片眉を上げ、

「ずっと流れよったよ。噴水なんやけん」

と、言う。

「嘘ばっかり」

茉莉は笑顔で応じた。

ほんとうにおもしろい。


かつて惣一郎の部屋であり、いまはさきの個室となった小さな部屋のまんなかに立ち、茉莉は思った。何十冊もある少女漫画、ぬいぐるみ、木馬、クッション、ミッフィーの絵のついたカレンダー。ここは、どう見ても女の子の部屋だ。そして、同時に、どう見ても惣一郎の部屋なのだった。

好きなように模様替えしなさい、とさきには伝えた。さきは惣一郎の学習机をどけ、そこに気に入りのアンティーク机を据えたいと言った。ベッドまわりの備品は「いくら洗濯してあってもいやだから」すべて新品にしてほしいと言った。注文はそれで全部だった。チェストもベッド本体もそのまま使うと言い、壁の世界地図と天体図、昆虫の標本まで「シックだから」はずさなくていいと言った。

その結果、茉莉の目にはここはどうしても、「おにいちゃんとさきがシンクロしてる部屋」に見えた。整頓好きだった惣一郎と、散らかし屋のさき。両者は、しかし不思議に室内を心地よく調和させている。

「いっしょに寝てもいい？」

そう言って、惣一郎のベッドで頻繁に寝ていた自分を思いだした。惣一郎の死後もこっそりそうしていて、

いきなり窓から入ってきた九に、心臓が止まるほど驚かされたことも。

亡霊だらけのこの家での生活が、茉莉は気に入り始めている。

知らない子供たちが勝手に出入りすることにも、すっかり慣れてしまった。誰かがいると、それだけで風通しがよくなるのだ。彼らの個性にではなく意志に、茉莉はしばしば驚く。あんなに小さいのに、それぞれが明白に確実に意志を持っている。たとえ主張されないとしても。それはおもしろいことに思えた。おもしろく、すばらしいことに。

惣一郎の学習机は現在居間に置かれている。彼らがいつでも使えるように。


「講習会、ほんとに行かなくていいのか？」

書斎に紅茶を運んでいくと、新が言った。午前十時三十分のお茶は、茉莉と新の習慣になっていた。さきと一緒に摂る朝食は時間が早すぎて、「十時には小腹が減る」新のために。

「いいの」

茉莉はこたえる。

「去年も行かなかったし」

夏の終りに、茉莉は二度目のソムリエ資格試験を受けることになっている。毎年、試験のほぼ一カ月前に開かれる講習会は、強制ではなく任意参加とされている。しかし、去年試験に落ちたあとで、茉莉は実際にソムリエ資格を持つ「エンドラ」の客一人を含めた何人かの知りあいに、講習会に行かなかったことが「敗因」だと言われた。毎年、それに行くとその年の一次試験の出題傾向がわかるようになっているのだという。

「行っても意味ないもの」

厚く切ったカステラを皿にのせ、指についた砂糖を舐《な》めて、茉莉は言った。

「何を訊かれても大丈夫にしておけばいいわけでしょう？」

それはミチルに教わったことだった。大切なのはどんな問題がでるかではなく、どんな問題がでても大丈夫かどうかなのだと。

「まあ、心掛けは果敢《かかん》で立派だと思うけれどね」

新は苦笑し、カステラにフォークを入れた。

「そういえば、さきがきのう、レコードを貸してくれって言いにきたよ」

「レコードを？　だって聴けないでしょ、あの子の部屋にはプレイヤーがないんだから」

「学校に持って行くとか言ってた。音楽室で、ＭＤにおとしてもらうんだとか」

「ふうん」

茉莉は紅茶を啜った。厚紙と紐で綴《と》じられた資料の束、じゃらじゃらと金属じみた音のする、昔風のブラインド。大学の名前の入った、何かの記念の置時計、そしてどういうわけか、喜代のかぶっていた毛糸の帽子。それらすべてが、朝のあかるい光のなかで、薄く埃を積もらせている。

さきは、いまのところ大人しく学校に通っている。おもしろい？　とか、きょうはどんなことがあった？　とか、尋ねるとたちまち不機嫌になるのだが、このあいだは、「美術部に入った」といきなり言って、茉莉を驚かせた。

「パパはさきをどう思う？」

新は目をしばたたいて茉莉を見た。

「どうって、何だ？」

「こっちでの生活に、馴染んでるると思う？」

新は考え込む顔をした。考え込む顔をしたが、いい加減茉莉を待たせておいて、ようやく発した言葉は、

「カステラ、もう一切れ切ってもらえないか？」

だった。最近の新のこの食欲は、会話が尻きれとんぼになることとおなじくらい、茉莉を不安にする。

仕事はまだみつけていなかったが、あちこち見て歩くうちに、店舗用貸物件は予想したよりたくさんあることがわかった。一等地でなければ、賃料は東京より安い。すぐに借りるつもりではないにしても、それは心強い発見だった。

「いい街じゃない」

嬉しい気持ちでそう呟いた。

夏木力は、新しい店を「池尻大橋《いけじりおおはし》と三宿《みしゅく》のあいだあたり」に構えることに決めたという。秋ではなく冬の開店になってしまうけれど、納得のいく形でスタートができそうだ、と言っていた。電話は茉莉の方からかけた。すでに「エンドラ」を辞めていることは知っていたし、新しい店の準備状況を知りたくもあったからだ。それなのに力は、

「電話、くれなかったですね」

と、言った。

「かけてるじゃない、いま、こうして」

もっと早くかかってくると思っていたのだ、と力は言った。「そんな、いなかとか帰っちゃって、何日後に最初の電話がかかってくるか、みんなで賭けてたんですよ」と。

考えてもみなかった、と言うのは気がひけたので、「あたしはタフだもの」と言うにとどめた。それでも、一人一人の顔が浮かんで、笑みがこぼれた。

もともとぶっきらぼうな力との会話は弾まなかった。弾まないまま、

「俺の声が聞きたくなったら、またいつでもかけて下さい」

と言われて電話を切った。切ったあとですこし笑った。一言も励まされなかったけど励まされた、と思ったからだ。おなじ目標を持った力の存在は、それだけで心丈夫だった。

きらめき通り、天神駅、中央公園を横切って、西中洲、旧貴賓館。茉莉は「いい街」を歩く。那珂川を越え、中洲、中洲川端。ここからバスに乗り、博多駅にでるつもりだった。

路面物件ではない方がいい。すでにそう決めている。路面物件は賃料が高いし、特別な空間という風情《ふぜい》に欠けるからだ。狭い階段をのぼった二階、あるいはおりた地下一階、がいいと思っている。ただしエレベーターを使わなくてはならないとなるとまた別で、大きなビルの六階とか七階は、好ましくない。夏木力の店も二階だと言っていた。

とりとめもなく考えながら、バスを待つ人の列——三人いる——のうしろについた。午後二時。博多駅には、これから雇ってもらえるかもしれない店に、面接を受けにいくのだ。約束は三時だが、早く行って周囲も「探険」というか「検分」したいと思っている。

「まあ、気楽に行っておいで」

でがけに新にそう言われていた。

「向うはお前を値踏みするんだろうけれどさ、お前も店を値踏みしてから決めればいいわけなんだから」

「あの」

声と同時に、背中を指でつつかれた。尖《とが》って硬い感触があったのは、あとから思えばそのひとの爪がのびていたからだった。

ふり向くと、日傘をさし、派手な化粧をした若い女

性が立っていた。ヒマワリ柄のプリントされた、黒いワンピースは布の分量が最小限におさえられており、大きく刳《く》れた胸元からは、白粉でもはたいたかと思うほど白く、ぽったりと豊かな乳房が半分ほどのぞいていた。そこに吸い寄せられた視線を、茉莉は無理矢理上にあげた。その女性の顔の位置に。

「はい？」

若い、という印象を、茉莉はまず訂正した。整った顔立ちと巧みな化粧、しかしそこには歳月が深く刻まれていた。決してやさしい歳月ではなかったのだろうと、わかる暗い刻まれ方だった。

「寺内茉莉さん、ですよね」

いきなり名を呼ばれ、ぎょっとしたが、呼んだ女も茉莉に劣らず怯えた顔をしていた。

「はい」

うなずいてこたえた。女は何も言わず、茉莉の顔を、幽霊でも見るみたいにただ見つめる。そして口をひらいた。

「あたし、菊丸《きくまる》といいます。一度お会いしとうとです、ずっと昔に。もうお忘れんしゃったかもしれんけど」

その名前なら憶えていた。「エスパーキューを支える女性」として、何年か前にあちこちで騒がれていたひとだ。会ったことがあるとは思えなかった。いつ、どこで会ったというのだろう。

「あたし、七さんの家であなたの写真ばたくさん見せてもらったけん、それで……」

写真？　でもたったいまこの人は、一度お会いしたと言ったのではなかったろうか。菊丸の話し方は、どこかたどたどしかった。茉莉は困惑する。

「どこかで、もうすこし落着いて話しましょう」

握りしめていたバス代を財布に戻して、茉莉は言った。

7

ビルの二階の珈琲《コーヒー》専門店は、客がすくなくて冷房がききすぎていた。窓際の席に向いあって坐ると、菊丸と名乗った女の顔に、なんとなく見憶えがあるような気もした。

「放生会？」

それでそう尋ねた。九の女友達をちらとでも見たのは、あのとき一回こっきりだからだ。

「そう、放生会」

女の顔に、はじめて笑みが浮かんだ。口元というより目元をほころばせるような、かわいらしい笑顔だった。

「あのときはあなたが九ちゃんば連れて行ってくさ、あたしは雑踏に置き去りやったとよ」

「まさか。あたしはそんなことしないわ」

びっくりして否定したが、したかもしれない、と茉莉は思った。あのときには互いに連れがいた。その連れを置き去りにして、九と二人でラブホテルにしけこんだのだ。

菊丸は依然として微笑んでいる。なつかしそうに、むしろ楽しい思い出みたいに。

「ちがうとです。いいと。あんなんえらい昔の、子供のころのことやもん」

アイスコーヒーが二つ運ばれ、茉莉はストローの袋をちぎった。

「あのあとあたし、九ちゃんとつきあったとです。その、何というか、真剣に」

表情が翳る。

「でも、別れてしもうて」

菊丸の口調は、たどたどしくなるかと思えば逆に早口になり、熱を帯びるかと思えば虚《うつ》ろになる。

「あたしから別れたとですよ」

彼女は言った。

「あげんなことには耐えられんくて」

視線が落着きなく彷徨《さまよ》うのは、この人の癖なのだろうかと茉莉は訝《いぶか》った。

「あの」

身をのりだし、誰かに聞かれることを恐れてでもいるみたいな小声で菊丸は言った。

「九ちゃんは元気ですか」

茉莉は拍子抜けした。元気よ、とこたえてコーヒーを啜った。氷が涼しげな音をたてる。テーブルにおしつけられた白いやわらかそうな乳房に、つい目が吸い寄せられてしまう。

「ほんとうなん?」

ささやき声に、茉莉はストローをくわえたまま、視線だけ上にあげた。緊張し、ほとんど怯えたような表情の菊丸がいる。茉莉は二度うなずいてこたえた。

「よかった」

声からも身体からも力を抜き、菊丸は元通り椅子に背をあずける。

「よかった」

微笑んで、茉莉もおなじ言葉を返した。別れてもなお、こんなにも九の身を案じている女性がいると知って、茉莉は温かなものが胸に流れ込んだ気がした。

「でも、ごめんなさい、もう行かなくちゃ」

菊丸のアイスコーヒーはまだ手つかずのままだったが、面接の約束があることを茉莉は話した。この土地での商売の感じをつかむために、どこかで働きたいと考えていることを。

「何ていう店？」

尋ねられ、店の名を言うと、菊丸は首を横に振った。

「やめときんしゃい。店長はすけべやし、レミーとか水混ぜとうとよ」

茉莉はすでに立ち上がっていたのだが、それについてしばらく考え、再び椅子に腰をおろした。店長のすけべはともかく、酒の水増しは性に合わなかったからだ。

菊丸は、この街の水商売のことなら何でも訊いてくれていいと言った。お酒をだす店ならば大抵行ったことがあるし、何しろ十八歳のときからこの世界にいるのだから、と。そして、銀ラメ入りのマニキュアをした長い爪の手で、「おすすめ」の店を四軒書きつけてくれた。手帖から破り取られて渡された紙きれには、少女じみた丸い文字がならんでいた。

「お前たちが帰ってきて、いちばん変ったのは台所だな」

茉莉のつくった夕食——高野豆腐と肉だんご、ごぼうのサラダ——を口に運びながら、嬉しそうに新が言った。

散らかり放題だった台所を清潔にするのには時間がかかった。かかったが、一旦きれいにしてしまえば、秩序の保ち易い場所でもあった。さきも新も、冷蔵庫をあける以外のことをここでしないからだ。

「最初は床とかちょっとべたべたしてたもんね」

さきが言う。茉莉には、しかし新の言おうとしたことが、床のべたべたではないことがわかっていた。喜代の気配なのだ。台所に、茉莉は幾つか新しい調理器具を買い足したし、喜代の集めた美しいクリスタル製品は、壊すと恐いので使っていない。それにもかかわらず、台所はかつての生気を取り戻し、この家の、ほかのどの部屋よりも濃く、喜代の気配がした。

それに――。とてもフシギだけれど、と茉莉は考える。あたしはママに料理を習ったことなどないし、レパートリーは、ママのそれの足下にも及ばない。でも、あたしにつくれる多くはない数の料理は、ママのつくったその料理と、たぶんおなじ味がする。

独り暮しをしていたころ、茉莉を台所に立たせたがらなかった新のことを、茉莉は思った。それこそそこらじゅうがべたついた、一目で男の独り暮しとわかるような侘《わび》しい空間に、およそ台所とは無関係な、喜代の服だの装身具だの、果ては靴まで持ち込んでいた新を、思いだすと胸が軋《きし》んだ。

二本目のビールをのみながら、新は視線を宙に据えた。ガス台の前、いつも喜代が立っていたあたりに。

翌朝、茉莉がさきを見送りにおもてにでると、七が道に水を打っていた。

「おはようございます」

日ざしはすでにアスファルトに照りつけ、打たれた水が、たちまちぬるんで染み込むような朝だった。

「おはよう、茉莉ちゃん。いいお天気やね」

七は腰をのばし、反るような動作をして、茉莉にこたえる。

「いってらっしゃい」

さきに言い、片手で日ざしを遮って、一緒に見送ってくれた。

「大きくなったったいね」

はい、とこたえたが、ほかに何を言うべきなのかわからなかった。制服を着たさきの後ろ姿は、茉莉をいつもすこしだけ混乱させる。そばに「九ちゃんのおばちゃん」がいるとなるとなおさら。塀とアスファルトの隙間《すきま》に生えた薄緑色の雑草が、びしょびしょに濡れて気持ちよさそうにしている。七の打った水は、じきに蒸気になって消えてしまうだろう。アスファルト特有の、むうっとする匂いがすでにしている。茉莉はまだ家に入りたくないような気がした。それで温度を下げられるとは思えないのに、背を丸め、使い込まれた桶《おけ》と柄杓《ひしゃく》で、道に水を打ち続ける七の姿を、もうすこし見ていたい衝動にかられた。

二度目のソムリエ試験に茉莉は落ちた。試験に落ちることにはすっかり慣れているとはいえ、今回は内心自信があったので、落胆した。

「いいこともあれば、わるいこともあるさ」

新はそう言ってなぐさめてくれた。

いいことというのは、働き口の見つかったことだ。一週間ほど前から、茉莉は親不孝通りにあるバーで働いている。菊丸に教わった店のうちの一軒だった。五人も坐れば一杯になってしまうカウンターと、テーブル席が一つあるだけの小さな――のみならず茉莉の意見ではかなりやぼったい――店だったが、落着いてのめる雰囲気なのと、バーテンの腕の確かさに惹《ひ》かれた。

茉莉はそこで、七杯の酒をのんだ。面接というほど改まったものではないにせよ、働き口を探していると連絡してでかけた、その日にだ。最初の三杯は、雑談をするうちに向うから「試してみろ」と言われたのでのんだ。次の四杯は、茉莉の方が頼んでつくってもらった。帰り際に「お金を払います」と言ったのは、だから無論本気だった。店の主人でありバーテンでもある富田《とみた》という中年の男は、人あたりのいいやわらかな物腰と声音の持ち主で、「そげんともん受けとれるわけなかろうもん」と言ってにやりとした。「さっき言いよったこと、労働条件とかも含めて考えてくさ、よかったらまた連絡ば下さい。そやなかったら、今度はお客さんとしてのみにきんしゃい」

富田は笑うと目尻も眉も下がる。いわゆる恵比須顔《えびすがお》で、指もずんぐりと太く、お世辞にも女性客を惹きつけそうもないのだが、客は菊丸も含め、女性が半分近いのだそうだ。

翌日、茉莉は言われた通りに連絡をした。「よかったので、働かせて下さい」と言って。

「試験はまた来年もあるんだろう？」

新は、茉莉の運んだきょうの分の菓子をたちまち平らげ、何も食べなかったみたいな涼しい顔で、茉莉の皿を見ている。

「そうだけど」

来年も落ちるかもしれない、と思うと不安だった。五年かかっても十年かかっても取れなかったらと思うと。

「何ていったかな、あの女優」

ほとんど呟きに近い声で、新が言った。初秋の風がブラインドを揺らす。居間から、子供たちのかん高い声が聞こえていた。

「ほら、『フィラデルフィア物語』とか、『冬のライオン』とかにでていた」

茉莉がこたえられずにいると、「まあいいや」とさらに小さく呟いて、

「夢はいつかかなう。待つ者には」

と、いきなり言った。

「『旅情』という映画のなかのセリフだよ」

旅情。映画は憶えていたが、そういうセリフがあったかどうかは思いだせない。茉莉が考えているうちに、新は自分のフォークをのばし、茉莉の皿にのっていた菓子も食べてしまった。茉莉は驚きを示すために眉を上げてみせたが、言うべき言葉はみつけられなかった。

お薬のせいかもしれない、と考える。すこし前から新は不眠を訴えていて、医師に誘眠剤を処方されていた。甘いものばかりこんなに食べたがるのは、その副作用なのではないか。

火がついたような泣き声が、居間から聞こえた。大人の感覚から言えば、ほとんど常軌を逸した悲鳴に近い。

茉莉が慌てて駆けつけてみると、四、五人の子供が心配そうに一人を取り囲んでいた。泣いているのはいちばん年少の女の子で、立ったまま、渾身《こんしん》の力をふりしぼって悲しみを訴えている。

「どげんしたと？」

尋ねると、泣き声がすこしだけ低くなった。年嵩《としかさ》の子たちが口々に説明した。

「あのくさ、宝探ししとってね、範囲は部屋のなかだけって言うとったのに、カワボーが庭に隠しとったったい」

「ぶつけたったい、足」

「庭から部屋に入ろうとしてくさ」

「ちがうったい、部屋に入ってからぶつけたっちゃんね」

何を言っているのだかわからなかったが、女の子は爪を半分はがしていた。びっくりするほど小さくてかわいらしい足の先に、痛々しく血を滲《にじ》ませている。

「ちょっと待っとってね。すぐ手当てしちゃあけんね」

泣き声は、しゃくり上げ程度に収まっていた。脱脂綿に消毒液をしみこませて傷口を押さえると、女の子はびくりとしたが、むしろそのせいで、もう一度泣くのを忘れてしまったようだった。

「えらか、えらか」

茉莉はほめてやる。

「そげんひどくなか。これやったら大丈夫」

「いてー」

カワボーと呼ばれた男の子が変な声をだした。

「俺やないっちゃけど」

茉莉は庭からアロエを切ってきて、葉肉のかけらをあてがい、ガーゼと包帯でしっかりと固定した。ほっとしたことに、爪は途中まで割れていたがはがれてはいず、触らなければもう痛まないはずだった。

「はい、おしまい」

茉莉は言い、泣いたせいでまだ熱を発している女の子の顔から、はりついた髪を払いのけてやった。

「どうもありがとう」

湿った声で、しかしはっきりと女の子は言い、茉莉の目を見て素早くにこりとした。茉莉は虚をつかれる。個性ではなく意志に、こんなに小さいのに独立した人間であるという単純な事実に。

女の子は大きなびっこをひいてソファまで歩き、腰をおろすといかにも興味深げに、自分の足に巻かれた包帯を観察した。


今度の店は、「エンドラ」とはまるで違った。音楽もなければ踊りもなく、従業員も茉莉一人しかいない。トミーさん――店長の富田は皆にそう呼ばれている――は毎晩八時に店をあける。酒の業者や氷の業者、おしぼりの業者がやってくる。茉莉の出勤時間は十時だ。常連客の多くは近隣の商店主と風俗店に勤める女性で、たいてい一人か二人でやってきて、長居はせずに帰っていく。長居をしがちなのは観光客で、しかしトミーさんは彼らにも大変愛想がいい。背広姿の客もいる。彼らは出張中のサラリーマンで、「博多に来たら、ここに来る」人々だ。

うちの新しか女の子、と、トミーさんは常連の誰彼に茉莉を紹介する。

「よろしくおねがいします」

その度に茉莉は笑顔をつくるのだが、

「かたか、かたか」

と、トミーさんはひやかす。接客は得意だと思っている茉莉だったが、客と従業員が「友達」というか「仲間」めいていた「エンドラ」に慣れすぎていて、いかにも水商売風のこの店のやり方に馴染むのには、しばらく時間がかかりそうだった。

「どこから来たと?」

博多弁で話しているのに、そう訊かれることもあった。

「まあ、マティーニは無理やろうけんジン・トニックでもつくってみてん」

試すような物言いをされることも。感じわるい。胸の内で呟くが、同時に茉莉ははりきる。

これまでと違う点は他にもあった。

「お腹すいたあ」

仕事帰りの女の子たちは、人形の髪かと見紛《みまご》うばかりにくるくるとカールした髪と長いまつ毛で、甘えるような声をだしてトミーさんに言う。彼が魔法のように——そして忘れた頃に——オムライスやビーフシチュウを差し出してくれることを知っているのだ。それは近くの店からのテイクアウトで、取りに行くのは茉莉の仕事だった。

「トミーさんもののみぃよ」

そう言われたときにだけ、トミーさんは酒をのむ。

「あたしは？」

とは、さすがに茉莉もまだ言えない。

菊丸はここの常連だった。いつも一人で来て、賑やかに喋《しやべ》って帰っていく。話題が祖父江九でさえなければ、彼女がとても快活であることを茉莉は知った。他の客とも親しげに話すし、やや不遠慮なほど率直に物を言い、誰かが冗談を言えば大げさに笑った。しかし誰かが九の話題をもちだすと——そういうことはままあった。東京でもニュースにはなっていたが、ここ地元では、誰もが九について一家言持っているようなのだ——、瞳が暗く翳り、貝のように口をつぐんでしまう。

茉莉もまた困惑した。そこで語られる九は、犯罪者とは言わないまでも社会的異常者であり、ときにはカリカチュアとなっていて、およそ茉莉の知っている九とは似ても似つかないものだったからだ。

「茉莉さんは安全なん？」

菊丸に唐突に尋ねられたのは、秋も深まったころだった。店には他に見慣れない男性客が一人いて、大分から来たというその男の相手はトミーさんがしていた。

「安全って？」

訊き返すと、菊丸は目を伏せ、水割りの氷を指でまわした。うつむいたまま、

「やなやつらに追いまわされたりくさ」

と、言う。からん、と氷が音をたててまわる。

「脅迫状が届いたり」

からん。腕をねじ上げられて耳元で囁かれたり。からん。家のガラスを割られたり。

「そげんことされたと？」

仰天し、つい大きな声をだした茉莉を、とがめるように菊丸はにらんだ。濡れた指をしゃぶる。どきりとするほど色っぽい仕草だった。

「そげんと序の口やん」

吐き捨てるように菊丸は言う。

「九ちゃんのしとうことばわかってもらいたくて、ラジオにでたりしとったけんいかんかったんやけど」

菊丸の話は続いた。狂信者につけまわされ、糾弾されたりつばを吐かれたりしたこと、殴られて怪我をしたこともあること、家からでるのが恐ろしくてたまらなくなり、ノイローゼになりそうだったこと、そして、何よりも息子の身が心配だったこと。

「息子さんがおると？」

尋ねると、菊丸は話すのをやめ、両手をグラスに添えて、目元だけほどく優しげな笑みを浮かべた。

「おるわ」

それだけだった。何歳だとか何という名だとか、余計なことは何も言わなかった。おるわ。目の前の女性が息子をどのくらい愛し、どのくらい誇りに思っているか、それだけで十分にわかった。

「さてと。帰らんないかん」

つけとっちゃり、とトミーさんに大きな声で言い、よくあんな靴で歩けると思うほど細く高いピンヒールで店をでて行く菊丸を見ながら、たったいま聞いた恐ろしい話が、茉莉にはどうしても信じられなかった。

8

家のあちこちを掃除したり片づけたりしているうちに、茉莉はふと、居間に貼られたままの惣一郎の絵をしまいたくなった。それは、やけに頭の小さな男の子が一人と、その子の半分ほどの大きさの巨大なてんとう虫が一匹、緑の線で描かれた地面に立っている絵で、余白には赤と青の自動車が一台ずつ描き込まれ、そのすべてを、まるい黄色い太陽が照らしていた。紙はすっかり乾いて縁が変色しており、画鋲でたびたびとめ直された四隅はちぎれてぎざぎざになっている。これを描いたとき、惣一郎は一体幾つだったのだろうかと、茉莉は考える。絵から判断する限り、四つか五つ。それ以上ではないはずだ。

もうくたびれたからはがして。

絵が、そう言っているような気がした。壁に固定され、茉莉と新以外の人間の目に——さきの目に、遊びに来るたくさんの子供たちの目に——さらされて、身を縮めているようにも見えた。

「居間の、おにいちゃんの絵をはがしてもいい？」

書斎で書き物をしている新に尋ねると、新は、

「絵？　そんなのあったかな」

と、こたえた。それで茉莉ははがした。晴れた昼間だった。居間にはまだ子供たちの姿はなく、絵はカリカリと枯れ葉じみた音をたてた。喜代の鏡台の横長の抽斗《ひきだし》に、茉莉はそれをしまった。そうっと、寝かせるみたいに。

壁には四角い跡が残ったが、茉莉には、その跡は惣一郎にとてもよく似合うもののような気がした。そっけなくて、からっぽで、でもたしかにそこにあって。

ひさしぶりに馬場の名を聞いたのは、福岡に戻って一年が過ぎたころだった。

「ひゃあ。馬場ジュニア？　茉莉ちゃん、あの馬場ジュニアとつきあっとったと？」

箸をふりまわし、菊丸は頓狂な声をあげた。「トミーズ」の閉店後、夜の最後の時間に、こうして菊丸と二人で屋台で夜食をとることが、ときどきあった。不透明な厚ぼったいビニールに囲まれ、むせ返るような豚骨スープの匂いのなかで、つめたいビールをのみ、もつ煮込みをつついている。

「ちがうってば。つきあっとったっちゃなくて、居候《いそうろう》させてもらっとったと。あたしと、そのころあたしのつきあっとった人と」

随分昔のことだ、と思いながら茉莉はこたえる。煮込みはしっかりと甘く、濃く、おいしい。

「ますます大変やない。男二人に女一人？　いやらしか」

菊丸はくっきりと化粧の施された顔を、至近距離まで茉莉に近づけて囃《はや》した。香水の匂いがする。

「ちがうってば。そげんとやないっちゃん」

言いかけて、馬鹿馬鹿しくなり、茉莉は笑いだしてしまう。いまとなってはどうでもいいことだ。菊丸も笑った。笑って、

「あたしたち、いっぱい男泣かせてきたったいねえ」

と、言う。

「そうやねえ」

泣かされもしたけど、ということは言わずにおいた。菊丸といると、茉莉は陽気になる。物事の細部はどうでもいいような気になる。いつもそうだ。菊丸は人の話をあまり聞かない。聞かないが結果としてそれなりに、許容できる範囲の結論を導きだすのだった。

「お酒ちょうだい」

菊丸は言う。

「この煮込み最高やね。おばちゃんとこのがやっぱり一番やん」

まったく調子がいい。調子がいいが、しかしそれは嘘というわけでもないのだった。

「じゃああたしもお酒ばもらおうかいな」

屋台のおばちゃんは嬉しそうに、コップを二つ、酒で満たした。

馬場誠が、ふぐ料亭の跡取り息子であることは知っていた。茉莉のつきあっていた男とは違って、東京でも真面目に修業をしているようだった。茉莉はしかしそのふぐ料亭の場所も名前も知らなかったし、馬場が無事に跡を継げたのかどうか、考えたこともなかった。無事に帰っていた。菊丸の話では、市内に支店を一つだした。本人は、立派な生簀《いけす》の二つある、本店の方で働いている。結婚して、小さい娘が三人いる。

「でもくさ」

顔をやや上に向け、目の縁をほんのり赤くした菊丸は言った。

「あたしに言わせたらどっか頼りないっちゃんね。いまふうっていうか、ファミリータイプ？　愛人ひとり囲えん感じ。絶対そげん度量ないと思うもん」

茉莉は笑った。

「いいちゃないと、そんなの囲わんくても」

「そりゃいいけどくさ」

菊丸も応じる。呂律があやしくなっていた。

「今度会いに行ってみらん？」

茉莉は首をかしげ、考えるときの癖で目を細めてから、

「行かん」

と、こたえた。ファミリータイプとやらになった馬場を見てみたい気もしたのだが。

「そうやね」

酔った菊丸が、がくんがくんとうなずく。

「昔のことやもんね」

「そう、そう」

茉莉は言い、おばちゃんにお勘定を頼んだ。


秋。雑草だらけでがらくただらけの庭の真上に、青空が広がっている。家のなかはすこしずつ手を入れて、片づけたり磨いたりしてきた茉莉だったが、散らかり放題の庭にだけは手をつけられずにいる。枯れたまま丈高くのびて風に揺れている、名前も知らない幾つもの草や、こんもりと茂り、虫くいだらけになった葉っぱ、赤い実をつけた低木。隅に植えられたギンモクセイは、ろくに水もまいていないために葉が白く埃っぽくなっているが、地味な花をそれでもたくさん咲かせている。

背後の居間では、子供たちが遊んでいる。何人かは外で遊んでいるらしく、きょうは比較的静かだ。壁際にまとめて置かれた鞄を見て、茉莉は苦笑する。またyou だ。黒いランドセルが一つ、ぱかりと口をあけている。とめ金をちゃんとかけないのだろう、放りだすように置くので、しょっちゅう口があいてしまう。

ソファで、男の子が二人、漫画の本に熱中していた。床には女の子が三人ぺたりと坐って、ピンクや白や水色のビーズを天蚕糸《てぐす》に通している。せっせと手を動かしながら、おしゃべりも止まない。小学校二年生くらいだろうか。茉莉は見当をつける。三人は車の話をしていた。意外だ、と茉莉は思う。最近は、女の子でも車に興味があるのだろうか。

「でも、うちの車はＲＶやけん」

一人が言うと、

「やっぱりね。そうやろうと思った」

と、もう一人が応じる。大人じみた口調が可笑しくてかわいらしく、茉莉は笑いを嚙み殺した。おしゃべりは続く。「それってジープなん?」「ジープやないっちゃけど」「じゃあワゴンね?」「あのね、ワーゲンってあるやん」「ワーゲンやなくてワゴンって言ったたい」「知っとうよ。ちがうと、水色のワーゲンをね、一日に五台見ると幸せになれるんやって」「何それ」「へんなの」……。

よく来る子供たちの顔と名前は、茉莉もだいたい覚えた。積極的に観察しているわけではないので個々の性格までは把握していないのだが、それでもたまに、こんなふうに庭に立って様子をうかがっていると、彼らをかつてよく知っていたもの、なつかしいもの、のように感じることがあった。全然似ていないのに、ふいに、子供たちの一人が惣一郎のように見えたりする。九に似ているように思えたり、茉莉自身に似ているように思えたりする。

居間に入ると、おしゃべりが止んだ。

「おばちゃん、見てん」

かわりに一人がそう言って、ただ長くつなげただけのビーズ糸を掲げる。

「きれいやね」

視界の端に、人影が見えた。台所との境目あたりにひっそりと立ち、新が茉莉と子供たちを見ていた。淋しそうに、でも、やはりなつかしそうに。

梅雨《つゆ》のあけた頃から、新はまた無口になっていた。ぼんやりしているかむっつりしているかのどちらかで、話しかけられても返事をしないこともあった。そうかと思えばいきなり茉莉を、

「ママ」

と呼んで、さきと茉莉をぎょっとさせる。

「いや、違ったね。ちょっと混乱してしまった」

すぐにそう気づきはするのだが、頭痛でもこらえるかのように眉間《みけん》にしわを寄せ、疲労のにじむ声でそう認められるのも切なかった。

子供たちを見て、パパもあたしやおにいちゃんの子供のころ、まだパパも若くてママも生きていたころのことを思いだしているのだろうか。茉莉は考える。それとも、パパ自身が子供だったころのこと？　誰にわかるだろう。

トミーさんについて、茉莉がいちばん感心するのは客あしらいの上手さだった。この人には機嫌も体調もないのか、と思うくらい、いつでもおなじ気配、おなじ物腰、おなじやわらかな口調と笑顔でそこにいるのだ。酔った観光客がはしゃいでとばすつまらない冗談にも声をたてて笑うし、彼らが帰るときにはいかにも名残り惜しそうに、「また博多に来んしゃったら寄って下さいね。ずーっと待たしてもらいますけん」などとしゃあしゃあと言う。陳腐きわまりない政治批判を来るたびにくり広げる常連客——しかも長居なのだ。一人で来て、三時間はねばる——の話にも、嫌な顔一つせずに耳を傾ける。「そうなんですか。いっちょん

知らんかった。勉強になるなあ」

独身で、母親と二人暮し。猫を飼っている。毎日顔を合わせていても、それ以上のことは知りようがなかった。

そんなトミーさんが怒るのは、女性客――水商売の女の子たち――がからまれたときだけだ。しつこく迫られたり、卑猥《ひわい》な冗談のねたにされたり。

「お客さん」

はじめはやんわりと咎《とが》める。それでも相手が態度を変えないと見るや、トミーさんはカウンターからでてきて言う。

「困るって言いようとばってん、わかりりんしゃれんとかいな」

そのときには、右手が必ず相手の腕にかけられている。おそらくは、かなりがっしりと強く。客はたいてい何かわめく。「何もしてねえだろ」とか、「何すんだよ、はなせよ」とか。トミーさんはもう何も言わない。相手が視線を逸《そ》らすまで、腕をはなさず、ただ睨《ね》めつけている。ながいときには数十秒も。店じゅうが静まり返る。でも、それで終りだ。客は捨てゼリフを吐いて退散する。

「すみませんねえ、お騒がせばしました」

残りの客にそう言うとき、トミーさんはすでに恵比須顔に戻っている。

この店で働くようになってから、茉莉は水割りが好きになった。

「茉莉ちゃんものみんしゃい」

客の誰かにそう言われると、だから茉莉は水割りをのむ。それは練習のつもりだった。おなじウイスキーと、おなじ氷、おなじ水を使っているのに、茉莉のつくるそれとトミーさんのつくるそれとでは、あきらかに味が違った。硬水と軟水くらい違う。トミーさんがつくると、ウイスキーの高貴な風味はそのままに、グラスのなかが春の小川みたいにやさしくなった。喉ごしもまるい。

いちばん難しいのは水割りなのだと、トミーさんも認めていた。

「カクテルは基本的に配合やけん、きちんとつくれば誰でんつくれる。でも水割りとなると、説明できんねえ、覚えるとに時間がかかると。時間ばかけてん、覚えられん人もおるとよ」

自分が覚えられる人間なのか覚えられない人間なの

か調べるためにも、時間をかけてみようと茉莉は思っている。

雨が降っている。

「寒かねえ。もう冬やったいねえ」

店に入ってきた菊丸は、薄手のレインコートの下に、丈の短いワンピースを着ているだけだった。

「ホットラムちょうだい。バターは入れんで」

おしぼりを使いながら言う。

「天神に、いい物件あったとよ。えらい新しいビルの二階。間取りのコピー、もらってきてあげたけん」

折りたたまれた紙をだして、菊丸はカウンターに置いた。

「ありがとう」

茉莉は受けとる。菊丸だけではなかった。トミーさんもときどき店舗用貸物件の情報をくれる。夏に帰国した青山志津夫も——そのときには志津夫が忙しすぎて会えなかった。会えなかったが、茉莉もさきも電話で話した——、知りあいに不動産屋がいるから、よければすぐにでも頼んでみようと言ってくれた。

「でもまだもうすこし」

紙をひろげ、「立地最高!」と手書き文字で印刷されている図面を見つめながら茉莉は言った。

「もうすこし待つべきやっていう気がすると」

そのときがくれば、たぶんそれとわかる。

「トミーさんから学ぶこともまだまだあるやろうし」

つけたすと、トミーさんは情なさそうな顔をした。

「あんまり学ばんどって」

静かな夜だ。雨のせいか、客は菊丸しかいない。

「やっと身体があたたまった」

脚を組み、細巻きのハッカ煙草に火をつけて言った。

「さっきまで、いやなお客さんと一緒やったと」

口にした言葉はそれだけだった。どんな客で、何を言われたのか、何をされたのか、させられたのかはわからない。でも、もう済んだことなのだ。菊丸の笑顔で、それがわかった。

「じゃあ、のみんしゃい」

茉莉も笑顔で、それだけを言った。一日の終りに、一杯のお酒にできること——。

「そういえば、二、三日前にさきちゃんば見たよ」

菊丸が言った。

「ベイサイドプレイスで」

「ベイサイドプレイス？　なんであげんとこに？」

知らないけど、制服姿で、一人やった、と菊丸は言う。建物のなかで、船を待つ人々からすこし離れて、ガラス窓の前にぽつんと立っていたらしい。

「こんにちはって声をかけたら、こんにちはってこたえた。何しようとって訊いたら首ばかしげて、こたえんでにっこりしたと。そういうとこ、あの子茉莉ちゃんに似とうね」

菊丸とさきは、これまでに二度会っている。一度目は偶然だったが、二度目は三人で一緒に初詣に行った。茉莉と菊丸がはじめて会った、あの筥崎八幡宮に。

「ふうん。そうね」

こたえたが、にわかに不安が兆《きざ》した。ベイサイドプレイスは昔からある船の発着場で、家からも学校からも離れている。展望台はあるものの、若い子たちが行きたがるような、賑やかな場所ではなかった。

「何時ごろやった？」

尋ねると、菊丸はすこし考え、四時ごろ、とこたえた。

「宮さん――って昔からのお客さんやけど――を見送りに行って、その船が四時二十五分のやったけん」

そう。もう一度、茉莉は言った。

翌日も雨は降り続いていた。陰鬱《いんうつ》な、十一月の雨だ。朝食の席で、茉莉はさきに問い質《ただ》した。そんな場所で、一人で、一体何をしていたのか。

「べつに」

というのがさきのこたえだった。

「ただ船を見てたの」

茉莉とおなじくせっ毛の、伸びた髪が肩にかかっている。入学したばかりのころにはぎこちなかった制服の着こなしも、いつのまにか板についたようだ。

「あそこからだとよく見えるの。船が着岸するところとか、そのとき係の人がロープを投げるのとか」

四時ならば、学校が終ってからだろう。さぼったわけではないのだとすれば、さきがそこで船を見ていても、叱る理由はみつからない。

「いざ船がつくと、デッキに人間がいっぱい立ってるの。鎖ごし。制服の人たちが前にいて――」

さきが説明していた。

「五島《ごとう》からの船だと八時間も航海してたことになるんだよ。知ってた？　それ」

「そんな場所に一人でいちゃ危ないでしょう？　どこかに連れ去られでもしたらどうするの？」

茉莉が咎めたのと、

「知らなかったな。でも五島は遠いからな。かかるだろうな、そのくらい」

と、新がこたえたのと同時だった。さきは黙る。頬がわずかにふくらんだように見えた。音をたてて、新がトーストをかじる。

「どうしても行きたいなら、お友達と行ってちょうだい。お願いだから」

さきはこたえない。

「わかったの？」

つい低い声がでてしまった。

「わかんない」

さきも低い声をだした。

「知らない人についていくわけないじゃん。たまにナンパとかされたって、ばっかみたいって思うだけで、一度も行ったことないし」

「あたりまえです」

語気強く断じたが、茉莉は内心うろたえていた。ナンパ？　まだ中学二年生だというのに？　音をたてて、新が紅茶を啜った。

たしかにあたしも不良娘だった。

さきを見送り、食器を洗いながら茉莉は考える。学校もよくさぼったし、十七のときには隆彦と「駆け落ち」をした。始と出会ったのだって、まあナンパされたみたいなものだった。でもさきはまだ十四歳だ。十四歳といえばまだ中学生で、あたしはそのころ——。

記憶がたぐられ、スポンジを動かす手が止まった。あたしはそのころ、年上の男にぽおっとなって、そいつは嫌な奴だったけど、結局キスまでしてしまったのではなかったろうか。

あの子茉莉ちゃんに似とうね。

菊丸の言葉が耳元に甦《よみがえ》った。

8　再び、恋におちる

1

ひさしぶりに祖父江九を訪ねたのは、曇り空の低くたれ込めた午後だった。ビルの周囲には、若者が数人たむろしていた。路上で暮しているのかと思うくらい、いつ来てもいるのだ。しゃがんで煙草をすっていたり、パンだのカップめんだのを食べていたり、もくもくに着ぶくれて、帽子に衿巻《えりまき》にサングラスという重装備で、ただ立っていたりする。こわいという気持ちは起きなかった。むしろ、見てはいけないものを見てしまったような、不穏だが同時にかなしい気持ちが茉莉はした。昔、手や足を汚れた包帯でぐるぐるまきにして、小銭用の器を置いて路上にすわっている人の前を通るとき、感じた気持ちにそれは似ていた。そんなことをしないでくれたらいいのに、と思う反面、何か大きなものの、茉莉にはわかりようのない社会の流れのようなものがあって、誰にも止められないことだとどこかで知ってもいるのだった。

若者たちが九の敵なのか味方なのか、茉莉には皆目見当がつかない。マジックペンで、「私たちは知っている」とか、「真理を歪《ゆが》める者に裁きを」とか殴り書きされた白い布が、川ぞいのガードレールにくくりつけてあった。

警備員に会釈して、エレベーターに乗った。真昼のラブホテルは侘《わび》しい。がたがたと揺れる薄汚れた箱のなかで、これじゃあ刑務所に面会に行く女みたいだと茉莉は思った。

最上階に着くと、非常階段にでるドアが施錠されていた。耳を澄ませても、何の音もしない。茉莉はドアをたたいてみる。

「九ちゃん、おると?」

返答はなかった。

「もしもーし。おらんと?」

誰もいない空間に谺《こだま》する自分の声は、軽薄で頼りないものに聞こえた。沖縄だろうか。茉莉は考える。記憶をとり戻してからの九は、沖縄に行ってばかりいる。最近は七も留守がちで、隣家も無人のようだった。

エレベーターは、ボタンを押すとすぐに扉があいた。茉莉が乗ってきたときのまま、そこに静止していたのだ。客はいないのだろうか。ホテルは営業中なのに。

夕方の道を、川ぞいに茉莉は歩いた。顔を見たかったのに。胸の内で九に言ってみる。話をしたかったのに。大事な人たちはいなくならないっていうことや、あたしがもう大人で、ちゃんと働いていて、ちゃんとさきを育てているっていうことを、思いださせてほしかったのに。

茉莉はきょう、赤い口紅を塗っている。コートの下は黒いタートルネックセーターと、赤いスカートだ。「超然」としていたくて、その服装を選んだ。娘の学校に呼びだされた母親として。

「べつにスーツじゃなくてもいいわよね」

何度も着替えをしたあげく、茉莉はでがけに新にそう訊《き》いた。校則の厳しい学校だとはいえ、保護者の服装に規定があるわけではないし、へんに地味な服装をして、畏縮《いしゅく》して見えるのはいやだった。

「いいさ」

新は茉莉を見て微笑《ほほえ》んだ。

「似合うよ」

と。父母会でもないのに呼びだされたのは初めてのことだった。さきは成績もいいし、大人しい。美術部の活動にも熱心で、ついこのあいだも、ポスターコンクールで入賞したばかりだ。

「でもいやだな。何の用かしら」

学校には、生徒だったころの茉莉を憶えている教師もいる。

「悪いね。いやな仕事ばかりきみにさせて」

新は労《ねぎら》うように言い、

「でも茉莉は頭のいい子だよ」

と、続けた。

「そりゃあ成績は悪いかもしれないけどね、あれでなかなか頭はいいよ」

沈黙が落ちた。

「夜ごはんまでには帰るけど、もしちょっと遅くなっても心配しないでね。九ちゃんのところに寄るつもりだから」

茉莉はつとめてきぱきと言った。

さきの担任は物腰のやわらかい中年の女性だ。ありがたいことに茉莉のいたころにはいなかった教師で、担当は理科だった。一年に一度の面談のときのように個室に通されるのだろうと思っていたが、そうではなく、職員室の彼女の机の横に、スツールを置いて坐《すわ》らされた。

「御心配なさるようなことではないんです」

教師は目尻にしわを寄せて微笑み、電話で言ったのとおなじ前置きをした。

「ただ、御近所から苦情がでていて」

茉莉は相手をひたと見つめた。

「もちろん、私からも話しましたよ。でもお家では飼えないからって」

何も言えなかったのは、教師が事情を説明しなかった——というより、茉莉が事情を知っていると思いこんでいた——からで、茉莉には事情そのもの——さきが野良猫の餌づけをしている。それも、他人様《ひとさま》の庭に勝手に入りこんで——よりも、そのことの方がこたえた。

すこし前に、さきのかわいがっていた猫が、子猫を三匹産んだのだそうだ。

「さきちゃん、それはもう夢中みたいで」

教師は目を細めた。かわいくてたまらない孫娘の話でもするみたいに。

思いだし、茉莉はつめたい手で身体に触られたような不快を感じる。まあ、お母様は御存知なかったんですか？　口にはだされなかったものの、教師は声音《こわね》や表情で、十分にそう言っていた。

「子供はたいてい動物が好きですし、とくにさきちゃんみたいに優しい子は、放っておけないんでしょうね」

（それはおわかりでしょう？）

「お家がアパートやマンションで、動物が飼えないわけではないにしろ、まあそれはそれぞれのご家庭に事情もおありでしょうし、ただ学校としましては、このことでさきちゃんが傷ついてしまわないように、ご家庭でも配慮していただきたいと思ったものですから」

（これでようやくおわかりになります？）

徐々に日がのびているとはいえ、二月の夕暮れは蒼《あお》く暗く、川風がつめたい。遠くに星が一つだけ、白く大きく瞬いている。

ばかばかしい。

足を速め、茉莉は毒づく。

そんなことでわざわざ呼びだすなんて、あの教師はよっぽど暇なのね。

野良猫のすみついた家の人は、保健所に電話をするつもりだという。それで教師は心配になった。さきちゃんが傷ついてしまわないように――。

「本人に訊かんかったとや？」

その夜、「トミーズ」で学校の話をすると、トミーさんにそう言われた。

「訊かんかった」

茉莉はさきに話してほしかったのだ。いつからこうなってしまったんだろう。茉莉は考える。東京にいたころも、さきは茉莉ではなくミチルに、あれこれ相談しているようだった。

「頑固やね」

トミーさんは笑う。

「娘さん幾つね？」

常連客の一人が口をはさんだ。市場の仲買をしている小柄な男性で、きょうもトレードマークのジャンパーを着ている。

「十四」

こたえると、客は訳知り顔でうなずいた。

「厄介《やっかい》な年頃たい。うちにも娘がおったけんわかるくさ。もう嫁に行ってしもうたけどね」

茉莉にとって意外だったことに、福岡に戻って以来一度も、さきは東京を恋しがる素振りを見せなかった。ミチルに会いたがることもなく、たまに茉莉がミチルに電話をしても、

「話すことないからいい」

と言って、受話器をうけとりさえしないのだった。一度など、茉莉が電話を切ったあとになって、

「ミチルちゃんと由美子ちゃんって、どういう関係なの？」

と、訊いたりした。

「どうして一緒に住んでるの？」

と。茉莉はそこに、単純な疑問ではない何か――距離をとろうとして身構える姿勢のようなもの――があるのを感じた。

「どうしてって、仲良しだからよ。知ってるでしょう？」

こたえると、さきは無言で茉莉を見て、まあね、とでも言うように肩をすくめた。

しかし、猫たちはすでに家にいたのだった。茉莉が学校に呼びだされたまさにその日に、さきが連れて帰っていた。自転車で二度往復し、無謀にも猫たちをスポーツバッグに押し込んで。

異様に静かな猫たちで、茉莉はまる二日間気づかなかった。最初に気づいたのは、子供たちだった。

「おばちゃあん」

午後、茉莉が自室でアイロンをかけていると、階段の下から呼ぶ声がした。声は複数で、男の子も女の子もまざっていたが、誰かが怪我をしたというような、切迫した響きではない。

「おばちゃあん」

調子を合わせ、声を揃《そろ》えて何度も呼ぶ。

「はい、はい。なんね、どげんしたと？」

降りていくと、みんなが口々におなじことを言った。「見てん、猫」「お庭に猫がおるよ」「来てん」「二匹おると。ちっちゃかよ」

いちばん小さな女の子に、手をひっぱられた。「こっち」と、言う。いつだったか爪を割って泣き、茉莉が手当てしてやった子だ。

「ほら」

たしかに、猫が一匹いた。まだ幼い顔をしている。白くて、ところどころに黒と茶色のブチが入っていた。子供たちが部屋のなかから口々に何か言ったり舌を鳴らしたり――「おいで」「猫ちゃん」「おいでおいで」――するので、怯《おび》えて目を見ひらき、動けずにいる。

「さっきはもう一匹おったよ。うす茶色のやつが」

子供の一人が言い、いるでしょう、と茉莉は思った。いるでしょう、うす茶のやつと、他にたぶんもう二匹。庭を見まわすと、猫の姿はなかったが、かわりにさきのクッションと膝掛けが見えた。餌入れらしい汚れた容器も。それらは、空の植木鉢やプランターが積み重ねられた一角に置いてあった。こうして身をのりださない限り、部屋のなかからガラス戸ごしには見えない場所に。

ミルクをやるべきだ、と子供たちの意見が一致したので、茉莉はボウルにミルクを入れて、それをそっと庭に置き、窓を閉めた。固唾《かたず》をのんで見守る子供たちに、こうしておけばいずれのむはずだから、と説明して。

夕方帰宅したさきは、いつものように台所に顔をだした。ただいま、と一言だけ言って二階に着替えに行

くのが常だったが、茉莉が呼びとめるとふり向いて、

「なに？」

と、言った。目が合って二、三秒後に、にやりと笑った。

「ばれた？」

茉莉が何も言わないうちに、自分から言った。

「かまわないでしょ。すごくおとなしいし」

茉莉は、はじめて見るもののようにさきを観察した。この子は何て大きくなったんだろう。何て生意気に、何てすこやかに。

「かまわないけど」

「けど？」

さきの口調にも表情にも、隠し事をしたうしろめたさや、それが露呈した決り悪さは表れていなかった。

「飼うんだったら責任があるでしょ。病院に連れて行って検査をしたり、それにたぶん注射をしたりしないと」

「わかった」

さきはあっさりと言った。新の晩酌用に切り分けておいたコンビーフを、一つ取って口に入れる。それからいきなり、

「ありがとう」

と言って茉莉を驚かせた。

「あの子たち、かわいそうだったんだもん」

茉莉はまた、さきを見つめる。見たことのないもののように。


物事はばたばたと決った。

警固《けご》にいい物件があると聞いて、見に行った茉莉は一目で気に入ってしまった。住宅街に建つ、マンションの二階だった。鉄筋コンクリートの所謂《いわゆる》「打ちっぱなし」、新築で、一階にはパン屋と美容室が入る予定だという。二階の、茉莉に言わせれば「いちばんいい場所」が、空いているのは奇跡だと思えた。

内装次第でどんなふうにでも変えられそうなシンプルな間取りと、道路に面した大きめの窓。小さなテラスがついていることも、茉莉は気に入った。「エンドラ」ほど広くはないが、「トミーズ」よりもすこしだけ広い。天井が低いことも、茉莉には居心地よく思えた。昼の光のなかで見ると何もかも白く清潔で、あかるすぎる感じがした。夜になれば、そして間接照明だけにすれば、でもそれは解決するはずだ。

いちばんすばらしいのは木だった。マンションのエントランス部分に大きな欅《けやき》の木が一本植えてあり、その枝葉が、窓の外、すぐ触れられそうな場所にあった。

「木、ですか？」

案内してくれた不動産屋の男性は、訝《いぶか》しげな顔をした。

「そう。テラスにもテーブルを一つ置きたいと。まあ、真冬は寒すぎて使えんかもしれんけど。ランタンとか吊してもよかとでしょう？」

パリの昔のビストロみたいに、と、茉莉は想像する。そのときそばで木の葉が揺れてさらさらと鳴った。

コンセント位置、エアコンの性能、大型冷蔵庫を置くスペース、電気の許容量、水まわり。確認すべきことはたくさんあった。不動産屋は、店舗用に設計されているので大丈夫だと請け合ってくれたが、茉莉はにっこりして、

「すぐに」

と、言った。

「すぐにまた来ます。見せんないけん人たちがおるので」

と。それは約束だった。以前からたびたび、茉莉は約束させられていた。

「そいつを介す必要はないから」

青山志津夫は珍しく強い口調で言ったものだ。

「でも、決める前にそいつに話せば、話すだけで安全な物件かどうかわかるから」

そいつとは、志津夫の知り合いの不動産屋のことだ。

「大事かとは立地やけん」

トミーさんは言った。

「立地でお客さんの層ががらりと変ってしまうからね。へんなとこば借りたら、どげんよか店でも厳しかよ。それだけは僕の意見ばあてにしてくれてんよかと思うよ」

「絶対に一人で決めたらいかんよ」

菊丸までが、一度ならずそう口にしていた。

「あたしの知り合いに方位をみる人がおるったいね、その人は絶対信用できるし、あたしが引越すときもね……」

もっとも、すでに自分の店を持ち、そこそこ繁盛させているらしい夏木力だけは、

「直感も大事ですよ。ここだって思ったら、たぶんそこなんですよ」

と言っていたけれども。

そういうわけだった。そういうわけで、二度目の検分は大人数で行い、不動産屋——そのときには上司もついてきていたので、二人いた——をたじろがせた。皆、無遠慮に質問したし、この街のことにくわしかった。商売のことにも、賃貸物件のことにも。

部屋のなかを歩きまわり、手を加えるべきところを話し合いながら、茉莉は安心な気持ちだった。もともと失うものはないのだ。失敗しても、店を失うまでのことだ。

契約書に判を押したのは、それから五日後のことだった。初夏で、警固の街をやわらかな風が吹いていた。欅の木は、たっぷりと茂った葉を揺らしていた。そして、茉莉は清水智幸《しみずともゆき》と出会った。

店は二カ月後にオープンすることになっていた。茉莉は準備に追われたが、忙しささえたのしかった。内装工事はあっという間に済んだが、バーカウンターを取り換えるのにいちばんお金がかかった。グラス類は、安物のデッドストックでいいことにした。酒は通常の業者のほかに、ワインだけ別の業者から買うことにした。輸入専門の小さな商事会社で、珍しいワインをたくさん扱っていた。

打ち合わせに、茉莉は自宅を使っていた。打ち合わせのない日は昼間も外出していた。選んだり、決めたり、買ったり、あきらめたり。

「大騒ぎなんだな」

新は言った。茉莉が自分の店を持つことを告げても、さして反応はなかった。

「そうか」

ぽつりと言い、

「よかったじゃないか」

と、辛《かろ》うじてつけ加えた程度だった。自分とは関係のない、どこか遠い場所の出来事だと思っているみたいに。

新はまた、不眠を強く訴えるようになってもいた。夜中に部屋をのぞくと鼾《いびき》をかいて寝ているのに、朝になると、「一睡もできなかった」と言うのだ。医師に処方されている誘眠剤だか安定剤だかの、量も種類もあきらかに増えていた。

夕方、帰宅した茉莉は夕食の仕度にとりかかろうとして、居間に子供が一人だけ残っていることに気づいた。おもてはまだあかるいが、電気をつけていない部屋のなかは暗い。

「郁《いく》ちゃん？」

またおなじ子だ、と思いながら茉莉は声をかけた。

「どげんしたと？　まだお家に帰らんとね？」

電気をつけると、ソファにひろげた画用紙とクレヨンが見えた。その子供の名が郁子で、郁ちゃんと呼ばれていることは知っていた。やせっぽちで色が黒く、手足が長い。物静かな子で、本を読むのが好きだ。すこし前にも、こんなふうに一人でぽつんと残っていた。

「もう六時やん。お家のひとが心配しとっちゃないかいな」

前回は、庭で猫を見ていた。いまではすっかり半野良生活に馴染《なじ》み、ながい散歩にでては帰ってきて、お腹が空くと鳴いて催促するようになったさきの猫たちを。

郁ちゃんは、茉莉を見てこくりとうなずき、

「じゃあ帰るけん」

と言ってソファから降りた。散らかったクレヨンを、無言で箱にしまい直す。玄関で、呼び鈴が鳴った。でると、ネクタイだけはずしたスーツ姿で、知らない男が立っていた。色の白い、ほっそりした、やさしそうな面立《おもだ》ちの男だった。

「こんばんは」

笑顔で言い、

「清水といいます。すみまっせん、もしかして娘が」

と続けたので茉莉にもわかった。郁ちゃんのお父さんだ。

「よかった。暗くなってきたけん」

茉莉は言ったが、言葉は空虚に響いた。目の前の男性を凝視しすぎていることはわかっていた。それでもつい——何の理由もなく——茉莉はその人の顔を見ていた。夕暮れの薄青い空気に、その人の佇《たたず》まいは妙にしっくりと似合った。

のちに、茉莉は清水智幸本人にこう言うことになる。

「あの年の夏は特別やったもん。あたしの人生に、お店とあなたがいっぺんにやってきたっちゃもん」

2

店の名は、かねてから心中秘かに決めていたとおり、「ポスト・デサンス」とした。フランス語の、ガソリンスタンドだ。

開店前夜、テラスに通じる扉窓をあけ放ち、茉莉は大きく息を吸い込む。警固の街の夜の空気を。向いの建物には和食屋が入っている。その隣の小さな古着屋にも、まだ灯りがともっている。住宅地だが、この一画には店舗が幾つもあり、夜でもふうわりとあかるい。

あたしの店だ。しみじみと嬉《うれ》しく、誇らしい気持ちで茉莉は店内を眺める。真白だった壁は暖かなクリーム色に塗り替えてもらった。志津夫の描いたスケッチを二枚——どちらもやわらかな鉛筆画で、茉莉の横顔をそれぞれ別の角度から捉えたものだ——飾った。一つだけ置いたフロアランプの笠は深緑色だ。一つだけあるニ人掛けのソファも、テラスに張りだした布製のひさしも、何百枚もまとめて買った、安物のコースターも。喜代の好きだったその色を、茉莉は自分の店の色に選んだ。すぐそばで揺れる、欅の葉の色とそれはおなじだ。

ワインセラーつきの大型冷蔵庫は、志津夫からの開店祝いだ。茉莉は目を細めてそれを見る。なかには、東京にいるころからすこしずつ集めていたワインが眠っている。「エンドラ」のオーナー夫妻から、ゼブラ柄の敷物が届いたときには仰天した。毛足の長い、いかにも「エンドラ」にぴったりなその敷物は、この店の内装にはそぐわないと思えたからだ。しかし、ソファの下に敷いてみたところ、意外なほどしっくりと馴染んだ。まるで、最初からそこにあったみたいに。

花輪は欲しくないだろうから、と言って、ほかにも友人たちから様々なものを贈られていた。ミチルと由美子さんからはワイングラスが、夏木力からはシャンパンが届いたし、遠くフランスのフィリップからも、愛情のこもったお祝いのカードが来た。トミーさんは本を二冊くれた。革装の立派なチーズ辞典と、きわめて実用的なカクテルブックだ。それらがすべて、いまこの店のなかにある。

壁や天井の塗料と、新しいものたちのつくりだす匂いを、茉莉はうっとりとかいだ。保健所への届け出は済んでいるし、近隣への挨拶《あいさつ》も済ませた。近くのお寺——西光寺《さいこうじ》という名で、門の脇に立派な松の木がある——と、警固神社へのお参りもした。あとはあしたの開店を待つばかりだ。無論不安は山のようにあった。この店を、あっというまに失うことになるかもしれない。仮に順調に客がついてくれたとしても、国民金融公庫からの借金を返し終えるには、かなり時間がかかるだろう。でもいまは——。茉莉は思う。でもいまは、嬉しさと誇らしさ以外のものは置いておこう。

カウンターをなで、水道の蛇口をひねって水がでることを確かめて止め、ソファに腰をおろしてみる。そして、去年が亡くなってから十年だった、亡き夫のことを思った。きっと喜んでくれている。骨ごと形を変えるみたいな、あのくっきりした笑顔で茉莉を祝福してくれている。ガソリンスタンドを買い戻すことはできなかったけれども、「ポスト・デサンス」の女主人になれたのだから。

開店当日は、茉莉の知っているパーティというものがすべてそうであるように、何が何だかわからないまま、混乱のうちに終った。昼間から、茉莉はずっとそこにいた。業者の人間がひっきりなしに出入りし、花が届き電報が届いた。夕方には新がさきを連れて顔をだし、ビールを二杯のんで帰って行った。

「へえ」

というのが新の第一声で、

「よかったな」

というのが感想のすべてだった。口元は微笑みに似たものを形づくっていたが、まぶしいものでも見るように、眉間《みけん》にしわを寄せて店内を眺めた。

「へえ」

そして、もう一度言った。長身痩軀《そうく》で姿勢のいい新が、なんとなく身を縮め、首まですくめているように茉莉には見えた。

「坐って、坐って。きょうはシャンパンがのみ放題なのよ」

はしゃいだ声をつくって言ったが、新はビールの方がいいとこたえた。そして、たまたま居合わせた背広姿の二人の男——不動産業者と、エアコンのメンテナンス業者——にしゃちこばって礼を言った。

「娘がお世話になっております」

と。

さきはペットボトル入りのお茶を持参していた。新の隣のスツールに坐ってときどきそれをのみ、興味深そうに周囲の人間の動きを目で追っている。

「利益、でるといいね」

茉莉が近づくと、そう言った。

この日、菊丸は三度もやって来てくれた（そのうち二度は、男連れだった）。菊丸のネットワークによって、派手な服装の賑やかな女たちが入れかわり立ちかわりやって来たし、「トミーズ」の常連も何人か顔を見せてくれた。トミーさん本人も、自分の店をあける前に立ち寄ってくれた。

誰の紹介でもない客の第一号は若い女性の二人組で、向いの和食屋で食事をした帰りだと言った。テラスに瞬くあかりと、道にまでもれてくる音楽に惹《ひ》かれて来てみたのだ、と。茉莉は二人にキスをしたいほどだった。しないだけの分別はあったが、ほんとうに、キスをしたいほどだった。

驚いたのは、克の姿を見たときだった。始の弟の克は、以前勤めていた会社を辞めて、博多を離れ、大阪で製紙会社に再就職したと聞いていたが、柴田家と疎遠になっている茉莉は、もう何年も会っていなかった。去年ひっそりと執り行われた法要には、克の方が欠席した。龍男叔父との確執は、あさの死後、あの一家を完全に決裂させている。

「おめでとうございます」

克は照れたような笑顔で言った。頰に縦にしわが入るところは、始とおなじだ。

「信じられない」

茉莉は言った。

「どうしてわかったの？　大阪に住んでるんじゃなかった？　信じられないわ。元気なの？　ああ、さきを帰すんじゃなかった」

笑い声や話し声、音楽が騒々しくて、触れそうに近くに立っていても、声を大きくしなければならなかった。これでは早晩、近所から苦情がでるだろうと、茉莉は思った。

「夏休みやけん」

克は言った。

「嫁の実家がこっちやから」

穏やかな表情と口調だったが、そこにひそむ悲しみが、茉莉の胸を塞《ふさ》いだ。克には、もう帰る家はないのだ。

「結婚、したと？」

グラスに注ぎ、カウンターにならべてあるシャンパンを、茉莉は二つ取った。新しい壜《びん》をあけたいところだったが、それをするには店内が混み合いすぎていた。

「ほんとうは、もっと静かなお店のはずなんよ」

言い訳のように、茉莉は言った。

「お酒もね、けっこういろいろ揃えとうとよ」

克は目をほころばせた。

「いいくさ、そげんのわかっとうたい。初日やもんね」

そのあいだにも、テラス席から茉莉を呼ぶ声がしていた。ピーナツをもっとくれ、と言っている。

「また寄らしてもらうけん」

克は言い、茉莉とグラスを合わせた。

「塩田さんたら、うるさかー」

菊丸の友人の一人が、笑いながらピーナツを運んでいく。

「お店の人ね？」

克に尋ねられ、茉莉は首を横に振った。

「あのひともお客さん。前におったお店の常連さんやん」

「ママ」

馴れない呼称で呼ばれ、ふりむくと、背広姿の中年男性が二人立っていた。

「この店、立ちのみや？　それとも今夜は貸切りパーティなん？」

「いいえ」

茉莉は即答した。そこらじゅうに人が立ってのんでいるけれども、カウンター席には空きがあった。

「ごめんなさい、今夜はこんなふうにうるさくて。でももしお嫌じゃなかったら、ぜひ一杯おのみになっていらして下さい」

「手伝っちゃろうか？」

克が言い、

「どげなワインがあるとな？」

と、客が訊いた。茉莉はにっこりする。他の酒もいろいろだすが、ここはワインバーなのだ。看板にもDMにもそう明記してある。茉莉はカウンターに入り、リストをさしだして言った。

「ようこそ、ポスト・デサンスへ」

初夏に初めて会って以来、茉莉は清水智幸に好感を持っていた。娘の郁ちゃんは、どういうわけか遅くまで茉莉の家にいることが多く、智幸が迎えに来る回数もまた、他の子の家族よりも多い。玄関での立ち話。智幸に会っても、することはそれだけだった。せいぜい五分、それも、きまって夕食の準備中なので、お鍋が、だの、ズッキーニをオーブンに入れっぱなしなので、だのと言って、茉莉の方から会話を打ち切ってしまう。

「あ」

その度に、智幸は短く声をだす。それから心底恐縮したように、

「すみません、余計な話ばしてしもうて」

とか、

「夾竹桃《きょうちくとう》がえらいきれいやったもんやけん」

とか、言う。しかしひきとめそうになるのは茉莉の方だったし——それが恐くて会話をいきなり打ち切るのだ——、智幸が指さしたのは、垣根の向う、隣家の夾竹桃だった。枝ぶりの見事な木で、ぽってりと紅い花を咲かせている。

「ほんとうにきれいかですね」

茉莉は相槌《あいづち》を打ち、自分がその場を立ち去りかねていることに気づくのだった。

「おじゃましました」

智幸は言う。背中を向け、門の方へ歩きだしながら指先を軽く——誘うように——動かすと、郁ちゃんがそこにとびつく。手をつないで帰っていく二人を、茉莉は見送る。


ナッツ、ドライフルーツ、生ハムとバゲット、チーズ。最初に一品だけ準備しておくアミューズを除くと、「ポスト・デサンス」でだす肴《さかな》はそれだけだった。いずれ増やす心づもりではあったが、従業員でもやとわない限り、それは不可能だとわかった。そのくらい、開店後の一週間は連日客が途切れなかった。菊丸や「トミーズ」の常連という〝友情組〟抜きで、満席になった瞬間も一度ならずあった。約束通り翌日に再び現れた克が、結果的に四日連続でやって来て手伝ってくれなければ、客をやたらに待たせるか、数組追い返す羽目になっていたかもしれない。

ワインやビールならば問題はなかったが、五、六人で来た客にそれぞれカクテルを注文されると、つくるだけでも時間がかかる。べつの客が何か追加で注文し、また別の客は、まるで困るタイミングを狙ったかのように、会計してくれと言って席を立つのだ。そんなとき、できあがったカクテルを克が運んでくれるだけで助かった。電話にでてくれたり、テラス席の注文を訊きに行ってくれたり。

「これだけはお互い慣れとうもんね」

克がそう言ったのは、灰皿をとりかえるときだった。

笑いながらそう言った。笑いながら、てきぱきと動きながら。

一方で、ぱたりと客がいなくなる時間もあった。茉莉は克に酒をだし、働かせてしまったことを詫《わ》びる。

「よかくさ。どうせこっちにおるあいだは暇やっちゃけん」

「淋しい言い方せんどって」

考えるより先に、言葉が口をついてでた。

「ここはあなたの街でもあるやんか?」

克は表情を変えなかった。カウンターの上でグラスを揺すり、

「離れたかったけん離れとうとばい」

と、言う。

「生れ育った街やっちゃけれど、自分の街っていう感じはもうせんもんな」

茉莉は口をつぐんだ。あの事故で、茉莉は夫を失い、さきは父親を失った。自分の悲しみを受け容《い》れるだけで精一杯だった。周囲を思いやる余裕などまるでなかった。でも克は、両親と兄を一度に失ったばかりか、家も街も失っていたのだ。

「でも茉莉ちゃんが家におったころのことは、いい思い出やけん」

声をあかるくして克は言った。

「両親にとっては初めての内孫が生れて、男ばっかりのスタンドにいきなり女っけが加わって、あのころはまだ珍しかったけんね、かあさんとか、ちょっと戸惑ったばってん。ばあちゃんは茉莉ちゃんば気に入っとったけん。酒だけもうちょっと控えとってくれたらって言いよったけど」

最後は苦笑まじりだった。

「いまやバーの経営者やもんねえ、酒がのめてよかったやんか」

茉莉もつられて小さく笑った。

「兄ちゃんがおったころには想像もできんかったけど」

限界だった。茉莉は笑ったまましゃくり上げる。

「やめて」

しゃくり上げながら言った。涙はどんどんでる。客が入ってきたら間違いなく誤解され、気まずい思いをさせるだろう。そう思ったが、止まらなかった。

「ごめん、やめて、泣き止《や》みたいと。でも泣きたいと。ごめん、何言っとうかわからんね」

グラスに氷を入れ、水道の水を注いだ。半分のんで一度息をつぎ、残りをのみ干す。

「暑かあ」

リモコンをとり、エアコンの設定温度を一度下げた。克は呆気《あっけ》にとられた顔で茉莉を見ていたが、しまいには笑って、

「変っとらんなあ」

と、言った。

「こんなんで大丈夫とや、この店は」

と。

「わかるわけないやん、そげんことが、いまあたしに」

茉莉はこたえた。ポロシャツにチノパンツ、という恰好《かっこう》の義弟は、色が白く温和そうで、いかにも休暇で帰省中の勤め人らしく見える。どこから見ても肉体労働者だった姑とは、頬のしわ以外、あまり共通点がない。それでも動いたときの気配や仕草、笑顔などに、茉莉は姑とおなじ匂いを感じた。

「大丈夫にするつもりやけん」

なんとなく気持ちが落着いて、力強く言った。

「それより、克くんもまた帰ってきんしゃいね。あなたは『博多以外の土地では、死んでもラーメンを食わん男』の弟やっちゃけん」

翌週は友情組の来店がほとんどなく、茉莉一人でも何とかこなせた。おそろしく暇な時間もあって、にわかに不安になり、先週のあの賑わいは幻だったのかもしれないと思ったりした。午後八時から午前二時まで、という営業時間内に、それでも何組かは客が来てくれた。「トミーズ」とはあきらかに違う種類のお客たちで、大人数の場合もあり、暇だと思って油断していると、いきなり忙しくなるのだった。

他には、OL風の女性客とカップルが目立った。嬉しかったのは、初日に来た背広の二人組が、翌週もまたやって来てくれたことだ。「ポスト・デサンス」ではグラスワインに力を入れているのだが、ワイン通を自認するこの二人は、来るとボトルを一壜注文し、きれいにのみ干して帰っていく。それはそれで、頼もしい客だった。メニューに鴨《かも》スモークを追加したのは、彼らの助言によってだった。スモーク缶というものを買えば、ほとんど手間をかけずにそれをつくれると教えてくれた。業者に相談すると、スモーク缶には存外安いもののあることもわかった。

日がたつにつれ、茉莉自身の対応にも余裕がでてきた。

いろんな客がいる。無論それは「トミーズ」でも「エンドラ」でも経験したことのはずだった。しかし自分の店を持って初めて、茉莉はしみじみ、つくづく、まったくそう実感した。

茉莉は、午後に一度出勤し、料理その他の準備を整えて帰宅する。家のなかの用事をこなし、夕食後に再び店にでかける。昼間の出勤には電車を使った。薬院駅から警固の店までは、歩いていて楽しい風景が続く。ワインとパン専門の高級スーパーや、可愛らしい子供服屋、健康食品だけを扱う惣菜屋など、目新しい店がならんでいる。午後の暖かな日ざしを浴び、うっそうと葉を茂らせた街路樹が、枝を風に揺らしてもいる。

夜の出勤は自転車か電車だ。電車の場合、閉店後は店で仮眠をとったり帳簿をつけたりしながら始発を待つのだが、あまりにも疲労困憊《こんぱい》していると、タクシーを呼ぶこともときどきあった。

「でもよかったやん」

と、菊丸は言う。

「焼酎《しょうちゅう》バーやったらともかく、福岡でワインバーなんてって、ほんとはちょっと思っとったけど」

店には、焼酎も一壜だけ置いてあった。菊丸のために。

「閑古鳥が鳴いとっちゃないかなあって思って来てみると、ちゃんとお客さんがおるっちゃもんね、いまのところ」

きっと方位のお陰だ、と、菊丸は言うのだった。

「たしかにそれもあるのかもしれん」

茉莉は認める。営業上のトラブルもなく、開店から数カ月が経ったいまでは、常連と呼べる客も何組かついている。

「それに、初日の夜にいきなり克くんが現れて手伝ってくれたとも、何だかこわいごたあ出来事やったし」

ほかにもあるの、と、茉莉は続けた。

「すこし前にね、ソファ席でのんどった女の人が、いきなりあたしを『茉莉ちゃん?』って呼んで、あたしは全然憶えとらんやったんやけど、その人、女子校でおなじクラスにおったんですって。びっくりした」

菊丸はあきれ顔で茉莉を見た。

「信じられん。あんたはほんとにお人好しやねえ」

ウーロン茶割りの焼酎に、指を入れて氷をまわす。

「故郷で商売するっていうのはそういうことでしょう？」

「なるほど」

茉莉はまた認める。

「気がつかんかったけど、そのとおりやね。そして、なんでやろう、それってものすごく恐いことに聞こえると」

「恐いことだもの」

菊丸は、言った。

3

十一月のある夕暮れ、茉莉は台所にいた。居間では、さきが郁ちゃんに、気に入りのレコードをきかせている。ビーフシチュウを煮込みながら、茉莉はその古いレコードの、雑音まじりの旋律と物憂げな歌声に耳を傾ける。パパとママの音楽の趣味は、どうやらあたしをとばしてさきに受け継がれたみたいだ。そう考えると奇妙な満足が湧いた。ささやかだが質量を備えた、満足だと茉莉は思う。人生は不思議だ。それにこの匂い――。茉莉はシチュウを小皿にとって味見して、出来ばえに笑みを浮かべる。そして思う。そろそろ智幸が現れるころだ、と。

智幸の「お迎え」は、さらに頻繁になっていた。頻繁というより、ほぼ毎日のことだ。迎えに来るときではなく来られないときに、智幸はその旨事前に申告する。「あしたは飲み会がありますけん」とか、「来週は出張やけん」とか。「亜里沙《ありさ》ちゃんたちと一緒に帰ること言ってあります」とか、「みんなと一緒に追いだしたらよかです」とか。

そんなふうだったので、いまではそれが娘のためだけの行為ではないことが、誰の目にも――さきや新の目にも、そしておそらく郁ちゃんの目にさえ――あきらかだった。茉莉の方でもまた、鍋だのズッキーニだのという馬鹿げた言い訳をひねりだすのはやめ、居間で、あるいは夕食の準備中の台所で、他愛なくもきりのない、遠慮がちだがときにいきなり核心にふれる、予感にみちた男女に特有の会話を楽しむようになっていた。

智幸が現在三十四歳であることを、たとえば茉莉は知っている。離婚か死別かまでは尋ねられなかったが、妻がすでにいないことも、両親と娘と四人で暮していることも。智幸と郁ちゃんは、すすめても夕食は共にしない。お母さん——というのは郁ちゃんのおばあさんだ——が、用意をして待っているから。彼らの家は小学校の近くだ。それは郁ちゃんの通っている小学校であり、かつて茉莉と惣一郎が通った小学校でもある。智幸自身もそこの卒業生だという。茉莉とは年齢が離れているので、学校で顔を合わせた可能性はない。しかし智幸は、藤棚の下で自殺した生徒がいたことは知っていると言った。噂《うわさ》として語り継がれていたから、と。その噂によると、惣一郎は「早熟」で、「大人顔負けの知識と行動力を持っとらした」。智幸はここで言い淀《よど》み、しかし茉莉が促すと、「あまりにもきれいな顔ばしとったけん、死神に魅入られとったい」という説が、もっともらしく流布していたと話してくれた。そして、死んだその生徒とおなじくらい、「スプーン曲げ少年」も有名だった。「死んだ子の親友」で、「不思議な力を持って」おり、「学校に住みついていた」。それはほとんど伝説だった。大人になって、九が社会的に有名になるまで、智幸はどちらの噂も半信半疑だったらしい。そんな少年たちがいたことすら、「子供の想像力の産物っていうとかいな、まあ、怪談の類」だと思っていたと言った。

智幸の趣味はバードウォッチングと山歩きで、休みの日には、宝満山《ほうまんざん》や山田緑地にまででかけていくという。ほかにチェスも好きで、競技会にもでたことがある。茉莉は趣味を問われて、「飲酒」とこたえた。「前には踊りば習っとったし、水泳も好きやったけど、最近どちらもしとらんけん」と。智幸は、どういうわけか称賛の表情で茉莉を見た。飲酒が、特別で高尚な趣味ででもあるみたいに。

鶏肉のいちばんおいしい食べ方は焼きか鍋か、とか、かき氷のシロップの基本は水《スイ》かイチゴか、とか、どうでもいいことも熱を込めて話し合った。子供のころ、歯医者に行くのと学校に行くのとどちらが嫌だったか。デートで太宰府に行ったことがあるか。娘とプリクラで写真を撮ったことがあるか。

智幸の返答のすべてが、茉莉には好もしく思えた。返答そのものというよりも、その返答に至るすじ道、智幸の物の考え方や、結論の導き方が。

日によってちがうが、長いときには一時間も、茉莉は智幸と話している。さきも新も遠慮をして夕食の催促に来ないので、一度など、気づくと出勤時間になっていた。作るだけ作った夕食には手もつけず、茉莉はあとをさきに託して店にでたのだった。

智幸と過ごす夕暮れには、やさしい作用がある、と、茉莉は思う。軽やかでやさしい、くすぐったいような作用。それは智幸のつくる空気だった。のんびりして、言葉が文字通りの意味だけを持ち、何の含みもほのめかしもない。公正で、ありのままで。

十一月のこの日、しかし茉莉は智幸に会いそびれることになった。空き壜を外にだそうと勝手口をあけたとき、茉莉の視界に、電気の点《つ》いた隣家の窓がとびこんできたのだ。もう何ヵ月も、人の気配がしなかったのに。

「おばちゃんっ」

玄関にまわり、ガラリと音高く戸をあけて、茉莉は呼んだ。

「おばちゃんっ。おると？」

奥に大勢の人間がいるようだった。揃えて脱がれた靴の数と、ひそめられた話し声でそうと知れた。あわただしさのようなものが、家のなかに充満している。

現れたのは銀次だった。もともと無口な印象の男なのだが、眉間に寄せたしわが、きょうはひときわ深いように感じた。何かに腹を立てているようだった。それでも、茉莉を見るとわずかに表情をほどいた。

「ああ、あんたな」

安堵《あんど》、だろうか。いまは笑みさえ浮かべている。

「どうぞ。おあがりんしゃい」

「あの、七さんは？」

尋ねたが、銀次はすでに背中を向けていた。

ついていくと、そこには五、六人の男女が坐っていた。床の間に日本刀のある、いつもの和室。中央の、黒くつややかな漆塗《うるしぬ》りのテーブルには、桐箱に入った煮しめやいなりずしが置かれている。

「まあ茉莉ちゃん」

七が華やいだ声をだした。

「どうぞ、どうぞ、坐らんね。ごめんねえ、人の出入りが多かけん、うるさかったね？」

うるさかったどころか、窓のあかりを見なければ、人がいることにさえ気づかなかったはずだ。

「どこか静かな部屋にって思うっちゃけど、家じゅうごった返しとうけん」

七は困ったように笑った。それは、七以外の人たちが揃異様な雰囲気だった。

って沈黙したせいというよりも、むしろ七がコロコロと笑ったせいであるように思えた。コロコロと、いつもどおりに。

「ごめんなさい。お客様だって知らんかったと」

立ったまま、茉莉は言った。

「ずっとお留守やったし、ホテルも閉まっとって、どげんしたんやろうって思っとったけん、それで……」

七は茉莉を励ますように二、三度うなずいて、ごめんねえ、と、もう一度言った。

「ホテルはね、もう仕舞いにしたと、九月やったかいな。あの事件のあとで」

「事件？」

尋ねたつもりだったが、七はそれ以上の説明は不要とばかりにうなずいて、

「ほんなこと物騒な世の中になってしもうて」

と、言った。

「九ちゃんは？」

気になっていたことを尋ねると、七はにっこりした。

「北海道よ。アカヌマンチャサーカスに同行しとうと」

「北海道？」

茉莉は、九は沖縄にいるものとばかり思っていた。沖縄で、何だかよくわからないけれど修行みたいなことをしているのだとばかり思っていた。

「大丈夫、九は元気にしとうはずやけん」

七はまた微笑む。いとおしげに、誇らしげに。

「そばにあの子ば気遣ってくれんしゃあ女性《ひと》もおるけん」

ひと。それは恋人という意味だろうかと茉莉は考える。それとも取りまきとか、ボディガードとか？

「それより坐り。茉莉ちゃんのことも聞かせてくれんね。さきちゃんは元気？　新さんは？」

七の横にいた女性がいきなり立ちあがり、茉莉の前に皿と割り箸を置いた。

ここにいる人たちは皆、東京で七の活動を手伝ってくれている人たちだと説明された。いろいろと向うに運ばなくてはならないものがあって、今後のこっちのことなども相談しながら、処分すべきものを処分しているところなのだ、と。

たしかに雑然とした雰囲気だった。雑然とした、それでいて張りつめた——。

七は、しばらく生活の拠点を東京に移そうと思って

いると言った。九の健康も回復したし、私は私のするべきことをしなくてはならないから、と。茉莉が店を開いたことを話すと、それはよかったと言ってくれた。茉莉の手の甲を包むように握って、

「おめでとう。これで新さんも御安心しんしゃったやろう」

と。小さな手だった。小さくて乾いた、温かな手だった。

試行錯誤の連続ではあったが、「ポスト・デサンス」は順調に日々客を集めた。一晩じゅうあけてたった二組、という日もあるにはあったが、たいていは深夜になるほど賑わった。早い時間——九時から九時半のあいだ——にやってくるのは比較的年齢の高い常連で、二人連れか、一人きりの客だ。遅い時間になると若い人が六、七人——ときにはもっと——でやってきて、愉《たの》しげに飲んで喋《しゃべ》って帰っていく。どちらの客も、茉莉は好きだった。客として有難いだけではなくて、彼ら一人一人の表情や会話、味覚、そこから垣間《かいま》見《み》えるもの、を眺められることが単純に楽しかった。そこが茉莉の店だということ、時間を共有するということ、誰のグラスにも、それぞれの好みの酒が満たされているということ。

また、一般的に集客率が落ちると言われている雨の日に、「ポスト・デサンス」は賑わう。そのことも茉莉は誇らしかった。ランタンの灯りにひかれてか、雨宿りみたいにふらりと入ってくる初顔のカップルもいるし、「雨がふるとワインをのみたくなる」と言う、常連の男性もいる。

智幸が初めて店にやってきたのも、雨の夜だった。十時をすぎたところで、他には三人連れの男性客と、カップルが一組いた。

智幸は一人だった。普段茉莉の見馴れている、ネクタイだけ外したスーツ姿ではなくて、たっぷりしたセーターとジーンズ、という服装だった。

「こんばんは。いいですか?」

控えめな笑顔だったが、目には茶目っけがあった。

「こんばんは」

茉莉自身がひどく驚いたことに、茉莉の声には歓迎でも驚きでもなく、待っていたとでもいうような響きが滲《にじ》んでしまった。室内にあるはずのものを、戸外で見たような違和感があったというのに。

「びっくりした。どうぞ」

見つめあったまま言って、茉莉は自分が「いらっしゃい」と言えなかったことに気づく。

「ビール、ください」

智幸は言った。

「あ。でもやっぱり白ワインにします。グラスで。銘柄は何でも、寺内さんのおすすめのやつば」

ワインバーなのに、ワイン以外のお酒を注文する人が存外多い。茉莉は、いつだったか自分が智幸に、そう話したことを思いだした。

「ほんとうに？　ビールも冷えてますよ」

ワインにします、と、智幸はこたえた。

雨は止む気配がない。三人連れの客が帰ったあと、ソファ席にはべつな客が入った。年若いカップル客で、パーティ帰りのような恰好をしている。

茉莉の選んだチェルバロを、智幸は気に入ったようだった。二杯目のそれを啜《すす》りながら、壁の絵を見つめている。それから茉莉を見て、目だけで問いかける。

「そう。十年くらい前に描いていただいたの。有名な絵描きさんだっていうことも知らないいまま。幸運だったのね。いま思うと光栄なことすぎるみたいだけど」


それは、ここで尋ねられたとき用の返答だった。嘘《うそ》ではないが、まるっきりほんとうというわけでもない。茉莉は、志津夫との出会いを幸運とも光栄とも思っていない。偶然だったと思っている。そして、自然だったと。

「エス・アオヤマ」

智幸は、声にだしてサインを読んだ。

「ふうん。有名な人やったい」

智幸の反応を、茉莉はまた気に入ってしまう。声をひそめて耳うちした。

「あのね、訊いたことはないっちゃけど、きっとおんなじ小学校やね、あたしたちと」

もう決めたの、とさきに言われたのは、年の瀬のことだった。

「高校には進学しない。もう決めたの」

さきはちゃっかり新を巻きこんでいた。話があると言ったのは新だったし、紅茶をいれてきてほしいと言ったのも新だった。言われたとおり紅茶をいれ、書斎に運んでいくと、そこにさきもいた。

「お願い、ママ。だめって言わないで」

茉莉が口をひらくより先に、そう言った。

「私ね、フランスに行きたい」

と。

「なあに？　それ」

話しあうまでもない、という口調で茉莉は言ったが、指先がつめたくなり、膝から力が抜けた。この感じは知っている、と考える。それは起こるのだ、いまはまだ起きていないけれども、起こることは避けられない。感情とも言葉とも無関係に、脳のどこかがそれを知っている。

「もう決めたの」

さきはくり返した。

「もしママがどうしてもだめだって言うなら、自分でお金を貯《た》めて留学する。働くから、その場合もやっぱり高校にはいかない」

茉莉は天井を仰いだ。

「だめに決ってます」

思ったよりしっかりした声で言えた。しっかりした、そしてたぶん、断固とした――。

「おじいちゃんはいいって」

「おじいちゃんは関係ありません」

「……シズオもいいって」

茉莉が苛立《いらだ》ったのは、新がたまたま紅茶を啜った音のせいかもしれない。加えて、さきがすでに志津夫にまで話しているという事実には、めまいさえ覚えた。

「青山さんも関係ありません」

今度はさきが両手を広げ、「お手上げ」というポーズをとる。

「じゃあ誰に関係があるの？」

沈黙がおちた。昼前の書斎は日があたってあかるく、空気中のこまかな塵《ちり》までが見えた。巻き上げられたまま埃を積もらせているブラインド、本棚にならんだたくさんの本の、色褪《いろあ》せた背表紙。どっしりした木製の仕事机は、茉莉が子供のころから見馴れているものだ。その平和な光景の何もかもが、これから起こることは避けられない、と、告げているような気がした。

「多少は蓄えもあるから」

新が言った。

「渡航費用くらいだしてやれるよ」

「やめて」

茉莉はさえぎる。

「お金の問題じゃないってことは、わかってるでしょう？」

「じゃあ何が問題なの？」

さきの声は低く、うんざりした響きがあった。茉莉はため息をつく。胸の内で、淋しさ、と、認めた。あなたがいなくなったら、ママもおじいちゃんも淋しくなっちゃうでしょう？

「ほら」

ふいに、新がたのしげな声をだした。椅子に坐ったまま、瘦《や》せた足を片方上げてみせる。

「何？」

尋ねたのは茉莉だったが、新はさきに話していた。

「お前のママにだいぶ齧られた臑《すね》だけどさ、まだ多少肉がついてる」

たのしげな、しかし弱々しい口調だった。さきも返事ができずにいる。茉莉は泣きだしそうだった。


年があけても、事態は好転してくれなかった。さきが許可を求めるような物言いをしたのは書斎でのあの一度だけで、「留学するにしても働くにしても高校には行かない」と、すっかり決めてしまっていた。学校にもそのような希望を提出し、茉莉はまた担任に呼びだされた。

美術の勉強をしたいのだとさきは言う。まず現地の語学学校でフランス語を勉強し、それから美術の専門学校に入学したい、シズオが下宿をさせてくれる、そればかりか、いい考えだと言ってくれた——。

美術なら日本でも学べるとか、留学は高校を卒業してからでも遅くはないとか、茉莉は思いつく限りの反対理由をならべたが、さきはただ肩をすくめるか、悪くするとにっこり笑ったりもして、あっさりとこたえる。「そうね。でも、だから日本で学ばなきゃならないってことにはならないでしょ」「そうね。高校を卒業してから行く人もいるでしょうね」

途方に暮れてしまうのは、茉莉がその話をすると、誰もがさきの味方をするように思えることだ。

「わあ、よかなあ」

菊丸は言った。

「すてきやん。どうしてだめなん？」

「親が思っとうより子供は大人やけんね。まあそげん心配せんで」

トミーさんは笑顔で諭《さと》した。ミチルに至っては電話口で声をたてて笑い、

「やるじゃない、さきちゃん」

と、感心したようにつぶやいた。

唯一茉莉の味方をしてくれたのは智幸だったが、奇妙なことに、茉莉に、さきを行かせる決心をさせたのもまた智幸だった。

「それはまた急やねぇ」

智幸は、いかにも智幸らしい素直さで言った。夕方で、台所の椅子に腰掛けて牛乳をのんでいた。智幸は牛乳が好きだ。

「娘ば一人で外国にやるとか、考えられん」

危険だ、と、智幸は言った。向うには開放的な若者が多いと聞くし、染まりやすい年齢だから、変な思想にかぶれるかもしれない、昨今はテロの危険だってある、犯罪にまき込まれる可能性も否めない。

聞いているうちに、茉莉は笑いだしてしまった。ばかばかしく感じた。そんなの、どこにいてもおなじじゃないの、と。

「違法ドラッグとか、そげんともあろうけん」

智幸は続ける。

「さきちゃんはかわいかけん、男が放っておかんめいけんね」

茉莉は聞いていなかった。智幸の頭を抱きたい衝動にかられた。頭を抱き、「黙って。ばかばかしいことを言うのはやめて」と、言ってやりたくてたまらなくなった。このひとはたぶん、愛情深く育てられたのだろうと思った。ちょうど、柴田始がそうだったように。

ああ、そうなのだ、と、茉莉は思った。もしも始が生きていたら、きっと頑固に反対する。そして茉莉自身は、断固さきの味方をしたはずだ。

「いま行かんでもフランスは逃げんっちゃけん」

智幸がそう言ったとき、茉莉は衝動を実行に移した。智幸の頭はずっしりとして温かく、居間を駆けまわる男の子たちのそれと、おなじ匂いがした。

4

毎週かかさず手紙か電話を寄越すこと、を条件に、茉莉はさきに留学を許した。さきは素直に「ありがとう」と言って、おどろいたことに茉莉に抱きついた。幼いころでさえ、そんなことをしたためしはなかったのに。

「やめなさい」

反射的に口をついた言葉はそれで、どういうわけか不機嫌な、ぶっきらぼうな声音になった。抱きつかれて、不快というわけではなかったのに。

「動揺してる」

可笑《おか》しそうに言ったさきを見て、茉莉はまたおどろく。この子は、一体何て自分と似ていないのだろう。喜代にも新にも、自分は一度としてこんなふうにあけすけに物を言えたことがない。

出発は、語学学校の制度の都合で七月になった。夏季集中プログラムとかいうものに、参加するのだそうだ。中学を卒業したあとの数カ月、さきはフランス語の自宅学習をする。そのための家庭教師を、新が大学から見つけていた。

「パパったらさきの言いなりやん」

盛大に油の音をたて、手羽先を揚げながら茉莉は言った。

「昔はえらい毅然《きぜん》としとう、厳しい父親やったとに」

でも、と言って智幸は笑う。トマトサラダ用の大蒜《にんにく》をスライスしてくれながら。

「でも、彼はあなたにも家庭教師を見つけてきたっちゃなかったっけ。えらい昔、あなたが大学に入るいうて決めたときに」

茉莉はふり向き、智幸をにらむ。けれどすぐに負けてしまう。

「そげんこととまで話したかいな」

とぼけてはみたが、憶えていた。これまでに起きたいい出来事——おもに人との出会い——については、たいてい話してしまっていた。

「でもまだ聞きたりんね」

照れくさそうに智幸は言う。思いきって言っているのだ、と、子供にでもわかる熱心さと誠実さで。

春は木々の芽吹く季節だ、ということを、茉莉はこの年ほど実感したことがなかった。風がやわらかくなり、空は薄青く広がり、庭の猫たちは毛に泥や砂をつけたまま、気持ちよさそうにじゃれあう。そして清水智幸は、その猫たちとおなじくらい——と、茉莉は思うのだが——素直に、茉莉の前で嬉しそうな顔をする。それは言葉ではない。会いたかった、という目に見えない熱を——波動、あるいは振動だろうか——、全身から惜しげもなくこぼすのだ、会いに来るたびに。このひとには保身という本能がないのだろうか。それともその機能が壊れている？　茉莉は考える。温かな水がひたひたと満ちて、甘やかに心が濡れるのを感じる。それでいて、智幸には性急なところがまるでなかった。自分よりかなり年下のこの男の、その穏やかさが茉莉には頼もしいのだった。

どちらも一人で子供を育てている、という共通点も、二人を親密にした。実際、これは大きな共通点だった。子育てをめぐる苦労や喜びを語り合うわけではなかったが、語らずともわかることというのがあって、だからこそ互いに相手を尊重し、相手の領域に踏み込まない暗黙のルールが、ごく自然にできあがっている。また、どちらも無論厳密には「一人で」育てているわけではなく、家族に助けられながら育てている。そのことも、茉莉に智幸の輪郭《きょうじん》を、やわらかなもの、複合的なもの、善いもの、強靭なもの、として描かせるのだった。

智幸の妻は、去年の二月に突然家をでてしまったのだという。

「突然っていうとは僕がそげん思っただけで、彼女にとったらずっと考えとったことなんやろうけれど」

ある夜、「ポスト・デサンス」のカウンターで、智幸は言った。

「もともと、感情ば表にだすタイプの女性やなかったけんね」

結婚していたあいだ、智幸と妻は一度も喧嘩《けんか》をしたことがなかったという。それを智幸は、「上手《うま》くいっているからだと思っていた」。別れたい、といきなり言われたとき、妻にはすでにべつの男性がいた。

「よくある話やね」

たまたま居合わせた菊丸はそんなふうに言った。智幸も苦笑して認めたが、茉莉は腹が立った。菊丸の言い方が、無神経にすぎるように思えたのだ。

「でも郁ちゃんは？　郁ちゃんはお母さんにときどき会いよっちゃろう？」

いや、と、智幸はこたえた。

「おふくろがえろう怒って、家族ば捨てて他所《よそ》の男の許《もと》へ行くような女に、郁子と会う権利はなかって言いだして」

あちゃ、と菊丸が言い、茉莉は、まるでママみたいだと考えていた。ママみたいなふるまいをする女が、この世にはいまもいるのだ、と。

「最悪なのは、でもおふくろやなかったとよ」

智幸は続けた。

「郁子の母親である彼女が、それで構わんと言ったことやったとです」

それを聞いた瞬間に、智幸はふんぎりがついたという。この女性とやり直すことはできない、と思ったのだそうだ。

「ひどか女やね」

菊丸は吐き捨てるように言ったが、茉莉の感じたことと、それは違った。茉莉は同情せずにはいられなかった。智幸にではなく、智幸の妻に。自分に反論の余地はないのだと、おそらく知っていたであろう女に。

しかし、そのことをいま口にすべきではないと、茉莉は思う。智幸にとって、でて行った女性をもし何らかの意味で責めることができるのなら、その方がいいにきまっている。

去年の二月――それは、郁ちゃんが茉莉の家の居間に、遅くまで居残るようになったのとおなじ頃だった。

気がつくと、菊丸が智幸にぴったり寄り添って坐っていた。

「いいからのみ」

自分のグラスの焼酎を、ちょうど空いた智幸のグラス――ワイングラスだ――にざぶんと注ぐ。

「でもよかったやない。そういうことがあったお陰で、いまはこうして茉莉ちゃんに会えたっちゃけん」

肯定の言葉を笑顔で呟《つぶや》いた智幸の素直さを、茉莉は好きだと思った。不作法に注がれた焼酎に、いやな顔をしなかった大人っぽさも。

恋人というには距離のある関係だということはわかっていた。一度キスをしたことがあるにはあったが、閉店後のテラスで交したその長いキスさえも、互いにキスだけで満足してしまい、それ以上のことは考えもせず、ぎこちなく詫びあったりして、それぞれ自宅に帰った。ほぼ毎日顔を合わせており、智幸になら、茉莉は何でも話すことができた。

店での智幸が、自分のこと――別れた妻のことなど――を語ったのは一度きりで、閉店までいてキスをしたのも一度きりだった。あとはたいてい早い時間にやってきて、カウンター席に坐り、グラスの白ワインかビールを二、三杯のみ、電車のあるうちに帰っていく。茉莉が視線を向けると、それでも必ずといっていいほど目が合って、目が合うと智幸は微笑む。ここにいるよ、ちゃんと見てるよ、とでも言うみたいに。その眼差しに何か穏やかないとおしさのようなものが感じられて、茉莉は溶けそうな気持ちになる。安心し、同時に鼓動が速まりもする。


　雨にかすんだ海の上を、関門連絡船が白いしぶきを上げて走っている。初夏とは思えない肌寒い日だ。日曜日、茉莉は智幸に誘われて下関に来ている。

　下関には、門司港から船で渡った。門司港には、博多から電車で入った。雨のせいで、どこも人が少く、風景も侘しかった。

「大丈夫？　寒くなかとですか？」

　智幸は何度もそう尋ねた。寒かったが、茉莉はそのたびに大丈夫だとこたえた。

「郁ちゃんも連れてきてあげればよかったやんね」

茉莉は智幸に、何度もそんなことを言ってしまった。

「来たがらんけん」

　智幸はこたえた。

　門司港では、新しい跳ね橋が上がるのを眺めた。駅前の地ビール屋で、昼間からビールをのんでソーセージをつまんだ。

　これは、「ポスト・デサンス」の一周年を祝う遠足だった。近々店でもパーティをひらく予定ではあるのだが、智幸はそれとはべつに、お祝いをしようと言ってくれた。

　下関では市場を眺め、歩くときはごく自然に手をつないだ。地面に落ちている蟹《かに》の残骸を踏んでしまわないよう気をつけながら、自分の足が地についていないように茉莉は感じた。とてもほんとうとは思えない。誰かを好きになれば、何の躊躇《ちゅうちょ》もなく相手の胸に飛び込んできた。それほど好きでもない男と肉体関係を持ったことだってある。そんなの平気だった。それが、智幸と二人で午後の港を歩いているだけで、こうもどぎまぎしてしまうのはどういうわけだろう。まるで、親に内緒でデートをしている子供みたいな気持ちだった。二本あるビニール傘を、一本しか使っていないことにさえ気が咎《とが》めた。変なの、と、茉莉は思った。こんなのほんとに、変なの。

　赤間《あかま》神社で、平家一族の墓と耳なし芳一《ほういち》の木彫りの像を眺めた。像はかなり不気味で、茉莉には、芳一が「見たぞ」と言っているように思えた。他所の男と腕を組んで歩いているのを見たぞ、と。

「僕の知り合いにおもしろい奴がおって」

智幸が言った。

「昔から頭がようて、勿論《もちろん》学歴も高《たこ》うて、いまは会社を経営してたりするっちゃけれど、そいつ、耳なし芳一をずっと耳なしヨシカズだと思っとったって、つい最近まで」

茉莉は一瞬ぽかんとし、ヨシカズ、と、胸の内で呟いてから、にんまり笑った。目の前の像はあいかわらず不気味だが、ヨシカズだと思えばさほど恐ろしく見えない。智幸の腕に頰をつけてみた。きちんと洗濯された木綿の、心安まる匂いがした。

石段をおりると、そこはもう砂浜だった。海も空も陸地も、一様に灰色に煙っている。二本目のビニール傘をひらいて、茉莉は先に立って歩いた。湿ったというより思いきり濡れた空気を、深く吸いこむ。それからふり向いて、智幸に言う。

「こういうの、ひさしぶりやん」

と、笑顔で。

ふっくらした頰と赤い唇、くせのある茶色い髪は、たしかに茉莉に似ている。中背なのに背の高い人のそれのように長い手足は、始似かもしれない。緑色のTシャツにジーンズ、という普段と変らない服装で、さきはいま空港のラウンジに坐っている。

パリの空港には志津夫が迎えに来てくれることになっているし、すくなくとも当面は志津夫の家に住むことが決ってもいるのだが、さきはまるで何もかも一人でする旅にでようとしているかのように、すでに熟読して古本めいているガイドブックを、また読み返していた。

「気をつけてね」

そう言うのが何度目だか、茉莉自身にもわからなかったが、もう一度言った。他に、言うべきことがみつからなかったからだ。

「うん」

ガイドブックから目を上げもせず、うなずいたさきの横顔は、気のせいか心細そうに見えた。ゆうべまではひどく強気だったのだが。

ゆうべ、家族三人ででかけた水炊き屋の座敷で、茉莉はさきに餞別《せんべつ》を渡そうとした。遠い日に、おなじ場所で、喜代が茉莉にしてくれたように。

さきは不思議そうな顔をして、

「いらないよ」

と、言った。遠慮というよりも、餞別というものが理解できないといった風情《ふぜい》だった。

「向うに口座をひらいてから、送金してくれるんでしょう?」

「それは授業料でしょ」

茉莉が言うと、さきは安心したようにうなずいて、

「じゃあ、それもそこに回して」

と、言った。

新が「水さかずきを交そう」と言いだして、茉莉はぎょっとしたが、さきにはそれも意味がわからなかったらしく、素直に猪口《ちょこ》を受けとって、

「ちょっとだったらお酒でも平気なのに」

と言いながら、新が水を注ぐのに任せた。

「やめちゃってん」

茉莉は言ったが、新は意に介さず、にこにこして自分の酒をまずのみ干し、そこにも水を満たした。

「幸運を祈るよ」

猪口を掲げる。パパはなんて年をとってしまったんだろう。茉莉は思った。なんて年をとって、なんて弱々しく見えることだろう。

「ありがとう」

含羞《はにか》んだ笑みを浮かべてさきはこたえ、新におなじ仕草を返して水をのみ干した。嬉しそうに、いっそ誇らしげに。

さきの荷物はとてもすくない。スーツケース一つを預けてしまうと、あとは斜めがけ鞄一つだ。たった十六年しか生きていなくて、所持品と呼べるものもこれっぽっちしかなくて、それなのに一人で外国で暮そうとするなんて無謀だ、という思いが、茉莉のなかにまた湧く。正しくないと知っていても、自分がさきに、いま見捨てられようとしているのだ、という思いも。

「もう行きなさい」

息苦しさに耐えきれず、茉莉の方からそう言った。

「手荷物審査とか、中が混んでるといけないから」

わかった、と、さきはこたえる。ガイドブックを鞄にしまい、立ち上がって、歩き始める。

滑走路を、何機もの飛行機がゆっくりと移動している。晴れて蒸し暑い、風のない朝だ。展望デッキにでて見送ると言い張ったのは新だった。最近では乗り降りにタラップを使わないことが多いし、デッキで待ったところでさきの姿はもう見えないから、と茉莉は説

明したのだが、新はそれでも構わないと言った。

「いいお天気ね」

茉莉は言い、鞄からサングラスをとりだしてかける。どんな顔をして飛行機を見送ればいいのか、わからなかった。

淋しいのは猫たちに会えなくなることだ、と、さきはここ数ヵ月言い続けていた。猫たちのことだけが心配だ、と。思いだし、茉莉は苦笑する。あの子のああいう物の言い方は、一体誰に似たのだろう。

「行っちゃったなあ」

空を見上げ、新が呟いた。さきはまだ間違いなく空港内にいるはずだし、さきの乗る飛行機は、ゲートに着いてさえいない。

「行っちゃったねえ」

茉莉は同意した。

「またパパとあたしが残っちゃったねえ」

昔、土手に立って飛行機を待った。惣一郎と九と三人で、単に目撃したい一心で待った。轟音《ごうおん》と共に白い腹を見せて頭上を移動していく飛行機は、乗り物のようにはまるで見えなかった。それは未知の物体だった。未知の、それでいて親しい、つくりものの鳥のような物体だった。

いま、茉莉は飛行機の内部をやすやすと思い描くことができるし、離着陸の瞬間の、ぐわりともぶわりともつかない揺れさえ想像することができる。未知でもなければ親しくもない。

かちりと耳馴れた音がして、見ると新が煙草に火をつけたところだった。屋外とはいえ、扉には禁煙のマークが貼られていた。

「パパ」

非難の声をつくって言ったが、新は首をすくめる真似だけして、悠然《ゆうぜん》と煙を吐く。茉莉は黙認することに決める。

「それにしてもいいお天気ね」

もう一度言った。

「飛行日和《びより》だわ」

喪失感は、夕方まで膨れあがり続けた。家のなかの何もかもが、それまでとは違うふうに見えたし、淋しさではなく信じられない思いが——今朝までは淋しかったのに——、順番を逆転させて襲ってきた。いまごろ成田だろうか、とか、無事に乗り換えられただろうか、とか、上空の、いまどの辺りを飛んでいるのか、着いたら、いの一番に電話をくれるだろうか、といった現実的なことのいちいちが、絶えず心を占めていた。

なかでも堪《こた》えたのは、夕食のあいだじゅう新が一言も口をきかなかったことだ。

「そろそろごはんをつける？」

とか、

「今夜お店にのみに来る？」

とか、茉莉が何か尋ねても、

「いや。ああ、うん」

と三ついっぺんに——曖昧《あいまい》に——呟くので、結局どちらなのか判断しかねる有り様だった。それでも返事をしてくれればいい方で、聞こえないのか聞こえないふりをしているのか、はっきりした質問にも黙ったままでいたりもした。

「お通夜じゃあるまいし」

大げさな呆《あき》れ顔をしてみても、新は見てさえいないのだった。

店にでると、しかしその喪失感は嘘のように消えた。というよりもむしろ、さきがいなくなったという現実が、嘘としか思えなくなった。午前一時をすぎて志津夫から「無事到着」の電話がかかっても、それはどこか別の世界の、別のさきのことのように思えた。

「よかった。よろしくお願いします」

だからこそ、落着き払った声でそう言えたのだし、続いて電話口にでてきたさきに、

「何でもじゃんじゃんやっていらっしゃい」

などと言えたのだった。

ガサガサした雑音まじりで、電話は遠く聞こえた。パリはまだ明るいはずだ。

「じゃあね」

と、あっさり言って電話を切った。

5

その年の秋に、茉莉は念願のソムリエ試験に合格した。福岡市内のホテルで行われた二次試験は緊張したが、四十分間の口頭試問も三十分間のブラインド・テイスティングも、始まってしまえば楽しかった。最終関門である実技試験——受験者は皆、ユニフォームまで着せられる——には、もし上手くいかなければ不運と思うしかない、と肚《はら》をくくって臨んだ。普段、店で

ワインをあけるときも、コルクが割れてしまうことは稀《まれ》にだがあるのだ。コルクは、しかしすんなりと抜けた。

終ってみれば何ということもなかった。合格通知が届いたのは十月で、翌月にはぶどうを象《かたど》った金ぴかの認定バッヂと認定書、資格認定登録カードというものも送られてきた。あっさりしてる、と茉莉は思った。簡単だった、と。資格を取ろうと決めてから、しかし五年が経っていた。

バッヂは、胸につけるにはあまりにも金ぴかだったため、焦げ茶色の額に入れて「ポスト・デサンス」に飾った。煙草の箱ほどの小さな額で、林立する酒壜のあいだに置かれたそれは目立たない。目立たないが、茉莉には誇りを与えてくれるものだった。

「見てん」

智幸にだけ、こっそりと自慢した。

「あたしはこれが欲しかったと」

さきがいなくなってしまうと、茉莉は突然解放された気がした。心許《こころもと》ないほどの、それは身軽さだった。さきはすでに自分のことが自分でできる程度には大人になっていたし、食事の世話やら健康の心配という意味では新の方が手がかかるのではあったが、それでもなお、さきと共に責任が取り除かれ、ひさしぶりに自分が自分だけのものになったような気が、茉莉はするのだった。

店のソファで智幸と事に及んでしまったのも、その解放感と関係があったかもしれない。一次試験に合格し、二次試験を待っていたあいだ、九月半ばのことだった。思いだしてみれば、あきらかに茉莉の方が積極的だった。閉店時間にはまだすこし早かったが、智幸以外に客はいず、これ以上来ないだろうと思われたので、扉に鍵をかけた。かけてすぐ、その扉にもたれるようにしてキスをした。その時点では、店で愛し合うつもりではなかった。ただ、しばらく二人きりで過ごしたかったのだ。

音楽をかけ、ワインを新しくグラスに満たした。試験を控え、芝居がかったソムリエ風仕草で。赤はのみつけないという智幸のために、冷えた白ワインを選んだ。シチリア産の、樽香《たるこう》の強いワインを。智幸は所在なげにしていた。

「いいとや？」

とか、

「大丈夫かいな」

とか呟きながら、誰もいない店内を見まわしていた。初めて来た客みたいに。

ソファに坐ってすこし話した。さきのこととか、智幸の会社――リース会社。企業相手にあらゆるものを貸すらしい。電話、ＦＡＸ、観葉植物、換気装置つきの巨大灰皿まで――での出来事とか。茉莉にはそのシステムはよくわからない。「買うより安いから」借りる人がいるのだと智幸は言うけれど、「買うより安い」のではリース会社の利益がでないのではないかと思ってしまう。そう言うと智幸は笑う。あきれたふうにではなくて、なんとなく茉莉を理解してくれたふうに、たのしんでいるふうに。どうでもいい、と茉莉は思うことができない。何もかも知りたくて、次々に質問が口をついてでる。そうしているうちに、茉莉はそこが店ではなく、福岡でさえないような気がしてきた。どこでもない場所に、いま二人でいるような気が。

「踊る？」

それでそう言ってみた。踊るのはひさしぶりだ。しかし智幸は目をまるくして、

「踊らん」

と、まずこたえ、

「いや、もし茉莉ちゃんが踊りたいんだったら踊り。その、僕はそういうの苦手やけん」

と、困ったように言葉を継いだ。

「そうなん？」

茉莉はやや拍子抜けした。立ち上がり、智幸の手を取りかけていたのだが、再びソファに腰をおろした。

「あたしは踊るのが好《す》いとうと。昔から好いとったっちゃん」

他にどうしていいかわからず、そう言った。

「昔はいっぱいディスコに行ったと。そのあと、ちょっとだけど習っとったこともあると。いちばん好いとうとはジグ。ジグってわかる？」

わからない、と智幸がこたえたので、茉莉は立ち上がって説明した。こうして、こんなふうに、フィドルとかバグパイプに合わせて、ほら、こんなふうに――。茉莉が笑いだしてしまったのは、かかっていたスローなジャズと、まるで合わない動きだったからだ。

「だめだわ。ジグを踊るとやったらＣＤを替えんと」

智幸は笑わなかった。熱っぽい目で茉莉を見ていた。大切なもの、何か手の届かないものでも見つめるよう

に。その視線に気づくや否や、茉莉は智幸におおいかぶさっていた。あなたこそ大切なものだ、という気持ちがこみあげて、髪に顔を埋め、ほとんどソファごと、男を抱きしめた。智幸の手が背中に、後頭部に、臀部《でんぶ》にと動き、同時に唇と唇が重なる。腰を、智幸の両脚がはさんだ。ソファがきしみ、革が汗ばんだ肌にくっつく。そうしながらも、茉莉はワイングラスをそっとテーブルの奥によけた。智幸の手がスカートのなかにのびた。自分の喉から笑い声がもれるのを聞き、茉莉は思いだす。可笑しいことが何もなくても、幸福なあまり人は笑うのだ。単純に欲しいと思った肉体と睦みあうとき、あたしはいつも笑ったものだった。笑いながら、内側に熱いものを受けとめてきた。

すべてのあと、呼吸が元に戻ってもなおぴたりと身を重ねて横たわっていると、それが目に入った。壁の、志津夫による茉莉のデッサン。あのころのあたしは――。息を吐き、茉莉は思った。あのころのあたしは、いまのあたしを無論想像もできなかった。

「重い?」

のっかったまま尋ねると、智幸は首をふり、

「ちょうどいい」

と、こたえた。

西光寺は立派なお寺だ。道のつきあたりにひっそりとあって、門の脇に青々した松の木が一本植わっている。読書会とか婦人会とか、催しがたくさん開かれているらしいことが、手書きの貼紙からわかる。茉莉は店への行き帰りに、ときどきこの寺に立ち寄り、本堂に向って手を合わせる。さきの無事を願って。庭はつねに掃き清められており、墓や卒塔婆《そとば》のならぶ一画も、空が広々と見えて気持ちが落着く。

さきは、約束通り毎週必ず手紙か電話を寄越す。授業がおもしろいとか難しいとか、様々な肌の色の友達ができたとか、気に入りのカフェができて入りびたっているとか。茉莉にとっても懐しい誰彼の名も、ときどき登場してくる。アンヌに会いました、とか、フィリップがママによろしくって、とか。

「感心やね」

茉莉は智幸に、正直に認めた。

「あたしが子供やったころは、親に手紙なんて絶対書かんかった。電話してねって言われても、それさえ滅多にせんかったけん」

日曜日。茉莉は智幸と郁ちゃんと、商店街の一角にあるインド料理店で、昼ごはんを食べたところだ。最近では、日曜日はほとんど毎週三人で過ごしている。

「時代が違うけんね」

智幸は微笑む。

「あのころはほら、親と仲がいいとは恥かしかこととみたいな気分があったろうが。悪か子たちのあいだではとくにそうやろう」

衝撃を表明するために、茉莉は息をすいこんでみせる。

「悪か子ってあたしのこと?」

怒ったふりをしようと思うのに、智幸の前では上手くいったためしがなく、いまもまた、茉莉はたちまち目尻を下げて笑ってしまう。智幸がいかにも困ったように、

「ごめん」

と言って茉莉を見る、その顔が不器用そうでいとおしくなるせいだ。

時代が違う。たしかにそうなのだろうと茉莉は思う。こんなにおいしいインド料理をだす店も、かつてのこの街にはなかった。店内は家庭的な雰囲気であかるく、狭いがとても居心地がいい。シェフはインドの人だという。

ここに来る前に、おなじ商店街の子供服屋をのぞいた。大人の服と見紛《みまが》うほど手のこんだ、ダメージ加工のジーンズだの重ね着用のTシャツだの、ファーつきブルゾンだのがならんでいた。茉莉はそこで、郁ちゃんのためにくつ下を一足買った。選んでいる茉莉を、店の人は当然のように「お母さん」と呼んだ。

その郁ちゃんは、智幸の隣で、いまデザートをゆっくり口に運んでいる。ラスマライという名前の、インドではポピュラーなデザートだそうだ。一月。窓の外はよく晴れていて寒い。

茉莉の家に遊びに来る子供たちはみな、茉莉を「おばちゃん」と呼ぶのだが、郁ちゃんだけは「茉莉ちゃん」と呼ぶ。智幸が茉莉を、そう呼ぶようになったからだ。

恋は穏やかに進行していた。暮れには智幸の両親にも紹介された。智幸が茉莉の家に泊ることもたまにある。そんなときは、新と三人で朝食のテーブルを囲む。

興奮した声音でさきが電話をかけてきたのは、福岡

には珍しく粉雪のちらつく、肌が切れそうに寒い夕方のことだった。

「聞いて」

さきは言った。

「信じられないと思うけど、あの子に会ったの。ほんとにあの子なのよ」

表情が見えなくても笑顔だとわかる、嬉しそうに弾んだ声音だった。

「なあに？　誰のことなの？」

元気そうなさきの様子に、茉莉の返答にも自然と笑みが滲んだ。毎日いろいろな人と出会って、いろいろな発見をしているのだろう。誇らしさとまぶしさ、それにかすかなうらやましさを感じる。

「私の夢にでてきてた男の子。小さいころからずっとでてきてた男の子がいるでしょう？　ママにも話したの、憶えてない？」

憶えていた。その子は外国人で、さきを見ると、にっこりしたり手をふったりする。その夢をさきは、何年にもわたってたびたび見ると言っていた。

「夢の男の子？」

茉莉は苦笑せずにいられなかった。

「それってつまり、恋をしたっていうことなの？」

「全然ちがう」

露骨に苛立ちを滲ませて、さきは言った。

「その子まだ子供なのよ。子供って十三だけど。私がいまちょっといいなと思ってるのはべつな人」

続けて言い、茉莉をぎょっとさせる。

「それはまあどうでもいいんだけど、いま言いたかったのはね、その子も私の夢をみてたってことなの。それが誰なのかもわからないまま、ずっと。会った途端にお互いにびっくりしちゃって、もう口もきけないくらいだった。だって昔からの知り合いに会ったとしか思えなかったし、でも初対面で、道端で、私は授業に行くとこだったし、その子も——」

さきの説明は続いた。ばったり会ったのがきのうで、その子は母親と歩いていた。夢の話は母親も知っていて、息子が「彼女だよ」とくり返し言うのを驚いて聞いていた。週末にお茶に招かれたので、今度でかけて行くという。

「知らない人の家に？」

話を聞き終った茉莉が尋ねると、一瞬沈黙が流れた。

さきはため息をつく。

「住所も電話も、名前も聞いたわ。他に何を知れっていうの？　初対面なのよ」

興奮した調子はすでになく、声に失望の響きがあった。

「いいわ。わかった。行っていらっしゃい」

譲歩のつもりで言ったが、さきは譲らず、

「言われなくても行くわ」

と、言うのだった。


コートを着て、赤い衿巻をぐるぐると巻きつける。雪はもう舞っていないが、窓ごしに見る空は灰色で、裸の木の枝が侘しく、いかにも寒そうだ。そのままの恰好で、茉莉は書斎に顔をだした。

「行ってくるわね」

テレビがついている。新は読んでいた本から顔を上げ、

「ああ、うん。行っておいで」

と、こたえた。暑いほど暖房がきいている。

「ポトフを作ったから」

茉莉が言うと、新はにやりとして、

「うん。匂いでわかったよ」

と、言う。ふいにその場を去りがたくなり、茉莉はさきから電話があったことを話した。内容には触れず、元気そうだったことと、家を離れてのびのびしているらしいことだけを伝えた。

「よかったじゃないか」

新は微笑んでこたえる。こたえるがすぐに表情を曇らせて、

「でもさきはフランスに行ったんじゃないのか？」

と、訊いた。新との会話は、こんなふうに何かが食い違うのだ。茉莉は淋しさに捉われる。

「そうよ。パパ。さきはフランスにいて、そこから電話を寄越したの」

説明すると、新はぼんやりした顔つきでそれを聞き、そうか、と、こたえた。

「そうか、悪いね。ちょっとあやふやになってしまって」

茉莉は居間に戻り、サッシ窓に鍵をかける。午後六時の居間には誰もいない。智幸に指示されていたとみえ、郁ちゃんも、きょうは友達と帰った。落ちていた学習帳を一冊、茉莉は拾って机に置いた。惣一郎の使っていた学習机だ。そこには他にも様々なものが置か

れている。ハンカチ、帽子、シャープペンシル、消しゴム、袋菓子、マスコット人形。子供たちというものは、実にしばしば忘れものをして帰るものだ。なかにはもう何年も、持ち主の現れないままのものもある。

約束の店に、智幸はまだ来ていなかった。

「こんばんは。寒いねえ」

茉莉は店の人に言い、衿巻をはずしてコートを脱いで、ビールだけ先に注文する。ここは智幸の馴染みの店で、茉莉も何度か連れて来られたことがあった。

先月から、茉莉は「ポスト・デサンス」にくるみちゃんという女の子を雇っている。以前から手伝ってくれる人を探してはいて、ほんとうは力仕事なども任せられる男性がよかったのだが見つからなかった。くるみちゃんは二十六歳の女優で、生粋《きっすい》の博多っ子だ。くるみというのは所属している劇団における芸名で、本名は近田和子《ちかだかずこ》という。声のよく通る、はきはきした女の子で、客あしらいもうまそうだった。紹介してくれたのがトミーさんで、トミーさんは彼女の両親も知っているというから、素性がわかっていて安心な気もした。公演が始まってしまうと店にでられなくなるという難点はあるにしても、臨時の手伝いとしては願ってもない人材だった。

実際、くるみちゃんが来てくれたおかげで、茉莉はこうして平日に、智幸と二人で食事をすることもできるのだった。

「恋人といるときのママってかわいいですね」

くるみちゃんは言う。

「ママといるときの智幸さんはもっとかわいいけど」

と。彼女にとって智幸が「ママの恋人」であり、すでにそこにいたもの、であるらしいことも茉莉には嬉しかった。説明しなくても済むのはやすらかなことだ。

店のメニューにレーズンバターを加えたのもくるみちゃんだった。

「レーズンバターがなきゃ、だめでしょう」

どういうわけか、そう言った。

智幸は、約束の六時半に十五分程遅れてやってきた。

「ごめん。遅くなった」

スーツ姿だったが、席につくや否やネクタイをはずした。足下に鞄を置く。

焼き餃子《ギョーザ》と手羽先、マカロニサラダを頼んだ。重たいビールジョッキをごつんと合わせる。喉を鳴らしてのんだのは茉莉だけだった。

「あのさ」

ジョッキを持ったまま、智幸は言った。笑おうとしているのか、怒りだそうとしているのか、判断しかねる顔つきだった。智幸の髪が、妙にさらさらしていることに茉莉は気づく。黒い、素直な、少年じみた髪だ。

「なに？」

尋ねると言い淀み、曖昧に微笑む。

「なあに？」

もう一度訊いた。智幸の返答に、茉莉は耳を疑った。

結婚しよう。

いまこの人は、ほんとうにそう言ったのだろうか。数秒間沈黙が続き、テレビの音と餃子を焼く音が耳についた。

「冗談？」

自然に、その言葉が口をついてでた。

「いや」

智幸はまた口ごもる。依然としてジョッキを手に持ったままだ。頰がピンク色なのは緊張しているせいかもしれないが、わずかに笑みを浮かべてもいるので、断られるとは思っていないらしいと、茉莉は思った。


智幸は背すじをのばし、茉莉をまっすぐに見て、一語ずつゆっくり、

「冗談やなく、本気やけん」

と言うと、言えたことに安心したのか、ビールを一気に半分近くのんだ。

茉莉は返事ができなかった。返事は決っていたのだが、言葉にすることが苦痛だった。それで、智幸をただ見ていた。

「だめですか」

改まった口調で智幸が言い、見つめあう恰好になった。茉莉が言葉を発する前に、智幸は理解したようだった。目に、たちまち失望の色が浮かぶ。

「ごめんなさい」

急いで、茉莉は言った。

「それからありがとう。お礼を言うべきよね？　あたし」

動揺していることが自分でもわかった。言葉がうわすべりしてしまう。

「でもひどいやん。そげんこと言うなんて。会えて嬉しかったとに。会いたかったとに」

最後は文句のようになった。

智幸は表情の読み取れない顔で、茉莉をじっと見ている。見るというより観察するという方が近い眼差しだった。それからにっこり笑った。

「ごめん。びっくりさせたったいね」

運ばれたマカロニサラダを茉莉の前に置き直し、割り箸をさしだす。

「いまのは忘れてくれんかいな。食べよう」

はじめて会ったときを思いださせる、初夏の庭みたいな涼しさで言うのだった。

6

出張があって、と言って、「エンドラ」の常連だったオオタさんが店にやってきたのは、冬も終りに近づいたころだった。あいかわらず血色も恰幅もよく、胸元を大きくあけたシルクシャツの着こなしも変っていない。

「お、いたな」

若い男を一人伴って、店に入るなりそう言った。

「オオタさん！」

茉莉はとびだして迎えた。自分でも意外なほど嬉しく、なつかしい気持ちがした。オオタさんは茉莉をぎゅうぎゅう抱きしめて、「エンドラ」式の挨拶をした。くるみちゃんがびっくりしたように見ていることに、茉莉は気づいた。

「シックな店だね」

ソファ席にすわると、店内を眺めわたしてオオタさんは言った。

「『エンドラ』とはだいぶちがうな」

「ワインバーだもの」

茉莉は胸をはった。

「でも、『エンドラ』くらいゴキゲンなお店にしたつもりよ」

オオタさんは、「遅ればせながら御祝儀に」、シャンパンを一本あけてくれると言った。茉莉ちゃんものんで、酔って、踊ってよ、と。

その夜は、たまたま早い時間から人が入っていた。カウンターにはカップルが一組と、いまやこの店の主のような藤盛《ふじもり》さんと根本《ねもと》さん——オープンの日以来通ってくれている、ワイン通の初老の紳士たち——がいて、テラス席には、寒さをものともしないいらしい若者四人組が陣取っている。

オオタさんの連れは俳優だそうだった。茉莉は知らない顔だが、くるみちゃんは目を輝かせて、

「知ってる！　栄養ドリンクのＣＭにでてる人でしょ」

と、言った。

「ママ、葉巻ちょうだい」

藤盛さんに呼ばれ、カウンターからケースをだして、一本選ばせた。客の選んだ短めのコイーバの、吸い口をカッターで切って渡した。

「ありがとう」

卓上ろうそくの炎の上に顔をもっていき、藤盛さんはそれを吸いつける。甘いような苦いような、乾いた香りがたちまちあたりにただよう。

「僕は燻製《くんせい》にしたものを、何かちょっともらおうかな」

根本さんが言う。二人がいまのんでいるのは、一九八五年のコート・ロティだ。これだけ高価なワインをあけてくれるお客はなかなかいない。

「たいしたもんだな」

ソファ席に戻ると、オオタさんが言った。

「葉巻カッターの使い方なんて、いつ覚えたんだ？　青山で、俺の膝に乗ってくれてたのが嘘みたいだな」

くるみちゃんが頓狂な声をあげた。

「えぇーっ。ママ、そんなことしてたんですかあ？」

茉莉は笑って、オオタさんの膝に軽々とすわってみせる。

「いまだってするわよ」

オオタさんは大袈裟《おおげさ》に唇をとがらせて、茉莉の頬にキスをした。

転勤を命じられ、二年間大阪にいたが「返り咲いた」オオタさんは、夏木力の店に何度か行ったことがあると言った。いつも混んでいて、遅い時間になると立ちのみバーの様相を呈するらしい。

「若い客が中心だね。俺には『エンドラ』の方が向いているけど、奥さんが裏メニューみたいにしてだす料理も人気があるみたい」

「エンドラ」のことを尋ねると、

「まだ潰れてないよ」

というこたえが返った。来なくなった常連もいれば、新しい常連もいる。茉莉のかわりに入ったマナちゃんはもう辞めてしまったが、かわりに「絶対ゲイに違いない」とオオタさんのにらんでいる、若い男の子が入

った。オーナー夫妻も竹さんも祥子さんも元気で、祥子さんは二人目の子供を欲しがっている。竹さんは、いつでも引退できるくらい蓄えがあるはずなのに働いていて、「老骨にムチ打っています」と言うのがお気に入りのフレーズになっているらしい。

「なつかしいわ」

茉莉は心から言った。志津夫の紹介状だけを頼りに、東京に、そして客商売の世界に、あのときはいきなりとびこんだのだった。

「で、茉莉ちゃんはまだ独身なの？」

シャンパンから水割りにきりかえていたオオタさんが、ソファにもたれたお馴染の姿勢で、グラスを揺すりながら訊く。

「幸運にもね」

茉莉はこたえた。

「あたしには一人が向いているみたい」

「ママ、元気？　私は元気です。このあいだのターム試験ではAを二つとりました。会話と速読です。リスニングはB^{++}で、文法はCでした。それではまた。お元気で」

「ママ、元気？　私は元気です。きのうアンヌに髪を切ってもらいました。お金を払わせてって言ったけど、受けとってくれませんでした。だから焼き栗を私が買って、二人で食べました。アデュー」

「ママ、元気？　私は元気です。送金してくれてありがとう。これからベアと図書館にいきます。時間がないので、きょうはこれで」

声にだして三枚の葉書を読み、茉莉はため息をついた。

「どげん思う？　これ」

居間にはスーツケースがふたをあけた形で置いてあり、なかにはさきからの便りが乱雑に積み重なっている。

「はじめんうちは長い手紙もくれたっちゃけど、最近は葉書ばっかり。それも、木で鼻をくくったみたいにそっけなか文面」

智幸は苦笑する。

「そうかいな」

「そうよ」

庭では、郁ちゃんが猫をかまって遊んでいる。

「ベアって誰なん？」

「さきの親友。おんなじ語学学校に通っとうスペイン人で、ベアトリスとかベアトリアとか、なんかそげんな名前」

「上等やろう思うよ。こげんちゃんと手紙をくれて」

顔ににやにや笑いを貼りつけたまま、智幸は言う。

「話に聞いとった茉莉ちゃんの親不孝ぶりと比べたら、天使みたいに従順な娘さんやんか」

きちんと膝を揃え、前かがみになった姿勢で、智幸は浅く腰掛けている。お父さんと呼ぶには若すぎる風《ふう》貌《ぼう》と、学生のそれのような礼儀正しさ。

「留学は危ないっちゃないって言いよったの、あなたやろうもん」

茉莉は言った。

「言ったよ。でも、ばかばかしいって言ったのは茉莉ちゃんやろ。送りだした以上、信頼してやらないかんめえ」

茉莉はソファのうしろにまわり、智幸の頭を抱いた。

「何や？　どうしたとや？」

えへへ、と、茉莉は笑う。顔を髪にこすりつけた。

「知っとうと」

手をはなし、智幸の頭を解放してやってから、にこやかに言った。

「知っとうし、ほんとは心配してないと。さきはいい子やもん。でもね、あたしはあなたに意見されるとが好いとうと。わかっとうことでも、あなたの口から聞くとが好いとうっちゃん」

郁ちゃんに見られてもかまわない、と、思った。茉莉はそのまま智幸に顔を近づけ、唇と唇がたがいちがいになるキスをした。

一人が向いている、と、オオタさんに言ったのは嘘ではなかった。しかし、それはあくまでも結婚や同棲にまつわる話としてであり、対等な、個人的関係としては無論別だった。智幸の存在を、事実自分はかけがえのないものに感じている、と、茉莉は思う。しかも、控え目に言って。

智幸には、激昂《げっこう》するということがなかった。水のように淡々としている。それでいて、茉莉に向ける眼差しには、出会って二年近い月日が過ぎたいまでも、まぶしげな憧憬《しょうけい》の光が宿っている。それは、茉莉がプロポーズを退けてからも変らない。

忘れてくれんかいな、と、智幸は言った。茉莉ちゃ

んがその気になるまで待っとうけん、と。そんな日はこんかもしれん。茉莉がそう不安を口にしても、智幸はおおらかに笑って、

「根くらべやね」

と、気を悪くするふうでもなく言っただけだった。そんな智幸がいつもそばにいてくれることに、茉莉は安心と幸福を感じている。


春。茉莉は始の墓前に供えるのに、鮮やかな黄色のレンギョウを選んだ。薔薇《ばら》、フリージア、小手毬《こでまり》、雪柳、チューリップ。花屋には、色も形もさまざまな花がならんでいる。

「御主人の好きやった花なん？」

智幸に尋ねられ、茉莉は首を横にふった。

「ちがうと。ただ、あかるくてきれいやけん」

始がどんな花を好きだったのか、自分が知らないことを、茉莉はおもしろいと思った。あんなに愛しあったのに。

始の墓参りに、智幸と行くのははじめてのことだ。智幸が、行きたいと言った。

「いいお天気やね」

花屋をでると、智幸は空を仰ぎ、目を細めて言った。

大通りを歩いてバス停まで行く。風がやわらかい。若者向きの服屋から、ヒップホップが流れている。ガソリンスタンドの前を通ると、いつものことだが茉莉は奇妙な既視感にとらわれる。場所も会社も違うのに、あそこにあたしもいるはずだったのに、と思うのだ。目をこらせば、もう一人の自分が働いているのが見えるかもしれない。そう思ってつい立ちどまってしまう。もし見えたら、そっちが本物の自分だ。道につっ立って、見ている自分は誰でもない生き物なのだろう。

「どげんしたとや？」

智幸の、やさしい声が頭上から降る。

「どうもせん」

茉莉はこたえた。

「でも見てん。ここもセルフの機械があるったいね。昔はセルフとかなかった。すごい発明やない？」

スタンドに車はなく、従業員の姿もない。目をこらしても、もう一人の茉莉や、小田くんや藤原さんはいない。

墓地には家族づれが何組も来ていた。皆、手に桶《おけ》を

さげている。束になった線香や、お供えのぼたもちや。

どげんしとった？

手を合わせ、胸の内で茉莉は始に話しかける。さきのことも見とう？　青山さんがね、さきのフランス語はすばらしかって。電話でさきに「ちょっと喋ってみてん」って言ったら、あの子ひどくぶっきらぼうに、「Quoi?《なにを》」って言ったとよ。それからね、克くん、こっちに帰ってきたらお店に顔をだしてくれるとよ。ええと、それからこれは、清水智幸さん。あたしの恋人なんよ。一緒に来たいっていうけん連れてきたと。あなたが生きとったら、三人でお酒のみたかったあ。いい人よ。郁ちゃんっていう娘さんがおるの。それからね……。

ながながと話しかけ、その間ずっと目を閉じていたので、目をあけたとき、智幸が自分をじっと見ていることに気づいて、茉莉はきまりがわるくなった。

「ごめんなさい。退屈したろ？」

「まさか」

智幸は笑った。

「随分真剣な顔で拝むっちゃね」

いろいろ報告してたの、と、茉莉はこたえた。さきのこととか、いろいろ。

「誤解せんでほしいっちゃけど」

智幸が言った。きょうの智幸は、うすい紫色の綿のシャツに、白い綿のパンツという恰好をしている。

「御主人のお墓があってうらやましかよ」

茉莉は首をかしげる。そうだろうか。うらやましい？　智幸の別れた妻は、家をでて行ったきり戻ってこない。離婚届が送られてきて、それっきりになったらしい。

「でも、あたしは生きていてくれとう方がいいもん」

考え考え、茉莉は言った。

「たとえ会えんでも、どこかで、いま、生きていてくれとう方がいいもん」

ずんぐりむっくりしたイギリス人が、喜代の骨を胸にぶらさげて持ってきたときのことを茉莉は思いだしていた。ママが帰ってきた。そう思った。見知らぬ男を伴っての帰国だったにも拘《かかわ》らず、あれはたしかに安堵だった。

「わからんけど、たぶんね」

それでそう続けた。

「あたしは、どこかで、いま、生きていてくれとる人の方が好き」

智幸は微笑む。そして、

「茉莉ちゃんは強かね」

と、言った。


連休に、茉莉は「ポスト・デサンス」を閉めて、智幸と二人で旅行をした。行き先は沖縄で、茉莉にも智幸にもはじめての土地だった。

「ゆっくりしてきいね」

くるみちゃんはそう言って送りだしてくれたし、菊丸には、

「よかねえ、よかねえ、ラブラブなんやね」

と、ひやかされた。

海辺に建つリゾートホテルに泊ったのだが、ホテルの従業員たちも、二人をカップルとして扱った。天井の高い、吹き抜けになったロビー、梁《はり》から吊されたウインド・チャイムが、ちゃりんちゃりんと涼しげな音をたてていた。着いてすぐ、フルートグラスに入ってでてきたピンク色ののみものは、南国の果物の味がした。

部屋に入るまで、しかし茉莉には実感が湧いていなかった。二泊三日の短い旅。それだけのことだと思っていた。

部屋に一歩入ったとき、いきなりそれがきたのだった。店や、家や、智幸の家族や、日々の一切の現実から切り離されたという実感が。最初、それは不安の形で湧き上がった。日常から放りだされてしまったような、あるいは、日常を放りだしてしまったような。

「こげん遠くに来たなんて信じられん」

鞄を置き、茉莉は呟いた。

「どげんしよう。気が咎める」

大きく切られたガラス窓から、テラス越しに海が広がっている。

「遠く？」

智幸は可笑しそうに言った。

「パリより東京より近かろうもん」

茉莉の胸に、喜びがおしよせる。

「二人きりやね」

口にだしてみた。

「パパのことも、お店のことも、郁ちゃんのことも、気にせんでいいっちゃんね」

智幸の首に腕を巻きつけ、すぐにまた離した。

「どげんしよう、どげんしよう、どげんしよう。嬉しかー」

シミー・シェイクを踊るのにも似た、上下に弾む動作で茉莉は喜びの声をあげる。俄《にわか》には信じがたいような、圧倒的な解放感だった。

その夜はホテルのレストランでステーキを食べた。身体を重ねて眠り、翌朝は早く起きて海で泳いだ。水は、十分に温かかった。日ざしも、夏のように燦然《さんぜん》とかがやいている。泳ぐのはひさしぶりだった。ゆっくりした平泳ぎで、沖に向って進んだ。沖の水が浅瀬の水よりもつめたい、という単純な事実さえ、幸福なことに思えた。

智幸は、なかなか立派な泳ぎ手だった。細長い手足で大きく水をかき、茉莉のいる位置まで怖《お》じ気《け》づかずに追いかけてくる。

「ものすごく気持ちがよか」

茉莉は言い、仰向けになって浮かんだ。目を閉じていてもまぶしい。

「あなたもこうやってみてん。丸太みたいに、死体みたいになると」

智幸は従った。

部屋に戻り、再び身体を重ねた。そのまま眠り込んでしまい、目が覚めると午後も半ばをすぎていた。

「とてもほんとうとは思えんくらいお腹がすいたっちゃん」

ベッドにむくりと起きあがり、茉莉は宣言した。智幸が真面目な顔で、

「いや。僕ほど空腹なはずはなかろうもん」

と応じ、タクシーを呼び、九十分かけて那覇の街にくりだしたのだった。

夕方の国際通りを歩き、アロハシャツ屋やガラス器屋をひやかした。そして、畳のささくれた、窓から涼しい風の通る食堂で、土地の料理に舌鼓《したつづみ》を打った。

「不思議なんよ」

甘く物静かな味に煮込まれた豚肉や、苦菜《にがな》と呼ばれる青菜の炒めものを口に運びながら、茉莉は智幸に言った。

「あたし、あなたとおったら、自分が十七歳に戻ったごたあ気がする」

「十七歳？　どうして十七歳や？」

「わからん。なんとなくやけどね」

茉莉はこたえ、泡盛《あわもり》のグラスに口をつけた。

「十七歳で、独身で、さきもおらんで、ママも生きとって」

小鉢に残っていた海ぶどうを、指でつまんで口に入れる。また泡盛を啜った。あまり酒に強くない智幸は、泡盛には手をださず、ビールからお茶に切りかえていた。

さきもいなくて、ママも生きていて――。茉莉は声にださず、もう一度心のなかでくり返した。

「もちろんそれを望んどうわけやないとよ。でも、なんていうとかいな」

呂律《ろれつ》があやしくなっていた。

「悲しくなってきちゃった」

茉莉は言った。

店をでると、ひんやりした空気が肌をつつんだ。まるい月と、濡れたように光る星が一つ見える。

「お麩《ふ》のチャンプル、おいしかったね」

茉莉は言ったが、言葉の途中で智幸に抱きすくめられた。智幸の首すじは熱く、海水と汗と、ホテルのシーツのまざった匂いがした。

7

十七歳の気持ちは、旅から戻ったあとも続いた。智幸と会っているときばかりではなく、家や店にいるときにも、智幸のことを考えるだけでいきなり、茉莉は自分が十七歳であるかのように感じる。それは、未来の前で足の竦《すく》む感じだ。あり余る時間と可能性の前で、自由と不安の狭間《はざま》で、智幸と共に。

同時に悲しみに襲われる。あまりにも圧倒的なので身動きもできない、それは深い悲しみだった。自分が十七歳であるかのように感じることは、自分が十七歳ではないと思い知らされることと同義だ。

実際、智幸を好きになる前の茉莉は、年齢による容色の変化を気に病んだことがなかった。くすんだ皮膚も目立ち始めた白髪もうっすらと脂肪のついた身体も、年をとったのだからあたりまえだと思っていた。しかし智幸と出会い、ためらいや怯え、羞恥《しゅうち》や弾むような嬉しさ、といったみずみずしい心持ちを自分の内に発見すると、外側とのアンバランスに、心底ぎょっとすることがあった。いつのまに、あたしはこんなに年をとってしまったんだろう。茉莉はほとんど愕然《がくぜん》とする。こんなにみずみずしいものが、みずみずしくないあたしのなかに閉じ込められているなんてかわいそうだ、と、思う。智幸に言えば笑ってなぐさめてくれるに違いなかったけれども、なぐさめは、茉莉の欲しいものではなかった。

夏。四角いケーキの焼き方は本を見て覚えた。何のことはない、型の代りにオーヴンの天板に生地を直接流し入れて焼くのだ。簡単だし、薄いのですぐに焼き上がる。何枚か焼き、あいだにクリームを厚く挟んで重ねれば、居間に子供たちが何人いても十分な、大きなケーキができあがる。

「あたし端んとこがいい」

みくちゃんと呼ばれている色白の女の子が言い、

「クリーム、はみでとうよ。いいと？　これで」

カヤだかタヤだかと呼ばれている、背の高い女の子が言った。男の子たちは、こまかいことは言わない。

「うおー、すごかー」

とか、

「おいしそやねー」

とか、語尾をのばして囃《はや》したてるだけだ。茉莉にとって、この部屋に集る子供たちは野良猫のようなものだった。一人ずつそれぞれにかわいいが、どこからかやって来て、いつのまにか帰っている。やがて足が遠のき、ある日ぱたりと現れなくなる。

誰々ちゃんは元気？　とか、最近見ないけどどうしてる？　とか問うことはしない。どちらにとっても意味のない質問だし、そもそもここに子供たちを招き入れた新にとって、大切なのは子供の顔ぶれではなくて、家のなかに子供たちがいるという単純な――そして騒々しい――事実だったから、茉莉もそれに倣《なら》った。来なくなった子のことは忘れる。

ただし、茉莉はその気でも向うは違う場合もあって、道を歩いていてふいに、制服を着た大きな子供に会釈されて驚くことがある。こんにちは、ごぶさたしています、お元気ですか。随分と礼儀正しく、そう言ってくれる少女もいた。

あたしは全然変っていないのに、周囲だけがどんどん変っていく。

不思議な気持ちで茉莉は考える。

ケーキを切り、麦茶をコップにつぎ分けた。

「ケーキってね、ほんとはケイクなんよ」

英語塾に通っているみくちゃんが、よく通る声で説明していた。

「でね、ア・ピース・オブ・ケイクっていうとは『楽勝！』っていう意味なんよ」

新の分を取りのけると、茉莉は残ったケーキをタッパーウェアに入れ、さらに紙袋に入れた。

「これ、おじいちゃんとおばあちゃんに、召しあがってくださいって、渡してくれんね？」

ソファの端に腰掛けて、大人しく食べている郁ちゃんに言った。


沖縄で味をしめたというわけでもなかったが、茉莉と智幸は、お盆休みに長崎に行く計画を立てている。せいぜい二泊三日だが、日常から離れ、二人きりになれると思うと手足がじんとするほど嬉しかった。

「いい温泉があるって、雑誌で見たことがあると」

深夜、茉莉の部屋の床で——というのはベッドが小さすぎるからなのだが——身体を重ねたあと、声を低めて茉莉は囁く。

「温泉？　湯布院《ゆふいん》やったら大分やろうもん」

こたえる智幸も声をひそめている。

「わかっとう、そんなの。あたしが言いようとは別な温泉。ちょっと待っとってね」

ごそごそと這《は》いだし、積んである雑誌に近づく。すると、左足首をつかまれた。ひっぱられ、おさえつけられる。

「やめり」

息だけみたいなひそひそ声で——なにしろこの家の壁は薄い——茉莉は言い、同時に蹴るように足を動かして、智幸から逃げようとした。喉の奥から笑い声がもれる。自分が裸であることを思うと、カエルのように床にはりついていることが滑稽《こっけい》に思えた。じたばたと、智幸の手を蹴り払おうとしていることも。

「よかけん」

依然としてひそひそ声ではあったけれども、智幸もまた笑っている。

「おいで。温泉はあした調べればよかろうもん」

忍び笑いと息遣いが重なり合い、温度の高い智幸の腕に、茉莉は観念してひきよせられる。背中から抱きすくめられ、足が足にからめられる。熱く、暑い。自分がとても小さなものになった気がした。甘美な錯覚だ。

「車を借りて、ドライブばせんや」

智幸が耳元で続けた。首すじに息がかかる。茉莉は自分にまわされた腕を、胸の前でおさえるように抱き、そのかたちを味わう。

「資料館とか異人館とか、そういうとはすっとばしてちゃんぽんば食べよう」

くすぐったさに、茉莉は身じろぎする。

「それから、そうやねえ、歩きまわってお腹ばへらす」

茉莉は笑う。

「車はどげんすると?」

そのへんに置いておけばいい、と智幸がこたえることはわかっていた。そんなのはどうにだってなるさ、何の問題もない、という口調で。それを聞きたくて尋ねたのだ。心配ない、僕たちには何の問題もない——。

「暑かあ」

智幸が言い、ばさりと音をたててタオルケットを蹴り上げる。すると、隅に積んであった雑誌が一冊すべり落ちた。茉莉と智幸は目を見交し、動作も呼吸も止めて部屋の外の気配に耳を澄ませる。誰の声も、何の物音もしない。夜とおなじ深さの静寂があるばかりだ。

数秒後、智幸の胸から腹に、さらに下へ、茉莉は唇を這わせた。


この一年のあいだに、智幸はしばしばこうして泊りに来ていた。時間によっては泊らずに、行為だけすませて帰っていくこともあったが、来れば行為があるのかといえばそういうわけでもなく、一晩中話し込んでいたり、二人でテレビを見て酒(の続き)をのむこともあった。一度など、店を閉めてから二人で家に帰り、さらに酒をのんでいてふいに思い立ち、料理を始めたこともあった。粉からパンを焼こうということになり、練ったり、生地を調理台に打ちつけてみたり、結構な物音が立った。さすがに新が訝《いぶか》しんで起きだしてきたが、そのころには夜が明け始めており、豪勢な朝食を用意しているのだと説明できた。そうか。新はつぶやいた。台所は粉だらけになっていた。茉莉はくすくす笑いを止めることができず、智幸は寝かせたパン生地を丸めているところだった。窓の外はまだ紺色で暗く、ジャム用に煮ていたりんごの甘い匂いが濃くたちこめていた。

そういうとき、茉莉は思いだしてしまう。昔、この家のなかはたしかにこんなふうだった。自分の住んでいる家ではあっても、未知の空間が山ほどあって、惣一郎と二人で、毎日が冒険だった。両親の気配に耳を澄ませて、足音をしのばせて歩きまわっては新しい遊びを発見した。台所での「アメリカンドッグ作り」は、惣一郎によれば「実験」だった。使われていないシーツをみつけ、階段の途中にテントを張ったこともあった。新の大切にしていた「ジョニ黒」を、のめもしないのにグラスについでみたこともあった。惣一郎のそばにいれば安心だった。何もこわくなかった。だから、茉莉は両親の目を盗んでは惣一郎のベッドにもぐり込んで眠った。

あのころみたいだ。

床に敷いた布団の上で、智幸の腕に抱かれながら、新を起こしてしまわないよう気をつかっていると、茉莉はしみじみそう思うのだった。

「でも、なんで智幸さんのお家には泊りに行かんと?」

身体にぴったり張りついたタンクトップと、へび皮柄のミニスカート、銀色のミュール。髪にも胸元の肌にもきらきらした粉をつけた菊丸が、不思議そうに尋ねる。ロックにした焼酎を、大事そうに両手で持って、ちびちびと啜っている。

「どうしてって、郁ちゃんがいるし」

今夜の「ポスト・デサンス」は客がすくない。茉莉とおなじ年恰好の、洒落《しやれ》た服装の女性客が四人、賑やかにやってきてのみ、喋り、かつあれこれ食べて帰っていき、いまは「トミーズ」の常連客のおじさんが一人と、菊丸が一人カウンターに坐っているきりだ。いつものことだが、菊丸の香水はきつい。マシュマロに似た、甘く強い匂いがする。パーマをかけ、丹念にふくらませた茶色い髪や、手間も時間も惜しまず子猫ふうに——これは、以前菊丸が自分で使った形容句だ——仕上げられたメイクアップに、その香りは似合っていた。

「あたしやったら、そげんとは気にせんけどね」

まるで自分のことのように、不満げな口調だ。

「郁ちゃんだって、二人の関係にもう気づいとろうもん」

茉莉は苦笑する。

「まだ小さいもの。無理よ、そんなの」

カラカラと、氷をまわす音がする。

「そうかいな」

「そうよ」

沈黙がおちた。

「あたしは、七歳のころには大人のそげんこと、知っとったし見たこともあったけどね」

菊丸の言葉に、茉莉は郁ちゃんではなくさきを思った。フィリップとの情事や達哉との半同棲生活を、幼かったさきはどう思っていたのだろう。

「離婚からまだ日が浅いし、あちらにはほら、御両親もいらっしゃるしね」

茉莉はこたえ、こたえた途端に気づいてしまう。智幸の家に行かないのは、郁ちゃんの気持ちを慮《おもんぱか》るからばかりではなかった。他家に嫁いだ一度だけの経験から、茉莉はもう二度と、二度と他家に嫁ぎたくないと思っていた。姑を深く愛してはいたけれども、茉莉は自分が姑の家族に馴染めていた自信がない。事故のあとの、話し合いや一方的な通告や、相続をめぐるあれこれを思いだすと、いまでも身ぶるいがでるのだ。姑の不在が信じられず、姑のいないあの家のどこにも、茉莉の居場所はなかった。


「まあね、茉莉ちゃんがそれでいいんならいいっちゃけど、智幸さんはやさしいし、若くていい男やし、前の奥さんが戻ってくるかもしれんちゃない？　女ってこわいっちゃけん。茉莉ちゃんはのんびりしとうけん心配」

ぱかん、と音をたてて、菊丸はクラッチバッグの口をあける。金色の鎖のついた派手なバッグだ。脂取紙をとりだして、鼻の頭を押さえた。口紅を塗り直す。

「さて、と。あんまり油を売っとったら叱られろうや」

菊丸は言い、スツールからおりた。


ひさしぶりに祖父江九から届いた手紙を、郵便受けから取りだしたのは新だった。いまにも夕立のきそうな夕方で、茉莉は近所のスーパーマーケットに、食材の買出しにでかけていた。空がみるみる小豆色《あずきいろ》にごり、土くさく埃っぽい、空気の匂いが雨を予告していた。足を速め、最後はほとんど小走りになって、何とか濡れずに帰りついた茉莉を、新が玄関で迎えた。

「どうしたと？」

尋ねたのは、新がそわそわしていたからだ。子供たちのいる居間には立ち入らず、かといって書斎にこもるでもなく、玄関から台所まで、所在なげに茉莉についてきた。

「どうもしないよ」

新はこたえる。不明瞭な声だ。

「おなかがすいちゃったの？　お菓子、持っていきましょうか？」

スーパーの袋をがさがさいわせ、中身をとりだしながら茉莉は訊いた。雷が鳴る。

「いや。腹はへってないよ」

「子供たち、降りだす前に帰した方がよかったかしら。すぐあがるとは思うけれど」

茉莉の言葉はほとんどひとり言だった。新は動かない。

「猫たち、トラックのなかにいるかどうか、見てもらえる？」

始のピックアップトラックは、いまや猫たちの住処《すみか》と化していた。とび乗りやすいように、去年の冬に、智幸に頼んでドアを一つ外してもらった。

「二匹だけいたよ。他のは姿が見えない」

庭から戻った新が言い、茉莉は首をすくめる。仕方がない。雨を避ける知恵くらいあるだろうが、もしも濡れて病気にでもなれば、獣医に連れていかなくてはならない。

「九ちゃんから手紙がきてるよ」

新が言った。そわそわの理由がわかり、茉莉は苦笑する。

「先に読んでくれてよかったとに」

テーブルを見ると、二、三のＤＭや請求書にまざって白い封筒があった。角ばって大きく、筆圧の強い九の文字が見える。寺内新様方、茉莉様。へんな書き方だ。生真面目な九は、いつもそんな宛名を書く。

「いけないよ。そんなことはできない。ラブレターかもしれないからね」

茉莉は目をまるくした。

「そんなわけないでしょ」

短い手紙しか寄越さないさきと違って、九はとてもながい手紙を書いてくれる。サーカスで人気を博しているだしもののこと、そのときどきにテントを張っている場所のこと、前世が見えるという老人のことや、九のまわりにいる人たちのこと。いかにも九らしく、手紙は時に突飛で、霊魂とか生れ変りとか、人生についての自問とか、茉莉にはすんなりと理解のできないことも書き連ねられている。それでも、九が日本のあちこちから、書き送ってくれる手紙が読めるのは嬉しかった。嬉しくてなつかしく、文章のひとつずつが不思議な具合に胸にしみた。何が書いてあるにしても。

「何だって？　九ちゃん、いまどこにいるんだ？」

　きょうのはひときわ長い手紙だった。文字を追う茉莉の横で、新がじれて催促する。おかしなことに、新には、孫からの便り以上に九からの手紙を、心待ちにしているようなところがあった。

「パパのことが書いてあると」

　茉莉は言い、その部分を朗読した。

「『そうだ、新さんは元気かい？　最後に会ったのはたしか銀次が経営していたラブホテルの屋上の『森』でのことだったと思うけど、あの頃ぼくは事故の後遺症がひどく、頭の中には曇ったようにガスが充満していて、茉莉ちゃんのことも新さんのこともはっきりと認識できずにいた。だからぼくの記憶の中で鮮明に残っている新さんの思い出というものは、ぼくが日本を出る前に、二人で博多の小料理屋で呑んだ時の、まるで親子のような関係を築いていた時代の、爽やかな時期のものだけ、だ。また会いたいなあ』」

　ふふふ、と、新が笑い声をもらした。手紙は、ほんとうはこう続いていた。また会いたいなあ、と近頃よく思うよ。早く会っておかなければ、という焦りのようなものまで、ある。

　茉莉は無論その部分をとばした。とばしたが、胸に重い不安がきざし、それを消すことはできなかった。九の持つ能力は、ときに未来を見透してしまう。

「九ちゃんったら可笑しか。『君は恋多き人だったから、つねに誰かがいないとダメな人だったから、きっと素晴らしい人が今も傍《そば》にいるんだろうね。ぼくは若い頃にそのことでいつも焼き餅を焼いていた。君が連れ回すＧＩジョーのようなハンサム青年たちに、強く、嫉妬しながら』ですって。ＧＩジョーって誰のことなん」

　不安を気取《けど》られないように、あかるい声をだして読み進んだ。

「聞いて、パパ。九ちゃん、結婚を考えとう人がおるんですって。彬子《あきこ》さんっていう人で、中学生の息子さんがおるって。前の奥さんのことも書いとって、気持ちが揺れとうみたいやけど、でも、『彬子は誰とも比べることができないほどに、素敵な人だ。優しく、素直な人だ』ですって。のろけとるわ」

読みながら、筋合いのない淋しさにほんのすこし胸がきしんだ。彬子さん。どんな人なのだろう。

手紙には他に、七が東京の病院に入院していること、心労が重なってのことで、そう深刻な状態ではないことが書かれていた。以前にも聞いた前世の見える老人の続報――前世で縁のあった悲慕《ひぼ》大師が猫の姿になって九の前に現れ、「九度、人を救え」と言ったこと――も。

降りだした雨はたちまちどしゃぶりになり、屋根を打ち樋《とい》を打ち、窓ガラスを伝っている。

「アカヌマンチャサーカス、いま京都ですって。『これからも団員たちと一丸となって、みんなのささやかな人生を後押しするような、小さいけれど素晴らしいショーをやっていこうと思う』って書いとう。決意表明やね」

茉莉は言い、手紙を封筒にしまった。

「よかった。元気そうだな」

新が満足げにつぶやいたとき、また雷が鳴った。

「京都か。いいコーヒー屋があるんだけど、九ちゃんはコーヒーが好きだったかな」

「さあ」

茉莉はこたえる。コーヒーが好きだったかどうか？　そんなことまで気にかける新が、悲しく思えた。

8

手紙に胸さわぎを覚えたからといって、まさかそのわずか十日後に新が倒れるとは、茉莉は思ってもみなかった。前日まで、新は元気だった。すくなくとも普段と変りないように見えた。

「疲れたから先に寝《やす》ませてもらうよ」

夕食のあと、すぐにそう言って寝室にひきあげたが、それはめずらしいことではなかった。アイリッシュ・ジグを聴きながら、茉莉は台所で食器を洗った。流し台の正面の窓が細くあいていて、裏庭から、生あたたかい風が入ってくる。

家自体がぶるんと身震いするほどの、大きな音が二階から落ちてきたとき、茉莉は水道の水を止め、さらなる物音――手がかり――を待って一瞬だけ耳を澄ませた。そして、階段を駆け上がった。

本棚にしがみつくようにして、新が床にしゃがみ込んでいた。あたりには本が散乱し、上にのばされた新の手が、つかまるものをなお求めていた。苦痛に口元を歪めてはいるが、力なく見開かれた目はむしろ驚きの色をたたえている。パジャマに包まれた背はまるめられ、固く背骨を浮きださせて震えていた。

救急車が来るまでのあいだ、茉莉にはなすすべがなかった。横たわらせた方がいいのかもしれないと思っても、新は信じられないほどの力で本棚にしがみついており、染みと静脈の浮いた、皮膚の薄い乾いた手を、ひらかせることができない。すぐ救急車がくるからね、とか、大丈夫よ、絶対に大丈夫だから、とか、根拠のあやふやな言葉ばかりが口をついてでた。新からは何の反応もない。パジャマごしにさえそれとわかるほど全身がつめたく、それでいて額には汗が浮かんでいる。

茉莉は喜代の鏡台を見た。助言を求めるみたいに、あるいは、迎えに来たのだろうかと恐れながら。そこには喜代の遺骨が置かれている。香水や化粧水の、懐しい墭とならんで。

救急車のサイレンを、内側で聞くのははじめてのことだった。新はいま横たわって酸素マスクをあてがわれ、血圧を計られ、しきりに話しかけられている。お名前は？　お年は？　どこか痛いですか。ここはどうですか。

寝室で担架に乗せられたとき、新はうめいた。階段を運ばれていくときも、草笛のようにか細い声をあげていた。担架がストレッチャーに組みこまれ、救急車に乗せられると、聞こえるのは荒い息遣いだけになった。

茉莉は新から遠い座席——運転席の真うしろにあたる場所——に坐り、てきぱきした救急隊員たちが到着したのだから、もう安心だと思おうとした。サイレン。恐怖は一分ごとにせりあがってくる。一分ごとに現実になる。

病院から、茉莉はくるみちゃんに電話をかけた。くるみちゃんは、店のことは心配しないようにと言った。茉莉は落着いた声音で詫び、礼を言って電話を切ったが、自分の言葉に自信はなかった。

智幸の声を聞きたいと思った。電話を見つめ、そらで憶えている番号を、いまにも押しそうになった。事情を説明すれば、おそらく智幸は駆けつけてくれる。

茉莉がそうしなかったのは、智幸への遠慮ではなかった。そんなことをすれば、この異様な不安と緊張から、自分だけが逃げだせてしまう。それはできないと思った。

新は集中治療室で眠っている。医師の説明によれば、新の心臓は「日常生活がこれまで普通に営めていたのが不思議」なほど弱っているという。服《の》み続けていた誘眠剤や抗鬱剤《こううつざい》、安定剤の類も負担になっていたらしい。一命はとりとめた。どこがどのくらい悪いのか、は検査を待たなければわからないが、とりあえずいまはもう苦しんではいない。あちこちに管をつけられ、小さな機械に見守られながら、静かに眠っている。小さな、弱々しい姿だ。夕方一緒に食事をして、立って歩いて部屋に戻った、これがあの人物とおなじ新だろうか。

俺はこっちだよ。

うしろからひょっこり顔をだして、新がそう言ってくれるのではないかと茉莉は期待した。

何してるんだ、そんなところで。それは誰かべつなひとだよ。

そう言って笑う新がありありと目に浮かんだ。

集中治療室の患者につき添うことはできない。ものの五分で、茉莉は病室の外にだされた。未練がましい緩慢な動作で、廊下の長椅子に腰をおろす。とりあえず呼吸は戻ったものの、楽観はできないと医師は言った。だいぶ衰弱しておられるようですから、と。

でも――。茉莉は考える。でもパパがいま死ぬはずはない。ついこのあいだもあたしの焼いた四角いケーキをおいしそうにぺろりと食べた。衰弱した人にそんなことができるだろうか。パパは甘いものが好きだった。だった？　違う、まだ過去形じゃない。今夜だって――。今夜だってパパは、倒れたとき驚いた顔をしていた。うずくまり、片手で胸をおさえていたけれど、もう一方の手は上にのばして、何かをしっかりつかもうとしていた。寝かせようとすると嫌がって、棚板をつかんで離そうとしなかった。衰弱した人間に、あんな力がだせるだろうか。

常夜灯のみのロビーにおりたとき、時計は十一時五分をさしていた。医師には、翌朝八時に入院の準備を整えて来るようにと言われている。響かせまいと気をつけても、自分の靴音が耳についた。茉莉が深夜の「ポスト・デサンス」に顔をだそうと決めたのは、店が心配だからではなくて、どうしても、一杯の酒が必要だったからだ。

その後数日は、地に足のつかない心持ちで過ごした。新は心筋梗塞と診断された。おまけに心臓が肥大しており、肺に気腫のあることもわかった。他にも何が見つかるかわからない。幾つかの検査を受けるには、体力がまだ十分に回復していないからだ。しかし容態は安定しており、新は一般病棟に移された。起きているときには意識もあり、茉莉を見ると弱々しく片手をあげてみせる。

「わるかったね」

聞きとれないほど小さな声で、そう言ったりもする。

「やめり」

茉莉は笑う。

「そんなことより早くよくなって退院して」

長い会話は疲れるのか、新はしかし、こたえてくれない。机の上と枕元に置かれていた本を、適当に選んで持ってきてあったが、読むどころか手にとる気力もないらしく、終日ただぼんやりと天井を見ている。ラジオを持ち込んでも、さきから届いた最新の葉書を見せても、「ああ」と言うばかりで興味を示さない。どこか痛むかと尋ねると、「いや」と、こたえる。茉莉は切なくなる。どこかが痛いわけじゃなく、呼吸もちゃんとできているのに、パパはまるで、ここで死ぬのを待っているみたいだ。こうしておなじ部屋のなかにいても、全然ちがうものを見ている気がする。茉莉にとっては病院がおそろしいのに、新にとっては窓の外の方が、おそろしいみたいなのだった。

「どうして知らせてくれんかったとや？」

智幸にそう訊かれたのは、新が倒れて一週間ちかくたってからだった。遅いシフトで茉莉が出勤すると、カウンター席に智幸がいた。くるみちゃんを見ると、ごめんなさいという顔をしている。新の入院を、智幸は当然知っているものと思ったのだろう。

「電話しても全然でてくれんめえが」

普段温厚な智幸が怒っていた。それも真剣に。

「ごめんなさい」

できるだけあっさり――できればあかるく――響くように茉莉は言った。

「ばたばたしちゃって」

智幸の首に腕をまわし、強く抱きしめたいのをこらえて続ける。

「病院はほら、携帯電話の電源とか切らなきゃいけないし」

つまらない言い訳だと自分でも思った。ほんとうは、こわかったのだ。いまはもっとこわい。その証拠に——。茉莉は驚きと共に認識する。その証拠に、こんなに膝がふるえている。

奥に入り、鞄を棚に置いた。事務所とも呼べない小さな「プライヴェート」スペースには、棚と鏡、椅子と洗面台しか備えられていない。

「茉莉ちゃん」

智幸は、躊躇なく扉をあけて入ってきた。はじめてのことなのに、百回もし慣れたことのように堂々と。

「すぐ行くから」

言いかけたときには抱きしめられていた。有無を言わさず、切羽つまった様子で、でもひどく温かく。痩せっぽちだとばかり思っていた智幸の、意外な厚み、そして体温。柑橘類《かんきつるい》に似た、なつかしい肌の匂い。ほどけてしまう。抱きしめ返し、茉莉は思った。おそれていたのに、ほどけてしまう。ほどければ安心してしまう。頰に頰をすりつけ、腕に力を込め、それでも足りなくて背中じゅうをまさぐる。あいたかった、と、思った。ほんとうに、こんなにもあたしはこの人にあいたがっていた。

「心配したっちゃけんね」

ようやく身体を離したあとで、智幸は言った。

「それで、お父さんの具合はどげんや？」

茉莉は安心してしまっていた。情況は変らないのに、茉莉自身の何かが変ってしまっていた。

「呆れる」

それでそう言った。

「え？」

「呆れる」

沈黙ができた。智幸は、その表情からすでに怒りを消し、ただ不思議そうに茉莉を見つめている。

「ちがうと。ごめんなさい。これじゃわからんね」

茉莉は言い、笑みともため息ともつかないものをこぼした。

「具合はあまりよくないと。あちこち悪いらしいし、当分入院せんといかんし、でも何よりパパ自身が——」

言葉が堰《せき》を切ったように溢《あふ》れ、驚いた茉莉自身は口をつぐんだ。ほとんど返事のできない新の他に、ここのところ話す相手がいなかったことに気づく。

「お店にでなくちゃ」

茉莉は言った。

「あとで話を聞いてくれる？」

「もちろん聞くくさ。そのために来たっちゃけん」

智幸はこたえ、茉莉の後頭部にそっと手のひらをあてた。


話はしかし後まわしになった。

帰りのタクシーのなかで二人はずっと手をつないでいた。そうしているだけで満ち足りてしまって、満ち足りるだけで精一杯で、言葉がうまくでてこないのだった。

玄関で唇を重ねた。そのままもつれ合って居間に入り、なんとか電気をつける。もう一秒も待てない。ぶつかり合うようにして確かめあった。早く、早く、と心臓に急《せ》かされ、唇が唇を求め、同時に手が背中を、首すじを、髪を腰を臀部を求め、足が足を——膝の裏とふくらはぎに触れたいと——熱烈に欲する。半分は着衣のまま、気がつくとソファで智幸を受けとめていた。茉莉だけが深く坐った恰好で。

快感よりも充足が先の性交だった。ともかく欲しい欲しい欲しいと茉莉は思い、おなじくらい貪欲にぶつかってくる智幸の息遣いと、自分のそれとをケモノ同士の喧嘩みたいだとぼんやり思った。意識の、どこか遠くで。

すべてが済んでも、しばらくは動けなかった。智幸の頭の重みを、茉莉はすばらしいと感じる。自分以外の一人の人間の、これまでの人生全部の重み。

「散らかっとうと」

ソファをおりて、最初にでた言葉はそれだった。

「きょうは片づける暇がなかったけん」

居間には、子供たちの遊んだ跡がそのまま残っている。ひらいたままのCDケース——ゲームソフトケース？——、そのパッケージらしいビニールごみ、点数表のようなものの書かれた紙、缶入りのビーズ。清涼飲料水のおまけだといまでは茉莉も知っている、子供たちが「フィギュア」と呼ぶ人形が十数個転がっている。一目で体操着入れだとわかる布製の巾着袋は、誰かの忘れものだろう。

「よかくさ、そげんと」

コーヒーをいれ、台所に向いあって坐った。

「へんな感じやね」

茉莉は言った。

「どげん物音をたてててんパパを起こす心配いらんっちゃけん」

にっこりしたつもりだが、悲しげな笑みになったと自分でもわかった。

「パパが倒れたとき、あたし罰があたったんだと思った。お店にかまけて、恋にうつつを抜かして、十七歳の気になったりしているうちに、パパを死なせてしまったって」

「生きとうやろうが」

「そうやけど、そのときはそげん思ったと」

茉莉は説明した。救急車。到着するまでは、それに乗れさえすれば大丈夫だと思っていたのに、いざ乗ってしまうと別種の恐怖(「現実感?」)が押しよせたこと。乗る間際に、隊員の一人に家の戸締りをしろと言われたことも思いだした。そんなことはどうでもいいと思ったのに、鍵をかけて下さいと強く言われた(「きっと決りなのね」)。サイレン。子供にするような質問をされたあと、あれでは壊れてしまうと思うほどの強さで心臓を何度も押されていた新(「やめてって、言いそうになった」)。病院。ストレッチャーの運ばれる速さ、ついていくために小走りになったこと、閉ざされた扉。待ったこと。恐怖。自分一人の手にはとても負えないと思ったこと、でも一人で負わなくてはならないし、ちゃんと負いたい、とも同時に思っていたこと。医師、集中治療室、新——。

そしてね、そのあいだずっと、あたしはあなたに会いたいと思っていた。

茉莉は胸の内でそうつけ加える。

話し終えたときには夜が明けていた。薄青い、夏の朝だ。智幸は、テーブルごしに茉莉の手をとって、指先を自分の頬にあてた。黙って、ただそうしていた。

かわいそうに。

茉莉には、智幸が心のなかでそう言っているのが聞こえる気がした。かわいそうに。

「でもね」

茉莉は声をあかるくする。

「でもいまパパはもう病院におって、お医者さまがついててくれとっちゃけん安心よね?」

その通りだと、智幸は言ってくれた。

パリにいるさきには、新の入院を電話で伝えた。

「帰った方がいい？」

尋ねられ、その必要はないとこたえた。さきは、茉莉に約束している電話および手紙のほかに、病院の新あてにも直接手紙を書くと言った。

「それがいいわ。きっと喜ぶから」

新に何かを読む意志も気力もなさそうなことは言わずにおいた。

「そっちはどう？　お勉強してる？」

「猛烈に」

さきは即答する。来年には語学学校を卒業し、念願の専門学校を受験するのだと言った。

「見学ができるの。このあいだシズオが連れて行ってくれて、エキサイティングだった。みんなすごく真剣なの。先生のなかには有名な人もいて、質の高い授業をするはずだってシズオは言ってる」

「すてきね」

さきの声はあかるい。毎日が――長い手紙など書いている暇もないくらい――忙しく、楽しいのだろう。

「小さなボーイフレンドは？」

子供のころから互いの夢のなかで会っていた、とさきの主張する、少年について訊いた。道で偶然出会って以来、家に招いたり招かれたりしているらしい。

「アミ？　元気よ。ほんとうにいい子なの。言いたいことがあまりにもすーっと通じるから、ときどき日本語で話してるのかと錯覚しちゃうくらい」

「日本語ができるの？」

「まさか。ちがうってば。フランス語で話してるのに、日本語で話してるみたいな感じがするの」

「そうなの？」

そうなの、と、さきはこたえる。言っていることを茉莉が十分に理解していないと知って、でもかつてのように苛立つのではなく、軽い失望と共に話を切りあげようとしている、そんな感じで。

「何か送ってほしいものはある？」

茉莉はいつもの質問をした。

「ない」

返答も、いつものものだ。

「身体に気をつけてね。青山さんによろしく。それからおじいちゃんのことは、あんまり心配しないようにね」

「了解《ダコ》」

フランス語で言い、さきは電話を切った。


新の入院は長引いていた。もう酸素マスクはつけていないし、機械にもつながれていない。一日三度の点滴をのぞけば、管にもつながれていない。医者は、いまのところ手術はすすめられないと言った。体力が回復したら退院し、自宅療養で様子をみましょう、と。

「退院していいって。よかったわ。えらいよかった」

精一杯うきうきと茉莉は報告してみたが、新は喜ばなかった。それどころか、病院をでたくないと言った。理由を訊くと、息ができなくなることが心配だからと嫌々こたえ、家にいれば茉莉に迷惑がかかるし、とも言った。

そんなことない。

喉元まででかかった言葉を、茉莉はのみこむ。店にいるあいだに新の身に何か起きたらと思うと、恐怖と罪悪感に竦んだ。

「介護の人とか、頼んだらどげんかいな」

そういう人――一体どこで見つければいいのか見当もつかないが――を頼むのと、このまま入院し続けるのと、どっちがお金がかかるだろう。とっさに、そんなことを思った。

「いやだよ、そんなの」

新は言い、ふいと横を向いてしまう。

「まだおしめは必要ない」

ぎょっとしたが、新が唇の端をわずかに持ち上げたので、冗談のつもりだったのだとわかった。

「あたりまえやろう。そげんと」

こたえたが、いつかそういうときがくるのかもしれないと、思った。


智幸に二度目のプロポーズをされたのは、秋も終ろうとしている頃だった。二人は茉莉の家で、スパゲティとビールだけの夕食をすませた。夏休みに計画していた旅は、無期限延期の恰好になっている。

「ごめんね」

冷凍庫をあけ、アイスクリームをとりだして茉莉は言った。

「病院からは、そろそろ退院させてほしいって言われとうと。旅とか、当分行かれんと思う」

蓋《ふた》をあけ、アイスクリームのまだ固い表面にスプーンを突きさす。

「心外やん」

おなじように蓋をあけ、しかしスプーンには手を触れずに智幸は言った。

「僕がそげんことに文句を言うと思うとや?」

「思わんけど」

茉莉もスプーンを置いた。固すぎる。

「それより結婚しようや」

まっすぐに口にされたその言葉に、茉莉はむしろ悲しみを覚えた。

何もかも一人で抱え込む必要はない、と、智幸は言った。自分には両親がいるから、結婚して同居すればすくなくとも家事は母親に任せられる。新のことも、茉莉が仕事にでているあいだ、一人ぼっちにせずにすむ。

「信じられん」

茉莉の声には、悲しみばかりか憤りまで滲んだ。自分でも予期しなかったことだが、倦怠《けんたい》も。

「そげん理由で結婚する人がどこにおると? どこかにはおるかもしれんけれど、あたしは違う」

どうして、よりによっていまそんなことを言いだすの? 茉莉は続けた。

「家事? あたしは家事をいやだと思ったことやらいっぺんもないとよ。あなたやあなたの家族に、パパの面倒をみてもらいたいなんて思っとらんし」

智幸は何も言わなかった。気圧《けお》されたように茉莉を見ていた。ただ、悲しそうに。

9　運命の歯車、アミとさき

1

奇妙なのは、タクシーの窓から見る景色が、茉莉の目に新鮮に見えたことだった。重たげなコートに身を包んだ人々も、年末大売出と書かれた赤いのぼりも、青空も、日ざしも、寒々しい枯れ木も。運転手の横顔や、ミラーにぶらさげられた芳香剤、助手席との隙間《すきま》に置かれたペットボトルさえ、新鮮に見えた。騒音に満ち、色とりどりで、平和な、病院の外の世界。

当の新は、しかし座席に背をもたせかけ、むっつりと黙り込んでいる。退院の喜びも、解放感もないみたいに。

かつての同僚や教え子たちが、入院中かわるがわる見舞に来てくれたが、新は彼らに対しても、憶えているのだかいないのだか、来てもらえて嬉《うれ》しいのだか迷惑なのだか、さっぱりわからない態度で接した。昔話には興味を示さず、「退院されたら」ゴルフをしましょうとか酒をのみましょうとかの誘いには、あからさまな沈黙で応じた。花や果物や菓子に囲まれ、ただぼんやり相手の顔を見ているのだった。決して喋《しゃべ》れないわけではないのに。その証拠に、客が帰ったあとになって、「あいつ、太ったな」とか、「昔から語《ご》彙《い》が貧困なんだ」とか言った。

バイパス手術までは、今回はしなくて大丈夫だ、というのが医師のだした結論だった。二カ月後に造影検査のための再入院をする必要はあるものの、合併症がないので「運がよかった」らしい。今後は、歩くことを中心にしたリハビリと、内科的治療——というのは、茉莉の理解した限り、様々な薬を服用し続けること——が必要になる。

「バルーン療法」

むっつりしている新に、茉莉は言った。

「へんな名前やったね」

発作の直後に、血管を拡げるために医師の施した治療がそう呼ばれているのだった。

「ふん」

笑い声とも鼻息ともつかない音を、新はこぼす。タクシーが止まった。

老朽化した建物、壁のひび、荒れた庭。見慣れているはずの自宅さえ、その朝の茉莉には新鮮に見えた。新鮮に、淋しく。


年があけ、茉莉がまずしたのはペーパードライバー教習に通うことだった。同時に、店の客のつてで中古車を安く売ってもらった。新の通院のために、車が必要だと思った。新が車を手放して以来、ガレージはあいていた。姑の形見のトラックは、庭で野良猫の避難所になっている。

走行距離十五万キロの、いまにも壊れそうなその紺色のアコードは、運ばれた瞬間から寺内家のガレージにしっくり馴染《なじ》んだ。まるで、はじめからそこにあったみたいに。

その車で、智幸がときどき茉莉を店に送ってくれる。二度に渡ってプロポーズを断ったというのに、智幸はあいかわらずやさしかった。

「全然理解できん」

菊丸は、自分のことのように熱を込めて憤慨した。

「智幸さんみたいに茉莉ちゃんを大事にしてくれんしゃあ人、他におると思うね?」

菊丸に言わせると、その男性に子供がいようといまいと、子持ちの女にプロポーズしてくれる男性は「奇特」で「御の字」なのだった。

「そうやねえ」

茉莉は曖昧《あいまい》にうなずき、自分のグラスにワインを注ぎ足す。

「私はママの味方やね」

くるみちゃんが口をはさむ。

「菊丸さんは考えが古風すぎやもん」

そしてママはのみすぎ、と言って、茉莉のグラスからワインを啜《すす》った。

「おいしか」

「リボラ・ジアッラ。根本さんにいただいたとよ。珍しいけんって」

ワインバーにワインを差入れてくれる客の多いことに、茉莉はいつも驚く。仕入れの量を減らそうかしら。冗談にそう言って笑うくらいだ。リボラ・ジアッラは、自然派と呼ばれているワインだ。白ワインだがかすかにピンクがかった色をしており、シェリーに似た風味がする。

くるみちゃんは、菊丸を相手に果敢《かかん》に恋愛観を披露している。曰《いわ》く、つきあっているからといって、必ずしも結婚する必要などない。結婚すれば、どんな男も変ってしまうというのは常識であり、ゆえにママの判断は正しい。おまけに相手に小さな子供がいるとなれば、女性にかかる負担は大きすぎる。

「そのくらいにしとき」

菊丸が不興げに煙草をすいつけたのを見て、茉莉は言った。子鹿みたいに若いくるみちゃんの、物怖《ものお》じしない態度や発言を、頼もしくも可愛らしくも思った。思ったが、そこには何か埋め難い、溝があるようにも感じた。

「でもあたしやったら、子供がふえるとは歓迎やけどね」

菊丸も負けていない。人形のように美しく結い上げた頭を傾けて、煙草の煙をながく吐きだす。

「出産の痛みなしでそれができるなんてサイコーやない？」

くるみちゃんはおし黙り、茉莉はくすくす笑った。


新は変化を嫌った。

介護の人に来てもらうのはいやだと言い、事実日常生活は、リハビリのための散歩も含めて、すべて一人でゆっくりとこなした。居間を子供たちに開放することを、しばらくのあいだ止《や》めてはどうかと茉莉が提案したときも、頑として同意しなかった。子供たちのたてる物音も声も苦にならないし、酒も煙草もない味気ない生活なのだから、せめて彼らを眺める愉《たの》しみくらいとりあげずにいてほしい。そう請われ、茉莉の方が折れた。

しかし子供たちの足が、次第に遠のいていった。パジャマ姿の老人に見つめられることを不気味がったのかもしれないし、母親や父親に、あまり迷惑をかけないように——あるいは、一切近寄らないように——言われたのかもしれない。夕方になっても一人も現れない日が続いた。たまに現れても、他の子の姿がないことに気づくと不安そうにして、たちまち帰っていく。散らかすことも、忘れ物をすることもなく。
二、三人の女の子たちだけが、猫を見せてほしいと言ってあいかわらずやって来る。煮干しを渡すと、庭にでて猫に食べさせる。猫の好む草、とかいうものを持参して、食べるかどうか実験してみたりもしていた。新は、二階の窓からそれを見ていた。

一度、新の寝ているあいだに彼女たち――と、珍しく男の子も二人――が来て帰っていったことがあった。夕食のときにそれを話すと、新は悲しそうな顔をして、

「昼寝のタイミングも難しいな」

と、言った。

経過はきわめて良好だった。造影検査の結果も異状は認められず、二週間に一度だった通院も、月に一度でいいことになった。医学書や、素人向けのホームページ――智幸が調べて、プリントアウトしてくれたもの――などを読み漁《あさ》った結果、心筋梗塞と診断され、手術まで受けた患者が、その後十年も十五年も生きて長寿を全うした例もあることがわかった。新にそう告げても、

「そりゃあ、いろんな例があるんだろうさ」

と、そっけなく返答されるだけだったが、茉莉にとっては朗報だった。すこしでも長く、新にこの世にいてほしかった。そのためなら、どんなことでもするつもりだった。

明け方、うめき声のようなものが聞こえて、目を覚ましたことがあった。とび起きて駆けつけると、万一のときの用心に開けておく約束になっていた襖《ふすま》が閉まっていた。

「喜代」

新のすすり泣きが聞こえた。

「お父さん、お母さん」

そんな声も聞こえた。人々の名を呼ぶ合間には、何事か呟《つぶや》いているようだったが、内容までは聞きとれなかった。押し殺したような嗚咽《おえつ》は、ときに高くなり、低くなった。沈黙がはさまり、また呟きが始まる。湿り気を帯びたため息も聞こえた。子供の深呼吸のように、大きくゆっくり吸って吐く、涙っぽいため息だった。

茉莉には、襖をあけることができなかった。三十分近くそこに立ち、新が寝静まるのを待ってから、自分の部屋にひきあげた。

あんなに興奮して――。

そう思うと不安がこみあげた。眠ろうとしても眠れず、輾転反側《てんてんはんそく》したあげく、意を決して様子を見に行くと、新は鼾《いびき》をかいて眠っていた。空気にからまるよう

に、おもてでは、静かに雨が降っていた。

あるいはまた。

茉莉が店にいるあいだに、新が自分で救急車を呼んで、病院に担ぎ込まれたこともあった。今度こそ死んでしまう。電話を受けた茉莉はほとんど瞬時に確信し、血の気が引いて足が竦《すく》んだ。

「心配はありません」

しかし当直医はそう言った。

「不安になられたんでしょう」

茉莉はタクシーで迎えに行った。一晩入院して休んでいくように、と当直医にすすめられたにも拘《かかわ》らず、新が帰りたがったからだ。

「まだ死なないらしい」

茉莉を見ると、新はにやりとして言った。


「ときどきほんとうに腹が立つと」

アコードの助手席で、茉莉は智幸に言う。

「このあいだなんて、あたしがいつもの時間に起きたらおらんくなっとったとよ」

「知っとう」

笑みを含んだ声で智幸はこたえる。

「いまにも卒倒しそうな声で、電話をもらったけんね」

そうだった。茉莉は思いだす。どげんしよう、パパがおらんくなった。そう言って智幸に電話をかけた。どこかで行き倒れてるかもしれない。智幸が返事をするより前に、玄関の戸が開く音がした。

「ただいま」

上機嫌といっていい表情で新は言い、「ちょっと近所をひとまわりしてきた」と説明した。医師にすすめられて買った杖をついて。

『帰ってきた』のひとことで、いきなり電話を切られた僕の身にもなってほしいったいね」

「ごめんなさい」

茉莉は詫《わ》び、ハンドルを握る智幸の手にそっと触れた。

「動転しとったと。だって、リハビリのための散歩はお昼ごはんのあとに決めてあったし、それだって渋々でかけとったとよ」

「元気になんしゃったしるしやろうもん」

智幸は言う。老人は早起きなんだよ、というのが新の説明だった。こんなに美しい夏の朝は、もう二度と見られないかもしれないからね。

「ぴりぴりしすぎやないとや。具合が悪ければ、家の外になんかでられんちゃけん」

智幸の口調の何かが、茉莉の気に障った。血管拡張剤、強心薬、抗凝血薬、利尿薬、などなどが手放せない老人と、暮しているのは智幸ではない。発作は、いつ起こるかわからないのだ。

「茉莉ちゃんも、たまには息抜きをせな」

「しとうよ」

即答した。

「先週末もあなたと深夜にラーメンを食べたやろう、そのあと一緒に眠ったもんね」

「でも、それは二週間ぶりやった。以前は毎日会っとったのに」

「仕方がなかろう?」

声がとがった。

「それに、毎日会っとったのは郁ちゃんのお迎えがあったけんやろう？　最近は郁ちゃんも顔を見せてくれんし、だけんあなたも、泊るとき以外はやって来んやん」

智幸が怒りをおさえ込もうとするのがわかった。


「大変なときやけん、これでも遠慮しとうとやろう」

ほとんど口をひらかず、食いしばった歯の隙間から、言葉をおしだすように言う。

「パパは郁ちゃんに会いたがっとうとよ」

「郁子にボランティアをさせるつもりはないけん」

ダッシュボードを、茉莉は両手でたたいた。

「何てこと言うと」

車が止まり、見ると店の前の路地についたところだった。青々と茂った欅《けやき》が、夜のなかで街灯に照らしだされている。

「すまん」

先に謝ったのは智幸だった。茉莉には、どちらが悪いのかわかっていた。

「やめて。謝らんどって」

それでそう言った。

「あしたまた電話するけん」

ドアをあけた茉莉の背中に、追討をかけるように智幸の声が降った。低い、懇願に似た声音《こわね》だった。

さきからは、ほぼ月に一度の割合で電話がかかり、月に二度の割合で葉書や手紙やカードが届く（毎週一度という約束は、厳密に言うと守られていない）。今年になってから届いた手紙には、予定通り語学学校を——たぶん優等賞つきで——卒業できそうだということや、志津夫が妻と離婚したこと、友人たちと南仏に遊びに行ったこと、などが、その都度簡潔に綴《つづ》られていた。

卒業式の夜に電話をすると、志津夫がでて、たったいまでかけてしまったと言った。音楽がやかましく、互いの言葉が聞きとれないほどだった。

「ここでもパーティをしていてね、さきとその友人たちが主役だったのに、退屈したらしくて逃げられてしまった」

自分の言葉に自分で笑う。

「若い子たちの流儀で祝いたいんだろう」

酔っているのかもしれないと思った。茉莉の知る青山志津夫は完璧《かんぺき》に自制できる酒呑みであり、傍目《はため》にそれとわかるほど酔っ払うことは、ついぞなかったのだけれど。

「あした電話させるよ。それでいいかな」

音楽に負けじと、声をはりあげて言う。茉莉は、いいとこたえた。離婚のことは尋ねなかった。そういう話をするのにふさわしい状況ではなかったし、どっちみち、自分には関わりのないことだと感じた。実際、あの懐しいサロンでのどんちゃん騒ぎも志津夫の私生活も、記念すべきさきの卒業さえ、いまの茉莉にはひどく遠い場所のニュースだった。

さきは翌日電話を寄越し、それからしばらくして写真を数枚送ってきた。マダム・イザベル・C（文法）と私。友人たちと一緒に。学校の中庭の私。シズオとアンヌと私。など、一枚ずつ裏に書き添えてある。茉莉は、「友人たちと一緒に」を額に入れて居間に飾った。さきの姿は他の数枚より小さかったが、いい写真だと思ったからだ。白人、黒人、アジア人。さきは満面の笑みで写っているし、どの子も若く、潑剌《はつらつ》としている。

「こっちに遊びに来ればいいのに」

電話口で、さきはしばしばそう茉莉に言う。

「『エンドラ』で働いてたときには、お店を休んで、一度なんて私も置いて、ママよくここに来てたじゃない？」

雇われている人間が休むのと、人を雇っている人間が店を留守にするのとは違う、と思ったし、健康なさきをミチルに預けることと、病気の新を一人にするこ

とはさらに違う、とも思ったが、

「そのうちにね」

と、茉莉はこたえる。

「もうすこし余裕ができて、おじいちゃんが元気になったら考えてみるわ」

と。


夏の盛りに志賀島に行ったのも、秋の初めに放生会をのぞいたのも、智幸の言う「息抜き」だった。はじめは気乗りのしなかった茉莉も、智幸に強く誘われ、菊丸にまで叱るように諭《さと》されて、行くことにした。行ってみれば、どちらも楽しかった。ひさしぶりにたくさん笑った。

いきがかり上、どちらも菊丸が一緒だった。夏の海辺だというのに一分の隙もなく化粧をし、ハイヒールをはいて、日傘とスカーフで武装した菊丸——セルロイド人形のような、長いまつ毛によるまばたき——に、郁ちゃんは恐れをなして、最初のうち近づこうとしなかった。道と接した白砂の浜には、つる性の植物がまばらに生えていた。天気のいい真昼だったので、若者たちがたくさん海水浴をしていた。茉莉たち四人は泳ぐことはせず、砂浜に敷物を敷いてピクニックをした。智幸の母親が作ったというおむすびを食べた。おむすびは四人で食べても余るほどたくさんあったが、せっかく海に来たのだからと郁ちゃんが言って、屋台のホットドッグも買って、食べた。水辺には花火の燃えかすや空き缶が散らかっていたが、海は圧倒的にひろびろとして美しく、人工的なゴミなどむしろ愛敬《あいきよう》に思えた。風が、茉莉の荒れた唇や髪に潮気を運んだ。水に入ったわけでもないのに、波音が細胞にしみる気がした。


放生会はさらに楽しかった。果てしなく連なった露店を、端からひやかして歩いた。

「あたし、お祭って大好き」

菊丸もはしゃいでいた。郁ちゃんは、もう菊丸に怯《おび》えてはいないようだった。


曇り空だったが暖かく、みんな上着を脱いで歩いた。物を見たり買ったりするうちにその上着がじゃまになり、途中で茉莉と智幸が車に荷物を置きに戻った。車は神社に停めてあった。砂利敷の駐車場でキスをされたとき、白いのぼり旗——万人和樂・天下太平——がはためくのが、目の端に見えた。

子供のころから度々でかけ、目新しくもない祭なのにあれほど楽しかったのは、あのキスのせいだと茉莉にはわかっている。若い子でもないのに人目もはばからず、背中が反るほど強いキスをした。空が見え、風の吹いている場所で。二人の許《もと》に戻るあいだ、茉莉と智幸は指をからめ合って歩いた。そうすまいと思っても顔がほころび、可笑《おか》しくもないのにくすくす笑った。

「連れだしてくれて、ありがとう」

茉莉は言い、智幸の指関節に唇をつけた。


祖父江九から一年ぶりの手紙が届いたのは、それからすぐのことだった。びっくりするほど長い手紙で、そこには九の率いるサーカス団が連日「満員御礼」であることや、交際中の女性と「家族になる準備のようなものは万全」であることなどが、いかにも九らしい飾りけのなさで、連綿と綴られていた。ショーについて、「一度、茉莉ちゃんにも見てもらいたい。日本全国を広く、あちこち回っているので、時間のあるときにどこかで顔を出してください。大歓迎です」と書かれてもいたが、茉莉にはそれも、さきからの誘い同様に、ひどく遠い場所のことに思えた。ひどく遠い、ほとんど知らない人間からの誘いのように。

「七さん、手術のあとですぐ退院して、街頭演説会とか講演会とかしとうらしいよ。エネルギッシュやね」

昼食が済み、散歩にでかける仕度をしている新に、茉莉は言った。

「おばちゃん、昔から働き者やったもんね」

そのことについて、九は心を痛めていた。文面からは、やり場のない怒りさえ感じとれた。しかし茉莉は、新にそれは告げない。

「あのホテル、とうとう処分するらしいったい。残念やね。九ちゃんの森、すてきやったとに」

あたりさわりのない箇所だけ、ひろい読みしていく。

「落合さんが管理しとったはずやけど、きっと手に負えんくなったっちゃろうね」

最後の一枚にさしかかると、茉莉は思わず眉を上げた。二度読み返してから、尋ねた。

「パパ、お隣の鍵を預かっとうと？」

2

新はきょとんとしている。

「鍵？」

すくなくとも手紙には、はっきりとそう書いてあった。「母もぼくもこのような生活を送っていることもあり、福岡の家に今のところ戻る予定はありません。新さんに鍵を預けっぱなしの状態がつづいているようだけれど……」

「そういえば、預かったような気もするな。もう随分前に、七さんから」

その鍵をどこにやったのか、新は憶えていないと言った。

「信じられん」

茉莉は両手をひろげる。

「鍵がうちにあるっていうことは、おばちゃんはあたしがちゃんと、お掃除とかしとうと思っとるとやろ？　帰ってきてお家が荒れ放題やったら悲しもうもん」

新は、不思議なものを見るような顔で茉莉を見た。

「掃除？　あの人はそんなこと言ってなかったけどな」

茉莉はため息をつく。

「ともかく鍵ば探さんな」

祖父江七が、昔から人の出入りの多かったあの家を、叩《はたき》とか雑巾とか旧式な道具だけでぴかぴかに保っていたことを茉莉は知っている。あれで睡眠時間が足りるのだろうかと思うくらい早起きで、茉莉は半分眠ったまま、ベッドのなかで、七の使う庭箒《にわぼうき》の音を聞いたものだった。

「おばちゃん、退院して働いてるっていう話だけど、元気にしとうとかいな」

茉莉の思いだす七は、最近の——と言ってももう何年も会っていないのだが、自分が大人になってから見た、運動家としての——七ではなくて、ずっと昔の、「九ちゃんのおばちゃん」だったころの七だ。いつもにこにこしていた。やんちゃ坊主だった惣一郎と九が、障子を破こうが掛け軸に落書きをしようが、物干し竿を折ってしまおうが怒ったことがなかった。ＰＴＡや町内会の集りで、協調性に欠けていたらしい喜代を、庇《かば》ったり励ましたりしてくれたのも七だ。「気にせんでよかとよ。無理に皆に合わせる必要なんてないっちゃけん」彼女の言葉も声も、よく憶えている。それは喜代に向けて発せられたものではあったが、そばで聞いていた茉莉をも、たしかに安心させてくれた。

「なつかしいな」

呟いて、茉莉は新が鼾をかいていることに気づく。椅子に坐ったまま、口を半分開いて。

みんな年をとってしまう。あのころのおばちゃんより、あたし自身でさえ年をとってしまった。そう思うと、茉莉は自分の未熟さに、目がまるくなるのだった。

燻製《くんせい》にした鴨《かも》をスライスして、浅葱《あさつき》を散らしたものを智幸の前に置いた。

「サービス」

小声で言う。おもては木枯らしが吹いているが、店のなかは暖かい。

「ありがとう。おいしそうだ」

智幸は言い、小さなフォークを手にとった。くるみちゃんが芝居に出演中なので、カウンターの内側には、茉莉一人しかいない。CDプレイヤーが、スタン・ゲッツを奏でている。「ジーズ・フーリッシュ・シングス」——美しい曲だ、と茉莉は思う。恋人の腕に抱かれているみたいな気持ちになる曲。目の前では智幸が、チリ産赤ワインのグラスを傾けている。

「何？　なぜ笑ってるの？」

尋ねられ、茉莉は智幸の白い頬に、指で触れたくてたまらなくなる。

「だって」

触れることは自重し、こたえた。

「だってモンテス・アルファ。そんなものをのむようになるなんて」

出会ったころの智幸は、ビールばかりのんでいた。白ワインの味を覚えたあとも、赤は渋そうだからと敬遠していた。それがいつのまにか赤ワインを好むようになり、いまでは「アロマの立ちすぎないものがいい」とか、「素朴で渋い方がいい」とか、注文をつけるまでになっていた。

ひっそりと、照れくさそうに智幸は笑った。茉莉は満足する。店には他に、若いカップル客が一組、ソファ席にいるだけだが、ついさっきまで団体客がいた。「ポスト・デサンス」は繁盛している。テラスに這《は》わせた豆電球の瞬くのが、ガラス越しに見える。茉莉は唐突に幸福を感じた。お酒と音楽、時間、それを愉しんでくれるお客——。ここには、いま必要なものがちょうど必要なだけ、ある。時間をかけて買い集めてきたワインはすべて、しっかりと温度管理されている。壁からは、青山志津夫の描いた若き日の茉莉が見ていた。その絵の描かれた街に、いまは娘のさきが住んでいるのだ。茉莉は目をとじ、目をあけてみる。何度も。そのたびに智幸と目が合った。

「何しようとや？」

可笑しそうに智幸が尋ね、智幸の声が聞こえたことで、茉莉の幸福はさらにその度合いを増し、喉元で泡のようにくすくすと弾ける。

「あの夏はほんとうに特別やったな」

茉莉は言った。

「あの夏？」

訊《き》き返され、茉莉はタタタンとステップを踏んだ。踊りというより、喜び勇んだ子供の動作に似てしまった。

「あたしの人生に、あなたとこの店がいっぺんにやってきたっちゃもん」

智幸の表情がわずかに翳《かげ》った気がした。

「僕にとってもくさ。あの夏は、僕にとっても特別やった。毎日郁子に感謝したいくらいやった。朝起きた瞬間から、夕方をたのしみにしとった」

なつかしそうに微笑んで、智幸は言った。言ったが、そこには失われたものに対する哀惜のようなものが、そういえば確かに滲《にじ》んでいた、と、茉莉はあとになって気づいた。


最初に忠告してくれたのはくるみちゃんだった。菊丸と智幸の仲が「あやしい」と言うのだ。二月の、つめたい雨の降る夜で、しかし「ポスト・デサンス」は、天手古舞《てんてこまい》の忙しさだった。

「ほんとにこの店は雨の日に混むっちゃんねえ」

常連客の藤盛さんは、半ばあきれ顔で苦笑して、満席の店内を眺め渡して帰って行った。次に来た若いカップルも、断らざるを得なかった。料理の注文がひどく多く、切っては出し、温めては出しすることに追われた。グラスが二度割れた。

「ママものみよ」

いつもなら嬉しいはずの申し出にも困り、それでものまないわけにはいかないのでのんだ。灰皿はすぐに吸殻で溢《あふ》れ、テーブルに置いてあるろうそくさえ、普段より早く燃えつきるように思えた。深夜を過ぎてもテーブルは空かず、来てほしいときにはちっとも来ない団体客が、来るときにはまた切れ目なくやってくるのだった。

そんな状況だったので、茉莉は余計に耳を疑った。

「何？　何て言ったの？」

チーズを切る手を止めて、訊いた。くるみちゃんは首をすくめる。

「一応、言っておいた方がいいと思って。それだけです」

それ以上訊く間もなく、グラスを持って、行ってしまった。完璧な耳打ちだった。茉莉のうしろ、カウンターをはさんでいちばん近くにいた客にさえ、茉莉の声以外は聞こえなかったはずだ。

「何？　何て言ったの？」

その言葉を、茉莉はあまりにも屈託なく、無防備に口にだしたのだったから。

茉莉自身でさえ、その耳打ちがほんとうにされたのかどうかわからなくなった。

「何なの、あの子」

口にだして言い、眉を持ち上げてみる。苦笑しようとし、ばかばかしいと思おうとした。それよりチーズを切り分けてしまわなくてはいけない。カウンター席の白ワインが二つまだでていないし、ソファ席の鴨もまだだ。


気にならなかったと言えば嘘《うそ》になる。事実、茉莉は急に智幸に会いたくなったし、そんな気持ちにさせたくるみちゃんを不愉快に思った。しかしその夜はともかく忙しく、ようやく店を閉めたときには、問い質《ただ》すことをすっかり忘れてしまっていた。

「だって、べたべたせんくなったとやないですか」

くるみちゃんがそう言ったのは、だから翌日のことだった。

「菊丸さん、前には智幸さんにひどくべたべたしとったでしょう？　必要もないとに腕に触ったり、酔ったふりでしなだれかかったり」

茉莉は笑って肯定する。

「そげんこと、彼女はみんなにしとうとやない」

菊丸にとって、それがある種の「営業」であることを、茉莉は知っている。決して、好んでしているわけではない。

「でも、去年の暮れぐらいから、智幸さんにはべたべたせんくなりましたよ」

そうだろうか。茉莉は記憶をたどろうとしてみる。そうかもしれないし、そうではないかもしれない。

「ありがたいやん」

　茉莉は言った。

「あたしとしては、ぜひそげん願いたいもの」

　くるみちゃんは口をあけた。眠っている新にも匹敵する、ぽかんとした顔になった。

「嘘やろ？」

　そして言った。

「ママ鈍すぎやん」

　茉莉はとりあわなかったが、結局そのとおりだったのだ。

　悲しいのは——と、涙もでないほど驚いて、それからいきなり胸を塞《ふさ》がれ、眠れない日々を過ごし途方に暮れ、しまいにばかばかしくなって茉莉は思うのだが——、悲しいのは、それを智幸ではなく菊丸から聞かされる羽目になったことだった。しかもその前夜、智幸は茉莉の家に泊っていた。

「うちの両親が、ひさしぶりに茉莉ちゃんに会いたがっとったい」

　行為のあとの、甘い疲労の滲む声で言われ、週末に一緒に食事をする約束をした。

「よかったら、新さんも一緒にどげんかいな」

「訊いてみるけど、無理やと思うと」

　新は、入浴を嫌がるようになっていた。

「でも、そげん言ってくれてありがとう」

　茉莉は言い、智幸の肩に鼻をこすりつけた。智幸の肌は、パセリに似た匂いがした。すんなりと白い胴体と、男の人にしては華奢《きゃしゃ》な手足。智幸の何もかもが、茉莉にはすっかり馴染みのものだ。心臓に耳をあて、鼓動を確かめたところまでは憶えているが、そのあとはいつのまにか眠ってしまった。

　翌朝食べたチーズトーストとコーヒーが、智幸との、最後の食事になった。

　柳がきれいやけん、というのが、その夜菊丸の言ったことだった。柳がきれいやけん、ちょっと外にでておでんでも食べん？

　まだ八時を過ぎたばかりで、店には常連客が二人いるだけだった。それで茉莉は、あとをくるみちゃんに託して、食事にでたのだった。

　夜気はやわらかく湿っていた。菊丸は饒舌《じょうぜつ》で、リバレインで見つけたというスカートのことや、それに合う靴を探しているのになかなか気に入ったものがないこと、テレビで見たダイエット法などについて、歩

「そう。去年一緒に行ったやろ、郁ちゃんと、四人で」

と説明されてもまだ、まるで実感が湧かなかった。駐車場でキスをした。頭の片隅で、そんなことを思いだしていた。万人和樂・天下太平――。

「言わないかん言わないかんって思っとったっちゃけど、なかなか言えんかった」

菊丸の目が、落着かなげに泳ぐ。

「でも茉莉ちゃんが悪いとよ。あんなにやさしい人をないがしろにしとって……」

語尾は聞きとれなかった。

「あれじゃあ智ちゃんがこうなったとも、無理のないことやと思う」

智ちゃん？　この人はいま、ほんとうにそう言ったのだろうか。

菊丸は口をひき結び、いまや茉莉を見据えていた。挑むように、睨《にら》むように、うっすらと、目に涙まで浮かべて。

「そうなん？」

ぽかんとして尋ねた。視線は外さなかったので、正面から見つめあう恰好《かっこう》になった。


きながら一人で喋った。茉莉が相槌《あいづち》を打ってもそれにはこたえず、声が高くなったり低くなったりする。

「こんばんはあ」

店に着くとあかるい声で言い、それからふっつり黙り込んだ。日本酒を頼み、おでんを注文する。

「昆布と大根、すじ、玉子」

茉莉が先に言い、菊丸を見たが何も言わない。いつもなら、それからあれとこれ、とか、ついでにあれも、とか、嬉しそうに幾つもつけ足すはずだった。

「それから蒟蒻《こんにゃく》」

仕方なく茉莉がつけ足した。菊丸が蒟蒻を好きなことを、知っていたからだ。

「茉莉ちゃん」

店の人がテーブルを離れると、菊丸は口をひらいた。

「あたし、智幸さんとつきあっとうと」

視線こそ逸《そ》らしていたけれども、曖昧なところのない、決然とした口調だ。

「放生会の直後からやけん、もう半年くらいになる」

「放生会？」

どうでもいいところを訊き返したのは、他にどうすればいいのかわからなかったからで、

「茉莉ちゃんが悪いとよ」

菊丸はくり返す。鼻を赤くしている。酒が運ばれ、二人とも黙った。

茉莉には理解できなかった。なぜ菊丸が泣くのか、なぜ自分が責められているのか。


ゆうべはすこしのみすぎたようだ。起きると十時になっていた。洗濯をして、新にきつねうどんを作って食べさせ、散歩に送りだした。春。散らかす子供たちのいない居間は整然として、サッシ窓ごしの日ざしが、床に模様を落している。ソファに腰をおろして、新の読みさしの新聞を読んだ。普段は手にとらないそんなものを——しかも小さな記事まで——丁寧に読むほど、自分は落着かない有り様なのだと気づかされる。台所に戻って食器を洗い、シンクを磨いた。銀色の土手をスポンジでこする。水を流し、泡が消えると、水玉が光りながら転がった。

「じゃあ、週末に」

そう言って、名残り惜しく智幸を見送ったのは、ほんとうにきのうの朝だったろうか。

電話が鳴ったのは、散歩から戻った新のために、お茶をいれているときだった。智幸からだと、でる前にわかった。受話器をとりたくない、と強烈に思ったが、同時に受話器にとびついていた。

「菊丸から聞いたたい」

何の前置きもなく、智幸は言った。

「夕方そこに寄っていいかいな。説明させてほしい」

茉莉は、自分でも奇妙なほど冷静だった。冷静というより、何も感じない。

「なぜ？　あたし、何か説明を求めたね？」

智幸は黙る。

「なぜ黙ると？」

智幸は「ごめん」とこたえた。

「彼女を好きになっちゃったと？」

その言葉は、躊躇《ちゅうちょ》のかけらもなく口をついてでた。感情と声が、一切のつながりを断たれたかのようだった。「そうやない」智幸は否定したが、すぐに続けて、「いや、勿論《もちろん》好きではあるっちゃけど、それはまたちょっとちがうことなんよ。だから説明したいったい」と、言った。

「どうぞ」

促したとき、茉莉は自分の声に底意地の悪さがのぞくのを、たしかに聞いた。

「ごめん」

智幸はまた謝る。

「なぜ謝ると？」

堂々めぐりだった。ともかく行くけん。智幸はそう言って、電話を切った。

実際に智幸が玄関先に――ちょうどあの夏の夕方のように――立ったのを見たとき、茉莉にはこの恋が、すでに終っていたことがわかった。きょう終るわけでもきのう終ったわけでもなくて、すでに終っているのだ。智幸は疲れているように見えた。苛立《いらだ》っているようにも、悲しんでいるようにも見えた。茉莉は疲れてはいない。苛立ってもいない。悲しみはあったが、それは悲しみがただどこまでも広がっているだけのことで、茉莉が悲しんでいるわけではないのだった。

いかにもこの人らしい、と茉莉の思う誠実さと凡庸さで、智幸は「説明」してくれようとしていた。茉莉の気持ちがわからなくなったこと、二度までもプロポーズを退けられて、自信がなくなってしまったこと、菊丸が理解してくれたこと、必要なときにそばにいてくれたこと。

聞けば聞くほど、もっともなことに思えた。

「わかった」

それでそう言った。

「とてもようわかったけん」

智幸は、見たことのないものを見るように茉莉を見た。それから突然、茉莉の背後のがらり戸に両手をつき、茉莉を動けなくさせた。

「信じてほしいったい。僕がほんとうにほしいとは茉莉ちゃんやけん」

顔をそむけたのは、単純に恐かったからだ。

「信じるわ」

本心から茉莉は言った。

「信じるけん離れて」

ひどいことを言うのね。そう思ったが言わずにおいた。智幸さんとつきあっとうと。きっぱりとそう言った、菊丸の顔が浮かぶ。

「じゃあ、あたしたちが別れるとは、ちっとも彼女のせいやないけんね」

かわりにそう言って、茉莉は智幸をまっすぐに見つめた。かつてたしかにどこかがぴったり触れあった、見馴れない、疲れて悲しみを漂わせ、苛立っているらしい一人の男を。

その日から、茉莉は身動きがとれなくなった。後悔はしなかったし、泣くことも騒ぐこともなかった。ただ、身動きがとれなくなっただけだ。

3

基本文法を自習しただけで、実際には挨拶《あいさつ》程度のフランス語しか話せないまま渡仏したさきが、語学学校を「優等」で卒業し、念願だったらしい美術の専門学校の、全課程を修了して帰国したのは、二〇〇八年、夏の終りのことだった。

その日が近づくにつれて、電話口のさきは声音をあかるくした。以前はひどくあっけなく、「電話代高くなるから切るよ」と言って受話器を置いてしまう娘であったのに、「ニッポンはまだ暑い?」とか「平和?」とか、「かろのうろんに行きたいな。あのお店、まだちゃんとあるよね」とか、「ポワラーヌのクッキーとラデュレのマカロンと、どっちを買って帰ってほしい?」とか、たいして重要とも思われないことを、次々と尋ねた。数年間、「いつ帰るかはわからない」「まだまだやりたいことがある」と言い続けてきたさきであっても、いざ帰国となると嬉しそうなことが、茉莉を喜ばせた。

「いいから早く帰っていらっしゃい」

いかにもやさしげな母親声が、自分の唇からこぼれるのを茉莉は聞いた。

本人より先に、荷物が届いた。でかけたときには心許《こころもと》ないほど軽装だったのに、何が入っているのか、黄色いビニールテープの貼られた段ボール箱が五つもあった。

最後の手紙によれば、日本に留学する友人——道端で出会った少年——と一緒だという。留学先は九州大学なのだそうだ。夏休みが終り、学生課を通してアパートをみつけられるまで、家に泊めてほしいと書いてあった。喜んで。茉莉はそう書き送った。日本にいたころのさきは、茉莉の目に、あまり社交的には見えなかった。柴田家で暮していた保育園時代を除くと、男であれ女であれ友達を家に連れてきたことは一度もない。友達のすくなさや他人との距離という点では、子供のころ、茉莉自身も似たようなものだったが、すぐそばに惣一郎がいて、九がいた。兄弟姉妹のいないさきを、可哀相に思う気持ちが茉莉にはあった。

居間の窓ガラスを磨き、布団を一組買い調《ととの》えた。さきの部屋にも風を入れ、物の置き場所の変らない程度に掃除をする。しかし、いまこの家に人を二人――一人は娘であるにしても――迎え入れて大丈夫なのかどうか、茉莉には自信がなかった。

新は一日のほとんどを床について過ごしている。日課にしていた散歩をやめてしまってから、もう一年以上になる。歩けないわけではない。階段も一人で降りるし、天気のいい日にはふらふらと庭にでて、随分ながい時間、猫をかまっていたりする。散歩をやめた理由は、迷子だった。でかけたきり戻らず、気を揉《も》んだことが何度もあった。事故に遭ったのかもしれない。その思いは天啓のようにふいに――しかし決って――ひらめき、いったんひらめいたが最後、一分ごとに確かなことに思われていき、茉莉の心臓を凍りつかせた。「迷子になっとんしゃったけん」そう言って、近所に住むらしい知らない人が、新を連れ帰ってくれた。派出所から電話をもらい、茉莉が迎えに行ったこともある。医者は、徘徊という言葉をあっさりと使った。

元来口数の多い方ではない新だが、一日の大半を寝て過ごすようになってから、時折妙によく喋った。新が子供のころに住んでいた、東京の家の夢を見たと言ったり、茉莉のよく知らない親戚の誰彼の、消息を知りたいと言ったりした。茉莉を喜代と呼び間違うことは日常茶飯事だった。一方で意識の明晰《めいせき》なときもあり、茉莉がおなじことを――玄関のチャイムが鳴っても出なくていいから、とか、お湯はポットに用意してあり、絶対に自分でやかんを火にかけたりしないで欲しい、とか――つい、くり返して言うと、「それはもう聞いたよ」と、淋しげな苦笑と共に言い返される。「俺のことはもういいよ」とか、「あとはお迎えを待つばかり」とか、冗談ともつかず口にすることもあり、むしろ新の明晰さの方が、茉莉の胸を抉《えぐ》ることが多いのだった。

二階には、何と断定できない臭気がつねにあった。新が風呂を嫌うせいもあるのだが、それだけではないにおい、薬や洗浄液、薄くなった皮膚や髪にしみこんだ悲しみのにおい。窓を開けても掃除をしても、シーツをすっかり洗濯しても、そのにおいはなくならない。こんな場所に客を泊めることが、さきにとっていいこととも思われない。

また、茉莉自身も、智幸と別れて三年が過ぎてなお、身動きのできないまま暮している。未練というのではなかった。泣くわけでも嘆くわけでもなく、すべきことはこなせた。こなせたが、何をしても甲斐《かい》がなかった。必要だからしているだけのことなのだ。

あたしには、欲望というものがのうなったっちゃないかいな。

茉莉は思う。どこかに行きたいと思うことも、何かを食べたいと思うことも、誰かに会いたいと思うこともないままに暮していた。遠くに行ってしまったさきにさえ、会いたいのかどうかよくわからない。元気で暮していてくれたら、それだけでいいような気がした。

さきが行ってしまったとき、茉莉のそばには智幸がいてくれた。新が倒れたときも、茉莉がソムリエ試験に受かったときも。悲しいのは、恋しいのが過去の智幸であって、いまおなじ街にいる、現実の智幸ではないということだ。茉莉は否応なくそれに気づかされる。そして、自分を嫌な人間だと思う。嫌な、見さげ果てた人間だと。

あたしにはたぶん、生身の男の人を愛する力がないのだ。そう考えると納得がいった。あたしはたぶん、自分のものしか愛せないのだ。死んだ夫や死んだ兄、記憶のなかの彼らはあたしだけのものだから、きっと安心して思うさま愛せるのだ——。

智幸が菊丸に心を動かされたことは、まったくまっとうだったと茉莉は思う。

飛行機は、予定通り昼前に福岡に着いた。到着ゲートを凝視しながら、茉莉は自分がひどく緊張していることに気づく。さきは、パリから二日前に帰国していた。東京に一日滞在し、友人には観光をさせて、自分はミチルに会いに行くつもりだと言っていた。茉莉としては不満でなくもなかったが、予定を知らせた電話口のさきは意に介さず、それでいて茉莉の感情を敏感に察知して、

「仕方ないでしょう？　直行便がないんだから」

と、言って笑った。大人が子供をなだめるような、若い人が年寄りをあしらうような、そんな口調だったと茉莉は思う。

「迎えには、来てくれなくて大丈夫よ」

さきはそうも言った。

「家の場所はちゃんと憶えてるし、おじいちゃんもい

て、ママは忙しいんだから」

そういうわけにはいかないと、茉莉はこたえた。車もあるし、たまには病院以外の場所に、一人で運転して行きたいしね、と。恐かったのだ。六年も会わずにいた娘を、かつて一緒に暮していた場所で、あたりまえのように迎えることなど恐すぎてできない。六年——。どうすれば信じられるだろう、たった十六歳だったさきが、いまや二十二歳だなどと。

ゲートから、乗客がまばらに吐きだされる。ビジネスマン、観光客、帰省らしい家族連れ。さきの姿はすぐに見分けられた。ガラスドアの向う側にいるうちから、まさに一目で。写真を折々送られていたが、それがなかったとしても、見紛《みまが》いはしなかっただろう。茉莉は我知らず笑みを浮かべていた。大きく。同じだ。体型は年齢にふさわしく大人びていたし、着ているタンクトップとジーンズも無論見馴れないものだが、顔つきはまるで同じだった。望外の喜びに胸がふるえ、ごく自然に近づいていった。

「おかえりなさい」

かを発音するよりも早く、さきに抱きしめられた。軽い、しかし甘い香水の匂い。さきの肌は子供のようにやわらかく、滑らかだった。

「ママ」

「ピアス」

次に茉莉はそう言った。

「うん？　ああ、二十歳の誕生日に記念にあけたの。手紙に書かなかったっけ」

そんな手紙を読んだ覚えは断じてなかったが、茉莉は「似合うわ」とこたえた。

「ママ、これがアミ。アミ、これがママ」

さきのうしろに背の高い男の子が立っていることに、茉莉ははじめて気づいた。

「ハジメ、マシテ」

男の子は恥かしそうに日本語で言い、片手をだした。

「上手上手。でも、続きは？」

さきが促す。

「オメニ？」

「お目にかかれて」

「オメニ、カカレテ、ウレシイ、デス」

茉莉は聞いていなかった。目の前の男の子——黒い髪と褐色の肌を持つ、いかにもエキゾティックな風貌《ふうぼう》の、外国の青年——に、どういうわけか、惣一郎が重なった。顔つきとも、たどたどしい日本語とも関係のない何か、声の深さ、視線の温かさ、気配としか言いようのないもの。実際、茉莉はいま、言葉ではないもので語りかけられた気がした。ほとんど触られたといってよかった。皮膚に、内臓に、細胞の一つずつに——。

やあ。

それはそう言ったような気がした。

うふふ。

愉快そうにそう笑ったようにも感じた。

年とってもまるい顔だなあ。

「ママ?」

さきの声が聞こえ、周囲の音が戻った。蒸し暑さも、おもてに溢れている昼の日ざしも。

「はじめまして」

茉莉はいそいで微笑み、さしだされていた手を軽く握った。ひんやりとした、他人の手だった。

「アミね?」

確認する。

「さきの母です。茉莉と呼んでね。福岡へようこそ。長旅で疲れたでしょう? 大きな荷物! 車はあっちに停めてあるの」

さきが笑った。

「ママ、無理よ、日本語じゃ。アミはまだ勉強を始めたばっかりなんだから」

そして、茉莉が耳を疑うほどなめらかなフランス語で、友人に通訳をするのだった。埃っぽい道に、アミの転がす緑色のトランクが、ガラゴロと鈍い音をたてる。

アミを九の家に泊めてはどうかと、茉莉は車のなかで提案した。いまは誰も住んでいないし、管理は新に任されており、いつか来た手紙によれば、九はさきに使って欲しがっていたから、と。さきはいい顔をしなかった。

「どうして? どうして家じゃいけないの? 初めて知らない国に来て、よその家に一人ぼっちなんて可哀相だわ」

それはそうだと茉莉も思う。茉莉自身、六年前に志津夫が責任をもってひきうけてくれたからこそ、さきを行かせる決心がついたのだ。息子を一人で異国にだしたアミの両親の気持ちは、誰よりもわかるつもりだった。

「それに」

助手席側の窓の外を、ぼんやり見ながらさきは続ける。

「お隣って昔から、教祖とか信者とか、なんかあやしい感じだったもの」

茉莉は意外に思った。あんなにやさしいおばちゃんがいて、あんなにやさしい九がいたのに、この子にとって祖父江家は、そんな印象なのだろうか。

「あ、西鉄バス。あのピンクのライン、なつかしい」

さきは嬉しげな声をだした。


新は調子がよさそうだった。ベッドに上半身を起こした姿勢で待っていて、さきを見ると、「おかえり」と言った。それでも、さきが身を強《こわ》ばらせたのが、茉莉にはわかった。「ただいま」とこたえて、辛《かろ》うじて笑顔を取り繕っているのが。部屋の隅に置いてあるけばけばしいビニールパック——市販の、老人用尿漏れパッド——に目をとめて、非難するように茉莉を見る。それから小さく息をすい、

「具合はどう？　まだ起き上がれないの？」

と、果敢にあかるい声音で言った。

「おじいちゃんは、まだこんなふうに寝こむ年じゃないでしょう？」

新はこたえない。質問されたとは思っていないのだ。茉莉にとっては有難いことに笑顔で、ただ嬉しげにさきを見ている。

「友達はどうした？」

はっきりした口調で、逆に訊いた。

「階下《した》にいるわ。あとで紹介するわね」

新はゆっくりとうなずき、薄い唇を歪めて笑うと、

「男だって？」

と、可笑しそうに言った。

「ママに聞いたよ。茉莉がまた男を連れてくるんだって」

茉莉は背すじが冷たくなった。茉莉がまた男を——。新に悪気のないことはわかっていたが、さきの前で、自分が貶《おとし》められた気がした。

「私はさきだよ。茉莉じゃなくて、さき」

さきの声音にも表情にも、もう笑みはなかった。

「お隣に泊ること、アミに話してみる」

廊下にでると、小さな声でさきは言った。

「おじいちゃん、こんなだとは思わなかった。どうし

て話してくれなかったの？」

「話したでしょう？　寝たり起きたりだって」

こたえて、茉莉は先に立って階段をおりる。

「でも、あんなに弱ってることは言ってくれなかった。目が白く濁ってることも、おしめしてることも」

「言ったらどうなってたって言うの？」

茉莉の声は、自分の耳にさえ険しく冷徹に響いた。

居間では、アミが所在なげに二人を待っていた。子供たちの使っていた勉強机を指さして、早口で何か尋ねる。

「何て言ったの？」

二人のやりとりが途切れるのを待って、茉莉は訊いた。

「この机を見られてすごく嬉しいって。近づいたら特別な気持ちがしたんだって。ひきだしをあけていいかって訊くから、いいってこたえた。私の机かって訊かれて、違うってこたえた」

木で鼻をくくるような説明に、茉莉は笑った。

「彼は英語ができるの？」

さきに尋ねてから、茉莉は英語で、それが惣一郎のものだったことを説明した。アミはさして興味もなさそうに話を聞き、聞き終るとにこりとして、

「クールだね」

と、言った。

さきはすぐにでかけると言った。アミに博多のうどんを食べさせたいし、お天気がいいから、ついでに始のお墓参りもすませてくる、と。

「着いたばかりなのに？　二人ともくたびれてるでしょうに」

「全然」

さきがこたえ、アミもそれは知っている単語だったらしく、

「ゼンゼン」

と、真似をして言った。

そうやって二人がでて行ってしまうと、急にしんとした玄関に立って、茉莉はまた自分が微笑んでいることに気づいた。娘の帰国も留学生の存在も、新との二人暮しに馴れてしまった身には困難なことが多いはずなのはわかっていた。わかってはいたが、いわばモノトーンだったこの家の空気が、たった一時間たらずで色つきになり、窓から入る微風まで新鮮に感じられることに、戸惑いとも喜びともつかない感情を覚える。

ひさしく忘れていた、日々消費されるためにだけ湧くエネルギーの存在を、茉莉は身内に確かに感じていた。

　それからの日々は、茉莉には思いがけないほど愉しいものになった。アミは礼儀正しく、快活だった。「コレハナンテイイマスカ」という言葉を覚え、遠慮がちにあれこれ指さしては日本語を増やしていった。ニワ、クルマ、ネコ、デンワ、ミズ、シオ、クツ、オフロ。当面居間で寝起きすることになり、起きると自分で布団をたたんだ。晴れた日には干すこともした。さきが布団叩きをわざわざ買ってきて、二人でかわるがわる叩く。そんなこと、これまでしたこともないくせに、と、茉莉は可笑しかったが黙っていた。

「叩いてるんだな、布団」

　その音がすると、新もおもしろがった。庭ではしゃぐ二人のフランス語を、子守歌みたいに聴きながら目をとじる。

　さきは、アミといるとよく笑った。二人はでかけるのも帰るのも一緒だった。友人というより恋人なのだろうと察しはついたが、それにしては無邪気すぎるようにも思えた。仲のいい姉と弟。そんなふうに見えた。実際、茉莉は二人を見ていると、遠い日の惣一郎と自分を思いださずにいられなかった。どこに行くのも一緒だった。一緒なら安心だった。一緒に決っているのだから、世界はいつでも安心な場所で、いつまでもそうだと思っていた。

　二人は店にも顔をだした。行儀よくワインを一、二杯ずつのんで帰ったが、さきは随分酒に強くなったらしい。「あなたの血をひいたんだね」青山志津夫はそう言っていた。店が混むと、二人は手伝おうかと言ってくれたが、茉莉は手伝わせなかった。かわりに、

「続きはお家でのみなさい」と言って、ワインを一壜《びん》わけてやった。自分が仕事をしているあいだ、新のそばに二人がいると思うと頼もしかった。階下の物音やひそひそ声、夜食を料理する匂いや笑い声を、新も愉しんでいるらしかった。

　九月になって大学が始まり、予定していたアミのホームステイ期間は終ったが、隣家があいているのにアパートを借りるのはもったいない、と意見が一致した。さきまでそこに住みたがるとは思わなかったが、

「一人じゃ淋しくて可哀相よ」

　と、真剣な目をして茉莉に懇願した。

「おじいちゃんが一人になっちゃうでしょう？」

たしなめると、困った表情で口をつぐむ。譲歩してしまったのは、茉莉にも憶えがあったからだ。片時も離れていられない。そう思えること自体が奇跡なのだ。もしもさきが、いまその奇跡の時間のなかにいるなら、無駄な倫理で阻みたくはなかった。「泊めて」そう言ってもぐり込んだ惣一郎の布団の心地よさを、茉莉はいまでも憶えているが、あれはあのときだけの奇跡だった。人はいきなりいなくなってしまう。

「ときどき泊りにいくだけならいいわ」

　茉莉が言うと、さきは心底嬉しそうな顔をした。

4

　その日は晴れて暖かだったが、風だけは、たしかに秋のそれだった。すっきりと乾いて、去っていく夏の背中を押すような風。

　がらり戸をあけると、玄関はうす暗く、湿った木の匂いがした。

「お掃除はしてるんだけど」

　茉莉は言い、自分の家のように先に立ってサンダルを脱いだ。

「それでも人が住んでいないとね、あちこちやっぱり、傷んでくるから」

　留学生のアミにとって、この家に住めることは幸運だと茉莉は思う。経済的なことばかりではなく、趣《おもむき》の点からも、こういう日本家屋は昨今なかなかないはずだから。

「窓をあけると夏でも涼しいのよ。風の通り道を計算して建ててあるのね」

　靴下ばきで歩く廊下は、つるつるとつめたい。

「待って、ママ」

　さきが言った。

「アミがふるえてるの」

　見ると、アミはまだ靴も脱いでいない。フランス語で、さきに何か言った。二言三言やりとりがあり、さきがいきなりアミを抱擁《ほうよう》した。小さな弟にするみたいに。

「こわいんですって、中に入るのが。アミは霊感が強いの。いろんなものが見えるのよ」

　霊感——。茉莉の苦手な話題だ。それで一笑に付した。

「いいからいらっしゃい。こわくないから」

廊下にあがった二人は、しっかり手をつなぎあっている。

「家具も大方運びだされちゃったから、広々して贅沢《ぜいたく》よ」

気持ちをひき立てようとして、茉莉は言った。さきに通訳をさせ、説明する。

「ここが居間で、奥が台所、お風呂は」

言い終らないうちにアミが言った。

「ジュ・セ」

茉莉は待ったが、さきは通訳も忘れ、驚いた顔でアミを見ている。アミはさらに何か言った。身ぶり手ぶりを交え、半ば怯《おび》え、半ば興奮した様子で。

「何？　何て言ってるの？　どうしたの？」

茉莉の言葉は、二人の耳に届かないようだった。

「ここを知ってるって」

ようやくさきが言ったのは、アミが黙ってしばらくたってからだった。

「お台所に小さな戸口があって裏庭にでられる。裏庭にはプレハブの物置みたいなのがある。そのなかは暗い。棚があって、棚の下には自転車が一台立てかけてある。壁に軍手がひっかけてある。黒い表紙の百科事典みたいな大きな本が、重ねて紐でしばられている」

茉莉は言葉を失った。何から何まで、その通りなのだ。

「お風呂はあっちで、主寝室がこっち。その隣の小さい部屋は、誰の部屋なのかわからない。でも、窓から屋根にのぼることができる」

茉莉が返事をするまでに、しばらく時間がかかった。誰も何も、言わなかった。

アミは、この家の夢をよく見たのだという。夢のなかで家はいつも無人で、自由に歩きまわれたという。平和で穏やかな気持ちになる夢だった。

「それに」

微笑んで、アミはつけ足した。

「話したよね、子供のころから僕の夢にきみがでてきたって。僕は知らない家の庭にいて、きみは垣根の向う側にいて、僕を見ると手をふってくれたって。あれはここの庭だった。しかも裏側の庭。プレハブの物置小屋があったんだ、夢のなかにも」

さきが通訳をしなかったので、茉莉にはこの部分がわからなかった。わからなかったが、それでもアミが、まるで九のように、唐突に霊感を発揮したことはわかった。

「もう恐くないって」

ひととおり家のなかを見てまわり、アミが自室と決めた九の部屋に荷物を運び込んでしまうと、さっぱりした口調でさきは言った。

「この家に住めることは嬉しいって」

アミってこういうヒトなの。さきは言う。デリケートなの、と。茉莉は首をすくめ、

「厄介《やっかい》なのね」

と、感想を言った。

「でも、もう恐くないならよかったわ。いいお家だもの。水道もガスも電気も、もう使えるはずだから」

必要なことを説明し、茉莉は二人を残して家に帰った。


業者のすすめるワインのなかから、店に置くものを選ぶのは、茉莉の好きな仕事だった。オークションに参加する余裕はないので、業界誌や口コミが頼りだ。はじめのうちは、茉莉自身が心惹《ひ》かれるワイン――南米やオーストラリア産の、値段は手頃だが魔法みたいに一壜においしさのつまったワイン――と、有名なものを好む客のためのフランスワインを中心に買っていたが、最近は違う。客の好みが把握できてきたので、リストを見ただけで特定の客の顔が浮かぶ。一九九〇年のイタリアワインならば、値が張っても根本さんが欲しがる、とか、月に一度やってくる中年女性の団体客は、食後に決ってポルトをのむが、アルザス産の甘いワインをすすめたら喜ぶかもしれない、とか。様々なワインを知っていて、舌も肥えているのに新奇なもの、珍しいものをのみたがる若月《わかつき》さん夫妻には、たとえばブランカイア――キャンティ・クラシコにメルローを配したもの――はどうだろうか、とか。

「おいしい!」

客の言葉は単純だが、そこに透けて見えるささやかな驚きが、茉莉には嬉しい。ワインというのは驚きなのだ。一壜ずつ、ほんとうに驚きなのだ。あけてみなければわからない。そして、あけたその時、その場にだけ何かがもたらされる。

東京の夏木力と、茉莉はときどき連絡をとっている。稀少な酒、稀少ではないがおいしい酒、などの情報を交換する。ズブロッカとはちみつが合うことを教えてくれたのも夏木力だ。そこにミルクと少量のオレンジ

ジュースを加えたカクテルは、仕事帰りの女の子たち——菊丸のような、夜に働く女の子たち——の気に入りの一杯になっている。菊丸は、あれ以来一度も店に現れない。以前は三日とあけずに顔をだしてくれていたので、店の景色そのものがその頃とは違ってしまった。どうしているだろう。茉莉はときどき考える。考えるが、それでも、彼女が来ないことに安堵《あんど》も感じる。

店の経営は順調だった。借金も残りすくなくなっている。自分のような素人が、実際に店を持っていることを考えると、茉莉はしみじみ不思議に思う。人生もまた、ワインとおなじくらい驚きだと思う。

茉莉の目に映るさきとアミは、姉弟みたいなカップルだった。いつも一緒にいる。瑣末《さまつ》なことのいちいちが可笑しいらしく、始終笑っている。アミのカメラで、物干し竿とか、雑草に埋もれかけたピックアップトラックとか、ある日の夕食とか、玄関に置いたサンダルとバケツとか、なぜ撮るのかわからないものの写真を撮っている。

アミは九の家で自炊し、大学に通っている。料理が好きであるらしく、オムレツとか、オニオンスープとかを作っては、「ヴォアラ」と言って新の部屋に運んでくれた。

二人はまた、アミの授業が終るとカメラを片手に、夕暮れの福岡を歩きまわっているようだった。屋台に感激したとか、街なかを川が流れているのはパリとおなじだとか、繁華街で店が外に向って声や音をスピーカーで流すのは異様なことだ、とか、アミは茉莉にも話してくれた。

パリの専門学校で、さきが学んだのは広告美術というものだということがわかった。

「画家になりたいんだとばっかり思ってたわ」

茉莉が言うと、さきは大げさに両手をあげて、信じられない、という顔をした。

「手紙に書いたし、電話でも言ったでしょう?」

「そうだった? 美術の専門学校だっていうから、絵をかいてるんだとばっかり思ってたけど。あなた絵が得意だったでしょう?」

さきは持っていたコーヒーカップを置き、黙って茉莉の顔を見た。

「ママは私に関心がないのね」

怒るともなく、微笑んで言う。

「お店が忙しいし、おじいちゃんがあんなだし、おまけにあの頃は郁ちゃんのパパに夢中だったから仕方ないけど」

心外だった。茉莉は自分が顔色を変えたことがわかったし、

「そんな馬鹿なことがあるはずないでしょう?」

と、考える前に口にしていた。パリに行く前のさきは無口だった。あたしがあなたに関心がなかったわけじゃなく、あなたがあたしに何も話してくれなかったんじゃないの。そう思った。

「責めてるわけじゃないから、いいの」

さきは言い、にっこり笑った。

「広告の世界で働くためにはどうすればいいか、いまいろんな人に訊いてるところだから心配しないで」

いろんな人というのが誰のことなのか、茉莉には見当もつかない。


新の体調は日によって違った。調子のいい日には歩いてトイレにも行かれ、巡回ケアの人たちに冗談を言って笑わせたりもするのだが、悪いときにはぐったりして動けず、呂律《ろれつ》もあやしかった。血圧を下げる薬が手放せず、服用しても安定しないときには点滴が必要だった。話しながら眠ってしまうことも多い。

「さっきアミが来てくれたよ」

ゆっくりだがはっきりした口調で、たとえばそう話し始める。「日本語で、グアイハドウデスカって言ったよ。上手《うま》いもんだった」と言い、「あの子に日本語の辞書を」と言い、息がきれたように黙る。待っていると、「何て言ったかな、あれは……」と言葉を続けようとするのだが、「ママがほら……テレビで……園芸の……」と、支離滅裂になり、気がつくと鼾をかいているのだ。主治医によれば、動脈硬化が進み、胸部から腹部にかけて血管がほとんど「石灰化」しているらしい。興奮させないこと、寒さにさらさないこと、塩分を控えること、と、茉莉は厳しく言われていた。

そんな状態ではあったが、さきの帰国とアミの存在が、新には新鮮であるらしかった。意識のはっきりしているときには、「さきはきれいになったな」と言ったり、「アミを見てると惣一郎を思いだすよ」と言ったりした。嬉しそうに、そしてすこし、淋しそうに。


春になると、さきは小さな会社でアルバイトを始め

た。スーパーのちらしや、お菓子のパッケージなどをデザインする会社だという。夕食後、アミと二人で「ポスト・デザンス」にやってきて、そう報告した。いずれは東京で、デザイン事務所に就職するつもりだと言った。でもアミの留学期間——二年間だ——が終了するまでは、アミとおなじ福岡にいたいから、と。

「フランス語を教えればいいのにって、僕は言ったんだけど」

アミが言う。さきは頑固だから、と、その顔にかいてあった。アミは、実際にフランス語を教えるアルバイトをしている。二人ともしっかりしている、と、茉莉は感心してしまう。そして、自分が年をとったと感じる。かつての茉莉には、仕事というものを、こんなにあっさり、自由に選ぶことは考えられなかった。

「ネイティヴじゃないもの」

さきは言った。

「事務書類の翻訳のアルバイトは、新聞に載ってたからやってみようと思ってるけど」

雨が降っている。店は混んでいるが、今月一杯で辞めてしまうくるみちゃんと、新しく入った内田《うちだ》ちゃん——本名内田真珠《しんじゅ》。しかし茉莉には、誰かを真珠ちゃんと呼ぶことがどうしてもできない。それで、内田ちゃん——が両方一度に働いてくれているので、茉莉はこうしてカウンターの内側で、さきとアミの相手をすることができた。

「ママ、憶えてる？」

繁盛している店内を眺めながら、さきがふいに言った。

「ホタテ貝といえば……」

憶えていた。ほとんど反射的に、

「プュイイフュメ」

とこたえ、可笑しくなって笑った。東京のアパートで、ソムリエの資格試験のための勉強を始めたころ、茉莉はさきに、よく問題をだしてもらっていた。そのなかに、ホタテ貝に合うワインは何か、という問題があり、それはほぼ毎年出題されているものだった。答はプュイイフュメなのだが、そこには落し穴があって、カレー風味のホタテ貝に合うワインは何か、と問われたら、プュイイフュメ以外の白ワインを選ばなくてはならないのだった。さきは、どういうわけかその問題が気に入っていた。それはもう覚えたから違う問題をだしてと頼んでも、執拗にそれを織りまぜた。しまいに、ホタテ貝、プュイイフュメ、というのが一種の合言葉のようになった。

　そんなことをアミに説明し、三人で笑った。


　まるで手入れをしていない庭にも花が咲き、緑が日増しに濃くなっている。日曜日、茉莉は庭にでて、新を乗せた大型車が遠ざかるのを見送っていた。二週間に一度、嫌がる新を説得して車に乗せ、施設で入浴させてもらうのが、茉莉の苦手な、しかし必要な習慣になっていた。こっくりと青い空だ。子供のころとくらべて、街は随分変ったけれど、このあたりの住宅地は変らない。新築も改築もなく、おなじ家々がおなじ表情で、静かに茉莉をとり囲んでいる。

　隣家の戸があいて、さきがでてくるのが見えた。さきの方でも茉莉に気づいて、

「よかった。そこにいて」

　と、大声をだす。小走りに門をでて、道をまわって入ってくる。さきの抱えているものを見て、茉莉はあからさまに顔をしかめた。

「またなの？　プライヴェートなものをひっかきまわしちゃいけないって言ったでしょう？」

　それはアルバムだった。これまでにも、さきは額入りの写真を二度持ちだしてきて、写っているのは誰かと訊いた。一枚は祖父江九の実父の、もう一枚は幼い九と祖父母の写った写真だった。

「わかってるわ。でも今度はすごく大事なことなの。これは誰？」

　さきは勢い込んでアルバムをひらいた。比較的最近の写真だ。場所が、まず茉莉の目を引いた。「飛行機」「エッフェル塔」「ルーブル美術館」「カフェで一休み」「徳川の板長、和田さんと」七の几帳面な小さな字で、一枚ずつに添え書きがしてある。

「これ、パリだわ」

　呟くと、さきがじれったそうに、

「そんなのわかってる」

　と言った。

「これ、誰なの？」

　知らない女性だった。九と七にはさまれて、恥かしそうに、幸福そうに笑っている。浅黒い肌、ほりの深い顔立ちと、濡れたように濃く長いまつ毛。日本人ではない。きれいなひとだ、と茉莉は思った。やさしそうで、神秘的で。

「九ちゃんの奥さんでしょ」

添え書きには、「ネネさんと」とある。茉莉は写真から目をはなすことができなかった。九も七も笑っている。事故に遭う前の九、健康な、嬉しそうな九がそこにいた。

「どこの国の人なの？」

尋ねられ、茉莉は知らないとこたえた。

「大事なことなの。思いだせない？」

「思いだすもなにも、知らないんだから」

さきの興味の持ち方を、奇妙に思いながら茉莉は言った。

「あたしが知ってるのは、九ちゃんの奥さんは、もう死んでしまってるってことだけ。あなたのパパとおなじよ、交通事故。そのせいで、帰国した九ちゃんが記憶をなくしていて、屋上にとじこもってしまったっていうことだけ」

その屋上も、いまはもうないのだ。九が一人で造りあげた、美しく豊かな森だったのに。

「ふうん」

がっかりしたように、さきは言った。

「いいから、アルバム、ちゃんと元の場所に戻しとくのよ」

アミとさきが、このころに隣家で交していた会話も、探りだそうとしていた事実も、茉莉は知らなかった。

アミは魅力的で聡明な青年だった。留学して一年もたつと日常会話に不自由はなくなり、魚市場のおばさんや、お寺の住職と仲よくなった。家に、フランス語の生徒たちが遊びに来ることもあった。春の休みには、はじめてさきのそばを離れて、長崎と熊本と鹿児島に、バックパックを背負ってでかけた。

さきはさきで、「デザイン事務所に紹介してくれそうな人探し」に余念がなかった。茉莉から見ると、「支離滅裂な就職活動」だったが、専門学校の恩師の知人だというデザイナーに会いに京都まででかけたり、ミチルの友人の友人だという装丁家に会いに、東京にでかけたりした。大手の広告代理店ではなく、「職人の集りのような」デザイン事務所で、イメージではなく「物」をつくりたいのだとさきは言う。物。それが一体何をさすのか、茉莉にはさっぱり理解できない。

深夜、化粧をおとしてベッドに入り、かすかに聞こえる新の鼾に耳を澄ますときや、朝、誰もいない台所で片づけものをしているとき、茉莉は不安を感じることがあった。あたしはこれからどうなるんだろう。一人ぼっちだ、と、強く感じた。アミの日本語が流暢《りゅうちょう》になっても、アミとさきは、茉莉の前でフランス語を使うことがあった。あたしに聞かれたくないことなのだろうか。そう思うと胸を苛立ちがかすめる。外国語を自由に話し、アルバイトで苦もなく遊ぶお金を稼ぎだし、あちこち旅行しては新しい出会いに眼を輝かせて帰ってくる二人が、茉莉にはまぶしく思えた。

内田ちゃんという、いまや「ポスト・デサンス」になくてはならない存在になった女の子も、茉莉に自分がもう若くないことを思い知らせる。ずっと親元に暮していたせいか、どこかおっとりしたところのあったくるみちゃんとは対照的に、「放浪の末にここにたどり着いた」（本人がそう言ったのだ）二十四歳の内田ちゃんは、茉莉をしばしば化石のように扱う。在庫管理にコンピュータを導入したのは彼女だし、いつも遅刻する営業の男性を、会社にクレームをつけて交替させたのも彼女だった。最近では、安い酒で騒々しく長居をする若者の団体客を、いかにして入れないようにするか策を練っている。「ママの理想のお店に近づけるために」。細い身体に似合わずエネルギッシュな内田ちゃんは、確かに茉莉を慕ってくれていた。感情表現がまっすぐで、外国帰りでもないのに茉莉を抱擁したり、頬に音をたててキスしたりする。「娘が一人増えたみたい」茉莉は笑って、言ってみるのだった。

アミとさきが、九に会いに行くと言いだしたのは、夏のはじめだった。

「どこに？」

驚いて尋ねると、大阪、と、こたえが返った。

「そうなの？　移動サーカス、いまそこにいるの？」

九からの手紙は、ここ数年途絶えていた。全国を回るというそのサーカス団の居場所を、アミとさきはインターネットで調べたという。

「どうして？」

観に来てほしいと言われたことはあったが、茉莉は一度も行きたいと思ったことがない。スプーン曲げから始まって、物を浮かせたり果ては自分が浮き上がったり、といった超能力の数々が、そこでは見世物になっているのだ。恐ろしくて、とても行かれないと思っていた。

アミは勿論、さきも九に会ったことはない。だから恐くないのかもしれない。

茉莉の問いに、こたえたのはアミだった。

「そのひと、僕のお父さんかもしれないから」

5

俄《にわか》には信じ難い話だった。

九のいる大阪を経由して、就職活動その他のために東京に行く、という二人をともかくも送りだし、茉莉は茫然《ぼうぜん》としてしまう。

真昼。汗ばむ陽気の台所でそうめんを茹《ゆ》でながら、茉莉は自分だけが世の中から置き去りにされたような気がした。

パリにいるアミの両親は、ついに子供を授からなかった夫婦なのだそうだ。どちらも健在だが、生物学的な意味で、彼らに子供はできなかった。さきの説明によれば、アミは「道端で乳母車ごと拾われた」。晴れた日に、大通りで。

両親はアミを大切にしてくれたが、肌の色も髪の色も、目の色も違った。彼らが実の両親ではないことを、アミが悟るのにそれほど時間はかからなかった。とはいえ両親にしても、アミの出自については皆目見当がつかなかった。役所には養子として届け出ていた。おそらく東洋人の血が混ざっているのだろう、ということが、彼らにできた推測のすべてだった。アミも、それでいいと思っていた。さきに出会うまでは。

穏やかで誠実な、愛情の濃《こま》やかな両親らしい。彼らについて話すとき、アミはとても柔らかな、幸福そうな表情になる。「ママン」と「パパ」、その二つの単語の発音に、温かな信頼と親しみが籠《こ》もるのは、聞いていてすぐにわかった。

アミは、さきに出会って、自分に日本人の血が流れていることを確信したのだという。それで日本語や日本文化を勉強し、日本に留学した。

「そのひと、僕のお父さんかもしれないから」

落着いた声音で、真剣な眼差しで、アミは言った。そんなことがあるだろうか。留学先として、彼が九州の大学を選んだのはさきがいたからだろうし、隣家に住むことになったのも、単純に茉莉の――そして寺内家の――都合だった。

でも――。

茹で上がったそうめんをざるにとり、流水で洗いながら茉莉は認めた。

でも、あたしはすでに、そうに違いないと確信している。

どうして気がつかなかったんだろう、とさえ思う。あの眼差し、あの微笑み方、祖父江九にそっくりだ。はじめて会ったとき、奇妙な懐しさを感じたのもそれで説明がつく。茉莉はそれを、アミが惣一郎を思いださせるせいだと思い込んでいた。

やあ。

空港で、惣一郎の声を聞いたように思った。

年とってもまるい顔だなあ。

からかうような、愉快そうな声音だった。周囲の喧《けん》噪《そう》は消え、アミとさきさえ、そこにいないように感じられた。

昼食をととのえ、新の部屋に運ぶ。さきが、青山志津夫を頼りにフランスにでかけ、九の息子を連れて帰った、そのこととの不思議を、むしろ必然と感じながら。

新は調子がよさそうだった。網戸ごしの風が、室内にこもった臭気を幾分かやわらげている。

「セミが鳴いているね」

茉莉を見ると、新は横になったまま言った。両手をひっぱって起き上がらせ、背中に枕を三つあてがう。ベッド用のテーブルを滑らせ、料理をならべた。

「おいしそうだ」

外の遠くで、子供たちの遊ぶ声がしている。

「あの子たちは、東京に行ったんだったね」

静脈の浮いた細い腕で、水のコップを持って中身をのろのろとのみ、新は言った。

「いつ帰ってくるって?」

「さあ」

茉莉はこたえ、熱いおしぼりを渡した。二人が大阪に立ち寄ることを、新には話していない。白髪である上に随分と量の減った新の髪は、寝てばかりいるためにぺたりと頭皮にはりついて、奇妙なカールをつくっている。

「誰も彼も遠くに行きたがるんだな」

茉莉は、呟いた新がそうめんを啜るのを見ていた。蕎《そ》麦《ば》猪《ちょ》口《こ》さえ重そうに持つ、病み衰えた男の食事風景を。

そうめんには、炒めた茄子と金糸玉子を添えることにしている。喜代が、ずっとそうしていたからだ。薬味の種類も刻み方も、知らないうちに喜代のそれを踏襲していた。

「おいしいよ」

茉莉の視線に応《こた》えるように、ひっそり笑って新は言った。

「おいしいけど、こんなには食えない」


さきが電話を寄越したのは、二人がでかけて二週間もたってからだった。

「九氏に会ったよ」

開口一番、そう言った。

「元気だった?」

尋ねると短い沈黙がはさまり、

「あんまり」

というこたえが返った。

「倒れちゃったの」

受話器を持つ茉莉の手が、ぞわりとした。

「でも大丈夫よ。アルコールののみすぎなんですって」

アルコールののみすぎ? 茉莉にはとても信じられなかった。あの真面目な九ちゃんが?

「もう舞台には立ってないみたいだった。呂律もちょっと怪しくて、何ていうのかな、酩酊《めいてい》? してて、話しかけてもこっちの言葉を理解してくれてるのかどうか、よくわからない感じだった」

屋上の森で、ストイックなまでに自分を律して暮していた九が、思いだされた。アルコール? 酩酊? 事故による怪我の影響もあったのかもしれないが、あのころの九はどんなアルコールも口にしていなかった。あちこちへこんだ大きなやかんで、おいしいお茶をいれてくれた。

「でもアミのことはわかったみたい」

さきは言った。

「九氏のこと、アミはすごく……心配してる」

二人はいま東京の、アパートメントホテルというところに滞在しているそうだった。アミは、パリに帰る予定をのばそうと思っている。でも両親は、帰ってきてほしがっている。そんなことを、さきは話した。

さき自身は、「コーヒーくさい」事務所での顔あわせと、「おでんを食べながらの面接」を経て、どうやら働き口がみつかりそうだということだった。もし決れば、いったん福岡に戻って荷物をまとめ、東京で一人暮しを始める。

誰も彼も遠くに行きたがるんだな。

新の呟いた言葉が、そのまま茉莉の気持ちだった。

電話を切ってから、茉莉は以前に受けとった、九からの手紙を箱からだして読み返してみた。いちばん最近の手紙は、なんだか悲しそうなものだった。それはこんなふうに始まっている。

「茉莉へ
また少し手紙の間隔があきました。そして思うに、ぼくがいつも手紙をあなたに出すのは、どうもぼく自身元気のない時のようですね」

そこにはあかるいニュースも綴られている。

「ぼくには今、家族ではないけど、家族のような人たちがいます。前にもお伝えしましたね。仕事のない時は一緒に暮している女性と子供がいます。二人は血がつながっている、でもぼくとは血のつながりはありません。とっても素敵な人たちです」

最初にこの手紙を読んだとき、茉莉は自分が、じゃあ九ちゃんはなぜ、その幸福に邁進《まいしん》しないいんだろう、と訝《いぶか》ったことを憶えている。「家族のような人たち」、「とっても素敵な人たち」がいるのに一体なぜ——。

けれどいま、茉莉にもようやくすこしわかる気がした。そんなに素敵な人がいるのになぜ、というのは、くるみちゃんにも菊丸にも、茉莉自身が一度ならず言われたことではなかったろうか。家族ではないのに家族のような人、大切な人とその子供——。手紙には、「過去を拭《ぬぐ》いされず、ふとした瞬間に、失ったもののたちのことを思いだし、壊れそうになります」と書かれていた。

「笑っちゃう」

茉莉はつぶやく。随分遠く離れた場所で、まったく違う人生を生きながら、あたしたちったらおんなじようなことをしている。

「罪を覚えます。どうしたらいいのか分からず、分からないままに、ただ、見ないように、彼女の優しさを無条件で受け入れている毎日なんです」

それは茉莉に、いやでも智幸との日々を思いださせる記述だった。現在の九を蝕《むしば》んでいるもの、アルコール漬けになるほどに彼を蝕んだもの——。

手紙を封筒に戻して、茉莉は別の一通を手にとって読む。また一通、また別の一通を。元気のない九ではなく元気な九、現在の苦況などすぐに脱してくれるはずの、力強さに溢れた九をそこにみつけようとして。

探していたそれは、四通目にみつかった。ゆっくりと二度読んで、あかるい言葉が胸にしみこむのを待った。

「記憶を取り戻したぼくはまた新しい人生を生きはじめています」

「若い純粋な団員らに囲まれて、幸福に生きています」

「毎日が刺激に満ちて楽しい」

それは、サーカスで働き始めたころの、手紙に書かれた言葉だった。何年にも及んだ隠遁《いんとん》生活のあとで、新しい世界の何もかもに、驚きと喜びを見出している九の姿が目に浮かんだ。

歳月――。

それは何て奇妙な、容赦のないものだろう。茉莉は、二階で寝ている新を思った。死んでしまった惣一郎を思い、喜代を思い、始を思った。倒れたという九を思い、東京にいるさきとアミを思った。

そこに、自分にできることは何もなかった。流されていくだけなのだ。彼らも、茉莉自身も。

その手紙は、こう結ばれていた。


「お互い今日を乗り越えましょう。

祖父江九」


トミーさんがのみに来て、茉莉の牛テール煮込みをほめてくれたのは、大濠《おおぼり》公園の花火大会の夜だった。開店時間を遅らせて見物にでかけたというトミーさんは、

「人が多かけんかなわん」

ので、早々に避難してきたのだと言った。

「ポスト・デサンス」のテラスからは、公園の花火がよく見える。

「でもここも人が多かね。御繁盛で、うらやましかあ」

たしかに店は混みあっていた。勤め人のグループがテラス席に陣取っているほかに、観光客が二組テーブル席に、若いカップルが一組ソファ席に、いる。カウンターは、いつものように常連が埋めていた。

お腹がすいていると言うので、茉莉は牛テールの煮込みをだした。それによく合うはずの、エルミタージュと一緒に。

「次は水割りにしちゃり」

トミーさんに言われ、茉莉は緊張する。水割りだけ

は、トミーさんのつくるそれにかなわないことを知っていた。

　蒸し暑い夜で、エアコンを最強にしても空気はなかなか冷えなかった。花火が打ち上げられるたびに、どしんと地響きがする。

「六千発ですってね」

　茉莉は言った。

「打ち上げても打ち上げても、たちまち消えちゃうのにね」

「らしくなくシニカルやね」

　トミーさんは笑い、ワインを啜った。茉莉もおなじものをのんだ。そして努めて普段どおりに、「ポスト・デサンス」の水割りをつくった。

「菊丸、ここには来とらんっちゃろ？」

　フォークを置き、トミーさんは言った。

「女同士はこれやけんね」

　からかうように言われ、仕方なく茉莉は首をすくめる。返す言葉もなかった。

「いいよ、それも悪《わる》うない」

　菊丸はまた一段と化粧が濃くなって、一段と仕事に熱を入れている、と、トミーさんは言った。他店からのひきぬきが、いまだにあるとは相当に立派なことだ。

「彼女、誇り高いものね」

　茉莉は認めた。

　清水智幸が再婚したことを、本人からの挨拶状で、茉莉は知っていた。相手が菊丸ではなかったことも。

　トミーさんが帰ったあとも、客足は途絶えなかった。花火が終り、テラス席があいても、そぞろ歩きの客が次々に入ってきた。光と音と煙の余韻を、全身にまとって。

　店を閉めたのは午前二時だった。タクシーを拾って家に帰ると、ベッドに横になった新が待っていた。静かに、一人で。習慣から部屋をのぞき、まっ暗であるにもかかわらず、気配のちがうことがすぐにわかった。

「パパ？」

　こわごわ声をかけ、電気はつけずに近よってみる。廊下から入る弱いあかりのなかで、茉莉はその事実を発見する。新は息をひきとっていた。

　そのあとの二十四時間は、一分が一時間のように、あるいは一時間が一分のように感じられた。救急車を呼んだことも、あきらかに死んでいる新につきそって病院に行ったことも、霊安室に運ばれる前に、ほんのしばらくだが新はどこかに運ばれ、茉莉はそこに入れてもらえなかったことも憶えている。そのときの自分が妙に冷静だったことも。

水のなかにいるみたいだった。何もかも明白で、でもスローモーで。

新の寝室に、暴れた形跡はなかった。診察した医師も、安らかな最期だったはずだと言った。霊安室は思いの外広く、茉莉はそこで、新と二人きりにされた。煌々《こうこう》とあかるい、蛍光灯の光の下で。茉莉には、新にかけるべき言葉がみつけられなかった。自分が、何か言葉をかけたいと思っているのかどうかさえ、わからなかった。それでただ坐っていた。控え目で落着いた病院職員——おそらく、霊安室の担当なのだろう——が運んでくれた、坐り心地の悪いパイプ椅子に。

夜があけるのを待って、さきに電話で知らせた。さきはその日の夕方に、アミを伴って帰ってきた。泣き腫《は》らした顔で。

葬儀は、茉莉の想像よりもさらにひっそりとしたものになった。弔電や弔花はたくさん届いたが、弔問客は二十人にも満たなかった。さきは終始泣いていた。傍《そば》には寄り添うようにアミが立ち、ときどきそっと肩を抱いたり、何事かささやいたりしていた。

東京から、ミチルが駆けつけてくれた。他にも、かつて新の教え子だったという茉莉の知らない人たち——あるいは憶えていない人たち——が数人、駆けつけてくれた。そのなかの一人は、訃報を聞いて、鹿児島から飛行機で来たと言った。幾つもの思い出話、献盃、むせるような百合の花の匂い。

茉莉には、さきがなぜこうもひっきりなしにしゃくりあげるのかわからなかった。この子はなぜこんなに悲しげに泣いているのだろう。パパは苦しまなかったのに。

始の弟の克が、悔みの電話をくれた。どうやって知ったのか、青山志津夫も。

茉莉は店を五日休んだ。

死ぬ前に、パパは大濠公園の花火の音を聞いただろうか——。

それが、葬儀を終えて茉莉が思ったことだった。

およそ一カ月後に、さきとアミは東京に帰った。さきは件《くだん》の「コーヒーください」デザイン事務所に就職が決り――そこはブック・デザインをする個人事務所で、「エンドラ」からほど近い、青山にあるという――、アミはパリに住む両親に、留学期間延長の許可を得た。二人は当然のように、一緒に暮らしかった。

出発の前夜、茉莉は短時間だけ店を抜けて、二人にラーメンを奢《おご》った。以前何度か菊丸と訪れた、川ぞいの屋台で。

さきはもう泣き腫らした顔はしていなかった。茉莉の命じた通り、アミと二人で隣家を掃除し、東京に送るべきものは送り、荷づくりも終えていた。小さなコップでビールをのみながら、自分を採用してくれた事務所のボスの、外見や口調や、知り得た限りの人となりについて話した。

その横顔を、茉莉は眺めた。若く、美しい娘の顔を。アミは東京の大学に通うと言った。手続き上すぐには編入できないが、しばらくはフランス語を教えるアルバイトで、学費を稼げそうだと言った。

三人で煮込みをつつき、串を食べた。九について、アミは多くを語らなかった。会えてよかったと言い、自分の父親がさきの家族と縁の深い人物だったので嬉しいと言っただけだ。茉莉もまた、そのことについては何も尋ねなかった。ただ、

「彼はいい人よ」

と、言うにとどめた。

「あなたをみつけられなくて、悲しんだと思うわ」

と。

ラーメンがでてくると、三人とも話すのをやめた。大鍋から立ちのぼる湯気で、ビニールの暖簾《のれん》は曇り、こまかな水滴をつけている。息苦しいほどの暑さと匂い。白濁したスープは濃く熱く、茉莉はたちまち汗をかいた。さきとアミの額も、うっすらと濡れて光っている。

ほぼ同時に食べ終り、そのことが愉快に思えて、三人とも笑った。

蒸し暑い夜だったが、屋台をでると夜気が涼しく新鮮に感じられた。川向うのネオン、滲むように赤く連なった提灯《ちょうちん》。それは、茉莉にとってあまりにも見馴れた光景だった。かつて「ラ・フォレ・ダムール」だった建物を一瞥《いちべつ》し、かつてバターの広告塔の立っていた方向に歩く。

始がここにいてくれたら、と、茉莉は思った。「博多以外の土地では死んでもラーメンを食わん男」だった

始に、娘とその恋人と一緒に、ここにいてほしかった。

家に帰る二人と、茉莉は春吉橋で別れた。タクシーを拾って店に戻る。胃が苦しい。若い子たちと、おなじだけ食べたなんてあきれる。窓をあけ、座席にもたれて茉莉は苦笑した。エンジェル。誰かにそう呼ばれ、食べっぷりのよさをほめてもらえたのは、もう遠い昔だ。

いまいましい血圧計、大量の薬、簡易トイレ、おむつ、タオル、パジャマやシーツの一部、プラスティック製のカップ、湯たんぽ。それらは、新の死後すぐに処分した。しかし、それ以外のもの——病を得る以前の新に属していたもの——の何一つ、茉莉は整理ができずにいる。

そればかりか、東京に行く前に荷物を整理したさきが、「もう要《い》らない」と言って箱にまとめた品物さえ、処分できなかった。たしかにがらくたであるのに。箱は三つあり、中には中学校時代のノートや、さらに昔に使っていた文具、渡仏前に聞いていたフランス語会話の教材や、着られなくなった服、などなどが入っていた。

ばかみたいだ。茉莉は思う。捨てなさいと、かつてやかましく言ったのはあたし自身だったのに。

二〇一〇年、秋、突然訪れた身軽さを、茉莉は持て余している。自分が空腹でないなら、料理をしなくてもいい。自分が寝ていたいなら、午後遅くまで寝ていてもいい。身体を動かしたくなれば、東京にいたころのように、プールで泳ぐこともできた。

最近、茉莉はつくづく感嘆するのだが、人よりも物の方が、あきらかに長生きするのだ。新はもうどこにもいないのに、新の部屋も、服も本も湯呑みもある。居間には惣一郎の勉強机が置かれているし、茉莉の部屋のカーテンは、はるか昔に喜代の縫ったものだ。朝、色あせてくたびれたそれを見ると、茉莉は思う。ママがこのカーテンを縫って吊した日を憶えている。「また緑?」あたしはそう言って口をとがらせた。自分一人が、このおなじ部屋のなかで、そのおなじカーテンをあける日がくるなんて思ってもみなかった。

どう思う、それ。

惣一郎に尋ねても、何の気配も感じられない。この家のなかで、茉莉は正真正銘ひとりぼっち、になったのだった。

10　うったうったうー、再び

1

テラスの外の欅《けやき》の木は、葉をすっかり落としている。下を歩く人々が枯れ葉を蹴る、乾いた音が聞こえた。柵の埃を雑巾で拭《ぬぐ》い終え、茉莉はぼんやり空を見た。日の暮れるのが早くなった。まだ五時をまわったばかりなのに、あたりはひんやりと湿った夕闇に包まれている。

料理の仕込み、掃除、化粧室の備品の点検――。開店準備が済んでも、もはや慌てて帰る必要はない。

「寒《さむ》」

茉莉は呟《つぶや》き、それでも室内に戻ることはせずに、鉄製の椅子に腰をおろした。両足を柵にのせると、派手な色調のエスニック柄ロングスカートが、カーテンのようにたれさがった。行儀がわるい。新が見たら、そう言って顔をしかめるだろう、と、考える。

結局、十五年もかかって、本は一冊も書けなかった。論文ではなく、普通の人々に有機化学のおもしろさと有用性を伝えられるものを書くのだと言っていたのに。

死んでしまった新を思うたびに、茉莉にはそのことがしみじみ不思議に感じられる。残念だというのではなく、不思議なのだ。その本に書かれるはずだった事や物や思想は、どこに行ってしまうのだろう。

ママだってそうだ。水仕事でかじかんだ指を曲げのばししながら、茉莉はさらに思う。ママの丹精した「ガーデン」は、マンションになってしまった。こんなふうに薄青い夕暮れに、毎日かがみ込んで手入れしていた。季節ごとにちがうあの庭の匂いも、仕事用の喜代の服装も、おそろしく長かったホースの色も形も、ありありと思いだすことができる。できるけれどあの庭は――そしてあのときたしかに今だったあの時間は――もうどこにも存在しないのだ。

あたしは、パパもまた死なせてしまった。

立ちあがり、雑巾を拾って茉莉は思う。福岡に戻ったあとの日々も、仕事にかまけ、恋にうつつをぬかしているあいだに、パパを死なせてしまった。

茉莉は夕食を、今夜も店で摂るつもりだ。急いで帰って食事をしても、時間が無駄になるだけだからだ。夕暮れの空に、金星がぽつんと、淋しく光を放っている。


一人きりの生活は、しかしそれなりに気楽ではあった。時間に余裕ができたせいか、服だの靴だのを、必要もないのに買ってしまうこともあった。美容室で、髪のみならず爪の手入れまでしてもらうことも。

内田ちゃんの案内で、西鉄福岡駅から歩いてすぐの場所にある「スパ」というものに、生れて初めてでかけたりもした。

「ママ、肌きれーやね、贅肉《ぜいにく》ないー」

邪気のないお世辞に苦笑したのは、本人がその言葉の残酷さに、まるで気づいていないようだったからだ。

その施設には、大きな風呂が一つとつめたいシャワーバスが一つ、ミストサウナが一つあった。浴槽の湯もシャワーの湯も、ミネラルウォーターを使っているのだという。

「なんだかもったいない感じやん」

茉莉が言うと、今度は内田ちゃんに苦笑された。風呂とサウナで汗をかいたあとで、エステティシャンが背中に泥のようなものを塗ってくれた。台の上にうつぶせになり、知らない人間の手のひらが、自分の背中を滑るのを感じた。泥はつめたくて重い。これまで男性の前でしか晒《さら》したことのない裸体を、女性の目の前に晒していることが恥かしかった。エステティシャンは内田ちゃんほども若く見え、それはつまり、さきとおなじくらい若いということなのだった。

「これからは」

一通り終え、ロビーラウンジでビールをのみながら、内田ちゃんは言った。

「これからは、時間もお金も自分のために使ったらいいっちゃないとですか」

つやつやした笑顔だ。茉莉は、自分もこの子とおなじくらいつやつやした顔をしているのかと思うと落着かなかった。

「気持ちよかったでしょうが」

尋ねられ、にっこりしてうなずく。他にも足裏マッサージとか、「体操みたいなことをする」タイ式マッサージとか、いろんな店があるのだと、内田ちゃんは言った。

仕事のない日の夜、茉莉はときどき知らない店に酒をのみにでかけた。「スパ」と違って、すくなくとも酒場でなら、どうふるまえばいいのかわかっているからだ。視察というか、見学の意味もあった。どの酒をどんな値段でだしているのか、知るのはおもしろいことだった。客たちがその店の何を目当てに集ってくるのか、目のあたりにすることも。

ライブハウスや、クラブと呼ばれる店をのぞくこともあった。慣れない場所でも、酒さえあれば臆せずに入っていける自分が可笑《おか》しかった。一緒に踊ってくれる男も、迎えに来てくれる男もいないのに。実際、そういった場所は普通のバーよりも気楽だった。なつかしくさえあった。馬蹄形《ばていけい》のカウンターの上の天井が、びっしり布に覆われていたり、店内に、アパートの外にあるような金属製の階段があったり、倉庫のようにコンクリートがむきだしの壁を、テープの巻かれたダクトパイプが横断していたり、と、店の見かけこそ新奇であったけれど、客の熱気や店内の匂い、思い思いに身体を揺らす人々の動きや表情や恍惚感《こうこつかん》は、茉莉にとって馴染《なじ》みのものだった。

「エンドラ」みたい。そう思って微笑《ほほえ》むこともあれば、かつて、「マリアハウス」で夜毎踊った自分自身を、思いだすこともあった。決して嫌な感じではなかった。しかし同時に、気がつくと自分が観察者の視点で物を――というより世界を――見ていることに、茉莉は戸惑う。たくさんの他人とおなじ場所にいるのに、自分だけが違うものを見ている。そこには、茉莉には説明のつかない溝があった。まるで、自分が死者の側の人間で、生者たちを遠く眺めている感じなのだ。一杯の酒を手に、大音量の音楽に包囲されて。

その感じが、昼夜を問わずつねにあることもまた、茉莉は発見した。自宅と墓地と、「ポスト・デサンス」をのぞくあらゆる場所で、茉莉は自分がその場にいないように感じる。真昼のバス停で、夕方のスーパーマーケットで。

「それは淋しいってことだと思う」

年末、たった五日だけ帰ってきたさきは、あっさりした分析口調で言った。胸に髑髏《どくろ》の編み込まれたセーター、だぶだぶのワークパンツ。居間のソファに、胡坐《あぐら》をかいて坐《すわ》っている。

「そうじゃないの」

茉莉は言った。

「そりゃあ淋しくないって言えば嘘《うそ》になるけど、あたしがいま言ってるのはね、べつのことなの」

「べつのことって？」

夕食のとき、茉莉はさきのためにとっておいたマルヴァシーア・セッカをあけた。特別高価なものではないが、標高三百メートルの高地で育ったマルヴァシーア種ブドウのみを使った、すばらしく香りのいい発泡性白ワインだ。試飲したとき、さきの顔が浮かんだ。二人はいま、グラスに一杯分ずつ残したそれを、居間に移ってのんでいるところだった。

「どういえばいいのかしら。すこしこわいことなの」

茉莉は説明した。

「死者の側にいるって感じるのは、幸福なことなの。ちっとも淋しくはなくて、むしろ安心な、嬉《うれ》しいことなのよ。でも、周りを見まわすとこわくなるの。生者たちがこわくなるのよ」

さきは眉間《みけん》に皺《しわ》を寄せる。

「それ、オカルトみたいなこと？」

茉莉は笑って、グラスの中身を唇のあいだに滑りこませた。

「全然ちがうわ」

この子にはわからないのだ、ということが、はっきりとわかった。早くに父親を亡くし、祖父の死にあれだけ涙を流したさきでさえ、まだわからないのだ。そう思うと、茉莉はむしろ安堵《あんど》した。

「いいの。あなたは気にしなくていいのよ。あたしは護《まも》られてるって言いたかっただけだから」

「やだ、ママ。やっぱりオカルトっぽい」

さきは言い、顔をしかめた。


季節の移りかわりだけが、茉莉の日々を新しくしていた。庭に霜のおりる寒い朝が続き、ある日水がぬるんだ。隣家の沈丁花が咲き、「ポスト・デサンス」の前の欅が芽ぶく。風がやわらかくなり、ある朝——といっても昼近い時間だったが——窓をあけた茉莉は、目を細めた。子供のころから変らない、この街の春の風だ。

季節など毎年めぐってくるのに、その度に新しい気持ちになるのはどういうわけだろう。

茉莉は自分の単純さに苦笑しながら、それでも二時間かけて家の掃除をした。もし四季のない土地に住んどったら、あたしは掃除をせんくなるっちゃないかいな。半ば本気で、そんなことを考える。

ひさしぶりに隣家にも風を入れようと、鍵を持って行ってみると、かけてあるはずの鍵があいていた。訝《いぶか》りながら戸をあけると、普段と変らない仄暗《ほのぐら》さと、カビと埃のかすかな匂いが茉莉を迎えた。風を通すだけではなく、ざっと掃除もした方がいいかもしれない。そう思いながら台所に行くと、流しに汚れた食器のあるのが目に入った。耳を澄ましたが、家のなかは静まり返り、人のいる気配はない。でも、誰かがここにいたのだ。恐怖が、皮膚を這《は》いのぼった。

アミの使っていた部屋の襖《ふすま》をあけると、そこは整然としていた。次に、かつて七の寝室だった部屋の襖をあけ、茉莉は息をのんだ。布団が敷きっぱなしになっており、そばに衣類やペットボトルが散らかっていた。ノートとペンが、枕元に置かれている。きちんとたたまれたタオルも。

そのとき、玄関で戸のあく音がして、茉莉は凍りついた。一瞬のまのあとで、廊下のきしむ音がした。ふりむいて身構えた茉莉の前に、九がのっそり顔をだした。頰がそげ、全身がひとまわり小さくなったように見えたが、九だということはわかった。

「ああ」

茉莉を見ると、九はほとんど口を動かさずにそう言ったが、それがどういう意味なのか、茉莉には全くわからなかった。驚きのあまり声もでない。しかし九は驚いたふうもなく、手に提げていた重そうな袋を、台所に運んで、テーブルにがさがさと音をたてて置いた。

「玄関にサンダルがあったけん」

低い声で言う。

「茉莉ちゃんやろうと思ったと」

茉莉は、なおも声もなく立ちつくしていた。九は茉莉に背中を向けて、袋の中身——しょうゆや長ねぎ、個包装された茹《ゆ》でうどんといった食料品——を取りだしてはテーブルに置く。

「いつ？　いつ帰ってきたと？」

やっと尋ねた。

「一週間ぐらい前やね」

九はこたえ、空になったビニール袋を、しばってひきだしに入れた。

「一週間？　全然気がつかんかった」

まの抜けた声になった。

「寝てばっかりおったけん」

九はうつむいてぼそぼそと言い、それからようやく顔をあげて茉莉を見た。

「連絡せんないかんって、思っとったっちゃけど」

ちょっとぐあいも悪かったけん、とつけたした九は、たしかに土気色の肌をしている。アルコールののみすぎなんですって。さきはそう言っていた。

「病院、いきようと？」

「いや。たいしたことやないとやけん」

九はこたえ、微笑みらしきものを浮かべる。

「疲れとったいね」

ほかに、何と言っていいのかわからなかった。もう舞台には立っていないようだと、これもさきから聞いたことが頭に浮かんだ。

「当分こっちにおるっちゃろ？」

強いてあかるい声音《こわね》をつくる。尋ねたいことはいろいろあった。アミのこと、七のこと、九自身のこと。

「また顔だすけん。必要なことがあったら何でも言いんしゃいね。夜は仕事やけんおらんっちゃけど、昼間はたいていうちにおるけん」

いつか、たぶんそう遠くないうちに、尋ねたいことを尋ねられるようになるかもしれない。たぶん。

「それから、でかけるときは鍵をかけんといかんよ。このへんやって、もう昔みたいやないっちゃけん」

茉莉は言い、あずかっていた鍵をテーブルに置いた。

外にでると、膝から力が抜け、へなへなとその場に坐り込みそうになった。

「信じられない」

声にだして呟き、新鮮で平和な、春の空気を深くすいこむ。一体何年ぶりだろう。どうしていきなり帰ってきたのだろう。帰ってきたことを、どうして知らせてくれなかったのだろう——。二、三歩あるいてふりむくと、無人ではない——と、いまでは茉莉にもわかっている——隣家が、日ざしのなかにひっそりと、眠たげに建っていた。

翌日訪ねると、またしても鍵があいていて、九は布団のなかにいた。話しかければ返事があり、医者を呼んでほしいかと尋ねると、いらないと言われた。夫でも恋人でもない男なのだから、放っておくべきだろうと思った。それで帰った。

一週間後にもう一度訪ねたが、おなじことだった。

雨。午前一時の「ポスト・デサンス」に、きょうは客が一人しかいない。その一人も、三杯目のグラスワインをほとんどのみ残し、目を閉じて頭を前後に揺らしている。

「お客さーん、帰りますよー」

肩ごしに内田ちゃんが呼びかけると、背すじをのばして目をあけたが、訳のわからないことを呟いて、すぐにまた揺れ始めた。

「お客さーん」

内田ちゃんの声音に、あきらめの気配が滲《にじ》む。この客が帰ったら、今夜はもう店を閉めようと茉莉は思った。

ドアがあき、九が入ってきたのはそのときだった。死人のような顔色で、足元も覚束《おぼつか》ない。茉莉を見ると、無精髭《ぶしょうひげ》におおわれた口元が、それでも笑みを形づくった。

「一杯のもうと思って」

目を充血させている。

「ばかなこと言わないで」

九はふらふらとカウンターに近づき、ほとんど転ぶようにスツールに坐った。

「なんでや？ ここ、バーなんやろうもん」

手紙を読んで、一度来たいと思っていた。九は口のなかで、ぶつぶつと言った。

「酔っとうと？」

いまにもひっくり返りそうな九の真うしろに立って、咎《とが》めた茉莉の声は震えていた。動揺してはいけない。そう思うのに、心臓が早鐘《はやがね》を打つ。

「ひどい夜」

隣で、内田ちゃんがため息をついた。

「この人はちがうの」

茉莉は言い、九に、手を貸すからソファ席に移動してほしいと頼んだ。

「いいと。よかけんお酒ももらえんかいな。すこしぐあいが悪いと。あちこち痛くて、何も食べとらんせいかもしれんけど」

さっきまで揺れていた客が、会計をしてくれと言った。突然正気に戻ったらしい。雨が、テラス席をはげしく打つ音がしている。

茉莉は野菜スープをあたためて九に食べさせ、朝になったら必ず病院に行くように約束させた。

「すーごく迷惑なお友達ですね」

内田ちゃんの言葉には、肩をすくめてみせるよりなかった。九はソファに沈み込み、小さく寝息をたてている。


アルコールによる中毒というわけではなかったらしい。約束どおり病院に行き、医師の説明を聞いてきたという九の言葉に、茉莉は胸をなでおろした。しかし、どこが悪いのかについて、九の口は重く、「たいしたことないから」と、くり返すばかりだった。「ただ、何をする気もしない」のだと言う九は、自分で言っていたとおり、ほんとうに「寝てばかり」いた。それでも、茉莉が顔をだせば起きあがり、買って行った桃をむけばおいしそうに食べたし、掃除も洗濯も、きちんと自分でしているようだった。

茉莉には、おそらくは疲労のせいで、実際の年齢より年老いて見えるこの隣家の男が、自分の知っている祖父江九だとは思えないことがあった。見知らぬ男だ、と思う。怒っているかのように見える横顔も、病んでなお厚みのある背中も。


少年のころの九は、痛々しいほど善意につき動かされていた。それが時に茉莉を驚かせ、呆《あき》れさせ、悲しくもさせた。九の善意は、気持ちというよりエネルギーだった。あんなにも惣一郎を惹《ひ》きつけたのは――そして、それ故《ゆえ》に茉莉を苛立《いらだ》たせもしたものは――、そのエネルギーだったのだといまならばわかる。

何が九からそのエネルギーを奪ってしまったのだろう。

七月。昼近くに起きた茉莉はコーヒーメーカーをセットし、猫に生節《なまぶし》をやりに庭にでた。たちまち日ざしにあぶられる。土も木々も、乾いて白茶けてしまっていた。

「おいで」

声をかけるまでもなく、猫たちは寄ってきて、茉莉の足に身体をこすりつけたり、すこし離れた場所で待ったり、なあなあと催促の声をだしたり、する。茉莉は笑った。

「いい子ね」

しゃがんで、三つ置いた餌入れに、猫たちが顔ごと埋めるようにして食べるのを見守る。さきの拾ってきた猫たちは、いなくなったり戻ってきたり、子を産んだり怪我をしたりしながら、いつのまにかこの庭を、猫だらけにしてしまった。半分野良の、汚れて痩《や》せた猫たち。

「なんばしようと?」

声がして、ふり向くと白ペンキの剝《は》げた柵ごしに、九が茉莉を見ていた。

「猫にごはんをあげとうと」

立ちあがり、こたえた。

「いつのまにか、こげん集ってきようとよ」

いいお天気ね、と、茉莉は言った。まぶしくて暑くて、しずかで平和ね、と。九は聞いていないようだった。猫たちを、一心に見つめている。茉莉は胸の内でため息をつく。九ちゃんもまた、ここにいるのにいない人みたいだ。

「あれ、あの猫」

表情の読みとれない顔で、九は言った。

「どれ? この黒いの?」

うなずいた九は、ときどき見せる、怒ったような顔つきになっていた。

「ブラッキーっていうの。さきのつけた名前よ。もう随分前からうちにいる猫」

さきが拾ってきたうちの一匹なので、十年が経っている。嗄《しわが》れた声で甘え鳴きをするところがかわいいと、茉莉の思っている猫だ。次の九の言葉は、茉莉の予想もしないものだった。

「普通の猫?」

つい眉をもちあげ、目を見ひらいてしまった。九は真面目な顔をしている。

「普通の猫よ。ほかにどんな猫がいるの?」

九は何も言わない。茉莉がどうしていいのかわからなくなるのは、こういうときなのだった。

2

深夜、仕事を終えて帰宅すると、茉莉はまず化粧を落とし、シャワーを浴びる。疲れていれば——あるいは深酒をした日は——そのあとベッドに倒れ込むようにして寝てしまうが、そうでなければ——実際、そうでない日の方が多かった——、シャワーのあとの時間が、最近の茉莉のささやかなたのしみだった。

早起きをする必要のない人間の気楽さで、好きなだけ起きていられる。居間で新のレコードを聴くこともあれば、学生時代に読んだ小説をひっぱりだして、読み返すこともあった。思い立って風呂場やトイレを磨きあげることもあれば、コーヒーのマグを持って窓辺に立って、どんどん白くあかるくなっていく空を、バスローブ姿のままただ眺めていることもあった。

レコードを聴くと、新の生きていた日々を思いだした。小さかったさきにせがまれて、プレイヤーに慎重に針を落とす新の手つきや、それよりもずっと昔、喜代と新の寝室からもれて聞こえた音楽や、兄を独占できた日曜日の朝の気分や。

そういうとき、家が生きて呼吸しているように感じられた。たくさんのことを見てきて、記憶していて、いまもなお茉莉を見ているように。家の目に、自分が中年女として映っているだろうと思うと可笑しかった。この家の赤ん坊だったはずの自分が。

眠るとき、下着以外のものを着けずに寝るようになったのも、最近の習慣だった。ローブを脱いで、そのままベッドに横になる。その方が気持ちがいいのだった。夜明けのうす青い空気や、シーツのつめたさを全身に感じられて。目をとじると、たいてい鳥の声が聞こえる。それに配達のオートバイの音。ややもすると、気まぐれに早く起きだした九が、隣家の窓や戸をあけ放つ音が聞こえることもある。愛用している雪駄《せった》の底が、砂利を踏み、土にこすれる清々《すがすが》しい音も。それらをぼんやり聞きながら、茉莉は眠りに落ちるのだった。

九には調子のよさそうなときと、そうでないときがあった。よさそうなときには屋根にのぼって布団を干していたり、以前「ラ・フォレ・ダムール」の屋上の森でしていたように、黙々と庭を掃いていたりした。

「大丈夫なん?」

声をかけると、

「もう治ったけんね」

と言ってにっこり笑う。そういうときの九の顔は、茉莉のよく知っている、少年の九そのままに見えた。不純物の一切含まれていない笑顔、水しぶきのように一瞬にして弾ける表情——。

茉莉の仕事が休みの日には、一緒に散歩をすることもあった。大工道具を買いに行きたいという九のために車をだすこともあったし——「茉莉ちゃんが運転するなんて信じられんもんね」と、九は言った。茉莉は、遠い昔、ガードレールに腰掛けて、走ってくる車の車種を音で聞き分けるゲームに、自分をのけものにして暗くなるまで興じていた九と惣一郎を思いだした――、九の家で、一緒に食事をすることもあった。しかしそんなふうに顔を合わせていても、過去については、どちらも何も語らず、また尋ねもしなかった。

不思議だ、と茉莉は思う。もう何年も何年も、九は謎にみちていた。記憶をとり戻したら訊《き》きたいと思っていたことが、幾つもあった。パリで何があったのか、奥さんはどんな人だったのか、なぜ教祖などと持ち上げられ、なぜ一転して非難の矢面《やおもて》に立たされたのか。なぜこんなにながいこと、家に帰らずにいたのか。いざ九を目の前にすると、しかしそれらはどうでもいいことに思えた。

たぶん時間がたちすぎたのだ、と、茉莉は考える。自分の身に起きたことについてもおなじだった。これだけの時が流れて、何をどう話せというのだろう。いまここにいる自分以外は、すべて不確かなことに思える。

隣家に九がいるというそれだけのことが、ときおり茉莉を混乱させる。

「へんなの」

休日の遅い朝、一人分だけコーヒーをいれ、トーストにはちみつを塗りながら茉莉はつぶやく。時間がたちすぎた、ということは、時間がすこしもたっていないということに、何てよく似ているんだろう。考えて、トーストをかじる。炎暑、猛暑と呼ぶべき日々が続いている。

店のエアコンがまたしても壊れ、水漏れするので業者を呼ばなければならなかった。去年、さきに飲ませたいと思って一ケースだけ仕入れたマルヴァシーア・セッカが好評で、店のスタンダードに加えた。

「ポスト・デサンス」のなかにいれば、茉莉は世界から隔たっていると感じない。つねにするべきことがあり、耳を傾けたくなる声や会話や音楽がある。職業意識というのとも違った。そこで茉莉が笑うとき、その笑い声は心からのものだったし、一見《いちげん》と常連の区別なく、茉莉は店の客のことが好きだった。ある意味では自分の家みたいなものだ、と茉莉は思う。自分の家にいるときよりずっと、気持ちが高揚するけれども。

さきから電話がかかったのは、窓の外の空気がゆらゆらして見えるほど、暑い朝のことだった。

「ママ？」

さきの声はあかるく、弾んでいる。元気かどうか確かめるために電話をしたのだ、と、さきは言った。新しい生活も仕事も順調で、仕事ではしょっちゅう失敗もするけれど、知らなかったことを知れて、いろいろな人に出会えて楽しい、と。

「子供のころはわからなかったけど、東京はほんとにおもしろい街ね」

遊ぼうと思えばいくらでも遊べる、と言って笑う娘の声を、茉莉は目をとじて聞いた。遠い昔、好きな男と手をつないで、東京駅に降り立ったことがあった。緊張と不安と。

さきは、ミチルの近況について話している。大学を退職したら、由美子さんと長い旅をする計画を立てているという。

「あの二人の船旅なんて、アガサ・クリスティみたいじゃない？」

「ほんとにそうね」

茉莉は相槌《あいづち》を打った。電話の向うが、ひどく遠く感じる。食卓の椅子をひき、腰をおろした。読みかけの朝刊、だしっぱなしの茶筒。

「そうそう、そういえば『エンドラ』にね」

さきは話し続ける。そのときそれが目に入った。専用の台に置かれた電子レンジの、上を灰色の小さな蜘《く》蛛《も》が這っていた。歩いている、と茉莉は思う。身体の小ささに比してやけに長く感じられる華奢《きゃしゃ》な脚が、懸命に動いている。

「新しい人が入ったの。またシズオの紹介なんだって。韓国人なんだけど日本で育って、そのあとパリに留学してシズオに会って」

茉莉は電話機を耳にあてたまま、灰色の蜘蛛を凝視する。体重などないに等しい、軽い生き物。糸よりも細い脚の一本一本に、日があたってきれいだった。

「無口だけど感じのいい人なの。やっぱりシズオのモデルをしてたんだって。彼女とはパリの話ができるから、なんか懐しくて最近よく『エンドラ』に行ってる」

片手をだし、そっと蜘蛛を掬《すく》った。軽く握り、窓の外に放す。たしかに手から落ちたのだが、蜘蛛はそれきり見えなくなった。空気がゆらゆらするほど暑い、雑草だらけの乾いた庭。あとで水をまかなくては、と、茉莉は考える。

「……美人っていうわけじゃないけど、個性的な顔。シズオって、ファニー・フェイスが好きだよね」

さきの声が途切れた。

「そうかもしれない」

茉莉は微笑んでこたえる。あいかわらずなのだ、青山志津夫も、「エンドラ」も。世界は茉莉の外側で動いている。

「アミは元気？」

尋ねて、窓を閉めた。雑草、日ざし、猫たち、それに蜘蛛。いまたしかにここにあるものたち。

「元気よ」

さきの声に含羞《はにか》みがまざる。

「ちゃんと大学に通ってる。夏季集中プログラムとかいうのがあって、それが終ったらまた里帰りするみたいだけど」

「そう」

沈黙がおちた。

「ママ、あのね、私たち」

続きを待ったが、さきは何も言わない。

「なあに？　どうしたの？」

含み笑いが聞こえた気がした。そして、

「なんでもない」

という歌うような声が返った。茉莉は安堵する。歌うような声がだせるのなら、きっと問題はないのだろう。

「お休みがとれたらまた帰るから」

さきは言い、茉莉は待っているとこたえた。元気でねと言い合って、電話は切れた。


水をまきに庭にでると、柵の向うに九が立っていた。通りかかったというのではない。まるで茉莉がでてくることを予期していたかのように、柵の際に、こちらを向いてただ立っている。

「九ちゃん」

つい声がでた。九の背後には、立葵《たちあおい》の花が青く丈高く咲いている。

「茉莉ちゃん」

九も、しかし驚いたように言った。でてくるとは思わなかった、とでもいうように。

「一緒に昼ご飯ば食べに行かんね？」

そう続けた九の声も表情も、奇妙に子供じみていた。

「もちろん構わんよ」

微笑んでこたえたが、九はいきなり話題を変え、

「あの、見せたいものがあると」

と、やや緊張した声音で言う。

さしだされたのは葉書だった。端が茶色く変色し、かりかりに乾いた官製葉書。一瞬、茉莉は息が止まった。鉛筆書きの、
さよなら、またね。

惣一郎の死の直後に、茉莉が受けとったものだ。それがどうして九の手に――。ひっくり返すと、しかしそこにはおなじ鉛筆書きで、はっきりと九の名が記されていた。

「茉莉はお兄ちゃん子やったけんね、僕にだけ葉書がきとうって知ったらやきもちば焼くやろうって思って、ずっと言えんかったと」

信じられなかった。

「ちょっと待っとって」

茉莉は言い、耳鳴りに似た動揺を感じたまま、家に入った。ほんとうに何年かぶりで、階段を駆けあがった。水のなかにいるような、もどかしさだ。

それは、他の手紙類とは別に保存してある。自室の、子供のころから使っている机の右上のひきだし、あけても見えないように、いちばん底の方に。

さよなら、またね。

文字も文言も、まったくおなじ一枚がそこにはあった。表には、茉莉の名前。「様」のかわりに「へ」が使われているところまでおなじだった。

茉莉は階段を、今度はゆっくりとおりた。冗談みたいだ、と、思った。この葉書のことは、これまで誰にも話していない。両親にも。

庭に戻り、黙って葉書をさしだした。おにいちゃんらしい、と思いながら。

随分時間がかかったね。

惣一郎の言うのが聞こえる気がした。

もちろん茉莉はかしこいさ。でも九は俺の親友だし、特別にかしこい。

茉莉は九の、九は茉莉の顔を見た。そして、ほぼ同時に笑いだす。くつくつと、くすくすと。

日ざしを遮る廂《ひさし》の下に、つめたそうな魚がならんでいる。小鯛《こだい》、エボダイ、切り身にしたカンパチ、いさき、イカ、それに小ぶりでぴかぴかの鯵《あじ》。店主は代が

わりしているが、店の佇《たたずま》いは昔から変らない。市場の端の、活気のある魚屋だ。

昼食は、外で食べるかわりに茉莉がつくることになった。その方が、惣一郎の葉書のもたらした気分に、ふさわしく思えた。くすくす笑いは、いまも気を抜くと唇からこぼれそうだった。実際、ここに来る車のなかでも、運転しながら茉莉は一人で何度も笑った。泣きたいような、呆れたような、解放されたような気持ちだった。いきなりあかるい場所にでたような違和感。それは安堵に似ていた。

「惣ちゃんらしい悪戯《いたずら》やね」

二枚の葉書を見くらべて九が言ったとき、茉莉には惣一郎の喜ぶ顔が見えるようだった。

「嬉しそうやね。よかことあったとや?」

年若い店主に声をかけられ、

「なんも」

と即答した。ただ、何十年も騙《だま》されてたことがわかったただけ。心のなかでつけたす。

「鰺を」

茉莉は言った。新鮮そうだからほとんど味をつけずに、お酒とすこしのおしょうゆだけでさっと煮よう、と考える。

「それから穴子も。さばいてぶつ切りにしてくれるね?」

穴子は「ポスト・デサンス」用だった。軽く塩をしてから干してスモーカーにかければ、いいつまみになる。

八百屋で野菜を買い、スーパーマーケットで雑貨を買う。めかぶは髪の毛にすごくいい、と内田ちゃんが言っていたことを思いだし、それも買った。

両手に荷物を抱え、車まで戻る途中でそこを通った。赤い柱が並び、鳥居のある細い路地。子供が二人遊んでいる。つい足をとめて見入ってしまったのは、そこだけ別世界だったからだ。ビルにはさまれているので、日ざしも届かない。おもて通りの喧噪《けんそう》も、ひんやりした土やビルの壁にすいとられてしまうようだ。子供たちは、立ったまま頭を寄せあって、片方の子の持った箱のなかをのぞきこんでいる。何が入っているのだろう。茉莉は想像する。おもちゃ、お菓子、それともカブトムシか何かかもしれない。二人とも少女で、簡素な木綿のワンピースを着ている。

うったうったうー、うったうったうー、うったうったうー。

この場所で、両手を上にあげ、めちゃくちゃに身体を揺らして踊っていたことを思いだした。目をつぶり、心のなかで呪文のように唱えながら。そうすると安心だった。一人ぼっちでも心細くないように思えた。

うったうったうー、うったうったうー、うったうったうー。

あいかわらずあたしは一人ぼっちだ。茉莉は苦笑し、息を一つすいこむと、まぶしく埃っぽいおもて通りを、車の停めてある場所に向って歩き始める。

遠くにきたね。

惣一郎の声がきこえた。

初出　「すばる」2002年2月号〜2007年8月号
単行本化にあたり、加筆、訂正を行いました。

作中の回文は、石津ちひろ著『ぞうからかうぞ』からの
引用です。

江國香織（えくに・かおり）
1964年東京都生まれ。小説、童話、詩、エッセイ、翻訳など、幅広い分野で活躍している。
2002年『泳ぐのに、安全でも適切でもありません』で山本周五郎賞、2003年『号泣する準備はできていた』で直木賞を受賞。

左《さ》 岸《がん》

2008年10月20日　第１刷発行
2009年３月15日　第５刷発行

著　者　江國香織《えくにかおり》
発行者　加藤　潤
発行所　株式会社 集英社
東京都千代田区一ツ橋2-5-10　〒101-8050
電話 03-3230-6100（編集部） 03-3230-6393（販売部）
03-3230-6080（読者係）
印刷所　大日本印刷株式会社
製本所　加藤製本株式会社

ISBN978-4-08-771235-3 C0093

定価はカバーに表示してあります。